梁启勋文集

曼殊室随笔

梁启勋 ／著
段双喜 ／标点

上海古籍出版社

图书在版编目(CIP)数据

曼殊室随笔/梁启勋著；段双喜标点. --上海：
上海古籍出版社,2020.9
（梁启勋文集）
ISBN 978-7-5325-9703-1

Ⅰ.①曼… Ⅱ.①梁… ②段… Ⅲ.①随笔-作品集-中国-现代 Ⅳ.①I266.1

中国版本图书馆 CIP 数据核字（2020）第 133799 号

梁启勋文集

曼殊室随笔

梁启勋 著

段双喜 标点

上海古籍出版社出版发行

（上海瑞金二路 272 号　邮政编码 200020）
（1）网址：www.guji.com.cn
（2）E-mail：guji1@guji.com.cn
（3）易文网网址：www.ewen.co
常熟新骅印刷有限公司印刷

开本 635×965　1/16　印张 31.25　插页 6　字数 420,000

2020 年 9 月第 1 版　2020 年 9 月第 1 次印刷

印数：1—2,100

ISBN 978-7-5325-9703-1

I·3500　定价：98.00 元

如有质量问题，请与承印公司联系

梁启勋先生像

詞　論

一

作品互相摹倣乃文人之常,不足爲病,但摹倣過甚則有迹近剽竊者矣大約詩詞一類若欲摹擬一名作切忌採取同一韻脚否則易涉於剽竊之嫌疑如周淸眞之《滿路花》周之「日上三竿之《定風波》不少周之「朱消粉褪絕勝新桃裹」卽柳之「終日厭厭倦梳裹」周之「日上三竿幃人猶要同臥」卽柳之「日上花榍猶壓香衾臥」全首多類此此採取同一韻脚之病也當知所戒。

庶蒲江之《謁金門》「風不定移去移來簾影」醉境妙觀不減後主之風壓輕雲陳西麓之《謁金門》「風不定吹漾一簾波影」乃鈔襲蒲江而意境便不如矣調名旣同而韻脚亦同故痕跡愈顯尤當引爲大戒。

康伯可居翰林時値南渡之初顔受知於高宗一次重陽大雨奉勅賦詩康口占雙調望江南一闋曰:「重陽日風雨苦淒淒。戲馬臺前泥拍肚。龍山會上水平臍直浸到東籬。 茱萸濕黃菊溼滋滋。落帽孟嘉尋箬笠休官陶令覓蓑衣兩個一身泥」眞堪解頤

前　言

梁启勋（1876—1965），字仲策，号曼殊室主人，广东新会人。幼年就家学，1893年入康有为万木草堂，1895年进京，结识夏曾佑、谭嗣同等人。1896年赴上海，任《时务报》编辑。1902年就读于震旦学院（现复旦大学前身），1903年入美国哥伦比亚大学攻读经济学，毕业后到日本任《新民丛报》《国风报》编辑。

辛亥革命后归国，1912年任《庸言》杂志撰述，翌年任《大中华》杂志撰述。1914年，他任北京中国银行监理官，又任币制局参事。1926年任司法储才馆总务长兼会计。1932年2月，赴国立青岛大学文学院任讲师，后又于北京交通大学、北平铁道管理学院任教。

1951年，梁启勋与章士钊、康同璧、齐白石等28位各界著名人士一起，成为中央文史馆首批馆员。此外，他还当选为北京市第一、二、三届人民代表大会代表。

梁启勋是梁启超的长弟，两人为一母所生。他前半生基本追随长兄，各项活动大都受其领导或提携。辛亥革命后，他随兄回国，代为会客、出纳、管理寓中诸务，成为任公的大管家和得力助手。1913年，梁启超准备竞争责任内阁，梁启勋以政争险恶，苦谏长兄定居天津。1914年11月北京南长街54号寓所院建成，他专门留出10间房供兄长居住。1924年，任公夫人李蕙仙逝世，梁启勋操办丧事，山居两月，圹内"一砖一石，都经过目"。2012年10月，一批与梁启超和梁启勋有关的文物档案公诸于众，共有梁启超信札241通，其中梁启超致梁启勋书有226通，可见兄弟感情之深。

梁启勋积极参与近代政治与社会活动。早期参与《时务报》《新民丛报》活动，为维新与革命活动张目。戊戌变法失败，梁启勋组织掩护康、梁等家属逃离,后被戏称"家属队长"。上海电报局总办经元善(莲珊)与蔡元培等联名反对慈禧改立大阿哥,在澳门被捕。为营救经元善,梁启勋曾在澳门法庭为其作证。留美期间,他协助康有为处理保皇会经济事务。1919年"五四"爱国运动,梁启勋曾赠金千元给被捕学生。其二子三女全部参加革命。在梁启勋的支持下,解放战争后期,南长街寓所转移大量进步人士到解放区。1948年冬,北京围城,也做过一点地下工作。但梁氏以为"卑不足道"。

梁启勋的存世著作,涉及多个领域。有经济类文章,如《中央银行制度概说》《梁启勋拟对于整理辅币之意见书》;有回忆性文章,如《"万木草堂"回忆》;还译有《血史》《世界近代史》《社会心理之分析》。有词集《海波词》传世。梁启勋的中国文学研究——尤其是词曲研究的专著,最能体现其学术水准,代表性专著主要包括《曼殊室随笔》《稼轩词疏证》《词学》《词学铨衡》《中国韵文概论》。

《曼殊室随笔》是梁启勋1926年至1946年的读书随笔。"曼殊室"是梁启勋书房名,吴德潇(小村)光绪丙申年(1896)冬以隶书题写。"曼殊"是佛教词语,意为"妙吉祥"。该书分为《词论》《曲论》《宗论》《史论》《杂论》五部分,内容涵盖文、史、哲领域以及语言、教育、建筑、地理环境、心理学、生物学诸多方面。其中《词论》《曲论》主要涉及文艺部分,内容包括作品整理、欣赏、创作、研究心得、文人轶事等,既有对故事的勾稽,也有理论的阐发。词、曲是其记述重点,对词曲的韵、调与发展轨迹着力较多。《宗论》除对清、民社会评论外,主要涉及考证、评价、感想等。《史论》多为历史事实的勾稽、连缀、排比与评论。《杂论》则为文、史、哲三科的综合。此外,还记载了梁启勋的经历与时局观感,他与民国一些闻人的交往,对民国历史、文学研究均有一定价值。

《稼轩词疏证》一书的缘起,是梁启超于1928年夏着手撰写辛弃疾年谱,并拟将稼轩词系于年谱中,后因梁启超患病和去世而中断。梁启勋决定"继伯兄未竟之业",从1929年10月开始属稿,于当年

12月完稿，体例上明显体现出兄弟二人合作的特征。该书考证详赡，实际上是第一次对稼轩词进行全面的系年与系地的整理研究；抑且搜罗宏富，将宋四卷本、信州十二卷本及辛敬甫从《永乐大典》辑得之补遗集合诠次，并于《清波杂志》辑录一首，共收稼轩词六百二十三首。这与六十多年后邓广铭先生《稼轩词编年笺注（增订本）》的六百二十九首之数相比，也是一个令人惊叹的数字了。

《稼轩词疏证》之后，梁启勋于1931年5月又完成了《词学》一书，如果说前书是作者与亡兄合作的古籍整理之作，未脱出传统学术的窠臼的话，后书就是作者在词学研究领域内的开创性著作，是他努力革新中国传统学问的一个尝试。他在《词学》总论中说："学问递嬗，遂成进化。韵文亦学问之一种，自不能外此公例。"谈到元曲时他认为曲"移宫换羽，可以变化无穷，此则韵文之大进化矣""曲有衬字而词则无，此曲之所以为进化也"，皆是以进化的观念来考察词的发展变化及其在中国文学长河中的地位。梁启勋在《词学》成书之后，马上就投入《中国韵文概论》的撰写中，这是他把自己在词学研究中所得出的规律和结论应用到整个中国韵文史研究的又一个尝试。该书以文体为纲，以作家作品为纬，着重表现韵文各体之演变及其关系，贯穿着进化和发展的观点。以这种观点来看待文学的流变，一方面当然有中国传统文化中变易观念的影响，另一方面也与作者接受西方教育、受西方科学中的进化观念的影响有关。虽然这些观点的运用在今天看来近于机械，但这种融合中西学问的开创之功还是非常可贵的。《词学铨衡》成书于1956年，时间最晚，内容上是对《词学》和《中国韵文概论》的浓缩和简写，带有入门教科书的性质，在那个时代也自有其文学普及的价值。

梁启勋的著作，今天的读者如果想要阅读，版本不易找寻，阅读亦复不便。故我们将上述五种著作整理出版，合为《梁启勋文集》。所用底本为：《曼殊室随笔》，1989年上海书店《民国丛书》影印1948年上海中正书局排印本；《稼轩词疏证》，1977年台北广文书局《国学珍籍汇编》影印梁氏曼殊室刻本；《词学》，1985年北京中国书店影印京城印书局排印本；《词学铨衡》，1964年上海书局排印本；《中国韵文概论》，1938年商务印书馆排印本。《词学铨衡》《中国韵文概论》与《词学》合为《词学（外二种）》一册。简体横排，并加以新式标点，以飨读者。限于学识水平，整理时难免有错讹之处，恳请方家批评指正。

李志强　段双喜
2020年8月

凡　例

一、原书为竖排繁体，今改为横排简体，采用规范的标点符号，以便读者阅读。

二、原书异体字、古字、俗字等，除因文意酌情保留外，径改为规范汉字，不作另外说明。

三、原书部分旧时词语与现行通用规范词语不同，如"崛强"（倔强）、"眼花撩乱"（眼花缭乱），读者能够理解意义，予以保留。

四、专有名词，如"亚力山大王"（亚历山大王）、"歌白尼"（哥白尼）、"亚玛逊河"（亚马逊河）等，按民国惯例保留。前后称谓不一者，酌情统一。

五、词作标点一仍原书，偶有不妥者，依词律订补。

六、原书手写之歌谱符号，今据《词话丛编》例，重新排版，统一写法。

七、原书对引文有所省改、删并，或仅括述大意，凡不影响文意者，均不作校改。

八、明显错讹误植者径改，必要时出按语予以说明。

目 录

前言 /001
凡例 /001

自序 /001
词论 /001
曲论 /081
宗论 /127
史论 /165
杂论 /309

自　序

　　溯自新纪元之第十五年丙寅春正月，始作《读书随笔》。触目如有疑义、感想、互证、校勘等，辄援笔记之。岁月易得，于今二十又一年矣。丛稿盈箧，约之可得四十万言，分类而铨次之，都为五卷，曰《词论》《曲论》《宗论》《史论》《杂论》。敢云有得，亦曰备忘而已。

　　三十五年丙戌腊将半仲策识于曼殊室

词论

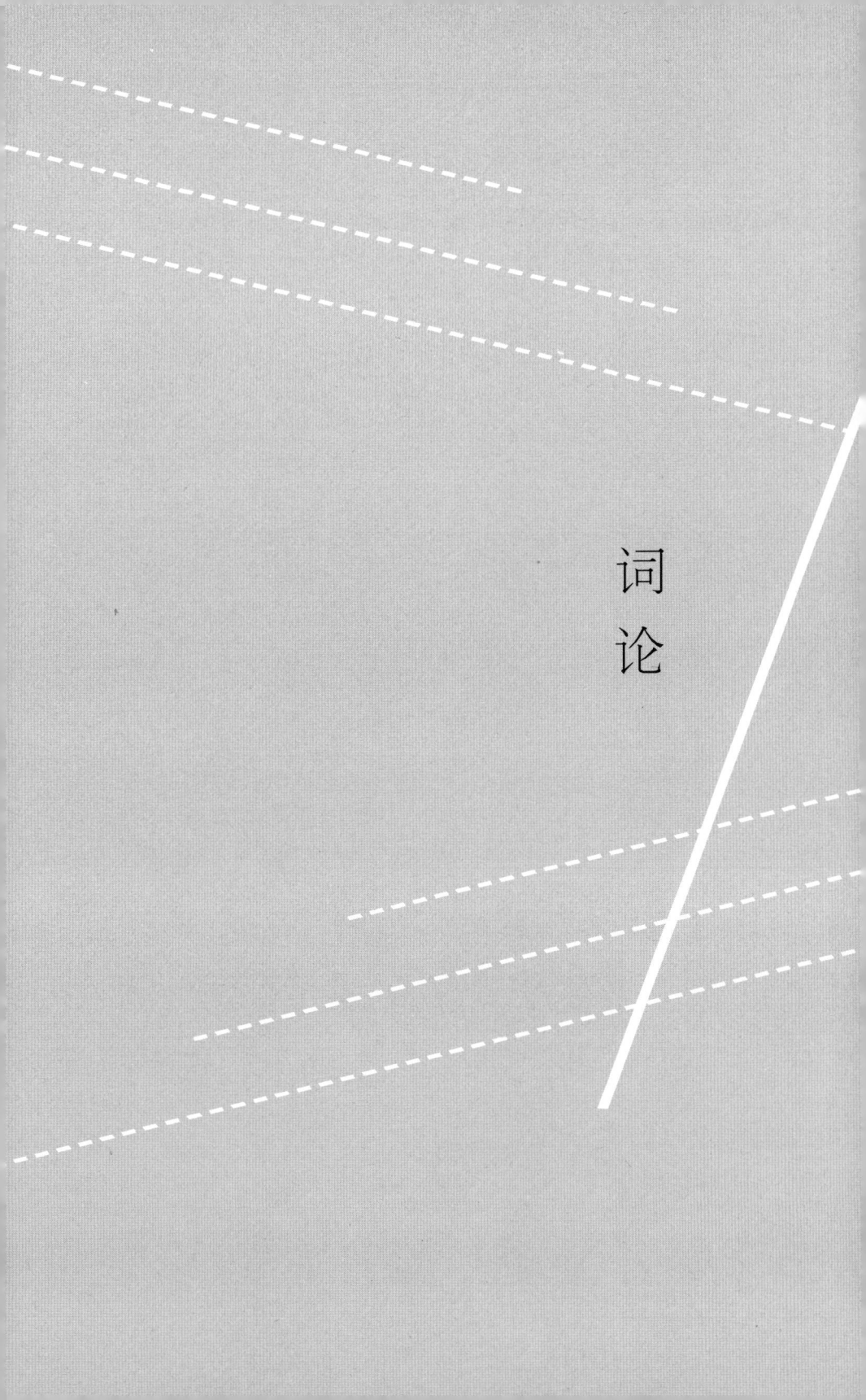

一

作品互相摹仿，乃文人之常，不足为病，但摹仿过甚，则有迹近剽窃者矣。大约诗词一类，若欲摹拟一名作，切忌采取同一韵脚，否则易涉于剽窃之嫌疑。如周清真之《满路花》一阕，实窃取柳耆卿之《定风波》不少。周之"朱消粉褪，绝胜新梳裹"，即柳之"终日厌厌倦梳裹"，周之"日上三竿，殢人犹要同卧"，即柳之"日上花梢……犹压香衾卧"。全首多类此。此采取同一韵脚之病也，当知所戒。

卢蒲江之《谒金门》"风不定，移去移来帘影"，静境妙观，不减后主之"风压轻云"[1]。陈西麓之《谒金门》"风不定，吹漾一帘波影"乃抄袭蒲江，而意境便不如矣。调名既同，而韵脚亦同，故痕迹愈显，尤当引为大戒。

康伯可居翰林时，值南渡之初，颇受知于高宗。一次重阳大雨，奉敕赋诗。康口占《双调望江南》一阕曰："重阳日，风雨苦凄凄。戏马台前泥拍肚，龙山会上水平脐。直浸到东篱。　茱萸润，黄菊湿滋滋。落帽孟嘉寻箬笠，休官陶令觅蓑衣。两个一身泥。"真堪解颐。

辛稼轩寿王道夫之《清平乐》"料得今宵醉也，两行红袖争扶"，黄公绍之《青玉案》"落日解鞍芳草岸。花无人戴，酒无人劝，醉也无人管"，环境不同，各自有其美感。

贺方回有《蝶恋花》一首曰："几许伤春春复暮。杨柳清阴，偏碍游丝度。天际小山桃叶步。白蘋花满湔裙处。　竟日微吟长短句。帘影灯昏，心寄胡琴语。数点雨声风约住。朦胧淡月云来去。"李世英亦有一首《蝶恋花》曰："遥夜亭皋闲信步。才过清明，渐觉伤春暮。

---

[1] 按："风压轻云"句出自中主李璟之《浣溪沙》；一说为苏轼词。

数点雨声风约住，朦胧淡月云来去。　　桃杏依稀香暗度。谁在秋千，笑里轻轻语。一寸相思千万绪，人间没个安排处。"此调之韵与叶共八个，贺、李两首从同者居其七。若云暗合，恐世间无如是之巧。"数点雨声风约住，朦胧淡月云来去"，是诚佳句。两首乃一字不易，则未免太无聊矣。李世英名冠，北宋之山东人。

苏东坡之"溪风漾流月"与张功甫之"光摇动一川银浪"、赵汝愚之"江月不随流水去"与张叔夏之"长沟流月去无声"，意境相同，唯观察各异，皆不愧为佳句。是以作品须首重意境。

李后主之"别时容易见时难"，世传名句，但较于李义山之"相见时难别亦难"则不逮矣。后主少却一层意思。

二

文人之习用语，各自有其不同之好尚。周止庵谓"梅溪好用'偷'字，品格便不高"，故刘融斋有"周旨荡而史意贪"之诮，信然。史梅溪之作品，"偷"字诚不少用。试录列之，看是否非用此字不可。梅溪词品虽不甚高，但格律最称严谨。

做冷欺花，将烟困柳，千里偷催春暮。（《绮罗香》）
巧剪兰心，偷黏草甲，东风欲障新暖。（《东风第一枝》）
讳道相思，偷理绡裙，自惊腰衩。（《三姝媚》）
应念偷剪酴醾，柔条暗萦系。（《祝英台近》）
芳意欺月矜春，浑欲便偷许。（《祝英台近》）
坠絮孳萍，狂鞭孕竹，偷移红紫池亭。（《庆清朝》）
冷截龙腰，偷拏鸾爪，楚山长锁秋云。（《夜合花》）
轻衫未揽，犹将泪点偷藏。（《夜合花》）

向黄昏竹外寒深，醉里为谁偷倚。(《瑞鹤仙》)
更暗尘偷锁鸾影，心事屡羞团扇。(《玲珑四犯》)
杏墙应望断，春翠偷聚。(《齐天乐》)
犀纹隐隐莺黄嫩，篱落翠深偷见。(《齐天乐》)

《牡丹亭》《长生殿》总算得两部名作，一称词藻第一，一称格律第一，世有定评。汤临川好用"则"字，且每次用得均甚有力。洪昉思则好用"不提防"，试分别举之。

《惊梦》《寻梦》，最是牡丹亭脍炙人口之两出，试看其所用之"则"字有几：

则怕的羞花闭月花愁颤。(《惊梦》[醉扶归])
则为俺生小婵娟。(《惊梦》[山坡羊])
则索因循腼腆。(同上)
则为你如花美眷，似水流年。(《惊梦》[山桃红])
也则待你忍耐温存一晌眠。(同上)
单则是混阳烝变。(《惊梦》[鲍老催])
则把云鬟点，红松翠偏。(《惊梦》[山桃红])
坐起谁忺，则待去眠。(《惊梦》[绵搭絮])
则待把饥人劝。(《寻梦》[月儿高])
也则为水点花飞在眼前。(《寻梦》[懒画眉])
则咱人心上有啼红怨。(同上)
则道来生出现。(《寻梦》[尹令])
偏则他暗香清远。(《寻梦》[二犯么令])
则挣的个长眠和短眠。(《寻梦》[川拨棹])
也则是照独眠。(《寻梦》[意不尽])

《惊梦》八个,《寻梦》七个,不为少矣。"则"字个个响亮。《长生殿》之"不提防"亦甚有趣,试列举之:

不提防番兵夜来围合转。(《贿权》[解三酲])
不提防为着横枝,陡然把连理轻分。(《献发》[泣颜回])
不提防枒虎樊熊,任纵横社鼠城狐。(《疑谶》[集贤宾])
不提防透青霄横当仙路。(《神诉》[么篇])
不提防余年值乱离。(《弹词》[一枝花])
不提防扑通通,渔阳战鼓。(《弹词》[转调货郎儿])
不提防断砌颓垣,翻做了惊涛沸涛。(《雨梦》[黑麻令])
不提防惨凄凄月坠花折。(《补恨》[普天乐])

虽则曰好尚不同,但此三君之不厌其多,真可谓有特殊情味者矣。

三

晁无咎评东坡词曰:"人谓东坡词多不谐音律,然横放杰出,自是曲子中缚不住者。"推许之意,溢于言外。又沈宁庵尝为汤若士改易《牡丹亭》字句之不协律者,若士不怿曰:"彼恶知曲意哉!吾意之所至,不妨拗折天下人嗓子。"若东坡与若士者,真可称词曲中豪杰之士也已。试思"曲子缚不住"及"拗折天下人嗓子"二语,是何等气概!然必须有两君之聪明,有两君之学力,庶可语此。若初学而欲执此二语以自文其短,势必将沉沦万劫,永无重见天日之期。须知两君之所以如此,乃入而复出,非空疏也。试观《东坡乐府》及《牡丹亭传奇》两部作品,非至今仍能保持其最高地位耶?并未因此而损其声价也,斯可知矣。入而复出则可,若不入尚何出之足云,终久是门外汉而已。

四

集句为联，是亦一格。日前因缀苏辛词句贺人新婚，精神既已集中，遂得数十副，姑录存之：

对景难排，重按霓裳歌遍彻；（后主《浪淘沙》、后主《木兰花》）有谁堪摘，未成沉醉意先融。（漱玉《声声慢》、漱玉《浣溪沙》）

宗风嗣阿谁，正商略遗篇，晚来明月和银烛；（东坡《南歌子》、稼轩《哨遍》、东坡《千秋岁》）文字起骚雅，怎安排心眼，胸中书传有余香。（稼轩《水调歌头》、东坡《殢人娇》、稼轩《虞美人》）

鸾镜与花枝，红幕半垂清影；（温飞卿《菩萨蛮》、孙光宪《更漏子》）香笺共锦字，乌丝重记兰亭。（张文潜《风流子》、辛稼轩《临江仙》）

歌扇轻约飞花，眉峰压翠；（姜白石《琵琶仙》、陆子逸《瑞鹤仙》）浓香暗黏襟袖，阑影敲凉。（周美成《玉烛新》、史梅溪《玉簟凉》）

笛在月明楼，欲唤飞琼起舞；（后主《忆江南》、碧山《无闷》）鸟啼花满径，且教红粉相扶。（蒲江《谒金门》、东坡《西江月》）

舞歇歌沉，凄凄更闻私语；（梦窗《三姝媚》、白石《齐天乐》）愁浓酒恼，年年负却薰风。（漱玉《怨王孙》、碧山《庆清朝》）

不堪听急管繁弦，凭虚醉舞；（美成《满庭芳》、梦窗《齐天乐》）漫想念清歌锦瑟，尽付沉吟。（草窗《大酺》、梅溪《月当厅》）

望残烟草低迷，珠帘半卷；（李后主《临江仙》、秦淮海《水龙吟》）冷淡胭脂匀注，鬖翠双垂。（宋徽宗《燕山亭》、张玉田《国香》）

翠叶吹凉，漫写入瑶琴幽愤；（白石《念奴娇》、稼轩《贺新郎》）歌桡唤玉，试凭他流水寄情。（玉田《城台路》、碧山《琐窗寒》）

且教红粉相扶，惊残好梦；(东坡《西江月》、放翁《瑞鹤仙》)载取白云归去，曾赋高情。(玉田《甘州》、梅溪《夜合花》)

舞歇歌沉，翠袖倚风萦柳絮；(梦窗《三姝媚》、东坡《浣溪沙》)潭空水冷，飞云当面化龙蛇。(稼轩《水龙吟》、淮海《好事近》)

清影徘徊，耿耿素娥欲下；(子野《燕台春》、美成《解语花》)淡烟飘薄，濛濛残雨笼晴。(耆卿《女冠子》、淮海《八六子》)

待翠管吹破苍茫，夜潮正落；(碧山《无闷》、美成《一寸金》)为玉樽起舞回雪，罗带轻分。(白石《琵琶仙》、淮海《满庭芳》)

两行红袖争扶，非干病酒；(稼轩《清平乐》、漱玉《凤凰台上忆吹箫》)一片苍云未扫，恼乱愁肠。(玉田《扫花游》、东坡《满庭芳》)

玉漏已三更，浓睡不消残酒；(李知几《临江仙》、李易安《如梦令》)寒云飞万里，晓霜初著青林。(赵西里《八声甘州》、王碧山《水龙吟》)

帘卷西风，断送一年残暑；(漱玉《醉花阴》、东坡《谒金门》)雁横南浦，连娟十样宫眉。(文潜《风流子》、稼轩《满庭芳》)

烛映帘栊，万枝香袅红丝拂；(方回《天香》、飞卿《菩萨蛮》)暖回雁翼，一夜风吹杏粉残。(美成《渡江云》、叔原《采桑子》)

舞榭歌台，粉面都成醉梦；(稼轩《永遇乐》、稼轩《西江月》)风帘露井，孤山无限春寒。(子逸《瑞鹤仙》、梦窗《高阳台》)

夜来秋气入银屏，雁横烟水；(汪彦章《小重山》、高竹屋《齐天乐》)风送菊香黏绣袂，人倚西楼。(顾敻《玉楼春》、张文潜《风流子》)

日长蝴蝶飞，池台遍满春色；(永叔《阮郎归》、美成《应天长》)睡起流莺语，东风暗换年华。(石林《贺新郎》、淮海《望海潮》)

杨柳拂河桥，昼日移阴，烟里丝丝弄碧；(美成《忆旧游》、美成《满江红》、美成《兰陵王[1]》)井床听夜雨，琐窗睡起，断肠点

---

[1] 按："兰陵王"，原作"阳陵王"，据《全宋词》改。

点飞红。(稼轩《临江仙》、稼轩《念奴娇》、稼轩《祝英台近》)

紫陌飞尘,谁把香奁收宝镜;(稼轩《满江红》、稼轩《念奴娇》)虚檐转月,莫因长笛赋山阳。(东坡《满庭芳》、东坡《浣溪沙》)

月色忽飞来,冷浸佳人淡脂粉;(秦淮海《生查子》、晁无咎《洞仙歌》)东风休放去,谁怜季子敝貂裘。(辛稼轩《菩萨蛮》、苏东坡《浣溪沙》)

划袜下香阶,素面翻嫌粉涴;(后主《子夜啼》、东坡《西江月》)翠辇辞金阙,侵晨浅约宫黄。(稼轩《贺新郎》、美成《瑞龙吟》)

回首月明中,残照犹在庭角;(李后主《虞美人》、周美成《丹凤吟》)起来花影下,冰姿自有仙风。(李知几《临江仙》、苏东坡《西江月》)

觉来闻晓莺,我欲醉眠芳章;(温飞卿《菩萨蛮》、苏东坡《西江月》)高会尽词客,有人梦断关河。(聂冠卿《多丽》、辛稼轩《清平乐》)

五

词选之最古者首推欧阳炯之《花间集》(后蜀孟昶广政三年庚子,九四〇),最近者则为朱祖谋之《宋词三百首》(民国十三年甲子,一九二四),上下相距恰千年。若断代选本只以当代为限者,则前有周密之《绝妙好词》专选南宗,近有谭献之《箧中词》专选清代。至若徐乃昌之《小檀栾室闺秀词》,则又以性为别者矣。

周密之《绝妙好词》,去取之间颇谨严,至清初而有查为仁、厉鹗二公为之作笺注。查、厉皆博雅君子也。宋刻《花间集》则以圈点断句,韵用圈而句用点,词集之有断句者当以此为最先矣。康熙中叶,以帝者之力命词臣编辑《历代诗余》,所选者自唐迄明,计词人九百五十七，调一千五百四十，词九千零九首，真可称选本之洋洋大观者矣。虽所选未必尽精粹，然此种雄伟之气魄，非帝者莫能办也。

六

张三影以"云破月来花弄影"等数语得名。实则子野词"绘影"之作最多，佳句尚不止此。试举其显著者如左：

云破月来花弄影。（《天仙子》）
隔墙送过秋千影。（《青门引》）
柔柳轻摇，坠飞絮无影。（《剪牡丹》）
娇柔懒起，帘幕卷花影。（《归朝欢》）
无数杨花过无影。（《木兰花》）
横塘水静花窥影。（《倾杯》）
固向鸾台同照影。（《木兰花》）
鸳鸯集，仙花斗影。（《双韵子》）
苕水天摇影。（《虞美人》）

子野诗更有"浮萍破处见山影"之句。意境亦殊俊逸。以上所列举，均属以"影"字为韵脚，用重笔描写者也。此外复有轻描淡写之"影"，亦殊见佳妙。如：

花影闲相照。（《谢池春慢》）
棹影轻于水底云。（《南乡子》）
愿教清影长相见。（《相思儿令》）
花上月，清影徘徊。（《宴春台慢》）

> 隔帘灯影闭门时。(《醉桃源》)
> 草树争春红影乱。(《木兰花》)
> 寒影透清玉。(《忆秦娥》)
> 人在银潢影里。(《鹊桥仙》)

由此观之，可见此翁对于"灯影""月影""水影"与夫各种之"影"，固具特殊兴趣而别有会心者也。

七

刘辰翁《须溪词》有《虞美人》一首，题曰"壬午中秋雨后不见月"，词曰：

> 湿云待向三更吐。更是沉沉雨。眼前儿女意堪怜。不说明朝后日说明年。(原注"今年十七望")　当年知道胜三鼓。便似佳期误。笑他拜月不曾圆。只是今朝北望也凄然。

案："壬午"乃元世祖至元十九年，亦即入主中夏之第六年，翌年颁行《授时历》。又案：朔望之不准确，原易补救，只要接连两个月小尽，即可挪移适合。但当日所用者乃度宗咸淳六年所颁之《成天历》，原欠精密。观于陆秀夫辅帝昺至闽南即改用邓光荐所造之《本天历》，而同时元世祖亦改用郭守敬所造之《授时历》，则《成天历》之不能满人意，于斯可见。辰翁字会孟，庐陵人，生于理宗绍定初年，第进士，目睹南宋之亡，入元不仕。《须溪集》中有《兰陵王》两首，一曰"丙子送春"，一曰"丁丑感怀"，悲苦殊甚。"丙子"乃恭帝德祐二年，即元兵入临安掳恭帝北去之年。"丁丑"乃元世祖至元十四年，即外族入主中夏之年。哽咽之声，与靖康元年汪水云之《水龙吟》略相似。但水云身世只是送病人入医院，而须溪则送殡矣。

元兵入临安，全太后及恭帝北行，乃丙子闰三月事，故须溪有送春之《兰陵王》。其第三叠换头曰："春去。尚来否。正江令恨别，庾信愁赋（原注'二人皆北去'）。苏堤尽日风和雨。叹神游故国，花记前度。"无限幽怨。《须溪集》中不少伤春词，多属缅怀故国之作。如《宝鼎现》之"等多时春不归来，到春时欲睡。又说向灯前拥髻，暗滴鲛珠泪。便当日亲见霓裳，天上人间梦里"，又《摸鱼儿》之"怎知他春归何处，相逢且尽尊酒。少年袅袅天涯恨，长结西湖烟柳。休回首。但细雨断桥，憔悴人归后。东风似旧。问前度桃花，刘郎能记，花复认郎否"，又《琐窗寒》之"记匹马经行，风林烟树。家山何在，想见绿窗啼雾。又何堪满目凄凉，故园梦里能归否"，最为沉痛。

八

词之断句，严格乃在韵脚，至于句与逗，则解音律者未尝不可以伸缩。如《八声甘州》之第一韵，赵西里一首曰，"寒云飞万里，一番秋一番揽离怀"。辛稼轩一首曰，"把江山好处付公来，金陵帝王州"。要之，此一韵乃十三字，作五八也可，八五也亦可。又《汉宫春》之第二韵，辛稼轩所作，一则曰"无端风雨，未肯收尽余寒"，一则曰"山河满目虽异，风景非殊"。张子野两首，一则曰"奇葩异卉，汉家宫额涂黄"，一则曰"无聊强开强解，蹙破眉峰"。可见此十字一韵，四六或六四，可随意也。

梦窗词之于音律，最称严整，试举其《水龙吟》两首之结二韵以作参证。

> 鸿渐重来，夜深华表，露零鹤怨。把闲愁换与，楼前晚色，棹沧波远。

此《水龙吟》之正格也。又一首曰：

> 携手同归处，玉奴唤绿窗春近。想骄骢又蹋西湖，二十四番花信。

更有赵长卿一首曰：

> 帘幕中间垂处[1]，轻风送一番寒峭。正留君不住，潇潇更下黄昏后。

结二韵共计二十五字，三首相同，唯断句则大不相同，愈可知此中消息。

又《水龙吟》起韵乃十三字。吴梦窗一首曰，"艳阳不到青山，古阴冷翠成秋苑"，陆放翁一首曰，"摩诃池上追游路，红绿参差春晚"。吴作六七，陆作七六。

似此实不胜枚举。《八声甘州》《汉宫春》与《水龙吟》乃最普通之长调而为人所共知者，特引之以为方。

《念奴娇》一调名作如林，而以和《大江东去》之作为尤多。试将李易安一首、苏东坡一首并列而比较之，则余所谓"严韵脚，活句逗"之说倍更明显。

> 萧条庭院，又斜风细雨，重门须闭。（李）
> 大江东去，浪淘尽千古风流人物。（苏）

---

[1] 按："帘幕中间垂处"，《全宋词》作"帘幕闲垂处"。因梁氏下文言"结二韵共计三十五字"，姑保留原文。

宠柳娇花寒食近，种种恼人天气。（李）
故垒西边，人道是三国周郎赤壁。（苏）
楼上几日春寒，帘垂四面，玉阑干慵倚。（李）
遥想公瑾当年，小乔初嫁了，雄姿英发。（苏）
被冷香消新梦觉，不许愁人不起。（李）
羽扇纶巾，谈笑间樯橹灰飞烟灭。（苏）
清露晨流，新桐初引，多少游春意。（李）
故国神游，多情应笑我，早生华发。（苏）

人或执此词以诮坡公之粗疏，但试以上文之列举作例证，则坡公亦未可遽以粗疏见诮耳。或则以坡词为《念奴娇》之又一体，犹是浅见。

然而凡此所云，亦唯有深得此中三昧而达到游行自在之境界者乃能出此，若新学而欲借此以作不守绳墨之口实，则大惑矣。

万红友对于词学之所供献，实有不可磨灭之劳绩。至于同一调而断句偶有差别者辄曰"又一体"，则难免空疏之诮矣。

九

宋词之所以变为元曲，虽则原因种种，大约自然与人工参半，固历历可稽。但当日南宋诸贤自以为词之境界，都被五代、北宋人占尽，难出其范围。然又不能如诗学之欧、苏、梅、王，特辟新意境，用洗晚唐泛浮纤仄之病，徒相率在含蓄蕴藉上用过分之工夫，结果遂流为梦窗等之晦涩，至是已入绝境。此而不变，则亦可以无作矣。曲与词之别，形式结构无甚差殊，所异者只在活泼流丽间，约略不与宋词同，此正晦涩之反动矣。然而一种文体之转变，殊非偶然，蕴酿化分，胥循轨辙，恰似蜗牛缘壁，痕迹可寻。楚骚、汉赋、唐诗、宋词，其衔接递嬗之程序，固自宛然。词与曲亦当不能外此例。试举一事作佐证。

金章宗泰和乙丑，元遗山赴并，道逢捕雁者，获一雁，杀之，其一飞鸣不忍去，竟自投地死，因买而葬诸汾水上，累石为识，名曰"雁丘"。元之友李仁卿倚《摸鱼儿》以赋其事，中有句曰："摧劲羽。倘万一幽冥，却有重逢处。"又曰："霜魂苦，算犹胜王嫱青冢贞娘墓。"又泰和中，大名民家小儿女，有以情私不遂，双双赴水者，自是此陂荷花开皆并蒂。仁卿亦有《摸鱼儿》一阕写其事。中有句曰："香潋滟，银塘对抹胭脂露。"词诚佳绝，但决非宋人语，尤非南宋。以青冢及贞娘墓陪衬雁丘，宋贤固亦能之，但运用之技术，必不能若是之流丽轻倩。至于以"对抹胭脂"写并头莲，宋人似不能有此意境，已全入曲之韵味。金在宋元之间，其中不乏文学知名，试读元遗山、韩温甫、李钦叔、蔡伯坚、王拙轩、李庄靖及殷氏弟兄诚之、复之诸人之集，则词曲递嬗之消息，未尝不可寻，其中如所举之李仁卿佳句，正自不少也。

一〇

"艺术"乃一概括名词，以空间言之，是多方面的；以时间言之，是无止境的；若欲以一语包举之，则曰"唯美"。美亦多方面的、无止境的，有天然之美，有人工之美。思如何而后可以模仿天然、补助天然、改造天然，此等工作，谓之曰"艺"，而成功则有"术"焉。

吾人对于美之一字，第一个观念曰"柔"。换言之，即软性的。证于写美之形容词可以知之，不遑列举。第二个观念曰"欢娱"。凡赞扬美丽者多用愉快语，亦随在可以得佐证。第三个观念曰"复杂"。复杂之对面曰"单调"，太单调云者，即不美之意义矣。此三种观念，谁也不能谓之错误。

然而美是多方面的，必不能仅以此三种观念而尽之也。唐太宗语人曰："人言魏徵举止疏慢，态度崛强。自我视之，则愈觉其妩媚。""妩媚"即"美"之意。以一须发斑白之田舍翁而誉之曰"美"，则"美"非只限于柔性可知矣。（谓魏徵为"田舍翁"，亦唐太宗语。）袁绍与董卓争论废立事，卓按剑叱绍曰："竖子敢尔！将谓乃公之刀为不利乎？"绍亦勃然曰：〔"天下健者，岂唯董公！"引佩刀横揖，昂然而出。〕试闭目凝想括弧内之数语，只觉袁绍之态度美不可言。此亦非柔性也，然而真美。

美诚与欢娱有密切关系，才曰美，便即与怡情悦性生联想，此则通常观念矣。然而冯延巳之"和泪试严妆"，每一念及，辄生美感。"泪"非愉快事也。姜白石之"别母情怀，随郎滋味，桃叶渡江时"，别母亦非愉快事也，但每一念及，弥觉其美。"泪"与"严妆"两绝对，苦的情怀与乐的滋味两绝对，二者调和，乃竟发生一种特殊美感，此殆与东坡所谓"刚健含婀娜"同一韵味，"刚健"之与"婀娜"，固两绝对也。

姹紫嫣红，繁弦急管，写美之词句也，足见美是须要复杂。单音不可以为曲，必要疾徐高下，七音克谐，而优美之歌曲乃得成立。美人装束较复杂于男子，其理亦同。但成功之要核，端在调和。复而不调，无宁单简。"秋水长天"，只是一种颜色；"明月照积雪"，只是一种颜色；"玉人和月摘梅花"，也只是一种颜色。斯三者，作者以为美，读者亦以为美。然而颜色只是单纯，又何必定要嫣红姹紫、新绿娇黄，而后可以描写良辰美景哉！此无他，得调和之韵味而已。西印度及马来妇女之装束，颜色与佩带，何尝不复杂，但失调和之艺术，虽多亦无当耳。柳耆卿之"杨柳岸晓风残月"，是三种天然景物集合而成，但美感无限，传诵千古。秦少游之"斜阳外，寒鸦数点，流水绕孤村"，是四种天然景物集合而成，晁无咎谓"虽不识字人，亦知是天生好言语"。此无他，亦曰调和而已。可见美感不外调和，形色如是，声音亦复如是。着意调和，是即艺术之所谓"术"。

金之初叶，泽州李俊民，字用章，有《庄靖先生乐府》一卷，词品颇似遗山。中有《谒金门》十二阕,题曰:"西斋得梅数枝,色香可爱,一日为泽倅崔仲明窃去,感叹不已,赋《谒金门》十二章以写其怅望之怀。"曰《寄梅》《探梅》《赋梅》《叹梅》《慰梅》《赏梅》《画梅》《戴梅》《别梅》《望梅》《忆梅》《梦梅》,凡十二首。《红楼梦》作者或亦尝见《庄靖乐府》。

一一

词之《品令》一调,多作俳语体,因此可以略识时代方言。如秦少游一首曰:"幸自得。一分索强,教人难吃。好好地恶了十来日。恰而今,较些不。　须管啜持教笑,又也何须胳织。衠倚赖脸儿得人惜。放软顽,道不得。"由今读之,多不可解,得其意而已。中国文字演形而不演声,所以此民族得维持其万世不变之统一。而不然者,恐一部二十四史之面目与内容,定不如是。

"残雪无多,莫教容易成流水。"此顾梁汾词句也,语甚平常,但似未经人道,此其所以为佳。盖新意境只应在眼前觅取,随手拈来,便成佳构,方是上乘。

"只觉上清尘土绝,那知玉宇高寒甚",已微露下僚鞄系之无聊,时梁汾年未三十也。至于"飘泊青衫,随例属天家拘管。忆二十年前慧业,侍玉皇香案",厌倦之情,见于辞色矣。

一二

郑叔问《樵风乐府》有借白石韵之《惜红衣》词六首,均于第二句"日"字起韵。并代词流如朱彊村、潘若海诸公，亦有从而和之者。但此调是否第二句起韵，不能无疑。白石原唱起三句曰："枕簟邀凉，琴书换日，睡余无力。"文气三句直落，似可以不必在第二句停顿。《惜红衣》乃白石自度曲，自是前无古人，然而虽不能援例于先，亦未尝不可以求证于后。吾见《梦窗集》亦有《惜红衣》一首，起三句曰："鹭老秋丝，蘋愁暮雪，鬓那不白。"文气亦是三句直落。按戈顺卿《词林正韵》，"白"字在第十七部陌职韵，而"雪"字则在第十八部黠屑韵，显然非协。又按周德清《中原音韵》，"白"字在第六部皆来韵，而"雪"字则在第十四部车遮韵，亦显然非协。韵文之道，不能逢韵而不协，但可以非韵而偶协。即令"日"与"力"可借协，焉知非行文偶协也？梦窗之于词律最称严谨，即以此词而论，白石于换头第三韵"故国渺天北"，"国"字乃暗韵。而梦窗于此句亦曰"绣箔夜吟寂"，可见不苟。且"鹭老秋丝"一首乃为石帚而作，其词题曰"余从姜石帚游苕霅间三十五年矣，重来伤今感昔，聊以咏怀"云。叔问先生固最服膺梦窗者也，吾宁信梦窗。

一三

王静安先生之《人间词话》，语语精警，每节均有独到处。其中有一节曰："诗之《三百篇》《十九首》，词之五代、北宋，皆无题也。非无题也，诗词中之意不能以题尽之也。如观一幅佳山水，而即曰此某山某水，可乎？诗有题而诗亡，词有题而词亡。"读画之喻，精警独绝。但"诗有题而诗亡，词有题而词亡"一语，则未免太极端矣。太白诗九百九十余首，除古乐府例以篇名为题外，其余诗歌似未见有无题者。杜诗一千四百四十余首，无题者只三十余首，若是者，岂得曰"诗至李杜而诗亡"哉？东坡词三百三十余首，无题者只一百十余首，约及三之一强。此犹是以朱氏《彊村丛书》本言之也,若毛氏汲古阁本则无题者只十余首耳。稼轩词六百二十三首,无题者只八十七首,约及七之一强,若是者,岂得曰"词至苏辛而词亡"哉?《人间词话》,于五代而外,特崇苏辛,固甚明显,想是于下笔时文章奔放而不可勒,偶出此极端之言而已。要而论之,五代之词皆无题,诚是也。揆厥所由,约有二因,请言其旨。初期之词只是小令,寄兴言情,一以歌咏式出之,言简而意赅,纯任自然,随所感以流露,初无取乎特立一题而结构之也。此其一。又词之初起,每一调之创造,调名即是题意,实无重立一题之必要。迨乎后世,则调名已变为符号,更莫问其本意矣。此其二。斯二者,虽不敢谓即可以探其源,亦曰一端而已。

一四

焦里堂《雕菰楼词话》曰:"周密《绝妙好词》,所选皆同于己者,一味轻柔润腻而已。黄玉林《花庵绝妙词选》,不名一家,其中如刘克庄诸作,磊落抑塞,真气百倍,非白石、玉田辈所能到。可知南宋词人不尽草窗一派也。近来朱彝尊所选《词综》,规步草窗,学者不复周览全集,而宋词遂为朱氏之词矣。王阮亭选唐五七言诗亦然。"

大抵选录古人之诗、古文词者,只是凭一己之好恶以为去取,所好即取之,所恶即去之。无所谓标准,己之好恶即标准也。无所谓理由,己之好恶即理由也。此乃纯粹的主观作用,更不容有丝毫客观存乎其间。

民国二三年间,余正研读苏、辛词,知诗词之有和韵体实创始于东坡,前无古人。又见东坡和章质夫《水龙吟》之《杨花》一首,实突过元白。于是将苏、辛词集之朋俦步韵唱和词兼收而罗列之,较其优劣。又尝于民国十五六年间,欲研究环境与情绪之关系,曾将东坡词分作徐州、杭州、黄州、惠州四部分,又将稼轩词分作上饶、铅山及宦游三部分,用察其情感之变化。此种笨工作,乃纯粹的客观作用,不容有丝毫主观存乎其间。

计此两次之笨工作,劳力诚不少,丛稿盈箧。既非欲重刻苏、辛分类词,又非欲编苏、辛之朋俦酬唱集,亦曰乐其所好而已。后作稼轩词疏证,此稿乃大得用。

一五

田同之《西圃词说》曰:"古人名作中转折跌宕处多用去声,盖三声之中,上、入可以作平,去则独异。故论声虽以一平对三仄,论歌则当以去对上、平、入也。其中当去者非去则激不起,用入且不可,断勿用平上也。"此与万红友"上、入可替平,去则独异"之说相同。

江顺诒《词学集成》曰:"韵与音异。平、上、去、入谓之韵,喉、舌、唇、齿、牙谓之音,由喉、舌、唇、齿、牙之音可以配合宫商,由平、上、去、入之韵不能配合宫商。"江氏之所谓"韵"与"音",似即田氏之所谓"声"与"歌"。我国之专门术语,多未经过共同审定以求划一之工作,比辞差异在所不免,且勿具论。但江氏所谓喉、舌、唇、齿、牙可以配合宫商,而平、上、去、入乃不能配合宫商,未免令人迷惑。独惜江氏并未进一步示人以能不能之方,不无遗憾。

江氏又曰:"填词入律,苟无弦索之变,北曲词至今亦可不变南曲。"原来江氏之音律学问乃如此,无怪其谓四声不能配合宫商矣。案北曲之兴,正以当日之入主中夏者乃漠北民族,发音之缓急轻重,词不能按,乃制北曲。然而北方无入声,四声阙一,不适用于南方,乃生南曲。假令如江氏所言,四声与宫商无关,则古人亦何必不惮烦而委曲迁就也。至于"苟无弦索之变"一语，尤为大奇。歌曲随弦索乎，抑弦索随歌曲乎？主从不辨，其蔽也愚。江氏又曰："词即乐府，庙廷用之，又何曲之变哉。"案词虽亦称乐府，但庙廷上所用之乐府，决非如两宋之词。平调、清调、瑟调、鼓吹、横吹及郊庙宴飨等乐歌，虽与后世之词有几许因缘，但小令、引、慢等靡靡之音，定非用以奏诸庙堂者也。至于词曲之转变，全出于娱乐之需要，与朝廷制礼作乐之动机曾无关系。东涂西抹，貌为渊博以吓人，殊非学者态度。总而言之，江氏抹煞四声阴阳而侈言音律，无论如何，恐亦不能自完其说。

江氏又云："玉田所举之《惜花词》，'深'字不协，改'幽'亦不协，再改为'明'字乃协。'深''幽''明'三字同是平声，而或协或不协，足征四声之与五音毫不相涉。"此真乃门外汉语。"深""幽""明"三字虽同是平声，但"深""幽"二字乃阴平，而"明"字则阳平故也。

吴衡照《莲子居词话》曰，"折"乃高半格，"㓣"乃低半格。案"折"之音符为"ㄣ"，"㓣"之音符为"ㄐ"，恰如五线谱之"♯"与"♭"，音乐本乎天籁，原理原则，曾无古今中外之分。

陆次云述曲工金叟之言曰："字有四声，度曲者四声各得其是，虽拙亦佳。如阳平拖韵稍长即类于阴，阴平发音稍亮即类于阳。"（见《湖壖杂记》）谢章铤曰："音乐之道，儒者解其义而不习其器，乐工习其器而不解其义。故乐工鲜能著书，而儒者之张皇楮墨，只如话钧天、望神山，持论愈高，实用愈少。至今日则文人多哑而乐工多盲，虽有妙制，辄遭荼毒，非出删其句即句更其字。"（见《赌棋山庄集》）"哑文士""盲乐工"之喻，实为昆曲衰落之本源。

葛长庚《玉蟾诗余》有《菊花新》九首，长短不一，平仄互协，一韵贯彻，甚似元曲之散套。徐诚庵谓《菊花新》一调以宋仙韶院中"菊部头"得名云。案张子野集有《菊花新》一首，为大吕调，五十二字，与葛作九首全不相同。葛长庚号白甫，南宋光宁间人，学道于武夷山，有封号。

元曲散套，乃以同一宫调而曲牌各异之诸曲合组而成。此九首虽长短各别，而皆以《菊花新》名。若以赵德麟之十二首《蝶恋花》例之，则此较为活泼矣。要之河水汤汤，必有泉源，元曲之发生，亦必非突然转变无根而植者也。

一六

《历代诗余》所选之稼轩词，共二百九十一首。其中有《端正好》一首，曰："软波拖碧蒲芽短。画桥外、花晴柳暖。今年自是清明晚。便觉芳情较懒。　春衫瘦、东风剪剪。过花坞、香吹醉面。归来立马斜阳岸。隔水歌声一片。"更有《菩萨蛮》一首曰："东风约略吹罗幕。一帘细雨春阴薄。试把杏花看。湿红娇暮寒。　佳人双玉枕。烘醉鸳鸯锦。折得最繁枝。暖香生翠帷。"此二首为诸本《稼轩词》所无。《端正好》即《杏花天》，乃误入《梅溪词》，题曰"清明"。早年作《稼轩词疏证》时已发见其误入。唯《菩萨蛮》一首，当时虽未敢认为稼轩作，但未得主名。己卯长夏，偶翻阅《于湖词》，此首乃忽然入目，题曰"诸客赴东郊之集"。共三首，此其一也。张史与稼轩同时，但三人集中并无唱和之作。盖以于湖之腾达略先于稼轩，而梅溪则较晚。《历代诗余》未审何所据而致误也。

然而诗词最易误入他人集，不比文章。盖文章有议论，有事实，且篇幅较大，故不易相乱。诗词则不然，本是小品，酬唱投赠，原属闲情，并未尝视作正经大事。投简偶杂入丛稿中，后人汇刻，最易相蒙，一也。录他人之作品为笔墨酬应，在作书者或偶喜其清新，随手拈来，若当时不标出录某人作等字，则后之收辑诗文集者每为所惑，二也。此《六曲阑干》之于欧阳永叔与冯延巳，《遥夜亭皋》之于李后主、李世英、欧阳永叔，所以聚讼纷纭，莫知谁属也。

一七

"凤髻金泥带，龙纹玉掌梳。走来窗下笑相扶，爱道画眉深浅入时无。　弄笔偎人久，描花试手初。等闲妨了绣工夫，笑问鸳鸯两字怎生书"。此六一居士之《南歌子》也，不似理学名臣语气。

"天接云涛连晓雾。星河欲转千帆舞。仿佛梦魂归帝所。闻天语。殷勤问我归何处。　我报路长嗟日暮。学诗漫有惊人句。九万里风鹏正举。风休住。蓬舟吹取三山去"。此易安居士之《渔家傲》也，不似弱女子语气。

"暖雨无情漏几丝。牧童斜插嫩花枝。小田新麦上场时。　汲水种瓜偏嚣早，忍烟炊黍又嗔迟。日长酸透软腰肢"。此丹阳女子贺双卿之《浣溪沙》也。双卿富于文艺天才而啬于命，适一樵子为妻，姑恶夫暴，备受折磨。读此词则其日常生活可知。双卿尝发一心愿曰，"但愿人间苦恼悉集于我躬，借以超脱天下之可怜女子"，真伤心人也。双卿家庭无笔墨，诗词稿多用针尖画于芦叶上，邻女拾而存之。谭仲修之《箧中词》曾录其长调两首。

"销减芳容，端的为郎烦恼。鬓慵梳宫妆草草。别离情绪，待归来都告。怕伤郎又还休道。　利锁名缰，几阻当年欢笑。更那堪鳞鸿信杳。蟾枝高折，愿从今须早。莫孤负镜中人老"。此孙夫人之《风中柳》也。说愁说恨，一望而知为寻愁觅恨，盖福慧双修人也。

一八

旧说一妓女偶因误唱秦少游之门韵《满庭芳》而临时改作江阳韵

者。又有因一时窘迫，不得已而强改柳耆卿之可韵《定风波》者。并录之以作谈资之助。

秦少游之《满庭芳》曰：

山抹微云，天黏衰草，画角声断谯门。暂停征棹，聊共饮离尊。多少蓬莱旧事，空回首，烟霭纷纷。斜阳外，寒鸦数点，流水绕孤村。　　消魂。当此际，香囊暗解，罗带轻分，漫赢得青楼，薄幸名存。此去何时见也，襟袖上空惹啼痕。伤情处，高城望断，灯火已黄昏。

歌者误唱"谯门"为"斜阳"，座客目之而笑。静听以观其窘。而此人乃从容不迫，仍用江阳韵续唱到底。词曰：

山抹微云，天黏衰草，画角声断斜阳。暂停征棹，聊共饮离觞。多少蓬莱旧事，空回首，烟霭茫茫。斜阳外，寒鸦数点，流水绕宫墙。　　堪伤。当此际，轻分罗带，暗解香囊。漫赢得青楼，薄幸名扬。此去何时见也，襟袖上空惹余香。伤情处，高城望断，灯火已昏黄。

柳耆卿之《定风波》曰：

自春来、惨绿愁红，芳心是事可可。日上花梢，莺穿柳带，犹压香衾卧。暖酥消，腻云𩭛。终日厌厌倦梳裹。无那。恨薄情一去，音书无个。　　早知恁么。悔当初、不把雕鞍锁。向鸡窗、只与蛮笺象管，拘束教吟课。镇相随，莫抛躲。针线闲拈伴伊坐。和我。免使年少，光阴虚过。

开封府尹钱可，字可道，性严峻而迂，人多畏之。一日宴客，传营妓来供应。有歌耆卿此词者（或曰《谢天香》），至第一韵"可可"，其人猛忆此字犯长官之讳，惧获谴，乃将可字发音临时收束，余韵在喉中盘旋，变为"呵呜噫"三转而发一"巳"字音。府尹瞋目视之，听其续歌曰：

> 自春来、惨绿愁红，芳心是事已已。日上花梢，莺穿柳带，犹压香衾睡。暖酥消，腻云鬓。终日厌厌倦梳洗。无奈。恨薄情一去，音书谁寄。　　早知恁地。悔当初、不把雕鞍系。向鸡窗、只与蛮笺象管，拘束教侬字。镇相随，莫抛弃。针线闲拈静相对。和你。免使年少，光阴虚费。

歌未竟，此穆然之府尹早已颜色和霁，继则点头按拍，报以微笑。

此两首所难在临时更改而流丽自然，堪称妙品。但《满庭芳》一首变易原文十一字，《定风波》一首变易原文十八字。然而仓猝之间，其亦难能矣。

《多丽》亦名《绿头鸭》，乃一百三十九字长调，原是平韵。聂冠卿一首改填入声。平韵转入，原不犯律。余尝戏将聂作复由入转平，照原文不易一字，并录之以助谈笑。原词曰：

> 想人生，美景良辰堪惜。向其间赏心乐事，古来难是并得。况东城凤台沁苑，泛晴波浅照金碧。露洗华桐，烟霏丝柳，绿阴摇曳荡春色。画堂迥玉簪琼佩，高会尽词客。清歌久，重然绛蜡，别就瑶席。　　有翩若惊鸿体态，暮为行雨标格。逞朱唇缓歌妖丽，似听流莺乱花隔。慢舞萦回，娇鬟低亸，腰肢纤细困无力。忍分散彩云归后，何处更寻觅。休辞醉，月明花好，莫漫轻掷。

平调有从首句第三字起韵者，因即以生字为韵。词曰：

想人生。堪惜美景良辰。向其间赏心乐事，古来得是难并。况东城凤台沁苑，照金碧波浅泛晴。露洗华桐，烟霏柳色，绿丝摇曳荡春阴。玉佩迥画堂高会，词客尽簪琼。别重就久然绛蜡，瑶席歌清。　有标格暮为行雨，体态翩若鸿惊。逞朱唇缓歌妖丽，隔乱花听似流莺。纤细腰肢，舞困无力，娇鬟低嚲慢回萦。何处觅彩云分散，归后忍更寻。休漫掷，莫辞轻醉，月好花明。

全词共十二韵，字之参伍错综，亦只以本韵为界，无移用他韵字者。然而亦只可谓之点金成铁而已。（宋词有以真文、庚青、侵寻互叫者。如草窗《少年游》："松风兰露[1]滴崖阴。瑶草入帘青。玉凤惊飞，翠蛟时舞，喷薄溅春云。"）

用语体作律诗，若元微之《悼亡》三首，已属难能。至于朱敦儒、谢应芳等词集中偶见之别体，则较于"谢公最小偏怜女"活泼多矣。更有蜀中妓之《鹊桥仙》，尤为本色。词曰：

说盟说誓，说情说意，动便新愁满纸。多应念得脱空经，是那个先生教的。　不茶不饭，不言不语，一味供他憔悴。相思已是不曾闲，又那得工夫咒你。

光绪中叶，旅居淞沪，客有眷一雏妓者，沉醉经年。端阳节后，闻此妓适人，甫一月而殒。或作《卜算子》以调之曰：

客岁端阳起，今岁端阳止。问你铜钱有几多，人生行乐耳。五月十三嫁，六月十三死。问你恩情有几多，死者长已矣。

---

[1] 按："兰露"，原作"兰雾"，据《全宋词》改。

一九

汲古阁影宋抄本《章华词》,佚前八叶,致作者姓名因而湮没,憾事也。词笔甚高,超逸有生气,置于两宋词林,堪称上品。中有《清平乐》一首,题曰"辛卯清明日",起韵曰"风不定,舞碎海棠红影"。此非《清平乐》,乃《谒金门》也,似是和卢蒲江之"风不定,移去移来帘影"。若是,则其人应生于宁宗庆元以后。考南宋一百五十年间只有两辛卯,一在孝宗乾道七年,一在理宗绍定四年。既曰"庆元以后",宜是绍定四年。若是,似可决为理宗朝之人物矣。

卷中屡见湘楚等名,如《虞美人》之"又是一番红叶下三湘"、《清平乐》之"谁管天涯憔悴,楚乡又过清明"、《醉蓬莱》之"又值生初,故乡何在,三楚云高,漫劳回首",则其人固尝久客荆楚者。

又如《秦楼月》之"秋漠漠,登临常羡东飞鹤"、《木兰花》之"登楼准拟故人书,殷勤试问西归雁",写鸿雁多曰南归北来,言东西飞者实所罕见。客荆楚而东望思归,则其人之故乡应是江西或浙江。

又《西江月》之"卷帘独坐捻髭须"、《朝中措》之"看取星星潘鬓,花应羞上人头",则其人作客湖湘时,应在中年以后。

又如《朝中措》之"宦游只欲赋归休"、《西江月》之"天涯流落岁将残,望断故园心眼",足见其人实宦游他乡,下僚沉滞,不甚得意。

《辛卯清明》一首,起二句既以《谒金门》乱《清平乐》;复有"春日述怀"之《木兰花》,起二句曰"小桃枝上东风转,草绿江南岸"。此二句乃《虞美人》而非《木兰花》。可见此稿不但佚前八叶,即存者亦多颠倒羼杂。

以上所云,只是随笔掇录所见,或可供显微阐幽者之采择焉。

二〇

顾梁汾《弹指词》有《金缕曲》一首,题曰"悼亡"。词曰:

好梦而今已。被东风猛教吹断,药炉烟气。纵使倾城还再得,凤昔风流尽矣。须转忆半生愁味。十二楼寒双鬓薄,遍人间无此伤心地。钗钿约,悔轻弃。　茫茫碧落音谁寄。更何年香阶刬袜,夜阑同倚。珍重韦郎多病后,百感消除无计。那只为个人知己。依约竹声新月下,旧江山,一片啼鹃里。鸡塞杳,玉笙起。

纳兰容若《饮水词》亦有《金缕曲》一首,题曰"亡妇忌日有感"。词曰:

此恨何时已。滴空阶寒更雨歇,葬花天气。三载悠悠魂梦杳,是梦久应醒矣。料也觉人间无味。不及夜台尘土隔,冷清清一片埋愁地。钗钿约,竟抛弃。　重泉若有双鱼寄,好知他年来苦乐,与谁相倚。我自终宵成转侧,忍听湘弦重理。待结个他生知己,还怕两人俱薄命,再缘悭剩月零风里。清泪尽,纸灰起。

两词所用之韵,除下半阕第三韵而外,余悉相同,显然步韵之作,但不知谁步谁之韵耳。顾梁汾夫人为谁氏,卒于何年,未及细考。查其门人邹升恒所撰之《梁汾公传》及无锡新旧两县志之《文苑传》,均未叙。纳兰容若夫人卢氏,据徐健庵所撰之《纳兰君墓志铭》及韩慕庐所撰之《纳兰君神道碑》,亦只言卢夫人先于君而卒,未指何年。但《弹指词》有寄吴汉槎《金缕曲》二首,题曰:"寄吴汉槎宁古塔,以词代书。时丙辰冬，寓京师千佛寺，冰雪中作。""丙辰"乃康熙十五年。其第二首中有句曰："薄命长辞知己别，问人生到此凄凉否。"则梁汾悼亡，不能在丙辰之后。

《饮水词》有《沁园春》二首，题曰："丁巳重阳前三日，梦亡妇淡妆素服，执手哽咽，语多不复能记忆。但临别有云：'衔恨愿为天上月，年年犹得向郎圆。'妇素未工诗，不知何以得此。觉后感赋长调。"则容若悼亡，不能在丁巳之后。

丙辰、丁巳，相差只在上下一年间，但是否即以是年赋悼亡，未敢武断。故谁是原唱，谁为步韵，迄未可知。又按《亡妇忌日》一首有"葬花天气"一语，则纳兰夫人似是卒于暮春，曰"忌日"云者，已不是悼亡之当年，而《入梦》一首则在丁巳九月。是则容若悼亡，亦不能在丙辰以后。

《亡妇忌日》一首有曰"三载悠悠魂梦杳"，又曰"忍听湘弦重理"，可见此词之作已在悼亡之后三年，且既续弦矣。又据梁汾寄汉槎词有"兄生辛未吾丁丑"一语，得知梁汾生于崇祯十年，长于容若十八岁，盖容若乃生于顺治十一年甲午也。梁汾享大年七十八岁，容若卒年只三十一岁而已（容若生于甲午十二月，卒于乙丑五月，实得廿九岁零五个月）。若两人果于康熙乙丑丙辰间赋悼亡，则容若只二十左右，无怪其悼亡词悲苦特甚也。

二一

词之格律，只要严守每一韵之字数，至于句读，未尝不可以通融。此语似未经人道，或有之而未获见也。前已略举其端。兹更将陈允平、杨泽民、方千里三家所和周邦彦词，列举其句读之互有出入者用资比照。以周词为主，而陈、杨、方之和韵为宾。若陈、杨所作与周同，而方独异，则陈、杨从阙，余仿此。下注调名者即周之原作也。

归骑晚，纤纤池塘细雨。（《瑞龙吟》）
忆桃李春风，梧桐秋雨。（杨）

似楚江暝宿，风灯零乱，少年羁旅。（《琐窗寒》）
似向人欲说离愁，因念未归行旅。（杨）

梁间燕，社前客。（《应天长》）方曰："春依旧，身是客。"
江湖几年倦客。（陈）
金钗试问妙客。（杨）

天便教人，霎时厮见何妨。（《风流子》）陈曰："春已无多，只愁风雨相妨。"
唯恨小臣资浅，朝觐犹妨。（杨）
都为酒驱歌使，也应无妨。（方）

楼下水，渐绿遍，行舟浦。（《荔枝香》）杨曰："开宴处，俯北榭，临南浦。"
天际渐迤逦，片帆南浦。（陈）

大都世间最苦，惟聚散。（《荔枝香》）
素蟾屡明晦，彩云易散。（杨）

到得春残，看即是，开离宴。（《荔枝香》）
玉瑟无心理，懒醉琼花宴。（陈）

正泥花时候，奈何客里，光阴虚费。（《还京乐》）陈曰："奈春光渐老，万金难买，榆钱空费。"

念莺轻燕怯媚容，百斛明珠须费。（杨）

行路永，客去车尘漠漠。（《瑞鹤仙》）
爱树色参差，湖光渺漠。（陈）
有松桂扶疏，烟霞渺漠。（杨）
更暮草萋萋，疏烟漠漠。（方）

任流光过却，犹喜洞天自乐。（《瑞鹤仙》）
但无心万事由天，梦中更乐。（陈）
待开池剩起林亭，共宴同乐。（杨）
早归休月地云阶，剩追欢乐。（方）

念汉浦离鸿去何许，经时音信绝。（《浪淘沙慢》）
望日下长安近，莫使鳞鸿成间绝。（陈）
但怅惘章台路，多少相思拚愁绝。（方）

秋意浓，闲伫立庭柯影里，好风襟袖先知。（《四园竹》）
独向闲亭步月，阑干瘦倚，此情唯有天知。（陈）
罗袖匆匆叙别，凄凉客里，异乡谁更相知。（杨）

菖蒲渐老，早晚成花，教见薰风。（《塞翁吟》）
年年对赏美质，朝朝披玩香风。（杨）

寒莹晚空，点清镜断霞孤鹜。（《蕙兰芳引》）
池亭小，帘幕初下，散飞凫鹜。（杨）

登山临水，此恨自古，消磨不尽。（《丁香结》）

青青榆荚满地，纵买闲愁难尽。（方）

官柳萧疏甚，尚挂微微残照。（《氐州第一》）陈曰：潮带离愁去，冉冉夕阳空照。
徐整鸾钗，向凤鉴低徊斜照。（杨）
芳草如薰，更潋滟波光相照。（方）

还是独拥秋衾，梦余酒困都醒，满怀离苦。（《解蹀躞》）陈曰："无奈历历寒蝉，为谁唤老西风，伴人吟苦。"
那况泪湿征衣，恨添客鬓，终日子规声苦。（方）

雾景对霜蟾乍升，素烟如扫。（《倒犯》）方曰："尽日任梧桐自飞，翠阶慵扫。"
百尺凤皇楼，碧天暮云初扫。（陈）
画舫并仙舟，远窥黛眉新扫。（杨）

入寻常巷陌，人家相对，如说兴亡斜阳里。（《西河》）
对三山半落青天，数点白鹭飞来，西风里。（陈）

《西河》结韵，句读大率如周作，但陈和不能作如是断。虽则周词可点作"入寻常巷陌人家，相对如说兴亡，斜阳里"。然杨、方所作又必不能作如是断。方千里所和曰："好相将载酒，寻歌互对，酬答年华莺花里。"杨泽民所和曰："袖青蛇屡入，都无人对，唯有枯松城南里。"周、杨、方均押"对"字，计此字亦有用韵者。诚如是，则周词更不能在"家"字断。若"对"字是韵，则陈词为脱却一韵矣。然而四印斋所收之《清真集外词》，中有《西河》一首，结句乃三字，与陈作同。词曰："想当时万古雄名，尽作往来人，凄凉事。""人"字句少一字。又可见若用三字结，则少却一韵，亦无碍。

《西河》一调，作者无多，清真而外，于南宋诸大家中，唯见稼轩、玉田、梦窗各一首，皆用七字句结。稼轩一首，丘宗卿有和韵，结句乃改用三字，与陈西麓之和清真同。稼轩原作曰："过吾庐定有，幽人相问，岁晚渊明归来未。"丘之和韵曰："想天心注倚方深，应是日日传宣，公来未。"可见此调用七字结或三字结，于歌时无碍。

如上文所标举，已足证只要每韵不失律，句读尽可由人。清真、西麓均驰誉词坛，非泛泛者。即杨、方所赓和，亦复字字清圆，意新韵惬，允为佳构。可见谱律别出东坡"赤壁"之《念奴娇》为"又一体"，犹是浅见，无有是处。若以杳不相涉之两人，各自吟咏，犹得曰各人所据之体，本不相同。但陈、杨、方三人固指名和清真词者也。各将一部《片玉集》自首至尾逐韵赓和，岂有和他人之作而自用别体者哉？万红友只断断于上四下六或上六下四，每以恶声向人，貌为自得，殊属所见不广。

杨泽民《和清真词》一卷，乃据江建霞所收之《宋元名家词》本，共十三种，实转抄汲古阁之未刊本而于光绪二十一年督学湖南时刻于长沙者也。其中唯张野夫之《古山乐府》一种收入《彊村丛书》，余均未见。计江之所抄共二十二种，因与四印斋避免重出，故只刻十三种。

因写此稿，乃发见万红友《词律》不但句读时见武断，脱韵处亦复不少。各家所作间有出入，犹得曰此韵可协可不协。至于和韵词，若两家或三家均协此韵，则必不能认为非协矣。主观蔽人，贤者不免。是以兹篇于属稿时，只用纯客观之笨方法，将周、陈、杨、方四家词陈于案上，逐字对勘。而征用之参考书亦复罗列当前，凡三日而毕。

三十一年十一月二十八日写记

二二

每见南宋词人，偶有运用散文句法入词者，辄曰"效稼轩体"。如姜白石"次韵稼轩"之《汉宫春》曰:"云曰归欤,纵垂天曳曳,终反衡庐。……知公爱山入剡,若南寻李白,问讯何如。年年雁飞波上,愁亦关予。"又"次韵稼轩蓬莱阁"之《汉宫春》曰:"一顾倾吴,苎萝人不见,烟杳重湖。当时事如对弈,此亦天乎。……秦山对楼自绿,怕越王故垒,时下樵苏。只今倚阑一笑,然则非欤。"白石词最为清丽,似此两首,只是贴旦反串外末,终不掩其婀娜。

此种风格,实则稼轩集并不多见。只有"盟鸥"之《水调歌头》一首曰:"凡我同盟鸥鹭,今日既盟之后,来往莫相猜。"因此词当代即已传诵,和者甚众,因强名之曰"稼轩体"。其实刘后村最好运用此种技术,集中不少见。如"喜归"之《水调歌头》曰:"街畔小儿拍笑,马上是翁矍铄,头与璧俱还。"又《沁园春》之"天下英雄,使君与操,余子谁堪共酒杯。……使李将军遇高皇帝,万户侯何足道哉",又《满江红》之"叹臣之壮也不如人,今何及"。白石、后村均与稼轩同时。

向滈有《如梦令》一首曰:"谁伴明窗独坐,和我影儿两个。灯烬欲眠时,影也把人抛躲。无那无那,好个恓惶的我。"绝似朱希真,以入《樵歌》,可以乱真。滈字丰之,有《乐斋词》一卷(见江刻《宋元名家词》)。案此词亦见四印斋《漱玉词补遗》,云辑自《词统》,但半塘已认为界于疑似。乐斋《如梦令》共八首,前三首有题,后五首无题,此乃五首之一。五首意境一贯,应是乐斋作。江刻《宋元名家词》后出,当日半塘或未见也。

元人词颇有类似《樵歌》处,别具一种风格,多本色而少雕镂,词曲转变之踪迹,固自宛然。如谢应芳之《蓦山溪》曰:"无端汤武,吊伐功成了。赚尽几英雄,动不动东征西讨。"又"吴江阻风"之《满江红》曰:"怪底东风,要将我船儿翻覆。行囊里是群贤相赠,数篇珠玉。江上青山吹欲倒,湖中白浪高于屋。幸年来阮籍惯穷途,无心哭。"又"梅花"之《风入松》曰:"岁寒心事旧相知,相别去年时。如今重睹春风面,比年时消瘦些儿。"又"初度"之《点绛唇》曰:"海上归来,鬓毛枯似经霜草。薄田些少。茅屋园池小。　　三子犁锄，三妇供蘋藻。村居好。兔园遗稿。是我传家宝。"应芳字子兰，有《龟巢词》一卷。

舒頔有《贞素斋诗余》一卷，亦多本色语。如"晴雪"之《满江红》曰"万里岂无祥瑞应，四方已在饥寒里"，别有会心。又《谒金门》之"休说边陲萧索。米白鱼肥如昨。别后情怀何处托。寒光倚山阁"，又《折桂令》之"想无愧乾坤俯仰，且随缘诗酒徜徉"，又《风入松》之"故人情况近如何。应被酒消磨。醉来笑倚娉婷卧，伤心处暗搵香罗"，以旖旎写沉痛，而不见斧凿痕，自是高手。随便牵取他人衣袂以擦自己的眼泪，妙不可言。又《沁园春》之"平生性，喜不为酒困，常带书痴。……赫赫功名，堂堂事业，不博先生这肚皮。休瞒我，任高官厚禄，也要些儿"，又"端午"之《水龙吟》曰："轻云阁雨还晴，苍皇又负端阳节。……看连城颒洞，大家愁恼，这光景，何时歇。"又《沁园春》之"风回太液清池。欲留住东皇共笑嬉。想乾坤浩浩，谁曾整顿，干戈扰扰，孰问安危。笼络人才，登崇禄秩，赤箭青芝败鼓皮。都休问，看营巢燕子，哺乳莺儿"，又《太常引》："菱花再照，鸾胶再续，应笑雪盈颠。深夜语婵娟，也曾是都门少年。"頔字道原，绩溪人，生于元季，时天下已大乱，故多悲愤语。

词由五代之自然，进而为北宋之婉约，南宋之雕镂，入元复返于本色。本色之与自然，只是一间，而雕镂之与婉约，则相差甚远。婉约只是微曲其意而勿使太直，以妨一览无余。雕镂则不解从意境下工夫，而唯隐约其辞，专从字面上用力，貌为幽深曲折，究其实只是障眼法，揭破仍是一览无余，此其所以异也。

二三

南宋词人对于花草之吟咏，似以梅为特多，盖以此花之品格既高，而江南、岭北之间又特盛故也。白石为此花特制二曲，曰《暗香》，曰《疏影》，古今独绝，固然论矣。即其他词人之名作，亦复美不胜收。周草窗则独运其才思，不写梅花而写梅影，曰："素壁秋屏，招得芳魂，仿佛玉容明灭。疏疏满地珊瑚冷，全误却扑花幽蝶。"的确是影而非花，把影字刻画得入神入妙，可称化工之笔。王碧山亦有《梅影》一首，曰"几度黄昏，忽到窗前，重想故人初别"，与草窗工力略相敌。

《花外集》有《西江月》一首赋画梅，词曰："褪粉轻盈琼靥，护香重叠冰销。数枝谁带玉痕描。夜夜东风不扫。　溪上横斜影淡，梦中寂寞魂销。峭寒未肯放春娇。素被独眠清晓。"此非树上之花，亦非墙上之影，实绢本上之画梅也。碧山以咏物擅场，集中名作如"咏春水"之《南浦》、"雪意"之《无闷》、"新月"之《眉妩》、"落叶"之《水龙吟》、"萤"与"蝉"之《齐天乐》、"榴花"之《庆清朝》，均属神来之笔，刻画入微。

黄子由夫人胡与可，元功尚书之女公子也，一日值大风后入书斋，见桌上尘封，乃以指甲画折枝梅于其上，并题《百字令》一阕。词曰：

> 小斋幽僻，久无人到此，满地狼藉。几案尘生多少憾，玉指亲传踪迹。画出南枝，正开侧面，花蕊俱端的。可怜风韵，故人难寄消息。　非共雪月交辉，者般造化，岂费东君力。只欠清香来扑鼻，亦有天然标格。不上寒窗，不随流水，应不钿宫额。不愁三弄，只愁罗袖轻拂。

既非枝上之梅花，亦非窗上之梅影，更非绢素上之画梅。虽属游戏之作，具见慧心。子由名由，长洲人，举淳熙进士第一，终刑部尚书。

写花之色香易，写花之身分难。如白石之"客里相逢，篱角黄昏，无言自倚修竹。昭君不惯胡沙远，但暗忆江南江北。想佩环月夜归来，化作此花幽独"，则真能画出梅之身分者。又如梦窗"连理海棠"之《宴清都》，"东风睡足交枝，正梦枕瑶钗燕股。障滟蜡满照欢丛，嫠蟾冷落羞度"，尚不失海棠身分。拙作有《菩萨蛮》一首咏海棠，曰："困眠慵起迟春画，香融粉腻胭脂透。赢得最怜伊，轻颦薄媚时。深深庭院静，紫燕雕梁并。阑角月如钩，低鬟眉黛愁。"亦未唐突。

二四

徐诚庵著《词律拾遗》八卷，杜筱舫补注及校勘二卷，对于万红友多所是正，厥功甚伟。但疏忽处时亦有之。甚矣，考订之不易也。

《夏初临》一调原是平韵，筱舫补注曰："此调王碧山有入声韵，音节极谐，已补列《拾遗》内"（见杜刻《词律》卷十五叶八）。查《花外集》并无《夏初临》，继检《词律拾遗》之卷四叶三，见所录乃王碧山"疏帘蝶粉"之《应天长》而非《夏初临》也。词曰：

疏帘蝶粉，幽径燕泥，花间小雨初足。又是禁城寒食，轻舟泛晴渌。寻芳地，来去熟。尚仿佛大堤南北。望杨柳，一片阴阴，摇曳新绿。　　重访艳歌人，听取新声，犹是杜郎曲。荡漾去年春色，深深杏花屋。东风里，曾共宿。记小刻近窗新竹。旧游远，沉醉归来，满院银烛。

复查《词律》卷五叶三十，见《应天长》本调所收之九十八字体，乃周美成"条风布暖"一首，录之以资比较。词曰：

条风布暖，霏露弄晴，池台遍满春色。正是夜堂无月，沉沉暗寒食。梁间燕，社前客。似笑我闭门愁寂。乱花过，隔院芸香，满地狼籍。　　长记那回时，邂逅相逢，郊外驻油壁。又见汉宫传烛，飞烟五侯宅。青青草，迷路陌。强载酒、细寻前迹。市桥远，柳下人家，犹自相识。

诚庵所辑之《碧山词》，未知出自何本，致误《应天长》为《夏初临》。但美成之"条风布暖"人所共知，且筱舫于《词律》卷五此词之下，亦有案语。味其声调，句法与平仄悉相若，亦应不至于无所觉，是诚疏忽。查《应天长》与《夏初临》两调皆无别名也。试将洪咨夔之《夏初临》一阕录存，以供参证。词曰：

铁瓮栽荷，铜彝种菊，胆瓶萱草榴花。庭户深沉，画图低映窗纱。数枝奇石嵽嵲，染宣和瑞露明霞。於菟长啸，枫林未落，霜草先斜。　雪丝香里，冰粉光中，兴来进酒，睡起分茶。轻雷急雨，银篁迸插檐牙。凉入琵琶。枕帏开，又送蟾华。问生涯。山林朝市，取次人家。

上、入虽可以通平，但如白石之《满江红》、西麓之《绛都春》、草窗之《念奴娇》等，率皆一韵不失，句逗相依，变其声而不易其调，以是见巧。此固与自度新曲不同也。试将周词《应天长》与洪词《夏初临》一对照，岂独韵之平仄不同而已哉！

二五

音乐之能移人，盖因其与七情相感应也。词调既按律吕、宫调以制谱，岂曰无因？后世不察，不管寿词、挽歌，曾不选调，随手拈来，便尔填砌，其间必有戾乎情性者矣。兹特从五代两宋之词人专集中，撷采其注出宫调之词牌，按宫分隶。又将《中原音韵》所标举各宫调之情趣韵味，分别附注。虽则声调之哀乐于作者下笔时之情绪大有关系，未必尽属严格如括弧内之四字所云，然大致总不甚远。又古人词集于每首之下标出宫调者百不得一，盖当日人士，应是望名即能举其宫商，故无取蛇足。以是穷数日之力，仅拾得约及四百调，用资举例而已。其有一调而分隶两宫或两宫以上者，则加"△"符于上角。即如《少年游》一调，周美成"南都石黛扫晴山"一首五十字，隶黄钟宫；高竹屋"春风吹碧"一首五十二字，隶商调。又如《定风波》一调，周美成"莫倚能歌敛翠眉"一首六十字，隶商调；柳耆卿"自春来"一首一百字，隶歇指调；"伫立长堤"一首一百四字，隶双调。细玩其情味，各各不同。此中消息，下文更分论之，此不过举例而已。后之所列，乃以金荃、子野、乐章、片玉、于湖、白石、梦窗七人之集为根据，更旁搜侧求而得此。

正　宫	即黄钟宫（富贵缠绵）．		
	醉垂鞭	黄莺儿	玉女摇仙佩
	雪梅香	早梅芳	斗百花
	甘草子	△齐天乐	△虞美人
	清平乐	△浣溪沙	丑奴儿慢
	惜红衣	角招　黄钟角	徵招　黄钟徵
中吕宫	即夹钟宫（高下闪赚）		
	△南乡子	△菩萨蛮	△踏莎行
	△小重山	△西江月	庆金枝
	△浣溪沙	相思儿令	师师令
	山亭宴慢	谢池春慢	惜双双
	△感皇恩	送征衣	昼夜乐
	柳腰轻	梁州令	满庭芳
	宴清都	六　丑	绮寮怨
	如梦令	扬州慢	长亭怨慢
	玉胡蝶	拜星月	△生查子

		柳梢青	玉京秋	
中吕调	即夹钟羽			
		菊花新	△虞美人	醉红妆
		△天仙子	△菩萨蛮	戚　氏
		轮台子	△引驾行	△望远行
		彩云归	△洞仙歌	离别难
		击梧桐	夜半乐	△祭天神
		过涧歇近	△安公子	△归去来
		△燕归梁	△迷神引	意难忘
		宴清都	眼儿媚	△画锦堂
		新雁过妆楼	探芳信	多　丽
		△六么令		
高平调	即林钟羽（条畅滉漾）			
		怨春风	于飞乐令	△临江仙
		江城子	转声虞美人	△燕归梁
		酒泉子	定西番	△河　传
		偷声木兰花	千秋岁	△醉桃源
		△天仙子	望汉月	△归去来
		八六子	△长寿乐	△瑞鹧鸪
		瑞鹤仙	△木兰花慢	解语花
		拜星月慢	玉梅令	杨柳枝
		探芳新	澡兰香	倦寻芳
		△卜算子	归自遥	△六么令
南吕宫	即林钟宫（感叹悲伤）			
		江南柳	八宝装	一丛花令
		梦江南	△河　传	蕃女怨
		荷叶杯	透碧霄	△木兰花慢
		临江仙引	△瑞鹧鸪	忆帝京

仙吕调　即夷则羽

望海潮	如鱼水	玉胡蝶
满江红	△洞仙歌	△引驾行
望远行	八声甘州	△临江仙
竹马子	小镇西	小镇西犯
△迷神引	促拍满路花	惜黄花慢
剔银灯	红窗听	△凤归云
△女冠子	木兰花令	甘州令
西施	△河传	郭郎儿近
鬲溪梅令	凄凉犯	绛都春
△六么令		

仙吕宫　即夷则宫（清新绵邈）

宴春台慢	好事近	△倾杯乐
笛家弄	点绛唇	蕙兰芳引
满路花	△倒犯	归去难
△玉楼春	暗香	疏影
△南歌子	河渎神	△六么令
鹊桥仙	△踏莎行	减字木兰花
△醉落魄	桂枝香	

大石调　即黄钟商（风流蕴藉）

清平乐	△醉桃源	恨春迟
△倾杯乐	迎新春	曲玉管
满朝欢	梦还京	凤衔杯
△鹤冲天	受恩深	看花回
柳初新	两同心	△女冠子
△玉楼春	金蕉叶	惜春郎
传花枝	△倾杯	△瑞龙吟
风流子	还京乐	玲珑四犯

蓦山溪	望江南	隔浦莲
△更漏子	△木兰花	△法曲献仙音
过秦楼	侧　犯	塞翁吟
霜叶飞	塞垣春	丑奴儿慢
△尉迟杯	△绕佛阁	红罗袄
△感皇恩	三部乐	琵琶仙
烛影摇红	东风第一枝	高山流水
夜合花	△夜飞鹊	△玉烛新
△荔枝香近	阮郎归	△西　河
渡江云	△念奴娇	六州歌头
水调歌头	鹧鸪天	丑奴儿
柳初新	歌　头	

道　宫　即仲吕宫（飘逸清幽）

△西江月	△小重山	△夜飞鹊

正平调　即仲吕羽

△菩萨蛮	淡黄柳	青玉案

双　调　即夹钟商（健捷激枭）

庆佳节	采桑子	御街行
玉联环	武陵春	△定风波
百媚娘	梦仙乡	归朝欢
相思令	△少年游	贺圣朝
△生查子	雨霖铃	△尉迟杯
慢卷绸	征部乐	佳人醉
△迷仙引	采莲令	秋夜月
巫山一段云	婆罗门令	扫花游
△秋蕊香	△迎春乐	一落索
红林檎近	△玉烛新	黄鹂绕碧树
△绕佛阁	芳草渡	醉吟商

翠楼吟	归国遥	△应天长
荷叶杯	谒金门	小重山
献衷心	贺明朝	凤楼春
△念奴娇	汉宫春	惜秋华
金盏子	秋思	△倒犯
雨中花	南乡子	

歇指调　即林钟商（急并虚歇）

双燕儿	卜算子慢	夏云峰
永遇乐	△卜算子	△荔枝香
鹊桥仙	浪淘沙	浪淘沙令
△祭天神	女冠子	上行杯
天仙子	集贤宾	嫱人娇
思归乐	△应天长	合欢带
长相思	△尾犯	驻马听
伤情怨	蕙兰芳引	
更漏子	△南歌子	△蝶恋花
△诉衷情	△木兰花	减字木兰花
△少年游	△醉落魄	喜朝天
破阵乐	三字令	古倾杯
△倾杯	双声子	阳台路
内家娇	二郎神	醉蓬莱
宣清	锦堂春	△定风波
诉衷情近	留客住	迎春乐
隔帘听	△凤归云	抛球乐

般涉调　即黄钟羽（拾掇坑堑）

渔家傲	塞姑	△瑞鹧鸪
△洞仙歌	△安公子	△长寿乐
苏幕遮	夜游宫	△倾杯

词论　043

黄钟宫　即无射宫
　　△少年游　　　△浣溪沙　　　华胥引
　　△尾　犯　　　△齐天乐　　　△鹤冲天
　　喜迁莺　　　　△南乡子　　　渔　父
　　忆秦娥　　　　连理枝

小石调　即中吕商（旖旎妩媚）
　　夜厌厌　　　　△迎春乐　　　△蝶恋花
　　△法曲献仙音　西平乐　　　　法曲第二
　　△秋蕊香　　　一寸金　　　　渡江云
　　四园竹　　　　花　犯　　　　△西　河
　　江南春　　　　△画锦堂

越　调　即无射商（陶写冷笑）
　　清平乐　　　　琐窗寒　　　　丹凤吟
　　忆旧游　　　　庆宫春　　　　大　酺
　　水龙吟　　　　兰陵王　　　　凤来朝
　　石湖仙　　　　秋宵吟　　　　迟方怨
　　△诉衷情　　　思帝乡　　　　霜花腴
　　婆罗门引（羽）△瑞龙吟　　　霜天晓角
　　惜红衣

商　调　即夷则商（凄怆怨慕）
　　△应天长　　　解连环　　　　浪淘沙慢
　　南乡子　　　　垂丝钓　　　　△诉衷情
　　丁香结　　　　氐州第一　　　解蹀躞
　　△蝶恋花　　　三部乐　　　　品　令
　　△定风波　　　霓裳中序第一　龙山会
　　三姝媚　　　　国香慢　　　　△少年游
　　醉蓬莱　　　　玉胡蝶　　　　玉漏迟
　　一斛珠　　　　△更漏子　　　△木兰花
　　生查子

试于各宫调中，任取一词牌，按照《中原音韵》之四字评语，作进一步之研究，细嚼其声情韵味，藉验周德清之所标榜是否有当。如《永遇乐》隶歇指调，《中原音韵》所称为"急并虚歇"者：

　　苏东坡《夜宿燕子楼》"明月如霜"一首。
　　李易安"落日镕金"一首。
　　辛稼轩《京口北固亭怀古》"千古江山"一首。
　　刘须溪"璧月初圆"一首。

即此四首，其神情韵味之若何"急并"，读者自有会心。但绝无半点安详闲静之神韵，可断言也。录辛稼轩一首作代表：

永遇乐 京口北固亭怀古

　　千古江山，英雄无觅，孙仲谋处。舞榭歌台，风流总被，雨打风吹去。斜阳草树，寻常巷陌，人道寄奴曾住。想当年金戈铁马，气吞万里如虎。　　元嘉草草，封狼居胥，赢得仓皇北顾。四十三年，望中犹记，烽火扬州路。可堪回首，佛狸祠下，一片神鸦社鼓。凭谁问，廉颇老矣，尚能饭否。

又如《瑞鹤仙》隶高平调，《中原音韵》所称为"条畅滉漾"者：

　　周美成"悄郊原带郭"一首。
　　陆子逸"脸霞红印枕"一首。
　　袁去华"郊原初过雨"一首。
　　陆景思"湿云黏雁影"一首。
　　吴梦窗"晴丝牵绪乱"一首。

即此五首，若细细玩味，只觉情绪仿佛如柳丝摇曳，如湖上波纹。神态微带幽怨，但绝无凄厉悲切之状。所云"条畅浣漾"，恰如其分。录陆子逸一首作代表：

瑞鹤仙

脸霞红印枕。睡起来冠儿还是不整。屏间麝煤冷。但眉峰压翠，泪珠弹粉。堂深昼永。燕交飞风帘露井。恨无人说与相思，近日带围宽尽。　　重省。残灯朱幌，淡月纱窗，那时风景。阳台路迥。云雨梦，便无准。待归来，先指花梢教看，却把心期细问。问因循过了青春，怎生意稳。

又如《忆旧游》，隶越调，《中原音韵》所称为"陶写冷笑"者。周美成"记愁横浅黛"一首。如："迢迢。问音信，道径底花阴，时认鸣镳。也拟临朱户，叹因郎憔悴，羞见郎招。旧巢更有新燕，杨柳拂河桥。"张玉田"记开帘过酒"一首。如："淡风暗收榆荚，吹下沈郎钱。……故园几回飞梦，江雨夜凉船。纵忘却归来，千山未必无杜鹃。"赵虚斋"望红蕖影里"一首。如："照夜银河落，想粉香湿露，恩泽亲承。十洲缥缈何许，风引彩舟行。尚忆得西施，余情袅袅烟水汀。"似此等作品，既非旖旎，亦非幽怨，更非雄豪，只能名之曰"陶写冷笑"而已。

又如《解连环》，隶商调，《中原音韵》所称为"凄怆怨慕"者。周美成"怨怀无托"一首。如："信妙手能解连环，似风散雨收，雾轻云薄。……漫记得当日音书，把闲语闲言，待总烧却。"姜白石"玉鞭重倚"一首。如："问后约空指蔷薇，算如此溪山，甚时重至。水驿灯昏，又见在曲屏近底。"吴梦窗"思和云结"一首。如："正岸柳衰不堪攀，忍持赠故人，送秋行色。"似此诸作，虽欲不认为"凄怆怨慕"而不可得矣。

又如《蝶恋花》，周美成以之隶商调，所谓"凄怆怨慕"者是已。如：

桃萼新香梅落后。叶暗藏鸦，苒苒垂亭㸚。舞困低迷如著酒。乱丝偏近游人手。　　雨过朦胧斜日透。客舍青青，特地添明秀。莫话扬鞭回别首。渭城荒远无交旧。

是诚"凄怆怨慕"。柳耆卿以之入小石调，则所谓"旖旎妩媚"者。如：

　　蜀锦地衣丝步障。屈曲回廊，静夜闲寻访。玉砌雕阑新月上。朱扉半掩人相望。　　旋暖熏炉温斗帐。玉树琼枝，迤逦相偎傍。酒力渐浓春意荡。鸳鸯绣被翻红浪。

是诚"旖旎妩媚"。张子野以之入歇指调，即所谓"急并虚歇"者。如："槛菊愁烟兰泣露。罗幕轻寒，燕子双来去。明月不谙离恨苦。斜光到晓穿朱户。　　昨夜西风凋碧树。独上高楼，望断天涯路。欲寄彩笺兼尺素。山长水阔知何处。"又曰："有个离人凝泪眼。淡烟芳草连天远。"又曰："和泪语娇声又颤。行行尽远犹回面。"是诚"急并虚歇"。

　　兹三者，同是《蝶恋花》，而神韵异殊有如是者。可见此调，商调、小石、歇指咸宜，随各人之情绪，皆可就范也。又如《应天长》，周美成一首隶商调，凄怆怨慕。柳耆卿一首隶歇指，急并虚歇。韦庄一首隶双调，健栖激裊。周词一百字，柳词九十三字，韦词五十字。调名相同而格律、句法各异，故情韵亦异。至如《暗香》与《疏影》二调，隶仙吕宫，此乃白石之自度曲，彼自以为清新绵邈，则自是清新绵邈，更无容置议矣。是以张玉田之"无边香色"及"碧圆自洁"亦只得依样葫芦而已。录白石原作二首：

暗　香

　　旧时月色。算几番照我，梅边吹笛。唤起玉人，不管清寒与攀摘。何逊如今渐老，都忘却春风词笔。但怪得竹外疏花，香冷入瑶席。　　江国。正寂寂。叹寄与路遥，夜雪初积。翠尊易泣，红萼无言耿相忆。长记曾携手处，千树压西湖寒碧。又片片吹尽也，几时见得。

疏　影

苔枝缀玉。有翠禽小小，枝上同宿。客里相逢，篱角黄昏，无言自倚修竹。昭君不惯胡沙远，但暗忆江南江北。想佩环月夜归来，化作此花幽独。　　犹记深宫旧事，那人正睡里，飞近蛾绿。莫似春风，不管盈盈，早与安排金屋。还教一片随波去，又却怨玉龙哀曲。等恁时重觅幽香，已入小窗横幅。

至于仙吕调，乃夷则羽，其韵味则迥然不同。如史梅溪之《玉胡蝶》"晚雨未摧宫树，可怜闲叶，犹抱凉蝉"，吴梦窗之《惜黄花慢》"翠香零落红衣老，暮愁锁残柳眉梢"，此两首则表现凄凉况味矣。

以上之所列举，并发凡举例之《少年游》《定风波》而综合之，共得三十二首。计《少年游》二、《定风波》三、《永遇乐》四、《瑞鹤仙》五、《忆旧游》三、《解连环》三、《蝶恋花》三、《应天长》三、《暗香》二、《疏影》二、《玉胡蝶》一、《惜黄花慢》一。其间一调只入一宫，而诸家所作，神韵不殊者凡六调，即《永遇乐》《瑞鹤仙》《忆旧游》《解连环》《暗香》《疏影》是也。其有一调而分隶数宫，诸家所作，神韵悉依其标出之本宫，与他作迥然不同者一调，即《蝶恋花》是也。其有调名相同而格律各异，字数与句法全不相同，所属之宫调亦不同，而神韵随之者凡三调，即《少年游》《定风波》《应天长》是也。从多方面反覆寻绎，用归纳法综核之，觉其神韵与宫调宛然相合。所得之结果如此，则周德清标举之四字评语，不为武断矣。后之作者，于调名之下未注明所属之本宫，则未敢妄加议论。即有一调除本宫外不能更入他宫者，只因未经注出所属何宫，亦未敢妄议。

二六（四十三年）

苏东坡有《木兰花令》一首，题为"次欧公西湖韵"。所谓"西湖"者，乃颍州西湖也。词曰：

> 霜余已失长淮阔。空听潺潺清颍咽。佳人犹唱醉翁词，四十三年如电抹。　草头秋露流珠滑。三五盈盈还二八。与余同是识翁人，唯有西湖波底月。

欧公原唱曰："西湖南北烟波阔，风里丝簧声韵咽。舞余裙带绿双垂，酒入香腮红一抹。　杯深不觉琉璃滑，贪看六么花十八。明朝车马各西东，惆怅画桥风与月。"

坡公此词成于哲宗元祐六年辛未八月，以龙图阁学士出知颍州时，闻歌之作。上推四十三年，即仁宗庆历八年戊子。查欧公因朋党论之嫌疑，以庆历五年出知滁州，此词应是道出颍州时作。

辛稼轩有《永遇乐》一首，题为"京口北固亭怀古"。词曰：

> 千古江山，英雄无觅，孙仲谋处。舞榭歌台，风流总被，雨打风吹去。斜阳草树，寻常巷陌，人道寄奴曾住。想当年金戈铁马，气吞万里如虎。　元嘉草草，封狼居胥，赢得仓皇北顾。四十三年，望中犹记，烽火扬州路。可堪回首，佛狸祠下，一片神鸦社鼓。凭谁问，廉颇老矣，尚能饭否。

南宋高宗绍兴三十二年，稼轩参耿京戎幕，驻淮北，奉表南归。还抵海州，闻张安国已杀耿京而投于元。稼轩乃率其部曲二千人突入五万元兵之垒,生缚安国,挟之马上,向西南飞驰,至扬州渡江,献俘于临安,戮安国于市。宁宗嘉泰四年,稼轩由浙东安抚移知镇江,上溯匹马渡江之日,恰四十三年。此词盖自伤英雄迟暮,所怀未伸,回忆四十三年前出入烽火时事,故有此元气淋漓之作。

甲午黄海战争至丁丑芦沟桥事变,中间亦恰是四十三年。怅触回肠,口占一曲以自遣。

好事近

四十又三年,何事系人留恋。消得春风几度,问归来双燕。　　苏辛才气自掣云,下笔走雷电。千古山河无定,只长江如练。

二七

《唐多令》一调,吴梦窗之"纵芭蕉不雨也飕飕"多一字,周草窗之"燕风轻庭院正清和",亦多一字。按此调第三韵原是七字,吴词或可作"芭蕉不雨也飕飕",或可作"纵芭蕉不雨飕飕"。于律,此句应作三四,第三字宜逗,似以后拟为是。周词则"正"字是衬音,似无不宜。此乃词加衬音之显例。

又周草窗之《忆旧游》结韵"空江冷月,魂断随潮",亦多一字。此应是七字句,且五六两字必拗,乃此调之正格。若作"空江冷月魂断潮"则恰合矣。如草窗又一首之"空庭夜月羌管清"、又一首"愁痕沁碧江上峰"、周美成之"东风竟日吹露桃"、张玉田之"萧萧汉柏愁茂陵"、王碧山之"涓涓露湿花气生",是其例矣。

于斯可见,词之伸缩力原甚强,加衬字也可,七字句添一字而成两四字句,亦无不可。只要无碍于按拍,即歌者亦未尝不可以变更原文,是在知音。明乎此，则词曲递嬗之消息及其原理，亦可以知其概矣。

二八

东坡之词，乃诗人之词；白石之诗，乃词人之诗。白石诗以七言绝句为最佳，清空灵妙，不食人间烟火；而古体与律诗，只是平平。东坡之词，只是以作诗之余勇，效时尚之新声，以示"我亦能之"而已。白石之诗，则于含商嚼征之余暇，自称诗人，亦曰"我亦能之"而已。东坡以诗人而效为新声，顺序以行，其词真可称"诗余"。白石以词人而效为古风，逆序以行，其诗允可称"词余"。顺序者自然，倒卷珠帘总不免带几分勉强。是故东坡之词，大气磅礴，恰如其诗；而白石之古体，只是贴旦反串，殊欠自然。是故白石之诗，自不堪与东坡比；若东坡之词而欲效为轻清柔媚，亦必贻笑白石：个性使然也。然而东坡固绝世聪明人也，自不学柳七，且复诫少游何必学柳七。率其个性以行，结果乃独立新体，自成一家。而诗余在文学上之地位因以提高，变小儿女之柔情旖旎而为士大夫之荡气回肠，此聪明人之所以为聪明已夫。

二九

宋词音谱之见于载籍者，并非无痕迹可寻。其为人所共知者，则有姜夔自度曲及张炎《词源》。既知"ㄅ""ㄇ""ㄈ""ㄦ""ㄆ""ㄋ""ㄧ""ㄙ""ㄚ"之为"上""尺""工""凡""六""五""一""合""四"，则按旧谱而译以工尺，宜若可以上腔。只是自宋代以至于今日，八九百年间，展转翻刻、摹写、雕镌、校对，在在均易致误。盖以符号非同正字之有文义可寻，偶或笔误，尚易于辨证也。

歌曲乃原于天籁，决非佛人之性而强人以所难。既曰天籁，自应妇孺皆知。试味"有井水饮处皆能歌柳词"一语，可以略知其概。又白石词除自度曲而外，边旁皆不注音符，玉田虽有《词源》之作，但其词集无注音符者。可见当日只是自度新腔乃须做谱，其余凡属略有此中常识者。宜是见调名即可按歌，此亦一佐证也。

以工尺谱宋词而流传至今者颇不乏。即如童君伯章之《中乐寻源》一书，其间所用以举例者，散板则有后主之《浪淘沙》、东坡之《念奴娇》、稼轩之《永遇乐》。繁板则有玉田之《桂枝香》入北曲，白石之《惜红衣》入南曲，此外尚多。宋代不会有南北曲之名词，其必为后人所谱无疑。《惜红衣》且有赠板，词中如"岑寂"二字，白石旧谱"岑"字之旁注为"々"，"寂"字之旁注为"マフ"。工尺谱则"岑"字占一板半，"寂"字占两板半，共为四板，凡十六拍。宛转低徊，真可谓"声依永"者矣。

平心而论，研究宋词音谱，自为一种学问，以今之工尺谱宋词，又别为一种学问。词与曲既属同源，且每字之阴阳八声亦既有定律，则依律以点定宋词之新谱，俾得重上歌喉，有何不可？但勿如世俗之曲师，强改原文以就我，其亦可以告无罪矣。

三〇

《乐府广题》曰："北齐神武，攻周玉壁不克，恚愤成疾，勉坐以安士众。悉召诸贵会饮，使斛律金歌《敕勒》，神武自和之。其歌本鲜卑语，易为齐言，故句之长短不整。"此即有名之《敕勒歌》是已。歌曰："敕勒川，阴山下。天似穹庐，笼盖四野。天苍苍，野茫茫，风吹草低见牛羊。"

歌曲之所以由整齐之四五七言而变为长短句，其说不一，亦曰各明一义而已。盖凡百事物之转变也以渐，不能一蹴而既。其进行也非仅须时，尤须待机，或经数百载未见其寸进，若机会来临，其进或能以尺。整齐之诗歌渐变而为长短句，乃因乐律天籁于转接处之抑扬顿挫，每于正文之外须加以衬音，而腔调乃得轻圆。久而久之，将衬音笔录以备忘，渐羼入正文，句逗亦因顿挫而变迁，此亦长短句成立之一原因。观于宋词，每一韵之字数相同而句逗各异者，作用全在乎顿挫。

如上文所录，《敕勒歌》因以北齐方言转译鲜卑语，故句法之长短不整。此应是长短句成立之主因。计自南北朝以降，中原歌曲已渐搀入西北民族歌谣之格调，而唐代乐歌，多杂西凉、龟兹及葱岭东西诸国之成分，尤属显然。《乐府广题》之此段记载，实长短句因运会而助长进行之铁证矣。

两不相同之民族遇合，文化每起变化，固无论彼方程度之高下也。高固可以相互启发，低亦未必无所获。西域民族之于中国乐歌，亚拉伯民族之于欧洲算术，是其例矣。盖相互启发固是一种作用，但取精多而用物宏，亦是一种作用故也。

三一

东坡诗集有《渔父词》四首，彊村等按其声韵，认为的是长短句，收入词集，允为得当。又以《词律》等书无此调，疑是坡公之自度曲。词曰：

渔父饮，谁家去。鱼蟹一时分付。酒无多少醉为期，彼此不论钱数。

渔父醉，簑衣舞。醉里却寻归路。轻舟短棹任横斜，醒后不知何处。

渔父醒，春江午。梦断落花飞絮。酒醒还醉醉还醒，一笑人间今古。

渔父笑，轻鸥举。漠漠一江风雨。江边骑马是官人，借我孤舟南渡。

作《渔父词》者多矣，其深得渔父之神韵者，东坡而外，唯见《樵歌》之《好事近》十首及《盘洲乐章》之《渔家傲》十二首。《樵歌》如"摇首出红尘，醒醉更无时节""醉颜禁冷更添红，潮落下前碛""晚来风定钓丝闲，上下是新月""昨夜一江风雨，都不曾听得""拨转钓鱼船，江海尽为吾宅。恰向洞庭沽酒，却钱塘横笛"，真乃如见其人，呼之欲出。《盘洲乐章》之《渔家傲》乃分月描写，其《正月》一首曰："正月东风初解冻。渔人撒网波纹动。不识雕梁并绮栋。扁舟重。眠鸥浴雁相迎送。　溪北画桥弯蠛蝫。溪南古岸添青苔。长把鱼钱寻酒瓮。春一梦。起来拈笛成三弄。"其《四月》一首中有句曰："风弄碧漪摇岛屿。奇云蘸影千峰舞。"《九月》之下半阕曰："半夜系船桥北岸。三杯睡着无人唤。睡觉只疑桥不见。风已变。缆绳吹断船头转。"《十一月》曰："妻子一船衣百结。长欢悦。不知人世多离别。"《十二月》曰"江上雪如花片下。宜入画。一簑披着归来也"等句，皆清俊可诵。此乃南宋大曲。其《破子》有句曰"渔父醒。月高露下衣裳冷"，又曰"渔父笑。笑中起舞《渔家傲》"，不减张志和之"西塞山前"。

三二

东坡《金山妙高台》诗曰"长生未可学，请学长不死"，意味深长。孔子生世只七十三年，但至今未死。可见躯体虽不长生，但其思想犹存留于世人之思想中，则不得谓之死。《列子·杨朱篇》曰："百年犹厌其多，而况久生之苦也乎？"以久生为苦，百年为多，自是庄列学派之厌世观，但因此愈可明长生与不死之别。久生有苦乐不同之观感，而不死则无之。盖一在躯体之长存，一在姓名之不灭也。

东坡《卢敖洞》诗曰："上界足官府，飞升亦何益。"稼轩"寿南涧"《水调歌头》曰："上界足官府，公是地行仙。"东坡《别子由兼从子迟》诗曰："遥想茅轩照水开，两翁相对清如鹄。"稼轩"呈赵晋臣"《满江红》曰："一舸归来轻似叶，两翁相对清如鹄。"杜子美《游奉先寺》诗曰："天阙象纬逼，云卧衣裳冷。"稼轩"咏水仙"之《贺新郎》曰："云卧衣裳冷。看萧然风前月下，水边幽影。"相师固不嫌相袭也。东坡《次韵孔毅父集古人句见赠》曰："退之惊笑子美泣，问君久假何时归。"稼轩亦久假而不归矣。读东坡此诗，足证集诗为诗之风，北宋犹未大行。

东坡《墨花》诗，其引子曰："世多以墨画山水竹石人物者，未有以画花者也。汴人尹白能之，为赋一首。"读此诗题，足证墨画花卉之风，北宋犹未大行。若近代则墨兰、墨梅、墨荷、墨竹，随在皆有。

集诗为诗，其有不訾口出天衣无缝者已不易，若集诗为词，尤属难能。《东坡乐府》有集句《南乡子》三首，并录之。词曰：

寒玉细凝肤。（吴融）清歌一曲倒金壶。（郑谷）冶叶倡条遍相识，（李商隐）争如。豆蔻梢头二月初。（杜牧）　年少即须臾。（白居易）芳时偷得醉工夫。（白居易）罗帐四垂红烛背，（韩偓）欢娱。豁得平生俊气无。（杜牧）

怅望送春杯。（杜牧）渐老逢春能几回。（杜甫）花满楚城愁远别，（许浑）伤怀。何况清丝急管催。（刘禹锡）　吟断望乡台。（李商隐）万里归心独上来。（许浑）景物登临闲始见，（杜牧）徘徊。一寸相思一寸灰。（李商隐）

何处倚阑干。(杜牧)弦管高楼月正圆。(杜牧)胡蝶梦中家万里,(崔涂)依然。老去愁来强自宽。(杜甫) 明镜惜红颜。(李商隐)须著人间比梦闲。(韩愈)蜡照半笼金翡翠,(李商隐)更阑。绣被焚香独自眠。(李商隐)

集诗句以为词,唯小令如《卜算子》《生查子》《浣溪纱》《菩萨蛮》等尚可将就,长调则不能也。即如《南乡子》一调,其中之二字句,已属强凑矣。东坡见孔毅父所贻集句诗,曾表示惊奇,似以为得未曾有。此三首或是见孔作而作,出奇斗胜,不肯后人,而故以拘束之词调为之,未可知也。惜彊村翁以此三词编入不知年,无从稽考。和韵体之诗创自东坡,集古人之句以为词,似亦未之前闻。聪明人固无施不可。

相师固不嫌相袭,即自己作品,亦有时不嫌再三重见者。如《楚辞》:

芳与泽其杂糅兮,唯昭质其犹未亏。(《离骚》)
芳与泽其杂糅兮,羌芳华自中出。(《思美人》)
芳与泽其杂糅兮,孰申旦而别之?(《惜往日》)

三三

东坡尝令朝云乞词于秦少游,少游作《南歌子》赠之。词曰:

霭霭迷春态,溶溶媚晓光。不应容易下巫阳,只恐翰林前世是襄王。 暂为清歌住,还因春雨忙。瞥然归去断人肠。空使兰台公子赋《高唐》。

彊村本《淮海词》有《南歌子》三首，但无此词。王敬之辑《淮海词补遗》，据袁文《瓮牖闲评》补入，查初白《苏诗补注》亦据严有翼《艺苑雌黄》引用此词。读之可以仿佛朝云之丰神。绍圣元年，东坡《朝云诗》曰："经卷药炉新活计，舞衫歌扇旧因缘。丹成逐我三山去，不作巫阳云雨仙。"查初白谓结二语似因此词翻案，诚然。王敬之乃疑此词为朝云殁后作，无有是处，想是因词之结二语而生臆断也。但"瞥然归去"云者，殆谓若惊鸿之翩然而逝，正与"舞衫歌扇"句相应，是岂昙花一现之意乎？又"兰台公子"句，乃用宋玉《风赋序》，庄襄王游于兰台之宫，亦与"巫阳云雨"句相应，是岂以兰台公子喻坡公乎？

绍圣三年丙子七月五日《悼朝云》一首，乃用绍圣元年《朝云诗》之韵，诗曰：

> 苗而不秀岂其天。不使童乌与我玄。驻景恨无千岁药，赠行唯有小乘禅。伤心一念偿前债，弹指三生断后缘。归卧竹根无远近，夜灯勤礼塔中仙。

此诗之小引谓朝云尝从泗上比丘尼义冲学佛云，应是幹儿殇后事。盖东坡之到泗州正在此时。又曰朝云诵《金刚经》四句偈而绝。读此则"经卷药炉"句可以自明。此诗以解脱强抑其悲伤，至同年《丙子重九》诗，终亦不能自己曰："……此会我虽健，狂风卷朝霞。使我如霜月，孤光挂天涯。西湖不欲往，墓树号寒鸦。"此盖指惠州西湖。朝云字子霞。

东坡幼子遯，即朝云所生子，小名幹儿，殇于元丰七年七月二十八日。东坡以建中靖国元年七月二十八日卒，而朝云亦殁于绍圣三年七月。父子夫妇皆以七月终，而二十八日尤奇。东坡有哭子诗二首，是亦性情之作。诗曰：

吾年四十九，羁旅失幼子。幼子真吾儿，眉角生已似。未期观所好，骗诞逐书史。摇头却梨栗，似识非分耻。吾老常鲜欢，赖此一笑喜。忽然遭夺去，恶业我累尔。衣薪那免俗，变灭须臾耳。归来怀抱空，老泪如泻水。
　　我泪犹可拭，日远当日忘。母哭不可闻，欲与汝俱亡。故衣尚悬架，涨乳已流床。感此欲忘生，一卧终日僵。中年忝闻道，梦幻讲已详。储药如丘山，临病更求方。仍将恩爱刃，割此衰老肠。知迷欲自反，一恸送余伤。

亲子之情，出自天真，含气以生者皆如是，非只人类为然也。至于事已无可奈何，辄皈依佛法以求解脱。用新名词释之，是曰"临时追认"。若出世法则根本无亲子关系，更何由生此苦恼哉？佛法之入中土，所以为智识分子乐予接受，良非偶然。

三四

　　侵寻、廉纤、盐咸三闭口韵，若不得其道，须用强记。宋元之词曲大家，守法甚严，鲜有出入。唯弁阳老人周草窗对于闭口韵最为凌乱无章，几于无首不错。如集中《少年游》一阕，"松风兰露滴崖阴，瑶草入帘青。玉凤惊飞，翠蛟时舞，喷薄溅春云"。第一韵"阴"字，自应用侵寻闭口韵到底，乃第二韵转庚青，则非闭口，第三韵又转真文，亦非闭口。下半阕之"禽"韵是侵寻，而"情"字又转庚青矣。又《鹧鸪天》一首曰"燕子时时度翠帘"，乃廉纤韵。其后则"绵""烟""怅""靴""眠"乱押一通，只有一"怅"字犹是廉纤。又《浣溪沙》一首曰"竹色苔香小院深"，乃侵寻韵。其下则"扃""尘""清""云"并用。又《木兰花慢》曰"恰芳菲梦醒，漾残月，转湘帘"，乃廉纤韵。其下则"烟""签""眠""鲜""妍""鲜""船""恢"并押，只"签""恢"二韵不误。又一首曰"碧尖相对处，向烟外，挹遥岑"，乃侵寻韵。其下则"寻""云""清""明""青""琴""平""笙"并押，只"寻""琴"二韵不误。

又"好梦不分明"之《唐多令》，"明"字非闭口，而下押一"沉"字韵。"粉黄衣薄沾麝尘"之《恋绣衾》，下押"深""阴"二韵。"玉肌多病怯残春"之《江城子》，下押"深"字韵。又一首曰"罗窗晓色透花明"，下押"阴"字韵。"飞丝半湿乍归云"之《眼儿媚》，下押"心"字韵。"不下珠帘怕燕瞒"之《浣溪沙》，下押"心"字韵。"吴山青"之《长相思》，下押"心"字韵。"玉润金明"之《国香慢》，下押"簪"字韵。"塔轮分断雨，倒霞影，漾新晴"之《木兰花慢》，下押"簪"字韵。又《清平乐》之下半阕曰"翠罗袖薄天寒"，下押"南"字韵。凡此皆起韵非闭口，而下协闭口韵。此皆草窗音律不谨处，未可为训。试举两宋之名家词作反证，未得谓词韵不若诗韵之严，用以自解也。

周美成《南柯子》

桂魄分余晕，檀槽破紫心。晓窗初试鬓云侵。每被兰膏香染色深沉。　　指印纤纤粉，钗横隐隐金。有时云雨凤帏深。长是枕前不见瘮人寻。

姜白石《一萼红》

古城阴。有玉梅几许[1]，红萼未宜簪。池面冰胶，墙腰雪老，云意还又沉沉。翠藤共闲穿径竹，渐笑语惊起卧沙禽。野老林泉，故王台榭，呼唤登临。　　南去北来何事，荡湘云楚水，目极伤心。朱户黏鸡，金盘簇燕，空叹时序侵寻。记曾共西楼雅

---

[1] 按："有玉梅几许"，通行诸本皆作"有官梅几许"。

集，想垂柳、还袅万丝金。待得归鞍到时，只怕春深。

张功甫《满庭芳》

月洗高梧，露薄幽草，宝钗楼外秋深。土花沿翠，萤火坠墙阴。静听寒声断续，微韵转凄咽悲沉。争求侣，殷勤劝织，促破晓机心。　　儿时曾记得，呼灯灌穴，敛步随音。任满身花影，犹自追寻。携向华堂戏斗，亭台小笼巧妆金。今休说，从渠床下，凉夜伴孤吟。

韩子耕《高阳台》

频听银签，重然绛蜡，年华衮衮惊心。饯旧迎新，能消几刻光阴。老来可惯通宵饮，待不眠还怕寒侵。掩清尊，多谢梅花，伴我微吟。　　邻娃已试新妆了，更蜂腰簇翠，燕股横金。勾引东风，也知芳思难禁。朱颜那有年年好，逞艳游赢取如今。恣登临，残雪楼台，迟日园林。

此四首皆侵寻闭口韵。虽九韵之长调亦首尾如一，殊非偶然。若梦窗则更严整矣。

吴梦窗《木兰花慢》

送秋云万里，算舒卷，总何心。叹路转羊肠，人营燕垒，霜满蓬簪。愁侵庾尘满袖，便封侯、那羡汉淮阴。一醉荵丝脍玉，忍教菊老松深。　　离音又听西风，金井树，动秋吟。向暮江目短，鸿飞渺渺，天色沉沉。沾襟四弦夜语，问杨琼、往事到寒砧。争似湖山岁晚，静梅香底同斟。

"愁侵""离音""沾襟"三暗韵，原是可协可不协，乃亦不苟且，是梦窗独胜处。

此平韵也，试更观草窗之仄韵。"宫檐融暖晨妆懒，轻霞未匀酥脸"之《齐天乐》，"脸"字乃廉纤韵之上声，但其下则"乱""协""见""靥""蒨""染""变""怨""掩""艳""远"等韵，只"染""掩""艳"三韵不误。又"寒菊欹风栖小蝶"之《夜行船》，下协"月""箧""怯""说""节"等韵，只"箧""怯"二韵不误。又"余寒正怯"之《醉落魄》，下协"揭""褶""折""说""雪""别""蝶"等韵，只"褶""蝶"二韵不误。又"轻剪楚台云，玉影半分秋月"之《好事近》，"月"字不是闭口，其下不应协"蝶""叶""叠"等韵。又"秋水浸芙蓉，清晓绮窗临镜"一首，"镜"字非闭口，其下不应协"沁"字。凡此非故意挑剔也，试举梦窗两首以为方。

吴梦窗《一寸金》

秋入中山，臂隼牵卢纵长猎。见骇毛飞雪，章台献颖，朣腰束缟，汤沐疏邑。筴管刊琼牒。苍梧恨，帝娥暗泣。陶郎老，憔悴玄香，禁苑犹催夜徍入。　　自叹江湖，雕龙心尽，相携蠹鱼箧。念醉魂悠扬，折钗锦字，黚髯掀舞，流觞春帖。还倚荆溪楫。金刀氏，尚传旧业。劳君为脱帽篷窗，寓情题水叶。

吴梦窗《花心动》

入眼青红，小玲珑飞檐，度云微湿。绣槛展春，金屋宽花，谁管采菱波狭。翠深知是深多少，都不放夕阳红入。待装缀新漪涨翠，小园荷叶。　　此去春风满箧。应时锁蛛丝，浅虚尘榻。夜雨试灯，晴雪吹梅，趁取玳簪重盇。卷帘不解招新燕，春须笑，酒悭歌涩。半窗掩，日长困生翠睫。

"猎"字乃廉纤韵之入声，虽以十韵之长调，亦一贯到底。二窗齐名，若专以韵律言之，则草窗不逮矣。

三五

作近体诗，以不重字为佳，诚以有限之篇幅，须容纳多量之意境，重一字则少一字之含义故也。后世之试帖诗，更以重字为大戒。此则故意立一窄途径以斗巧，又别为一问题。盖试帖诗乃诗匠工作，原不同意境之为何如也。词则不若诗之严，亦以词未尝用作取士之工具耳。然为含义问题，亦自以少重字为佳。

晏小山有《御街行》一首，重字最多，然读之不但不觉其赘，弥觉其美。词曰：

> 街南绿树春饶絮。雪满游春路。树头花艳杂娇云，树底人家朱户。北楼闲上，疏帘高卷，直见街南树。　阑干倚尽犹慵去。几度黄昏雨。晚春盘马踏青苔，曾傍绿阴深驻。落花犹在，香屏空掩，人面知何处。

计"街"字二，"绿"字二，"树"字四，"春"字三，"花"字二，"南"字二，"犹"字二，"人"字二。以一首七十六字之调，而重出十一字，占七分之一有奇，每不及七个字即重出一字。但读来殊令人不察。此则关乎文章技术矣。李易安之《声声慢》异于是，盖叠字非重字之比。

李易安"寻寻觅觅"之《声声慢》，凡九叠字。其叠也乃努力出之，有意作惊人之笔。若晏小山之"渡头杨柳青青，枝枝叶叶离情"，何尝不是接连叠六字？但读来殊不费力，不似"寻寻觅觅"之沉重。盖小山乃以平淡出之，绝不经意，恐彼且不自觉其叠，更何费力之与有？至于易安居士之《声声慢》只应重读，无取细吟。

秦少游之"杜鹃声里斜阳暮",最为东坡所赏,但颇嫌"暮"字与"斜阳"意叠。赵德麟之"斜阳只与黄昏近"也是名句子,"斜阳"之与"黄昏",其复更甚于"暮"矣。又袁去华之"断肠落日千山暮"也是名句子,"落日"何异于"斜阳","暮"亦复矣。然而袁、赵各自保其俊语,曾不为嫌。赵、袁既不以为嫌,则秦亦宜若无咎。

虽然,袁之"暮"字乃"千山"之形容词,谓千山已入暮景也。赵之"斜阳"与"黄昏"乃平列之两名词,两不相碍。而秦则以"暮"字作"斜阳"之形容词,殊属不妥。东坡之言是也。

以叠字行文,词为数见,近体诗不如也。盖以词之格律较为活泼,自二字以至于九字,可以各自为句,各自描写一单独意境,故字虽无多,而容积较大。不若近体七言律,五十六字只限写八句,无伸缩之余地,呆滞而不灵变,缺乏活泼。

词之叠字,非只一叠也,三字四字,亦所常有。如欧公之《蝶恋花》"庭院深深深几许",是三叠字。此犹是前四字可以一逗,第二个"深"字语意属上,而第三个"深"字乃再起。若放翁之《钗头凤》"错错错,莫莫莫"则三叠自为句矣。更有草窗之《醉落魄》"忆忆忆忆,宫罗褶褶销金色",则四叠自成一句矣。近体律绝,那能有此?此四个"忆"字,有"最令人不能忘怀者"八个字之含义,非空泛也。

三六

顾太清乃嘉道间贝勒奕绘之侧福晋,有《东海渔歌》四卷,格律直追北宋,奇女子也。余最赏其"题《昙影梦痕图》"之《金缕曲》二阕。序曰:"孙静兰,许云姜之甥女也。十二岁殁于外家,外祖母许太夫人为作是图,题咏盈卷,因次许淡如韵二阕。"中有句曰:"照慈帏残灯尚在,梦回不见。"又曰:"暮年人、咄咄书空唤。"第二阕之结韵曰："料不闻拍枕千呼唤。青青草，小坟畔。"轻描淡写，而具见真性情。不但无斧凿痕，且不似女子手笔。岁辛巳，寿君幼卿重刊《东海渔歌》，征题及余，因成《解连环》一阕付之，中有句曰："问铁板谁是元戎，恐击碎珊瑚，让伊眉妩。"或以为过誉。然而试将《东海渔歌》置于《小檀栾室闺秀词》中，定见鹤立。

词不幸而产生于五季，风尚委靡，文艺之士，多用作镂月裁云、牵愁惹恨之工具，甚焉者用以调情。苟世无东坡，则词之品格将日就衰落矣。女子善怀，其天性也。故以女子而习此种文艺，每易流于卑弱。太清集中，和片玉、白石之作特多，足见门径。彼其所以不纤不仄，不卑不弱，盖有由矣。

三七

"晚春盘马踏青苔，曾傍绿阴深驻。落花犹在，香屏空掩，人面知何处。"此晏小山《御街行》也，颇似柳耆卿。"草色烟光残照里，无言谁会凭阑意。……衣带渐宽终不悔，为伊消得人憔悴。"此柳耆卿《蝶恋花》也，极似晏小山。若互入两人之本集，可以乱真。

词至北宋，犹有五代遗风。造意以曲而见深，乃文章技术之一种。北宋词人虽曲其意境，犹不失其天真。"天然去雕饰"一语，可作总评。至耆卿乃渐流于浓艳。唯小山尚守轻清之家法，然已是尾声矣。小山结北宋之局，耆卿开南宋之风（周美成正如诗中之杜甫，乃集大成者。广大无边，不能仅以之作画期之代表）。

其间虽有苏辛一派，力返自然，欲以雄豪克浓艳。然而矫枉过直，难免有剑拔弩张之嫌，故南宋词人目之为别派，仍相率遵耆卿之作风以渐入于堆垛之穷途。盖天然界本是平淡，浓丽终属人为。既以浓丽相尚，则去天然渐远，势使然也。天然日以远，意境日以窘，唯赖人为之雕琢，貌为深沉，则舍堆垛更有何法。是故南宋末流之晦涩，亦势使然也。吾尝谓意境宜曲折，最忌一览无余。若用障眼法而貌为曲折，识破仍是一览无余。殊非深文周纳之言。

宋孝宗曾欣赏俞国宝之《风入松》，但颇嫌"明日重携残酒"一语，未免寒酸，乃为之改作"明日重扶残醉"。仅易二字，而气象便尔不同。孟子曰："居移气，养移体。"自是至理。大抵人之性情气度所受环境之影响，与昆虫变色同一道理，非只是生存之要素，亦性质之所因以养成者也。路隅之王孙，虽不肯自道其姓名，但器宇必与乞儿异，可断言也。宋徽宗"北行见杏花"之《宴山亭》，虽在颠沛流离中，依旧雍容大雅。据《南烬纪闻》所载，当日徽宗携郑后，钦宗携朱后，狼狈北行，押解者驱之如犬羊，衣履随气候以为燥湿，无复人形。而词中亦只曰"易得凋零，更多少无情风雨"而已。李后主作俘虏时之《乌夜啼》曰"烛残漏滴频欹枕，起坐不能平"，虽懊恼犹不失其妩媚。至如贺双卿之"日长酸透软腰肢"，非不佳，但总乏名贵气。后世诗人，多少以《宫词》为题者，只能谓之婢学夫人。

三八

作品须有意境，尤须有新意境。若意境虽非不佳，但仿佛曾在某人集中见过，则无味矣。然而文艺之发达，已经过相当之长时期，那有如许新意境留待你来发现，固也。但翻旧为新，是亦一法。如朱服之《渔家傲》"恋树湿花飞不起"，湿花飞不起，虽属陈旧，但加"恋树"二字，则未经人道矣。又如写游子思家，若用"故乡渺邈""鱼雁沉沉"等，自是陈旧，但陆放翁曰，"写得家书空满纸，流清泪。书回已是明年事"。则"思"字与"远"字之精神，自充分表现，此之谓技术。又如刘养源之《摸鱼儿》曰："何日见，试折藕占丝，丝与肠俱断。"描写情思而用"断肠"及"藕丝"等字，在所常有。但不曰"藕断丝连"而曰"丝断"，用作"肠断"之陪衬，则未经人道矣。此较冯小怜之"欲知心断绝，先看膝上弦"尤俊。

人类生息于宇宙间，境界即在宇宙内，我见得到，他人亦必见得到。且彼先而我后，若下笔定欲作未经人道语，其事实难。但食人之余，实所不甘。然而文艺乃精神生活之粮，又不能不写。其法只有努力求新而已。俯拾即是者，虽或有人用过，但埋藏者亦未或必无。或则用翻新法，将原属正方形之质料，改为多角形。或用特别观察力，改正视而为侧视，则景物自然改观。如周美成之"兔葵燕麦，向斜阳影与人齐"，麦影在地而与自己之影齐，则一人于暮色苍茫中踯躅于野田蹊径之景象，自活现于纸上。又如"午阴嘉树清圆"，题曰"夏日"，只"清圆"二字，已能把赤日当头之夏景表现，且深得"午"字之神髓。若在春秋佳日，或朝暾及黄昏时，则树影椭而长矣。又如"柳阴直，烟里丝丝弄碧"，只一"直"字，已能把长条刻画出来，无待丝丝矣。凡此皆如摄影家之取景，转侧欹斜以变其姿势，则虽习见之景物，亦可改观。若能运用此法以至于熟极生巧时，则新意境自可以用之而无竭。

更有一种，写的是习见景物，只将动词活用之，意境便新。如欧阳永叔之"绿杨楼外出秋千"，佳处只在一"出"字。又如柳耆卿之"梦觉透窗风一线"，下句曰"寒灯吹息"。但不用下句，即"透"字与"一线"等字，已能把户牖严闭之寒夜景象刻画出来。只着力在一二动词，而意境便新。

复有用特殊观察之法，移主观以为客观。如稼轩之"红莲相倚浑如醉，白鸟无言定自愁"与白石之"树若有情时，不会得青青如此"等类，即用此法。鸟之愁不愁，树之有情无情，孰能知之，只因反主为客，而意境便新。

更有以消极为积极之法。如"寻常相见了，犹道不如初""不见又思量，见了还依旧""相见争如不见，有情还似无情""不是不相逢，泪空湿，年年别袖"等是也。愈消极，愈积极。此之谓加倍写法，意境亦可以翻新。

更有用画龙点睛法，如晁元礼之"共凝恋，如今别后，还是隔年期"，以百三十余字之长调写中秋，但通篇只是写明月，虽则"玉露初零"一韵曾带及"秋"字，但只是泛写，未涉节序也。至"共凝恋"一韵而中秋对月之情绪乃尽量涌现。正如"群山万壑赴荆门"，亦所谓"万牛回首丘山重"，似此则意境便新。

更有一种取巧法，曰闹中取静，曰忙里偷闲，曰苦中寻乐。如梦窗之"隔江人在雨声中"，闹中取静也。雨声与人声争喧，而境界却是十分幽静。又如李后主之"炉香闲袅凤凰儿，空持罗带，回首恨依依"，忙里偷闲也。苍皇出走，偏能有此闲情。又如蔡幼学之"明年不怕不逢春"，及张玉田之"恨西风不庇寒蝉，便扫尽一林残叶。谢他杨柳多情，还有绿阴时节"，苦中寻乐也。玉田之《长亭怨》题曰"旧居有感"，落魄王孙，园林易主，悲苦无限，结韵乃强自振作。凡此或撇去眼前而专取远景，或跳脱环境而寄情物外，用取巧方法以新人耳目。耳目新则自觉其意境新矣。

复有一法，乃援用几种不调和之事故，强扭合以行文。如杜少陵之《哀王孙》"可怜王孙泣路隅"，"王孙"之与"路隅"，不相调和也，而"泣"亦非王孙之常态。又如《长生殿》弹词之［梁州第七］"只得把《霓裳》御谱沿门卖"，"御谱"之与"沿门"不相调和也，而"卖"尤非所以语于"御谱"。读者至此，精神鲜有不为之震荡者矣。此无他，亦曰强扭不相调和之事故，以不伦不类为当行，使读者之心目猛觉异样，叹为得未曾有，而意境自新。

此一段乱杂无章之随笔，老友有谬许为度人金针者，愧不敢承。亦曰识途老马，略知此中甘苦而已。

三十三年八月二十二日写记

三九

诗以无题为例外，凡无题者亦特署"无题"二字作代表。词则几以有题为例外，无题为当行。一任读者猜哑谜，随各人之主观以胡猜一通。或曰，此忠君爱国之言也。或曰，此期待情人而不至也。应否如此，别为一问题，且勿具论。

无题已如此，即有题者亦仍须猜谜。如韩玉汝之《凤箫吟》题曰"草"，周美成之《兰陵王》题曰"柳"。"长行长在眼，更重重远水孤云"，诚然咏草。"长亭路年去岁来，应折柔条过千尺"，诚然咏柳。唯据《石林诗话》则曰："元丰初，虏人来议地界，玉汝自枢密都承旨出分画。玉汝有爱妾刘氏，临行，剧饮通夕，且作乐府词留别。翌日，神宗已密知，忽诏步军司遣兵为搬家追送之。玉汝初莫测所因，久之，方知其自乐府词发也。"刘贡甫有一小诗赠玉汝，言及此事。贡甫乃玉汝姻亲，当可据。读此乃感觉"锁离愁连绵无际，来时陌上初薰。绣帏人念远，暗垂珠露，泣送征轮"之别有韵味，非只咏草而已也。

《古今词话》曰，美成以李师师事获谴。一日，徽宗见师师泪痕界粉，问何所苦，曰"适送周邦彦行耳"。问"邦彦亦有留别词否"。曰"有之"，乃歌《兰陵王》词。上恻然，翌日而美成召还。读此乃感觉"斜阳冉冉春无极。念月榭携手，露桥闻笛。沉思前事，似梦里，泪暗滴"之别有韵味，非只咏柳而已也。

由此言之，则有题犹不足，且更须知本事，庶几可得其回荡之精神。又如刘辰翁之《宝鼎现》"等多时春不归来，到春时欲睡"，读此，亦曰写春困之幽情而已。若一考辰翁身世，知有德祐丙子春三月元兵入临安掳恭帝与全太后北行之事，且此事乃辰翁所目击，则必不以辰翁为发春困之幽情矣。

刘辰翁尚有送春之《兰陵王》曰："送春去，春去人间无路。……

春去，谁最苦。……春去，尚来否。"又《摸鱼儿》曰："怎知他春归何处，相逢且尽尊酒。少年袅袅天涯恨，长结西湖烟柳。休回首，但细雨断桥，憔悴人归后。东风似旧。问前度桃花，刘郎能记，花复认郎否。"须先知作者生于南宋德祐间，又知有德祐丙子春间事，乃可得其神韵，有题犹未足也。当日南宋遗民，实在可怜，犹日日盼望打一胜仗，帝后得归以来也。

四〇

周美成最善于运用古人诗句以入词，如"定巢燕子，归来旧处"，即杜少陵之"频来语燕定新巢"也。"正野店无烟，禁城百五"，即元微之"初过寒食一百六，店舍无烟宫树绿"也。诸如此类，试展《片玉集》，触目皆是。

此宋人而用唐人诗句也。更有援用当代人诗句者。如宋真宗强征杨璞诣阙，璞作一滑稽小诗以自脱，辛稼轩用其诗作《山花子》一首。参观《杂论》第一则。又谢师厚居邓，其妹婿王存奉使荆湖，枉道过之，夜至其家。师厚有诗曰，"倒著衣裳迎户外，尽呼儿女拜灯前"。稼轩之《木兰花慢》曰，"秋晚莼鲈江上，夜深儿女灯前"。又如张乖崖在蜀，有录曹参军老病废事，公责之曰："胡不归？"明日参军求去，且以诗留别。中有句曰，"秋光都似宦情薄，山色不如归意浓"。公惊谢曰："吾过矣！同僚有诗人而我不知。"因留而慰荐之。见东坡《送路都曹》诗序。但此参军之姓氏，东坡亦既忘之矣。草窗之《唐多令》曰："辇路又迎逢，秋如归兴浓。"此二公者，均不嫌借当代人之诗句以入词，实所罕见。

然而原作必有大过人处，脱稿即已传诵，乃得邀当代名流之采用。如杨璞诗，虽非锤炼之作，但滑稽可喜。谢师厚之绝句，山谷以为似杜，谓"倒著衣裳迎户外，尽呼儿女拜灯前"二语，置于杜集，可无愧色。录曹参军之句,则为张乖崖所倾倒,宜其传诵一时也。乖崖此举,足留一儒林佳话,但非所以论于吏治矣。

四一

刘一止之《喜迁莺》"怨月恨花烦恼,不是不曾经著",此乃北宋词人之本色语。即此便佳,何必雕镂。又如"无可奈何花落去,似曾相识燕归来""风乍起,吹皱一池春水"及"和泪试严妆"等,亦是本色语。冯延巳好用"严妆"二字,"和泪试严妆""严妆才罢怨春风""严妆欲罢啭黄鹂",皆《阳春集》中语。

吴梦窗之《宴清都》:"绣幄鸳鸯柱。红情密,腻云低护秦树。芳根兼倚,花梢钿合,锦屏人妒。东风睡足交枝,正梦枕、瑶钗燕股。障滟蜡满照欢丛,嫠蟾冷落羞度。　人间万感幽单,华清惯浴,春盎风露。连鬟并暖,同心共结,向承恩处。凭谁为歌《长恨》,暗殿锁、秋灯夜语。叙旧期不负春盟,红朝翠暮。"词非不佳,但不知所云。题曰"连理海棠",唯于"芳根兼倚",及"东风睡足交枝,正梦枕、瑶钗燕股",可约略理会出"连理"来。又因见词题,始识以杨妃况海棠而已。此一首可称为梦窗派之模范作品,学梦窗者面貌大抵如斯。此与义山诗之《碧城》,同一象征。读来好听,艰于理解。晚唐之诗,晚宋之词,走入同一途径。

四二

《喜迁莺》一调,长短不一。有四十六字、四十七字、百零三字、百零四字者，而以百零三字为最普通。但内容仍颇有出入。试择录两首，然后加以检讨。

喜迁莺

刘一止

晓光催角，听宿鸟未惊，邻鸡先觉。迤逦烟村，马嘶人起，残月尚穿林薄。泪痕带霜微凝，酒力冲寒犹弱。叹倦客，悄不禁重染，风尘京洛。　追念人别后，心事万重，难觅孤鸿托。翠幌娇深，曲屏香暖，争念岁华飘泊。怨月恨花烦恼，不是不曾经著。者情味，望一成消减，新来还恶。

喜迁莺

史达祖

月波疑滴。望玉壶天近，了无尘隔。翠眼圈花，冰丝织练，黄道宝光相直。自怜诗酒瘦，难应接许多春色。最无赖，是随香趁烛，曾伴狂客。　踪迹。漫记忆。老了杜郎，忍听东风笛。柳院灯疏，梅厅雪在，谁与细倾春碧。旧情拘未定，犹自学当年游历。怕万一，误玉人夜寒帘隙。

刘词百零三字，史词百零一字。上半阕第四韵与下半阕第三韵，刘作六六，史作五七。同是十二字，而句读不同，是所常有。又过片第一句，刘作五字，不协韵。史作二三，协两韵。亦所常有，不成问题。所欲讨论者，结韵而已。

刘之结韵曰"者情味，望一成消减，新来还恶"，凡三句十二字。史之结韵曰"怕万一，误玉人夜寒帘隙"，凡二句十字。此外每韵之字数，无不相同，唯结韵少二字，此史作之所以为百零一字也。查各家所刻之《梅溪词》，此首皆作百零一字。唯戈顺卿所选，此首独作百零三字。结韵曰"怕万一，误玉人寒夜，窗际帘隙"，凡三句，十二字句读悉与刘作同。试将诸家所作之《喜迁莺》结韵，录列以作参证。

> 愿岁岁，这一卮春酒，长陪佳节。（胡浩然）
> 待归也，便相期明日，踏青挑菜。（吴子和）
> 棹归晚，载荷香十里，一钩新月。（吴子和）
> 翠深处，看悠悠几点，杨花飞落。（蒋竹山）
> 叹滨海，道难留指日，荣迁飞骤。（赵长卿）
> 倦游也，便榼云柂月，浩歌归去。（冯去非）

窃以为戈选所据之本，是对的。史作仍是百零三字体。诸刻所据，应是别出一源，结韵将"寒夜"二字颠倒，而"帘隙"之上脱二字耳。

四三

周美成之《大酺》，乃一首名作。起韵曰："对宿烟收，春禽静，飞雨时鸣高屋。"首句用一字领起，"宿烟收""春禽静"成对偶。方千里和韵曰："正夕阳闲，秋光淡，鸳瓦参差华屋。"草窗一首曰："又子规啼，荼蘼谢，寂寂春阴池阁。"句法悉与美成同。然而亦有立异者。陈西麓一首曰："雾幕西山，珠帘卷，浓霭凄迷华屋。"又一首曰："渐入融和，金莲放，人在东风楼阁。"吴梦窗一首曰："峭石帆收，归期差，林沼半销红碧。"首句四字，并非一领三，与第二句更不成对偶，句法悉与美成异。虽则首四字用仄仄平平，五人无出入，但句之构造，则大不相同矣。若用一字领起，辞气须贯串两句，恍如既对"宿烟收"，又对"春禽静"也。苟非用一字作领，则首句与次句竟无连锁关系矣。如"峭石帆收""渐入融和"，四字独立，无所依傍。西麓"雾幕西山"一首乃和清真，而梦窗亦精于音律而谨小慎微者。足证《大醑》首句，可不必定用一字领起。

周草窗"吊雪香亭梅"之《法曲献仙音》，是一首名作，尤以"一片古今愁，但废绿平烟空远。无语销魂，对斜阳衰草泪满"最为清俊而沉痛。李筼房有和韵曰："池苑锁荒凉，嗟事逐鸿飞天远。香径无人，甚苍藓黄尘自满。"王碧山亦有和韵曰："苤苢一枝春，恨东风人似天远。纵有残花，洒征衣铅泪都满。"均不及原唱。筼房犹是对景，碧山只是伤别，借题发挥而已。

稼轩"元日立春"之《蝶恋花》曰"往日不堪重记省，为花常把新春恨"，梦窗"除夕立春"之《祝英台近》曰"残日东风，不放岁华去"，均能认定搭截题，融会而贯通之，不愧名作。

顾梁汾"闰月"之《步蟾宫》曰"恨无端添叶与青梧，却倒减黄杨一寸"，语亦俊。

四四

万红友《词律》，其有功词学，固无待言，然而错误、武断、孤陋等处抑亦不少。如张于湖之《六州歌头》上半阕之"隔水毡乡落日，牛羊下区脱纵横"，与下半阕之"闻道中原遗老，常南望翠葆霓旌"，句法正同，"下"字与"望"字，微逗而已。《词律》乃断"乡"字为一句，"下"字为一句。又韩南涧有同调一首，《词律》并收。其上半阕曰"草软沙平骤马，垂杨渡玉勒争嘶"，下半阕曰"前度刘郎几许，风流地也自应悲"，句法与于湖正同。而《词律》亦于上阕作三句断，"平"字与"渡"字各自为句，而上半阕与下半阕遂参差矣。愚窃以为不妥。试将此两词录列其上下阕，对照之二韵而用"×"作符号，以明其句逗。

隔水毡乡落日，牛羊下区脱纵横。看名王宵猎，骑火一川

明。(张)

闻道中原遗老，常南望翠葆霓旌。使行人到此，忠愤气填膺。(张)

草软沙平骤马，垂杨渡玉勒争嘶。认蛾眉凝笑，脸薄拂燕脂。(韩)

前度刘郎几许，风流地也自应悲。但茫茫暮霭，目断武陵溪。(韩)

于斯可见，上下两半阕此二韵乃遥对整齐。其七字句皆作三四。两五字句一作三二，一作二三。两首如一，曾无出入。足证《词律》之武断。

又韩作"认蛾眉凝笑"一韵，因"眉"字偶与支思韵协，《词律》遂断作"认蛾眉（叶）凝笑脸（豆）薄拂燕脂（叶）"非只武断，且有意矜奇矣。试问"宵猎骑""到此忠""暮霭目"，其亦可以自为逗乎？斯不然矣。

《六州歌头》隶大石调，南涧一首曰"东风着意，先上小桃枝"，诚可称为风流蕴藉。但于湖一首曰"长淮望断，关塞莽然平"，允可称为惆怅雄壮。是则此调，亦可以入正宫矣。此调声韵悠扬，音节极美，而三字句甚多，不易运用。是以古今来作者无多，约略不过一二十首。

四五

中国韵书，通转杂糅，多未能惬人意。盖自齐梁以前，四声且未成立，韵书更无论矣。即后来之作韵书者，率以古人诗歌为依据，于无标准之中求标准，此法允为最善，杜、韩即其宗匠矣。然而中国文字，衍形而不衍声，至使方言不统一，随地异殊，适于此者未必合于彼，此乃根本之困难问题。即如元周德清之《中原音韵》，词曲家所奉为圭臬者矣。然而中州音不协于江南者殊多，斯亦无可如何之事矣。岂唯周作？诸家莫不皆然。其间最武断而最支离者莫若时本韵书，如清之《佩文诗韵》等类。彼之通转，率祖述宋吴棫《韵补》、明杨慎《转注》而参以臆断，前后龃龉，几不能自完其说。他勿具论，即以开合音言之，已是误人不浅，列举其错谬如下：

真	通侵	删	通覃咸	先	通盐咸
轸	通寝	震	通沁	质	通缉
宥	通沁	艳	通霰	陷	通谏
勘	通翰	感	通铣	支	通佳

凡此皆昧于发音六义之原理，逞其臆断，误己误人。如"真""删""先""轸""震""质"皆抵腭发音，"侵""覃""咸""盐""寝""沁""缉"则皆闭口音，闭口如何能与抵腭通？又"宥"乃敛唇音，而"沁"则为闭口音，闭口如何能与敛唇通？至于"艳""陷""勘""感"皆闭口音，而"霰""谏""翰""铣"则为抵腭音，抵腭如何能与闭口通？"支"乃展辅音，而"佳"则为半抵腭，若严格亦不可通。举其大略，已足惊奇。以此而侈言"通转"，不知如何能"通"，如何能"转"也。

时本韵书已如此，即如嘉道间戈顺卿载之《词林正韵》，王半塘等尊之为最晚出而最精审之韵书，前无古人，为填词家之金科玉律者矣。参观四印斋本《词林正韵》王氏跋。全书分为十九部门，计平韵十四部，而上去隶之。入声五部。所收共一万三千十四字，谓皆取则于古名家词，参酌而审定之，尽去其弊（参观原书《发凡》）。然第十四部平声之"覃"而附以"凡"，上声之"感"而附以"范"，去声之"勘"而附以"梵"，是抵腭杂于闭口矣。又第十七部入声之"质"而附以"缉"，第十八部入声之"勿"而附以"叶""帖"，则又闭口杂于抵腭矣。又第十九部入声之"合"而附以"乏",则又以抵腭杂于闭口矣。凡此诸端,不无微瑕。

四六

　　谢默卿元淮之《碎金词谱》,板本有二。其一刻于道光二十三年癸卯,所收之词共一百八十阕,乃以许穆堂之《自怡轩词谱》为底本。而许之所收,则根据《九宫大成谱》。凡唐宋元人词之标出宫调者,分类而辑录之,都为六卷。计卷一乃仙吕宫、仙吕调、中吕宫、中吕调,卷二乃大石调、越调,卷三乃正宫、高宫、小石调、小石角,卷四乃高大石调、高大石角、南吕宫,卷五乃商调、商角、双调、双角,卷六乃黄钟宫、羽调,所收凡六宫十三调。每一词之后附以谱。谱之左方注四声,右方则为工尺,句读分明。凡闭口音则加"○"以为别。

　　第二板刻于道光二十七年丁未,所收之词共五百五十八阕。于《九宫大成谱》之外,复据《钦定词谱》及《历代诗余》之标注宫调者而广收之,增为十四卷。计卷一乃南仙吕宫,卷二乃北仙吕调,卷三南中吕宫,卷四北中吕调,卷五南大石调、北大石角,卷六南越调、北越角,卷七南正宫、北高宫,卷八南小石调、北小石角,卷九南高大石调、北高大石角,卷十南南吕宫、北南吕调,卷十一南商调、北商角,卷十二南双调、北双角,卷十三南黄钟宫、北黄钟调,卷十四南羽调、北平调,凡六宫十八调。词不附谱,唯于原词每字之左方注四声,右方则注工尺。二刻皆套板精印,工尺乃红字。

　　自元明以后,以为宋词之歌谱,久已失传,岂图吉光片羽,尚得此五百余阕可以附诸歌喉,是诚可喜。默卿自序曰:"兹谱之作,即以歌曲之法歌词,亦冀由今之声以通于古乐之意焉耳。按宋人歌词,一音协一字,故姜夔、张炎辈所传词谱,四声阴阳不容稍紊。今之歌曲,则一字可协数音，曼衍抑扬，萦纡赴节，即使分寸节度不能如宋词之谨严，亦足以谐协竹肉矣。"读此，则工尺谱应是许穆堂、谢默卿二公依宫调以为声容，以工尺易フハ，而自制今谱者矣。

然而宋词歌谱，其流传至今而为人所共知者，厥为白石之自制曲。考《扬州慢》一阕，宫调则为中吕宫。"淮左名都"四字，宋谱为淮左^{フハ}名都，即所谓一字协一音是已。若译以今谱，应作淮左名^{六凡}都。然《碎金词谱》乃作淮^{工}左^{六}名^{工}都^{工六五}，与宋谱全不相侔。若按宋谱，则"六凡工尺"乃自高而低，其声沉着而高古。而今谱之"工六工工六五"则自低而高，由"名"字之阳平，转落"都"字之阴平，故用"工六五"以揭之。

复次，余尝据金荃、子野、乐章、片玉、于湖、白石、梦窗七人之本集，撷取其标注宫调之词，共得四百零五阕，亦以宫调为纲而分隶之。但与《碎金词谱》相对照，所隶属之宫调多不相同。且余之所辑有般涉调九阕，歇指调二十三阕，正平调三阕，道宫三阕，高平调三十阕，此五宫调为《碎金词谱》所未收。虽则道宫、歇指已失于金元时，余三调则未亡也。其或名称之各异欤？未可知矣。（参观本集二五）

《碎金词谱》之工尺与《白石集》旁缀之音谱各不相侔，已如上述。但昆曲以上、尺、工、凡、六、五、一、合、四为音符，究竟始于何时，是不可以不问。

张斅山（文虎）《舒艺室余笔》卷三有《白石道人歌曲校语》一篇曰："宋人词集存于今者，唯张子野、柳耆卿分箸宫调，其有旁谱者唯尧章此集耳。据张叔夏《词源》，言其父斗南有《寄闲集》，亦旁缀音谱，今已不传，则此集实吉光之片羽矣。"又曰"宋人歌词，以合、下四、四、下一、一、上、勾、尺、下工、工、下凡、凡等十二声配十二律，以六、下五、五、一五配四清声，凡十六声"云。试将《白石词集》所用之符号与张炎《词源》所用之符号暨《词源释文》并明代管色表列如左。

1 十二律吕	黄钟	大吕	太簇	夹钟	姑洗	仲吕	蕤宾	林钟	夷则	南吕	无射	应钟	黄钟清	大吕清	太簇清	夹钟清
2 白石谱	ム	マ	マ	一	∠	∠	人	フ	フ	ﾉl	ﾉl	ㄠ	ㄉ	ㄢ	ㄛ
3 词源谱	△	(又)	又	(一)	一	ㄣ	∠	∧	(フ)	フ	儿	儿	幺	(ㄉ)	ㄢ	ㄛ
4 词源释文	合	下四	四	下一	一	上	勾	尺	下工	工	下凡	凡	六	下五	五	一五
5 明朝管色	合	背四	四	背一	一	上	勾	小尺	哑工	小工	哑凡	小凡	六	哑五	五	一五

由是观之，白石与玉田所用之符号曾无异同。只字势略殊而已。据舒艺室校语，谓"'ム'疑本作'△'，乃'合'之半字也。'∠'亦作'ㄣ'，疑本作'ヒ'，乃'上'字草书也。'ㄠ'疑本作'ス'，乃'六'字草书也"云，所言如是。余以为"ㄉ"之为"五"，"儿"之为"凡"，亦皆形似。以此论之，则此十二律吕四清声之十六符号，只是乐工之速记，力求简便，字源犹是上、尺、工、凡、六、五、一、合、四也。又如明代之"背四""哑工""哑凡""小凡"等，亦只是乐工之术语而已。玉田生于南宋末，则工尺已行于南宋似无疑义。白石生于北宋末，而所用之音谱亦与南宋同，则工尺已行于北宋亦无疑义。

或者曰，谓工尺与宋谱符号为形似，诚然。疑二者原是一体，不为无因。但是否宋符号由"工""尺"等字蜕变，抑"工""尺"等字乃宋符号之转变，不可不察，若因果倒置，则后先易位矣。此实一强有力之反诘，允宜审慎。欲答此问，应先明符号之意义。

符号之作用，或取其便于书写也，或取其易于记忆也。质言之，即化繁为简是已。画"+"、"-"、"×"、"÷"四符号，较于写"加"、"减"、"乘"、"除"四字，便捷多矣。"人"乃二画，而"尺"字则为四画。"マ"乃二画，而"四"字则为五画。"ム"乃二画，而"合"

字则为六画。以此论之，则似宋符号应在工尺之后，因其笔画乃由繁而化简故。

《仪礼经传通释》所载《风雅十二篇诗谱》[1]，其《关雎》一篇之音符如左。

清黄 南 林 南 黄 姑 太 黄 黄 南 清黄 姑 清黄 林 南 清黄
关关雎鸠在河之洲窈窕淑女君子好逑，此诗之谱，学者咸认为成周元音。计《关雎》一篇共八十个字，若全录其谱，不知须费几许时间，乃得完成。此岂乐工之所能忍耐哉？《词源》称"ㄅ""人""フ""儿"等符号曰"俗谱"，其出于伶工之俗手，殆无疑义。但自速记方面着眼，则较填写十二律吕之名便捷多矣。由"仲""林""南""应"而变为"ㄅ""人""フ""儿"或"上""尺""工""凡"，中间不知几经更革。今之所欲追求者，正为此事耳。

或者又曰，"マ""ㄙ""フ""人"等符号已行于北宋，魏良辅生于明中叶，而昆曲乃用"四""合""工""尺"作音谱，而不用"マ""ㄙ""フ""人"。既曰符号之意义乃去繁就简，而昆曲音谱乃去简就繁，此原则不已破坏乎？斯亦一有力之质诘。

考《词源》之《管色应指谱》，有"刂"（掣）、"ㄅ"（折）、"人"（大凡）、"h"（打）等符号，乃笛工之暗记。其形相与"儿"（凡）、"ㄅ"（上）、"ㄥ"（尺）等音符，每易相乱。后之舍宋谱而用工尺谱，原因或在于是欤？昆曲用"上""尺""工""凡""六""五""一""合""四"等九字作音谱，皆笔画比较简洁之字，既曰"字"，则填谱时纵偶或草率，犹有痕迹可寻，易于区别。不至如"凡""掣""打"三符号之易于相蒙，而"上"与"折"之难分，"尺"与"大""凡"之易混耳。若是，则又似工尺在宋符号之后矣。

或有根据《楚辞·大招》之"四上竞气，极声变只"一语，疑以为工尺已用于战国时，殆未必然。王逸《楚辞注》："四上，谓上四国，即代、秦、郑、卫也。"因代、秦、郑、卫四国之乐歌，《大招》本篇上文

---

[1] 按：即《风雅十二诗谱》。

曾叙及之,故曰"四上",为上四国。洪兴祖《楚辞补注》:"四上,谓声之上者有四,即代、秦、郑、卫是也。"若是,则"四上"非指音符可知。

四七

《凄凉犯》亦名《瑞鹤仙影》,乃白石自制曲,曰仙吕犯双调。其结韵曰,"怕匆匆不肯寄与误后约"。万红友以"怕匆匆"为一读,"不肯寄与误后约"为七仄句,徐诚庵亦同此主张。吾则以为不若作"怕匆匆不肯寄与"为一句,"误后约"为一句,似较妥协。试将姜白石、吴梦窗、张玉田诸人之作录列如下,用资比较。

怕匆匆不肯寄与,误后约。(白石)
倚瑶台十二金钱,晕半灭。(梦窗)
且行行平沙万里,尽是月。(玉田)
梦三十六陂流水,去未得。(玉田)

"不肯寄与误后约""十二金钱晕半灭""平沙万里尽是月"虽未尝不可以独立成句,但"六陂流水去未得"则不能矣。因"三十六陂"四字,不可分离,"梦三十"三字难成句读也。

白石一首题曰"合肥秋柳",其结二韵曰:"漫写羊裙,等新雁来时系著。怕匆匆不肯寄与,误后约。"无论以文气,以音节,结韵均以七三为宜。梦窗一首题曰"重台水仙"。玉田之第一首题曰"北游道中",第二首题曰"过邻家见故园有感"。又白石此词误入《梦窗集》,朱彊村已剔除之矣。

曲论

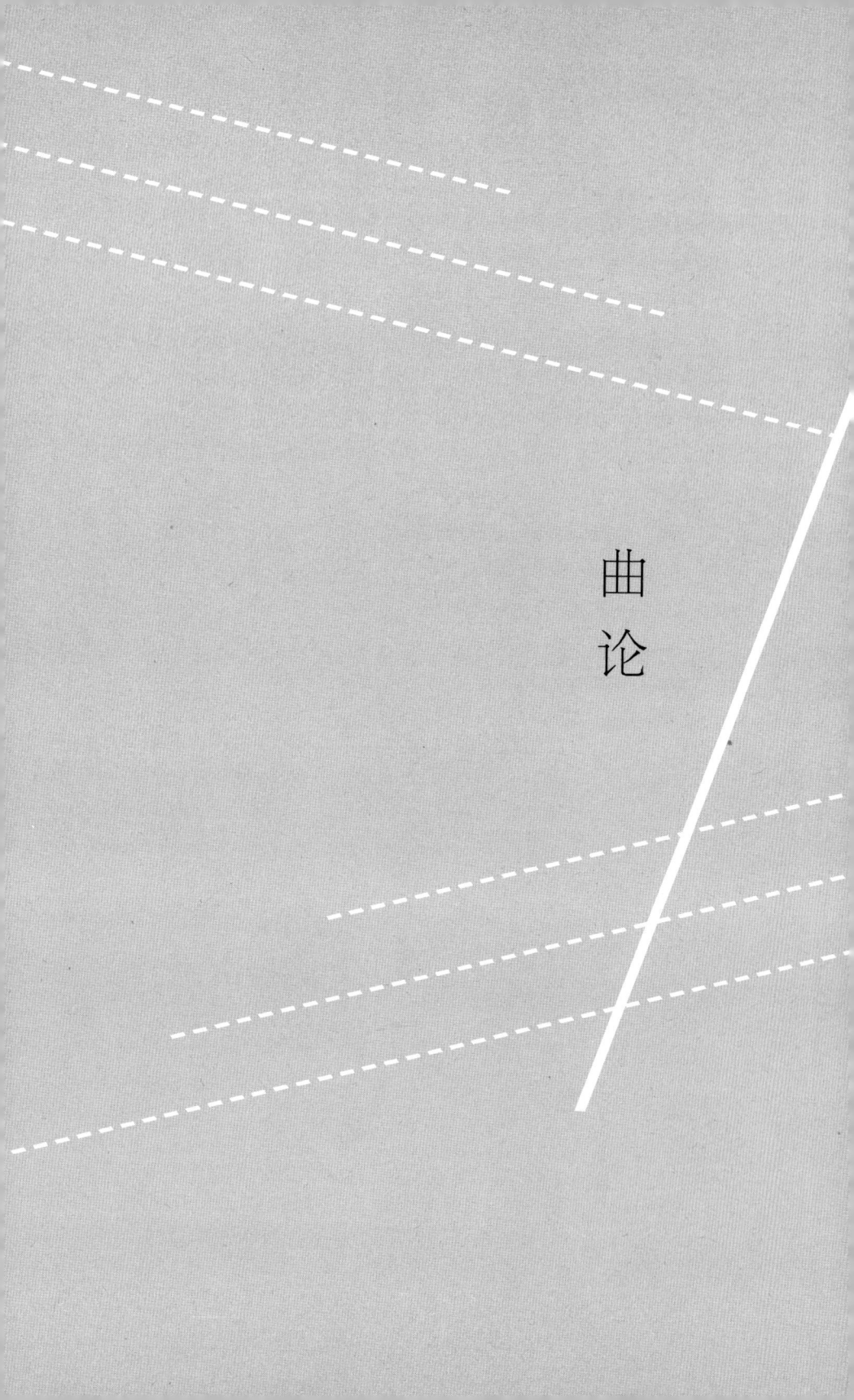

一

中国歌曲之大变化，略可画分为四个时期：曰汉、曰唐、曰元、曰明是也。语其小者，实无日不在变化中，但此四个时代，乃集其大成而已。古《诗》三百篇，皆周代列国之歌谣，宴飨朝聘，交相赋咏。又先秦之平调、清调、瑟调原是周之房中曲，汉初谓之"三调"。高帝悦楚声，故房中乐皆楚歌，谓之楚调。更有所谓侧调者，则生于楚调者也。合平调、清调、瑟调、楚调、侧调五者，总称为"相和调"。又巴渝歌亦汉高帝所作，乃高帝自蜀入关中时得自巴、渝二州者。惠帝即位，以夏侯宽为乐府令。武帝始立乐府，采赵、代、秦、楚之歌谣，被诸声乐。诏司马相如等造《郊祀歌》《安世歌》，荐之宗庙。明帝乃分乐为四品，总为两纲，即大予乐、雅颂乐是也。可见汉之乐乃集春秋战国朝野歌曲之大成者也。是为第一期。

相和三调（即平调、清调、瑟调），自东晋播迁，其音分散。苻坚得之于凉，传于二秦。及宋武定关中，因而入南，其后南朝文物称最盛。迨北魏孝文讨淮汉，宣武定寿春，收其声伎，得江左所传中原旧曲与及江南吴歌、荆楚西声，总名之曰"清商曲"。开皇仁寿间，南北乐府同入于隋。当时管弦雅奏多用西凉乐，鼓舞曲多用龟兹乐，琴曲则犹是楚汉旧声。唐高祖武德九年，命祖孝孙修定雅乐。计自南北朝以来，梁、陈尽吴楚之音，齐、周杂胡戎之伎，于是斟酌南北，考以古音，作为唐乐。贞观中，宴乐分为坐、立二部。堂上坐奏者谓之"坐部"，堂下立奏者谓之"立部"。开元中，舞曲又分为软舞与健舞。软舞皆女乐，而健舞则属诸梨园伶工。可见唐之乐乃集南北朝之大成，合中原、吴越、荆楚、巴蛮、鲜卑、匈奴、胡羯、羌氐诸俗之乐歌而冶于一炉者也。彼其所以声华灿烂，盖有由矣。是为第二期。

元承唐宋之后，斯时诗歌乐府，已结成异样之晶莹体。复杂以辽金之世所传入漠北之音而制为北曲，艺术上又放一异彩。计元曲之类别有三：一曰小令，二曰套数，三曰杂剧。小令只用一曲。套数则合诸曲为一套，但自首至尾，须同一宫调。杂剧则合四套而成一剧，谓之四折，每折易一宫调。套与折无甚差别，但套乃各自独立，折则前后蝉联而已。北剧乃一人司唱，科、白属于配角，与南剧之更番酬唱者不同。可见元之乐乃集中国本部及契丹、女真诸声乐之大成者也。是为第三期。

元中叶以后，以北曲无入声，不适于南腔，于是南曲乃应运而生。明之初叶，已渐普遍于民间。嘉靖以前，江南有所谓三腔者：即余姚腔、海盐腔、弋阳腔是也。余姚腔出自会稽，而广被于常州、扬州、徐州等处。海盐腔出自嘉兴，而广被于湖州、温州、台州等处。弋阳腔出自江西，而广被于两湖、闽、广等处。余姚腔、海盐腔均以牙拍为节，其调静婉。弋阳腔以羯鼓为节，其调喧闐。嘉靖隆庆间，有昆山魏良辅者，创为昆腔，初行于吴中，万历以后，渐淹被大江南北，而戏曲又入一新纪元。计北曲之乐器以弦索为主要，南曲之乐器以箫管为主要。至于昆腔，则弦管与笙琶同奏，羯鼓与牙拍并用。此实魏良辅伟大之创作矣。可见明之曲乃集江、河两流域及塞北诸声之大成者也。是为第四期。

以时势推移而论，今应已入于第五期之酝酿变化中矣。但何日始告成熟，何人能集大成，尚未可知耳。其在深于昆曲而兼识皮簧之大文学家欤，在已谙五线谱之名票友欤，抑在曾漫游欧美之优伶欤？皆有可能性，成功当属于努力者。

二

曲中之"务头"两字，颇不易明了。古今论者奚止万言，但不解者依然不解，或更愈解释而愈模糊。唯焦理堂《剧说》曰："务头者，即遇紧要字句须揭起其音而婉转其调。"又李笠翁《偶集》曰:"曲之有务头,犹棋之有眼,有之则生,无之则死。"理堂就唱腔上解释,笠翁就填词上解释。读此数语,庶几可以佛仿其意。

词中之双调者,其上下两半阕接联处所用之术语各有不同。张玉田谓之"过片",周止庵谓之"换头",沈伯时谓之"过腔",花庵谓之"拽头",北宋词人谓之"过变",更有谓之"过接"者。术语虽不画一,然望文尚可领会,不若"务头"两字之难索耳。

窃取他人之语意以卜自己之心中事,谓以"镜听"。吾乡谓之"口卦",又谓之"响卜",当是其应如响之意。"镜听"之名词由来甚古,读王建《镜听词》便知其用。词曰:

重重摩挲嫁时镜,夫婿远行凭镜听。回身不遣别人知,人意丁宁镜神圣。怀中收拾双锦带,恐畏街头见惊怪。嗟嗟嚓嚓下堂阶,独自灶前来拜跪。出门愿不闻悲哀,郎在任郎回未回。月明地上人过尽,好语多同皆道来。卷帷下床喜不定[1],与郎裁衣失翻正。可中三日得相见,重绣锦囊磨镜面。

乡曲妇孺谓耳朵发热主远道有人相念,此说普遍南北,原来渊源甚古。辛稼轩之《定风波》曰:"从此酒酣明月夜,耳热,那边应是说侬时。"正是此意。

三

"务头"乃北曲中之名词,南谱无此。作用全在阴阳而非在四声,

---

[1] 按:"卷帷下床喜不定",《唐人六集》本《王建诗》、《全唐诗》皆作"卷帷上床喜不定"。

试言其概。（一）就填词上言之，则如明王骥德《曲律》所谓"古人凡遇务头，辄施俊语或成语，否则只谓不分务头，非曲所贵"。（二）就唱腔上言之，则如清焦循《剧说》所谓"务头者，即遇紧要字句须揭起其音而婉转其调"。（三）就法则上言之，则凡是务头必施于平、上、去三音或两音相联而阳阴各异之处。（四）就安排上言之，则务头大都在一调之末句，中间吃紧处亦间有之。（五）就技术上言之，则如清李渔所谓"曲之有务头，犹棋之有眼，有之则生，无之则死"。（六）就顾曲上言之，则如《闲情偶寄》所谓"凡一曲中最易动听处是为务头"。此即所谓"揭起其音而婉转其调"者矣。如白仁甫之《寄生草》末句"但知音尽说陶潜是"，"尽"字乃阳去，"说"字阴上，"陶"字阳平，故此句谓之务头。唱至"尽说陶"三字则须揭起其音而婉转其调，是以必要阴阳间错而音韵乃得悠扬。实则"说"字乃阴入而非阴上，因北曲无入声，故谓之阴上。然上与入无关系，着意处全在阴阳。此即所谓务头在一调之末句是已。又如《牡丹亭·惊梦》[皂罗袍]之"雨丝风片"，"雨"乃阳上，"丝"为阴平，故曰"丝"字须在嗓子内唱，而使音从齿缝间出，声韵却在喉中如珠之走盘，其婉转可知，其动听也可知。此即所谓务头在一调之中间吃紧处是已。

由此观之，可见所谓"务头"，乃指示歌者对于表情上须加以注意之一种符号，"务头"二字即此种符号之术语。南谱无此，并非阙而，徒以无须乎此焉耳。金元时代之北曲，歌与舞未甚合一，一人司唱而一人司舞以应之，故每至吃紧处，非加以一种特别音符唤起歌者及舞者之注意不可。南曲则不然。剧场上歌舞合一，每至慷慨激昂或缠绵悱恻之吃紧处，曲辞与剧情相应，则歌者之身段表情及音调之抑扬高下自然相应，无须符号。如《长生殿》之《弹词》，李龟年上场第一折[一枝花]："不提防余年值乱离。……到今日沦落天涯，只留得琵琶在。""落"乃阳入，"天"是阴平，"得"乃阴入，"琵"是阳平。第一句"不提防……"八个字之中，除"不"字外，其余七字尽属阳声，故起处便声调沉郁。末句"到今日……"则阴与阳互相间错，只要歌者能略识李龟年之身世与当日之环境，以一黄金时代太平天子之内廷供奉，一旦风流云散，流落江南，则身段应如何，音节应如何，歌与舞既合而为一，即不用音符，亦当自能表演，此所以南谱之务头从略也。天下事有愈解释而愈模糊、由玄虚而入于神秘者，如上述关于"务头"之六说是也。若以科学方法整理之，一语道破，则亦无甚玄虚无甚神秘矣。

《惊梦》之"雨丝风片，烟波画船"，即所谓俊语；《弹词》之"到今日沦落天涯……"即所谓成语。

四

韵文发生在散文之先，无可疑议，证以无文字之民族如中国西南部之苗，其踏歌之俗则相沿已久，又乡曲不识字之妇孺，率其天籁，皆可成歌，是明证矣。韵文既在散文之先，然则歌舞剧亦必在对话剧之先，似亦无可疑议。证诸南宋以后之传奇杂剧，可略得其消息。金元剧本科白率多简单，明代则不然。如徐渭之《翠乡梦》、梁辰鱼之《红线女》等，每穿插一二千字之科白，多用清新之口角、娴雅之辞令，或庄或谐，可歌可泣。此则明剧之进化，痕迹固自宛然。此法不但可令顾曲者精神发扬，抑亦可助文章生色，能救济单调与呆滞之病。

既以科白为进化，则更不能不承认对话剧之为进化矣。盖歌舞剧重在唱工与舞容，表情若何，顾曲者每为宽宥，故可藏拙。唯对话剧则不然。以常服立于氍毹上，无艳丽之舞衣以引人视觉，无婉转之歌喉以引人听觉，万目睒睒，悉集中于演员之一身。若一举手一投足，非曾经科学的训练，必将无所措手足。斯时也，演员之所以博取群众之美感者唯赖天才，工夫全在表情上，必先将剧中人之身世、环境及当时情绪揣摩透彻，然后设身处地，深入于剧中，庶几乎可。盖赤裸裸地无可藏拙已属困难，且表情专在精神，非若歌舞之只凭技术耳。

五

古琴曲有五曲、九引、十二操等名。五曲曰《鹿鸣》《伐檀》《驺虞》《鹊巢》《白驹》。九引曰《列女引》《伯妃引》《贞女引》《思归引》《霹雳引》《走马引》《箜篌引》《琴引》《楚引》。十二操曰《将归操》《猗兰操》《龟山操》《越裳操》《拘幽操》《岐山操》《履霜操》《朝飞操》《别鹤操》《残形操》《水仙操》《襄陵操》。五曲之名见于三百篇,九引、十二操有杂见于古乐府及唐宋词者,有只存其名而未见其辞者。

宋释惠洪《冷斋夜话》云,世传琴曲宫声十小调,乃隋贺若弼所制,音律绝妙。一曰《不博金》,二曰《不换玉》,三曰《泛峡吟》,四曰《越溪吟》,五曰《越江吟》,六曰《孤猿吟》,七曰《清夜吟》,八曰《叶下闻蝉》,九曰《三清》,十失名。琴家"但名'贺若'而已"云。古琴曲谓传自商周,此十小调乃起于隋,去古远矣。又云宋太宗酷爱此曲之声调,而嫌一二两曲之名不雅驯,因易《不博金》为《楚泽涵秋》,《不换玉》为《塞门积雪》,命词臣各探一调制词。当时苏易简探得《越江吟》,其词曰:

非云非烟瑶池宴。片片。碧桃零落谁见。黄金殿。虾须半卷天香散。　奏云和,孤竹清婉。入霄汉。红颜醉态烂漫。金舆转。霓旌影乱箫声远。(《越江吟》)

东坡云:"琴曲有《瑶池燕》,其词不协而声甚怨咽,或改其词作闺怨云。"(见《渔隐丛话》)词曰:

> 飞花成阵春心困。寸寸。别肠多少愁闷。无人问。偷啼自
> 揾残妆粉。　　抱瑶琴寻出新韵。玉纤趁。南风未解幽愠。低
> 云鬟。眉峰敛晕娇和恨。(《瑶池燕》)

词之韵律悉同《越江吟》。万红友以此词为东坡作，但《东坡乐府》不载。据《渔隐丛话》之语气，则分明非东坡作矣。又《词律》及《渔隐丛话》所载苏易简一首，均脱"谁见"二字，据《花草粹编》补入。又《瑶池燕》之名或即因《越江吟》首句之"瑶池宴"而立，"燕""宴"同音，故亦作《瑶池宴》。《东山词》有一首曰《秋风叹》，亦即此调。词曰：

> 琼钩褰幔秋风叹。漫漫。白云联度河汉。长宵半。参旗烂
> 烂何时旦。　　命闺人金徽重按。商歌弹。依稀广陵清散。低
> 眉怨。危弦未断肠先断。(《秋风叹》)

三首调名不同，而音韵则一。《瑶池燕》乃因《越江吟》之第一句而立名，《秋风叹》则以本词之第一句而立名，可证苏易简之《越江吟》，实此调之本名也。又《越江吟》之"烟""卷""乱"三字，《瑶池燕》之"阵""揾""晕"三字，《秋风叹》之"幔""烂""断"三字，《词律》定为句断韵。若是则《越江吟》之"烟"字，音韵虽同而平仄不协。余以为不若将此三字点作暗韵，则声容愈觉优美，而"烟"字亦不嫌失协矣。

《冷斋夜话》称此曲为"琴曲宫声小调"。曰"宫声"，曰"小调"，有类似宋元词曲术语，文辞亦与古琴曲之《鹿鸣》《伐檀》等各异其趋，即较于古乐府之《箜篌引》《龟山操》等亦殊不相类。声容并茂，摇曳多姿，颇似元曲。晚唐五代之小令，称为"词曲之祖"，如《菩萨蛮》、《如梦令》等，句法整齐，只是五七言诗略为转变而已，远不若此曲之活泼玲珑。诚如《冷斋》所云，岂宋词之宫商规律，已成立于陈、隋间耶？

然而琴曲宫声十小调果为谁氏作，颇有疑问。宋朱翌《猗觉寮杂记》曰："琴曲有《贺若》，最淡古。东坡诗云：'琴里若能知贺若，诗中定合爱陶潜。'以贺若比陶潜，其人必高。或谓贺若弼，殊不类。余考之，盖贺若，夷也。夷善鼓琴，王维居别墅，常使鼓琴娱宾，见《唐书·王维传》。东坡序《武道士弹琴》云：'贺若，宣宗时待诏。'不知何据。据序则知姓贺名若。"若是，则此曲应是"贺若"所作，而非"贺若弼"。朱翌之言如此，而东坡推崇其人又如此，或当不远。惠洪亦谓"琴家但名贺若"而已。《诗话总龟》亦存此说。苟如是，则此曲是晚唐产物矣。

六

阮大铖之《燕子笺》，第一出《家门》，乃开场短轴，只有一支[西江月]，一支[汉宫春]，用江阳韵。第二出《约试》，上场一支[满庭芳]，词曰：

> 池柳含英，山花绽锦，些儿春到琴心。
> 裙腰芳草，一线色青青。
> 十载茂陵灯火，时未遂，空赋凌云。
> 芸窗下，寒香晴雪，笺释送穷文。

第一韵"心"字，是侵寻韵，闭口。第二韵"青"字，是庚青韵，穿鼻。第三韵"云"字，是真文韵，抵腭。开门三句三犯韵，忽而闭口，忽而穿鼻，忽而抵腭，乱杂如此，无有是处。全部四十二出中，似此者满目皆是，不知如何唱法，真拗折其姬人嗓子矣。鼎鼎大名之《燕子笺》，以声伎而置身通显之阮胡子，亦不过尔尔。当日阮大铖尝倩王觉斯以吴绫界乌丝阑恭楷写《燕子笺》一部进呈弘光帝。王渔洋《秦淮杂诗》之"新歌细字写冰纨，小部君王带笑看。千古秦淮呜咽水，不应仍恨孔都官"，即咏此事。

七

环境变迁，情感每易被冲动，是以节序常被文人用作比兴之原动力，不为无因，盖最变动不居者莫节序若矣。虽则光阴驹隙，原是过而不留，以言变迁，则刹那刹那，无时而不在变动中，唯若有显著之景物为之辅，则冲动力自较大于平时，如月之盈亏，花之开落，是其例矣。然而当受冲动时，各人情感所起之变化，则有共同与独异之别。譬诸暮春与初秋，一则花事阑珊，一则草木黄落，外界景物，由浓郁而趋于平淡，由发皇而入于静寂，每易令人起不欢之感，是所同也。龚定庵欲以豪情写落花，总是勉强。至若《琵琶记》之《中秋赏月》一出，同对一明月，而两人之怀想各别。在女的方面曰："环珮风轻，笙箫露冷，人在清虚境。"又曰："长空万里，见婵娟可爱，全无一点纤凝。"又曰："偏称身在瑶台，笑斟玉斝，人生几见此佳景。"又曰："那更香雾云鬟，清辉玉臂，广寒仙子也堪并。"总觉得眼前景物无一而不可爱，无一而非有情，即自身亦飘飘欲仙，其乐无艺。然同时在男的方面则曰："孤影，南枝乍冷，见乌鹊漂渺惊飞，栖止不定。"又曰："愁听吹笛关山，敲砧门巷，月中都是断肠声。"又曰："唯应边塞征人，深闺思妇，怪他偏向别离明。"总觉得眼前景物无一而非可怜，无处而不沉闷，只自感身世之无聊，一动念辄连想及离人思妇，愁惨之气流露于不自觉。若是者，同在一环境之下，同受一种外物之冲动，而感情变化乃趋于两极端，是所独也。景物之移人若此，所以诗人比兴每借外物，盖有由矣。春士能悲，秋女能怨，遽得笑为无病呻吟哉？

婉约之作品，首重意境。意境之有无，即文章厚薄之所攸分。上文所谓弦外之音，所谓纳深意于短幅，即意境是已。王静安先生之词话，分境界为二，曰有我之境，曰无我之境。以"泪眼问花花不语，乱红飞过秋千去""可堪孤馆闭春寒，杜鹃声里斜阳暮"为有我之境，以"采菊东篱下，悠然见南山""寒波澹澹起，白鸟悠悠下"为无我之境。其论断曰："有我之境，以我观物，故物皆着我之色彩；无我之境，以物观物，故不知何者为我，何者为物。"议论自是精警。然吾则以为，有我无我，有物无物，皆是主观。"万物静观皆自得"，"静观"是主，"自得"是反主为客。物之自得不自得，孰能知之，我自得则见其自得矣。"辛苦最怜天上月"，"怜"是主，"辛苦"是反主为客。月之辛苦不辛苦，孰能知之，我见其可怜斯可怜矣。如带雨春锄、夕阳牛背笛等，文学家认为美不胜言，乐不可支，但农夫与牧童之身心，为苦为乐，旁人那得知，彼固非专为供他人作诗料来也。是则所谓"以物观物"，犹是"以我观物"而已。读《琵琶记·赏月》数折，最可以证明此意。

三百篇开出比兴与赋体之两途径，贻后人以无限地步。比兴有如上述，赋体则为叙事诗之所从出。我国之叙事诗虽不甚多，然少陵之《北征》、昌黎之《南山》、玉溪之《韩碑》等，亦卓绝千古。更有《孔雀东南飞》，乃一首长篇之叙事诗，古今独绝，夫人而知之矣，然亦只一千七百八十余字。至于杜工部之《八哀》诗，可称古今最长篇之叙事体。八首之中，最长者凡四十三韵，短者亦二十韵。篇虽为八，格局则一贯到底，实只一篇。八首合计，共为二百四十三韵。紧接《八哀》之后复有《壮游》一首，乃杜老之自传，总束前八首成为一气。《壮游》五十六韵，并《八哀》共为二百九十九韵，可作一篇读。三千字一贯到底之五言叙事诗，能不谓为伟大？

词则为格律所限，非叙事之工具。可无待言。更进一步而论，词不难于写情感而难于写实景，盖以轻清之笔写凌空之感想，或较便于写实耳。吾见皇甫松之小令，其写实技术真有独到处。如《天仙子》

之"踯躅花开照水红，鹧鸪飞绕青山嘴"，《浪淘沙》之"滩头细草接疏林，浪恶罾船半欲沉。宿鹭眠鸥非旧浦，去年沙嘴是江心"，《梦江南》之"桃花柳絮满江城，双髻坐吹笙"，《采莲子》之"菡萏香连十顷陂，小姑贪看采莲迟。晚来弄水船头湿，更脱红裙裹鸭儿"。试读"鹧鸪飞绕青山嘴""浪恶罾船半欲沉""去年沙嘴是江心""双髻坐吹笙""晚来弄水船头湿，更脱红裙裹鸭儿"等句，何等灵妙。北宋以后，词之作风渐趋向于过度之婉约，邻于象征，无复五代之轻清自然矣。

八

韵由声生，汉魏以前，只有天籁，固无所谓韵学也。溯自南北朝以后，韵文之分类日细，才智之士各从窄方面作深入之发展，而韵学乃日趋于谨严。复以方言分歧，发音各异，有同一字而南北各异其音者，或一字数义读法亦因而各异者，不有韵学之作，则异地不同时之学者将无所适从矣。此实应时代要求之标准法也。

古韵之变迁，于群经或周秦诸子中之韵语可以得见，如《易经》乾卦象辞"云行雨施，品物流形。大明终始，六位时成。时乘六龙以御天"。"天"字古音必读如"丁"，不难考见。关于此类之著述，有宋郑庠之《古音辨》、夏竦之《古文四声韵》、明杨慎之《转注古音略》、清江永之《古音标准》[1]、柴绍炳之《古韵通略》等言之甚详。可见方言不统一之民族，于时间及空间均有显著之差异，音韵标准之作实不容已。

南齐永明时（第五世纪下半期），谢朓、王融、刘绘、范云等始分平、上、去、入为四声。周颙有《四声切韵》之作，梁沈约继之，撰《四声谱》，是为四声之始，惜其书久已不传。自时厥后一千四五百年

---

[1] 按：《古音标准》，应作《古韵标准》，此当为梁氏误记。

间，韵学遂成专科，通才辈出，且有曲韵、词韵、诗韵之别，分途发展。曲韵诸作，可以元代周德清之《中原音韵》为代表；词韵诸作，可以清代戈载之《词林正韵》为代表；诗韵诸作，可以元代阴时中之《韵府群玉》为代表。自余各种作品，或先或后，亦不过此诸作之先河或注脚而已。

韵书除齐梁之《四声切韵》及《四声谱》已佚外，最古当推隋文帝仁寿初年陆法言、刘臻、颜之推、魏渊等所撰之《切韵》五卷，论定南北是非，古今通塞。至唐高宗仪凤时，郭知元等又附益之。迨元宗天宝中叶，孙愐等复加增补，更名曰《唐韵》。宋真宗祥符初，陈彭年、邱雍等重修《唐韵》，易其名曰《广韵》。仁宗景祐初，宋祁、郑戬等建言，以《广韵》为繁简失宜，须加刊定，诏宋祁、郑戬、贾昌朝、丁度、李淑典诸人同修。宝元二年书成，名曰《集韵》。由《切韵》而《唐韵》，而《广韵》，而《集韵》，名虽屡易，而书之体例未变，总分为二百零六部，颇称详核。非特可用于诗，抑亦可用于词。迨元代初叶，黄公绍撰《古今韵会》，改并为一百零七部，阴时中之《韵府群玉》复并上声之拯部，存一百零六部，即今通行之韵本是已。

历代韵书之作虽各有变迁，然声韵之或通或转，率依古韵，如诗韵则以汉魏之诗为依据，词韵则以五代两宋之词为依据，自是合理。盖以韵由声生，最初只循天籁，原无定则，继以时代迁移，定则渐成需要，是则舍古人作品外，更无由得标准矣。兹将《中原音韵》《词林正韵》《韵府群玉》三种之分类法略述如左：

《中原音韵》分类法　凡十九部　（元周德清撰）
1 东钟　　　　2 江阳　　　　3 支思
4 齐微　归回　5 鱼模　　　　6 皆来
7 真文　　　　8 寒山　　　　9 桓欢
10 先天　　　 11 萧豪　　　 12 歌戈
13 家麻　　　 14 车遮　　　 15 庚青

16 尤侯　　　　17 寻侵　　　　18 监咸
19 廉纤

《词林正韵》分类法　凡十九部（清戈载撰）

1 东　董送等附余仿此　　2 江　讲绛
3 支　纸寘　　　　　　　4 鱼　语御
5 佳　（皆哈）蟹怪　　　6 真　准震
7 元　阮愿　　　　　　　8 萧　小笑
9 歌　哿箇　　　　　　　10 佳　（家麻）马祸
11 庚　梗劲　　　　　　　12 尤　有宥
13 侵　宸沁　　　　　　　14 覃　敢勘
计平韵十四部并上去都为一百七十五韵　15 屋　沃烛共三韵
16 觉　药铎共三韵　　　17 质　栉陌职缉共十韵
18 勿　月曷屑叶共十二韵　19 合　杂乏共六韵
计入声五部都为三十四韵
平上去入合计共得二百十九韵

《韵府群玉》分类法　凡五部，一百零六韵（元阴时中撰）

　　上平
一东　　二冬　　三江　　四支
五微　　六鱼　　七虞　　八齐
九佳　　十灰　　十一真　十二文
十三元　十四寒　十五删
　　下平
一先　　二萧　　三肴　　四豪
五歌　　六麻　　七阳　　八庚
九青　　十蒸　　十一尤　十二侵
十三覃　十四盐　十五咸

上声

一董　　二肿　　三讲　　四纸
五尾　　六语　　七庆　　八荠
九蟹　　十贿　　十一轸　十二吻
十三阮　十四旱　十五潸　十六铣
十七篠　十八巧　十九皓　二十哿
二十一马　二十二养　二十三梗　二十四迥
二十五有　二十六寝　二十七感　二十八俭
二十九赚

　　去声

一送　　二宋　　三绛　　四寘
五未　　六御　　七遇　　八霁
九泰　　十卦　　十一队　十二震
十三问　十四愿　十五翰　十六谏
十七霰　十八啸　十九效　二十号
二十一箇　二十二祃　二十三漾　二十四敬
二十五径　二十六宥　二十七沁　二十八勘
二十九艳　三十陷

　　入声

一屋　　二沃　　三觉　　四质
五物　　六月　　七曷　　八黠
九屑　　十药　　十一陌　十二锡
十三职　十四缉　十五合　十六叶
十七洽

《中原音韵》分东钟、江阳等为十九部，无入声，凡入声字大抵分清浊、正次而配隶于三声，如清音转上、正浊转平、次浊转去之类，此曲韵也。

谢元淮曰：周氏《中原音韵》之十九部，既以两字为韵目，自应取阴阳各一，方洽立韵之旨。乃东钟、支思、先天、歌戈、车遮、庚青，两字皆阴；齐微、鱼模、尤侯，则两字皆阳；寒山、桓欢、廉纤，则阴阳倒置；仅江阳、皆来、真文、萧豪、家麻、侵寻、监咸、七韵不误。要亦偶合，非真有定见也（见《填词浅说》）。所议不为无因，立目诚不合理，实授人以可议之道。

《词林正韵》分东、江等平韵为十四部，而以上去隶之；屋、觉等入声别为五部，而以一十九个入声韵分隶之：共为十九部。此词韵也。其书乃以宋之《集韵》为依据。

今之通行韵本，亦即所谓《诗韵》，乃根本于元代阴时中之《韵府群玉》，分上平声为十五部，下平声为十五部，上声二十九部，去声三十部，入声十七部，共一百零六部。彼之所谓上平、下平云者，论理似当是阴平、阳平，然夷考其实，则殊不尔。上平之中有微、鱼、虞、齐、文、元、寒七部属阳平，下平之中有先、萧、歌、庚、青、蒸、侵七部属阴平，诗韵之于阴阳本无关重要，此亦诗韵而已。既如此则平韵总为三十部可矣，何必分上、下？是不可解。

吴瞿庵《顾曲麈谈》依据王鵕之《音韵辑要》而加以改造，制成曲韵。分二十一部，部首二字，上阴下阳。每部分四声，声分阴阳，体例最为合理。其部目如左：

1 东同	2 江阳	3 支时
4 机微	5 归回	6 居鱼
7 苏模	8 皆来	9 真文
10 干寒	11 欢桓	12 天田
13 萧豪	14 歌罗	15 家麻
16 车蛇	17 庚亭	18 鸠由
19 侵寻	20 监咸	21 纤廉

每部分隶平、上、去、入四声，其中不归纳入声字者凡十部，即东同、江阳、真文、干寒、欢桓、天田、庚亭、侵寻、监咸、纤廉是也。

谢元淮《碎金词谱》曰："字有阴声、阳声，而齐齿、卷舌、收鼻、开口、合口、撮口、闭口，亦皆有别，唯闭口极难得法。'侵寻'易混'真文'，'覃咸'易混'寒删'，'廉纤'易混'先天'。"此则粤语最为便捷，必无相混之虞。

九

溯自南北朝以降，音韵之学，浸成专科。隋高祖开皇九年，柱国沛公郑译因龟兹人苏祗婆之琵琶法，遂推演为十二韵八十四调，又于七音之外更立一声，谓之"应声"，作书宣示朝廷。《隋志》云，先是周武帝时，有龟兹人苏祗婆者，从突厥皇后入国，善胡琵琶，听其所奏，一韵之中，间有七声，因而问之，云调有七种，以其七调勘校七声，若合符节。所谓七调者：一曰婆陁力，华言平声，即宫声也；二曰鸡识，华言长声，即南吕声也；三曰沙识，华言质直声，即角声也；四曰沙侯加滥，华言应声，即变徵声也；五曰沙腊，华言应和声，即徵声也；六曰般赡，华言五声，即羽声也；七曰俟利箑，华言斛牛声，即变宫声也。译因习而弹之，始得七声之正。然其就此七调，又有五旦之名，旦作七调，以华言译之，旦者，韵也。其声亦应黄钟、太簇、林钟、姑洗。五韵已外，七律更无调声。译遂因其所捻琵琶弦柱，相饮为韵，推演其声，更立七韵，合成十二，以应十二律。律有七音，音立一调，故成七调十二律，合八十四调，旋转相交，尽皆和合。仍以其声考校太乐，所奏林钟之宫，应用林钟为宫，乃用黄钟为宫；应用南吕为商，乃用太簇为商；应用应钟为角，乃取姑洗为角；故林钟一宫七声，三声并戾。其余十一宫七十七音，例皆乖越，莫有通者。

又以编悬有八,"因作八音之乐。七音之外,更立一声,谓之应声。作书二十余篇,以明其指"云。同时有苏夔、万宝常等亦皆雅善音律。迨高祖平陈,获宋、齐旧乐器并江左乐工,令廷奏之,叹曰:"此华夏正声也"。乃调五音为五夏、二舞、登歌、房内十四调等,宾祭用之。所谓五夏者,即《昭夏》《皇夏》《诚夏》《需夏》《肆夏》是也。二舞者,即文舞、武舞是也。登歌者,升堂上而歌,匏竹在下。房内曲十四调,后周故事,悬钟磬法,七正七倍,合为十四,盖准变宫变徵,凡为七声,有正有倍,合为十四也。乃诏太常置清商署以掌之。时天下既一,异代器物,皆集乐府。牛弘奏中国旧音,多在江左,前克荆州,得梁乐;今平蒋州,又得陈乐。史传相承,以今为古,"请加修辑,以备雅乐"云。冬十二月,诏牛弘、许善心、姚察、虞世基参定雅乐。先是石氏之亡,乐人颇有自邺而南者。苻坚淮淝之败,晋始获乐工,备金石。慕容垂破西燕,尽获苻氏旧乐,子宝丧败,其钟律令李佛等将太乐细伎奔慕容德。德子超献之姚秦以赎其母。宋武平姚泓,收归建康。此牛弘所以谓中国旧音多在江左也。

开皇十三年,牛弘使协律郎范阳、祖孝孙等参定雅乐,布管飞灰,顺月皆验。又每律生五音,十二律为六十音,因而六之,为三百六十音,分直一岁之日以配七音,是曰旋宫法,即旋相为宫之法也,由是知名。

案开皇九年置清商署时,命牛弘定乐,凡非正声、清商及九部四舞之色,悉放遣之。正声者,谓郑译等所定之乐也。清商署所管宋齐旧乐,即清乐也。杜佑曰,清乐者,其始即清商三调是也。并汉代以来,旧典乐器形制,并歌章古调,与魏三祖所作者,皆备于史籍。属晋朝迁播,夷羯窃据,其音分散。苻坚平张氏,于凉州得之。宋武平关中,因而入南,及隋平陈后,文帝听而善其节奏曰,此华夏正声也,因置清商署,总谓之清乐。帝又定清乐、西凉、龟兹、天竺、康国、疏勒、安国、高丽、礼毕为九部乐。又开皇定令,牛弘请存鞞、铎、巾、拂四舞与诸伎并陈,因谓之四舞云。于斯可见,隋之清商署已是集南北朝及四裔之大成者矣。

唐高祖武德初年，亦因隋之旧而制九部乐，一宴乐，二清商，三西凉，四扶南，五高丽，六龟兹，七安国，八疏勒，九康国。其数亦九，但与隋之名色不同。案武德九年春正月己亥，诏太常少卿祖孝孙、协律郎张文收等更定雅乐。孝孙以梁陈之音多吴楚，周齐之音多胡夷，于是斟酌南北，考以古声，作唐雅乐，凡八十四调、三十一曲、十二和。隋有《皇夏》十四曲，孝孙制《十二和》以法天之成数。一曰《豫和》，二曰《顺和》，三曰《永和》，四曰《肃和》，五曰《雍和》，六曰《寿和》，七曰《舒和》，八曰《太和》，九曰《昭和》，十曰《休和》，十一曰《正和》，十二曰《承和》。贞观二年六月乙酉，孝孙等奏新乐成。于斯可见，唐承隋后，又集陈隋及四裔之大成者矣。

又案隋唐之九部乐，如龟兹、疏勒等属葱岭之东，康国即康居，天竺即北印度，属葱岭以西。当东汉、桓灵之世，月氏民族挺生一雄主曰迦腻色迦王，尝战胜亚力山大王之部将而驱逐希腊人出境，成立一大夏帝国，再进而抚有全印度。龟兹、疏勒、康国、北天竺等处，实当时希腊人之远东殖民地，随亚力山大王武力而东渐者，亦即迦腻色迦帝国之所在地。隋唐乐曲既融合葱岭东西诸国之音律，而又与龟兹人苏祇婆及突厥皇后等为因缘，则唐代音乐含有希腊音乐之成分盖甚明显。取精多而用物弘，且复有明皇等天才音乐家融会而贯通之，唐代雅俗乐歌之灿烂，非偶然矣。

后周世宗显德六年，有司设乐于殿庭，帝见钟磬有悬而不击者，问乐工，皆不能对，以询王朴。朴上疏曰："昔黄帝吹九寸之管，得黄钟正声。三分损益，以生十二律。旋相为宫，以生七调。遭秦灭学，历代治乐者罕能用之。唐太宗之世，祖孝孙、张文收考正大乐，备八十四调。安史之乱，器与工十亡八九，至于黄巢，荡尽无遗。时有太常博士殷盈孙按《考工记》铸镈钟十二、编钟二百四十，处士萧承训校定石磬，今之在悬者是也。虽有钟磬之状，殊无相应之和。其镈钟不问音律，但循环而击。编钟编磬，徒悬而已。丝竹匏土，仅有七声。

名为黄钟之宫，其存者九曲，考之三曲协律，六曲参涉诸调。盖乐之废缺，无甚于今。……臣谨如古法，以秬黍定尺，长九寸，径三分，为黄钟之管，因而推之，得十二律。又以众管互吹，用声不便，乃作律准，十有三弦，其长九尺，皆应黄钟之声，以次设柱为十一律。此法久绝，出臣独见，乞集百官校其得失。"诏从之。时兵部尚书张昭等议曰："月律有旋宫之法，备于太师之职。经秦灭学，雅道陵夷。汉初制氏所调，唯存鼓舞，旋宫十二韵更用之法，世莫得闻。汉元帝时，京房善《易》别音，探求古义，以周官韵法，旋相为宫，成六十调。编悬复旧，律吕无差。遭汉中微，雅音沦缺，京房律准，屡有言者，事终不成。钱乐空记其名，沈重但条其说。六十律法，寂寥不嗣。梁武帝素精音律，自造四通十二笛以叙八音，又引古五正、二变之音旋相为宫，得八十四调，与京房律准所调，音同数异。侯景之乱，其音又绝。隋朝初定雅乐，群党沮议，历载不成。而沛公郑译因龟兹琵琶七音，以饮月律，五正、二变，七调克谐，旋相为宫，复为八十四调。工人万宝常又减其丝数，稍令古淡。隋高祖不重雅乐，令群臣集议，博士何妥议驳，而郑、万等所奏之八十四调并废。隋代郊庙所奏，唯黄钟一韵，杂用蕤宾，七调而已。其余五钟，悬而不作，迄于革命，未能更改。唐太宗爱命旧工祖孝孙、张文收整比郑译、万宝常所均七音八十四调，方得丝管并施，钟石俱奏，七始之音复振，四厢之韵皆调。自安史乱离，咸阳荡覆，知音殆绝。据枢密使王朴条奏，采京房之准法，炼梁武之通音，考郑译、宝常之七韵，校孝孙、文收之九变，积黍累以审其度，听声诗以测其情，依权衡嘉量之前文，得备数和声之大旨，施于钟簴，足洽箫韶。"

读此则自秦汉以迄五代之乐律史，可以得其变迁之概象矣。"旋相为宫"一语，实为乐律之枢纽，而京房、郑译、祖孝孙、梁武帝、王朴，实中国乐律之主要人物也。

一〇

吴瞿庵《顾曲麈谈》曰："每一曲牌，必有一定之腔格。"固也。若词句仅四声平仄相同而阴阳各异者，则工尺亦因而各异。所以虽同一牌名之曲，而工尺卒无一从同，此则阴阳、清浊之分矣。试举例以明之《楼会》中之［懒画眉］第一支首句曰"慢整衣冠步平康"，第二支首句曰"梦影梨云正茫茫"。调名相同，平仄亦相同，宜乎工尺可以无异矣。而抑知有大谬不然者？请言其理。"漫整"二字乃阳去阴上，"梦影"二字亦阳去阴上，故工尺如一，无少差异。至于"衣冠"二字皆属阴平，"梨云"二字皆属阳平，阴阳各异，而工尺亦因以不同，清浊使然也。"步平康"与"正茫茫"，亦唯"平"字与"茫"字之工尺相同，盖同是阳平故也。"步""康"之与"正""茫"则各异矣云云。此真三折肱之言，撮其大要如右。是以古今来同宫调同曲牌之曲文，奚止千万，而边旁之工尺亦千万，无一相同，所同者唯腔格耳。若欲任取一支［懒画眉］之工尺而谱其余，无有是处。是以度曲不难，唯制谱则真不容易。

词有犯调之法，即由此调而转入他调，集以成章是也。但其转接处，必此调之句法偶与彼调之句法相同，因而度过。如《江月晃重山》乃《西江月》与《小重山》集合而成。《江梅引》乃《江城子》与《梅花引》集合而成是也。此之谓犯调。宋词中不乏其例。元曲亦有犯调之法，其源自是出于宋词，而气象则较大。且南北曲所用之方法各有不同。北曰"借宫"，南曰"集曲"，统名之曰"犯调"。元曲于每套或每出，其第一支曲牌属何宫调，则全套或全出必须悉用此宫调所属之曲牌。"借宫"云者，即如此出原是仙吕宫，中间忽借用一支中吕宫所属之曲，是曰仙吕犯中吕。但所借之宫必须与本宫管色相同，否则音律之高低差殊而管弦斯乱矣。盖仙吕与中吕同是小工调，故可借也。至于集曲，其法大略如宋词。所不同者，词则以句法相同为过度之枢纽，曲则以宫调相同为集合之准绳。故所谓"集曲"云者，非如借宫之集合同管色诸宫调之曲牌而成一套，乃取同一宫调中数曲牌各截取数句以成一曲，而别立一新名者也。曲源于词，但较复杂而多变化，此其所以为进步。

一二

《鄮峰大曲》二卷，乃南宋淳熙间鄞县史浩作。读之足见词曲递嬗之迹。试寻绎而铨次之，则当日宴飨之排场及乐队之歌容舞态，亦可以仿佛得见。其每套联缀之节目如次。一曰延遍，二曰撷遍，三曰入破，四曰衮遍，五曰实催，六曰衮，七曰歇拍，八曰煞衮，是曰一曲。其歌词则长短句错综，平仄韵互协，音节直开元曲先河。

卷一凡四曲：一曰《采莲》，即上列之八节目是。大抵延遍、撷遍歌而不舞。入破则羯鼓与丝竹齐奏，会为繁响，歌容舞态亦由徐而疾。至歇拍复变为缓歌慢舞。二曰《采莲舞》，三曰《太清舞》，四曰《柘枝舞》。卷二曰《花舞》，曰《剑舞》，曰《渔父舞》。《采莲舞》之场面凡六人，其一曰竹竿子，司领队及指挥之职，余五人则装束如仙女。竹竿子念开场白，词句为骈俪之美文。五仙女则一字横排于台前，齐唱《采莲令》一阕。歌毕，弦管仍奏《采莲令》，众仙女舞以和之，行作五方分立，成花朵形，中一人曰花心。

花心出与竹竿子答白，旋独唱《渔家傲》一阕，且歌且舞，作折花状，余四人则站立不动。一阕既竟，五人复合舞，花心更易。如是五人迭作花心，五奏《渔家傲》，唯歌词各异，故舞态亦因而不同。五阕既竟，竹竿子念骈俪之谀词，复请清唱以娱嘉宾。

于是奏细乐，众仙女齐唱《画堂春》一阕，作颂圣侑觞之词。歌毕，丝竹仍奏《画堂春》曲，众仙女以妙舞和之。继唱《河传》一阕作尾声。竹竿子念七言四句，遣队，下场。

唐代之乐，歌舞未尝合一。一人歌而一人式舞以应之，以舞态迎合歌词。读《邓峰大曲》，足证宋代之歌舞，既已合一矣。因《采莲舞》之歌词念白，约略得见其排场如此。

一二

望文生义，最足以致错误。如汉之房中乐，原是庙堂上一种庄严之乐歌，盖古人宗庙陈主之所名曰"房"，房中乐者乃奏于陈主祠中之侑神曲也。后世不察，以为《安世房中歌》乃成于高祖唐山夫人之手，遂误作"闺房"之"房"，实大谬矣。《房中歌》之蓦头第一句曰："大孝备矣，休德昭明。"读此则必非闺房私宴之乐可知，此一事也。又段安节《乐府杂录》载舞曲之名曰健舞曲，有《棱大》《阿连》《柘枝》《剑器》《胡旋》《胡腾》等，软舞曲有《凉州》《绿腰》《苏合香》《屈柘》《团圆旋》《甘州》等。张尔公《正字通》曰："《剑器》乃古武舞曲名，用女伎雄妆空手而舞。或以《剑器》为刀剑之类，误矣。"此又一事也。案词调亦有《剑器近》之名，当是出于舞曲。

《唐书》称：旧制，雅俗之乐皆隶太常，玄宗精晓音律，以为太常乃礼乐之司，不应典倡优杂伎。开元二年春正月，乃更置左右教坊以教俗乐，命右骁卫将军范及为之使。又选乐工数百人自教法曲于梨园，谓之"皇帝梨园子弟"。又教宫中使习之，选伎女置宜春院，给赐其家。读此则唐玄宗之音乐天才及其兴趣可知矣。案历代乐官，如汉之乐府、隋之清商署、唐之太常、宋之大晟府等，皆有专司。独玄宗始以政府之力作通俗教育，俾普及于民间。

郑处晦《明皇杂录》云："上素晓音律，安禄山献白玉箫管数百事陈于梨园，诸公主及虢国以下竞为贵妃弟子。"崔令钦《教坊记》曰："教坊分左右，右教坊在光宅坊，左教坊在延政坊。右多善歌，左多善舞。妓女入宜春院谓之'内人'，亦曰'前头人'，以其常在上前也。程大昌《雍录》："开元二年置教坊于蓬莱宫侧，上自教法曲，谓之梨园子弟。"读此略可见教坊之规制。以帝者而亲通俗教育，注意及于民间乐歌，明皇一人而已。

一三

王静安先生之《宋元戏曲史》，谓元曲共三百三十五调云云。但据臧晋叔之《元曲选》，中有陶九成《曲论》一篇，按诸宫调明细列举，其数如下：

黄钟宫三十三调　　正宫五十四调
仙吕宫六十一调　　中吕宫七十三调
南吕宫三十九调　　双调一百三十三调
商调五十调　　　　越调三十八调
大石调三十五调

共计五百一十六调，多于王史一百八十一。

陶论复于此五宫四调之中钩稽其调名之互见者而加以详明之注释。如正宫栏内之〔端正好〕注曰"与仙吕不同"，正宫栏内之〔红绣鞋〕注曰"与中吕出入"。所谓不同固不同，出入亦有异，不得谓调名相同即指为重沓而归并之也。又如〔抛球乐〕之下注曰"一作〔彩楼春〕"。既注之后，通篇未尝见〔彩楼春〕，足证其体例之严谨。计曲名同而音律不同者凡八调：即黄钟、双调皆有［水仙子］，黄钟、越调皆有［寨儿令］，仙吕、正宫皆有［端正好］，仙吕、双调皆有［袄神急］，仙吕、商调皆有［上京马］，中吕、越调皆有［斗鹌鹑］，中吕、南吕皆有［红芍药］，中吕、双调皆有［醉春风］是也（见《丹丘先生曲论》）。所谓互见而略有出入者凡八十六调，计黄钟七、正宫三十五、仙吕二十二、中吕九、南吕六、双调六、商调一。纵一并除去，亦只九十四调（参观陶九成《曲论》）。《宋元戏曲史》所谓元曲三百三十五调之说，未审何所据。

试将［正宫·端正好］、［仙吕·端正好］、［正宫·红绣鞋］、［中吕·红绣鞋］各录一首，以资比较。

《金钱记》第二折：

　　［正宫·端正好］武陵溪可兀的韩王殿。韩王殿，将着这五十文金钱。若将金钱买的俺姻眷，抵多少家流出桃花片。

《鸳鸯被》楔子：

　　［仙吕·端正好］渭城歌，阳关恨，别离罢路践红尘，可怜见女孩儿独自个无人问。父亲也，你是必频频的稍带一纸平安信。

《张天师》第三折：

　　［正宫·红绣鞋］你守得个映雪的孙康苦志，你逼得个袁安在雪里横尸，赚得个王子猷山阴雪夜上船时。你道你便忒性慢，忒心慈。你则问那蓝关前韩退之。

《玉镜台》第三折：

［中吕·红绣鞋］则见他无发付氤氲恶气，急节里不能匀步步相随。我那五言诗作上天梯，首榜上标了名姓，当殿下脱了白衣，今夜管洞房中抓了面皮。

复次，上文所列举之五宫四调，只是北曲中之最通行者。实则北曲于黄钟、正宫、仙吕、中吕、南吕之外尚有道宫，于大石、商调、越调、双调之外，尚有小石、般涉、商角、高平、歇指、宫调、角调。此一宫八调所属之曲，虽不及通行九宫调之繁富，然亦岂能尽无？至于南曲，则于上列九宫调之外，尚有道宫、仙吕入双调、羽调、小石、般涉等。就中、仙吕入双调，在南曲中甚为通行，所属之曲有七十余调之多。由此言之，则元曲所领之调，最少亦当不下于六百。《宋元戏曲史》所举之总数，或恐有误。

试将九宫调互见之曲名为表如左：

黄　钟

△水仙子　互见于（双调），下仿此　　△寨儿令　　（越调）

柳叶儿　　（仙吕）　　　　　　　　贺圣朝　　（中吕）（商调）

山坡羊　　（中吕）　　　　　　　　挂金索　　（商调）

侍女金童　（商调）　　　　　　　　女冠子　　（大石）

随煞　　（仙吕）（双调）（越调）（大石）

正　宫

△端正好　（仙吕）　　　　　塞鸿秋

满庭芳　　　　　　　　　　醉太平　以上（仙吕）（中吕）

货郎儿　　　　　　　　　　怕春归

六么遍　　　　　　　　　　金殿喜重重

四换头　以上（仙吕）　　　伴读书

穷河西　　　　　　　　菩萨蛮
脱布衫　　　　　　　　红绣鞋
小梁州　　　　　　　　上小楼
普天乐　　　　　　　　白鹤子
快活三　　　　　　　　朝天子
四边静　　　　　　　　喜春来
剔银灯　　　　　　　　蔓青菜
鲍老儿　　　　　　　　柳青娘
道和　　　　　　　　　十二月
尧民歌　　　　　　　　蛮姑儿
啄木儿煞　　　　　　　双鸳鸯　以上（中吕）
耍孩儿　（中吕）（双调）　转调货郎儿　（南吕）
煞尾　（中吕）（南吕）（大石）　收尾　（南吕）（双调）（越调）

仙　吕

△袄神急　（双调）　　△上京马　（商调）
六么序　　　　　　　　六么令　以上（中吕）
村里迓古　　　　　　　元和令
上马娇　　　　　　　　游四门
胜葫芦　　　　　　　　赏花时
后庭花　　　　　　　　青哥儿
凤鸾吟　　　　　　　　雁儿
四季花　以上（商调）　　寄生草
清江引　　　　　　　　醉中天
得胜乐　以上（双调）　　三番玉楼人　（越调）
好观音　　　　　　　　归塞北

青杏儿　以上（大石）　　　赚尾　（南吕）

中　吕

△斗鹌鹑　（越调）　　　△红芍药　（南吕）

△醉春风　（双调）　　　干荷叶　（南吕）

乱柳叶　　　　　　　　镇江回

风流体　　　　　　　　播海令　以上（双调）

古竹马　　　　　　　　鬼三台　以上（越调）

隔尾　（南吕）　　　　净瓶儿煞　（大石）

南　吕

侧砖儿　　　　　　　　竹枝儿

金字经　　　　　　　　一机锦

梧桐树　　　　　　　　玉娇枝　以上（双调）

双　调

雁儿落　　　　　　　　得胜令

春闺怨　　　　　　　　牡丹春

大德歌　　　　　　　　玉胞肚　以上（商调）

商　调

酒旗儿　（越调）

以上乃通行九宫调互见之曲名，共九十又四。有"△"符号者即音律全然不同之八调。自余之八十六调即所谓名虽同而略有出入之诸调。即令再将互见于两宫调以上之十曲除去（如［贺圣朝］等），亦只一百零四，若将未列举之北曲九宫调及南曲之仙吕入双调、羽调等所属之曲加入，足可以抵偿此数而有余，故无论如何，元曲之曲调，亦不能少于五百耳。况事实与理论，此九十四调实有不容归并者耶？

一四

观昆曲之《弹词》、《刺梁》两剧竟，应友人之请，作剧评一段如次：

（一）《弹词》　此剧以李龟年为主角，李謩为配角。《弹词》之在《长生殿》中，可称精心结撰之一出。文藻之美无论矣，即以结构言之，亦别开生面。计李龟年上场后，连续唱十二折之多，直至第十一折然后用画龙点睛法自道其姓名，正所谓"群山万壑赴荆门"。蓄势之雄厚，实为传奇剧本中所罕见。又李謩虽属剧中配角，但此人实一音乐之天才家，当其作客长安时，每于宫墙外窃听李龟年之导演，私淑有年。以如此剧情，则唱至［货郎儿·九转］"俺只为家亡国破兵戈沸，因此上孤身流落在江南地。你絮叨叨苦问俺是谁，则俺老伶工名唤做龟年身姓李"几句之时，扮李龟年者宜如何哀怨苍凉，低徊掩抑。扮李謩者于无意中忽与自己生平最景仰之人异地相逢，精神宜如何兴奋。洪昉思既以重笔描写，则扮演者亦应用深刻之表情，庶几可以结束十一段长歌之气势。至此若犹是轻描淡写，则全剧之精神缓散，收束不住，则观众之感慨亦不紧张矣。

（二）《刺梁》　此剧以侠女邬飞霞为主角，万家春及梁冀为配角。剧情之结构能使主角饶有出色之机会。衣饰可三易，则身段自可三变，斯为演者之所乐。唯眉目传情，同时须作三种变化，则为演者之所难。飞霞乃一渔家女，青衣登场，宜也。唯一入相府即须易艳妆，尤其是行刺一幕不宜以最初之青衣上场。窃以为此一段宜先备"内装束"，外则长袖宫妆，内服美丽之短衣窄袖，束以罗带。宫装出台，行刺时卸却外衣而现一娇小玲珑之武妆身，则全场观者情感为之震荡，精神为之紧张矣。且服饰既转变，则不甚费力而身段即可以随之而转变。一举而数善备，方法之妙，无逾于此。至于眉目之表情更大宜注意，须先明剧中人之身分及其心理乃可。以一弱女子而杀人，且所杀者乃炙手可热之权奸，恐慌宜也。摹描弱女子恐怖神态，原是一种"美"的技术，但同时必须无失本人身分，是为至要。应知邬飞霞乃一侠女，本其满腔热血以杀一"人皆欲杀"之人。当其投身相府时，早已置生死于度外。一旦功成，所志既遂，得仇人而甘心，只应仰天一笑，无事张皇。迨乎事过境迁，热血平复，而欲得万家春相助脱险时，恐怖情态，自不可少，然亦不宜过火，方合侠女身分。窃以为柔媚与愤慨两种神态宜加意表演，须占全出三分之二时间。对面则用柔情以媚之，俾勿生疑，背面则作切齿痛恨状，以示忍辱负重，殊非卑鄙下流之意。刚健含婀娜，庶得剧中人之神理。

一五

凡曲之叠用前调者，北曲曰"么"或"么篇"，南曲则曰"前腔"，词之叠阕则曰"换头"或"过片"。曲乃词之变，所谓"么篇"与"前腔"，自然是由"换头"得来。"前腔"二字易明，唯"么"颇费解，疑即"叠"之意。词调有[六么令]，试录晏小山一首而加以说明。

绿阴春尽，飞絮绕香阁。晚来翠眉宫样，巧把远山学。一寸狂心未说，已向横波觉。画帘遮市。新翻曲妙，暗把闲人带偷掐。　　前度书多隐语，意浅愁难答。昨夜诗有回纹，韵险还慵押。都待笙歌散了，记取来时霎。不消红蜡。闲云归后，月在庭花旧阑角。

首句虽只四字，但发音若略为婉转，而带"只见""却是""又到"等虚声，即成六字句，此则曲之衬音所由起也。上半阕之"阁""学""觉"与下半阕之"答""押""霎"，实等于用六五句法连叠六韵，音节如一。其上下两结韵之四四七则尾声也。"六么"之名，疑即"六叠"之意，其义或取于是。

由此言之，凡叠处即谓之"么"，事实乃如是。但"么"即"幺"字之别写，有细小之意，有单一之意。无训"叠"者，或则为曲师所用之符号，非"幺"字也。沈璟《南词九宫谱》释"换头"之《总论》曰："篇中么或衮，大率即是前腔。"可见"么"乃"衮"之省文，"么篇"即"衮遍"之别写。"衮"与"衮遍"，皆宋大曲之名称。但此种专门术语，今已无能释之者。宋陈旸《乐书》曰："大曲前缓叠不舞，唯一工独进，以手袖为容，蹋足为节。至入破则羯鼓、襄鼓、大鼓与丝竹合奏，句拍益急，舞者登场，投节制容，变态百出。"读此可以仿佛其歌容舞态。沈括《梦溪笔谈》曰："《霓裳》曲凡十三叠，前六叠无拍，至第七叠方谓之'叠遍'"。两说可以互证。

史浩《鄮峰大曲》，其编排之节目曰延遍、撷遍、入破、衮遍、实催、衮、歇拍、煞衮，前后凡八段。王灼《碧鸡漫志》曰："凡大曲有散序、靸、排遍、撷、正撷、入破、虚催、实催、衮遍、歇指、煞衮，凡十段，始成一曲，谓之大遍。"又曰"余尝见《凉州排遍》一本，共二十四段。后世就大曲制词者类从简省，而管弦家又不肯自首至尾吹弹"云。可见大曲之段数，饶有伸缩力。再证以陈旸所谓"前缓叠不舞"一语，及沈括"前六叠无拍"一语，或则入破以后，即变为紧叠妙舞，亦未可知。若是则"衮"之与"叠"，亦可以略得其意义相同之边际矣。"叠鼓"即鼓声不断之意，其义与"滚"同，俗语谓之"滚花鼓"，又疑"衮"乃"滚"之省文。

宋大曲之神髓，至今罕能道其详，已如上述。沈璟生于有明中叶，去南宋不过二百有余岁，其对于宋大曲所用之术语，已作影响之谈，观于"大率"二字可知。只因词至南宋，已入沉闷之境，入元乃大起反动，由独奏之北曲，再进而为酬唱之南曲。单调之场面，一变而为繁复。九十年间，举南宋沉闷晦涩之歌曲一扫而空，歌词则回复五代、北宋之活泼，而排场又复革新。是故仅以二百数十年之岁月，宋大曲遂至于无痕迹之可寻。反动之烈，于斯为最。此固循穷则变之原则以递嬗，而新民族冲入之激刺，亦有以致之也。观于南曲之所以兴，由于北曲无入声，四声缺一，应社会之要求，遂不得不努力于创造。此则天时人事，更有互为因果者矣。

　　陆放翁曰："诗至晚唐五季，气格卑陋，千家一律，而长短句独精巧高丽，后世莫及。此事之不可晓者。"岂有他哉，亦曰遵"穷则变，变则通"之原理以运行而已。放翁生于南宋，所谓"后世"云者，自然是指其生在之当时。可见南宋之词，已入穷境，等于晚唐之诗，即南宋之当代人，亦既自认为不满人意矣。革新之机，宁待金源？纵临安之钟簴不移，而词坛亦将起革命。然以晚唐诗之委靡，变化乃起自宋诗；以南宋词之晦涩，变化乃起自元曲。恐气运之来，亦必有待于易代而后可致也。噫，其机微矣。

一六

　　《诗》三百篇，约略可区分为比、兴、赋三体。锺嵘曰："文尽而意有余，兴也。因物喻志，比也。直书其事，寓言写物，赋也。"僧皎然曰："取象曰比，取义曰兴"。又曰比兴用事不同。若以今语释之，则比兴乃漫写之歌咏，而赋体则为叙事诗也。自楚骚发扬三百篇之比兴体，汉魏承其绪，比兴遂成为诗体之正宗。如《古诗十九首》，可称为比兴体之模范。流风所被,至今未已。其间虽未尝无叙事之赋体诗,如《孔雀东南飞》、少陵之《北征》与《八哀》、昌黎之《南山》、义山之《韩碑》等,皆属卓荦之叙事诗,然究不足与比兴争衡。至于词则为格律与字数所限,不宜于叙事,更无论矣。中间唯赵德麟以十二首《蝶恋花》写《会真记》,开出以词曲叙事之法门,厥后遂有孔云亭之《桃花扇》传奇,以四十出之长篇叙述晚明南朝故事之杰作。元明之传奇,实不啻举词曲不宜叙事之桎梏,揉碎而摧废之也。嘻嘻,此非"穷则变,变则通"之明效欤?

试将徐文长之《渔阳弄》节录十一支以见证,尽是兴平、建安间二十余年之故实也。

〔油葫芦〕第一来逼献帝迁都,又将伏后来杀,使郄虑去拿。唉,可怜那九重天子救不得浑家。帝道:"后,少不得你先行,咱也只在目下。"更有那两个儿,又不是别树上花。都总是姓刘的亲骨血,在宫中长大。却怎生把龙雏凤种,做一瓮鲊鱼虾。

〔天下乐〕有一个董贵人,是汉天子第二位美娇娃。他该什么刑罚,你差也不差。他肚子里又怀着两三月小哇哇。既杀了他的娘,又连着胞一搭,把娘儿们两口砍做血虾蟆。

〔哪吒令〕他若讨吃么,你与他几块歪剌。他若讨穿么,你与他一匹缞麻。他有时传旨么,教鬼来拿。是石人也动心,总痴人也害怕,羊也咬人家。

〔鹊踏枝〕袁公那两家,不留他片甲。刘琮那一答,又逼他来献纳。那孙权呵,几遍几乎。玄德呵,两遍价抢他妈妈。是处儿城空战马。递年来尸满啼鸦。

〔寄生草〕仗威风,只自假。进官爵,不由他。一个女孩儿竟坐中宫驾,骑中郎直做了侯王霸。铜雀台直把那云烟架,僭车旗直按倒朝廷胯。在当时险夺了玉皇尊,到如今还使得阎罗怕。

〔六么序〕哄他人,口似蜜,害贤良,只当耍。把一个杨德祖立断在辕门下，碜可可血唬零喇。孔先生是丹鼎灵砂、月邸金蟆、仙观琼花。《易》奇而法，《诗》正而葩。他两人嫌隙于你只是针尖大，不过是口唠噪有甚争差。一个是忒聪明，参透了鸡肋话；一个是一言不洽，都双双命掩黄沙。

[么篇] 哎，我的根芽也没大兜搭，都则为文字儿奇拔，气概儿豪达，拜帖儿长拿，没处儿投纳。绣斧金櫑，东阁西华，世不曾挂齿沾牙。唉，那孔北海没来由也说有些缘法，送在他家。井底虾蟆也，一言不洽，怒气相加，早难道投机少话？因此上暗藏刀，把我送与黄江夏。又逢着鹦鹉撩咱，彩毫端满纸高声价，竟躬身持觞劝酒，俺掷笔还未了杯茶。

[青哥儿] 日影移窗棂，窗棂一罅。赋草掷金声，金声一下。黄祖的心肠忒狠辣。陡起鳞甲，放出槎枒。香怕风刮，粉怪娟搭，士忌才华，女妒娇娃。昨日菩萨，顷刻罗刹。哎，可怜俺祢衡的头呵，似秋尽壶瓜，断藤无计再生发，霜檐挂。

[寄生草] 你狠求贤，为自家。让三州，直什么，大缸中去几粒芝麻罢。馋猫哭一会慈悲诈，饥鹰饶半截肝肠挂，凶屠放片刻猪羊假。你如今还要哄谁人，就还魂改不过精油滑。

[葫芦草混] 你害生灵呵，有百万来的还添上七八。杀公卿呵，那里查。借厫仓的大斗来斛芝麻。恶心肝生就在刀枪上挂，狠规模描不出丹青的画，狡机关我也拈不尽仓猝里骂。曹操，你怎生不再来牵犬上东门，闲听唳鹤华亭坝。却出乖弄丑，带锁披枷。

[赚煞] 你造铜雀要锁二乔，谁想道梦巫峡羞杀。靠赤壁那火烧一把。你临死时和些歪刺们活离别，又卖履分香待怎么。亏你不害羞，初一十五教望着西陵月月的哭他。不想这些歪刺们呵，带衣麻就搂别家。曹操你自说么，且休提你一世的贤达。只临了这一桩呵，也要几管笔题跋。咳，俺且饶你罢，争奈我《渔阳三弄》的鼓槌儿乏。

全套尽是本色语，直摩元人之垒。可作一篇叙事文读。然而是曲也，非文也，句句协律，字字凑拍，三眼一板，和合管弦。孰谓词曲不可以作叙事之工具哉！

一七

近世中国剧曲之所以不竞，原因甚复杂，而制曲之业由学者之手移于伶人，是为总因。溯自宋元明以迄清初，士大夫之家多蓄声伎，所谓"后堂丝竹"者是也。斯时也，剧情曲谱，大率皆文人学者自制而自导演，自己享用，或则缙绅之家互相酬借以新耳目。当时物价低廉，蓄养自易。虽以李笠翁之家世，食口犹曰数十人，斯可知矣。厥后世运迁移，缙绅之家亦不免同受大社会潮流之簸荡。娱乐之事，若犹欲舍皆取于其宫中而用之，势有所不能。于是故家声伎，或遣或逃，散而至于四方。然而侯门一出，世路茫茫。此辈技能只在管弦檀板间，尽能力以谋衣食，舍教歌而外，无复他长。欢娱事实调剂生命之粮，事既属人类社会所必须，则不患无人供给。甲既抛弃，自有乙丙丁继起以承其乏。故家既不能独任，只好让社会上集合资本以共营。曲师歌姬，昔日之媚兹一人者，今则流落江湖，为衣食所驱迫，腼颜以媚兹众人。然而新曲之来源则既绝矣。陈陈相因，久之自不足以餍人欲。制曲之事，不期而入于曲师之手。老成犹有典型，再传则半通，三传便成下里。此亦事理之所必至，无可奈何。若谓雅乐之衰，由于太雅，不能通俗。此犹是似是而非之谈，非的论也。半通者既知所以迎合潮流，则文学之士，何独不能？典、谟、诰、誓之诘倔，何以能变为近代之时文？周秦、汉魏、六朝、唐宋，文体迭变，此非文学之士顺潮流以递嬗至今哉，则戏曲又何独不然？况元曲即以本色名于世，一代名作，无一而非徐渭所云"扭常言俗语作曲子"、王国维称之曰"活文字"。可见雅乐不一定非雕镂琢炼不可也。文士自不加入工作而委诸市井，将谁怨？嗟乎，今之故家乔木，既无力以蓄声伎矣。改良剧曲之事业，只好请政府任之，庶有济焉。

三十一年十一月二十日写记

一八

《刘贡甫诗话》：欧阳永叔云，知梅圣俞诗者莫如修，尝问圣俞平生所得最好句，圣俞所自负者皆修所不好，圣俞以为卑不足道者皆修所称赏。盖知心赏音之难如是。

沈宁庵与汤若士齐名，然二人之学问修养，各异其趣。宁庵细针密缕，一字不苟；若士则纵横驰骤，天资高明。宁庵尝为若士斟酌《牡丹亭》词句，务使字字合拍。若士见而不怿曰："彼恶知曲意哉！吾意之所至，不妨拗折天下人嗓子。"可见好恶之无定而主观难凭。亦可见己之所好，未必竟是古人得意处。以欧、梅两公之品格学问，且叹知心赏音之难也如此，斯可知矣。

是非无定，而审美观念尤属无定，盖美与不美，悉凭主观以为衡。而主观评判，每易为一时之冲动所左右，至于事过境迁，冲动之刺激力渐归平淡时，昔日之好恶标准，或将翻然改变矣。

一九

杨升庵夫人黄氏，娴文学，有《罗江怨》四首，乃忆外之作，盖升庵时正远戍云南也。录其每首之"热"字韵，足见工力。曰"世情休问凉和热",曰"红炉火冷心头热",曰"鸳鸯被冷雕鞍热",曰"倚楼人冷阑干热"。第一句只是平淡,随后愈出而愈奇。第二句已将深闺思妇之情绪,婉转透露,气象凄楚。第三句于雕鞍之下着一"热"字,遂把长途远征之艰苦刻画入微。第四句更匪夷所思,竟把倚阑凝望,神思凄迷之情味,描写尽致。

周美成之《过秦楼》曰:"人静夜久凭阑,愁不归眠,立残更箭。"以重笔写凭阑久立之景况,情真意切。晁次膺之《多丽》曰:"瑶台冷,阑干凭暖,欲下迟迟。"用一"暖"字,不言久而久自见,已较美成之意深刻一层。至于"倚楼人冷阑干热",以"热"易"暖",意味倍为深刻。自非生具玲珑之心思、忒透之肠胃,岂能至此。此一"热"字与宋子京"红杏枝头春意闹"之"闹"字工力略相敌。李笠翁痛诋子京之"闹"字,谓为无理,适足以成其为箧片名士而已。

二〇

徐文长《南词叙录》评高则诚《琵琶记》曰:"《琵琶》高处,若《庆寿》《成婚》《弹琴》《赏月》诸出,犹有矩范可寻,唯《厌糠》《尝药》《筑坟》《写真》诸作,字字从人心流出,为不可及。又如十八答,句句扭常言俗语作曲子,点铁成金,信是妙手。"日本人青木正儿氏作《近世中国戏曲史》,于第二篇第五章第二节征引此一段,自注未知"十八答"为何所指。常熟王古鲁君译此书为国文,于青木氏错误之点多所纠正,附注于每章之后,诚不愧为忠实之译者。唯对于"十八答"一条亦未为之补注。

案所谓"十八答"者应是指第三十一出《几谏》。计此出答父之问十五,答夫之问三,句句本色,真所谓"扭常言俗语作曲子"者矣。此外尚有第十七出《义赈》,赵五娘答放粮官及里正之问,亦句句本色，然不足十八之数，非此之谓。

二一

天下事有不期然而然，暗合在意识之外者。如北斗星，中国与欧西命名相同，所指认之七星亦相同。又如黄道十二宫，在中国则子鼠、丑牛等，咸以动物作代表，在欧西则除天秤、宝瓶两宫外，其余亦悉以动物作代表。斯二者，各各见于上古史之记载，远在交通互市之前，非相袭也。

《琵琶记·赏月》一出之四支［念奴娇序］，一生一旦，更番酬唱，至结韵二句"唯愿取年年此夜，人月双清"则生、旦合唱。又《琴诉》一出，场面为生、旦、净、丑四人，［梁州序］四支乃生、旦酬唱，至"金缕唱，碧筒劝，向冰山雪巘排佳宴，清世界，几人见"数句，则生、旦合唱。随后［节节高］二支乃净、丑互唱，至"只恐西风又惊秋，不觉暗中流年换"则净、丑合唱，紧接复念"金缕唱……几人见"数句，则生、旦、净、丑齐唱。此种排场，能使听众增加兴趣。欧西乐歌，亦多如是。此则基于人类审美观念之不相远，不期然而然，亦非因袭也。

二二

口腔之发音，不外喉、腭、舌、齿、唇。此五音之顺序，乃由里而及于外，由重浊而及于轻清。喉音最里而最重，渐外至于唇而极，故唇音最为轻清。五音之代用字曰宫、商、角、徵、羽，"宫"字乃喉音而"羽"字之音则发自唇间，此五音之所由分也。更有二变声曰变宫、变徵，是为七声。七声与十二律吕和合，旋相为宫，皆可成调。乐律之千变万化，胥由于此。且放诸四海而准，中外乐律，原理固不能或外也。可见喉、腭、舌、齿、唇之宫、商、角、徵、羽，实人类之元音，乐律之标准矣。

然而喉、腭、舌、齿、唇乃指歌声而言，丝竹则有异，盖以丝竹无喉舌故也。是以管弦音谱不曰"宫商"而曰"工尺"，取其谐声而已。

工尺之调协阴阳四声，有一定之法则，固也，而所谓一串歌喉之"一串"亦大有关系。盖声调连续出之而成为一串，自与单音异。盖歌曲乃活的，不能以呆滞之法求之耳。然而乐既以律名，定应自有其规则，天下岂有无规则之律哉？活的规则，其公例之复杂与谨严，较于呆定法繁重多矣。且歌曲与语言同一途径，语言由简单而渐臻于繁复，此可由学语小儿及林野间之原人证之。唯歌曲亦然。朱熹《仪礼经传通解》载赵彦肃所传唐开元乡饮酒礼所奏之《风雅十二篇歌谱》[1]。其为一字一音，固甚明显。即降而至于南宋，试读白石道人之自度曲，其边旁所注之音符，亦只是一字一音。至于元代之北曲，则已一字数转，若明代之南曲，更有一字十转者。可见人类之审美观念，由简而繁，殆为定则，音乐更其显著之例矣。

歌曲乃天籁，以婴儿证之，最初之发音为哭，次为歌，又次乃为语言。然而天籁亦因时而变，殊非固定。原人社会，凡百皆简，音律自不能独繁。随后因交通而起变化，五方杂处，汇众简而集合之，一加一便成二矣。此则事理之所必至，无所用其疑。中国音律以中原为基础，渐集合江淮、荆楚、巴渝、塞北、岭表、西域、印度、波斯以至于希腊，会繁响于一炉，则今之天籁自非昔之天籁可比，实自然之趋势。盖籁之量既增加，则所得之总和，自应有别，理所宜然。

---

[1] 按：前文第79页云朱熹《仪礼经传通解》载赵传谱名为《风雅十二篇诗谱》，与此处异。据诸本，朱熹《仪礼经传通解》所存为《风雅十二诗谱》。

中国文字，衍形而不衍声，故乐歌之谱式特难。非制谱之难，殆流传之不易也。即以《白石词谱》而论，距今不过七百有余岁，试按其谱而度之，已多疑似而莫能决。此非仅因时代之迁移，恐地理方言之关系尤大耳。譬诸北曲则七声并用，而南曲则只用五正声而无"乙""凡"。此其一。又自昆山魏良辅创立昆腔以后，今南曲中之字，有非念苏音不可者，否则声调不谐。此其二。于斯可见，中国歌谱有空间及时间之两重束缚，此其所以难于流传者一也。

复次，昆曲中阴阳四声之定律，其细如发，其密如缕。一句之中，每因上一字之阴阳，而映带下一字之高低。试将《九宫大成谱》所载东坡之《永遇乐》与吴瞿庵诸公所订正稼轩之《永遇乐》两相比较，则此中消息亦可以知其概矣。苏词首句曰"明月如霜"，其阴阳四声则为阳平、阳入、阳平、阴平。辛词首句曰"千古江山"，其阴阳四声则为阴平、阴上、阴平、阴平。若只以平仄论，两句同是"平仄平平"，然而阴阳各异，故工尺亦因而大异。"明月如霜"之工尺曰"四、上、上尺、工"，"千古江山"之工尺曰"尺、上尺、工、工"。可见词曲之歌谱，虽调名相同，而千百曲则有千百谱，必不能执一以例其余。细密过甚，此其所以难于普遍者二也。

至于外国歌谱则大异乎此。中国因词制谱，而外国则按谱填词。一字之高唱低唱。曼吟促节。悉因谱以为则。每不惜截一字为两半，一半属上句之末，一半作下句之首。拗其字音，唯谱是依。与中国之乐歌恰成反比例。虽则曰中国之字，一字一音，乃世界上最宜于作韵语之一种文字。因一词而特制一谱，乃轻而易举之事。盖以阴阳四声之工尺，若何连缀，若何映带，均有一定之法则，口吟哦而足按拍，手秉笔，应声以画工尺，歌既竟而谱亦成矣。虽然，此乃学者之事业，岂可以例于群众哉？正所谓可为知者道，难与俗人言矣。

昆曲日就衰微，至今已不绝如缕。考其所以衰落之原因，非只一端。论者每曰"曲文太雅，难于通俗"。持此说者最为普遍。此实似是而非之言。元曲最以本色名于世，何尝太雅？吾窃以为因词制谱，而谱复囿于方言，乃昆曲不能普及于全社会之最大原因。如论者所云"难于通俗"，诚是矣，然必非在曲文之太雅，可断言也。嗟乎，学问竟有因缜密而即于灭亡者！其然，岂其然乎？

词曲既不适于普及也如此，然历宋元明以至于清初，七百年间，曾不浸衰，则又何也？吾既言之矣，此殆因当日社会机构之不同，非歌曲之本身问题也。在距今二百年前，中国以地理之关系，未受世界工业革命之影响，犹得以继绳其封建余绪，贵族与平民之两阶级，鸿沟犹自分明。士大夫之家多蓄声伎而养家乐，后堂丝竹比户相闻。文艺之士，自制曲而自教歌，用以自娱。且更有借戏之风，循环往复，竞巧斗奇，故耳目得以常新，不至有历久生厌之虞。斯时也，顾曲之座上客，咸属知音，对于乐律，非唯不厌其繁复，更可以指点歌者，为之导师。爰及清初，犹有陈继儒、李渔之辈以评戏曲、教歌舞为业。康、雍以后，我国始卷入大社会经济潮流中。士夫之家，渐无力以蓄声伎，不得不让出此业，任社会共同经营。自兹以往，歌曲虽犹是昔日之谱式，但顾曲之座上客非复曩时矣。此实昆曲日就衰落之总原因也。闻近日沪上之富商大贾，营第宅者恒备置戏台，而士女习歌之风，亦流行于闺阃。然吾则以为此不过变态生活之一种病状，殊未敢因此而遂为昆曲抱乐观耳。

然而学问之道，能否普遍为一问题，传不传又别为一问题。所谓"必传之作"不一定有赖于普及。香山乐府，妇孺皆知，固属必传。而《小戎》《驷驖》，音韵拮倔，字之笔画且甚繁，中学生或有不能读其音释其义者，遑论妇孺，然而历数千年而尚存。《两都》《二京》之赋，若不参观集注，恐大学生犹多未明，然可必其与文字而并寿。以是知"必传之作"只在其本身之价值，无假外求。古来文士作品，有写与他人读者，有非写与他人读者，更有不希望有人读之者。诚以其构思之动机，只是偶有所触，援笔自写其性灵，何尝作传世之想？但百世之后，吾人犹得而读之，此非其效欤？以是知孤芳自赏之昆曲，只要无人敢否认其优美之价值，正亦不必咨嗟其式微耳。不能"到民间去"

之学问亦多矣，安在其即灭也？况价值或则正以其不宜到民间去而存在，若强改其面目而使通俗，则价值亦将同时消失。此类学问，政亦不少。

论者或将曰：宋词岂无优美之价值，而歌谱竟以失传，则又何说？此则又是不察因果之浮辞矣。宋词谱是否已失传，是否以其不能通俗而失传？试分别论之。

宋词歌调之见于传奇、杂剧者，不在少数，而用于开场或过曲者尤数见不鲜，至今尚流行于吹台宴榭，岂得曰词谱云亡？此其一。试读"有井水饮处皆能歌柳词"一语，则其通俗也可知，其普遍而深入于民间也可知。此其二。上文不尝谓昆曲不能普遍而虑其失传乎？当日宋词之普遍若此，宜其无复失传之患矣。是故当知，元曲乃宋词跨灶之子，不得曰子能跨灶而谓为绝嗣也。

余之此文，几等于自己翻自己之案，前后矛盾，非曰矛盾，实反复辩论，藉觇昆曲之命运而已。要而论之，昆曲若有跨灶之子，则门楣之光大可期，此就积极方面言之也。更就消极的方面言之，则昆曲亦应如汉赋、楚辞，高高在上，作文艺权威者之一，允可断言。彼之本身既自有其不能否认之优异，此优异乃经社会共同评价而取得，则寿世似可无疑。

难者曰：昆曲之不能消灭，诚如所云，只恐将成僵石。僵石固不灭也，但无生气耳。曲调由词调产生，固然。但蝉之遗蜕，是蜕也，而非蝉。跨灶有子，不得谓子即是父。煤乃太古林木之化石，岂复得指煤矿之为森林？若曰昆曲已经几许聪明才智之士订定严正的格律，已成为科学的组织，宜可永保，斯亦未必尽然。上古之《关雎》《鹿鸣》，汉之《朱鹭》《石流》，晋之《子夜》《莫愁》，六朝之《玉树》《金钗》，唐之《霓裳》《水调》，何一而非才智之士所审定？当时格调，亦既各自有其科学的定律，但衍化至今，都成遗蜕矣。若曰昆曲之优异与荣名，乃经全社会共同评价而取得，理宜世袭罔替。此则尤属不然。试以服饰喻之。自上古之峨冠博带以至于现代之短衣窄袖，中间奚止千变，何一而非经社会公评然后定为制度者？尤以生具爱美天性之女子，服装变化，最称频繁，且莫不经当代士女用最优之审美观念评定，精选一种尽善尽美之式样，乃名之曰"时世装"。若谓曾经社会共同评价，疑若可存，此语实不适用于女子服饰。今日在戏台上得见女子所披之云肩，李笠翁固认为乃女子服装之最美观而最适用之一物，于今则何如矣？数千年来，"裙"字一名词，几可作女子之代表，中外皆然。今则裙与女子竟宣告脱离关系矣，此岂前人所及料哉！若是乎，曾经社会评价而取得之地位，其将终不可恃也如此。昆曲可作文艺权威者之一，或可如愿以偿，然而标本亦具有权威性，故曰恐成僵石。

《易》曰，"穷则变，变则通，通则久"。欲持久必要善变。善与不善，亦视人事之为何如耳。北宋崇宁间，策立大晟府，主其事者乃周美成诸人。学问、文章、天才、识力，咸称优秀，而宋词之格律遂以成立。金元易代，关、马、白、郑，才人辈出。厥后如元之王实甫、高则诚，明之汤若士、沈宁庵及清初之洪昉思、孔云亭，莫不具特异之才思，或且以此为终身事业，于是南北曲之规模遂以成立，远祧宋谱，薪尽火传。此非善变可久之明效欤？今之昆曲，虽犹视息人间，但龙钟之态，诚不可掩。然而生死问题，决不在昆曲本身，在能否有关、马、白、郑、王、高、汤、沈而已（参观第十七节）。

二三

周德清《中原音韵后序》云：泰定甲子秋，予既作《中原音韵》并起例，访友人琐非复初，乃西域人而读书是邦者。同志罗宗信见饷，携东山之妓，开北海之樽。复初举杯，讴者歌乐府《四块玉》至"彩扇歌，青楼饮"，宗信止之而谓予曰："'彩'字对'青'字，不应歌'青'字为'晴'。吾揣其音，此字合用平声，其音须扬。而'青'字乃抑之，非也。"予因大笑，越席而捋其须曰："信哉，吉之多士。"语未讫，复初悄令歌者作同调之歌曰："买笑金，缠头锦。"乃复叹曰："予作乐府三十年，未有如今日之快意者，遇宗信知某曲之非，遇复初知某曲之是也。"

此一序，文理不甚明达，用其意而顺正之，略如右。"此字合用平声"一语，疑有阙文，平字之上，宜有一"阳"字，盖"青"字已是平声矣，何须说。因此一字，须用阳平，而"青"字乃阴平，故唱来似"晴"，"晴"字则阳平矣，此乃音韵之映带关系。"彩扇歌，青楼饮"，"歌"字阴平，紧接此字，非用阳声不可，是以阴声之"青"，映带而成为阳声之"晴"，势使然也。若"买笑金，缠头锦"，"金"字阴平，紧接而用一阳平之"缠"，则谐协矣。

元代文学，结晶于曲，处士知名，无间朝野，士夫文学与平民文学，联臂而并驰，吾唯于元代见之。关、马、郑、白且勿论，即化外之色目民族乃亦加入运动，且成绩斐然，周德清所心仪之琐非复初，固色目人也。臧晋叔《元曲选》述涵虚子《词品》，其中有评色目人一段曰，贯酸斋如"天马脱羁"，马九皋如"松阴鸣鹤"，阿鲁威如"鹤唳青霄"，萨天锡如"天风环佩"，薛昂夫如"雪窗翠竹"，不忽木如"闲云出岫"，马昂夫如"秋兰独茂"。试读每人之四字品题，亦可以仿佛其作品之大概。此诸人者，皆西域之色目民族也。噫，盛矣！

吴瞿庵《顾曲麈谈》曰："元人倡夫亦有通词翰者，其间以张国宾、红字李二为最。"案《桃花扇》之"一生花月张三影，五字宫商李二红"，即谓此人。可见清初而红字李二之名犹藉甚也。张国宾乃大都人，教坊管勾，著有《汗衫记》《衣锦还乡》《罗李郎》《薛仁贵》诸剧，见《元曲选》。红字李二乃京兆人，教坊刘要和之婿，著有《武松打虎》《病杨雄》《黑旋风》诸剧，见《录鬼簿》。又如《鸳鸯被》《百花亭》《货郎旦》诸本亦皆倡夫所作。

《货郎旦》一剧，臧晋叔《元曲选》、叶怀庭《纳书楹曲谱》皆选入。录其一折，用以见当日之倡夫走卒固尝驰骋词坛，亦以愧后世之才士名流羞对皂隶也。

　　〔梁州第七〕正遇着美遨游融和的天气，更兼着没烦恼丰稔的年时。有谁人不想快平生志。都则待高张绣幕，都则待烂醉金卮。我本是穷乡寡妇，没甚的艳色娇姿，又不会卖风流，弄粉调脂，又不会按宫商品竹弹丝。无过是赶几处沸腾腾热闹场儿，摇几下桑琅琅蛇皮鼓儿，唱几句韵悠悠信口腔儿。一诗一词都是些人间新近希奇事。扭捏来，无诠次，倒也会动的人心谐的耳，都一般喜笑孜孜。

又曰："挥霍的一锭锭响钞精银，摆列的一行行朱唇皓齿。""又只见密臻臻的朱楼高厦，碧耸耸的青檐细瓦。……那王孙士女乘车马，一望绣帘高挂，都则是公侯宰相家。""吐不的咽不的这一个心头刺，减了神思，瘦了容姿，病恹恹睡损了裙儿袿。""河岸上，和谁讲话，向前去，亲身问他。"此皆《货郎旦》之曲文也，尽是常言俗语，被他扭作曲子，便尔精警。

宗论

案三藏类例,凡专释一经者曰「释论」,概宗诸部经而自成章句者曰「宗论」。如《藏显宗论》《灵峰宗论》等是。窃取其意,名曰「宗论」。

一

孟子曰："故天将降大任于斯人也，必先苦其心志，劳其筋骨，饿其体肤，空乏其身，行拂乱其所为，所以动心忍性，增益其所不能。"凡一人受不幸之环境压迫，如世之所谓孤臣孽子者，其性质之变化，厥有两途：一曰动心忍性，一曰怨天尤人。由前之说，则因压迫而心危虑深，养成一种坚忍、刻苦、沉毅、奋斗之精神，结果可以成一达才而胜大任。由后之说，则不思自振而唯存侥幸之心，将日流于猜疑、忌刻、阴险、凉薄而堕落不堪矣。见人之愈于己者，则曰：上帝偏心，我之学问与能力，何遽不若人？受人之惠，则曰：彼所持以惠我者，岂其能力之所致哉，命运致之而已。吾之能力不在彼下，吾不获而彼获之，是明证矣，故吾受之可以不言谢。其阴险、凉薄多类此。吾见之吾尝遇斯人，非理想之谈也。然而不幸而至于心苦筋劳，犹可言也。至若行拂乱其所为，则真可怜极矣。至此而尚能皦然独立，不屈不移，则真乃千锤百炼出来，其堪胜大任也亦宜。

佛说劝人勿造因，谓恶因固不可造，即善因亦不宜造。此实出世法之至理。盖有因必将有果，当下种时，自以为此因非恶，种之亦无妨。然而因果相生，展转亦变为苦恼矣。譬如"合并"非恶事也，但别离之苦即由此而生。迨儿女成行，提携调护，教育给养，种种苦闷，何一非从最初之合并得来。更有弥留时之依恋，尤苦痛之最大者矣。至如佛之"苦行"，是亦一疑问。行而曰苦，其非如孔子所谓"乐则行之"可知矣。此苦何自来，则自种欲成佛之一因为之也。是则佛亦种因矣。入世法之孔子则不然，曰"素其位而行"，曰"汝安则为之"，曰"乐则行之"，此之谓无罣碍无恐怖。虽则曰行之既久，或终有不乐不安之时。然而"忧则违之"，及"行乎其所不得不行，止乎其所不得不止",是亦救济之一法。既不能入深山以坐枯禅,毋宁师孔子。

二

人生观之最大问题曰死后何如。此千古之哲学家、宗教家所呕尽心血而未能解决者也。道家者流,欲并灵魂、躯体而两全之,白日飞升,未免太贪。埃及之木乃伊,用种种方法以保存尸体之不朽,留待末日审判,无罪者一一复起,未免太愚。且天下之事理,无有止境,无论其为直线式或回旋式,要之无日不在进行中,无有已时。以天堂为归宿之学说,是止境也,是寂灭也。从科学及哲学之解释,均不得通。是故"灵魂说"莫圆满于佛氏之轮回,"躯体说"莫圆满于孔子之后嗣演化。佛说谓人之死非死也,灵魂搬家而已,灵魂固长在也,则其心慰矣。孔子谓人之死固未泯灭也,儿女分存你躯体之一部分,是则你之躯体未尝灭也,则精神慰矣。虽则演化愈久远,己躬之成分将愈稀薄,循至于不可寻。然而三代五代,己躬之成分何如?十代八代,己躬之成分何如?此乃科学问题,欲慰藉垂死之人,俾勿沉于悲观,正不必如是之精明耳。故血之成分渐演化而渐稀薄之说,尚不足以非难孔子。唯躯体演化说,不足以慰无嗣之人,是其阙憾耳。是以孔子不得不立"不孝有三,无后为大"之义以资补救。

"人生之意义"与"人生观"不同。人生观乃个人的问题,各自有其观察点。即各人之观察,亦每随其环境或学问而起变化。至于人生之意义,则是人类之共同问题,其范围即眼前事实。即"吾何为而有生,既生矣,将何以了此一生"是也。言魂灵者则以天国为最后之目的,未死之先,只是致力于移居天国之工作。以此论之,则人生之意义,只筹备搬家而已。孔子之人生意义则不然。曰"既来之则安之"。总觉这座房子很不错,我们既来作主人,应该把他好好地铺陈起来,俾大家住得安乐。所谓"素其位而行"，即是教人各尽其所应尽之职，各做其所能做之事。做到自己死了，自然有后来的人继续往前做。继续不已，则此世界自然有极庄严之一日。是即天堂，是即天国，无须搬家也。

素位而行之"位"字，有空间及时间之两种意义。各尽厥职，空间之意义也。各人但对于其当时之地位做事，不必侵占后来者之范围，乃时间之意义也。因为凡提前以做后人之事者，则其对于自己现在之职务，必多忽略，甚或至于放弃。此乃最无益之事，孔子所不取也。

三

知、仁、勇三者称为天下之达德，实儒家哲学之大纲也。"知之为知之，不知为不知"，可作"知"字之定义。"己欲立而立人，己欲达而达人"，可作"仁"字之定义。"见义不为无勇也"，可作"勇"字之定义。所以《中庸》解释此三字曰"好学近乎知，力行近乎仁，知耻近乎勇"。"近乎"两字，以今义释之，即曰"下手工夫"。好学即求知之下手工夫，力行即能立能达之下手工夫，知耻即舍生取义之下手工夫。

《中庸》之第二十章，列举三达德、五达道及九经之后而归本于一"诚"字。其下之第二十一章至二十五章，皆解释"诚"字之义。可见"诚"之一字实人格修养之根本原则。

《大学》之第六章"所谓诚其意者，毋自欺也"。以"毋自欺"三字作"知之为知之，不知为不知"之注脚，最为清楚。每见近时之自命为科学家者流，对于未能索解之哲理如灵魂哲学等，辄下一极武断之评判曰"荒谬迷信，必无是理"。斯言也，是不啻以自己之学问为标准。试问你之学问有几，能作万事万物之标准否？若诚心自思，吾知其必哑然失笑也。此之谓自欺。对于未能索解之事物，即曰吾未之知可矣,庸何伤?未必因一事之不知,人便笑尔陋。拘歌白尼而下诸狱,其判词亦曰"荒谬,必无是理",但地动之学说终归成立。拘马哥尼而下诸狱,其判词亦曰"荒谬,必无是理",但无线电于今大行。谁敢谓灵魂哲学等类之事,他日不变为地动学说及无线电之过程也?中国医道谓食肝补肝,食脑补脑,久为世界所讥笑。曾几何时,今则称为最新之学说矣。谁敢谓灵魂哲学等类之事,他日不变为食肝补肝、食脑补脑之过程也?"知之为知之,不知为不知,是知也。""是知也"三字,何等有力。其意若曰是即求知之最良方法也。"荒谬,必无是理"等语气,即所谓"强不知以为知"。强不知以为知,即"知之为知之,不知为不知"之反面也。

四

《春秋》多微言大义,即常谈之老生亦既知之。何谓微言?即言简而含义深,读者须放大眼光,勿只拘束于字面,须于字里行间求其奥义是也。儒家哲学乃入世法,只言人生不讲灵魂,只言人间世不讲天国,只言修身齐家不讲理想之社会。若谓孔子无远大眼光,见不及此,则殊不然。张三世,通三统,春秋之大义也。何谓三世?即据乱、升平、太平。升平、太平,亦曰小康、大同是也。其言小康,只是庸言庸行,规规矩矩。人皆以为孔子之面目,只是一满面秋霜之老头。及其言大同也,则真可以令腐儒瞠目而却走。其解放之敏锐,奔驰在今日摩登之二千四百年前。《礼运》一篇,开宗明义即曰:"大道之行也,天下为公。"吾人读此,从消极方面所得,可证小康世修齐之道其非孔子所认为"大道"也明矣。下文"故人不独亲其亲,不独子其子"一语,非正与儒家哲学之家族社会、宗法社会制度根本背驰耶?此正社会主义者之理想世界而苏俄所正欲尝试实行者矣。下文又曰:"货恶其弃于地也，不必藏于己；力恶其不出于身也，不必为己。"又曰："使老有所终，壮有所用，幼有所长，鳏寡孤独废疾者皆有所养。"何一而非社会主义者之理想世界，苏俄之所谓五年计画、十年计画所欲一一实施者耶？二千四百年前之孔子，亦既知之矣。徒以儒家乃"实践派"哲学，大同世属于未来，其实施之方自有后来者为之，正不必放弃本身之责任，疲精神于可望而不可即之事以侵占后人之工作。实践派之精神，固应如是耳。彼之所以只将小康世之制度组织得盛水不漏，留大同社会制以待后人。此正乃彻头彻尾之实践派态度，非不知也。且此种理想，彼虽明知属于数千年后之世界，未能即至，然亦无时不往来于其胸臆间，每流露于言词。如《论语·颜渊季路侍》一章，其师弟三人之所言，即一一与礼运理想之大同世相符合矣。子路曰"愿车马，衣轻裘，与朋友共，敝之而无憾"，非即"货恶其弃于地也，不必藏于己"耶？颜渊曰"愿毋伐善，毋施劳"，非即"力恶其不出于身也，不必为己"耶？"老者安之，朋友信之，少者怀之"，非即"使老有所终，壮有所用，幼有所长，鳏寡孤独废疾者皆有所养"耶？此即所谓微言大义者矣。只因读书者未免粗心，致令隐藏于字里行间之大义，熟视而无所睹耳。

五

子贡问曰："有一言而可以终身行之者乎？"子曰："其恕乎。己所不欲，勿施于人。"案"恕"字有两种解释：一曰"推己及人"，一曰"犯而不校"。己所不欲，勿施于人，即推己及人之义，此不过"恕"字之半面。若横逆之来，宜静察对方横逆之动机，是否出于无心，或出于误会，或出于知识不足。有一于此，则予以原谅。此即"犯而不校"之义。己所不欲，勿施于人，是不犯，非不校也。以"施"字释

"恕"，是自己立于自动地位；以"谅"字或"宥"字释"恕"，是自己立于被动地位。勿令人以难堪，其事尚易。若横逆之来而心不动，尚有余暇以作理智之体察，其事实难。若能以道力涵养，如孟子之"不动心"，斯为最上，然亦谈何容易？其次则须粗解生理与情性之关系。如何如何，则其人必谨言慎行；如何如何，则其人必口无择言。假令具备此种常识，则人有开罪于己者，若见其面上有某种特征，即知彼实不由自主，完全受某部分特征所支配，于"恕"字最有补助。譬如无端而受人以恶言相加，鲜有不色然怒者，但道旁之狗向我狂吠，未必即因此而动气。何则？盖吾察对方之状貌，实觉有可恕之道，不能以礼法相绳耳。

六

《论语》"攻乎异端，斯害也已"一章，古今学者对于"攻"字之解释，每多异辞。作"攻究"之"攻"者有之，作"攻击"之攻者亦有之。范淳夫曰"攻，专治也，如玉人之攻玉"，是"攻究"说。戴肖望谓"扑之而愈盛"，是作"攻击"解。原其所以差别之由，皆因未将此章之名词解释清楚。标准不立，则动词自失其方向。舍本图末，都是枝叶，无有是处。何谓"异端"，是即此章之基本名词矣。先认清名词之大旨，而后可以识动词之运用。计以他人之学说为异端，不独春秋之世无此名词，即战国时孟子之拒杨墨，亦未尝用此术语。迨汉武罢黜百家，定儒术于一尊，而宋儒乃确立此两字之定义。凡儒家以外诸学说，统名之曰"异端"。程子曰，佛氏之言，比杨墨为近理，其害尤甚，非攻不可。则"异端"两字，更靡远弗届矣。试思孔子之世，何尝有人与之争道统？叹吾道之不行，亦只是政治问题，慨时君之昏庸而已，并非谓厄于他人之学说而不得行其道也。况一尊未定，孰为正统而孰为异端，不几于无病呻吟矣夫？吾窃以为"异端"两字，或则是"中庸"之对待名词，与"执其两端""叩其两端"之"端"字同一意义，"异端"即"两端"也。知两端而后可以得其中。

七

唯识论所言八识，前五识曰眼、耳、鼻、舌、身，乃属于有形的。第六识曰意，已入于无形。但意何由而起，必有为之主动者，是以第七之末那识亦名意根，亦曰思量识。既曰根矣，则必有其植根之地，故第八之阿赖耶识亦名种子识。

近代科学之发达，第一步发见一切物质不外由九十多种原质构合而成。第二步发见各种原质各有其不同之原子。第三步发见各种不同之原子乃由同一之电子相结合。同异相生，因果相乘，而宇宙遂以成立。物质上之电子，恰似哲理上释迦之所谓阿赖耶识。然而阿赖耶识之含义广大，"种子"二字不过群义之一。盖以人类意识，概其大别有二：一曰念念生灭心，一曰次第相续心，阿赖耶识能将念念生灭心所遗留之杂薰染与次第相续心所积聚之经验，执持而保藏之，使与前六识相依为缘。故第八识又名执持识，又名藏识，又名所知依识。

《成唯识论》卷二谓种子有二。一曰本有，自无始来时，藏存于第八识中，亦名本性住种。二曰始起，自无始来时，渐由薰习而生，亦名习所成种。同卷三曰阿赖耶识自无始来时，一类相续，常无间断，故曰恒。又自无始来时，念念生灭，前后变异，因灭果生，故曰转。读此可以仿佛阿赖耶识之奥。

八

《论语·里仁》章：子曰："参乎，吾道一以贯之。"曾子曰："唯。"子出，门人问曰："何谓也？"曾子曰："夫子之道，忠恕而已。"叶适以为曾子答应得太快，不假思索而遽应曰"唯"，并且不详问而竟以"忠恕"解"一贯"，实属武断，且谓此说未经孔子是正，未可便以为准云（见《习学记言序目》第十三卷）。曾子之太直，诚如适言。至谓以"忠恕"解"一贯"，未经孔子是正，便谓未可为准，则未免固执矣。案孔子之道，乃人生哲学，其立脚点总不出人我间之范围，不言超现实，不驰骛未来。若以尽己之谓"忠"、推己及人之谓"恕"之义言之，则正是人、我间之立脚要点。曾子以"忠恕"二字解"一贯"，当时虽未经孔子是正，但以孔子平日之言论钩稽而综核之，则亦不中不远。如《学而》章之论君子则曰"主忠信"；子张问崇德辨惑，亦曰"主忠信"。"主"字何等坚决而肯定。此外如子张问行，子曰"言忠信"；问政，则曰"居之无倦，行之以忠"。可见孔子关于立身行己方面对于"忠"字之重视可知矣。子贡问曰："有一言而可以终身行之者乎？"问题之广大可谓至矣，而孔子则毫不迟疑的应之曰："其恕乎"。则"恕"字关于待人接物之重要可知矣。立身行己以"忠"，待人接物以"恕"，正是人生哲学一贯之大旨。故谓曾子为鲁也则可，谓此语未经孔子是正，未可便以为准，则太执矣。叶适之《习学记言序目》其《论语》一卷尝三论此事，对于曾子下正面攻击，毫不客气。一则曰曾子易听而不知问，再则曰若谓曾子自传其所得之道则可，谓得孔子之道而传之则不可，三则曰一贯之旨，因曾子而大迷。其不客气也如此。

叶适之论《春秋》，丑诋《公》《榖》，曰"浮妄"，曰"害义"，曰"以浅传浅"，曰"书之蠹"，曰"空张虚义"，曰"悖谬"，曰"《左氏》

未出之先，学者唯《公》《穀》是听，《春秋》盖芜塞矣"等种种谰言，然而未有一语能搔着《公》《穀》痒处，谩骂而已。最无谓者，彼因《史记·太史公自序》之崇尚公羊及董子，遂诋史迁为粗浅妄臆。又因《孟子》有"春秋，天子之事也"一语，虽不敢丑诋，而亦加以非难，谓《春秋》乃鲁史，孔子只修而正之，不得称为天子之事。又曰"后世所以纷纷乎《春秋》而莫知底丽者，小则以《公》《穀》浮妄之说，而大则以孟子卓越之论故也"云。诬经之罪，竟推在孟子身上矣。诸如此类，不一而足（见《习学记言序目》卷九及卷二十）。假令叶氏肯细读"我欲载之空言，不如见之于行事之深切著明也"一语，当不至于误以《春秋》为鲁国史矣。即细思《春秋》若是一国之史书何以得称为"经"，则亦不至于误以《春秋》为鲁史矣。语曰："学而不思则罔"，叶适有焉。虽然，《春秋》张三世之微言大义，附鲁史以见志，不解斯旨者亦众矣，岂唯叶适？

最奇者叶适竟不解口说传经之理由，谓"自经术讲于师传而训故之说行"，"口授指画，以浅传浅，而《春秋》必欲因事明义，故其浮妄尤甚，害义实大"，"然则所谓口说相传者乃是书之蠹也。至汉为学官，后世相师，空张虚义……哀哉"！案上古印刷之术未明，传抄匪易，欲尽将古籍一一摹刻一部而置诸座右，为事实之必不可能，况图籍只存于内府，自非太史，更无得见之机会，遑论传抄。试问在此种时代背景之下，舍口说相授而外，更有何法？其后复经秦火之劫，典文残落，赖宿儒未泯，犹得相传。汉之置学官，立博士，正乃断绝续灭之伟功，究何负于天下？以此相罪，不亦难乎？至使二千年后叶正则先生之所以得所根据，哓哓然论列是非者，赖有此耳，抑何其不思之甚也！

九

吾人收纳知识之器官曰眼、耳、鼻、舌、身，其对象则曰色、声、香、味、触。自显微镜发明而眼之信用失,自太阳之紫外光与赤内光发明而眼之信用更失,此眼之不足信也。自电话既出而耳之本能见拙,自无线电收音机既出而耳之本能愈见拙,此则耳之不足信也。昔日声与色之收纳,尽赖耳目之所报告,殆真以为耳目聪明,其所报告必详尽而无误,而孰知乃大谬不然。至于鼻之能力更不如犬,犬可以嗅人足迹而追寻于数十里外,人能之耶?舌之能力曾不如蝇,蝇之舌可将酸甜咸苦辣以至一切恶臭而悉化之为香,人能之耶?身之触觉不如蚊虻与蝼蚁,彼等于气候转变之前数日即知为或风或雨而急急从事于预防工作,人能之耶?若是者,人何以得称为万物之灵哉?案唯识论认前五识为五贼,盖早已洞悉其不可凭,第六识曰意,乃入真诠。计前五识之感应悉凭理智,而意志实理智之动脉。视于无形,听于无声,之谓何?意而已。故凡意想之所能及,吾信其必有实现之可能。试思意何由而起,盖起于无始来时念念生灭心所遗留之杂薰染与次第相续心所积聚之经验,是曰第八识。吾人果以何因缘而能发生一种虚无飘杳之幻想,此或根于无始来时所遗留之薰染及所积聚之经验未可知也,岂曰无端?若是乎人类之所以终灵于万物也。

一〇

孔子中庸之道,议之者或谓为模棱两可,只是调和,于民族进取奋斗精神影响殊大,而二千年来消极的治术亦其产品也。此说吾相对的承认,但不能以此非孔子。无论在历史上举出任何例证,亦只能归罪于后世腐儒之空疏,孔子不任咎也。《中庸》一书固明明告我曰,"君子之中庸也,君子而时中","时中"二字不能滑滑读过。"时"字须重读,若轻读则失其本意。试问以自强不息之精神,刻刻以迎合潮流、顺应环境为职志,更有何可议之处?不息之谓时,迎合顺应之谓中，意义不既明显耶？《易》曰"承天而时行"，又曰"随时之义大矣哉"。可见孔子只是教人以顺应时世，不息不倦。过与不及，均非脚踏实地之所宜。凡执持两极端者必起冲突，唯立在中央庶几能窥见两端之面目，因其冲突而意义得以大明，然后弃短取长，一以时势为折冲。是故孔子从未尝以厉色攻击他人之主张，唯曰"执其两端""叩其两端"而已。"攻乎异端，斯害也已"一语，"攻"字之解释及"异端"两字之定义，古今不乏疑问之人，说见上文第六则，兹不赘。平心而论，呆滞之"守中"，诚足为进取之害，但"时中"则不然。随时为两极端之折冲者，正求知之法门而进步之枢纽矣。孟子曰："孔子，圣之时者也。"唯孟子乃能知孔子。

一一

《论语》曰："学而不思则罔，思而不学则殆。"又曰："吾尝终日不食，终夜不寝，以思，无益，不如学也。""思"与"学"并举，六经不乏其例。管子曰："思之思之，鬼神通之。""鬼神"乃抽象名词，原非具体。所谓"鬼神通之"云者，亦只是摹描精神集中之效率而已。此与"诚则明""至诚之道可以前知""至诚而不动者未之有也"同一意义。儒家乃人生哲学，脚踏实地，所举皆不离乎眼前事物，无一语而不可以实行。以本诸身为出发点，以家族为天下国家之单位，以差等之爱推行其对于世界万物之同情。凡此种种，均属实事求是工作，不假冥想，且亦殊非冥想之所能解答，故曰"以思，无益"。"无益"者殆曰无补于其所欲作之事业焉尔。彼之所欲作乃匹夫匹妇皆可以躬行实践之事，可行与否只在天理、人欲中体验得来，故曰"不如学"也。"学"者何，实验而已，力行而已。至于"学而不思则罔，思而不学则殆"，朱晦翁释作"不求诸心，故昏而无得；不习于事，则危而不安"。"罔"即固执而不知所变通之意,"殆"即等于"愚",与孟子所谓"是罔民也"之"罔"字略相同。是以博学、审问、慎思、明辨、笃行五者作连锁关系,的是孔门为学之实际工夫。夫以孔子之聪明,并非不能作超人间世之高论,不过老先生抱定"素其位而行,不愿乎其外"之宗旨,以为若能将最切近而与己躬不可分离之人类社会做好,是即我之终身事业。至于天人之故、阴阳之变、造化之微,吾非不知,只以此种高调乃属于精神方面之哲理,辟而通之,且在将来,焉用急急为哉?且穷究者自有人在,分工可矣。此儒家之所以称为实践派哲学也。

一二

尝读《论语》"樊迟请学稼"一章,孔子艴然告以不如老农、老圃,竟等于置之不理。及其出也,乃发表一段堂堂正正之大议论,然所论竟是讨论君主之立身行己问题,与老农何涉?就原文观之,虽谓为所答非所问可也。窃以为当日樊迟之问,必尚有其言外之意,不然,则天子且有先农之典而后妃亲蚕,何至于弟子动问农事而夫子即报之以厉色,背后且斥为小人,此何故欤?观于孔子斥樊迟之一段话与孟子斥陈相之一段话,立论之精神如一,不外主张劳心劳力分工合作之意。案许行与孟子同时,后于孔子约二百年,或则并耕之社会思想早已发达于当时,而为樊迟所沉醉,未可知也,不然,何至老先生盛怒若此。且六艺之御既可学,唯稼独不能学,一动问即遭严词谴责,殊令人不能无疑。意者樊迟请学稼是请孔子亟宜学稼,并非以稼穑之技术问题请教于夫子,乃劝告而非问道,必如此解释而前后文义乃得贯通。

又案《论语》,樊迟之问前后共三次,于"请学稼"而外,复有

《雍也》章："樊迟问知，子曰：'务民之义，敬鬼神而远之，可谓知矣。'问仁，曰：'仁者先难而后获，可谓仁矣。'"又《颜渊》章："樊迟问仁，子曰：'爱人。'问知，子曰：'知人。'"又案《论语》一书，凡门弟子问道，皆曰"问"，未见有用"请"字者。如子游问孝、子夏问孝、孟懿子问孝、子贡问君子、子路问君子、司马牛问君子、林放问礼、季路问事鬼神、子张问善人之道、颜渊问仁、仲弓问仁、司马牛问仁、子贡问为仁、子张问明、子贡问政、子张问政、子路问政、季康子问政、叶公问政、齐景公问政、子张问崇德辨惑、子张问士、子路问成人、子路问事君、季康子问使民、子张问行、颜渊问为邦之类，皆曰"问"，独此不曰"樊迟问稼"，而曰"樊迟请学稼"，语气显然有别。故疑是"劝告"而非"问道"，似不为曲解。

一三

《孟子·公孙丑》章："天时不如地利，地利不如人和。"各家注疏皆以五行生克、时日干支释"天时"，吾窃以为未允。"天时"者，应是指风势之顺逆，日影之向背而言，此盖于射击有关系者也。环而攻之，则顺逆向背之间，必有一直径之反对点，而利害异殊，此就空间言之也。日影迁移，朝所苦者利于暮，此就时间言之也。用事实解释，似较胜于五行干支。

《论语》："吾道一以贯之。"《孟子》："夫道，一而已矣。"前者就主观立论，所言是出发点，乃众枝同本之意。后者就客观立论，所言是到达点，乃殊途同归之意。戴东原《孟子字义疏证》释"道一而已"曰"不因智愚而有二道"，与《中庸》"及其知之一也""及其成功一也"相类。是即殊途同归之义。

一四

唯识论之八识以眼、耳、鼻、舌、身、意为前六识。宋儒亦知既有眼、耳、鼻、舌、身，自不免有色、声、香、味、触等嗜好，充其量可以至于人欲横流。于是窃取唯识第六识之"意"，而侈言"正心诚意"以为之节。但意何由而生，如何而后可以使之诚，则非了解第七之末那识及第八之阿赖耶识不可。而不然者，则并意识之所潜聚，及意识之所由活动而未之知，纵有千言万语，只是皮毛，或竟等于隔靴搔痒而已。宋儒拾取"戒慎乎其所不睹，恐惧乎其所不闻"二语为"正心诚意"之张本。只以未解"意"字之真谛，结果徒聚讼纷纭，莫衷一是。或曰："戒慎""恐惧"是本体，"不睹""不闻"是工夫。或曰"不睹""不闻"是本体，"戒慎""恐惧"是工夫。但"睹""闻""戒""惧"之本源安在，并未留心，宜夫其辞费矣。欲解斯义，当先知何者为"意"。

唯识论之第七识曰末那识，亦名"意根"，谓即第六识之根苗也；亦名"思量识"，谓既能思虑又能量度也；亦名"转识"，谓为第六与第八两识之转捩枢纽也；亦名"次能变识"，对于第八识之初能变识而言也。

末那识乃意之根，既曰根矣，当必有其植根之地，是以第八之阿赖耶识亦名"种子识"，谓本性住种及习所成种皆藏于第八识中，故亦名"藏识"。又名"执持识"，谓阿赖耶识能将自无始来时念念生灭心所遗留之杂薰染与次第相续心所积聚之经验，执持而保藏之，使与前六识相依以为因缘，故又名"知所依识"，又名"初能变识"，谓与杂薰染互为"因缘"故。

欲知因缘，先明五蕴。佛说以色、受、想、行、识为五蕴。对象曰色，感觉曰受，记忆曰想，思维曰行，认识曰识。譬如对象为一本中国书，此对象之色相也，是曰"色"。但何以能知其为中国书，必先感觉其为长方形而不甚厚之一物，是曰"受"。再联想起过去之经验，书为何状，中国书又为何状，将此种印象重现出来，是曰"想"。再将脑中印象与眼前对象相较量，而参以一种缜密之思维，是曰"行"。最后乃了然认识其为中国书，是曰"识"。

第一蕴之色曰"物"，有对象，后四蕴曰"非色"，亦曰"名色"。此唯物论也。但我佛从认识论的立场，特提出第五蕴之"识"为能认识之主观要素，而以前四蕴之"色""受""想""行"为所认识之客观要素。此则唯识论也。是以"识缘名色，名色缘识"，遂为因缘论之主要关键。"十二因缘观"及"三世两重因果"皆从此演生。明乎此，庶可以言"因缘"。

何谓"因缘"，即所谓"有此则有彼，此生则彼生；无此则无彼，此灭则彼灭"是已。"因"与"缘"又常相依存，有同时的依存关系，有异时的依存关系。有此则有彼，无此则无彼，同时的依存关系也。此为主而彼为从。此生则彼生，此灭则彼灭，异时的依存关系也。此为因而彼为果。

主观的能认识之主体与客观的所认识之对象相接触、相对待而成世界，名曰"因缘"，即所谓"识缘名色，名色缘识"，乃同时依存关系之要义也。至于异时依存关系之要义，即十二因缘相是已。其顺序如下：无名缘行，行缘识，识缘名色，名色缘六入，六入缘触，触缘受，受缘爱，爱缘取，取缘有，有缘生，生缘老死。欲明斯义，更当逆推。

老死即各个体之衰灭，缘于有生，无生则无所谓灭。各个体生存或生命之存在，是曰有。但何以能影响及我，则缘于执着，是曰取。无执着则万物各自为生理的存在，与我无关。不听戏则戏院便不是我的世界。但执着乃缘于欲望，是曰爱，亦即生命活动之原动力。欲望之起，乃缘于领受外界现象而生爱憎，是曰受。但爱憎之情感实由于与外界接触而有感觉，是曰触。但感觉必有感觉的认识机关，即前六识，是曰六入，其依存则由于所认识之客观要素，是曰名色，此之谓五蕴和合，乃生命组织之全部。受、想、行、识四蕴，包含一切心理状态，但以能认识的主观要素之识为之主，是曰识，其余三蕴则立于对待地位。要而论之，先有客观的对象，而主观乃能有所认识；先有主观的认识，而客观的事物乃得以辨证。此之谓"识缘名色，名色缘识"，实为因缘论最主要之关键。但认识活动乃由于意志活动，即思维，是曰行。意志活动则由于无意识的本能活动，是曰无明。

至于三世两重因果，则仍就十二因缘观顺推。即因为无意识的本能活动而转入意志活动，是为过去之因。既有意志活动，自必有主观的认识，既有主观的认识，则对于客观的万有，缘眼、耳、鼻、舌、身、意的感触而生爱憎，是为现在之果。亦即第一重因果。再缘爱而生欲望，因欲望而有所执着，我有之见，缘是而起，是为现在之因。是即过去与现在两世之因缘关系。复次，既有我执，则难免于入轮回而有生，有生则有老死，是即未来之果，亦即第二重因果。由是观之，可见一与二为过去，三至十为现在，十一与十二为未来，是曰三世。复次，一、二之无明与行为过去之因，亦曰能引支。三、四、五、六、七之识、名色、六入、触、受为现在之果，亦曰所引支，是即第一重因果。又八、九、十之爱、取、有乃现在之因，亦曰能生支。十一、十二之生、老死乃未来之果，亦曰所生支，是即第二重因果。佛自出家后，独在一森林中苦行六年，自觉无所得。乃出而遍历诸邦，作行脚僧，又数十年。纵观宇宙之大，察众生之苦，恍然有所感触，继在一菩提树下冥思七日，乃大彻大悟，遂成此盛水不漏、万劫不磨之佛法。十二因缘观即其全部组织之总纲矣。

唯识乃佛教之大乘法，"缘意为识，转识成智"二语又为唯识之大法，明乎此庶可与言"诚意"。"意"且未解，"诚"于何有？宋儒每窃取印度哲学之皮毛，自以为独得之秘，同时又谤佛为异端，用掩其窃盗痕迹。自命为儒教之护法神，美其名曰卫道。此种态度，殊欠光明，学者不应如是。殊不知凡欲攻破一种学说，必须深入而精通之，执取其致命之弱点，一举摧陷，庶为上策。佛岂易谤也乎哉？

一五

儒家理想中之全人格曰智、仁、勇三者具备，所以称为"达德"。"达"也者，即放诸四海而准之意，"达德"二字，实可释作"标准人格"。好学、力行、知耻乃人格修养之下手工夫，故曰"知斯三者则知所以修身"，意义至为明显。及其成功，则可以不惑、不忧、不惧。孔子四十而不惑，即自认为求知修养有得之年。五十而知天命，知命自然不忧。六十而耳顺，"耳顺"二字，朱晦翁释作"声入心通，无所违逆"，"无所违逆"殆即游行自在之意，游行自在即无挂碍，无挂碍斯无恐怖，故曰不惧。可见修养成就之先后亦自有其次第也。孟子之言养勇，曰"我四十不动心"，此老之自信力比孔子提早二十年，而告子尤远。

一般人之直觉观念，咸以"勇"字与"力"字为不可分离，此则狭义的"血气之勇"而已。孟子言"养勇"之一段话，同情于孟施舍，曰视不胜犹胜，曰量而后进，虑而后会。言"勇"而曰非求必胜，宁非大奇？以"能无惧"为大勇，的是儒家正宗。

一般人之直觉观念，"勇"字则失之太狭，而"仁"字则失之太泛。讲到"仁"字便立刻联想到"慈善事业"，与"不忧""力行""能立能达"等意义相去不知几千万里，几于脱离关系。以"血气之勇"言勇，以"妇人之仁"言仁，皆大误也。是以读书最忌空泛，不求甚解而自以为是，自误不足惜，厚诬古人，罪斯大矣。

一六

忆昔在万木草堂之初，尝于功课簿上对于"子罕言利，与命与仁"一语作疑问，盖以《论语》一书，利之罕言诚是也，若"命"字则屡见不一见，如"不知命，无以为君子也""君子居易以俟命""道之将行也欤，命也；道之将废也欤，命也。公伯寮其如命何""是故知命者不立乎岩墙之下""亡之，命已乎""五十而知天命""赐不受命，而货殖焉"之类，不胜枚举，岂得曰"罕"。至于"仁"字乃儒家哲家之中坚，"罕言"之说，尤属矛盾。当日南海先生批答曰："此断句之误也。应作'子罕言利欤，命与仁达'。"引哀公问礼于老聃于巷党为证。谓巷党乃地名，从未闻有所谓达巷党者。此说诚新奇可喜。然而由今思之，或恐不无强解。不如将"与"字训作"吾与点也"之"与"之为妙。谓于利则罕言，命仁则与之，是亦一解。

一七

儒家之所谓"仁"，其义甚广，钩稽而综核之，大旨在反求诸己，内也，非外也。故《论语》曰："克己复礼为仁。"《中庸》曰："成己，仁也；成物，知也。"《孟子》曰："仁，人之安宅也；义，仁之正路也。"《告子》曰："仁，内也，非外也；义，外也，非内也。""克己""成己""安宅"，均属内省工夫。而告子则曰"仁，内也"，更直截了当。《论语》曰："巧言令色，鲜矣仁。"又曰："雍也，仁而不佞。"又曰："仁者，其言也讱。"又曰："刚毅木讷近仁。"所谓不"巧言""不佞""讱""木讷"意义正相等,均可以"诚"字释之。诚,则内省工夫之正鹄矣。内省不疚,夫何忧何惧?此之谓也。

知、仁、勇三者并举,数见不鲜。如《中庸》之"知、仁、勇三者,天下之达德也",又曰"好学近乎知,力行近乎仁,知耻近乎勇"。《论语·子罕》章曰:"知者不惑,仁者不忧,勇者不惧。"《宪问》章曰:"君子道者三,我无能焉:仁者不忧,知者不惑,勇者不惧。"《阳货》章曰:"好仁不好学,其蔽也愚;好知不好学,其蔽也荡;好勇不好学,其蔽也乱。"此皆三者并举。更有二者对举如"仁者必有勇,勇者不必有仁""敬鬼神而远之,可谓知矣;先难而后获,可谓仁矣""君子不忧不惧"之类,亦不胜枚举。足见所谓三达德之知、仁、勇,实孔门人格修养之标准,无论讲学或问难,百变不离其宗。

以"仁慈"两字连属作一名词,乃普通对于"仁"字之观感,其意义乃在施诸于外者而言。然而仁者可以"不忧",则又何说?斯语大奇。故必须从"内省""反求诸己"方面寻绎,然后知仁者有心安理得之乐,故曰"不忧"。

一八

"勇"字在儒家哲学中乃用以代表人格之一部分,智、仁、勇三者俱备是谓全人格,亦可以称之曰完人,"勇"则其一部分也。如"勇力""勇气"乃"勇"字与一名词相连;"勇猛""勇敢"乃"勇"字与一形容词相连。就力之一方面言之谓之"猛",就气之一方面言之谓之"敢"。"勇"字每与"怯""懦"等字相对待,但如"仁者必有勇""见义不为无勇也"等,"勇"字可曰有曰无。若云有怯无怯、有懦无懦,则不可矣。于斯可见,"勇"字实一具体名词。又如不屈不挠、不移不馁、不息不厌、不倦不怨、不尤不偏、不倚不惧等,即所谓"勇",亦即所谓人格标准。

一九

《中庸》"唯天下至圣"一章：聪明睿知，智也；宽裕温柔，仁也；发强刚毅，勇也。然后以齐庄中正行己，以文理密察治事，庶可以得民之敬，得民之信，得民之悦。又聪明乃见于外，睿知则藏于内。宽裕乃外施，温柔乃内蕴。发强，外也；刚毅，内也。齐庄在乎仪容，中正在乎心意。文理乃动作，密察是精神。凡此二十字，分五句，每句四字，均有内外之分。

二〇

教育之道，方法不一，概而论之，不外两途：一曰立矩范以整齐之，一曰因个性而利导之。由前之说，是曰齐民之术，即所谓水平、标准是也。近世欧美诸国多用之，亦即所谓军国主义之教育，以整齐画一为宗旨，由政府定出一模范，举国一致，莫敢或外。由后之说，是曰变化气质，即所谓因人而施是也。古代儒家道术多用之，门弟子之问政、问孝、问仁、问礼所答，每多异辞，即后世之书院制度，亦只专重自由研究精神，因个性以为用。齐之尚易，而导之实难。诚以个性每多不同，决非纳于同一矩范之所能造就。就军国主义计，以全国人民为机械，自以整齐画一为便。若为人类文化计，则利导个性之发达，俾各自发挥其天才，获益良多矣。

二一

反求诸己之"己"字与新名词个人主义之"个人"及自己本位之"自己"不同。个人主义或自己本位乃以本身为主体，而天下之人只为完成我个人之利益而生存，天下事物只为造成我个人之利益而发生意义。此外则大可以用"无所谓"或"不相干"等语气而置之于不议不论之列。

至于反求诸己则不然，精神全在一"反"字。以事实为主体，而己躬则权时退立于客体地位。如《大学》之"有诸己而后求诸人，无诸己而后非诸人"，"有""无"乃事实，是主体，"己"乃己躬，是客体。又如《中庸》之"射有似乎君子，失诸正鹄，反求诸身"，"射"是事实，"失"是事实，"正鹄"亦是事实，乃主体，"身"乃本身，是客体。又如《孟子》之"仁者如射，射必正己而后发，发而不中，不怨胜己者，反求诸己而已"，"发"是事实，"不中"亦是事实，乃主体，"己"乃己躬，是客体。此即所谓"反躬自问"。"躬"乃反主为客之己躬，而以自我代表万事万物作主体，以问诸己躬。要而论之，"自己本位"之"己"字乃主体，而"反求诸己"之"己"字乃客体；"反"字则以事实为出发点者也。

但经过"反求诸己"以后所得之结果若何？反省工夫，必须先有自疑理解错误之感觉，然后弃绝主观判断，而以纯客观精神重新推求。若发觉错谬，便立即抛弃原来之主观而表示忏悔，此即所谓"恕"。恕也者，自省而恕于人也。曾子曰："夫子之道，忠恕而已。"子贡问曰："有一言而可以终身行之者乎？"子曰："其恕乎。"即明斯义。儒家哲学不言超人境，其立脚点，乃在人间世，则"反求诸己"工夫，真可以终身行之而不谬。此真可称为纯客观的哲学。有时将自己本身亦置诸客体地位，实最彻底之客观者矣。

二二

新学说称人类为感情动物，而佛说则称世界一切动物曰有情众生，即梵音之"萨埵"。佛说自是广大精审，天下岂有无情感之动物哉？不仅人类为然也。

情感与情爱似微有不同，情感只是有所感而已，似是片面的，而情爱则为相互的。以此论之，二者似有深浅之别，而又不尽然。世固有因一玩好之物而性命与之者矣。舍性命以为一玩好，深之程度亦可谓至矣尽矣，然只是片面而非相互，物品不能因你之爱而甘为情死也。是以佛说只言"有情"，而"感"则以五蕴释之，"爱"则以十二因缘释之。

贪、瞋、痴乃缘于爱，此则似有深浅层次之别。见可爱而欲得曰"贪"，因欲得而起争妒念曰"瞋"，不得则性命与之曰"痴"。欲状痴之貌，则"缠绵"二字似是妙笔。然而缠绵之丑态，不仅见于思而未得之先，且更行于既得之后，此佛之所以谓一切有情众生只是死生流转，永劫而不能自拔也。

苦恼缘于有情，无情则无苦恼，是已。然而非经由极大之苦恼不能绝情，将绝未绝之间，其痛苦或有非精神及身体所能任受者。任受不了，仍不免于死生流转。流转之后，并不因你前次已受过若干痛苦而下次遂得以轻减也。故曰非生具大智慧者不易解脱，此之谓也。所谓"不易解脱"云者，非智不及此之谓，亦非知而不舍之谓，实因精神受不了此剧烈之刺激而身体已不能支持也。父母妻子之情、兄弟朋友之情，谁能无念？若必欲使之决然舍弃，不管他人之苦不苦，唯自图解脱。既名之曰有情众生，乃必欲强人以所难，此难者。所以谓佛说任是广大精微，虽悦服而未能几及也。

然而我佛只言"随缘"，并不勉强。强人以所难，非佛法也。随缘即随分因缘，随各人之身分以为缘。"因"可自造，若能向改变环境方面以造因，避免自缚，则解脱易矣。譬诸独身主义者，父母已终其天年，自可以来去无牵挂，不至苦累他人，此即佛之所谓无罣碍。"缘法未至"一语，其意可以自明。《易经·随卦·象辞》曰"随时之义大矣哉"，佛之"随缘"，孔子之"随时"，皆"时中"之圣人，必不强人以所难也。

由此言之，若缘法未至而勉强出家，反不如在家作居士。今之僧侣，不顾父母之养而犹借他人以为养，非佛弟子也。

二三

玄奘法师，留学于印度之那烂陀寺，听戒贤法师讲《瑜伽师地论》。此实中印文化交通之一大事，影响所被，人所共知，且勿具论。兹特据慧立《三藏法师传》记那烂陀寺。

> 那烂陀者，乃施无厌之意。耆旧相传，此伽蓝南庵没罗园中有池，池有龙，名那烂陀，因以为号。盖在中印度之东偏，戒日王领土内之摩揭陀国也。当初有五百商人以十亿金钱买得庵没罗园以施佛，佛于其地说法三月，商人多有证果者。佛涅槃后，此国之先王铄迦罗阿迭多以敬佛故，造此伽蓝。王崩，其子佛陀毱多王纂承鸿业，次南又造伽蓝，再传至怛他揭多王，又造伽蓝于其东。三传至婆罗阿迭多，又造伽蓝于其东北。厥后伐阇罗王复于次北建一伽蓝。中印度王又造伽蓝于其侧。六帝相承，各加营造。于是周之以墙，合为一寺。中分八院，楼

台星列,观竦烟中,殿飞霞上。加以渌水萦回,青莲菡萏,羯尼花树,辉映其间。寺外则为庵没罗林。诸院僧舍皆有四重,画栋雕梁,绣楹玉砌。印度伽蓝无虑千万,瑰丽崇杰,此为最雄。僧徒主客,常逾万人,并学大乘,兼十八部,爰至俗典、《吠陀》等书,因明、声明、医方、术数亦所研习。凡解经论二十部者千余人,三十部者五百余人,五十部者凡十人。唯戒贤法师则一切穷览,德秀年耆,为众宗匠。寺内讲座,都百余所。学徒修习,无弃寸阴。德众所居,自然严肃。建立已来,七百余载,未尝有一人犯讥过者。国王钦重,舍百余邑充其供养。邑二百户,日进秔米酥乳数百石,由是学子得以潜心精研,艺成业就。

那烂陀寺西北有大精舍,高二百余尺,乃婆罗阿迭多王所建,庄严瑰丽。精舍东北有窣堵波,即如来尝于此七日说法处。又南则为鍮铂精舍,乃戒日王所建。有铜佛立像,高八十余尺,重阁六层,方得覆及,满胄王之所作也。

案玄奘法师以贞观三年(公元六三〇?)[1]自长安出发,越三年到达那烂陀寺。此云"建立以来,七百余载",则公元前一世纪,已有此寺。观于其所授之学科,共分八门,犹是举其大概耳。讲座百余所,日日不息。规模之大,直与现代世界上最有名之大学埒。于距今二千年前,竟有收容学生万余人之分科大学,宁非可惊。至于建筑之堂皇,管理之严肃,方诸现代,未遑多让,或将过之。"先进国"之头衔,究将谁属?

摩揭陀国位于恒河之南,周五千余里,其俗崇学尚贤,伽蓝五十余所,多授大乘法。中有故城,周回七十余里,曰香花宫城,梵言"拘苏摩补罗",以王宫多花,因以命名,后更名曰"波吒厘子城"。佛

---

[1] 按:贞观三年当为公元六二九年。

于其地入涅槃，故圣迹最多。佛涅槃后百余年，其国王自王舍城迁都于此，是即那烂陀寺所在地也。玄奘法师留寺五年，听戒贤大师讲《瑜伽师地论》三遍，每遍讲十五月而彻。《顺正理》一遍，《显扬》《对法》各一遍，《因明》《声明》《集量》等论各二遍，《中》《百》二论各三遍。每日于听讲之外，复钻研诸国梵书，洞达其词。由是遍历五印度诸国，亲其大德，以广见闻。阅二年，复归那烂陀。更留二年，乃首途归国，载得经论六百五十七部，以健马二十匹驮入国都，于贞观十九年春正月还抵长安。自是竭其下半世十七载之精力，专从事于翻译。至麟德元年（公元六六四）春正月，共翻成经论七十四部，计一千三百三十五卷。二月七日，师入涅槃。

二四

世人对于"义"字之直觉观念，总以为是客观的利他主义，纵有时明知于自己或有所不利，苟认此事为义所当为，亦不惜毅然而为之，如"见义不为无勇也"即明此义。可见赴义须鼓起勇气乃做得到，所谓慷慨赴义，其有时或不利于己可知矣。然而孟子曰："鱼我所欲也，熊掌亦我所欲也，二者不可得兼，舍鱼而取熊掌也。生亦我所欲也，义亦我所欲也，二者不可得兼，舍生而取义者也。"则以义为一种令人可欲之事，其可欲直与嗜熊掌等，并无须乎鼓起勇气乃能做到，不但不须勉强，而且"可欲"，此又一义也。

"德"字乃人格上一个优美名词，每见此字，直觉上只见其发出一种严肃气，至正无邪。如"天命有德""据于德""昔夏之方有德也"，即明斯义。然而"昏德""惭德""恶德""秽德"亦以"德"名，可见"德"字原是正邪互用，其意义直等于"行为"，此又一义也。

二五

"言寡尤，行寡悔，禄在其中矣。""耕也，馁在其中矣；学也，禄在其中矣。"两句"禄在其中矣"，上句是承"学"（干禄之学）字出来，与下句之意义恰相合，可无疑义。唯"耕也，馁在其中矣"一句，颇费解。馁，饥也，饿也。若云"耕也，饱在其中矣"，则与"学也，禄在其中矣"，庶几可以意义相称，分量相等。若云人类原是为馁而后耕，然则为禄而后学乎？必不然。且与"在其中"三字不相应，是不可解。

"食无求饱，居无求安"二语，亦颇费解。若曰，食只求饱，而不为口腹之欲；居只求安，而不为宫室之美，斯可矣。居无求安，等于卧薪；食无求饱，何异尝胆？薪胆生涯，若偶一为之以自惕励，犹可言也。人人如此，终身如此，是何为者？朱注释作"志有在而不暇及"，有所未惬。士无日而不志于道，则是终身无温饱之时矣，恶乎可。

"富与贵，是人之所欲也，不以其道得之，不处也。贫与贱，是人之所恶也，不以其道得之，不去也。"两句平列而整齐，是取譬之辞。上句之"不以其道"，谓傥来之物，君子不取，意义甚明。下句之"不以其道"，则谓无妄之灾，君子亦不避，则费解矣。为气节而甘贫贱，是以其道而得贫贱也。君子安之，夫复奚疑？若横逆之来，只宜与岩墙等量齐观，去之唯恐不速。

"喜怒哀乐之未发，谓之中。"宋儒之于此语，议论纷纭，莫衷一是。何者为既发未发，孰为性而孰为情。愈辩愈远，愈读愈糊涂。此之谓不得要领。且勿管其既发未发，应先究喜怒哀乐之为何物。偶为外界之事物所冲动，而发生种种不同之情绪，便是喜怒哀乐。

当其未冲动之先，灵明只是空如无物，静如止水，故曰中。中也者，不喜不怒不哀不乐之谓也。情绪之为物，其态万千，如喜怒哀乐、爱恶欲、贪嗔痴、疑、惧、怜、惜、悔、恨、怨、敬、狂、妒等皆是也。所谓喜怒哀乐，举其大概而已。发也者，乃被冲动而发，即所谓"念"。念无定态，一视冲动之原动力为何如。朱晦翁以为未发谓之性，既发谓之情。性、情二字，只是如代数之符号，用以便于行文，无斟酌之必要。在未被冲动之先，既属空如无物，静如止水，可见并非有种种形成之喜怒哀乐等蕴藏于内，待时而动也。情绪既以冲动而后发，则情态当然因依原动力而起变化。为忠孝节义所冲动，使人起敬；为奸淫邪盗所冲动，令人生恨。原动力若为复本位，则可以使人同时起几种不同之情绪。譬如观梅兰芳之《霸王别姬》，则敬、爱、怜、惜四种情绪可以同时并起。所谓"可歌可泣"，则其冲动之原动力必甚复杂可知矣。

由此言之，则性善、性恶论，自孟、荀以迄于明儒，汗牛充栋，无乃辞费。灵明本是静如止水空如无物，更有何善恶之可言？偶然发生善念或恶念，只以冲动之原动力来路不同，而所发生之情态因之异殊耳。此乃冲动力之善恶，非性之善恶也。譬诸一人，于暮夜见一黑影以为虎，射杀之，既察，则其子也，乃抚尸而恸。同是一人，偶为猛虎之观念所冲动，遂起杀机。杀，恶性也。既而被其亲子之尸体所冲动，即生恻隐。恻隐，善性也。若是者，果与性善性恶何涉哉？冲动之不同耳。

"尧舜帅天下以仁，而民从之；桀纣帅天下以暴，而民从之。其所令反其所好，而民不从。"此《大学章句》也，行文甚奇，三句似是平列，而意义不相连属，试分别释之如下。

"尧舜帅天下以仁，而民从之。桀纣帅天下以暴，而民从之。"此二语极言牧民者可以操纵人民之意志，乃极端的赞同领袖主义，即所谓"君子之德风，小人之德草，草上之风必偃"是也。其意若曰，人是群居动物，服从领袖，其天性也。只要有一领袖为之向导，可以随便左右而进退之，无不如意。善与恶，仁与暴，了无差别，真可谓极端之极端矣。此章乃言齐家为治国之本，立论自应如是。

至于第三句则不然矣。"其所令反其所好，而民不从。"力言人民有自由意志，不可欺也。是极端的赞同民治主义。其意若曰，人各自有其别择性，好恶有则。因其所好而好之，庶几可以为治。如反其情，虽严令亦难相强。若一意孤行，强其就我，势必至于横决，斯亦极端之极端也。三句衔接，而含义恰相消，是不可解。

二六

思想与地理有关，与气候更有关。即如中庸哲学，非生在大平原上之孔子，莫能致也。大平原上之居民，对于自然界之调和性看得最为亲切，故能发生此种哲学（参观《饮冰室专集》之三十六）。此地理影响思想之明证也。

印度哲学，以静寂冥想为入手工夫。如释迦自出家后，独在森林中苦行六年，作行脚僧十数年，最后枯坐于一菩提树下冥思七日，乃豁然贯通。苟非生长在"衣食"二字不甚成问题之热带上，那能如此。苦寒之地，虽穷年无休息，仅得免于冻馁，遑论坐禅，此则气候影响思想之明证矣。

人亦有言，东方哲学多凌空，西方哲学多践实。以大轮廓而论，诚如所云。然而空之出发点仍根于实。即如印度哲学，虽以空为究竟，而起点乃在于有生。有生，实也。

最玄虚莫甚于邹衍等之阴阳五行学说。然而彼之出发点乃在于五行之相生相克。水克火，火克金，实科学试验所得之结果，孰敢否认？虚虚实实，或即过程中之一时现象，结果仍返于实，未可知也。即如催眠术，自浅人视之，岂非玄之又玄者耶？然而此种学问之成立乃由于心理学，心理学之根本乃在于生理学。解剖千万人之尸体以作考验，踏实宁有过于此者哉？

现实而得其理者谓之科学，未得其理者谓之玄虚。斯宾塞分宇宙间之万事万物为可思议与不可思议两类，其不可思议一类，乃暂作备忘之记名，非永久任其不可思议也。今不可思议之类目已日缩而日小矣。是诚不愧为聪明之学者，较于凡属自己未能思议之事物即以"迷信"两字唾而弃之者高明多矣。不可思议，即玄虚也。

可作"玄虚"二字之总代表者厥为鬼神。鬼神之有无，只能暂作悬案，未可遽下判断。灵魂之状况若何，诚未得昭信之实据。但尸体与生人之别，究竟缺少何物，是一问题。尸体之所以无智慧，无意志，其故安在？在此问题未解决之先，最好暂且勿谈鬼神，较为妥当。

二七

人之性质，普通多主遗传，如优生学一类之学说是也。印度哲学则不讲遗传而但言薰染。

《成唯识论》卷二曰：种子有二。一曰本有，自无始以来存于第八识中，亦名本性住种。二曰始起，自无始以来渐由薰习而生，亦名习所成种。又曰：阿赖耶识与诸转识展转相生，互为因果；又同时与杂染法互为因果。卷三：阿赖耶识，能将刹那刹那生灭心所遗留之杂薰染及次第相续心所积聚之经验，执持而保藏之，与前六识相依为缘。读此，则佛说之言意识，重在薰染，已甚明显。第八识之阿赖耶，专明此理。

中国哲学则既言遗传，亦言薰染。有其父必有其子，遗传论也。近朱者赤近墨者黑，薰染论也。良弓之子必学为箕，良冶之子必学为裘，则遗传与薰染并重者也。孟母三迁，可作薰染论之代表。宋儒所讲之习与性成，是亦薰染论者。胎教，亦是薰染法。综合观之，大抵中国学说多偏重于薰染论。是以中国哲学与印度哲学之集合，而有东方哲学之名称。

有时见一人之性质绝不类其父母，每使人对于遗传论发生怀疑。而不知其所受社会环境或家庭环境之薰染，有以转移之也。

宋儒之言变化气质，与西洋哲学之进化论，同是以对于环境之薰染为出发点，表面极相似，而实不同。进化论乃顺应，而变化气质则是逆行。

王阳明曰："变化气质，居常无所见。必俟非常事变之来，乃见工夫。"程明道曰："学至变化气质，方是有功。"刘蕺山曰："吾辈习俗既深，平日所为，皆恶也，非过也。学者只有去恶可言。改过工夫，且用不着。"此乃宋儒变化气质论之大凡也。读"工夫"二字，可见此种学说乃主张用人力强制执行，改革所受于环境之杂薰染，而非谓随环境以为变化也。

进化论始于达尔文，至撷德乃更博而大之发而深之。其言曰，各生物皆有自变之能力。其变也以渐，而一以适于境遇为主。于是优而适者独存，遗其种于后。一切生物，依此公例，经过长时期以至于今日。其间所经过之境遇，至为复杂。故其身体之组织，心智之机能，亦随之以日趋于复杂。一言以蔽之，则一切生物，皆常受外界之牵动而屡变其现在之形态而已。于斯可见，此种学说，乃极言万物之图生存，只应顺应环境，刻刻追随而自生变化，若奔走后时，即被淘汰。与变化气质论恰背道而驰，殆因一从形体上立论，一从道德上立论故也。

撷德此一段议论，与《成唯识论》所谓生灭心所遗留之杂薰染及相续心所积聚之经验等等，同是侈言一切众生，莫不受环境之所薰染，经过无量劫之长时期，而刻刻变化。是以第八识之阿赖耶，亦曰初能变识。第七识之末那，亦曰次能变识。然而此两种学说，亦只是貌相似而实不同，一则专从形体上立论，而一则专从因果上立论故也。

唯识论乃深发"自业"与"共业"之因果,谓一人之自业,只是今生所收之果,其因乃远在无量劫之过去生中,受环境之杂薰染,积聚而成。果虽自业,而因则共业也。其广大精微,实有非中外古今任何学说之所能几及。宋儒之言变化,尊德性而已。进化论之所谓变化,重形貌而已。至于唯识宗乃专从因果上立论,用明自业与共业,只是因果相乘,因果相生。一切众生现在之自业,其因乃在过去生中无量劫无量众生之共业以结成现在之果,同时又为全世界共业之一分子,以作未来者自业之因。是真可谓博大精深者矣。以此论之,则遗传亦只是由过去生中之薰染得来。

二八

涵养工夫,须以长时间行之,非若觉悟之可以一触而贯通也。故曰养,故曰修养。"修"字即有恒而渐进之意。是故只一"养"字,已可望而知有长久性矣。

如曰养心。宋儒谓养心莫善于寡欲。必须先做一番寡欲工夫,强制妄念之杂起,渐使习惯成为自然,循至于心如止水。由强制以臻于自然,是即养之过程,非短期间所能至也。

又如养气。孟子曰:"我善养吾浩然之气。"又曰:"我四十不动心。"即假定从志学之年起算,则亦经过二十五年长时期之工夫,而气乃纯。

又如养望。功名可以骤致,唯威望与声望,则必须从培养得来。养望之道,非但不求急进,有时且以退为进。所谓斯人不出,如苍生何,是即养之效果矣。

《尸子·处道篇》曰:"食所以为肥也,一饭而问人曰奚若,则皆笑之矣。"此言最可作"养"字之注脚。

二九

《尸子》曰:"恕者,以身为度者也。己所不欲,毋加诸人。恶诸人则去诸己,欲诸人则求诸己,是恕也。""以身为度"四字,最能得"恕"字神髓,为诸家学说所不及。《大学》之"有诸己而后求诸人"、《论语》之"己所不欲,勿施于人",均只说到边际上,未若"以身为度"之"度"字深切著明也。

《劝学篇》曰:"车唯恐地之不坚也,舟唯恐水之不深也。有其器,则以人之难为易矣。"又如"一饭而问人曰奚若"等,皆可称为妙喻,为俊语。刘向曰:"尸子著书,非先王之法,不循孔氏之术"。刘勰曰:"尸子兼总杂术,术通而文钝。"二刘之说,均未见平允。

《广泽篇》曰:"墨子贵兼,孔子贵公,皇子贵衷,田子贵均,列子贵虚,料子贵别囿。""仁术"与"礼治",乃儒家哲学之大本,即《论语》一书,若列举亦可得百数十条,"贵公"之说,实所罕见。唯《礼运》篇曰"大道之行也,天下为公",乃特标举一"公"字。《尸子》曰"孔子贵公",应是得闻孔子之大同学说者。说仁说礼,小康之教而已。

三〇

唯识论以眼、耳、鼻、舌、身为前五识,第六意识,第七末那识,第八阿赖耶识。前五识之对象乃有形相、官肢之本能,自可辨别。如眼辨色,耳辨声,鼻辨香,舌辨味,身辨触是也。故前五识亦曰了别境识。"了"是"了解","别"是"分别",谓五官自可以了解而辨别之也。至于第六识以上,则为无形相,譬如问释迦之人格何如,极乐世界之内容何如,则只能以意识了别之矣。

《大学》以诚意、正心、修身为次序,身与意之间,增置一"心"字。心是何物,其所执之职责为何事,值得注意。据解剖学所得,则心乃调节血脉流通之器官,与电学之变压机同其功用。然而"正心诚意"之"心",非此之谓也。中国古代,未解人脑为思想中枢,徒见劳思过度至于兴奋或疲乏时,血脉流行每失其经常,因而心房每发生异状,是以误认心房为思想中枢。然此乃生理学之学问。至若形而上之学问,则心也脑也,只是行文上之符号而已,无关宏旨。

《大学》解释"正心"之一节曰,有所忿懥,有所恐惧,有所好乐,有所忧患,则心君皆不得其正。苟如是,则正心工夫,乃在喜怒哀乐未发之先,其顺序应作正心诚意修身,庶不费解。

试以十二因缘观释之。"触"是第七缘,乃与外界接触而生感觉之谓,是即所谓身。"行"是第十一缘,乃有意识的意志活动之谓,是即所谓意,亦即所谓喜怒哀乐。至于喜怒哀乐未发之先,则是第十二缘之"无明"矣。无明乃无意识的本能活动。正心工夫,既在喜怒哀乐未发之先,已入无明境界,不应与修身紧相衔接。

或曰,正也者,应是发而皆中节之意,非未发也。是未必然。《大学章句》固明明曰:"有所忿懥,则不得其正;有所恐惧,则不得其正;有所好乐,则不得其正;有所忧患,则不得其正。"然则无忿懥,无恐惧,无好乐,无忧患,乃得谓之正,其义甚明,非未发如何。

《成唯识论》曰,第八之阿赖耶识亦名心识,亦名种子识。又曰,集起的心即第八识,思量的意即第七识,了别的识即第六识。其顺序恰为心、意、身。盖有意识的意志活动,自应在无意识的本能活动之后。是则"正心"允宜在"诚意"之先,"心"应是最初之一级,为一切意识之发源地。《大学章句》所用之符号,似有颠倒错乱处。

三一

有记弈者之言曰："弈无常胜法，而有常不负法，不弈则常不负矣。"此老氏之学也。老子曰："知足不辱，知止不殆，可以长久。"又曰："天地之所以能长久者，以其不生，故能长生。"即是此理。凡事作退一步想，不求得，自无所谓失。不求生，自无所谓死。消极的修养，应以此法为最善。

印度哲学之轮回，乃小乘法，大乘则不入轮回矣。死生流转，乃一切苦恼之所由起。释迦之所以发大愿以普度众生，其动机实缘于此。以不入轮回为究竟，故曰"不生不灭"，不生自无所谓灭矣。

是以欧洲学者，概括中国之老氏学及印度哲学，统名之曰"东方哲学"，以其相似也。相似之点，有如上述，可以名之曰"虚无哲学"。

然而释、道之根本精神实出发于两极端。佛以普度众生为出发点，是积极的。而老氏则以少管闲事为立脚点，是消极的。是以释、道相厄，史不绝书。窦太后崇尚黄老（公元八八），似是执政者有宗教色彩之始。其后东晋孝武时，道安弘佛法于长安（公元三七六），苻秦以鸠摩罗什为国师（公元四〇五），佛法称最盛。迨北魏道武帝之诛沙门、毁佛寺，迫缁流南迁（公元四四六），唐武宗之封赵归真为道门教授，尽毁国中佛寺，勒令僧尼还俗（公元八四四）。诸如此类，虽未若欧洲中世纪宗教战祸之可畏，但亦可称为宗教流血者矣。

至于孔子中庸之道则不然。不贪久生，不祈速死。不好博弈以希常胜，然亦不以不弈而取常不负。东坡观弈诗曰"胜固欣然，败亦可喜"，最能得中庸之神理。

三二

人多谓老氏之学曰消极，曰无为，岂其然乎？试将《道德经》中积极的、有为的言论列举数条，用以见成一家之言者之必非无为也。

曰："功成而不居，夫唯不居，是以不去。""不去"非消极也。又曰："将欲歙之，必固张之。将欲弱之，必固强之。将欲废之，必固兴之。将欲夺之，必固与之。""歙之""弱之""废之""夺之"，是岂无为者之态度耶？必不然矣。又曰："是以大丈夫处其厚不居其薄，处其实不居其华。"以淡薄为未足而必欲肥厚，以虚荣为未足而实利是求。消极者固如是乎？又曰："圣人无常心，以百姓之心为心。"此正积极的以天下为己任之言论矣。又曰："以正治国，以奇用兵，以无事取天下。""治国""用兵""取天下"，正是大有为之豪杰事业而积极的争取功名者矣。是故谓老氏以退为进则可，非不进也。

史论

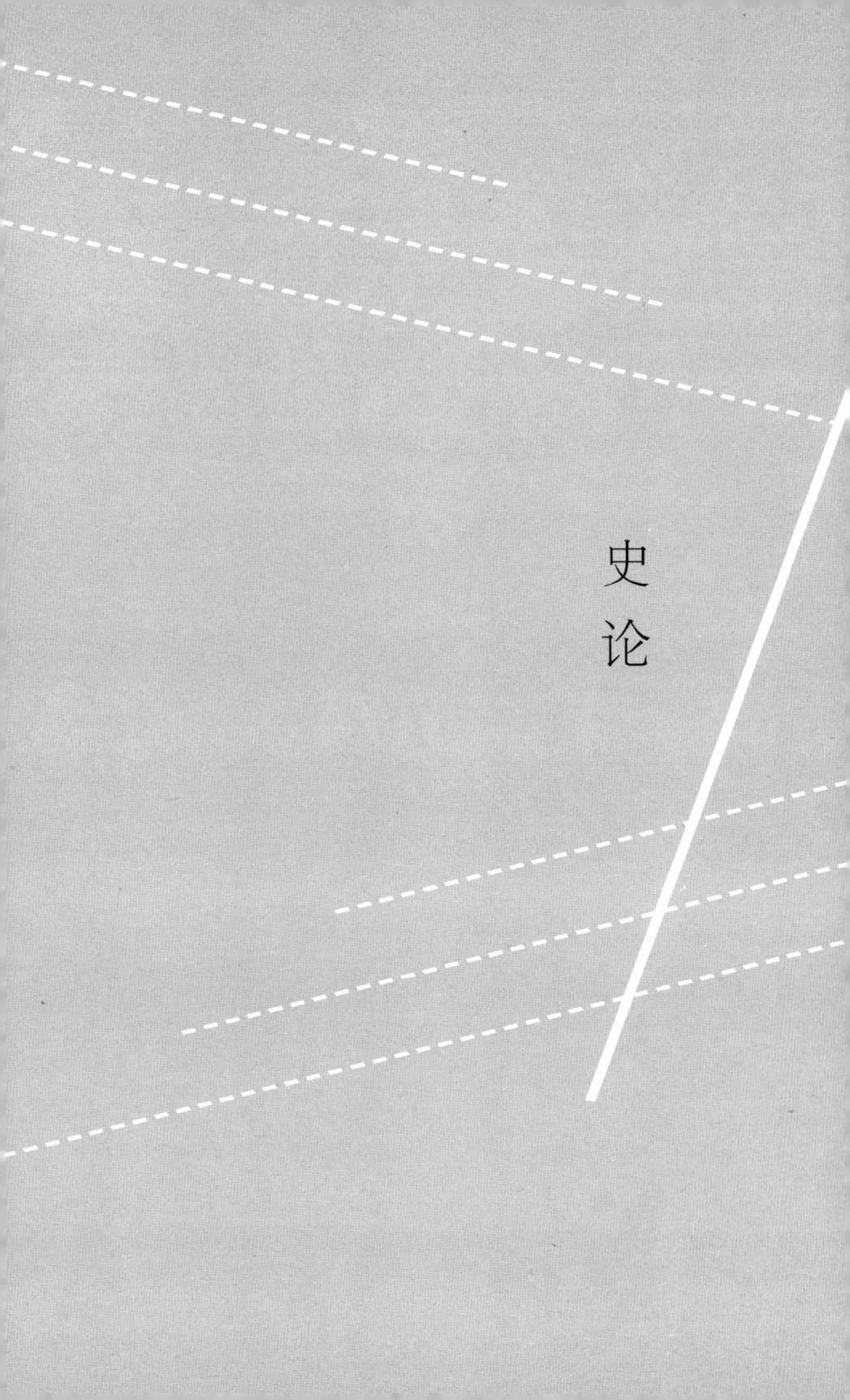

一

"始作俑者其无后乎!""臧孙达其有后于鲁乎!"咒诅与颂扬,均以后嗣为标准,后嗣地位之重大也如此。虽则儒家哲学之组织,以后嗣衍进为本身不灭之原则,与魂灵哲学分道而行,自然可以养成重视后嗣之观念。但此种观念,受封建制度之影响亦不薄。"无子国除",封建制度之大法也。一人无子,可使全家男妇于一刹那顷由赫赫王族而降为庶人,同时更令近派宗支由堂堂贵族而变为平民。其重视也亦宜。因一人无子之故,蒙重大之损失者百数十人乃至数百人,焉得不尔?重男与多妻之俗,盖有由矣。

建炎二年十二月,金兵破袭庆府,衍圣公孔端友已避兵南去。军人将启宣圣墓。左副元帅宗翰问其通事曰:"孔子何人也?"通译者答曰:"中国之大圣人也。"宗翰曰:"大圣人墓岂可犯?敢犯者杀无赦!"故阙里得全。以女真民族之蛮横,而竟有此举,金人似犹愈于今人也。袭庆府即今之曲阜。

民族同化力之强弱及抵抗同化力之强弱,实根于天性。以中国历史论,如五胡、契丹、女真等,皆尝侵入主中夏,乃不旋踵即同化于一炉。又如满洲入关时,自定种种制限以拒绝同化。然而不能自持,致政权一坠,种亦沦亡。唯蒙古最奇。统治中国垂九十年,迨见摈出塞,依然能保持其民族固有之特性,至今不灭。但若留心读史,实不待事后即能知之。彼之入主中夏,在元世祖至元十四年。此后仍以至元十五、至元十六,衔接而下。并不因定鼎燕京而更易年号以图耳目之一新。即此一端,已可知其精神仍以和林为根基,掠一新领土,置行宫于燕京,曾不足以介其意也。斯亦奇矣。

二

唐僖宗乾符二年，黄巢乘王仙芝之乱，起自浙东。五年，仙芝败，众推巢为王。于是由浙而闽而粤桂而湘鄂而豫晋而陕。广明元年冬，破潼关入长安，僖宗幸蜀。中和四年，败于齐鲁间之狼虎谷。前后凡十年，转战十数省。其残忍凶暴，固不足以成大事，然亦一世之雄矣。迨巢既败，时溥献俘。戮巢及其兄弟妻子，函首送成都，择其姬妾之少艾者生致之。中和四年秋七月，帝受俘于成都南门之太玄楼。温语宣问诸姬曰："汝曹皆勋贵子女，世受国恩，何为从贼？"一最少而最美者对曰："国家以百万之众且失守宗祧，播迁巴蜀。今陛下以不能拒贼责弱女子，置公卿将帅于何地乎？"上默然。悉牵出而戮于市。沿途妇女争与之酒，盖欲使其神经麻醉，减惊怖之苦痛也。独此最少而最美者不泣亦不饮，临刑仍不改其常态。时溥之不杀而献之，已存赦宥之意。僖宗之温语，更有赦宥之意。假令答以被掠无可奈何等语，定当得活。金圣叹谓红娘对老夫人一段话，乃千古之快人快事。盖以其辞令犀利而痛切也。巢翁姬人之口角，岂让红娘？史书言黄巢弃长安而东下，官军李克用等复入，标劫淫掠，尤甚于巢。朝廷之所以为女子轻蔑者盖有由矣。且生逢乱世，那有弱者之幸运，与其留此身以作传舍，曷若破口大骂，死个痛快之为愈也？

晚唐黄巢之乱，复继之以秦宗权。史书所言，自怀、孟、晋、绛数百里间，州无刺史，县无令长，田无麦禾，邑无烟火者殆将十年。又谓荆南数万户，兵荒之余，只存一十七家。又谓宗权所至，屠剪焚荡，殆无孑遗。军行未始，转粮车载盐尸以从。所谓盐尸者，乃将人之尸骸实之以盐，以供军粮也。又谓杨行密围广陵半载，城中绝食，以人为粮。军士掠人诣市卖之，驱缚屠割如羊豕，讫无一声。则所谓法国革命之恐怖时代，尚瞠乎其后矣。"讫无一声"四字，真能描出恐怖时代之变态心理。盖人之受痛苦而号哭者，实存求救求助之意，或求助于人，或求助于鬼神也。施耐庵解释哭之韵味最为周详，曰："声泪俱下谓之哭，有泪无声谓之泣，有声无泪谓之号。当时潘金莲把武大的尸体收拾停妥之后，便号了几声。"以此论之，则啜泣实为悲痛最深之表现。盖亦知事已无可奈何，求援求助之心，殆已断绝，只悲身世而自怜，非乞怜矣。至若濒死而讫无一声，则并自怜身世之念而无之，但觉此世界实无可留恋，得早解脱，胜于有生。心理如是，则哭泣已属无意识之间笔墨，更何有于号，此其所以"讫无一声"也欤！

三

帝者之以年号纪元，实始于汉武帝。即位之初，是为"建元"元年，即公历纪元前一百四十年（140 B.C.）。然而未有命名之诏书也。至"元封"元年，公历纪元前一百十年（110 B.C.），因封禅泰山之故，乃正式下诏改元。诏曰："朕以眇身承至尊，兢兢焉唯德菲薄，不明于礼乐……遂登封泰山，至于梁父，然后升禋肃然。自新，嘉与士大夫更始。其以十月为元封元年……"此实中国有史以来改元之第一封诏书矣。元封以前之五个年号（建元、元光、元朔、元狩、元鼎，140—111 B.C.），实后来有司之所追命。如"元狩"，则因是年狩于雍，获一异兽，以为麟，由是改称元年，但无命名之诏书。"元鼎"则以是年后之第三年，得宝鼎于汾水上，乃回溯前三年所改之元而称曰元鼎，亦无命名之诏书。前乎此者，更有文帝在位之第十七年，因有献玉杯者，言官以为祥瑞，于是更始，以十七年为元年，令天下大酺。又景帝在位之第八年，亦尝改称元年，既无诏书，亦未命名。是以历史只得强名之曰"中元""后元"而已。

元封以后，年号皆用二字。至王莽乃有"始建国"三字年号，其后则有梁武帝之"中大通""中大同"。北魏武帝以"太平真君"四字为年号，其后则有唐武后之"天册万岁""万岁登封""万岁通天"、宋太宗之"太平兴国"、真宗之"大中祥符"、徽宗之"建中靖国"等，已迹近不学无术。至于西夏景宗之"天授礼法延祚"、惠宗之"天赐礼盛国庆"等六个字年号，则真是无理取闹。纪元原是取其便于记事耳。吾不知西夏国民之函牍往还及帐簿登记等事，于年之上而冠以六个字，究竟作何感想也？不便而已。

年号而更易频繁，亦属无理之尤。若旧君既殁，新君即位，而更易年号，犹可说也。无端而屡易之，果何为者？唐武后秉政二十年（684—704 A.D.），而年号凡十八易，即光宅、垂拱、永昌、载初、天授、如意、长寿、延载、证圣、天册万岁、万岁登封、万岁通天、神功、圣历、久视、大足、长安、神龙是也。此为最多矣。复有一人于一年之中而再易其年号者，东汉愍帝之永汉、中平是也。似此者甚多。更有在一年之中而再易（既易之后，旋复其旧）者。如汉哀帝之于建平二年六月，改元为"太初"，八月，又废"太初"而再用"建平"是也。此则最无理者矣。

历代年号，每多重复，此亦予后世读史者以几许困难。如建武、建兴、太和、永安等年号，在历史上各凡六七见。如曰"建武"，其为东汉光武欤，东晋元帝欤，抑其他欤？又如"太和"，其为三国魏明帝欤，北魏孝文帝欤，抑其他欤？诸如此类，使人疲精神于无用之地，实属可恶，然而奈之何哉！

年号屡易之恶习，直至于明。明朝自太祖（洪武）以至于怀宗（崇祯），凡十六代，二百七十六年，尚有十七个年号。因为英宗复辟改元天顺。且永乐、天顺、正德三号，仍与前代相重复。清朝自世祖（顺治）以至于溥仪（宣统），凡十代，二百六十八年，只有十个年号，且无一与前代相重者。此之谓"科学化"。

公历纪元第一年，即汉平帝元始元年。"元始"二字，似有意而实无意，可称巧合。

四

秦并六国，废封建，置郡县，而大一统之规画以成。李斯实中国统一之第一任大宰相，一切政制，皆出于其手。刘邦入咸阳，诸将争夺子女玉帛，而萧何独收秦典册，以为编制开国政令之依据。是则汉朝一代之规模，实秦李斯为之也。北周苏绰置屯田以资军国，又为计帐户籍之法。周文帝谕其牧守令，非通苏绰所陈之六则及计帐法者，不得居官。唐代政制，多取法于周文。是则唐朝一代之规模，实北周苏绰为之也。后周王朴上平边策于周世宗，先后缓急，言之綦详，其后宋太祖次第削平四方，皆如朴策。是则宋朝一代之规模，实后周王朴为之也。然而法犹是法，何以定须假手于萧何、曹参、房玄龄、杜如晦、范质、王溥等然后显其光芒，岂文章亦有幸有不幸欤？语曰："虽有智慧，不如乘势；虽有镃基，不如待时。"岂不然哉？以事实论，实可称为汉之李斯、唐之苏绰、宋之王朴也。

苏绰之在北魏，以国用不足，乃创为征税法。既而叹曰："吾之所为，正如张弓，非平世法也。后之君子，孰能弛之？"此真乃仁者之言。曾国藩在军中，以财用不足，创立厘金保甲法以裕军需。初以为事定既废，或不至于病民。后卒不能如所期，至死引为大憾。若苏绰、曾国藩者，诚不愧为大臣矣。

李斯、苏绰、王朴自有千秋，且勿具论。即以洪承畴而论，被清廷强奸作贰臣，结果两面不讨好。平心而论，贰与不贰，别为一问题。但清朝一部官制，大都出于其手。缜密至此，真可称为盛水不漏者矣。中央政制且勿论，外府州县且勿论，即以各省城内之官制言之，督、抚、司、府、道作连锁之组织，总督之与巡抚，布政司、按察司、盐运司之与知府，已是牵一发而全身皆动。然犹以为未足，复于司与府之间设一道与之平行。总督乃总制两省，实权不如巡抚，作用在于两省间之分配及调剂。其只制一省者则无巡抚。非有政治天才而经验宏富者，能草如是之制度耶？所以终有清一代，地方官吏曾无反侧之虞，洪承畴之力也。然而终不免于贰臣，惜哉。孟子曰："有王者起，必来取法，是为王者师也。"其李斯、苏绰、王朴之谓欤？

五

语曰："唯名与器不可以假人。"此寥寥数字，实不知历过几许经验得来。唐末藩镇之祸，全国大乱四十年，杀人不可以数计，在历史上成一大事件，后世引为殷鉴。原其动机，实肃宗启之。在不解名器之为用者视之，几谓微细不足道。岂有他哉，不学无术而已。至德二年，平卢节度使王元志死，上遣使传谕，谓视军中所欲立者授以旌节。裨将李怀玉推侯希逸，因以为节度副使。自兹以往，诸镇之逐节度使者踵相接，朝廷之威信扫地以尽，于是天下大乱。此与利用学生驱逐学校教职员之事故颇相类。年来非已自食其果报矣乎？慎之哉！

晚唐文宗太和二年，诏举贤良方正。刘蕡对策，于时局痛下针砭。其指斥藩镇之一段曰："首一戴武弁，视文吏如仇雠。足一蹈军门，视农夫如草芥。谋不足以剪除凶逆，而诈足以抑扬威福。勇不足以镇卫社稷，而暴足以侵轶里闾。"此一段文章，竟活画今日军阀之面目。晚唐藩镇之乱，以迄于五代，凡百年。然则生当今日而望重睹太平，不略嫌太早也耶？吾为此惧。刘蕡乃昌平人，主试者以其策论之伤时而黜之。同时应举而中选者共二十有二人。其中有名李邰者，愤然曰："刘蕡下第，我辈登科，能勿汗颜？"亦可见当日之舆论矣。

宋太祖怵于晚唐五代之乱，刻意裁抑军人。然而右文过甚，致外患之来，无以为御，后卒以此覆其宗，固无论矣。即仁宗之世，以一依智高，亦且披靡两广，守土者闻风而遁，日下数城，至劳朝廷重臣，仅乃平之。当时狄青督师南下，交趾遣使请求会兵，助我平乱，狄青严词拒绝。其上朝廷札子中有一语曰："假兵于外以除内寇，非我利也。"名臣谋国，其远略实有迈于常人。独惜今之执政者，无暇读书，可奈何？

范文正守杭，子弟知其有退志，乘间请治第于洛阳，树园圃为逸老地。范曰："人苟有道义之乐，形骸可外，况居室乎？……且西都士大夫园林相望，为主人者莫得常游，而谁独障吾游者？岂必有诸己而后为乐耶？"其阔达诚不可及。"为主人者莫得常游"一语，千古如一，真有意思。惜今之达官贵人，富商大贾，亦无暇读书，遂令九百年前，有人断决其终身而不自觉，实属可怜。

六

唐武后见骆宾王所草之檄文，慨然叹曰："此宰相之过也，有才如此，乃使之流落不偶耶？"真是聪明人语。既见阔达大度，又能深明宰相之职责。为宰相者，责任不仅在于施政，而尤在于进贤。人才之调剂与分配，最宜注意。若运用得宜，在消极的方面可以弭乱萌，而积极的方面更可以福民利国。盖豪杰之士，绝非压抑之所能消灭。多助寡助，实成败之最大关键。此中消息，固未可为外人道矣。

北宋真宗大中祥符二年九月，司天监言太阴当食之既，请祷祀之。帝曰："经躔已定，何可祈也！"帝者而聪明若此，真无奈之何。自古以来，灾异祥瑞，史不绝书。此乃古之圣哲借自然界之变象以控制帝者于万一，以祥瑞为奖励，灾异为惩戒。雷电雨雹，地震日食等，则曰上帝震怒，亟宜恐惧修省，危言以恫吓之。其计甚拙，而其心则甚苦矣。假令帝者皆如宋真宗，于经纬躔度了然于心，其科学知识，视司天监尤为高明，则真无法以治之矣。但此司天监亦未免太急激，俟月既食而吓之则可矣。事前相告，何异于藏头而自露其尾。

项王语汉王曰："天下匈匈数岁，徒以吾两人耳。愿与大王挑战决雌雄，毋苦天下民父子为也。"此真乃仁者之言。项羽初起仅二十四岁，苦战七年，死时亦只三十一。斯亦人杰也已。观于所以语刘邦者如是其敦厚，对于虞姬又如是其温柔，窃以为项王定是一美男子。今戏台上把他勾成一张大黑脸，恐怕不对。想是因其事功之叱咤，遂以黑脸刻画"勇"字之意义而已。

七

读清初康雍乾三朝之文字狱，令人发指，令人眥裂，又令人毛戴。帝王之为物，实界乎人、兽、鬼、神之间，望之似人，凶狠似猛兽，阴险似鬼，尊严如天神，故其动作，实不可以常理论。据《查东山年谱》叙庄史之狱，磔杀者七十余人，遣戍者百有余人，惨毒之状令人不忍卒读，然而更有甚焉者。

元嘉二十七年，北魏武帝命崔浩撰《国史》，记魏之先世事，皆详实直书。北人忿恚，谮浩于帝，指为暴扬国恶。盖拓跋氏之先世，犹是蛮荒膻族，述之殊不体面也。帝大怒，使有司案浩罪，诛浩及僚属。下至僮仆，凡一百二十八人，皆夷五族。六月己亥，复诏诛清河崔氏与浩同宗者无远近。又诛浩姻家范阳卢氏、太原郭氏、河东柳氏，并夷其族，余皆只诛其身。槛浩置槛内，送诣城南。卫士数十人溲其上，呼声嗷嗷。以此计算，杀戮奚止千人。元嘉当第五世纪之上半期，距今恰一千五百年，当是有史以来最早之文字大狱矣。史称魏孝武既而悔之云。似此等动作，岂得谓之人？

东晋安帝义熙三年，后燕主慕容熙之妃符氏卒。高阳王隆之妃张氏，熙之嫂也，美而有巧思。熙欲以为殉，遂赐死。

义熙十一年，魏卫将军安城孝元王叔孙俊卒，魏主嗣甚惜之，谓其妻桓氏曰："生同其荣，能殁同其戚乎？"桓氏乃缢而祔焉。

由此观之，专制君主时代之臣民，生命乃悬于君主之动念，而君主又是缺乏理性者。无理性之动念尚可问耶？是曰帝者。

八

人之聪明，有专发达于一部分者，无论其为善为恶，要之此一部分之能力，非他人之所能几及，是曰"天才"。天才乃禀自天赋，非学力之所能致矣。如郑注之肆应才是也。唐文宗时，有郑注者，翼城人，巧佞善揣人意。贫甚，挟医术以游四方。一牙将荐之于李愬，遂有宠，浸预军政，作威福。王守澄请愬去之。愬曰："此奇才也，将军试与之语。"澄有难色，及见，大喜，延之中堂，恨相见之晚。既而御史李款奏弹注。澄匿注于右军。左军李弘楚与韦元素共谋杀注，使元素称疾，召之来，举目为号，即曳出而杖毙之。注至，吐辞泉涌。素执手款曲，厚遗金帛而遣之。其魔力之大，真有不可思议者矣。若与素所钦仰之人见，折服宜也。既厌恶而萌欲杀之念，乃一见倾倒，非天才而能若是乎？随后澄又荐注于文宗，复蒙大用。总计郑注之生平，只是一便佞小人，无所建白。若稍有学问，得此际会，宁不大行其道？王守澄、韦元素犹曰庸才，殊乏知人之明。若李愬者，亦可谓一时之俊杰矣，乃亦为所惑，异哉！人不易知，知人亦复不易，不其然乎？

自秦汉以至于五代，宰相入朝，例与皇帝从容坐议，无所拘束。迨陈桥之变，宋太祖以范质、王溥为宰相。质、溥皆周室旧臣，内存形迹，乃请每事具札子进呈取旨。帝从之，由是坐论之礼遂废。大抵良法美意之变迁，由于人主之摧残者半，由于臣下之奄阿取容者亦半。

九

宋太祖开宝元年，诏荆湖民祖父母在者子孙不得别财异居。又宋太宗时，诏有孝于父母三世同居者旌其门。案治平之顺序，而注重于修齐，宜也。但欲致之，必须从教育入手，使人人有士君子之行，则孝悌不劝而自敦矣。若欲以诰令强制执行，吾未见其即齐也。且孝悌之道，存乎心而已。形合而意违，与揆隔而孺慕者，孰为孝道？可知此事在精神而不在形式。九代不分居，世传美德。然夷考其方，则唯赖"百忍"以自持。试思其精神上所受之痛苦为何如矣。忍者何？强自遏抑而已，勉强迁就而已。凡百如是，即凡百苦痛。堂下皆形神痛苦，而谓堂上可以愉快，未之有也。窃以为凡欲保全兄弟间感情之和睦者，亟宜分居。干糇之衅，每起自妇人孺子，而婢仆尤为争阋之媒。女子小人，圣人且乏应付之术，斯可知矣。且不分居之弊，最易养成子弟之依赖性，更害之甚者矣。

淳熙十五年，周必大荐朱熹为江西提刑。熹入奏事，有要于路者曰："正心诚意之论，上所厌闻，慎毋复言。"熹曰："吾生平所学唯此四字，可隐默以欺吾君乎？"此一语最可作"正心诚意"之注脚。"所谓诚其意者，毋自欺也"，又可作此语之注脚。

一〇

北宋真宗景德二年五月，帝幸国子监，阅书库，问祭酒邢昺书版几何。昺曰"国初不及四千，今十余万，经史正义皆具。臣少时业儒，每见学子不能具经疏，盖传写不给故也。今版本大备，士庶皆家有之，斯乃儒者逢时之幸矣"云。考景德二年上距建隆元年恰四十又五载（九六〇——一〇〇五）。然则邢昺之所谓"国初"、所谓"少时"云者，仅二三十年间事耳。乃国子监之书籍由三千余册而骤增至十万余册。突飞之速，实属可惊。可证印刷术之发明乃在北宋初年，即公元第十世纪之中叶，距今恰是一千年。又景德二年十月，丁谓等上《景德农田敕》五卷，令雕印颁行，民间咸以为便。此亦印刷术初行之一证据矣。

南宋绍熙庆元间，直敷文阁赵不迁建书楼于江西铅山县以供众览。谓因邑人旧无藏书，士病于所求，乃储书数万卷，经、史、子、集分四部，使一人司钥掌之。来者导之登楼，楼中设几席，俾得纵览。见《广信府志》。

同时有郑文英者，建巢经楼于福州，楼之侧有尚友斋。欲借书者取书而就读于斋中，不得借出。见《稼轩集词题》。

斯二楼者，观其管理制度，绝非私人藏书用以自娱者可比。实公开阅览性质，与现代之图书馆无稍异。距今已八百年矣。此或为世界最早之公开图书馆，未可知也。埃及与欧洲之古代史，虽亦有记载藏书之事。然或在帝王之宅，百姓不能见，或在僧侣之手，平民不得读。"藏"而已，且不能比中国古代之太学，遑论公开。当十二世纪之初年，实未必有公开阅览之图书馆如铅山赵氏及巢经楼者。赵不迁，字晋臣。

一二

少日读书，每至有用干支之处，辄蹙额以为不然，如曰天宝三年十一月甲戌，总以为甲戌是某日孰能知之，曷若十一月初一或十一之为简便也。迨长而治考据之学,乃肃然对于先民下一深深之敬礼。假令古人屏干支而不用,则我将坠于冥索之途中,不知多费几许精神矣。即如历代帝王之纪元,有以即位之年为元年者,有以即位之翌年为元年者,若旧君崩于六月,新君即位而改元,则多出一年矣。但用干支则不患其能乱,即乱亦可以证之。又如西历,当纪元前四十六年时,罗马改行新历法,补闰两月,后世咸以为纷乱之至。又追算基督生日,后世咸认为错算四年,但行之既久,虽明知其误而惮于更改耳。唯中国之干支则永无此患。盖前后干支其数为六十一,无论若何粗心,当不致误。若天干错一字,其数最少为十三,如甲子至丙子。地支错一字,其数最少为十一,如甲子至甲戌。即偶或笔误,只要读书者稍留意,必能发觉。且每月之大尽小尽,最易致误,唯干支则永不受此等拘束,大尽也如是,小尽也如是,改元在即位之初也如是,明年乃改亦复如是。我行我法,自成系统,实整理国故之最良标准也。试举一例以明之。如《诗·小雅》"十月之交,朔日辛卯。日有食之,亦孔之丑"一篇,或曰此刺幽王之诗也,或曰此刺厉王之诗也,议论纷纭。查幽王以庚申年即位,十一年庚午为犬戎所杀。在位之第三年壬戌纳褒姒,第六年乙丑(即西历纪元前七七六年)之十月朔(现行阳历之八月二十九日)确为辛卯日,是日确有日食之事。盖此诗实刺幽王与褒姒。三年纳褒姒,国政日以乱,六年适逢日食,国人借此以讥刺之。复查厉王在位之历年,十月朔从无辛卯日。庸人自扰,殆未能认识干支之妙用故耳。不特此也,即外国学者借重中国历史上之干支而解决其困难者不在少数,"十月之交"一诗,其一端矣。

一二

人类之欲望无穷,世界之进化也以此,而社会之紊乱也亦以此。

循轨以进，谓之欲望，扩而大之，以至出乎常轨，谓之野心。要之不以眼前之地位为满足，更思所以改造之，其揆一也。老氏曰，"不见可欲，使心不动"，此语可分作主观与客观之两方面解释。"不见"，属于主观。盖自抑其心而勿使之动，方法莫善于不见。"可欲"，属于客观。盖客体既具有挑拨性而使余心动，则其中必有可欲者存。大抵野心之起，必因客体有可欲之处以挑拨之，致怒发而不能自已。历史上最能表现野心之蓬勃者吾得三语焉。其一即陈涉之"燕雀焉知鸿鹄志哉"，其二即项羽之"彼可取而代也"，其三即刘邦之"大丈夫不当如是耶"。试细玩此三语之神味，其野心之勃勃实有不能自已者矣。然寻绎其动机，不外因帝王之可贵有以挑拨之。其可贵处：一在尊严威武之虚荣，一在子女玉帛之实利。此虚荣与实利二者，即是"可欲"。盖"可欲"乃客体，"见可欲"乃主体也。秦之亡，实亡于此三语。山东豪俊之并起，刘项七年之血战，不过此三语题中应有之义。苦战为果，三语乃其因，而"可欲"又为此三语之因。所谓"除秦苛政""与民更始"等等，不过门面语，即于刘邦"今而后知帝王之可贵也"一语知之，非武断也。假令秦皇深居简出，勿以帝王之尊严威武炫耀于人，则秦虽亡亦不至如是之速。若不招摇过市，则道旁之项羽，又何从有"彼可取而代也"之一言，亦非武断也。见可欲而心不动，虽以老子道德之高，犹不敢自信，故只有"不见"之一法，等而下于老子者，从可知矣。

一三

北宋仁宗初年，诏天下州军，凡僧百人得岁度弟子一人。至和初，改听僧五十人得岁度弟子一人。此实历史上关于宗教问题一极有趣之诰令矣。不以教义之不同作积极的干涉信仰，而唯作此种消极的限制。

以视西洋历史因宗教而战争垂数百年，杀人不可以数计者，度量之相越，岂不远哉？"信仰自由"四字，在彼方实以无量之碧血易来。唯在我国，则自始即认为天赋之自由，孔、佛、耶、回、道，乃至于婆罗门、喇嘛，一例接受，无所偏倚。反对接受之文章，只有韩愈之《谏迎佛骨表》。然而持论浅薄，并未搔着印度思想之痒处，亦从未有人承认此表为一篇讨论学理之文章。至于晚清之教案，则曾无半点宗教气味。所谓教案云者，乃"教士"之教而非"宗教"之教也。

中国历史上所以无宗教战争者，其根本原因即在于政教分离。然而有一件不可思议之事为人所共知而熟视若无睹者，即人有触犯刑律自知必难幸免时，若遁入空门，削发为僧，则生命即能保全。此并非因僧院之势力足以对抗法律，亦从未闻有官军围攻寺院，追索逋逃，而僧徒拒捕者。（少林寺案乃一特殊现象，非此之谓。）此等不可思议之一事，是否遍于全国，虽未深悉，但三十年前，吾粤则视为固然矣。少日在广州读书时，尝亲聆海幢寺一老方丈之言，谓无论若何凶悍之人，当受戒落发时，鲜有不泪流被颊者云。想是因此一刹那间，即是与父母妻子恩断缘绝之时，人人甚深之家族观念，不由得勾引起其天性之发动也。地方政府之所以明知而不追捕者，想亦原于同一之观念，意谓此人既山穷水尽而出此绝大之牺牲，则亦可以不咎其既往矣。吾因是而知宋仁宗之诰令，必非预防佛教势力之膨胀而发，毋亦出于同一之观念，不忍见其赤子多所牺牲而已。

一四

北宋仁宗庆历五年，"知制诰余靖，前后三使辽，益习外国语，尝对辽主效其国语。侍御史王平、监察御史刘元瑜等劾靖失使臣之体，请加罪。庚午，出靖知吉州"。读此一段记事，可见当年国势虽日蹙，然犹是上国气度。斯时辽、宋已成敌体之国家，今之河北、山西诸省，尽入于辽。益之以辽、吉、黑、热、察、绥、内蒙，其幅员之广，远过于宋。然于外交上，中国犹能保持其国语之尊严。可见国际地位，不在版图之广狭，而在文化之高下也。于今则何如矣，尚忍言哉！

《史记》之《十二诸侯年表》《六国表》等，实为后世表册之祖。此种技术，功用乃在文字之外，伟大之创造也。唯年代颇有错误处。如齐闵王即位乃在周赧王二年，而《史记》则误作显王四十六年，相差十载。魏襄王即位在慎靓王三年，而《史记》则误作显王三十五年，相差十六载。且无端多出一名魏哀王。其余之国君，相差一二年者尚多。此等错误，或未必在太史公，后世展转传抄，随时皆可以致误耳。

一五

山东聊城杨氏海源阁为近代有名之藏书家，所藏多海内孤本。年来丧乱，亦既散失殆尽。此种故实，其价值足以起余怀。述其历史之大略如下。

晚明刘子威、钱功甫、杨五川、赵汝师称海内藏书四大家。后几经变迁，清初乃尽入于绛云楼。绛云楼者，钱牧斋之藏书处也。当绛云未火之先，其中善本大半已入于常熟毛子晋及钱遵王之手。毛即有名之汲古阁主人。乾隆朝，怡亲王弘晓收集徐健庵、季沧苇之书籍藏于乐善堂。而徐、季之上手即毛、钱也。可见乐善堂之所藏，乃绛云楼与汲古阁之集合体矣。统计毛子晋、钱遵王、季沧苇、徐健庵四家之书籍，半入于乐善堂，而半入于江南黄荛圃之手。黄荛圃、周香岩、袁寿阶、顾抱冲称为乾嘉时吴中藏书四大家。道光间四家之所藏尽入于长洲汪阆源之艺芸书舍。杨氏海源阁之书，即艺芸书舍之全部及乐善堂之一部。于是明、清两代江南之珍本书籍，尽皆北来，集中于聊城矣。因此而得免洪杨之浩劫，不至与文汇、文宗、文澜三阁同归一炬。此中似有天意，而孰知其终不得免也。

　　海源阁主杨以增，清中叶官至两湖河道总督，谥端勤。性好典籍，收藏甚富，皆包慎伯为之鉴定，筑室十二楹藏之。分上下两层，楼上为宋元精本，楼下则为仿宋元本、明本、清初本、武英殿本、手抄本等。碑帖字画则藏于后院。其子绍和，尚能继业，著有《楹书偶录》一部。孙保彝无子，以犹子入继，即今之主人杨敬夫是也。咸同间捻匪猖獗时，海源阁曾遭一小劫，但损失甚微。民国十八年，巨匪王冠军陷聊城，海源阁又遭一劫。同年匪乱，一渠魁曰千金子者，率众占据杨宅，碑帖、册叶、字画等散失殆尽。阁藏古砚二百余方，砚铭拓片共装四厚册，瑰玮可想，今已无一存者。然当时千金子犹能严令匪众不得擅入书室，故书籍赖以保全。十九年春，匪势复炽，海源阁仍为千金子所据，重颁禁令，不许擅动藏书，此所谓盗亦有道者欤？后千金子以御下过严之故，为众所杀，复泄愤于书籍。楼下所藏，残毁殆尽。后院碑帖，因屋顶为炮弹所穿，连月大雨，尽成泥浆，深可数尺。此中不知多少鸿宝。当王冠军入杨宅时，劫取宋元珍本八大箱，移至保定。未几而王以事自戕，此物又不知入于谁氏手。闻事后点检残缺，计经部损十之七，子、史两部各损十之四，集部损十之三，宋元版本已无一存者。

一六

　　中国以政府之力集典籍之大成者，宋有《太平御览》，明有《永乐大典》，清有《古今图书集成》及《四库全书》。《太平御览》规模甚小，乃宋太祖太平兴国二年敕撰，凡一千卷。《永乐大典》乃明成祖永乐元年敕编，都凡一万二千册、二万二千八百余卷。当时曾写两部，一储南京，一储北京，未几悉毁于火。嘉靖间，重写一部，储内廷之翰林院。至清初已有残阙。庚子一役，丧失殆尽。今散见于世界各国之图书馆，每馆数册或数十册不等。北京之国立图书馆，亦只保存残余数十册而已。《图书集成》乃清圣祖敕撰，逮世宗之世始付校印，共一万卷。《四库全书》则规模愈宏大，都凡三千四百五十九种、三万六千零七十八册、七万九千七十卷。经二十年继续不断之工作，其业乃成。乾隆三十七年正月，下诏征书。三十八年二月，令搜辑遗籍，定名曰"四库全书"。三十九年六月，令仿天一阁制，建文津阁于热河，建文源阁于圆明园。同年十月，又敕建文渊阁于宫内。四十年夏，文津、文源成。四十一年夏，文渊亦成。四十七年正月，又于盛京建文溯阁。同时又敕建三阁于江南，杭州曰文澜，镇江曰文宗，扬州曰文汇。至此而四库全书共有七部矣。七部之写成，孰为后先，一时未及详考。但文津一部成于嘉庆初年则有征矣，因书上有太上皇帝之玺故也。洪杨之役，文宗、文汇毁于火，文澜亦毁其泰半。咸丰十年（一八六〇），文源毁于火。于是七部之中，仅余其三。民国初年，文津、文溯两部先后入北京。十四年，文溯再出关，复归奉天。今则已入于他人手矣。二十二年，热河之役，初拟背城借一，文渊一部又南下，此去想难复返。此时北京只存国立图书馆一部，即文津之遗物也。

洪杨之乱既平，钱唐丁氏尝据坊间刻本为文渊补抄五千六百六十卷，功未竟而中止。民国十三年二月，浙江人士集资入北京，据文津本续抄四千四百九十七卷，又校对丁氏所抄坊刻本之讹谬，前后共补抄一万零一百五十七卷。民国十五年四月，厥功告成。于今世界上共有《四库全书》四部，原文津阁者在北京，文澜阁者在杭州，文渊阁者在上海或他处，文溯阁者在奉天或他处。叙述至此，念国家承平之物力有如是者。怀旧之心，油然而生。

一七

是非、善恶、美丑、真假等对待名词，原无定据，缘各人之主观以为衡。世说有娶妇而眇一目者，其夫爱之甚，非敬其德，实宠其貌也。有质之者曰：尊阃五官不完，何可爱之与有？其人曰：即此便佳，世人实多却一目，非吾妻少之也。彼之主观乃如此，谁复能判其是非曲直者？不宁唯是，即祸福亦何独不然。光绪初叶，孝钦西后提海军衙门三千万两以兴修颐和园。致甲午之役，丧师辱国，割地赔款以构和，国人皆以孝钦为祸水，诚哉其祸水也。然而由今思之，甲午一役，胜败之数，未必即取决于此三千万两。与其于镇远、致远、定远等舰而外，再添一二艘以赂东邻，或多留一二舰于今日，以备内乱暴发时辄左右望以作投机事业，何如留得名园，供此日之登临凭眺也。又光绪二十六年庚子，义和团起于北京，结果乃有八国联军入据中枢，两宫播迁，赔款四万万五千万两，至今犹未清偿，此更祸之甚者矣。然而最近十数年间，政治之混乱不足道，但有几种文化事业，犹得于混乱之中，按部就班以进行，成绩尚差强人意。此则各国退还庚子赔款之援助也，义和团之功劳也，国之利而民之福也，祸患云乎哉？由此观之，岂独主观之善恶无定据，即事实之祸福亦几难凭矣。

祸兮福所倚，福兮祸所伏。斯言也，原是含一种勉励、警惕之意。谓挫折不必灰心，宜继续奋斗，则挫折即经验也。得意勿沾沾自喜，自满而骄，其失败可翘足而待矣。此乃专从人为方面立论，自是不磨。但世间一切，实天事居其半，人事居其半，若欲使政府预储一笔存款，交与外国人保管，俾勿挪作内争之用，留待三十年后，至政局混乱罗掘俱穷之时，然后提出以办教育事业，办图书馆、博物馆、研究考古学、地质学及美术营造学等，则事实上必为不可能。莫或使之，若或使之，大师兄们闯出一段弥天大祸，遂为后人种落此一段福田，岂当日之所及料哉？即以通常之祸福倚伏说言之，亦难索解也。故曰天事居其半，人事居其半。

一八

广州之光孝寺，乃一有名之禅林。其名也，非以其壮丽也，因其地有两重历史上之价值，足垂不朽。少日读书于广州，该地为足迹所常至。光宣间，地方官吏以筹备立宪为名，毁庙宇以表示其头脑之新，实则别有所谓。然而光孝寺得岿然尚存，亦天幸也。是不可以不记。

所谓两重历史价值者：一则该地址乃虞翻故宅，一则该寺院即六祖传受衣钵之地也。当分别志之。

阮元《广东通志》云，明嘉靖十六年，广东布政司曾燠，建虞翻庙于光孝寺中。光孝寺者，相传即虞仲翔先生故宅也云。阮文达公乃博学君子，虽所据曰传闻，然不以为谬，定当不误。先叙虞翻之生平。

虞翻，字仲翔，浙江会稽余姚人，生于东汉灵帝熹平间，治易学，有名于时，极为孙策所器重，及权任至骑都尉。以性疏直，年五十，谪于交州。交州即今之广州也。魏正始间卒于戍，妻子得返故里。后以其故宅改为禅林，名曰光孝寺。光绪中叶，张之洞督粤，建三君祠于粤秀山学海堂之侧。三君者，即虞翻、韩愈、苏轼也。张集唐句撰一联悬于两楹，曰："海气百重楼，岂谓浮云能蔽日；文章千古事，萧条异代不同时。"一时传诵。盖三君皆以被谗而迁谪于广东，一汉一唐一宋，异代而生，而皆以文章显者也。粤秀山为童时所常游，入民国以来犹一度至，则见祠之门窗尽毁，三君之牌位犹存，楹联则早已为薪矣，不胜今昔之感。

光孝寺即虞仲翔先生故宅之遗址，亦即弘忍法师传衣钵于六祖慧能之地。计自如来涅槃后，附嘱迦叶大师为第一祖，二十八传至达摩，是为东土初祖。梁武帝时，达摩至广州，后居嵩山，面壁九年而化。慧可传其衣钵，是为二祖。三祖僧璨，四祖道信，五祖弘忍。弘忍卓锡于广州光孝寺，寺之殿前有一池，池之旁有菩提树一株，相传乃达摩移自西土者，至今尚在。一日，有两僧坐于台阶上，偶见殿前之幡因风摇曳。一僧曰幡动，一僧曰风动，呶呶不已。忽闻背后有人曰："非风动，非幡动，贤者心自动。"两僧回顾，则见说话者乃寺中之一舂米工人，姓卢，籍隶广东之新兴县，因而奇之。儿时犹见池边风幡堂之两楹悬长联一副曰："风动也，幡动也，清池碧水湛然；东土耶，西土耶，古木灵根不异。"即用此事。菩提树即在风幡堂前。一次，五祖弘忍法师欲传衣钵，集寺众于一堂以说偈。其大弟子神秀曰："心似菩提树，意如明镜台。时时勤拂拭，勿使惹尘埃。"五祖首肯。忽闻一人扬言于众曰："菩提本无树，明镜亦非台。本来无一物，何处惹尘埃？"五祖大惊，视之，则卢姓之舂米工人也。因即为之剃度，传以衣钵，命名曰慧能，是为六祖。随后六祖卓锡于韶州曹溪之宝林寺，唐玄宗时卒。六祖以后，衣钵不再传矣。

六祖一派，是为禅宗。其法门曰即心是佛，故亦称心宗。谓一觉便得，不必读经云。

一九

年来盗坟之案，层出不穷，多数出自清室之贵族余裔。其为不肖子孙自盗自卖者有之，或以谩藏而诲盗者亦有之，最著者莫如十七年五月之东陵案矣。考清代帝后，分葬于东、西二陵。东陵在京兆之东，属蓟州之平谷县，孝陵（世祖顺治）、景陵（圣祖康熙）、裕陵（高宗乾隆）、定陵（文宗咸丰）、惠陵（穆宗同治）在焉。西陵在京西保定府易县之梁格庄，泰陵（世宗雍正）、昌陵（仁宗嘉庆）、慕陵（宣宗道光）、崇陵（德宗光绪）在焉。历代陵墓之制，每于新帝即位之初，即经始陵工。后妃之先于皇帝而殁者得以附葬。及帝之梓棺既入，则隧道之石门封锁，不复启矣。是以后死之妃嫔，只能附葬于旁峪。如十七年夏孙殿英部之第八旅所发马兰峪之裕陵，中有妃嫔棺椁五具。帝之梓棺，漆厚数寸，雕刻精美。盖以高宗享国最久，自即位之初，所谓万年梓宫者即着手上漆，此种工作，继续六十三年不断，焉得不厚数寸？后妃之棺五具，皆先于高宗而殁者也。孝钦之陵则在普陀峪，位于定陵之东。盖自文宗之梓棺既入，定陵即已封闭，孝钦不得入矣。闻被发之日，孝钦之尸体如生，发漆黑而缠以红丝。暴徒裸之，移掷于地宫之西北隅。头东而脚西，其为倒曳可知。既殁恰二十年矣。

自两汉以迄南宋，帝者之陵墓无一幸存。《后汉书·刘盆子传》载赤眉贼发西汉诸陵，暴吕后之尸。又云妃嫔之以玉匣殓者皆颜貌如生，贼众多行淫污。所谓玉匣云者，盖以美玉琢成竹简形，自首至踵，量身材及手足之肥瘦，分段而以两片对合之。但如是即可以保存尸体之不变，诚不可思议。若以孝钦之尸体未腐例之，亦未可以汉书为无稽耳。早知如此，速朽何至受辱，斯亦不可以已乎！

元、明两代，陵墓幸存。元之国俗，不立墓表，不修飨殿，人死则用楠木二片刓之使成人形，修短肥瘦，与尸体相仿佛，然后以金作箍，四条束之，掘深坑以葬。既葬之后，填土使平，用万马蹴踏，俾无痕迹可寻而后已。是故元代之帝陵，至今犹深藏于地下也。明鼎既革，清帝旋颁谕旨，慎重保护明代诸陵，岁拨国帑以供祭祀，且随时修葺飨殿焉。此不得不谓清室之仁厚矣。

明太祖之孝陵在南京。自成祖定都燕京，卜地于京北之昌平县以修陵墓。曰：

　　长陵　成祖永乐
　　献陵　仁宗洪熙

景陵　宣宗宣德
裕陵　英宗正统　孝肃皇后祔
茂陵　宪宗成化　孝穆孝惠皇后祔
泰陵　孝宗弘治
康陵　武宗正德
永陵　世宗嘉靖　孝烈孝恪皇后祔
昭陵　穆宗隆庆　孝安孝定皇后祔
定陵　神宗万历　孝靖皇后祔
庆陵　光宗泰昌　孝和孝纯皇后祔
德陵　熹宗天启
思陵　怀宗崇祯　周后祔（陵工未竣而国变，遂启田妃陵以葬）

即世所称为"十三陵"者是矣，至今尚存，唯诸陵之飨殿则已破坏不堪。盖入民国以来，未尝一度修理，更阅十年，尽将圮为瓦砾矣。以倡言"反清复明"之民国，对于明诸陵之行谊，反不如清朝，斯亦奇矣。

二〇

南宋之亡，后世之史评家咸以当日不都江宁而迁临安为失计。谓淮河失险，宜坐镇长江，不应退入一瓯脱之地。事后追悔，自能言之成理。然而成败在人，天时地利，未必即关全局之安危。观于明之亡，则此种事后追悔之空言可以休矣。

明末南都之军事布置，以重兵屯于江北，分为四镇，黄得功驻庐州，高杰驻徐州，刘泽清驻淮安，刘良佐驻寿州，而以史可法为督师，驻扬州节制诸镇，复以左良玉驻武昌为犄角。此种军事计画，不得谓之不周密。即以人才论，史阁部之精忠无论矣，黄得功、左良玉堪称雄才，即高杰亦不失为枭将。似此设计，追悔南宋者，宜乎可以无憾矣，然而结果亦何尝足以救明代之亡。盖以福王之懦弱昏庸，马士英、阮大铖等之奸邪乖戾，虽有长江天堑，岂能阻胡马之飞渡哉？故曰一代兴亡，非只系于天时、地利也。

二一

宋仁宗无子，至和末年得疾，廷臣多请早立嗣，帝悉未许，如是者五六年。嘉祐六年，司马光、韩琦诸贤又以此为请，帝乃简立濮王子宗实，年三十矣，是为他年之英宗。君主政治，唯立嗣问题最易启乱萌，为人臣者，谋国尚易，唯干涉他人之家事最为困难，无怪诸贤之兢兢也。当日温公奏请，并约韩琦与御史陈洙共同进行，洙奏入，归语其家人曰："我今日入一文字，言社稷大计，若得罪，大者死，小者贬窜。汝曹当为之备。"翌日，洙得暴病卒。有疑为饮药者，殆未必，然栗栗危惧，则情见乎词矣。

仁宗既殁，英宗即位，未几而疾作。太后摄政，两宫之间每多龃龉，群臣忧之，佥谋所以补救之策。于是司马光劝英宗以孝，韩琦劝太后以慈，或面谏，或疏进，强聒不休。迨时机既熟，乃以霹雳手段行夺印撤帘之事，北宋之祚，乃得继续平治数十年。然诸贤干涉他人家事，其心亦良苦矣。自汉魏以迄两宋，君臣之间尚属亲切，故诸贤得间以进言。亦可证当时之君主政制尚未达于极端，须更历千年，其气乃尽。万事万物，悉循斯轨。若有能调节其中和，勿使遽趋极端，则此事之寿命可以延长，然亦不过时间问题而已。盖凡可动之物向一方出发，未有不达极端之时。除是循环，循环非进化也。

宋仁宗嘉祐五年十一月诏："自今臣僚之家，毋得陈乞御篆神道碑额。"吾侪从消极方面所得，可知嘉祐五年以前皆得陈乞御篆碑额矣，亦可见当日君臣之间尚未达尊而不亲之程度也。

二二

宋仁宗嘉祐二年，王洙侍迩英阁，讲《周礼》至"三年大比"，帝曰："古者选士如此，今率四五岁一下诏，故士有抑而不进者。为今之计，孰若裁其数而屡举也。"下有司议，咸请易以间岁之法。十二月戊申，诏："自今间岁贡举，进士诸科，悉解旧额之半。"案汉有天下，师古意而立贡举之制，其后每次易姓，干戈稍定，辄急急于开科取士。在朝廷以此为安定人心之工具，在百姓亦咸以此为天下已定于一尊之唯一标准。是以洪秀全才入南京，在戎马倥偬之际，即速开科，此殆千余年传统心理，一若非如此不足以定人心也。然而此举亦实在可作人心向背之试验。即如满洲入关之初，开科取士，其始也，气节之士多不赴试，后乃逐年递增，痕迹显然，实无怪帝者之急急于以此为试金石。若趋之者众，庶可高枕无忧也。

贡举之制，目的在于进贤选能，其方法虽屡代变迁，而宗旨则一，可无疑义。但所进之贤、所选之能，皆以吏治人才为标准，此其最大缺点，制度本身之良否乃其次耳。是以千数百年间各种之技术天才，若不识高头讲章则无由自显，只好郁郁以居于下流。人才之不经济，莫此为甚。以余思之，此巨大之恶果，其种因实甚微细。帝者之初意，本无所谓"治人者""治于人者"之观念，而特别重视政治才能。徒以反动及不归附之人其可以号召群众而成为势力者，大抵有政治头脑之辈，若收服此辈，可无忧矣。观其铁衣未解即速开科，此种心理不已显然可见耶？至于艺术天才，大都不会有帝王思想，即弃诸野亦断无反侧之虞。迨天下既定，英雄已入吾彀中，则又汲汲于过其养尊处优之岁月，遑论艺术不艺术。且夺人家国者，其目的只在作帝王，并非谓前代所行之政策不足以增进文化乃取而代之也。况其脑海中并无"文化"两字，更不认识艺术之为文化。以此责之，不亦难乎？

二三

北宋之初，国家岁入一千六百余万缗，太宗以为极盛，两倍于唐室矣。迨神宗之世，行青苗法，岁入增至六千余万缗。南渡之初，东南各省岁入不满千万，迨淳熙末叶，骤增至六千五百三十余万缗，版图比于太平兴国时仅得其半，而岁入乃四倍之，当日东南诸省之负担，从可知矣。唐之开元天宝，称为中国史之黄金时代，而国家岁入乃仅五百余万缗，物价之低廉可想。今之国家岁入，二百倍于盛唐，而人民幸福与盛唐较，果何如矣。

唐代疆域，无黑龙江、外蒙、云、贵、西藏，但西边则伸张至疏勒、突厥，以达于盐海，几及里海之滨。以面积计，虽不及清代乾嘉时，而与现在略相等，国库岁入乃仅此数，赋税之轻微可知矣。"薄税敛"乃所谓仁政者之唯一表现，是以历代之有国者墨守此训而莫敢渝。又宋元以前，举凡国家之重大建筑及导河开路等事皆行征役制，不给工资，故临时可以不加租税，以符"薄税敛"之旨，此亦国库收入之数目可以不大之一原因也。

南宋《朝野杂记》载乾道元年之军额总计为四十一万八千人。每年合钱粮衣赐，约二百缗可养一兵云。一缗合今之银币几何，虽未暇细考，但"缗"既为国家统计之本位，盖亦等于今之"元"。虽价值未必相等，然当时之物价及生活程度，与今亦不相等，故但以国家之货币本位作计算，数目亦略不相差。今之兵饷，每人每月约十二元，连被、服、靴、帽等，每岁每人亦约各二百之数，以知其略不相远也。

二四

汉宣帝甘露三年，图画功臣十一人于麒麟阁，霍光居首。东汉明帝永平三年，图画中兴功臣三十二人于南宫云台，邓禹居首。唐太宗贞观十七年，图画功臣二十四人于凌烟阁，长孙无忌居首。此诸人者，或因拥立有功，或则中兴佐命，或为开国元勋，是以青史纪为盛事，后世传为美谈。此固帝者之一种作用，然亦大抵权术与良心各半，未可厚非。盖无论若何枭桀，迨事定功成之后，追念共同患难者，亦不能无所动于中耳。至如吕后与刘邦之屠戮功臣，则是别有肺肠，不在此例。

东汉之三公，即汉之丞相也。建武元年，以邓禹为大司徒，王梁为大司空，吴汉为大司马，是为中兴以来第一任之三公。建武十三年，朱祐等疏荐贾复，谓宜为宰相，时帝方以吏事责三公，不从所请。建武二十年，大司徒戴涉坐罪下狱死，帝以三公连职，策免大司空窦融。读此两事，则光武之不置丞相，其精神之所在可知矣。建武二十七年，诏改大司马为太尉，司徒、司空并去大名，唯职权依旧。

案汉承秦制，置丞相，以丞相、御史大夫、太尉为三公。哀帝元寿二年，改以大司马、大司徒、大司空为三公。光武因之而废丞相制，行之一百七十九年。迨献帝建安十三年夏六月，罢三公官，复置丞相、御史大夫。癸巳，以曹操为丞相，而三公又废。

三公之制，终东汉之世，秉政府最高职权，对于皇帝共同负责。中间唯和帝永元元年，以窦宪为大将军，位列三公上。四年，宪伏诛，此制旋废。

案大将军之擅政者，前有霍光，后有梁冀，皆以外戚而作大将军，权倾一时。中间唯窦宪一破北单于，再破北匈奴，车师、月氏诸国悉来朝入贡，以外戚而兼武功，故威权特盛，亦即其所以太盛而不能久也。外戚、宦官实历代朝纲崩坠之两大原动力。清朝有鉴于此，是以极力裁抑之俾莫能振，君主制度至清代，真可称盛水而不能漏。彼其不免于灭亡，误伤而已。

汉武帝之对外威望，经王莽更始之世，中国内乱数十年，无暇兼顾，是以西北异族不时猖獗。章帝即位，乘南北两匈奴之互战（宣帝时匈奴始分南北二国），乃大振国威。窦宪以外戚而兼大将军，对外打了几场胜仗，后来班超之功业亦即乘胜而继续发展，大光史乘。窦宪与年羹尧之边功略相等，颇似彗星，光芒万丈而为时甚短。

二五

唐因隋制，以尚书令、侍中、中书令共议国政，谓之三省长官，其实即宰相职也。后以太宗在秦王府时尝为尚书令，臣下避不敢居斯职，于是以仆射为尚书省长官，与侍中、中书令号为宰相。品位既崇，不欲轻以授人，故常以他官居宰相职而假以他名，如杜淹以吏部尚书参议朝政，魏徵以秘书监参预朝政，或曰参议得失、参知政事，其名不一，其实乃皆宰相。又如贞观三年以房玄龄为左仆射，杜如晦为右仆射。《唐六典》云："左右仆射，左右丞相之职也。"此即贞观元年由尚书令之所转变者矣。

要而论之，东汉之三公、唐之三省长官，即丞相也。虽名号时有变迁，而实权则一。溯自沛公受命于项王而王汉中时，即以萧何为丞相。五年，项王既灭，诸侯王请上尊号称皇帝，萧何加封酂侯，赐食邑，但丞相之名如故也。九年，乃更以丞相何为相国。胡三省曰："自丞相进相国，则相国之位尊于丞相矣。"按诸事实自应作如是论断，长安之萧何与汉中之萧何，其势位自不可同日而语。但以名词论，则

"相国"二字,并不始于此,亦并不特尊。当刘项战争时,陈余迎赵王于代,而使夏说以相国守代。又汉王为魏立后,以彭将军收魏地得十余城,乃拜彭越为魏相国。由此观之,则相国并不尊于丞相也。总之既出自帝王之口,则卑者自尊矣。

汉初诸侯王国亦置丞相,统众官群卿大夫。景帝中五年,制度渐趋于中央集权,乃令诸侯王不得复治国,天子为置吏,实帝制之一大转捩矣。

二六

余之故乡在县城南八里,适当西江支流入海处,与崖门遥相望。村庄之形势乃三山罗列,一大两小。在南宋之世,三山屹立于江口,潮汐萦洄,故易淤积而成平陆,于今乡民有掘地而发现大船之桅尖者,则当日洄旋之大可想。村南海上有大岩石突出水面,高逾五丈,名曰"奇石"。据志书所载,石上原有擘窠大书十二字曰"镇国大将军张弘范灭宋于此"。盖即陆秀夫负帝昺蹈海处,张追及,庆大功之告成,勒石以自鸣得意者也。明成化丙午岁,知县丁积命工削其字,殊可惜。有赵德用题咏一首曰:"忍夺中华与外夷,乾坤回首重堪悲。镌功奇石张弘范,不是胡儿是汉儿。"盖写实也。后人建慈元殿于崖山之下,奉祀帝后及死节诸臣,至今不绝。余家有一远祖之坟葬近崖山,每岁省墓,必过奇石,盖往返必以舟也。

慈元殿之建筑,碧瓦红墙,其式样实一具体而微之皇宫。勒石之题咏甚多,有陈白沙先生一首曰:

天王舟楫浮南海,大将旌旗仆北风。世乱英雄终死国,时来胡虏亦成功。身为左衽皆刘豫,志复中原有谢公。人众胜天非一日，西湖云掩鄂王宫。

又陈独漉先生一首曰：

山木萧萧风更吹，两崖波浪至今悲。一声望帝啼荒殿，十载愁人拜古祠。海水有门分上下，江山无地限华夷。停舟我亦艰难日，畏向苍苔读旧碑。

"乾坤回首""人众胜天"乃明朝人语，"我亦艰难"乃清朝人语，各人之心事宛然。

二七

故乡有一北帝庙，北帝是何神祇，未及详究，但庙貌颇为庄严。庙中珍藏古画四十八帧，乃工笔绘历史上二十四忠臣、二十四孝子。每帧约直五尺，横三尺，人物马匹，长度约八九寸，须眉鬓鬣，丝丝见地，精神栩栩欲活，盖纸本之大工笔也。无作者之名，且四十八幅不着一字。故老相传，乃清初一外来之客。寄居此庙多年，终日除出游外唯见作画，临去自言无以为报，举此画以相赠。此事亲聆诸先祖父。先祖父生于嘉庆中叶，余之高曾与祖均寿享耆颐，自我而上，六代已达清初。口述与高祖者即亲见作画之人，余乃亲聆祖父之口述，其为信史，不容疑议，盖已具备信史之条件故也。意者作画之人必明末一志士，奔走国事而失败，来此荒陬海隅以自晦，欲与南宋先烈相亲而相怜。其去也或竟自沉于崖海未可知也。此公之志节事业虽不得其详，但以画法而论，似真名手。独惜余非美术家，又乏机会邀国内之美术家共诣故乡以评定之。乡间父老咸以此为传世宝，每年灯节，例必悬挂十数日，自余则蕴椟藏之。且画非卷轴，乃每幅裱于一木框之上如外国之油画然，即欲托人携带一幅出来，倩人品评，亦不可得耳。

二八

孟子曰："故将大有为之君，必有所不召之臣，欲有谋焉，则就之。其尊德乐道，不如是不足以有为也。"寥寥数语，已能把所谓领袖人物，所谓创业之主，活现出来。窃以为领袖人物所应具备之条件，当以阔达大度为第一义。其有好从小节上自诩明察，或则威慑群下使莫敢忤余，则只是二三等人物而已。盖一人之精力总有一最高限度，专于此则缺于彼，若事无大小，必躬必亲，世界必无此伟人。有所不为然后可以有为，粗枝大叶无伤也，多砂石亦无伤也，修补吾之粗疏，检点吾之砂石，即二三等领袖之任务矣。

唐高祖之于房玄龄、杜如晦，唐太宗之于长孙无忌、魏徵，皆常就其家，而诸人亦常与帝者抗颜。史称魏徵每犯颜苦谏，或逢上怒甚，徵神色不移，上辄为霁威。又曰，上尝罢朝，怒曰："会须杀此田舍翁！"后问为谁，上曰："魏徵每廷辱我。"后乃退而易朝衣，整端庄之颜色以贺其得直臣，上乃莞然。又曰，魏徵有疾，上手诏问之，且言："不见数日，朕过多矣，每欲自往，恐益为劳。"又曰："人言魏徵举止疏慢，自我视之，则愈觉其妩媚。"

宋太祖之于范质、赵普亦然。范质寝疾，帝数幸其第，质家迎奉，器皿不具。帝曰："卿为宰相，何自苦乃尔！"又曰，一夕大雪向夜，赵普家居，忽闻叩门声甚急，出则见帝立雪中，普从容问曰："夜久寒甚，陛下何尚出来？"帝曰："吾睡不能着，故来卿处。"此皆所谓大有为之君者矣。即曾文正以一身而寄社稷安危时，戴震主之威，然其幕府中诤友之佳话，抑亦不少。今无矣乎，领袖人物且未有，国家安危，于兹焉托？是则可忧也。

二九

图表之学，在学问上自成一种技术，若编制有方，每收功于文字之外，实著述之重要部分也。民国十七年夏秋之间，尝与从子廷伟费二十余日之工夫，每日工作十三四小时，制得中国历史表两张，其一断代自平王东迁迄秦并六国，其一自始皇统一天下以迄清代灭亡。表成后，用颇自喜，见之者亦咸称为得未曾有。兹将制表计画录存于此，用志当日之惨淡经营，盖稿凡十数易，煞费苦心也。

第一表。（一）此表起自平王东迁（公元前七七〇），迄秦并六国（公元前二二一），凡五百四十九年。以二米里密达代表一年，计长一密达又九生的八米里。断代之所以始于平王者，盖以东迁以后，封建制度起一大变化，实为封建趋集权之一过渡。（二）以十二诸侯为经，而加入吴越，以子男国为纬，而旁及四裔与附庸。较于《史记》之十二诸侯年表，多一越国；较于《国语》《国策》，则少一中山。司马贞《索隐》曰《十二诸侯年表》"篇言十二，实叙十三者，贱夷狄不数吴，又霸在后故也。不数吴而叙之者，阖闾霸盟上国故也"。此乃太史公之春秋家法，体裁无妨各异。（三）越与吴有密切关系，既列吴势不能弃越，故并列之。中山即鲜虞，实为白狄别种，除九国联军攻秦之役以外，一切会盟征伐，彼实无关大局，故不列。（四）越之灭，其说不一，或曰灭于楚，或曰六国灭亡后乃入于秦。《史记·越世家》：周显王三十三年，越伐楚，楚人大败之，乘胜尽取吴故地，东至浙江，越以此散。诸公族争立，或为王，或为君，滨于海上。可见兹役以后，越已不国，不过尚余少数残留之溃卒，出没于浙东。既无中心人物，尚岂能谓之曰国？故定为越灭于楚。

第二表。(一)此表自秦以迄清末，凡二千一百三十二年。以一米里密达代表两年，计长一密达又六生的六米里。每一朝代或一国家，必将其创业之主与亡国之君一一标出。但各家之著述，对于此等问题，间有出入，故此表自定一标准法，以名实相符为宗旨。(二)譬如十六国之西秦，多以乞伏国仁为创业者，此表则定为乞伏乾归。计国仁于东晋武帝太元十年，自称秦河二州牧。同十二年，苻登封之为苑川王，寻卒，弟乾归继之。同十九年，乾归取陇西郡，自称秦王。史既称其国曰西秦，似宜以其主权者自称秦王之年为始。此一例乃人的问题。(三)又如十国之吴越王钱镠，其履历如下：唐僖宗光启二年十二月，以钱镠知杭州事；同三年正月，迁杭州刺史；昭宗景福元年三月，为杭州防御史；同二年九月，为镇海节度使；同乾宁三年十月，兼领镇东节度使；同天复二年五月，进爵越王；同天祐元年四月，加封吴王；后梁太祖开平元年五月，以钱镠为吴越王。若以植基为标准，可用光启二年；以势力跨两浙为标准，可用乾宁三年；以封王为标准，可用天复二年。但史既称其国为吴越矣，故用开平元年。此一例乃年的问题。(四)又如唐武后时代，诸家多定为始于光宅元年。此表则于该时代之长度，画为七米里有半，计十五年。盖光宅以后，实权虽在武后，然名目则仍曰摄政，"周"之名乃自天授元年始，此亦一贯之标准也。(五)北宋一代，以严格论，实不能谓之为统一，盖石晋所卖之燕云十六州，始终未尝收回，西夏割据，亦无法平复。但史皆称北宋为统一，故亦勉强加以统一之符号。然此表之所表示，则最为明了，盖凡统一时代之下，例不复有粗横线也。(六)蒙古与满洲，起在当时之域外，似不必参入此表。但不略示其根蒂，则元、清两代为无源之水，故为定一特别符号。(七)明季余裔及太平天国，当然不能不承认为偏安，盖其年代之久长，过于五代之唐、晋、周也。(八)此表之特色，在于割据之先后、国祚之长短、灭亡之迟早，一目了然。例如南北朝，可以一望而知北朝起在南朝之先，约当东晋中叶，而北周之亡，亦略先于陈。此外如十国及辽金等，亦复如是。又如十六国中，一望而知后燕发生时，成、前赵、后赵、前燕、前凉等五国已灭亡矣，并非十六国同时存在也。（九）至于半圆表，实为最得意之创作。如五胡十六国，可谓乱杂已极，人皆知十六国之结果，分入南北朝，但某国归南，某国归北，殊不易记忆。前人及并时人画十六国兴亡表不下数十种，但殊少佳构。此半圆表，非唯于诸国之分入南北可一望而知，即某国为某国所灭，亦了如指掌也。（十）附一历代京都表，一一释以今地理，其有迁都者，亦特为标出。

三〇

民国十七年之东陵案，实现代史之一大事件。一代兴亡，遗祸及于枯骨，少日读史每至此等事，未尝不为之黯然。岂意生逢斯世，竟有人逐件重演一次以供余观听也，是不可以不记。

京东蓟州遵化县属之马兰峪，清室东陵在焉。十七年七月下旬，守陵阿监来报，称当地驻军已将帝后之陵墓发掘，用猛烈之炸药，工作十数日，始将地宫炸开一口，殉葬物品及祭器，盗掠一空云。清室遗族得此消息，即往卫戍司令部报案，请求保护。八月五日下午六时，侦缉队在琉璃厂尊古斋古玩铺捕获其经理黄百川，又在东珠市口中国饭店捕获谭松廷等数人，谭乃现任师长，自供所得珍宝不少，在京、津两处私卖不讳。日前以圆珠数颗，经由尊古斋售与外人，得价三万数千元云。

第二消息：守东陵之旗丁来言曰，五月初间，忽有军队约五六千人移驻东陵，随即颁布戒严令，断绝交通。翌日闻普陀峪轰声动地，盖即轰炸孝钦后之墓门也。地宫既启，石案及供几上之祭器宝物劫掠一空，随将梓棺劈开，群向棺内夺取珠宝，有军官三名，因争夺而相杀，横尸于地宫。孝钦尸体则倒曳而出，弃掷于地宫内之西北隅。复次炸毁高宗之裕陵，帝、后及妃嫔之棺尽行破坏。高宗之辫发及肋骨数茎，抛置于墓门之外。旋又拟启世祖顺治之孝陵，正欲施行轰炸工作，有人告以顺治帝出家于五台山，该陵乃属空冢，必无所获，乃止。军人既饱掠而去，当地乡民，有与该军充当苦力者，犹在残骨堆中拾得珍宝不少云。清废帝溥仪闻此惨变，即服丧以示哀痛。并自天津派人来京，向政治分会请求保护其余诸陵。谓已往之事，只凭国民政府秉公办理，本人现已无何等权力可以追究云。可哀也已。又闻废帝自筹得款项五千元，拟派员前往重殓高宗及孝钦之遗骸，以免暴露，但亦不敢擅往，乃先征询政府意见。顷由北京政治分会代理主席俞家骥接见，告以此事仍须向京津卫戍总司令部请示云。柙中之虎，可怜尤甚于鸡豚，岂不然哉！

第三消息：北京市政府前派刘人瑞等往东陵查勘，已于八月廿六晚回京，报告如下：原驻东陵孙殿英部之谭温江师第七旅驻东陵，第八旅驻马兰峪。自五月十七日起（第二消息之旗丁报告所云六月初间，当是该旗丁记忆之误，或以旧历报），忽宣布戒严令，断绝交通，开始发掘工作，至五月廿四日乃蒇事。计所掘者乃高宗及孝钦二陵。此外尚有同治妃子之惠陵，乃去年被盗，今又重行翻搜一次。所盗之珍宝，据熟识情形者，约略估计，当在一万万元以上。普陀峪孝钦之陵，所藏尤富。二陵合计，珍珠一项计重约四五十斤，各色宝石称是，珠之大者如鸽卵云。孝钦陵之玉西瓜，久称清宫异宝，乃一径尺之翡翠，约略雕琢，而瓜蒂天成，孝钦爱之，既殁以此为殉。高宗裕陵内，有古铜佛像二十四尊，硃砂雕刻高宗手写屏幅十块，二物最称瑰宝。又云孝钦之尸，开棺时面貌如生，发露后，与空气接触，乃渐起变化。至于发掘工作，乃由隧道旁斜穿而入，石门不可破也。且该处工程最短，非有极高明之指导者不能出此。闻工作时，有须发俱白之两工兵杂于其间，以年龄而论，营伍中必无此等老耄之人，疑此两人乃当日之陵工也。

第四消息：十七年九月十日，刘人瑞召集新闻记者三十余人，发表查勘东陵之经过。刘曰：日前盗陵消息传来，政府方面即成立接收东陵委员会，由内务、财政、农矿三部会同组织，委员共五人，于八月十日出发，前往东陵。陵之范围约五百方里，在清室盛时，树木繁茂，可称人造森林。民国十三四五年间，为当地之穷旗人盗卖殆尽，殊属可惜。诸陵在群山中，各专一壑，所谓普陀峪者，即孝钦西后之陵地也。余等初到时，见盗掘之口以乱石堵塞，未得入，摄影而还。越数日，清室遗族载泽、溥忻、耆龄、溥侗、宝熙及其师傅陈毅等，受废帝溥仪之命，携得现款五千元，往办重殓之事。八月廿五日，载泽以汽车来相约。至则掘口已开，遂鱼贯而下，深约五六丈，见地宫外层石壁下，穴一小口，方仅二尺许，乃蛇行而入，直达隧道。经过石门二重，有数人持灯引导，则见地宫正中石床上，一棺横斜欹侧，棺盖抛离三丈外，孝钦尸体，裸卧于地宫西北隅，头东脚西，肤革完好，发黑而缠以红丝，身上现出拳大斑痕数点，作青褐色，有白毛毵毵然，长约半寸，大约因透露空气蒸霉所致。外椁劈毁，不成片段。宫门右侧，堆积破碎之各色衣衾，石板上有殓鞋一双，长七八寸，绣花工巧，唯色已暗淡，此即孝钦西后之珠履矣。越日重殓，尚拾得珍珠数十粒。载泽命椎碎而纳诸棺中。早知漫藏可以诲盗，何至如是？

八月廿八日，查勘裕陵。裕陵者，高宗乾隆之陵也。碑楼高二十余丈，下作穹窿，上建白石碑，题曰某皇帝之陵，镌满、蒙、汉三种文字。盗掘时，由影壁凿开石板直下，炸毁地宫外门而入。掘后，天雨连绵，水从道口灌入，深约四尺，载泽等已用机器汲取数日，余等乃至，时积水尚有四五寸，乃赤足而入，历石门四重，则见地宫正殿，悬煤气灯一盏，烟雾充塞，中有棺六具，一帝一后四妃子，均破坏不堪，颠倒错乱，白骨散掷于泥水中。重殓者唯以黄布裹头颅六具，置于石桌上而已。情状之凄惨，尤甚于普陀峪。噫嘻，孰谓此十全老人，殁后一百三十三年，乃罹此缺憾之遭遇也。

孝钦之死，至民国十七年，恰经二十寒暑，而颜貌如生。谓棺密漆厚，空气不得侵，事理犹属可能。唯发掘工作乃自五月十七至廿四，先掘普陀峪乃裕陵，是则孝钦之棺，劈开当在五月二十前后，查勘者以八月廿五日至，相去三月有奇。何以际兹溽暑之时，尸体暴露于空气中，历九十余日犹未腐化？可见二十年尸体之不朽，棺椁之隔绝空气为一因，地宫之阴凉亦为一因也。

三一

蔡京所书之元祐党人碑，乃宋徽宗崇宁三年立。其文曰："皇帝即位之五年，旌别淑慝，明信赏刑，黜元祐害政之臣，靡有佚罚。乃命有司夷列罪状，第其首恶与其附丽者以闻，得三百九人。皇帝命书而刻之石，置于文德殿门之东壁，永为万世之臣戒。又诏京书之，将颁之天下。臣窃惟陛下圣神英武，遵制扬功，彰善瘅恶，以绍先烈，臣敢不对扬休命，仰承陛下孝弟继述之志。司空尚书左仆射兼门下侍郎臣蔡京谨书。"

三百九人中，文臣之部，分为三级。曾仕执政官者二十七人，司马光为首。曾仕待制官以上者四十九人，苏轼为首。待制以下诸文臣共一百七十七人，秦观为首。此外尚有武官二十五人，内官二十九人，宰臣王珪、章惇二人，共为三百九人。

计碑文所划分之文官三级，其领袖人物曰司马光、苏轼、秦观。三君皆以文章显，姓名几于妇孺皆知。非曰知其政绩，知其文章也。岂文章真可以贾祸耶？容或有之。盖文人大抵终日埋头书卷，或放其精神以遨游天外，对于人情世故，每不留意。若偶有一事冲动其灵明，辄援笔直书，不假思索。开罪于人，非所知也。可以贾祸，非所计也。追祸机触发，家室苍皇，流离颠沛，自身亦非不感苦痛，唯文艺之资料乃愈丰富矣。凡此种种，皆从实地体验得来，非理想之谈也。瓜蔓株连之文字狱，或可以不再见于当世，文人之厄运，其或可以轻减也欤？

三二

顺治十六年六月庚寅，上谕内三院曰："湖南、两广地方虽渐底定，滇黔远阻，尚未归诚。朕将以文德绥远，不欲勤兵黩武，而远人未谕朕心，时复蠢动。若全恃兵威，恐至玉石俱焚，非朕承天爱民之本意。必得宿望重臣晓畅民情、练达治体者，假以便宜，相机抚剿，方可敉宁。朕遍察廷臣，无如大学士洪承畴者。洪承畴着特升太傅[1]，兼太子太师，内翰林国史院大学士，兵部尚书，兼都察院右副都御史，经略湖广、广东、广西、云南、贵州等处地方，总督军务，兼理粮饷。听择扼要处所驻扎，一应抚剿事宜，不从中制，事后报闻。务使近悦远来，称朕诞敷文德之至意。钦此！"读此上谕，可见清廷之于洪承畴，真所谓放胆录用，故洪承畴亦得以放胆做去。此真能深识大陆国民心理者。你以大方来，则我以加倍的大方相报，小眉小眼之举动，实看不惯。洪承畴之五省经略府设在长沙，吾未闻府中官制之有顾问也。试读"一应剿抚事宜，不从中制，事后报闻"数语，实深得用人勿疑之至意，成败之分，实攸于此。

然而此种策略，既获显著之成效，岂后人竟毫无觉察以至于措置乖方耶？是亦未必尽然。盖知不知为一问题，知矣而能否实行又为一问题，行矣而能否得其似又别为一问题。三十年前曾有捐弃既得之权利，声明留在当地用以兴办各种文化事业者，成绩斐然，不减孟尝之市义。其后固亦有踵而效之者矣，但结果非唯不讨好，反更惹厌。此无他，亦曰民族性之不同而已。凡百事物，皆可摹仿，唯民族性则必

---

[1] 按："太傅"原作"太传"，据《东华录》卷七、《清世祖实录》卷七五改。又，洪承畴被加太傅并非于此年，此上谕之时间亦当于顺治十年五月。梁氏所记有出入。

非短期间之所能洗伐。性也者，于地理有关，气候有关，且根于遗传，根于历史，其先民所造之自业与共业，不知种下若干万亿因，乃构成此特性以贻子孙。此实一种独立文化之根荄，决非急就之所能仿造。噫，其机微矣！吾非教猱升木，盖能升木之猱，无俟于教，而不能者，虽教亦无济耳。此之谓性。

三三

顺治八年冬，清兵南下，永明王由榔走广南。明年二月，孙可望遣兵迎王入安隆，宫室卑陋，服御粗恶，守护将悖逆无人臣礼。知府范应旭署其出纳之簿曰："皇帝一员，后妃几口，支粮若干。"皇帝以"员"计，后妃以"口"计，呼，可伤已！

有力征经营之皇帝，有因人成事之皇帝，有欺人孤儿寡妇之皇帝，有受人豢养之皇帝。种类不一，天禄亦自应有别。甲种自是雄才大略，绝世英姿。乙种亦不失为手腕灵敏，能养望于平时。丙种虽属巧取豪夺，然犹是凭本身能力，自成事业。至于丁种则只是蛀米之虫，无足比数，然而气运乃最长，至今犹有行市。吾真欲得读司出纳者之簿记作何称谓也，想不以"员"计，或当以"枚"计矣。

三四

顺帝阳嘉四年二月丙子，"初听中官得以养子袭爵"，此《通鉴》原文也。胡注曰："曹操阶之，遂移汉祚，其所由来者渐矣。"案：汉桓帝时，曹腾为中常侍大长秋。养子嵩，或曰夏侯氏子也，未得其详。

嵩生操，家于沛。由此言之，则中官者腾也，嵩乃腾之养子而非中官，操乃嵩之亲子而非养子。胡氏此注，易令人发生两种误解：一，能使人误以曹嵩为中官；二，能使人误以操为嵩之养子。学者之所以为古人作笺注者何哉？盖以著述者有时行文避枝蔓，或简要乃称其体裁，在所常有。好学深思之士，每于读书得闲时，遇事载笔，引而申之，义晦则显之，为后世学者节省翻检之劳，而同时又须无失古人立论之意旨。是故笺注实对于著者与读者负两重责任，非易事也。胡氏此条之注，似有所未周焉。

三五

穿凿附会之学问，势必至于人持一说，莫衷一是。盖既曰附会，则不必根据事实，皆可以持之有故，言之成理。即如"三老""五更"乃汉代朝廷敬老之专门名词。宋均曰："知天、地、人三才之老者谓之三老，明乎五行之更代谓之五更。"郑康成曰："'老'者乃年老之谓，'更'者乃更事之谓，'三'与'五'，则取象于三辰五星，天之所以照临下土也。"如此立论，谁得以判其是非曲直者？但二说相去，各如风马牛之不相及，而经师曰"此各明一义也，宜两存之"。其然，岂其然乎？

三六

外戚乃君主政治之特产，其势力每能使国政起大波澜。盖此辈之所凭藉，非妃即后，或则皇太后，其人率皆能絷帝者之心情而左右之，宜乎外戚之恣无忌惮也。外戚之地位与环境既若此，自非圣贤，骄奢诚不足责，顾吾所欲论列者唯窦宪一人耳。窦宪以外戚而佩大将军印，事功之所被，影响非只限于当时，而于全民族且有重大关系，是则不容忽略者矣。试将窦宪之功罪录列如次，庶几是非得以大明。

窦宪之家世 建初二年，帝纳窦勋女为贵人，有宠。三年，立贵人窦氏为皇后。先是，明德太后为帝纳扶风宋、杨之二女为贵人，大贵人生太子庆。同时梁竦亦有二女为贵人，小贵人生王子肇。窦皇后无子，七年，养肇为己子而以计陷宋贵人。夏六月，废太子庆为清河王，以肇为皇太子，出宋贵人姊妹置丙舍，皆饮药自杀。八年，复计陷梁竦死狱中，梁贵人姊妹以忧死。同年，窦皇后兄宪为侍中虎贲中郎将，弟笃为黄门侍郎。章和二年，章帝崩，太子肇即位，是为和帝，窦太后临朝。宪以侍中内干机密，出宣诰命。弟笃为虎贲中郎将，笃弟景、瓌，并为中常侍。

窦宪之骄纵 建初八年冬，宪夺沁水公主田园。公主乃明帝女，帝之姊也。帝怒，切责宪，使还公主田。章帝既崩，齐殇王石之子都乡侯畅来吊国忧，太后数召见。畅乃光武兄缜之曾孙，章帝之犹子也。宪惧畅分宫省之权，遣客刺杀畅于屯卫中，而归罪于畅弟利侯刚。太尉何敞按之，得实。太后怒，闭宪于内宫，宪惧诛，因自求击匈奴以赎死。

窦宪之功业 章和二年，北匈奴饥馑，降于南郡者岁以数千计。秋七月，南单于上言，宜及北虏不宁，出兵讨伐。太后以书示执金吾耿秉，秉上言：昔武帝欲臣虏匈奴，未遇天时，无所成就，今幸遭天授，以夷伐夷，诚国家之利也，宜可听许。冬十月，以宪为车骑将军北伐匈奴，使耿秉为之副。发北军五校、黎阳、雍营、沿边十二郡骑士及羌胡兵出塞。和帝永元元年夏六月，窦宪、耿秉出朔方鸡鹿塞，南单于出满夷谷，度辽将军邓鸿出稒阳塞，会师涿邪山。宪分遣副校尉阎盘、司马耿夔、耿谭将南匈奴精骑万余，与北单于战于稽洛山，大破，单于遁走。追击诸部，遂临私渠北鞮海，斩名王以下万三千级，获生口甚众，杂畜百余万头。诸裨小王率众降者前后八十一部二十余万人。宪、秉逐北三千余里，登燕然山，命中护军班固刻石勒功，纪汉威德而还。九月，以窦宪为大将军，封武阳侯，食邑二万户，位次太傅下，三公上。封耿秉为美阳侯。二年春，窦宪遣副校尉阎盘将二千余骑，掩击北匈奴之屯守西域伊吾者，复取其地。车师震慑，前后王各遣子入侍。六月，诏封宪为冠军侯，笃为郾侯，瓌为夏阳侯，宪独辞不受封。七月，窦宪出屯凉州。冬十月，南单于复上书请灭北庭，宪遣左谷蠡王师子等将左右部八千骑出鸡鹿塞，中郎将耿谭遣从事将护之，袭击北单于，夜围之，北单于被创，仅以身免，获阏氏及男女五人，斩首八千级，生虏数千口。三年二月，宪遣左校尉耿夔、司马任尚出居延塞，围北单于于金微山，大破之，获其母阏氏，斩名王已下五千余级。北单于逃走，不知所终。出塞五千余里而还，自汉出师北征以来所未尝至也。封夔为粟邑侯。

北单于既亡，其弟右谷蠡王于除鞬自立为单于，将众数千人止蒲类海，遣使款塞。窦宪请遣使立于除鞬为单于，置中郎将领护，如南单于故事。帝从之，南北两匈奴遂以平。后三年，班超发龟兹、鄯善等八国兵合七万余人讨焉耆，兵临其城下，诱斩焉耆王，传首京师，更立左侯元孟为焉耆王。于是西域五十余国悉纳质内属，至于海滨。四万里外，皆重译贡献。

匈奴之形势及当日廷臣之无识 匈奴乃北方民族，逐水草而居，无一定之居处，亦无一定之名。在商周间曰鬼方，曰昆夷，曰獯鬻，周季曰猃狁，春秋之世曰戎，曰狄，战国曰胡，曰匈奴。匈奴之名实始见于战国。地势居高临下，与西域成犄角之势，屡犯中原。是以武帝东伐朝鲜曰断匈奴左臂，西伐大宛则曰断匈奴右臂，则其形势可知矣。班固论曰"孝武之世，图制匈奴，患其兼从西国，结党南羌"，即此意也。迨宣帝五凤元年，而匈奴乃有五单于争立之事。即屠耆、呼韩邪、呼揭、车犁、乌藉是也。单于者，译言曰大，乃大君之意。自是彼族内乱不已，边境得以略宁。建武二十四年，匈奴裂为南北二国。南单于乃日逐王比，北单于则蒲奴也。班超以明帝永平十六年出征西域，历二十余载，虽先后平定数十国，唯焉耆负固北结匈奴，仓卒不能下。迨窦宪既定匈奴之第三年，即永元六年，而西域之功乃竟。平匈奴与定西域，乃国史上之两大事，为我中华民族立万年不拔之基，岂曰小补哉？而当日廷臣，优柔泄沓，得过且过，曾无远略。当章和二年，南单于请伐北庭时，尚书宋意上书谏阻，以为一任南北匈奴互相猜忌，乃中国之利，不宜徇南以伐北。幸朝廷从耿秉议，不然，岂不坐失良机已乎？又永元元年，窦宪将出兵时，三公九卿诣朝堂上书谏阻，以为匈奴不犯边塞，而无故劳师远涉，损费国用，徼功万里，非社稷之计。书连上辄寝，而袁安、任隗二人书且十上。侍御史鲁恭上疏曰："夫戎狄者四方之异气，与鸟兽无别，若杂居中国，则错乱天气，污辱善人。是以圣王之制，羁縻不绝而已。陛下奈何以一人之计，弃万人之命。"此种议论，岂谋国重臣之远猷乎？吁，可羞也已！同时尚书令韩棱、骑都尉朱晖、议郎京兆乐恢皆上疏谏，太后不听。又北单于既亡，其弟右谷蠡王于除鞬自立为单于，窦宪以为莫若因而立之置中郎将领护，如南单于故事。事下公卿议。袁安上封事曰："舍其旧而更立新降，非计也。且汉故事，供给南单于费值岁一亿九千余万，西域岁七千四百八十万。今北庭弥远，其费当倍，是乃空尽天下，而非建策之要也。"诏下其议。安与宪更相折难，上卒从宪策。

结论 匈奴与西域狼狈相依，使我边陲常多事。秦汉之交，中国甫成统一之大业，宜乎可以安内攘外矣，而匈奴亦适于是时挺生一冒顿。所谓道高一尺魔高一丈者，非耶？燕然勒石，为国史光。讴歌直至今日犹不绝于文士之笔。当勒石时，廷臣又不议伐匈奴之非计矣。北匈奴驻兵屯守西域之伊吾，稽洛山之捷，窦宪以余勇覆之，而车师乃降。西域五十余国，最后平定者厥为车师与焉耆，车师既下，班超遂一鼓而下焉耆矣。永元二年，窦宪之出屯凉州，岂偶然哉？要而论之，稽洛山一役而匈奴丧胆，金微山一役而匈奴与西域遂为中国之藩。班超以二十余年之长时期欲竟未竟之功，今乃竟之。观于窦宪因于除鞬之自立而立之，置中郎领护，用收羁縻控驭之效，此正英法驭印、缅、安南之政略也。窦宪夐乎远矣！

三七

永平九年，为樊、郭、阴、马诸外戚子弟立学于南宫，号"四姓小侯"。置五经师，搜选高能以授其业。樊乃光武之母族，郭与阴乃光武先后两皇后，马则明帝之后也。

先是，南顿令刘钦娶南阳樊重女，生三子，曰演，曰仲，曰秀。重子宏，随演兄弟起兵舂陵，官至光禄大夫，封寿张侯。

更始二年，真定王杨拥兵十余万，欲附王郎。秀遣刘植说杨，降之。秀因留真定，纳杨甥郭氏为夫人以结之。建武二年，立郭贵人为皇后，子彊为皇太子。

初，秀从更始在宛，纳新野阴氏之女丽华。建武元年，迎丽华至洛阳，册为贵人。二年，帝以阴贵人雅性宽仁，欲立以为后。贵人以郭贵人有子，终不肯当。十七年，郭后宠衰，数怀怨怼，上怒。冬十月，废皇后郭氏，立贵人阴氏为皇后。十九年，太子彊意不自安，辞位。乃以阴后之子阳为皇太子，改名庄，是为明帝。

永平三年，立马援之女马贵人为皇后，承阴太后之意旨也。贵人出身名门，进退有节，深得阴后爱，最称贤淑。后无子，抚姨母女贾贵人之子炟为己子，是为章帝。此即四姓之家世矣。

"四姓小侯"之名，直至质帝朝梁冀秉政时尚存在。然恐已新陈代谢，殆以梁氏入四姓矣。

三八

中国以铜为币，其制甚古。《史记·平准书》："太史公曰，农工商交易之路通，而龟贝、金钱、刀布之币兴焉。所从来远，自高辛氏以前尚矣，靡得而记云。"太史公以为靡得而记，则亦无从稽考矣。按今所留传之殷代铜币，咸象物以为形，有如刀如盾者。至于圜法，则《汉书·食货志》谓"太公为周立九府圜法"，当是圆形货币之始。秦因周制，铸半两钱，径寸二分，重十二铢。行至汉初，吕后乃改为八铢，文帝又改为四铢，仍与半两并行。武帝元狩四年，铸三铢。五年，乃罢半两而铸五铢。《平准书》曰五铢"周郭其下，令不可磨取鋊焉"，则圜法制度之谨严，直同近世矣。计币制单位之轻重，与国民生计程度有密切关系，过轻固不可，过重亦无取焉。是以半两及三铢、四铢皆不适于用，唯五铢得继续至隋开皇，凡七百四十年。虽则中道屡多变迁，但每至承平，便即规复，斯可知矣。溯自元狩以后，五铢顺行一百二十五年，至王莽居摄二年，乃铸刀钱二品，大钱一品，与五铢并行，而币制以乱。始建国元年，罢五铢及刀钱，更作小钱一品，径六分，重一铢。二年，复制定钱货六品，分金、银、铜、龟、贝、布，钱法愈乱，至不可收拾，虽严刑以处，仍不可维。光武中兴，于建武十六年，马援奏复五铢，民皆利之，又顺行一百五十年。迨献帝初平元年，董卓复坏五铢，天下又大乱。三国魏文帝黄初二年三月，复五铢，同年十月又罢，使以谷、帛为交易媒介，民皆病之。明帝太初元年，乃再复五铢。下迨南北朝，宋武帝孝建元年及宋文帝元嘉七年，皆尝铸四铢，均不以为便。至齐明帝建武二年而五铢又复。其在北朝，则北魏庄帝永安二年亦铸五铢。迨北周武帝保定元年曾用布泉，民之不乐，亦如前代。至隋文帝开皇元年而五铢又复，此则历史上五铢之最后期矣。唐高祖武德四年，铸开元通宝钱，文乃欧阳询书，回环可读，故或称为开通元宝，大小略与五铢同，只名称变易而已。厥后每易代辄自铸其年号之通货，皆以通宝名，不称五铢矣。计自元狩五年（公元前一一八）至武德四年（公元后六二一）凡七百三十九年，允可称为五铢时代。其间治乱兴亡之迹，亦可以五铢之存废而觇之焉。

三九

自古权奸之欺人孤儿寡妇者每多经过荣加九锡之节目。九锡者何，应劭曰："九锡云者，一曰车马，二曰衣服，三曰乐器，四曰朱户，五曰纳陛，六曰虎贲，七曰铁钺，八曰弓矢，九曰秬鬯。"此种不伦不类之物品，所值几何？而隆重乃若此。宋均为之注曰："进退有节，行步有度，赐之车马以代其步；言成文章，行成法则，赐之衣服以彰其德；长于教训，内怀至仁，赐之乐器以化其民；居处修整，房内不渫，赐之朱户以明其别；动作有礼，赐之纳陛以安其体；勇猛劲疾，执义坚强，赐之虎贲以备非常；亢扬威武，志在宿卫，赐之斧钺使得专杀；内怀仁德，执义不倾，赐之弓矢使得专征；孝慈父母，赐之秬鬯以事先祖。"诚如是，则荣膺九锡者不愧完人，但事实果何如哉？

建武十三年，封邓禹为高密侯，李通为固始侯，贾复为胶东侯，功臣之为列侯者唯此三人而已。时邓禹、贾复知帝欲修文德，不愿功臣拥兵，乃去甲兵，敦儒学。耿弇等亦相率上大将军印绶。东汉功臣之所以得全，一则因帝者不滥封，一则因臣下之自解兵柄，盖上下均以西汉为炯戒矣。创业之主，于事定功成之后辄杀戮功臣，几成历史上之惯例。推原其故，虽因果复杂，但钩稽而归纳之，不外两途：一则由于帝者之嫉妒。回忆自己之所以有今日，实深得某某人之力为多，彼之战功如此其伟大，谋略如此其深沉，若一旦反侧，自问己之能力诚不足以制之，不如去之便。一则由于功臣之不平。回忆发难之始，彼此同崛起于草莽中，当日之无赖粗率情态，历历在目。今何故彼则高坐堂皇，而我则北面俯伏？复次，于论功行赏之时，无论若何公正明察，总不能一一如人意，盖自以为功高第一，乃人之恒情，凡有相当能力之人，必不甘居人下也。由前之说，此韩信、彭越之所以功成而受戮也。由后之说，此彭宠、隗嚣之所以中途携贰而终于灭亡也。

光武中元元年，起明堂、灵台、辟雍。二年十月，上幸辟雍，初行养老礼，以李躬为三老，桓荣为五更，以安车迎至太学，天子迓于门。郑康成曰："三老、五更乃年老更事而致仕者，天子以父兄养之，所以示天下以孝弟之道也。名以三、五者，取象三辰、五星之义，此天之所以照临下土者也。"东汉崇尚儒术，定孔子于一尊，是以建武、永平之治，光照史乘。儒家道术乃人生哲学，非唯物亦非唯心，其组织乃以家族为国家单位，与个人本位大异其趋，故最重报施。养老亦报施精神之一种也。老何可敬？盖以其人之学问、事功曾致力于人群社会，使来者咸受其赐，是则可敬也。老吾老以及人之老，此种差等之爱即伦理之所由立，光武以敬老率天下，实深得儒学之旨。

光武与公孙述苦战十年，最后而来歙、岑彭两大将皆以贪夜在军中死于刺客之手，可云不幸。建武十一年六月，帝使来歙与盖延攻述，乘胜深入蜀地，述使人刺歙。未殊，驰召盖延。延见歙，伏地悲不能仰视。歙叱之曰："余以所志未竟，为人所中，呼子以军事相属，乃效儿女子涕泣耶。"延收涕强起受诫。歙复自书表，荐太中大夫段襄骨鲠可任，投笔抽刃而绝。此情此景，千载下读之，犹凛凛有生气焉。试思割刃于体，中要害，尚能从容以军事付托于人，更自书表荐贤，然后投笔抽刃，随即气绝。计自受伤以至于气绝，所经过之时间自不少。受重伤，中要害，尚能从容以军事相付托，书表荐贤，就生理上言之，几为不可能，此可证精神作用之伟大与不可思议。同年十月，岑彭亦被刺于军中。

建武八年十一月，温序为隗嚣神将荀宇所获，欲降之，序不屈，伏剑而死。从事王忠持其丧以归洛阳，诏赐冢地。死国而以明令赐冢地，即近代之国葬典礼矣。建武八年即公元三十二年，距今一千九百余岁。永平二年冬十月，太师桓荣卒，明帝易服临其丧，赐冢地。此为温序后赐冢之又一人。

东汉章帝元和二年春正月乙酉，诏令民有产子者勿算三岁（胡注：

复其夫勿输算也），令诸怀妊者赐胎养谷人三斛，复其夫勿算一岁，着以为令。政府以明令奖励生产，近代欧洲诸国多有行之者。至于妊娠即受奖，似未之前闻。

四〇

"君主万能"一语，实寓意于贬而非褒也。心之所欲，只以一纸命令驱其民而役之，不顾一切，则何事不可为？今世界上所遗留重大工程之痕迹如中国之长城、埃及之金字塔等，非帝者之力，孰能致之，诚哉其"万能"也。隋炀帝乃昏愦之主，治术了无足道，唯于工程上之成绩则大有可纪者焉。大业元年三月，发河南、淮北诸郡民前后百余万开通济渠，自西苑引榖、洛水达于河，复自板渚引河历荥阳入汴，又自大梁之东引汴水入泗达于淮。又发淮南民十余万开邗沟，自山阳至扬子入江。渠广四十步，渠旁皆筑御道，树以柳。自长安至江都，置离宫四十余所。大业二年十月，置洛口仓于巩东南原上。筑仓城，周回二十余里。穿三千窖，窖容八千石。十二月置回洛仓于洛阳北七里。仓城周回十里，穿三百窖。大业三年六月，开榆林御道，发榆林北境，东达于蓟，长三千里，广百步。同年七月，诏发丁男百余万筑长城，西拒榆林，东至朔州之紫河。同年八月，帝上太行，开直道九十里。大业四年正月，诏发河北诸军百余万，穿永济渠，引沁水南达于河，北通涿郡。丁男不供，始役妇人。大业六年十二月，敕穿江南河，自京口至余杭，八百余里，广十余丈。凡此种种，秦皇之后，一人而已。

又炀帝虽粗犷无道，然好读书，且多著述。自开皇十年为扬州总管时，即置王府学士百余人，常令修撰，以至为帝，前后近二十载，修撰未尝或辍。自经术、文章、兵农、地理、医卜、释道乃至蒱博、鹰狗，皆为新书，无不精洽，共成三十一部，万七千余卷。初，西京嘉则殿有书三十七万卷，帝命秘书监柳顾言等诠次，除其复重猥杂，得正御本三万七千余卷，纳于东都修文殿。又写副本五十，简为三品，分置西京、东都宫省官府。其正书皆装剪华净，宝轴锦标。于观文殿前为书室十四间，窗户、床褥、厨幔咸极珍丽。每三间开方户，垂锦幔，上有二飞仙，户外地中施机发。帝幸书室，有宫人执香炉前行，践机则飞仙下收幔而上，户扉及厨扉皆自启，帝出则垂闭如故。考活版印刷术始自北宋真宗时，于第七世纪初年，而有此等图书馆，殊可惊叹。虽则此乃内廷藏书，非后世公开阅览者可比，然在印刷术未发明之先，书籍只有写本，未能公开也固宜。人类原多矛盾性，但矛盾性之大，莫炀帝若矣。薛道衡之"空梁落燕泥"、王胄之"庭草无人随意绿"，亦此种矛盾性之结果而已。

四一

唐高祖武德元年九月，李密开洛口仓散米，无防守典当者，又无文券，取之者随意多少，或离仓之后，力不能致，委弃路衢，自仓城至郭门，米厚数寸，为车马所辗践。群盗来就食者并家属近百万口，无瓮盎，织荆筐淘米，洛水十里，两岸之间望之如白沙。读此可见洛口仓气象之伟大。考仓库之制，渊源甚古，当刘项战争时，汉军荥阳筑甬道就食敖仓粟。案敖仓在敖，位于荥阳西，东北临汴水，南带三皇山，秦时置仓于敖山，名"太仓"，亦曰"敖仓"。是则此制起自春秋战国时矣。其作用在于平时可以防饥馑，战时可以赉军粮，故亦曰"太平仓"。

武德二年正月，朱粲卒众二十万，剽掠汉淮间。会军中乏食，乃教士卒烹妇人婴儿啖之，曰："肉之美者无过于人，但使他国有人，何忧于馁？"颜之推之子愍楚，谪官在南阳，粲初引为宾客，后会乏食，阖家尽为所啖。同年四月，散骑常侍段确，性嗜酒，奉诏慰劳朱粲于菊潭。确乘醉侮粲曰："闻卿好啖人，肉作何味？"粲曰："啖醉人正如糟藏毑肉。"确怒，骂之，粲遂收确及从者数十人，悉烹之以啖左右，屠菊潭，奔投王世充。由此观之，则孟子之言性善，不能无疑。

四二

贞观五年正月，诏僧尼道士仍须致拜父母。高宗显庆二年十二月，诏自今僧尼不得受父母及尊者礼拜，所司明定法制禁断。龙朔二年六月，令僧尼道士女官致敬父母。三令五申，特注意于此事，斯亦宗教史上一种有意味之诰令也。释迦以为众生一切苦恼在乎有家，盖人类乃有情动物，而最能使人系恋者厥为夫妇及亲子之情，故欲破除烦恼非用出世法不可，其哲学以此为出发点，其教义以此为依据。可行与否别为一问题，但佛法设教之精神固如是也。太宗及高宗之诰令，既不禁彼宗之推行而但违反其教义，此亦唯富于"中庸性"之民族乃能有此，亦唯不求甚解之帝王乃能出此。虽则事难两全，顾于此即失于彼，但不应既允许其推行而又强制变易其教义耳。南海先生有见于此，故其大同学之组织务使人无家可出。能行与否别为一问题，但较于唐太宗等之办法为彻底矣。以躯体衍化为教义之儒术，对于出家问题最为冲突，然而佛教之入中国，不独为学者所接受，且更发扬而光大之，此释迦之所以为伟大欤？

四三

唐末宦官典兵者，多养军中壮士为子以自强，由是诸将争效之。蜀王建有假子百二十人，皆有功勋者，虽冒姓连名而不禁婚姻，亦怪象也。如宗懿等十一人皆曰建子，而集王宗翰、夔王宗范等实异姓之假子。此种怪思异想，其源实出于帝者之赐姓。如项王既殁，射阳侯项伯、桃侯项襄、平皋侯项佗等，高帝皆赐姓曰"刘"。又如唐代之徐世勣、刘季真、杜伏威、高开道、胡大恩、郭子和等皆赐姓曰"李"。宋代之"赵"亦复如是。己之所爱则赐以同姓，所恶则以意义不佳之字易其姓。如隋炀帝既杀杨积善，更其姓曰"枭"，斯亦帝者之一种下流思想矣。

四四

　　武德九年七月，唐临出为万泉丞，县有系囚十许人，会春雨，临纵之使归耕种，皆如期而返。又贞观六年十二月辛未，帝亲录系囚，见应死者，悯之，纵使归家，期以来秋来就死，复敕天下死囚皆纵遣，使至期来诣京师。翌年秋九月，去岁所纵天下死囚凡三百九十人，无人督率，皆如期自诣朝堂，无一人亡匿者，上皆赦之。此等类似之记载，历代间出，谓为不实，恐不能太过武断。既不得反证，毋宁信之。自非"导之以德，齐之以礼"之民族，必不能有此等事实。即退一步而谓为理想之谈，亦非"导之以德，齐之以礼"之民族必不能发生此种理想。求诸西洋历史，何尝有之？

　　贞观二十三年五月，太宗崩，高宗即位，时唐临为大理卿。冬十月乙亥，上问系囚之数，对曰，见囚五十余人，唯二人应死。上悦。上尝录系囚，前卿所处者多号呼称冤，临所处者独无言。上怪问其故，囚曰，唐公所处，本自无冤。上叹息良久曰，治狱者不当如是耶？此条可与前条相印证，即齐之以刑，亦须齐之者之有德耳。又可见太宗之所纵，诸囚之如期而返者尚或出于取巧以投合心理，知其必赦。若唐临之所纵，则真以德化人而令其必归也。

四五

《史记·高帝本纪》，汉军败于彭城，"项王取汉王父母妻子于沛，置之军中以为质"。《汉书》则言取太公、吕后而不言父母妻子。赵瓯北《二十二史札记》以为《汉书》误。其言曰："高帝生母虽于起兵时死于小黄城，但楚元王为高祖异母弟，则高祖尚有庶母也。又孝惠帝尚有庶兄肥，后封鲁为悼惠王。当高祖道遇孝惠时，与孝惠偕行者但有鲁元公主，则悼惠未偕行可知。既未与偕，则必在羽军中可知（案此语未免武断）。故《史记》所谓父母妻子，乃无一字虚设，而《汉书》改为太公、吕后，转疏漏矣。"案《汉书》并未改《史记》，乃根据《史记》之《项羽本记》，该篇记载正与《汉书》同。其文曰，汉王从数十骑遁走，"欲过沛，收家室而西。楚亦使人追之沛，取汉王家，家皆亡，不与汉王相见。汉王道逢得孝惠、鲁元"，以其累坠，屡弃之，得滕公救护，乃载行。"求太公、吕后，不相遇。审食其从太公、吕后间行，求汉王，反遇楚军，楚军遂与归，报项王，项王常置军中。"据此一段记载，楚军从审食其手上获得太公、吕后，最为明显，未尝言父母妻子，悉与《汉书》同。但下文则又曰："项王乃与汉约，中分天下，割鸿沟以西者为汉，鸿沟而东者为楚。项王许之，即归汉王父母妻子。"此则与《高帝本纪》同。要之《史记》之文，前后各异者不一而足，未得遽云《汉书》之疏漏也。

四六

世俗以十二月初八为佛生日，是曰腊八，北方之大节也，南方则平平而已。考释迦灭度在西历纪元前四百八十五年之七月十五日，此乃据齐永明七年僧伽跋陀罗在广州竹林寺将佛弟子优波离之"众圣点记"译成中土文字，上追而得佛灭度之年，当最可信。所谓"众圣点记"者，乃佛入涅槃后，其弟子优波离即时结集众圣，编成一部《善见律》，随在贝叶末篇之空隙记一点以为识。年年如是，代代相传。至六朝时，《善见律》之贝叶原本由僧伽跋陀罗携至中国，其年之七月十五日记最后之一点，数之得九百七十五点，循此上推，知佛入涅槃当在周敬王三十五年，即西历纪元前四百八十五年，先于孔子之殁六年。至于生年月日，则无确实记载，所谓十二月初八云者，亦只是世俗相传而已。

"招提"乃梵音，其义是十方僧院之意。《唐会要》云，凡敕书题额或官赐榜书之梵宇曰"寺"，其民间私立者则曰"招提"，曰"兰若"。《唐六典》云，炀帝改佛寺为道场，道观为元坛。可见寺之名称有非可轻用者矣。南方之通俗名称则有类别。僧院曰"寺"，女尼之院宇曰"庵"，道士院曰"观"，其他一切杂祀曰"庙"，祖先陈主之所曰"祠"。寺、庵、观、庙、祠五名词，厘然不相蒙混。唯北方之乡民对于此五者之称谓曾无区别，概以一"庙"字称之，太简单矣。

四七

安史之乱，哥舒翰屯重兵二十万于潼关，言于上曰："贼远来，利在速战。官军据险以扼，利在坚守。"同时郭子仪、李光弼亦言请引兵北取范阳，覆其巢穴，质贼党妻孥以招之，贼必内溃。潼关大军唯应固守以弊之，不可轻出。三人所见皆同，实策之上者也。岂图杨国忠以翰为迟留失机，屡加督责，中使往还，项背相望。翰不得已，抚膺恸哭，引兵出关，遂以大败。此一事也。又宪部侍郎房琯，自请讨贼，得邀允许，乃分所部为三，南军自宜寿，中军自武功，北军自奉天。中、北两军遇敌于陈陶，大败。琯入南军，犹欲持重，而中使邢延恩促战甚急，遂再败于青坂，全军覆灭。此又一事也。计潼关与陈陶两役，其失皆在于中使促战。女子小人之难养，圣人犹且畏之，况以小人而兼女子之宦竖哉？

至德元载五月，玄宗幸蜀，与宫眷出延秋门，道过左藏，杨国忠请焚之，曰"毋以资敌"。上愀然曰："贼来不得，必更敛于百姓，不如与之，毋重困吾赤子。"吁，何其仁也！至德二载十一月，上皇回驾，扈从之兵六百余人。行至凤翔，闻肃宗已发精骑三千相迓，乃即命悉以从卫之甲兵输郡库。吁，何其智也！父子之间且如此，世有功成而不即速自请解除兵柄者，其遭烹也亦宜。仁且智，吾于唐玄宗见之矣。

两京既复，肃宗语李泌曰："朕已表请上皇东归，朕当还东宫复修臣子之职。"泌曰："表可追乎？"曰："已远矣。"泌曰："上皇不来矣。"上惊，问故，泌曰："理势自然。"上曰："为之奈何？"泌曰："请更为群臣贺表，并言圣上思恋晨昏，请速还京以就孝养，则可矣。"上即令泌草表，续使驰递。及前使既还，传上皇诰曰："当与我剑南一道自奉，不复来矣。"后使至，言上皇见群臣表乃大喜，即传食作乐，下诰定行期。由此观之，唯李泌乃能知玄宗。然而李泌建策后，即飘然远引，亦唯李泌乃能干预他人之家庭事。观于"臣遇陛下太早"一语为不可留之主因，李泌之心亦良苦矣。

四八

唐末藩镇之祸，肃宗启之而代宗成之。广德元年，史朝义既为李怀仙所诛，贼势大杀。仆固怀恩唯恐贼平宠衰，乃奏留李怀仙等数人为河北诸镇节度使,借为党援。时朝廷亦有厌乱之心,幸冀无事,因而授之。永泰元年七月,承德节度使李宝臣、魏博节度使田承嗣、相卫节度使薛嵩、卢龙节度使李怀仙,广收安史余党,各拥劲卒数万,完城郭,整师旅,自署文武将吏,不供贡赋。朝廷则威令不行,唯事姑息,而祸患以成。至德初年,房琯原欲行强干弱枝之策,建分镇讨贼之议,肃宗不察,竟受谗而贬琯,致贻养痈甚矣。明主之可贵也。

肃宗借回纥、吐蕃之助以靖安史之难,致广德、永泰间,长安一再沦陷,代宗幸陕。稽诸史乘,借外力以平内乱者鲜有不亡,苟无郭、李,恐靖康之祸,早见于当时矣。

四九

考据家之学问工作有所谓"追娘家",如甲乙两说或两种以上之记载互有出入时,则须追求各人所根据资料之来历。资料估价之方法约有三种:一曰时间,二曰空间,三曰人事。如记载者与本事之发生同时,自然比后人补记者为有力;若记载者所在地与本事之产生同地,自然比远道传闻者为有力;若记载者与当事人有特殊关系,自然比杳不相涉者为有力。此一定之方法,而做学问之态度亦应如是也。《汉书》载项王取太公、吕后于沛而不言父母妻子。《汉书》之娘家自是《史记》,而《史记》中则又两说兼有。《项羽本纪》则云太公、吕后,而《高帝本纪》则云父母妻子。惜《史记》之娘家不易追,故此事竟成悬案矣。《史记·淮阴侯列传》之论赞,擘头第一句曰:"余如淮阴,淮阴人为余言。"可见太史公所根据之资料多从实地调查得来,则娘家愈不可得矣。

五〇

汉高祖封功臣为列侯者凡百四十有三人，其封爵之誓书铭诸铁券，文曰："使黄河如带，泰山若砺，国以永存，爰及苗裔。"真可谓申誓旦旦者矣。既申之以丹书之信，又重之以白马之盟，受封者亦何尝不作万世之业想。乃不及百年，至武帝初叶，百四十三人中，能保有其国者只余四人，即酂侯萧寿成、缪侯郦世宗、汾阳侯靳石封、睢阳侯张昌是也。太初三年，张昌坐为太常乏嗣，国除。所余者只三人而已。其间以无子国除者有之，以子孙骄逸抵法禁而陨身失国者有之，而以雄主蓄意削藩故入人罪者占大多数。功狗之叹，千古如一，斯亦可哀也已。

汉初赐予功臣之铁券，虽或不旋踵而身戮国除，子孙绝灭，然而气象大方，文辞冠冕，不失为帝者口吻。至于明朝，则不逮矣。成化间，宪宗赐朱永一铁券，其铭曰："除谋逆不宥外，其余杂犯死罪，本身免死二次，初犯削禄之半，再犯全削。子免死一次，禄米全不支给。"此岂君人者之所应出耶？直奖励犯罪而已。"其余杂犯死罪"一语，岂复成文，何者为"杂犯之死罪"，何者曰"其余"？直是明令特许，准以无恶不作而已。以爵禄酬勋劳，犹可言也，若以他人之生命财产或自由，供豪右之蹂躏，用作酬庸，宁非笑话？既云死罪，则受害者之情实可知矣。法律何等尊严，岂容儿戏，况复一而再，再而三耶？此真千古之虐政，而国史之耻辱者矣。

五一

墨、劓、剕、宫、大辟是曰五刑，除大辟外自余尚可偷生，然肢体则已残矣，是曰肉刑。汉文帝在位之十三年，下令除肉刑，以笞易劓、刵。应劓者改笞三百，应断左趾者改笞五百，而受笞多死。迨景帝即位又复有减刑之事。中六年，定棰令，应笞三百者棰二百，笞二百者棰一百，受者乃赖以得全。后之论史者多议文帝变古之非，谓刑减而死者愈众，轻犹重也。即贤如班固，亦曰文帝外有轻刑之名，内实有杀人之意，深文周纳，未免过当。笞而死，乃执刑者之失，岂可以罪文帝？君子论世，原心而已。考我国史乘，凡有变更古法者辄遭抨击，自天子以至庶人，贵贱一也。不变则已，变则难逃斯例，此亦我民族性之特异者矣。积弱之源，于斯为烈，如不然者，荆公何至受谤哉？使荆公得行其道，则一部宋史之面目必不如此，可断言也。师古虽为经验之累积法，凡一种文化之所以成立，实利赖之，无可讳言。然而师古则可，泥古则不可矣。万世不变之道，师之可也。但时代变迁，顷刻不留，潮流之与环境，常相摩荡，无有已时，若应付不敏，则弊害立见。自强不息之谓何？君子其知之矣。时圣之孔子，何尝教人泥古哉？

复次，余之所谓笞而死乃执刑者之失，此言并非武断。中六年景帝诏定棰令时，丞相御史大夫刘舍等之说帖曰："当笞者笞臀，一罪毋得更人。"如淳注曰："然则先时笞背也。"师古曰："毋得更人，谓行刑不更易人也。"试思不择地而笞，数十笞即可以伤命，况三百五百耶？又执刑者且筋疲力竭，乃再易一生力者以行之，周而复始，人非木石，不死何待，此岂文帝之本意哉？景帝诏曰："笞者，所以教之也。"只鞭挞以教之而已。可见文帝之定笞法，实师三代朴作教刑之本意，讥以变古，不亦诬乎？要之笞所以代劓、刵也，鼻之有无，一望可知，执刑者绝无可以作弊之机。至于笞则不然，财可通神，轻重由之，监刑官无如之何也，况万几之帝者乎？

五二

　　史载公孙渊遣使奉表称臣于吴，吴主悦，为之大赦，且赏赐过当。张昭谏不听，忿而称疾。吴主恨之，以土塞其门，昭复于内以土自封之。既而渊戮吴使以叛，果如昭言，吴主数遣人慰谢张昭，昭固不起，吴主因出过其门呼昭，昭辞疾笃，吴主烧其门，欲以恐之，昭仍不出，吴主使人灭火，守立于门外，昭诸子共扶昭起，吴主载以还宫，深自克责，昭不得已，然后朝会。此一段记载，有类小儿女以细故起衅，背面不相理，唯见天真。又如李逵请客，动作粗豪，唯见率直。凡此皆为唐宋以后君臣之间不获再见者矣。盖君主政治，运用愈趋圆满，则制度愈趋谨严，礼法愈趋虚伪，而上下亦愈阂隔，以即于灭亡。正如人之身体，由孩童以至于少壮，筋骨日趋强健。但强健既达于最高度，而强身原料之矿质盐性，即渐堵塞其微丝血管，使之头童齿阔，面皱发白，且血管硬化，骨脆易折，以即于死亡。张昭虽非一等名臣，而孙权亦非一等英主，但举此可以例其余。类似之事故，唐宋以前不乏其例也。

五三

　　每一个朝代，若以享祚之短长而论，主要条件当然在于开国规模之能否顺应环境及施政方针能否适合时代之要求，而在宪政制度未确立之先，则君明臣良亦可列为条件中之首要也。汉之除秦苛政、与民更始、约法三章等，堪称顺应与适合，而高帝、萧、曹等亦不失为明良，是以秦汉两朝之国祚为十五与二百三十之比，非无因也。然而亦有出人意表者。后周之太祖、世宗、王朴等，平心而论，贤明实不让汉高帝与萧曹，而国祚不永，凡三世九载而遂亡。明朝自成祖以下，累代昏庸，几于无善可述，而享祚乃至二百七十六年之久。凡此两事，周不能归罪于人事，而明亦只能归功于天时矣。后周之开国规模且勿具论，即以其施政言之，略举数事，亦可以窥见其帝者之为何等人。

先是，后梁太祖朱全忠攻淮南，掠得耕牛以千万计，给东南诸州农民，使岁输租。延至后周，已历数十载，牛死而租不除，人民怨苦。周太祖素知其弊，乃于广顺三年下令除租牛课，民赖以安。读此可以见其勤察民隐。

周世宗即位之初，诏天下寺院非敕额者悉废之；禁私度僧尼，凡欲出家者必俟祖父母、父母叔伯之命。令两京及诸州每岁造僧册，其有死亡或还俗者随时具报。计显德二年，天下寺院存者二千六百九十四，废者三万三百三十六，见僧四万二千四百四十四，尼一万八千七百五十六。读此则其行政机构之缜密可以概见。

世宗以大梁城中迫隘，人民每侵街衢为舍，通大车者盖寡，乃立标帜，悉直而广之，广者至三十步。又令迁城中坟墓于标帜七里之外，其标内则俟县官分画街衢、仓场、营廨外，听人民筑室。令曰："近广京城，于存殁扰动诚多，怨谤之语，朕自当之，他日终为民利。"读此则其规模之远大，市政之整肃可见。

世宗即位，高平一役，北汉丧胆，复回师以讨伐南唐，一举而定江北。显德六年，唐主遣钟谟入贡，上问谟曰："江南亦治兵修守备乎？"对曰："既臣事大国，不敢复尔。"上曰："不然。昔为仇敌，今则一家，吾与汝国大义既定，保无他虞，然人生难期，至于后世则事不可知。归语汝主，可及吾身完城郭，缮甲兵，据守要害，为子孙计。"谟归以告，唐主乃城金陵。呜呼，抑何其恢恢有容也！司马温公之论周世宗曰"无偏无党，王道荡荡"，又曰"大邦畏其力，小邦怀其德，世宗近之矣"。诚哉是言！世宗殂年三十九，正春秋鼎盛而赍志以殁，岂独周之不幸？抑亦南唐后主之不幸矣！王朴卒于显德六年三月，同年六月而世宗殂，周亦以亡。由此观之，则国祚仍系于君相之手矣。

显德二年，王朴上周世宗之《筹边策》曰："中国之失吴、蜀、幽、并，皆由失道。……凡攻取之道，必先其易者。唐与吾接境几二千里，其势易扰也。……南人怯懦，闻小有警，必悉师以救之，师数动则民疲而财竭，不悉师，则我可以乘虚取之，如此江北诸州将悉为我有。既得江北，则用彼之民，行我之法，江南亦易取也。得江南则岭南巴蜀可传檄而定，南方既定，则燕地可望风内附。若其不至，移兵攻之，席卷可平矣。唯河东必死之寇，不可以恩信诱，当以强兵制之。然彼自高平之败，力竭气沮，必未能为边患，宜且以为后图。俟天下既平，然后伺间，一举可擒也。"周世宗之取江北，悉如朴策；宋太祖之平定江南、岭表、巴蜀，亦如朴策。所不验者，只王朴视幽燕之契丹太轻，而视河东之刘崇太重耳。然此实不能咎朴之失策，亦师之者于缓急轻重之间，措置失宜而已。世宗既定江北，即按兵不动，市恩义以怀柔江南，曾不进取；坐令南唐、吴越、南平、孟蜀、南汉得以偷息苟延，有妨北顾，非朴策也。至于宋之联金伐辽，无殊养虎，迹有宋一代之于契丹，始终皆恩威失宜，和战无定，致宣和、靖康之世，举国以殉。悲夫！人存政举，人亡政息，又岂王朴之所及料哉？

五四

中国与边疆小民族之纠纷，不绝于史，但强半为自卫的，而非以强陵弱也。每届秋高马肥，彼等辄逐水草而入寇，掠我牲畜粮秣，其甚者则更为子女玉帛而来，以图民族生存而战争，良非得已。然而因雄主之好大喜功，动机在于开边辟土者则亦有之，如秦皇、汉武等是也。吾见三国时代之两英雄，其对外战争之动机，大有异乎寻常，完全是出于一种策略，即魏武帝与诸葛武侯是已。

袁绍既败，魏武于未击刘表之先而从事于北征，凿两渠以通运。一自呼沱入泒水，名曰平虏渠；一自洵河入潞河，名曰泉州渠。建安十二年夏，魏武自将兵击乌桓蹋顿，大败之，斩蹋顿及名王已下。乌桓请降。当魏武出兵北伐时，刘备说刘表袭许，表不能用。及闻魏师得胜而还，表谓备曰："悔不用君言，致坐失时机。"备曰："今天下分裂，日寻干戈，事会之来，岂有终极，若能应之于后者，则此未足为恨耳。"盖含恨以慰之也。实则魏武出师之先，诸将有恐刘表后袭而谏阻者，郭嘉独排众议，谓："表乃坐谈客耳，必不能用备言，虽虚国远征无忧也。今袁绍虽败，而其子尚与熙俱在，且尝有德于诸胡，苟因乌桓之资，兴师入寇，胡人一动，民夷俱应，生蹋顿觊觎之心，恐青、冀二州非我有矣。"议遂决。师还，魏武厚赏谏者，谓此役实乘危以侥幸，不可以为常。

黄初六年，武侯于未出兵汉中之先，自率大军南进讨雍闿，所向皆捷，斩雍闿于越巂。孟获收闿余众，统诸夷以拒亮，七战而降之，获乃自矢曰："公，天威也，南人不复反也。"师至滇池，益州、永昌、牂柯、越巂四郡皆平。终亮之世，夷汉相安无事。即《出师表》所谓"思维北征，宜先入南"者是已。此二人者，其开边之动机乃着意巩固后防，实为第二目的，其第一目的则在进兵中原也。政治家之策略与野心家之好大喜功者不可同年而语。

武侯自有千秋，可勿具论，唯魏武则厚蒙不洁，莫之或伸，然而司马温公固早已伸之矣。建安十七年，荀彧饮药于寿春，温公论之曰："孔子之言仁也重矣。自子路、冉求、公西赤门人之高第，令尹子文、陈文子诸侯之贤大夫，皆不足以当之。而独称管仲之仁，岂非以其辅佐桓公，大济生民乎！齐桓之行若狗彘，管仲不羞而相之，其志盖以非桓公则生民不可得而济也。汉末大乱，群生涂炭，自非高世之才不能济也，然则荀彧舍魏武将谁事哉？齐桓之时，周室虽衰，未若建安之初也。建安之初，四海荡覆，尺土一民，皆非汉有。荀彧佐魏武而兴之，举贤用能，训卒厉兵，决机发策，征伐四克，遂能以弱为强，化乱为治，十分天下而有其八，其功岂在管仲之后乎？管仲不死子纠而荀彧死汉室，其仁复居管仲之先矣。而杜牧乃以彧之劝魏武取兖州则比之高、光，官渡不令还许则比之楚、汉，及事就功毕，乃欲邀名于汉代。譬之教盗穴墙发匮，而不与同挈，得不为盗乎？余以为孔子称'文胜质则史'，凡为史者，记人之言必有以文之。然则比魏武于高、光、楚、汉者，史氏之文也，岂皆彧口所言耶？用是贬彧，非其罪矣。且使魏武为帝，则彧为佐命元功，与萧何同赏矣。彧不利此而利于杀身以邀名，岂人情乎？"痛快淋漓，理直而气壮，此真以纯客观的态度下判断，言人之所不敢言者矣。史乎史乎，杜牧恶足以语于是。

五五

高帝提兵争中原，而使萧何坐镇关中；光武提兵讨群敌，而使寇恂坐镇河内。虽则转战千里，因地为粮，一切给养，未必悉自关中、河内出，然而重镇之不可以或忽，其机微矣。高帝、光武之所以成功，条件虽或甚多，但展转四出，终如网之有纲，进退豫如，则重镇之说为不可诬也。反而观之，试回顾失败者之陈迹，则亦可以知其机矣。自秦汉以迄清代，中国以帝制统一之历史凡二千年，试于初期举一事实，末期举一事实，以作例证。

项羽起自江东而转战中原，凌厉权奇，无可伦比，乃忽略江东而都四面受敌之彭城，结果一败涂地，此一例也。洪秀全起自金田而转战中原，气压江南，清廷束手，乃忽略越桂而都四面受敌之金陵，结果亦一败涂地，此又一例也。一始一终，上下二千载，如出一途，则其余亦可无庸列举矣。此无他，重镇之不立而已。岂曰彭城与金陵之不可都哉？若凭借一进可以战、退可以守之根本重镇而与群雄角，待事定功成之后，彭城也可，金陵亦无不可。吁，其机微矣！由此言之，张作霖苟无外患以乘其后，前途正未可量耳，惜哉。然而张氏无曹瞒、诸葛之卓识，不仅于后顾而欲争雄于中原，则亦可置而勿论矣。

五六

贞观五年十月，上令群臣议封建，魏徵以为不可。中书侍郎颜师古请分王诸子以州县，使杂错而居。十一月诏皇家宗室及勋贤之臣宜令作藩镇，贻厥子孙，非有大故，毋或黜免。迨肃宗以后，藩镇跋扈，唐室以亡。此则家天下者之报应矣。皇家宗室，勋贤子弟，若有所爱好，则富之可也，州县乃国家土地，岂容分割以酬所私？况纨绔子弟，庸知治术，牧民之职，讵比寻常，是以至德、乾元以还，大权旁落于军人之手，安、史方靖，而河北三镇继之，扰攘不已，以抵于灭亡。魏徵之卓识，敻乎远矣，岂颜师古之流所能望其项背哉？

唐武氏之祸，人皆知牝鸡司晨，为家之索，然也。但此司晨之牝鸡实为王皇后，人多略之。盖以读史者之精神每为武氏之狠辣手段所牵制，眼花撩乱，致令罪魁得以逍遥法外也。初，高宗之王皇后无子，萧淑妃有宠，后嫉之。当上在东宫时，尝入侍太宗，见才人武氏而悦之。贞观二十三年五月，太宗崩，其年即以安业坊济度尼寺为灵宝寺，尽度太宗嫔御为尼，武氏亦随众入寺矣。会忌日，上诣寺行香，二人复相见，武氏泣，上亦掩泣。王皇后闻之，阴令武氏蓄发，劝上内诸后宫，用以间萧淑妃之宠。动机不过如此，此所谓妇人之智也。未几，武氏拜为昭仪，后与淑妃俱宠衰，然尚无废后之意。永徽五年，会昭仪生女，后怜而弄之。后出，昭仪潜扼杀此女，覆以锦衾。上至，昭仪阳为欢笑，启衾见女已僵，乃佯作惊啼状，上询知皇后适来，大怒，后无以自明，废立之意遂决，后与淑妃俱惨死。假令王皇后不与萧淑妃争宠，则武氏虽经纶满腹，恶辣通天，亦只好栖迟梵宇以度其逝水之年华而已。

后梁开平二年，蜀王建即位称帝，建虽目不知书，然好与文士谈，且粗晓其义。是时唐衣冠之族多避乱在蜀，蜀主礼而致之，使修举掌故，是以典章文物，颇有唐代遗风。如韦庄，词人也，任为左散骑常侍。庄乃韦见素之孙，天宝末尝相唐室。以是因缘，虽易代而流风未已。欧阳炯所辑之《花间集》，即在孟蜀之广政三年。其中词人，亦多蜀产也。

五七

余尝对于"有所不为然后可以有为"一语写过一段评论，引所谓领袖人物及创业之主为证。史载诸葛武侯一段故事，愈可以发明斯义。一日，武侯至其所属之主簿室，自校簿书，主簿杨颙直入，谏曰："为治有体，上下不可相侵，请为明公论家常。今有人使奴执耕稼，婢典炊爨，鸡主司晨，犬主吠盗，牛负重载，马涉远路，庶业无旷，所求皆足，雍容高枕，饮食而已。忽一旦尽欲以身亲其役，不复付任，劳其体力，为此碎务，形疲神困，终无一成，岂其智之不如奴婢鸡犬哉？失家主之法耳。是故古人称'坐而论道，谓之王公；作而行之，谓之士大夫'。是以丙吉不问横道死人而忧牛喘，陈平不肯知钱谷之数，云'自有主者'，彼诚达于位分之体也。今明公为治，乃躬自校簿书，流汗终日，不亦劳乎？"武侯谢之，颙卒，武侯垂涕三日云。然则汉文帝之欲黜上林尉而进啬夫，亦犹是耳。可见治术之缓急轻重间，措置每易失宜，贤者不免。从谏如流，是为美德，有已乎。然而任大事者，于自觉精神不周时，每好弄小聪明以示明察，实人类之通病矣。

五八

汉武帝崇尚儒术,置五经博士,养三老、五更,不察者或以为是一种行政策略,虚文而已。而岂知及武帝之身与其嗣子,受博士三老之匡济已自不少,不得以近代之咨议、顾问视之也。试在历史上举数事以为证。

戾太子以巫蛊事被谗,致父子构兵,群臣忧惧,不知所出。三老令狐茂上书曰:"皇太子为汉嫡嗣……江充闾阎之隶臣耳,陛下显而用之,衔至尊之命以迫蹴皇太子,造饰奸诈,群邪错谬,是以亲戚之路隔塞而不通,太子进则不得见上,退则困于乱臣,独冤结而无告,不忍忿忿之心,起而杀充,恐惧逋逃,子盗父兵,以救难自免耳,臣窃以为无邪心。《诗》曰:'营营青蝇,止于藩。恺悌君子,无信谗言。谗言罔极,交乱四国。'往者江充谗杀赵太子,天下莫不闻,陛下不省察,深过太子,发盛怒,举大兵而求之,三公自将,智者不敢言,辩士不敢说,臣窃痛之。"书奏,天子感寤。征和三年,上怜太子无辜,乃作思子宫,为归来望思之台于湖,天下闻而悲之。

直言,危事也。于雄主盛怒之下而进直言,其危尤甚,况预人家庭事乎?此老真不负国家之养。

始元五年春正月,有男子乘黄犊诣北阙,自称卫太子。诏使公卿、将军、中二千石杂识之,莫敢发言。京兆尹隽不疑后至,叱从吏收缚。或曰:"是非未可知,且安之。"不疑曰:"诸君何患于卫太子!昔蒯聩违命出奔,辄距而不纳,《春秋》是之。卫太子得罪先帝,亡即不死,今来自诣,此罪人也。"遂送狱。天子与大将军霍光闻而嘉之,曰:"公卿大臣,当用有经术明大义者。"

元平元年,霍光以群臣奏事东宫,太后省政,宜知经术。白令夏侯胜用尚书授太后，迁胜长信少府，赐爵关内侯。

本始二年夏五月，诏曰："孝武皇帝躬仁义，厉威武，功德茂盛而庙乐未称，朕甚悼焉，其与列侯、二千石、博士议。"于是群臣大议庭中，皆曰宜如诏书。长信少府夏侯胜独曰："武帝虽有攘四夷广土境之功，然多杀士众，竭民财力，奢泰无度，天下虚耗，百姓流离，物故者半，无德泽于民，不宜为立庙乐。"公卿共难胜曰："此诏书也。"胜曰："诏书不可用也。"于是丞相御史劾奏胜不道，连及丞相长史黄霸阿纵不举劾，俱下狱。霸于狱中请从胜受《尚书》，胜辞以死罪。霸曰："朝闻道，夕死可矣。"胜贤其言，遂授之。

当时经义之见重也如此，而朝士大夫竟能以经义断狱，且以经义折诏书，博士诚不虚縻俸禄矣。胜年九十卒，太后素服五日以报师傅之恩，儒者荣之。

武帝之好大喜功，诚令人有可议之道，然勇于改过，实足多焉。因田千秋一言而罢斥方士，每对群臣自叹曩时之愚惑，为方士所欺。因桑弘羊奏议而下诏罪己，深陈既往之悔。诏曰："前有司奏，欲益民赋三十助边用，是重困老弱孤独也。……乃者贰师败，军士死略离散，悲痛常在朕心。今又请远田轮台，欲起亭隧，是扰劳天下。非所以优民也，朕不忍闻。"夫以猛进迈往如武帝，独断独行，几成为第二天性，而乃从善如流，翻然一改其常度，真所谓提得起，放得下，非具大智慧者而能若是乎？

五九

太初三年伐大宛，发天下吏有罪者、亡命者及赘婿、贾人、故有市籍、父母、大父母有市籍者凡七科，适为兵，载糒给贰师。天汉四年春正月，发天下七科谪，遣随贰师将军李广利出朔方以伐匈奴。张晏曰："七科者，一曰吏有罪，二曰亡命，三曰赘婿，四曰贾人，五曰故有市籍，六曰父母有市籍，七曰大父母有市籍。"二说正同，汉初谪边罪犯乃如此。一与二易解，赘婿之为有罪，应是以其不顾父母之养，因求偶而甘心谓他人父、谓他人母，犯不孝之条。四至七乃根于当日重农贱商之国策，应是指罪犯中户籍之为商贾、为市侩者，非谓凡属商贾市侩悉为罪犯也。更约而言之，则罪犯中之士族与农工族苟非负有前三科之罪名者得免兵役。天汉四年之令曰"发天下七科谪"，有一"谪"字，得知必为罪犯，尚不至于误解。但读太初三年之命令，可使人误以为全国商贾均须服兵役，或则误为本身虽属士农工阶级，而脱离市贾籍未逾三代者仍须服兵役，意义殊欠明晰。文章固有以简练为美者，但铺叙事实与运用典故，技术自应不同。典故虽亦曰事实，但既经前人铺叙过而为人所共知，只约略点到即已大明。如曰"惊鸿游龙""青梅竹马"，一见即了然于心，无取辞费。唯修史则与作诔辞、作像赞不同，虽则删冗芟蔓乃史笔之要义，秽芜定非良史，但削伐过甚以致叙述不明，令人迷惑，则亦未可遽许之曰良。过犹不及，蒙头盖面与语焉不详，厥弊维均。《新五代史》较于《旧五代史》为优，固也。但刻意以"逸马杀人于道"相标榜，或难免有不详不尽之嫌。甚矣，良史之难能也。

始皇三十三年，发诸尝逋亡、赘婿、贾人为兵。贾谊曰："秦人家贫，子壮则出赘。"师古曰："谓之赘婿，言其不当出在妻家，犹人身之有疣赘也。"由此观之，则余所谓赘婿之罪，殆恶其不顾父母之养，此言是矣。至于贱商之习俗，由来愈远，孟子所谓恶其罔市利，名之曰"贱丈夫"，则春秋战国之世，早已为人所轻薄。盖大平原之民族，原料无缺乏之虞，只要男耕女织，便可收家给人足之效。所谓"通工易事以羡补不足"，所谓"古之为市者以其所有易其所无"，固无须乎商贾为之转运原料，疏散生产也。人但见商贾之不耕不织而生活裕如，是以贱之。此实得天独厚之平原民族，曾不知贫瘠岛民缺乏原料之苦。若使之感受原料缺乏或生产过剩之苦痛，应知重商矣。

汉高帝在位之第八年，令"贾人毋得衣锦、绣、绮、縠、绨、纻、鬣，操兵，乘骑马"。丝织品、麻织品、毛织品皆不许着，不许带刀，不许驾车，不许骑马，只许着棉布衣服以步行，伤哉贱也。又高帝十二年，相国何请令人民得入上林苑收槁为禽兽食。上大怒曰："相国多受贾人财物，乃为请吾苑。"下相国廷尉狱，系之。可谓盛怒。最奇者无端而迁怒于贾人。可见当时凡涉于有利可图之事便立即联想到商贾身上，想及便深恶痛绝。可见孔子之罕言利，孟子之于梁惠王及宋牼，皆以"何必曰利"为辞，此并非儒家哲学精神乃如是，实当日之习俗移人耳。且崇尚儒术乃自武帝始，不得谓高帝、秦皇之政令曾受儒术影响也。

《汉书·严助传》：淮南王安上书谏用兵于闽越曰："间者数年，岁比不登，民待卖爵赘子以接衣食。"如淳曰："淮南俗，卖子与人作奴婢名为赘子。三年不赎遂为奴。"师古曰："赘，质也。"《说文》："赘，以物质钱也。从敖，贝声。敖，放也。放贝而可以收回，意犹质也。"故赘子实犹今之典身而立有年限取赎者。赘婿之"赘"训"疣"，而赘子之"赘"训"质"，其义不同。

六〇

鄢陵之战，栾书将中军，步毅御晋厉公，栾鍼为右。鍼，书之子也。车陷于淖，栾书将载晋侯。鍼曰："书退，国有大任，焉得专之。"意谓各有专职，毋得相越也。君前而子可以斥其父之名，以事理而论，只应曰"将军且退"。因当时栾书乃中军主帅，"将军"头衔，乃国家所授，即国君亦应称之为将军。汉宣帝与赵充国之敕书曰："将军其引兵并进，勿复有疑。"是其例矣，此一事也。

晁错欲厉行中央集权政策，诸侯哗然。错父闻之，谓错曰："上初即位，公为政用事，乃侵削诸侯，疏人骨肉，口语多怨，公何为者？"错曰："固也，不如此则天子不尊，宗庙不安。"父曰："刘氏安，晁氏危矣。行矣，公其勉之。"父而面称其子曰"公"，以示义断恩绝之意，此又一事也。

宋孝武时，颜延之子竣为丹阳尹，甚贵显。延之性澹薄，乘羸牛笨车，遇竣卤簿于途，辄住道左。尝语竣曰："吾平生不喜见要人，今不幸见汝。"父而称其子曰"要人"，此又一事也。斯三者，实历史上称谓之趣事。

文帝前六年，匈奴冒顿死，子稽粥立，帝复遣宗室女翁主为单于阏氏，使宦者燕人中行说傅翁主，说不欲行，汉强使之。说曰："必我也，为汉患者。"其意若曰，强我行，他日为汉患者必我也。既入匈奴，甚得亲幸。初，匈奴好汉缯絮、食物，中行说曰："匈奴人众不当汉之一郡，然所以强者，以衣食异，无仰于汉也。今单于变俗，好汉物，汉物不过什二，则匈奴尽归于汉矣。"此真深得拒绝同化之神髓者矣。狡哉中行说，智哉中行说！其后每得汉缯絮，辄服之奔驰草棘中，使衣裤裂敝，以示不如旃裘之完善也。得汉食物皆弃之，以示不如湩酪之便美也。又教单于以计课畜牧、登记人众之法。遗汉书牍，辄倨傲不逊。汉使或訾笑之，中行说曰："毋多言，所给备善则已，若不备不善，则候秋熟，当驰骑以蹂而稼穑耳。"毒哉小人！当时朝廷以诸吕之变，继以吴楚七国之乱，国家多事，正极力用和亲政策以怀柔匈奴。计自稽粥承翁主后，汉女遣嫁匈奴者凡五六见。然终文景之世，四十年间，匈奴入寇之事，不绝于史，未始非中行说挑唆之所为也。苟非孝武之大张挞伐，边患宁有已时。女子小人之难养，岂不然哉？远之则怨，其祸有如是者，吁，可畏已！

六一

景帝后元年，以南阳直不疑为御史大夫。有廷毁不疑为盗嫂者，不疑闻之曰："我乃无兄。"不辩之辩，胜于雄辩。

刘先主禁酒，有司希旨，变本加厉，凡藏有酿酒具之家辄遭逮捕，骚扰不宁，人民苦之。一日，简雍与先主同立于楼上，见有男女偕行者，雍曰："此人欲行淫，亟宜繋付有司。"先主问何以知其然。雍曰："以其身有淫具耳。"先主大笑，即日罢禁酒令。一语回天，胜于万言谏草。

张弘范仕元为都元帅，督兵南下，穷追南宋舟师至崖山，陆秀夫负帝昺蹈海，宋以亡。弘范庆大功之告成，勒铭于水中央之岩石曰"张弘范灭宋于此"，字大如斗，后虽削去而痕迹尚存，余犹及见。陈白沙先生记其事，为加一宋字于上而成为"宋张弘范灭宋于此"。一字之贬，严于斧钺。

弘范善马槊，颇能歌，有《淮阳乐府》一卷。其"围襄阳"之《鹧鸪天》曰："铁甲珊珊渡汉江。南蛮犹自不归降。""襄阳寄顺天友人"之《满江红》"万里长江今我有，百年坚壁非他守。看虎牙、飞上万山头，诛群丑"，又曰"怕故人、相忆问归期，平蛮后"。弘范原是常人，为人欲而仕，吾无责焉，责则高视之矣。但不应骂中国人曰"蛮"曰"丑"。彼虽赐名"拔都"，犹是汉家儿，其祖宗仍是姓张，庐墓犹在河南省之河内。赵德用以诗斥之曰"镌功奇石张弘范，不是胡儿是汉儿"，良有以也。

六二

《魏略》曰："建安中，袁绍为中子熙娶中山甄会女。绍死，熙出在幽州，甄留侍姑。及邺城破，五官中郎从而入绍舍，见甄怖以头伏姑膝上。五官中郎谓绍妻刘夫人，扶甄令举头，见其姿貌绝伦，称叹之。太祖闻其意，遂为迎娶。"

《世说新语》曰："魏甄后慧而有色，先为袁熙妻，甚获宠。曹公之屠邺也，令疾召甄，左右白：'五官中郎已将去。'"以上二者，咸称曹丕曰五官中郎。

《后汉书·袁绍传》：建安八年春二月，曹操攻黎阳，与袁谭、袁尚战于城下。谭、尚败走还邺。夏四月，操追至邺。引漳水灌之，城中饿死者过半。八月戊寅，审配兄子荣，夜开城门内操兵。操入邺，临祀绍墓，哭之流涕。慰劳绍妻，还其家人财物。

《魏志》：建安十六年春正月，以曹操世子丕为五官中郎将，置官属，为丞相副。

案如上述，操入邺，临绍舍，乃在建安八年秋八月。册曹丕为五官中郎将则为建安十六年春正月事。是则破邺夺甄时，曹丕那得有五官中郎之称？

《世语》曰："太祖下邺。文帝先入袁尚府，见妇人散发垂涕立绍妻后。问知是熙妻，令揽发拭面，姿貌绝伦，遂纳之。"此是史笔补叙，追称操曰太祖，丕曰文帝，固应如是。至于铺叙建安八年事，若以当日立场言之，则未应有五官中郎之称。以补叙言之，只应曰文帝，又不宜有五官中郎之称。此之谓进退失据。

六三

刘聪既陷长安，琅邪王睿受愍帝诏，权摄大位。刘琨谓温峤曰："晋祚虽衰，天命未改，吾当立功河朔，使卿延誉江南，行矣，勉之。"峤为琨奉表诣建康，其母崔氏以为是非尚难定，固止之，峤绝裾而去。既至建康，王导、周𫖮、庾亮等皆爱峤才，争与之交。琨乃峤之姨父也。

辛弃疾与党怀英，少同学于亳社刘瞻老，颖悟不与常儿同。绍兴三十二年，弃疾为耿京奉表诣临安，比返命，行至海州，闻张安国已杀耿京降于金[1]，乃卒其部曲突入金军大营，挟安国驰马南奔，由扬州渡江，献俘于临安。怀英则仍留河朔，仕金至翰林院承旨。此四君者，虽去住不同，皆能戛戛独造，各有所建树。

辛弃疾与党怀英，于事功而外皆以文章显。稼轩之词卓绝千古，人所共知，可勿具论。而怀英之文章，则亦纵横淹博，领袖时流。金章宗好文学，每叹朝士曾无一人及怀英者。录其制诰以示一斑。

章宗明昌四年，郑王永蹈以谋反伏诛，王固章宗之叔父也。怀英草诏曰："天下一家，讵可窥于神器；公族三宥，卒莫逭于常刑。非忘本根骨肉之情，盖为宗社安危之计。亦由凉德，有失睦亲。乃于间岁之中，连致逆谋之起。恩以义掩，至于重典之亟行。天高听卑，殆匪此心之得已。兴言及此，惋叹奚穷。"当日论者谓百年来无此制诰云。此等题目，最难着笔，诚以于国则为君臣，于家则为叔侄也。

东晋与南宋，国势略相似，而此四君之出处亦略相似。所异者刘琨志扶晋室而怀英仕金，要皆历史上之佼佼者。

范阳祖逖，少有大志。与刘琨俱为司州主簿，同寝处，中夜闻鸡鸣，蹴琨觉曰："此非恶声也。"因起舞。卒其部曲渡江，屯淮阴。归安彊村翁，以宣统辛亥东渡，主先兄任公家，一日闻内室有儿啼声，翁微唱曰："此非恶声也。"时翁年逾五十，门祚衰微，旅怀岑寂，于国于家，俱乏欢肠，故流露于不自觉。一则以少壮乘时，奇气勃发；一则以英雄迟暮，心事蹉跎，而感慨相似。

晋元帝建武元年，杜曾围扬口垒，马隽叛，从曾来攻垒。时刘浚守北门，朱伺守南门。或欲剥隽妻子面皮以示之。伺曰："杀其妻子而围不解，徒增怨耳。"乃止。既而曾攻陷北门，伺被伤，追入舟中，穿舟底以出，潜水行五十步，乃得免。曾遣人说伺曰："马隽德卿全其妻子，今尽以卿家内外百口付隽，隽已尽心收视，卿可来也。"伺报曰：

---

[1] 按："金"，原误作"元"，据文意改。下不另注。

"吾年六十余，不能复与卿作贼。"乃投奔王廙，病创而死。民国十七年，南军北伐，淮、徐、直、沽相继陷。时王静安先生讲学于清华大学，慨然曰："吾年五十余，一辱岂容再辱。"遂投昆明湖而死。盖当日类似湖南叶德辉之事实时有所闻，意以为万方一概也。烈士暮年，感慨亦相似。

六四

桓玄篡位，刘裕与何无忌同舟还京口，密谋兴复晋室。青州主簿孟昶时在京口，亦与裕同谋。妻周氏富于财。昶谓之曰："刘迈毁我于桓公，使我一生沦陷，我决当作贼。卿幸早离绝，脱得富贵，相迎不晚也。"周氏曰："君父母在堂，欲建非常之谋，岂妇人所能谏。事之不成，当于奚官中奉养大家耳。"盖晋宋间子妇称其姑曰大家，而二等奴仆曰奚。意谓若事败而家人没入为官婢时，当于奚官中养姑也。昶怅然久之而起。周氏追昶坐，曰："观君举措，非谋及妇人者，不过欲得财物耳。"因指怀中儿示之曰："此而可卖，亦当不惜。"遂倾资以给之。昶之弟妇，亦周氏之从妹也。周绐之曰："昨夜梦殊不祥，门内绛色物宜悉取以为厌胜。"妹信而与之，乃尽制为军士袍。何无忌夜于屏风里草檄文。其母刘牢之姊也，登凳密窥之，泣曰："汝能如此，吾复何恨？吾不及东海吕母明矣。"盖王莽之世，琅邪吕氏子作县吏，为宰所冤杀，其母散家财以结游侠少年，得百余人，攻海曲县，杀宰以祭子墓，入海为盗，聚众至万数，故何母以此自况。

读史氏曰：孟妻何母，其慷慨壮烈豪迈精明之气度，视范滂之母，何多让焉？只以生不逢时，正当五胡乱华、学绝道丧之日，刘裕虽讨贼而终移晋祚，以盗易盗，不若桓、灵儒生，赌性命而与宦竖争，得后世同情，遂令范母之名，亦得与党锢诸贤而共垂不朽。此则时势使然，非范母之独能育佳儿也。且孟、何诸人与刘裕盟而共扶晋室，亦即穷追桓玄而戮之矣，元兴三年奉晋七庙神主重入太庙矣，义熙元年何无忌且奉乘舆东还建康矣。卢循逼建康，孟昶欲奉乘舆渡江依刘裕，裕不听，昶乃抗表自陈，仰药以明志矣。讨贼而贼已灭，晋祚复兴，光明磊落，无负初志，何讵不若昔贤也？

六五

地理与人文关系甚大，如傍江河湖泽而居者人多优美，反是而重峦叠嶂之间民多犷悍，盖应付环境觅衣食以图生存，久而久之，生理上自随环境而变化，势使然也。又四川、江西两省多产生文学士，而浙东、浙西之学派犂然不同，则思想亦随地理而转移矣。

中国历史上之帝王，自汉初以迄近代，按司马温公所认为正统者而诠次之，除元、清两朝外，凡得十有六人。试以行省为界，表分如左。

一、刘邦，沛邑，江苏徐州府治；

二、曹丕，沛国谯人，江苏徐州府治；

三、司马炎，温县，河南河内怀庆府治（在黄河北岸）；

四、刘裕，彭城，江苏徐州府治（晋室东迁刘氏移居丹徒之京口）；

五、萧道成，南兰陵，江苏武进县治；

六、萧衍，南兰陵，江苏武进县治；

七、陈霸先，吴兴，浙江；

八、杨坚，弘农，河南灵宝县治；

九、李渊，陇西成纪，甘肃天水县治；

十、朱温，砀山，江苏徐州府治；

十一、李存勖，沙陀，新疆；

十二、石敬瑭，西夷，新疆；

十三、刘智远，沙陀，新疆；

十四、郭威，尧山，河北顺德府治；

十五、赵匡胤，涿州，河北；

十六、朱元璋，濠州，安徽凤阳府治。

如右表所列，若以省别，则江苏六人，新疆三人，河北二人，甘肃一人，安徽一人，浙江一人。若以江河为界，则黄河北岸七人，长江北岸八人，长江南岸一人。

于斯可见，江南明秀之乡不甚产帝王。江苏六人中，有四人属徐州府治，其地乃山东、河南、安徽三省之瓯脱，只沿吴楚之旧疆界而划归江苏，文化风俗，殊异江南。名义虽属江苏，而铜山地脉之雄郁，较诸太湖水域，天地异色矣。

六六

"必传之作"乃一句习用语，盖谓作品佳妙而可传也。但是有时传不传实不在乎佳不佳。如"夏侯色"三字，古今文人用之者多矣。按此三字之成立实始于范晔之狱中诗。范诗曰："虽无嵇生琴，庶同夏侯色。"盖谓嵇康为司马昭所杀，临刑援琴而歌，夏侯玄为司马师所杀，赴东市而颜色自若也。但此三字之所以能流传，殊不在乎夏侯。临刑而颜色不变者多矣，岂唯夏侯玄？亦不在乎范晔之诗，盖晔诗并不见有特殊佳妙处。其传也实在谢综。因义康之狱，孔熙先范晔、谢综同被逮伏诛。初，晔以为入狱即死，故慷慨赋诗。时上欲穷治与党，经二旬而未决，晔自以为可获赦。熙先视之而笑曰："詹事何纷纷为哉？

人臣犯上，即令赐以性命，更何颜可以生存？"迨赴东市，晔亦尚能镇静。其母至，涕泣责之，晔亦不忤。妹及姬妾来别，晔乃涕泗滂沱。谢综顾语之曰："舅殊不及夏侯色。"晔收泪而止。综乃晔之甥也。假令无此天真烂缦之小外甥，则"夏侯色"三字岂得传哉？

六七

元嘉二十八年秋，北魏主率师南寇瓜步，众号百万。宋帝使辅国将军臧质将万人救彭城，行至盱眙，闻魏军已过淮河，遂止焉。时朝廷采坚壁清野之策，命广陵太守刘怀之烧城府，尽帅其民渡江。魏人攻盱眙，三旬不拔，死伤以万计，尸与城平，自焚其攻具而退。是役也，南、北二兖及徐、豫、青、冀六州，千里无人烟，春燕归巢于林木。此一段记载，描写焦土战略颇能入神。"春燕归巢于林木"一语，写室庐皆尽，燕归无主，刻画入微。盖燕之习性乃筑巢于家屋非巢于林木者也，真六朝人之笔墨矣。若在《史》《汉》，则亦曰"郡县为墟"或"庐舍荡然"而已。

六八

后元元年，汉武帝以年老多病，欲立太子。时钩弋夫人之子弗陵，年数岁，形体壮实多知，上奇爱之，心欲立焉。以其年稚母少，犹豫久之。乃使黄门画周公负成王朝诸侯像，以赐霍光。越数日，帝谴责钩弋夫人，夫人脱簪珥叩头。帝曰："引持去，送掖庭狱。"夫人还顾，帝曰："趋行，汝不得活。"卒赐死。人问立其子何去其母，帝曰"然。

是非儿曹愚人之所知也。往古国家之所以乱，多由于主稚母少也"云云。主稚母少可以致乱萌，是诚有之，但宁无政治方法可以消弭耶？不此之图，而乃发其兽性以下此种灭绝人道之残酷手段，斯亦可哀也已。孰知五百年后，更有尤而效之者。

晋安帝义熙五年，魏主珪将立齐王嗣为太子。魏故事，凡立太子辄先杀其母，乃赐嗣母刘贵人死。珪召嗣谕之曰："汉武帝杀钩弋夫人，防母后豫政，外家为乱也。汝当继统，吾故远迹古人，为国家长久计耳。"嗣涕泣不可仰。此种残忍法令，在北魏行之一百二十余年，至梁天监十一年，即北魏宣帝延昌元年，始罢立子杀母法。岂意既罢之后，既有胡太后乱政事，而元魏亦即于灭亡。此真可谓妇人之智，遂使汉武帝与魏道武在九原之下犹将笑人。若胡太后者，亦未免太不为妇女争气矣。

先是，胡充华选入掖庭，其父国珍送而祝之曰："愿汝生诸王、公主，勿生太子。"充华曰："妾之志异于诸人，奈何畏一身之死而使国家无嗣乎？"及有娠，同列劝堕之，充华不可。既而生子诩。延昌元年冬十月，立皇子诩为太子，始不杀其母，尊为贵嫔。天监十四年，魏主殂，诩即位，是为肃宗。高后欲杀胡贵嫔，刘腾等救之得免，旋尊为皇太妃。乃逼令高太后为尼，尊胡太妃为皇太后，临朝听政。太后以魏主尚幼，未能亲祭祀，欲代行，礼官博议以为不可。崔光希旨，太后遂摄祭事。太后性聪敏，好读书，射能中针孔，政事皆手笔自决，尤好佛，作石窟寺于伊阙口，备极崇杰，而永宁寺尤华美，筑浮图高九十丈，顶之相轮复高十丈，共百丈。胡国珍卒，敕赐尊号曰"太上秦孝穆君"。谏议大夫张普惠以为"太上"之称不可以施于臣下，时王公多希太后旨，遂以果行。会天象有变，胡太后欲以高太后应其不祥，一夜而高太后遂以暴卒闻，以尼礼葬于北邙。太傅侍中清河文献王怿，美风仪，胡太后逼而幸之。然怿素有才能，辅政多所匡益，好文学，礼敬士人，时望甚重。侍中领军将军元义忌之，诬为有篡夺志，遂杀怿，幽太后于北宫。朝野闻怿死，莫不丧气。梁普通六年，帝解元义侍中职，太后复临朝摄政。大通二年，潘贵嫔生女，胡太后诈言皇子。斯时嬖幸用事，政纲废弛，恩威不立，封疆日蹙。秦陇以西、冀并以北，皆为贼区。淮汝、沂、泗为梁所略。时肃宗年浸长，太后自以所行不谨，恐左右闻之于帝，凡帝所爱信者，太后辄以事去之，母子之间嫌隙日深。帝密诏车骑将军尔朱荣举兵内向，欲以胁太后，行至上党，帝复以私诏止之。事泄，太后鸩杀帝，殂年十九。太后立潘贵嫔所生子为帝，既而下诏称潘充华本实生女，乃改立临洮王子钊为帝，生三岁，太后欲久专朝政，故利其幼而立之。尔朱荣起兵发晋阳，立长乐王子攸为帝，军中呼万岁。太后落发为尼，且令肃宗宫人尽出家。荣遣骑执胡太后及幼主钊，送至河阴，沉之于河。

吾所以叙北魏胡太后事而不厌其详者，盖以其似孝钦之点甚多，列举可以解人颐。以母后临朝，一也。杀高后有类慈安，二也。利立幼主以作久专计，三也。剪伐帝之爪牙以自固，四也。惭德秽德闻于朝野，五也。缘是而国土日蹙以即于灭亡，六也。聪敏强悍，七也。鸩杀其子，八也。肃宗密召尔朱荣，亦颇似清德宗之召袁世凯。但一则外兵既入而败，一则未入而败，微有异同。前后相去一千五百年，造物乃不惮其烦而重演一次。噫，异矣！

六九

西哲有言曰："须服从良心第一命令。"譬诸一人欲行窃，其良心之第一命令将必曰："勿尔，此犯罪行为也。"你若不服从此命令而自解曰："此举可以济余困，偶一为之，想亦无碍。"彼之第一命令既不行，则良心从此不汝恤矣。斯言也，犹是性善论，若性本不善，则直觉之第一念亦未必可靠。

《南史·宋废帝纪》：太后疾笃，遣召帝。帝曰："吾闻病人之室有鬼，何可往也？"太后怒，语侍者曰："将刀来破我腹，那得生此宁馨儿！"此宁得曰性善乎？然犹可以为之强解曰，彼之直觉第一念，或曰"母病宜省视"，第二念乃曰"有鬼宜勿往"，则良心之第一命令未尝误也。斯言也，在未得有力的反证之先，余亦不欲强辩。

《北史·齐显祖》：纳倡妇薛氏于后宫，有宠，忽思其不贞，无端杀之，怀其首出与群臣宴，突置于案上。又支解其尸。弄其髀作琵琶，一座大惊。既而对之流涕曰，佳人难再得。乃载其尸以出，被发徒步，哭而送之。若是者则直觉之第一念错误，而第二念乃返于正，则又何说？

宋元明学者之性善性恶辩，捆载可以汗数牛。综之可得二语，曰"有性善，有性不善"，曰"性可以为善，可以为不善"。此种模棱语，吾固无以难之。但何以有善，有不善？何故可以为善，可以为不善？实未得满意之答复。吾以为"可以"之原动力乃在乎冲动，受冲动之行为，其力量之大真有不可思议者。善恶本无定形，难于解释，盖以其不免于主观也。主观不足以为据。请以纯客观之事实喻之。

家屋遭火灾，屋主人挟箱笼而出，置于安全地，事后有非一人之力所能运回原地者。当其出也，为受意外冲动所驱遣，而不可思议之大力以生。猛虎自慈母之怀衔其婴儿以去，此弱女子可以奔逾山涧而与虎争夺。此无他，"母爱性"之冲动为之也。是故冲动之力量，大莫与京。

当齐显祖被"猛忆其不贞"所冲动，杀机遂不得不起；既而被"一条光致之大腿"所冲动，涕泪遂不得不流。此固与性善性恶无涉。

吾今下一转语曰：主观之性善性恶，完全受客观之冲动所支配。同是一人，若冲动起于此方可以使之为烈士节妇；若冲动起于彼方，则可以使之为元凶巨憝。如斯而已。是故性可以为善，可以为不善，自是正义，但何故而发生此"可以"，则"冲动"实其原动力矣。由此言之，则只有释迦之"性无善无不善"是至理，其余尽是废话。王姚江所谓"无善无恶心之体，有善有恶意之动"，"动"字是从佛说之"念"字演变出来，非自得也。"念"即被冲动而起之动态。

七〇

贞观元年，祖孝孙等所制之新乐成。上曰："礼乐者，盖圣人缘情以设教耳，治之隆替，岂由于此？"御史大夫杜淹曰："齐之将亡，作《伴侣曲》；陈之将亡，作《玉树后庭花》。其声哀思，行路闻之皆悲泣，何得言治之隆替不在乐乎？"上曰："不然。夫乐能感人，故乐者闻之则喜，忧者闻之则悲。悲喜在人心，非由乐也。将亡之政，民必愁苦，故闻乐而悲耳。今二曲具存，朕为公奏之，公岂悲乎？"此一段史实，最足以发明治乱之因果，而此中因果最易于倒置，不可不察。"礼乐无关于治术之隆替"一语，或不无武断，此别为一问题。至于悲喜由心，心受支于环境等理论，则真绝世聪明人语。试以因果律明之。《伴侣》《玉树》等曲可以使人悲，则是以曲为因而以悲为果。但齐、陈之间何故而产生此曲，必制曲者已有忧生念乱之心理，声由心生，不期而产生此哀曲，则是歌曲为果而忧生念乱乃其因矣。但忧生念乱之心理何自而起，则由于政治不良。若是则忧生念乱为果而政治不良乃其因矣。总而言之，有政治不良之恶因，结果乃至于亡国。政治不良是总因，亡国是总果，中间三级所谓忧生念乱，所谓《伴侣》《玉树》，所谓愁惨、悲哀，皆过程之因果相乘，非真因真果也。以歌曲作论断，结论乃如此。

试更以观感作论断，所得之结论应亦相同。齐陈之人何以多忧伤憔悴？盖由于思想悲观。但思想何以悲观？殆因精神苦闷，则是憔悴、悲观、苦闷迭为因果矣。但当日人民精神何以如是之苦闷，则以环境恶劣之故，则苦闷为果而环境恶劣乃其因矣。但何由而构成此恶环境？则以政治不良故。若是则恶环境为果，原因乃在于政治不良。由此言之，则政治不良乃总原因，结果乃至于国亡家破。中间四级所谓环境恶劣，所谓精神苦闷，所谓思想悲观，所谓忧伤憔悴，皆过程之因果相乘，非真因真果也。以观感作论断，结果乃亦如一。

以此论之，则杜淹所谓"国家之隆替在乎乐"，未免倒果为因，且是过程中相乘之小因果，并未探本穷源，是以结论之根脚殊未稳。唐太宗则撇开政治问题而专论音乐，故"悲喜由心"一语遂站得住，此其所以为聪明。

七一

以妇人而使国政起波澜，在中国历史，实无代无之。盖君主政治，家国不分，彼之家庭诟谇，朝政每因而波荡，影响终及于全国，此应是最大之一原因。然而波澜之大及次数之多，则莫唐朝若矣。

唐太宗之文德皇后，允可称为模范之贤妇人。但继其后者乃有高宗朝之武后、中宗朝之韦后、睿宗朝之太平公主，接连三代，几以妇人而危及国祚，使人对于"以身作则"及"耕耘收获"之理论发生疑问。其故安在？吾以为家庭间虽属以妇人为主体，但防微杜渐之方仍操诸男子。即以唐朝而论，纵曰武后乃天壤英雌，而太平公主乃武后之女，得母气之遗传，此二人姑勿具论。唯中宗朝之韦后，则因中宗迁房陵时，与后同幽闭，备尝艰苦，因怜生宠。上尝与后私誓曰："异时幸重见天日，当唯卿所欲，不相禁制。"迨正后位，干预朝政，一如武后之在高宗朝。安乐公主，韦后之女也，生于迁房陵之道中，故倍得爱怜。既而卖官鬻狱，势倾朝野。或自为制敕，掩其文而使上签署，上亦笑而从之，竟不视也。昏瞆若此，国之不亡者幸矣。不有平王，则太宗之天下，不移于武氏亦将移于韦氏矣。平王即他日之玄宗，英俊勇敢，而晚年亦乱于诸杨，斯亦奇矣。孰谓以文德皇后之贤，而子妇辈几覆其宗祀，接连数世，女祸不绝，此则未能专归罪于妇女矣。

七二

唯造时势之英杰，可以纵横宙合，为所欲为。此外如奇才异能之士，若不择时而生，择主而事，则不独不能尽其才，且结果每多不幸。吾读史而见中唐之刘晏，不禁感慨系之矣。

刘晏生逢丧乱，肃宗宝应元年充度支转运等使，代宗广德二年充河南、江淮转运使，浚汴水以开漕运。安史之乱，天下户口十亡八九，州县多为藩镇所据，贡赋不入朝廷，府库耗竭。而吐蕃、回纥频年犯边，所在宿重兵，仰给县吏，所费不赀，皆倚办于晏。史言晏有精力，多机智，变通有无，曲尽其妙，常以厚值募善走者，置递相望，覘报四方物价，是以食货轻重之权，悉制在掌握。国家获利，而天下无甚贵甚贱之虞云。有才如此，苟济以近世之交通工具，成就宁可限量？晏又以为办集众务，在于得人，故必择通敏精悍廉勤之士而用之。凡勾检簿书，出纳钱谷，必委之士类，吏唯书符牒，不得轻出一言。常言"士陷赃贿，则沦弃于时，名重于利，故士多清修。吏虽廉洁，终无荣显，利重于名，故吏多贪污"。然亦唯晏能行之，他人效者，终莫能逮。噫嘻，此所谓为政在人者非耶？史又言晏之属官虽居数千里外，奉教令如在目前，起居语言，无敢欺绐。晏又以为户口滋多，则赋税自广，故其理财，以爱民为先。诸道各置知院官，每旬月具州县雨雪丰歉之状白使司，知院官始见不稔之端，先申至某月须如干蠲免，某月须如干救助。及期，晏不俟州县申请，即奏行之，应民之急，未尝失时，不待其困弊流亡饿殍然后赈之也。案此一段之记载，其敏捷精密，实为管子所未到，岂不伟哉？先是，运关东谷入长安者，以河流湍悍，率一斛得八斗至，船之倾覆者居百分之二十焉。晏以为江、汴、河、渭水力不同。宜各因其性以训练漕卒。江船达扬州而止，汴船达河阴而止，河船达渭口而止，渭船达太仓而止。就地置仓，递相转运，因民之习性以制地之宜。自是每岁运谷多至百余万斛，曾无升斗之损。此则用人事以抵抗天然势力之威胁，真科学的行政机构矣。自非天才，岂能有此？

德宗建中元年，晏为左仆射吏部尚书，杨炎为侍郎，不相悦。二月，上信炎谗，贬晏为忠州刺史，七月，密遣中使就忠州缢杀晏，天下冤之。

七三

唐朝之赋役法计分三科：曰租、曰调、曰庸。丁男一人受田百亩，岁输粟二石，谓之"租"。每户各随土宜，出绢或绫或绝共二丈，绵三两，不蚕之土输布二丈五尺，麻三斤，谓之"调"。每丁岁役，则给其庸，日准绢三尺，谓之"庸"。

租法即近代之田赋，所不同者，只以钱易粟。百亩仅纳二石，似太轻，但加以调之负担，则亦不少矣。清代田赋，上田每岁每亩并手续纸张等费，亦只一钱二分银子，则百亩不过十二两，视唐代为更轻矣，况租之外更无调之负担乎？说者谓清代田赋在历史上为最轻，洵不诬也。

调颇似后世土产之贡，所异者乃按户征收，且含有抵租之意味，与贡不同。且贡物只限于地方特产之珍品，并非如布帛之必须品、日用品也。

庸即丁徭，如筑城郭、建宫殿、开河渠之公有工程，征民夫以为之，在调上扣抵，以准工资。近世直行雇工法，按日给资，更无此科矣。

社会之变化愈复杂，国家之组织愈完善，而租税之法乃愈繁。善与不善，因时代而转移，不能一概论。但有两事可断言者。最良莫如奢侈品税，家无钢琴，地无绒毡，非不得活也，既有余资而欲舒适，则须多贡献以助国防费及行政费，最是公平。最恶莫过于盐税，拥有数千万元资产之富豪其担负只与苦力等。不见得富人每日食盐多于苦力也。贫富平均负担，允为最恶。

七四

南齐太祖建元元年，王敬则勒兵殿庭，以板舆迎宋顺帝出居别宫。帝泣曰，愿后身世世勿复生帝王家。

北魏永安三年，尔朱兆囚庄帝于洛阳之永宁寺。十二月，送至晋阳，缢杀于三级寺。临命礼佛，愿生生世世勿复为国王，自作挽歌而就死。

唐高祖武德二年，王世充使王仁则鸩杀隋恭帝，帝请见世充，不许；请与太后诀，又不许。乃布席焚香礼佛，愿自今已往不复生帝王家。

案宋顺帝、北魏庄帝与隋恭帝，临死之哀鸣，如出一口。想历代亡国之君，除贪生畏死卑躬屈节者而外，感想应亦大致相同。

七五

至德元载，玄宗幸蜀，与近侍及宫人出延秋门。过左藏，杨国忠请纵火焚之，曰毋以资敌。上愀然曰："贼来不得，必更敛于百姓，不如与之，无重困吾赤子。"

天福元年，后唐主与曹太后、刘皇后、雍王重美及宋审虔等携传国宝登玄武楼自焚。刘皇后积薪欲烧宫室。重美谏曰："新天子至，必不露居；重劳民力，死而遗怨，安用之？"乃止。

案重美乃潞王李从珂之子，封雍王，犹在童年而有此识见，自是难得。若玄宗与雍王者，诚不愧仁者之言。又案和氏璧之传国玺，自秦以至于后唐，皆有踪迹可寻。说者谓后唐闵帝怀玺以自焚，至斯而绝。后此者则非和氏璧矣。

石敬瑭以燕云十六州赂契丹，是为引外族入中夏之开端。所谓十六州者，幽、蓟、瀛、莫、涿、檀、顺、新、妫、儒、武、云、应、寰、朔、蔚是也。天福元年，敬瑭令桑维翰草表称臣于契丹主，且请以父礼事之，约事捷之日，割卢龙一道及雁门关以北诸州与之。刘知远谏曰："称臣可矣，以父事之，无乃太过。且赂以金帛自足致其兵，不必许以土地，恐异日为中国患，悔无及矣。"知远之识见，过敬瑭远矣。

后唐明宗，本名邈佶烈，太祖养以为子，改名嗣源。即位之年，已逾六十，每夕必于宫中焚香祝天曰："某胡人，因乱为众所推。愿天早生圣人，为生民主。"此则贤于敬瑭远矣。

七六

后晋之季，契丹以铁骑三十万，蹂躏大河南北，战争五年。掳晋帝及后妃出塞，其主耶律德光入据大梁。当时汉奸赵延寿请给上国兵廪食，俾得军民相安。契丹主曰："吾国无此法。"乃纵胡骑四出，以牧马为名，分番剽掠，谓之"打草谷"。丁壮毙于锋刃，老弱委于沟壑。自大梁、洛阳两畿辅县属及郑、滑、曹、濮诸郡数百里间，财畜殆尽。

契丹主谓判三司刘昫曰："我兵既平晋国，应有优赐，速宜营办。"时府库空竭，昫不知所出，乃请搜括都城士民钱帛，谓之"括借"。自将相以下皆不免。又分遣使者数十人诣诸州括借，皆迫以严刑，人不聊生。其实无所颁给，皆蓄之内库，欲辇归其国。于是内外怨愤，河东节度使刘知远乘时而起，共逐契丹。德光卒于归途。

读五代史而至于后晋，始知亡国之苦痛有如是者。同时复联想吴三桂之无用。假令当时拥永历以奠定西南，承薙发令之骚扰，振臂一呼，使之复向来处去，谅非难事。竖子不足与谋，惜哉！

七七

自印刷发明，而世界文化乃作阔步之进展，盖文字之效用，至此乃大显其传达功能故也。从前多以为印刷术乃始于宋真宗大中祥符间，实则五代时即已畅行。

后唐明宗长兴三年（九三二）二月辛未，令国子监田敏校定九经，雕板印卖。至后周太祖广顺三年（九五三）六月丁巳，九经雕板告成，凡涉二十一载。是以虽迭经丧乱，而九经传布却甚广。

同年有蜀人毋昭裔者言于蜀主曰，自唐末以来，所在学校废绝，民不知书。自愿出私财百万营学馆，且请刻板印九经。蜀主从之。由是蜀中文学复盛。

以上两则，记载详明，毫无疑义，距今恰一千年矣。其时正当东罗马帝国五帝并立时也。我国对于世界文化有此伟大之贡献，足以自豪。

七八

显德四年，蜀主昶致书于周世宗，请通好，自称大蜀皇帝。世宗恶其抗礼，不之答。蜀主怒曰："朕为天子郊祀天地时，尔犹作贼。"可谓快人快语，真千古之妙文也。凡所谓太祖高皇帝者，原是由盗贼转变而成，盖不成则仍称盗贼矣。唐末自安史之后，继以黄巢，循至于五代十国，群盗如毛。其中完全脱胎换骨者五人，半变而尚留一尾巴者十人，自余则仍以盗贼称。此盖有幸不幸之分，更无贼不贼之别。蜀主此语，不啻为若辈写照也。欧阳《新五代史》及司马《通鉴》，痛诋冯道为无耻，责其失节。长乐老是诚无耻，但节为谁守，是亦问题。冯道生于晚唐，历仕唐、晋、辽、汉、周五朝，主凡八姓。盖后唐庄宗李存勖，其先原姓朱邪，迨克用之父归唐，乃赐姓李。明宗无姓，名曰邈佶烈，庄宗养为己子。潞王本姓王，明宗养子。是则后唐一代，三主已属三姓。石敬瑭无姓，其父曰臬捩鸡，冒姓石。辽主德光则为耶律氏。刘知远乃沙陀部人，曰刘氏亦属来历不明。周太祖姓郭，周世宗乃太祖之内侄，本姓柴。三十年间，凡易主八姓，帝位已如传舍，又何怪冯道自以其身作传舍也？当初不仕，则亦已矣，既仕之后，目睹此一群盗贼神出鬼没，有如转蓬。本无恩义，苦节将卖与阿谁？窃为长乐老悲也。虽然，是谁使汝出仕者，若不仕又谁得而辱之哉！语曰："邦无道，富且贵焉，耻也。"道亦有罪焉，此语可作冯道像赞矣。

七九

自然景物之冲动，感受者每因乎各人之情绪而哀乐不同。如赤壁舟中，明月相同，长江亦相同，但苏子与客之观感则异殊矣。唯音乐则不然，奏技者之情绪似可以普及于群众，无有异同。希腊上古史记斯巴达与外族战，乞师于雅典。雅典遣一瞽师赴之，为制《入阵曲》，闻者勇气百倍，因而大捷。于斯可见，同是一曲，而千百万之士卒，感受乃相同。余于中国史上得二事，亦可作乐感普遍之证。

北魏明帝时，洛阳有田僧超者，善吹笳，能为《壮士歌》《项羽吟》，征西将军崔延伯甚爱之。正光末，高平失据，虐吏充斥，贼帅万俟丑奴寇暴泾岐间，朝廷为之旰食。延伯总步骑五万讨之，出师于洛阳城西张方桥，即汉之夕阳亭也。时公卿祖道，车骑成列，延伯魏冠长剑，耀武于前，僧超吹《壮士》笛曲于后，闻者懦夫成勇，剑客思奋。延伯胆略不群，威名早著。为国展力二十余年，攻无全城，战无横陈，是以朝廷倾心送之。延伯每临场，令僧超为《壮士》声，甲胄之士踊跃，单骑入陈，旁若无人，勇冠三军，威镇戎竖，二年之间，献捷相继。此一事也。

北魏熙平间，胡太后称制时，河间王琛有婢曰朝云，善吹篪，能为《团扇歌》《陇上声》。琛为秦州刺史，诸羌外叛，屡讨不降。琛令朝云假为贫妪，吹篪而乞于敌营，诸羌闻之，悉皆流涕。迭相谓曰："何为弃坟井而在山谷为寇也？"乃相率归降。秦民语曰："快马健儿，不如老妪吹篪。"此又一事也。

斯二者，一能使群众精神奋发，一能使群众意气消沉，而其机乃操诸一人之手。大自然之冲动所不能画一，而一人之情绪，借声音为之传达，乃能画一而整齐之，斯亦奇矣。此无他，大自然之声色，只是自然，曾无机心，因各人之精神而自为观感。人为之音乐则系于情绪，同是含气，可感觉相应。是以一人之情绪，可借声音以传达于他人，如斯而已。

当乐律家制作歌曲时，作者以其个人之情绪而发为声音，因声音之反响而复变为情绪，与摄影同，乐律即其底片也。英雄末路与贫儿得志，苦乐自是不同，但何与于他人，更何与于后世，何以读《垓下歌》与《大风歌》，而感慨异殊，其故安在，岂非以作者之情绪为情绪耶？乐律愈复杂，奏技者之艺术愈高明，则其反响亦将愈大。此则与自然界之声与色，因人而异，其观感者固自不同矣。

八〇

　　钱竹汀跋《长春真人西游记》，据"十一月四日土人旁午相贺"一语以考回回历。其言曰，回回历有太阳年、太阴年两种，并行不悖。太阳年曰宫分，太阴年曰月分。斋期则以太阴年为准，但不在第一月而在第九月，满斋一月即第十月一日则人民交相贺。其所谓月一日者，又不在朔，而以见新月为准。其命日又起午正而不起子正，故有"十一月四日土人旁午相贺"之语云。此一段文章，挈回回历之纲领甚为简要，但前后文颇有出入处。土人既以十一月四日旁午相贺，则上文"第十月一日则人民交相贺"一语似有误，否则"十一月四日"之"一"字衍，二者必居一于是。既曰斋期在第九月，满斋一月即第十月一日，则人民交相贺。上承"第九月"一语，则十月之说似无误。查长春真人以嘉定十四年辛巳二月八日自宣德州起程，同年十一月四日行抵回纥之塞蓝城，适逢土人贺斋期。十一月五日同行之赵道坚病故，即葬于塞蓝城东郭之原。塞蓝亦曰赛兰。则"十一月"云者，又似无衍文，姑存疑以待考。回民斋期既用太阴历，则每年亦不一定在第九月矣。计回教国之历史纪年及宗教祭祀皆用太阴历，唯农作及税贡乃用太阳历。其纪元之始则在公元六二二年七月十六日，即玛罕默德入麦地拿之明日，是为岁首。此后既用太阴历而不置闰月，只每三十年间置十一闰日，分隶于最后一月中，故回历之岁首至无定。岁首无定，则所谓第九月亦无定矣。

　　至于宫分年则甚准确。其法以黄道十二宫平分一周岁，每宫挪移之日数如下：

　　宝瓶宫子　三十日　　　摩羯宫丑　二十九日

人马宫寅	二十九日	天蝎宫卯	三十日
天秤宫辰	三十日	室女宫巳	三十一日
狮子宫午	三十一日	巨蟹宫未	三十二日
双人宫申	三十一日	金牛宫酉	三十一日
白羊宫戌	三十一日	双鱼宫亥	三十日

周岁三百六十五日，与现行阳历同，唯每月之日数分配略有参差而已。

长春真人丘处机，登州人。南宋宁宗嘉定十二年己卯八月，元太祖成吉思汗遣侍臣刘仲禄传旨召见，时成吉思汗正征西。翌年庚辰正月十八日，真人发莱州，经芦沟以入燕京，馆于玉虚观。四月出居庸，五月至德兴，驻龙阳观度夏。八月抵宣德州，驻朝元观度岁。辛巳二月八日由宣德启行，经张家口，度阴山，三月朔出沙陀，五月朔抵陆局河（亦曰胪朐河，即今之喀鲁伦河），亭午日全食，众星见。六月二十八日抵和林，谒成吉思汗。时成吉思汗正长征印度，乃赴行在。八月傍阿尔泰山之南麓而西，渡科布多河、额尔齐斯河发源处——阿尔泰山最高之脊，亦即帕米尔高原也，长夏飞雪。重九抵伊犁，即当日回纥之昌八剌城。渡那林河，更西南行而至霍阐，又西至邪米思干，即今之撒马儿罕。十一月四日抵赛兰城，翌日同行之赵道坚卒。壬午正月十六日过铁门岭，又五日渡阿木河，亦曰暗木河。二月初旬过大雪山，即今之和罗三托山，更南行三日至行营，留数日。时元太祖正追讨若弗乂算端入印度。三月十五日北还，遣其将追杀算端。四月五日抵腾吉思海之行馆，亦曰宽田吉思海，即今之里海也。癸未七月九日，长春真人还抵云中，往返三年有半。更阅四年，丁亥七月丘长春卒，而元太祖亦以同年同月殂，此亦事之巧合者。计丘长春以癸未七月九日还抵云中，丁亥七月九日归真于燕京长春宫之葆元堂，戊子七月九日葬于白云观。是亦巧合。

八一

汉昭帝元凤四年,傅介子使大宛,道出楼兰,用卑劣手段杀楼兰王安而立其弟尉屠耆为王,更易其国名曰鄯善。今此国已没入沙漠中,清初置鄯善县于其故址之北,今属新疆迪化道。蒙古沙漠逐渐南侵,楼兰之没落其明效矣。若不加以科学的人工以整理水利,广植林木,俾伏流复成河道,则他日大河以北将渐变为沙漠,实意中事,且为期当不甚远也。

汉武帝元鼎六年,即公元前一一一年,灭南越,置珠崖、儋耳二郡。至昭帝始元元年,前后二十余年间,儋耳凡六度反叛。始元五年,罢儋耳郡,并属珠崖。宣帝神爵三年,珠崖三县反。甘露元年,九县复反。元帝即位之明年,即初元二年,珠崖山南县反。上博谋于群臣,欲大张挞伐。待诏贾捐之独以为鞭长莫及,劳民伤财,徒失威信,主张放弃,上从之。捐之乃贾谊之曾孙也。初元三年春,皇帝诏曰:"珠崖虏杀吏民,背叛为逆……又以动兵,非特劳民,凶年随之。其罢珠崖郡。"计自公元前一一一至四六,珠崖隶属中国者凡六十五年而复弃之,此实国史上一特殊事故也。

春秋张三世之义,据乱世曰内其国而内诸夏,升平世曰内诸夏而外夷狄,太平世曰夷狄进诸爵,天下远近大小若一。当其内诸夏时固不以征伐,即夷狄进诸爵亦非以征伐。夷狄之政治风化有能合于诸夏之礼俗时,则进之于诸夏之列。反之,若诸夏国家有政治不良风俗败坏者则贬之曰夷狄。《繁露·竹林篇》曰:"《春秋》之常辞也,不予夷狄而予中国为礼。至邲之战,乃偏然反之,何也?曰《春秋》无通辞,从变而移。今晋变而为夷狄,楚变而为君子,故移其辞以从其事。夫楚庄王之舍郑,有可贵之美。晋人不知其善而欲击之……无善善之心……是以贱之。"元帝之弃珠崖，无乃类是。可见王者之道，辟地不在乎羁縻，若桀骜不驯，则夷狄之可也。

八二

南齐刘瑱之妹嫁为鄱阳王妃，伉俪甚笃。王为明帝所诛，妃追伤遂成痼疾。有陈郡殷蒨者善画，瑱令追摹王像，并画王之宠姬，图写二人凭肩对镜，作押昵状。持以示妃，妃哗曰："是真该死！"病乃霍然而愈。此诚善医心病者，非精通医理及心理学不能至也。天下最大而最猛烈之潜藏力莫过于妇人妒念。忠孝节义由此起，凶残狠毒由此起。若发动而为慈善，其祥和熨贴之程度，殊非男子所能及。若发动而为残忍，其惨酷恶辣之程度，亦必非男子所能及。心理学者谓女性心理走极端，诚哉其极端也。然迹其所以趋于极端之由，则只是缘于妒念。妒念一起，则举凡一切不可为之事亦皆可为。然而妒念缘何而生？则只是缘于占有欲。因此种欲念进行而发生障碍时，其所起之反抗，是曰妒念。此念既起，每不惜性命与之，目的不达，不死不易停止。刘瑱之以妒念疗治其妹，是取法于消防队，泼冷水于洪炉也。是故妒可以致疾，然亦可以疗疾。妒力之伟大有如是者。

"占有欲"三字，乍观之无疑是一种恶德。然而家之所以成，国之所以立，实缘于此。家国之于人类，为幸福抑为灾害，别为一问题。今苏联试行废家，成否尚在试验中。至于画界为国之祸，则于最近三年间，已杀死几千万人，且方兴而未有艾也。若欲废除疆界，最少亦在千年后，此问题只应留待千年后之人讨论，今不必忙。要之家国制度将作何结束，虽未可知，但成立实由于人类之占有欲，无可讳言。见一好女子而爱之，爱之诚是也，何必占有？然而非占有不可，不占有不足以为爱也。其然，岂其然乎？但实际上非独占个把女子，则家庭便组织不起来。语曰"夫妇乃人伦之始",此言诚不我欺。但夫妇乃烦恼之始,此言亦不尔虞也。虽然,世间乐境每从苦中得来,则亦不必深究矣。

总而言之,妒念乃恶德,然亦美德。不妒无以成现在之社会,无现在便无将来。若以现在为乐,虽有拂意事,宁咬牙而不皱眉,此则最为智者,宜师事之。若以现在为苦,则亦不必悲观,乐事固从苦中得来也。

八三

《南史》:宋明帝泰豫元年,敕赐王景文死。时景文在江州,方与客对弈,看敕讫,置局下,神色恬然,争劫竟,敛子入奁毕,徐谓客曰:"奉敕见赐以死。"乃以敕示客,而自作墨启答敕,从容举赐鸩谓客曰:"此酒不可以相劝。"乃自仰而饮之卒。

骂贼而慷慨赴死者有之,盖以热血沸腾,不遑畏怯也。久羁于牢狱而从容就义者有之,盖早已自知必死,计之甚熟,就刑殊非意外之变,无事惊惶也。若王景文者,以外戚之贵,出镇江州,端正廉明,无取死之道,更无致死之由。突而其来,出乎意外。而乃从容终所事,神思不乱。苟非修养有素,岂能臻此。

景文名彧,美风姿,仪表为一时冠,避帝讳而以字行,其妹乃明帝后也。明帝荒淫无道,尝作家宴于内廷,使妇人裸逐为戏。后以扇障面,帝让之,后曰:"岂有姑姊妹相聚而观裸逐者!"帝大怒,几罹不测。景文闻之曰:"妹在家素弱,今日抑何其刚正也。"即此一事,则王氏之家庭修养可知,其殆书礼之儒族欤!知耻近乎勇,岂不然哉?

然而景文既无罪,果何因而赐之死。只因上疾笃,虑晏驾之后,皇后临朝,江安懿侯王景文以元舅之势,必为宰相,门族强盛,或有异图云。其赐死之手敕曰:"与卿周旋,欲全卿门户,故有此处分。"

问何以知晏驾后皇后必临朝，何以知元舅必为宰相，又何以知其或有异图？莫名其妙。或有异图之"或"字，妙不可言。岳武穆死国，后于王景文赐死七百年，此一"或"字，真"莫须有"之老前辈矣。

明帝既殂，长子昱立，是为苍梧王，以无道死。三子准继立，是为顺帝，俱非王皇后所生。景文死后六年而宋社屋。苍梧王尝爱萧道成之大腹而以其脐为鹄，弯弓射之。道成大呼曰："老臣无罪！"旁一人曰："此腹诚佳，若射杀，恐异日无以遣兴。"乃改用骲头箭。山阴公主，明帝姊也，适驸马都尉何戢，淫恣纵横。尝谓帝曰："妾与陛下，男女虽殊，俱托体先帝。陛下六宫数千，而妾唯驸马一人，未免太不均。"帝乃为公主置面首三十人。

景文有是妹，明帝有是姊，两两比较，则二人之家庭环境可知，殆即景文取死之道欤？观于景文就死之镇定，其亦早在意计中矣。

八四

中国对于殖民地之措置，自有一种特殊观念，为世界各国殖民政策之所不同。此种观念，谓为宽大也可，谓为消极也可，要之此乃中华民族性之最真表见，毁誉非所计也。试举例以为立论之基。

汉昭帝时，匈奴使四千骑田车师。及五将军击匈奴，田者惊去，车师复通于汉。郑吉乃使吏卒三百人往田车师地以实之。宣帝元康二年，匈奴大臣皆以为车师地土肥美，在所必争，由是数遣兵击车师田者。郑吉将渠犁田卒七千余人救之，为匈奴所困，上书请益田卒。魏相谏曰："臣闻之，救乱诛暴，谓之义兵，兵义者王。敌加于己，不得已而起者，谓之应兵，兵应者胜。争恨小故，不忍愤怒者，谓之忿兵，兵忿者败。利人土地货宝者，谓之贪兵，兵贪者破。恃国家之强，务师旅之众，欲见威于敌者，谓之骄兵，兵骄者灭。此五者，非但人事，乃天道也。今匈奴未犯我边境，闻诸将欲兴兵入其地，臣愚，不知此兵之何名也。"上曰善，乃罢车师田。召车师王子之在焉耆者立以为王，尽徙车师国民，令居渠犁，而以车师故地予匈奴。此一事也。

汉武帝灭南越，置珠崖、儋耳二郡。南越民俗强悍，二十年间凡六反。元帝初元二年，珠崖又反。上博谋于群臣，欲发兵讨伐。待诏贾捐之曰："骆越之地，雾露气湿，多毒草虫蛇水土之害，本不足郡县置也。且珠犀玳瑁，又非珠崖所独有也，弃之不足惜，不击不损威。臣愚以为非冠带之国，《禹贡》所及，《春秋》所治，皆可且无以为，愿弃之便。"上从之，三年春，下诏弃珠崖。此又一事也。

东汉和帝永元元年，窦宪将征匈奴，侍御史鲁恭上疏谏曰："扰动天下以事戎夷，诚非所以垂恩中国，由内及外也。万民者，天之所生。天爱其所生，犹父母之爱子。一物不得其所，则天气为之舛错，况于人乎？臣恐中国不为中国，岂徒匈奴而已哉？"此又一事也。

唐武后神功元年，疏勒四镇之戍卒，连年困苦。狄仁杰上疏曰："本朝疆域，已超迈前古，若犹用武荒外，邀功绝域，竭府库之实以争硗确不毛之地，得其人不足以增赋税，获其土不足以资耕织；苟求冠带远夷之称，不务固本安人之术，此非二帝三王之事业也。盖以夷狄叛则伐之，降则抚之，得推亡固存之义，无远戍劳人之役。"此又一事也。

中国史上，似此等事，更仆难数。以上所举，既得而复放弃者二事，反对侵略者二事。立论之主旨，不外谓夷狄若能向化中国则进之，否则暂认为化外之民，以徐俟王化之所被。此种观念，实春秋三世之大义，与西哲所谓"天助自助者"之精神如一。观于为车师立国一事可知。"化外"二字，最足以表斯义之本体，谓礼义之所未被，未足以为伍也。责其入贡，亦只是使之观光上国，以促其文化之发达，岂贪兹小利者乎？观于赏赐之所值，每数倍于其贡品，或数十倍，斯可知矣。因其可立而立之，唯近代美国对于古巴及菲律宾尝有此宣言，尚未见诸实事。

"攻守"二字，虽成对待，然究其实，只是一致。世无攻者，则守字根本不能成立。道高一尺，魔高一丈。道由魔起，抑魔由道生，是未易言。道其所道，非吾所谓道，亦只贻魔以口实而已。

八五

唐中宗时，御史大夫窦怀贞娶韦后乳母王氏为妻，自称"皇后阿奢"，时人呼之曰"国奢"，怀贞处之不怍，居之不疑也。案"奢"即"爹"字。十八世纪末，华盛顿建国于新大陆，后人思其德，称曰"国父"，尊之也。岂知一千二百年前已有"国爹"矣，"爹"即父也。

皇后亦称"国母"，字面似与"国父"相连属，然意义则相差甚远，不可以道里计。国父云者，乃国家由斯人而产生之意，继其后者必不许承袭此尊号，盖不可无一不能有二也。国母则不然，此"母"字乃"母仪天下"之"母"，尽可以世袭罔替，千古之皇后，皆可以称之曰国母。

殖民地称其本国曰"母国"，学生称其毕业之学校曰"母校"。此一"母"字，与"国母"之"母"又不相同。殆有身所自出之意。至于侨居国外之民，称其本土曰"祖国"，此一"祖"字，用意又微有不同。盖谓吾祖宗所居之国，田园庐墓之所在也。

窦怀贞供人作笑料而以"国奢"称，自贱而已，无关宏旨。但必不能僭称曰"国父"。"爹"之与"父"，字义虽可通，而意义则异殊矣。

八六

人皆知唐武后乃一心狠手辣之妇人，而不知其宽弘大度处有非男子之所能及，此其所以为英杰也。光宅元年，徐敬业等之檄文露布后，后见之，问曰："谁所为？"左右答曰骆宾王。后曰："此宰相之过也，有才如此，乃使流落不偶耶？"试思骆宾王所草之檄，不但痛骂，而且丑诋。驀头第一句即曰"性非和顺，地实寒微"八个字，其后曰"秽乱"，曰"狐媚"，皆妇女所最不乐任受之评语，闻之鲜有不勃然震怒者。而当事人居然沉得住气，且立刻连想及进贤使能乃宰相之责，此岂盛怒之下所能计及哉？

长寿元年五月，武后禁天下屠宰。右拾遗张德生男三日，私杀一羔羊以宴同僚。补阙杜肃窃怀一胔，上表告密。明日太后视朝，谓德曰："闻卿生男，甚喜。"德拜谢。又曰："从何得肉以宴嘉宾？"德叩头服罪。又曰："朕禁屠宰，吉凶不预，然卿自今召客亦须择人。"出肃表示之。肃大惭，举朝皆欲唾其面。

神功元年五月，武后谓凤阁侍郎王方庆曰："卿家多书，合有右军遗迹。"方庆奏曰："臣十代再从伯祖羲之书，先有四十余卷。贞观十二年，太宗购求，先祖并已进讫，唯有一卷现在。今进臣十一代祖导、十代祖洽、九代祖珣、八代祖昙首、七代祖僧绰、六代祖仲宝、五代祖骞、高祖规、曾祖褒，并九代三从伯祖晋中书令献之已下二十八人书，共十卷。"上御武成殿示群臣。谓方庆曰："此卿家世守，朕夺之不仁。"乃命善书者廓填成卷，而以墨迹还方庆。即世所传《万岁通天帖》是已。朱彝尊谓卷用白麻纸双钩书，钩法精妙，锋神毕备，而用笔浓淡，不露纤痕，正如一笔独写。洵异宝也。

以上所举，第一事具见沉着，第二事具见度量，第三事具见坦怀。苟非涵养工夫做到炉火纯青时，不能有此，诚异人也。

八七

上尊号于帝者，由来远矣，至于功臣而有赐号，则始自唐德宗。

朱泚之乱，德宗幸奉天（县名，在陕西省，唐置，元废）。兴元元年四月，诏奉天随从将士并赐号以褒之，是为赐功臣号之始。五代因之，宋太祖又因之。宋初三宰相（范质、王溥、魏仁浦）并冠以"推忠协谋佐理功臣"之号。熙宁六年四月，文彦博罢枢密使，判河阳，仍改赐"推忠宣德崇仁保顺协恭赞治纯诚亮节守正佐运翊戴功臣"二十二字之赐号，此为最多矣。

功臣赐号，宋以后此制已不复行，唯帝后之尊号，则相沿以至于清季。孝钦太后，犹有"慈禧昭懿"等十六字之尊号也。是以当时有"垂帘廿余年，年年割地；尊号十六字，字字欺天"之谑语。

兴元元年春正月癸酉朔，德宗在奉天行宫受朝贺，诏曰："……乃者公卿百僚，用加虚美，以'圣神文武'之号，被蒙暗寡昧之躬。固辞不获，俯遂群议。昨因内省，良所瞿然。自今以后，中外书奏，不得言'圣神文武'之号。"此言真可以愧后世之为人君者。

八八

战争之结果足以摧毁文化，夫人而知之矣。即以中国史而论，每一次变乱，图书典册之毁灭者几何，钟鼎彝器之毁灭者几何，宫室园囿之毁灭者几何。凡此皆属永不能回复之损失，常令人掩卷而长叹者也。试就铜器一种言之，清潘祖荫《攀古楼彝器款识自序》曰"自周秦以至南宋，古代铜器，凡经六厄。《史记》曰：始皇铸天下兵器为金人，兵者戈戟而器者鼎彝。此一厄也。《后汉书》曰：董卓悉取洛阳及长安钟簴、飞帘、铜马之属铸小钱。此二厄也。《隋书》曰：开皇九年四月，毁平陈所得秦汉三大钟，越三大鼓。十一年正月，以平陈所得古物多为祸变，悉命毁之。此三厄也。《五代会要》曰：周显德二年九月，敕两京诸道州府铜象器物诸色，限五十日内并须毁废送官。此四厄也。《大金国志》曰：正隆三年，诏毁平辽、宋所得古器。此五厄也。《宋史》曰：绍兴六年，敛民间铜器。二十八年，出御府铜器一千五百事付泉司。此六厄也"云。此犹是荦荦大端之六事也，其间以国用不足或改铸泉币而随时销毁者尚不知凡几。吁，可伤也！又清末鼓铸铜元，以古代制钱二枚铸一枚，其利为百分之八十，遂大量销毁。民十以后，复大量出国境。犹记小时，每日过手者尽宋元明清之制钱，开元、乾符亦所常见，五铢犹间或见之，而今亡矣。

战乱之足以摧毁文化，诚是矣，然而因汇通而促文化之发达，其功则亦甚伟。如公历纪元前第四世纪，亚历山大王东征，其显著之结果则直接影响希腊之美术，而间接影响中国之音乐。又公元前半世纪罗马之征埃及、十八世纪末拿破仑之征埃及，欧洲文化得此二役之供献诚非浅鲜。又自十一世纪末第一次十字军初起，至十三世纪末第七次十字军终了（一〇九六——一二七二），前后亘两世纪之纠纷，就战争之本体言之，可以谓之无甚意义。然而中亚文化传入欧洲，端赖斯役。他勿具论，即如亚剌伯之十个码字，其有裨于欧美科学之发达，岂浅也哉？如曰"1944"，若以罗马字书之应作"MCMXLIV"，繁简岂可以道里计。简则布算易，布算易而各种科学乃作长足之进步，其理甚明。又如丁丑之役，中国西南诸省提前二百年开发，乃至五百年，此非战争之效乎？

八九

家天下者，身死则传诸子，传弟者间亦有之，然非正常。唐虞之世则曰传贤，是理想抑是事实，未可深考。近代之共和政制则用契约式，规定年限，是亦一法。《华阳国志》载李特为罗尚所歼，特弟流收有其众，后又蹙于建平太守孙阜，李含劝流降。含子离、特子雄谋袭阜，曰："若功成事济，当为人主，予两人共之，三年一更代。"惜李离之政策未实现，否则又是一种办法。

群居动物，最初必是弱者，猛兽则不群也。但群居何以能转弱为强，其法不外以各个体作为全体上之一细胞，合之则变为庞然大物，足以御外侮。然而此法必须有一神经总枢，运用乃得灵敏，此元首之所由起也。自雄长制以至于选举制，方法虽不同，要之以产生一元首为究竟，其揆一也。若问果以某种方法为最善，则难言矣。神经系统诚须一中枢，但生命仍系于细胞。若细胞健全，使神经不至于错乱，则李离之法亦未尝不可行。

《华阳国志》于每一地方必详叙其地理山川、人文风俗、气候物产及距离洛阳之道里，与历代史之概以帝室为中心者异殊。他勿具论，吾侪读其人物志竟，当即能感觉地理与人文之关系。如扬雄、司马相如、王褒等大文学家皆产于蜀郡，而张骞、李固、杨王孙等奇特之士皆产于汉中。诸如此类，与闲尝读历代史只感帝室之兴亡，而于社会风俗了无所感，气候物产更无论矣。此无他，亦曰历代史之修撰，精神在叙述统绪之继承，以世系为主，其眼光固无暇及于全社会耳。此则由于未明"历史学"，而误解历史之为用故也。

九〇

君臣之间，态度固属庄严，然亦间杂以谐谑。《南史·张融传》：融假东出，齐武帝问融住何所。答曰："臣陆处无屋，舟居无水。"后上问其从兄绪，绪曰："融近东出，未有居止，权牵小船于岸上住。"上大笑。有杨柳风流之兄，乃有此幽默不羁之弟。

纪文达悼亡，假满陛见，清高宗问曰："卿当有哀艳之作。"文达曰："然。"帝曰："可得闻乎?"文达乃朗诵《兰亭序》"夫人之相与"

一段。只将阳平之"夫"字读作阴平,遂成"夫人"。刚诵至"取诸怀抱,晤言一室之内",高宗已仰面大笑,声震屋瓦矣。

黄幡绰尝侍玄宗登苑北楼,遥望渭水,见一人醉卧水滨石。上问曰:"是何等人,涉险乃尔?"左右以不知对。绰曰:"应是个年满典史。"上曰:"何以知之?"对曰:"只一转便入流矣。"上大笑。

更有简雍之于刘先主,谓此男子身有淫具,指为意欲行淫之证,拟请絷付有司。晋元帝之谓殷羡曰:"此事岂可令卿有功耶?"均属诙谐可喜,已见前文,兹不复赘。

九一

中国之长城与运河,世界知名,为历史上有数之大工程。筑长城之动机至为严重,国家之兴替、民族之生存,实利赖之。迨事过境迁,竟成废物,更无分毫之价值系其存亡。至于开运河之动机则至为轻松,无关大体。迨事过境迁,而价值乃日著而日隆。斯亦事功之未许评定于当时者矣。

南北河流之于人类社会,其功绩之远大,不止百十倍于西东,试将埃及之尼罗河、巴比仑之泰格里斯河与印度之恒河一比较,又将北美洲之密士瑟必河与南美洲之亚玛逊河一比较,其历史上之地位,有未可同年而语者矣。此实缘南北流之河,上游气候之与下游相差甚大,气候不同,则农产品与人民之日常生活亦因而各异。相助相需,相师相习,文物自随而变化。若流亘西东,则上下游之气候,相去不远。农产与日常生活,无甚差殊。利赖只在交通,相师相资,未见其大。价值之不同以此。

中国地形,西崇山而东临大海,故河流之缺点,有如上述。是以运河之作用,实功参造化。在海运未开、铁路未筑之先,我国人食运河之赐者垂千二百有余岁。若继续整顿而浚发之，其利更可以垂至无穷。盖运河之作用，非只便于交通已也，农田水利，实利赖之。即以运输而论，若无时间性之物品，水运则成本低廉，有非铁路转运所能与之竞争者。故曰运河之功用，不在当时，而在于事过境迁之后，与长城恰成反比例。

中国历史上两件有名之大工程乃成立于两种不同之动机。谓动机即为结果之主因，斯亦未易言者矣。盖时间及空间均有关系，未可或忘，忘之则难免武断之消，不可不慎。

九二

古代器物，有文字者易识别。虽无文字而有花纹者，犹可鉴别其大概。若既无文字，又无花纹，则每多蒙混矣。此非谓作伪者之有意蒙混，但有时明知其为古物而不得主名，因疑似而武断之，以讹传讹，往而不复，是诚可叹。即如泰山绝顶之无字碑，至今犹多认为秦碑者。即以王世贞之博雅，其《泰山游记》曰"绝顶玉皇祠前有石柱，方而色黄，所谓秦皇无字碑也。其石质殊非本山所有，或曰中藏碑而石冒之"云云。唯顾炎武《日知录》辨之最详，其言曰："岳顶无字碑，世传为秦始皇立。案秦碑在玉女池上，李斯篆书，高不过五尺，而铭文并二世诏书咸具，不当又立此大碑。因取《史记》反复读之，乃确知为汉武帝所立。《史记·秦始皇本纪》云：'上泰山，立石封祠祀。'其下云：'刻所立石。'是秦石有文字之证，今李斯碑是也。又《汉书·封禅书》云：'东上泰山，泰山之草木叶未生，乃令人上石立之泰山巅，上遂东巡海上。四月，还至奉高，上泰山封。'而不言刻石，是汉石无文字之证，今碑是也。《后汉书·祭祀志》亦云：'上东上泰山，乃上石立之泰山巅。'然则此无字碑为汉武所立也明矣。"此一段记载最为明晰。王世贞谓石质非本山所有,信然。余亦尝为此言,其必为他山之石可无疑义。君主万能,不其然哉!欧洲人谓埃及金字塔尖之石,不审以何等起重机移置其上。盖谓未有机械之先,几疑非人力之所能为。此特未见泰山顶上之无字碑耳。石高逾丈,径约四尺正方,不知何处移来,置于海拔四千二百尺之高峰上,斯亦可惊也已。

九三

　　元鼎六年,孝武定南越,移热带植物如荔支、龙眼、椰子、桄榔等至西京,建扶荔宫以养之。荔支尤所钟爱,凡数百本,是以宫名扶荔。翌年而荔支槁,再移再槁,仅保一本,然不花无实,帝爱护之如故也。更越数年,此仅存之一本亦死。帝大怒,杀司其事者数十人。(见《三辅黄图》)

　　宰夫胹熊蹯不熟,杀之,犹可言也。盖蹯之不熟,人也,而树之不活,天也。宰夫有使熊蹯必熟之可能,而长安之园艺专家必无使荔支久生之把握。荔支之姿势,略如北方之榆与槐,大合抱,高可四五丈。在枝干未发育时,讲求冬藏法,为之筑室,保持热带之温度,未尝不可以向荣。大逾寻丈,则人工已不能为力矣。数年而荔支死,天也。以数十人之性命为之殉,不亦冤乎?此之谓不求甚解。

九四

　　"人定胜天",原非谓天特具一种好胜之心肠,必欲胜人以为快也。亦非谓世人知天之将不利于己,乃率其倔强执拗之癖性,而必欲胜天以为快也。天何言哉？天只是冥冥漠漠，随四时之递嬗，寒暑之迁移，昼夜之更迭，顺其自然而已。天何言哉？天固未尝以机械心加诸人也。

北魏太祖武帝讨后燕慕容麟，以甲子晦日进军。太史令晁崇奏曰："昔纣以甲子日亡，不宜出师。"帝曰："周武岂不以甲子日兴乎。"崇无以对，遂战，大破燕师。

此真乃人定胜天之好模范矣。其作用不外释群疑，坚信念。释疑则不惑，不惑则元气不馁。坚信则志一，志一则精神集中。元气盛而精神集中，则可以无坚不摧，无往不利，如斯而已，此太公所以焚龟折蓍也。唐太宗曰："行兵苟便于人事，岂可以避忌为嫌疑？"是真彻底明了人定胜天之意义者矣，斯亦太原公子之所以成功也。

"人定胜天"四字，"人""天"二字乃名词，而"定""胜"二字则为动词。若滑滑读过而不细察，每多侧重在"胜"字上，谓胜之则可以耀吾武矣。实则此语之精神全在一"定"字。定乃意志坚定之谓，必意志坚定，而精神乃得集中。西哲有言曰：机会之神，前额有长毛一绺，而后脑光滑，欲执之必须迎面，过去则无可扳援矣。自是至理。机会何时蔑有，只是过而不留，天未尝靳人之机会也。只因世人漠不关心，缺乏注意力，一任往来不断之机会，轻轻过去，以至终身不得遇，徒兴嗟吾命之穷，果何益矣。若意志坚定，集中精神，心无旁骛，以待机会之来临，迎而就之，则因缘凑合而功可成。是故人定胜天说，乃反面之辞，其正面即是凡属精神涣散，意志不坚，而有堕性者，每易流于失败而已。天之于人，果何所厚薄，胜之岂曰违天？唯恐人之不胜耳。若能留心体察"定"字之意义，则鲜有不胜者矣。

九五（七年战争）

世界史之所谓七年战争，乃普、奥间之战争也。先是奥国欲收复西利西亚（Silesia）失地，联俄、法与普鲁士战，普亦联英以拒之。此一七五六年事也。其后因北美殖民地起骚动，英无暇兼顾，而俄法亦以事中变，普、奥各不能以独力支持战局，遂以德意志之王位继承问题为结束。一七六三年，奥与普平。史家以斯役之头绪纷烦也，乃因构兵之岁月而笼统称之曰七年战争。

秦二世元年壬辰（公元前二〇九），陈胜、吴广首难，刘邦、项梁等举兵应之。汉五年己亥（公元前二〇二），项羽败于垓下，汉王即皇帝位。是汉之兴也，其间恰为七年。

隋大业十二年丙子（公元六一六），李密发难，李世民与刘文静谋建义旗于太原。唐武德六年癸未（公元六二三），刘黑闼平。是唐之兴也，其间亦恰为七年。

一七七六年，北美十三州共同发表《独立宣言》。一七八三年，英国承认北美合众国独立。是美之兴也，其间亦恰为七年。

以上所列举，两见于西洋史，两见于中国史。若汉之兴、唐之兴、美之兴，皆世界史上之荦荦大事，战役悉为七年。自余局部小战争恰符七年之岁月者，未或必无，然亦可以勿论矣。

民国二十六年丁丑之役，至三十三年甲申，其间亦恰已七年。若天心之厌乱，其亦应结束已夫，企予望之。

甲申四月三日写记

九六

燕伐齐，围即墨，劓其附郭之民而释之，齐人恐惧，愈坚守不敢出。田单更使人播流言于外曰：即墨城固，可作持久战，所患者燕人发我郊外之丛冢，戮辱先人耳。燕人闻之，乃掘其丘墓，燔其尸骨。即墨人自城上望见，哭声动地，亟欲开城决死战，制之不能止，遂一鼓而复七十城。人但称田单之火牛战术，观察犹落下乘。

"玩物丧志"，殆恶其以不急之务费时失事也。狗马声色之欲，堕人家国，不知凡几。即如世之收藏家，其以巧取豪夺而为盛德累，或因而贾祸者不知凡几，可为寒心。晋安帝时，刘裕为侍中尚书，殷仲文以朝廷乐律未备，言于裕，请治之。裕曰："所事尚日不暇给，且音乐之道，性所不解。"仲文曰："好之即自解。"裕曰："正以解则好之，故不习耳。"此真豪杰之士所以异于常流也，集中精神，不为外慕，"有所不为"之意义，其在斯乎！

宋明帝即位，舍湘东王藩邸为梵宫，名曰湘宫寺，备极壮丽。新安太守巢尚之罢郡入见，上曰："卿至湘宫寺未？此是我大功德，用钱不少。"时通直散骑侍郎会稽虞愿侍侧，曰："此皆百姓卖儿贴妇钱所为，佛若有知，当慈悲嗟愍，罪高浮图，何功何德。"群僚失色。上怒，令驱逐下殿，愿徐去无异容。

赫连勃勃，以叱乾阿利有巧思，任为将作大匠。阿利残忍无人道，烝土筑统万城，若锥入一寸，即杀作者。又督造兵器，每成一宗，工匠必有死亡。射甲不入则斩弓人，入则斩甲匠。

以上四事，拉杂率书。若田单之机智，刘裕之胜概，虞愿之戆直，阿利之残忍，四种个性，生逢乱世，或师或戒，皆可取法。

九七

李勣尝语人曰："余年十二三时为无赖贼，逢人便杀；十四五为难当贼，有所不惬则杀人；十七八为佳贼，临阵乃杀敌；二十为大将，常用兵以救人于死。"英雄自白，毫不隐瞒，的是快人快语。勣山东人，随太宗平定宇内，厥功最伟。晚年更屡立边功，宣扬国威。贞观四年破突厥，二十年破薛延陀。总章元年平高丽，年已八十矣。以八十老翁，而竟隋炀帝、唐太宗欲竟未竟之功，勿论战略，即精力不已可惊耶？唐之开国武臣，论功业之伟，福命之厚，唯勣为最。

总章二年冬，勣卒，国葬。其冢乃模范阴山、铁山、乌德鞬山之形势，用旌其破突厥薛延陀之功云。饰终之典，千古无此光荣。勣长子震，早卒，震子敬业袭爵。

勣本姓徐，以屡从太宗立战功，赐姓李。讨武曌之徐敬业，其长孙也。光宅元年，敬业举兵于江都，谋匡复皇室，问计于盩厔尉魏思温。温曰："明公志在匡复，兵贵神速，即宜北渡淮，直趋东都，则山东将士知明公举勤王之义师，必靡然景从，天下事可传檄而定也。"敬业欲从其策。薛仲璋说之曰："金陵地方，有大江之险，可以自固，宜先立根本，然后率兵北上，实为良策。"敬业以为然。乃自率兵四千南渡袭润州。魏思温闻之，叹曰："大事去矣！"

徐敬业称兵之动机，原是效忠唐室，仲璋乃教以偏安，所趋异殊，宜其一败涂地矣。其志可嘉，不愧见乃祖于地下，但谋略则相差甚远。

勣虽不读书，然受民族遗传性之薰陶则甚深，故能识大义，知大体，试观为姊煮粥而焚其须，曰："非为无人使令也，顾姊老，勣亦老，虽欲久为姊煮粥，其可得乎？"蔼然如孺子，殊不粗豪，此殆禀赋于民族遗传，成为良知良能，有不待乎教育者矣。勣寝疾，上悉召其子弟在外者使归侍疾，上及太子所赐药，勣必饵之。子弟为之迎医，皆不听进。曰："吾本山东无赖子，遭值圣明，位至三公，年将八十，亦复何求？修短有期，岂复能就医工以求活？"观于上及太子所赐药，必饵之，深明大体，何愧通儒？试思年甫十二三，即持刃以杀人越货，何尝一日获得受教育之机会？孟子曰："不学而知者，其良知也；不学而能者，其良能也。"但良知良能之根荄又安在，岂非民族遗传之潜势力乎？嘻，尚矣！

九八

唐武后托言僧怀义有巧思，故使入禁中营造。补阙王求礼上表，谓"太宗时有罗黑黑者，善弹琵琶，太宗阉为给使，使教宫人。陛下若以怀义有巧性，欲留在宫中驱使，臣请阉之，庶不至于污乱宫闱"。表寝不出。表寝不出者，即清代之留中不发也。王求礼诚不解事，然而质直可喜，但与本官之名称不符。

垂拱二年，苏良嗣遇僧怀义于朝堂，怀义偃蹇不为礼。良嗣大怒，命左右捽曳，批其颊数十。怀义诉于太后。太后曰："阿师当于北门出入，南牙宰相所往来，勿犯也。"不以此事兴大狱，是诚意外，岂所谓"偷生鬼子常畏人"者耶？然亦足见武后之大度（参观本集八十六节）。

然而观于对待王皇后、萧淑妃，则又见其极度之狭隘褊浅矣。永徽六年，武后囚王皇后、萧淑妃，各杖一百，断去手足，投酒瓮中，曰："使二妪骨醉！"数日乃死，更斩其首。皇后初闻宣敕，再拜曰："愿大家万岁，昭仪承恩，死自吾分。"淑妃骂曰："阿武妖猾乃至于此，愿他生我为猫，阿武为鼠，生生扼其喉。"由是宫中不畜猫。淑妃之咒诅及武后之不畜猫，实女子心理之最真表现，具见眉妩。

萧淑妃与王皇后既死，武后数见之，被发沥血，如死时状。心甚恶之，迁居蓬莱宫，见如故，乃徙居洛阳，终身不复归长安。英雌亦复有是举，此女子之所以为女子也，亦具见眉妩。

嫉妒乃女子天性，然只是对于同性发动，于异性即或有所觖望，亦只迁怒于同性而已。此所以对于张德、王方庆、王求礼等只见其敦厚，而对于王皇后、萧淑妃则残酷无人道，性欲使然也。余尝谓女性恒趋两极端，其慈祥也非男子所能及，其凶狠也亦非男子所能及，固也，然而犹未彻底。实则所谓两极端者仍是一端，其残酷之程度壹视温婉之程度为准绳。譬诸对于一异性尝用五十分之柔媚以温存，若一旦觖望，而同性之情敌落其手中，则报复之残酷亦只五十分。若对于一异性之可人，尝用百分之温婉以献媚，一旦觖望，其报复情敌所用之残酷手段亦必百分。故曰两端只是一端。若是乎冷若冰霜者之终属可人也。无冻馁之民，亦无富厚之家，乃为乐土。

九九

　　武后杀唐宗室殆尽，而来俊臣、索元礼、周兴、侯思止等又复从而助虐，刑戮大臣，任意推鞫。由是人人自危，每有入朝而密遭掩捕者。是以朝臣入值，辄与家人诀曰"未知得复相见否"。又舒州刺史许王素节被罗织，征诣行在，素节发舒州，道闻丧家号哭，叹曰："病死何可得，乃更哭耶？"即此二人，即此二语，已能将当时社会不安之心理描写尽致。《论语》常以"邦有道""邦无道"二者对举，"有道""无道"之间，其界安在？"有道"云者，即国有常刑，使怀刑之君子得以安其素。《传》曰："淫刑以逞，谁则无罪。"是以三章约法即足以安天下。此无他，盖以其具体而使人知所适从也。若以抽象之文辞作罪案，任意罗织，则人人自危矣。"危"与"安"乃对待名词，此非所以安天下也。

　　周世宗诏群臣极言得失，中有二语曰："若言之不入，罪实在予。苟求之不言，咎将谁执？"古帝王求极言直谏之诏书亦多矣，未见有如此二语之切实者。盖罪己之诏与广求直谏，皆是片面的，片面不成理由。无理由之例行公事，效亦仅矣。若周世宗此二语则是相互的，功罪维均，罪己与责效他人，同时并举，且互相维系，岂徒托空言之可比拟哉？是以王朴之《筹边策》得以乘时而出，此一篇洋洋大文，非唯周世宗赖之以定淮南，即宋太祖之平江南实利赖之。天下之万事万物总不能外乎因果律。王朴之《筹边策》，则周世宗诏书之二语乃其因也。若天假之年，则契丹与中原之关系必不如是。无靖康与德祐之事，则十三世纪以后之中国史亦必不如是，吁，其机微矣！

一〇〇

至元二十三年三月，诏集贤直学士程文海拜御史，行御史台事，往江南博采知名之士。文海荐赵孟頫、叶李等数十人，而以谢枋得为首。德祐中，枋得以江西招谕使知信州，国变后遁居闽中。遗书文海曰"大元制世，民物一新；宋室孤臣，只欠一死"云云，坚不赴诏。二十五年，尚书留梦炎复以枋得荐，枋得遗书梦炎曰，"吾年逾六十，只欠一死，岂复有他志哉？"二十六年，福建行省参政魏天祐，执谢枋得至燕，枋得问太后攒所及瀛国公所在，再拜恸哭，已而疾甚，迁悯忠寺。留梦炎使医持药并食物造之，枋得掷之于地，不食五日死。先是，朝廷命江西行省蒙吉岱召枋得，执手相勉劳。枋得曰："上有尧舜，不妨下有巢由。枋得名姓不详，不敢赴召。"岱义之，不相强也。谢叠山之文章志节，可称完人。

元世祖尝问赵孟頫以叶李、留梦炎优劣。孟頫对曰："梦炎臣之父执，其人厚重，笃于自信，好谋而能断，有大臣器。叶李所读之书，臣皆读之；其所知所能，臣皆知之能之。"帝曰："汝以梦炎贤于李耶？梦炎在宋为状元，位至丞相，当贾似道误国罔上，乃依阿取容。李以布衣伏阙上书，是贤于梦炎也。汝以梦炎为父执，不敢斥其非，可赋诗讥之。"孟頫所赋有"往事已非那可说，且将忠直报皇元"之句。帝叹赏，而梦炎衔之终身。

余于此事发生几种不同之感想。再醮妇终不得抬头于戚友间，一也。元世祖之命赵孟頫吟诗，与清高宗入洪承畴于《贰臣传》同一作用。所谓儇薄子之于情妇,未到手则不愿其骂我,既到手则又欲其骂人,二也。诗乃陶写意志之工具,意至即吟,意尽即止,庶几可得佳构。意未至而动笔,是曰无病呻吟;意既尽而不停,是曰画蛇添足。应制诗已属无聊,以其非自己之意志也,况承旨诗乎?三也。奉廷旨使骂一长辈,不能不骂,更不敢不骂。以唱随而兼唱和之赵松雪,管夫人岂肯强人以所难?此次应是松雪翁生平第一窘事,四也。松雪翁此诗乃竟有人欣赏,然亦只可供蒙古大帝之欣赏而已。五也。

一〇一

至元二十八年十二月,郭守敬条陈水利十有一事。其一,即大都运粮河,不用一亩泉旧源,别引北山白浮泉水,自昌平西折而南,经瓮山泊,由西水门入城,环汇于积水潭,复东折而南,出南水门,合入旧运粮河。每十里置一闸,比至通州,凡为闸七。距闸里许,上重置斗门,互为提阏,以过舟止水。帝览奏,喜曰:"当速行之。"于是复置都水监,俾守敬领之,以来春兴役。帝命丞相以下皆亲备锸倡工,待守敬指授而后行事。

至元三十年秋七月,赐新开漕河名曰通惠。凡役工二百八十五万,用楮币百五十万锭,粮三万八千七百石,木石等物称是。置闸之处,往往于地中得旧时砖木,人以此服郭守敬之精识。船既通行,公私两便。先是,通州至大都五十里,陆挽官粮,岁若干万,民不胜其悴,驴马死者不可以数计,至是皆得免。帝自上都还,过积水潭,见舳舻蔽水,大悦,赐守敬钞万二千五百贯,仍以旧职兼提调通惠河漕运事。

上文所谓"比至通州,凡为闸七",乃举其大者言之,实不止此数。据《元史·河渠志》,曾列举坝闸之名。一曰广源闸。二曰西城闸,凡二坝,上闸在和义门外西北一里,下闸在和义水门西三步。三曰海子闸，在都城内。四曰文明闸，凡二坝，上闸在丽正门外水门东南，下闸在文明门西南一里。五曰魏村闸，凡二坝，上闸在文明门东南一里，下坝西至上闸一里。六曰籍东闸，凡二坝，在都城东南王家庄。七曰郊亭闸，凡二坝，在都城东南二十五里银王庄。八曰通州闸，凡二坝，上坝在通州西门外，下坝在通州南门外。九曰杨尹闸，凡二坝，在都城东南三十里。十曰朝宗闸，凡二坝，上闸在万亿库南百步，下闸去上闸百步。以此计之，则为闸十，为坝十六矣。逆流而上，置闸蓄水引舟行，现代巴拿马运河即用此法。庸知七百年前，郭守敬已深知其意矣。《授时历》之精密，已超迈前古，即此治河之科学技术，不亦太可敬也耶！

守敬又言，于澄清闸稍东，引水与北浿河接，且立闸于丽正门西，令舟楫得环城往来，志不就而罢（见《元史·郭守敬传》）。此事殊可惜，北京城若多此一河，不知增加几许美丽。案元之丽正门，即今之正阳门。所谓澄清闸者，或即西城闸之第二坝。又元之大都即今之北京，城墙筑于至元四年，而上都乃和林也。

此一段纯科学智识之大工程，今所遗留之痕迹，唯积水潭与东便门外之二闸而已。

上文谓"置闸之处，往往于地中得旧时砖木"，则前此亦既有治此河者矣。案今之北京即辽之南京、金之中都也。《金史·漕渠志》曰：滹沱诸水，会于通州，自通州而上，地峻而水不留，其势易浅，舟胶不行，常须陆挽，人颇艰之。大定四年，山东大熟，诏移其粟以实京师。言者请开芦沟金口以通漕运，役众数年而功不成。其后亦颇解置闸，但或通或塞，结果仍用车挽。泰和八年，通州刺史张行信言船自通州入闸，凡十余日，方至京师。而官方仅支五日转脚之费，请增给之。

大定十年，议决芦沟以通京师漕运，上忻然曰："如此则诸路之物，可径达京师，利孰大焉。"命计之，当役千里内民夫。上命免征被灾区域之人民，且以百官从人助役。及渠成，因地势高峻，水性浑浊。

峻则奔流漩洄，啮岸善崩；浊则泥淖淤塞，积滓成浅，不能胜舟。上谓宰臣曰："导芦沟以入漕渠，惜未见功，若果能行，南路诸物，皆至京师，而价贱矣。"平章政事驸马元忠曰："请求识河道者按视其地。"卒以不能行而罢。

据此，则所谓"于地中得旧时砖木"者，应是金之工程遗迹矣。计自金世宗大定至章宗泰和，前后四十年而功不竟，郭守敬仅以一年半之岁月成之，此非学问之效欤？

一〇二

元仁宗皇庆二年，敕中书省议行科举，使程钜夫、李孟、许师敬等议其事。钜夫建言经学当主程颐、朱熹传注，文章宜革唐宋宿弊，诏行之。自后三岁一开科，蒙古、色目人与汉人、南人各命一题，蒙古、色目人愿试汉人、南人科目而中选者，加一等注授。

延祐二年春二月，会试进士，命中书平章政事李孟、礼部侍郎张养浩等知贡举。三月廷试，及第者五十六人。分为两榜，蒙古、色目人为右，汉人、南人为左。第一名从六品，第二名以下及二甲皆七品，三甲则为正八品，赐进士出身。

元代通称西域民族为色目人，即唐兀、康里、畏吾、回纥等三十一种族是也。蒙古即元之本族，汉人乃包括中原及契丹、女真、高丽诸民族。而所谓"南人"者，则淮河以南诸省及江南、岭南是也。

案科举精神，乃绝对的自由竞争，试题原不应有倚轻倚重之差别。若谓修养程度本不相同，而蒙古、色目及汉人、南人分别各命一题，犹可言也。至若蒙古、色目人愿试南人科目而中选者加一等注授，则最为无理。观于"加一等注授"一款，则汉人、南人所试之科目较为深造可知。浅深有别而权利维均，已属不公，加一等注授，尤属不公。

何不兼试骑射，而与经术、词章之成绩和合而四分之？则蒙古色目与汉人南人各有擅场，庶几可免不公之诮。

然而此事吾以为于促进西域民族同化中原，不无影响。当日之科举大纲，既采纳程钜夫等所拟议，经学宗程朱传注，复有"加一等注授"之特权以歆动之，利之所在，谁不趋承。若更力求深造，至可以应试汉人科目时，则出身之途径加人一等矣。自延祐肇兴科举，共计举行十五六次，每试色目人之第进士者，多则数十人，少亦十数人，其间不少知名之士。或曰：色目人中如贯云石、迺贤、丁鹤年等文学知名，未尝出身科举。然也。但科举为一事，学问又别为一事。不见得学者皆出身科举而出身科举之尽为学者也。科举虽未必能浚发人民之学问，然科举足以诱导人民入于读书之途，谁亦不能否认，读书即学问矣。顾嗣立曰："自科举之兴，诸部子弟类多感励奋发，以读者稽古为事。"此非其效欤？（见《元诗选》）

一〇三

以母后而使国政起大波澜，史不绝书。如汉之吕后、晋之贾后、北魏之冯后、胡后、唐之武后、韦后，其尤著也。宋以后，则寂寂无闻矣。其在北宋朝，虽有真宗之刘后、英宗之高后、哲宗之向后，亦尝一度临朝，然只是以幼子嗣位，不得已而垂帘听政耳，非武、韦、冯、胡之比也。考刘、高、向三后垂帘之日，政局并未尝因此而起微澜，斯可知矣。若而人者，摄政只是发于母爱性，非政治野心也。终南宋之世，除怀抱帝昺辞庙出亡之杨后外，后妃之干涉朝政者无一焉。若光宗之李后，不过家庭牝鸡，偶学司晨，于国政无关，曾不足数。至于元，则有太宗之尼玛察后及定宗之乌拉海锡后两度称制，国政紊乱。有明一代二百七十余年间，阃内之政，未尝越轨。下逮清季，而复有一那拉后。

溯自汉高帝统一禹域以至于清末，二千一百有余岁，彼历史之所以昭示吾侪者有如上述。其间宋明两代，国祚共约六百年，而后妃之德，幽娴乃超迈前古，其故安在？最堪注目者，厥为元、清错杂于宋明两代之间，则迭见例外。

五代以后，女子装束，无端而偏重于过分的右文，争以荏弱为至美，崇尚纤足。流风所被，贤者不免。上自宫闱，下逮村姑，竞相仿效。争妍斗巧，不惜自残。爱美胜于生命，原是女子天性。况世俗既以此相尚，更何恤焉？古来英雄事业，大率均由于壮强过剩之血气所驱使，不能一刻间，非觅一繁剧之事以消纳之，难自安也。试观历代创业之主于事定功成之后，犹复孜孜于巡狩、封禅、开边等劳作，岂有他哉？只缘得天独厚，所禀赋过人之精力，无处发泄故耳。宋明两代，适当女子右文最甚之时，试思荏弱至不胜罗绮，宁复能有余剩之精力发泄于政治哉？

以上所云，是否有当，亦未自敢遽信。只因母后称制之政治，至宋乃戛然而止。元复见之，入明又无闻焉，清复见之，殊令人不能无疑。由是偶连想及于女子缠足问题，而作此非非之假定。窃以为此假定，纵非主因，或亦可称为复杂原因之一种，姑存之以俟反证。

一〇四

《两汉博议》二十卷，陈季雅著。季雅浙江永嘉人，中淳熙进士。其言曰："沛公入关，萧何独先收秦丞相府图籍文书，是何之陋志，不足法也。以是而辅创业之君，将何以复三代之治乎？故后世不复见古人之万一者，秦变古之罪小，而汉袭秦之罪大也。"（卷一）又曰："肉刑，三代之良法也。文帝变肉刑之制而为笞棰之令，三代遗意，至是扫地。"（卷二）又曰："秦坏井田之法，总为阡陌，一顷一亩，无不周知。废封建之法，罢侯置守，一郡一县，无不具觉。与夫户口、土地、官制、兵制之类，靡所不具。汉之所以得天下者，图书之力也，其所以不及三代者，亦图书之过也。盖萧何得此书便以为足，更不讲明三代之治故也。"（卷四）又曰："自秦坏井田，是以富者连阡陌，贫者无立锥。萧何既不能抑民之兼并以还三代之旧，乃徇人为己之谋，买田宅以自污，岂不缪欤？"（卷四）又曰："文帝有天资，无学识。故能怜女子而除肉刑，而不知笞法之尤重。大抵见善明而用心不刚，天资美而师学不正。"（卷五）其持论大抵如此，更不列举。

宋代学者，开口便称三代，一似三代制度乃政治之极轨，虽更阅万万年亦无以尚之，究竟谁为极轨？若以夏之政制为极轨，则不应更有殷。以殷之政制为极轨，则不应更有周。诚以极轨云者，乃不可无一，不能有二故也。若谓殷之政治足以补夏之不逮，周之政治又足以补殷之不逮，则极轨者周而已，何得曰三代？若曰三代各有所长，合之则相得益彰，诚如是，则彼此均非极轨，谁也不配。

要而论之，夏不能继续统治一千八百年之天下，使中间起两次革命，而夏之政治未臻极轨，不容狡展。自古天下之乱，莫如战国。战国衔接三代，即三代之余裔，而纷乱乃若此，则三代政治之必非极轨，不容诡辩。如曰只缘七国君相不守三代遗训，以至于此，则三代政制之愈非极轨可知。若云极轨，自应缜密谨严，盛水不漏，使不逞之徒无由反侧。非唯不敢，抑亦不能。必如是，庶几可称为极轨。

三代政制，最足令人崇拜而心醉者，厥为井田。试问井田制度，果以何年何地何人曾施诸实行？吾侪所知，唯有孟子尝劝告滕文公试办。滕文公曾否照办，成绩何如，尚不得而知。即令当时曾经实现，更继续以至于今日，则中国最少非有田五百万万亩不可。承平之世，人口增加率，约每二十五年一倍，将何以善其后。三代之国祚，夏曰四百，殷曰六百，周曰八百，齐齐整整，无须抹零，宁非滑稽。所云制度，只是一种理想政制而已。后之学者，动辄以取法三代为当行，何异痴人说梦哉！

　　李斯乃中国大一统之第一任大宰相，其人固荀卿弟子，得传儒家道术之正宗者也。萧何入关，诸将注目于子女玉帛，而萧何独先收秦丞相府之文书图籍，此乃何之识见超人一等处。汉之开国规模，实利赖之。试思阡陌陇亩，无不周知；一郡一县，无不具察；户口土地，官制兵制，靡所不具。治术若此，谁复得而议其非。文帝之除肉刑，不愧仁政。其动机实发于仁心仁闻。笞而死，乃执行者之不善，岂得以此罪文帝？而乃必欲睹满街缺鼻子、丢耳朵、拐腿之人以为乐，咨嗟太息于三代遗意因除肉刑而扫地以尽，是何肺肠？孔子，圣之时者也。假令孔子寿比南山，至南宋而犹健在。吾敢信其必不固执井田制度，而以割取他人之鼻子、耳朵及生殖器为刑法也。"圣之时者也"，"随时之义大矣哉"。既自命为圣人之徒，此则最宜注意以求甚解。

一〇五

　　孟子曰："沦济、漯而注诸海，决汝、汉，排淮、泗而注之江。"可见当时济、漯大抵通九河而入海，汝、汉、淮、泗则入江。随后则唯汉入江，淮则入海，而汝、泗入淮。今则淮又入江矣。淮入江，则汝、泗自随而入江矣。昆仑东麓，万壑争流，江、淮、河、济是曰四渎，众水之所归也。数千年来，唯江、汉不迁，河与淮则变迁无定。宋时，黄河夺淮，淮改道南行，衍为洪泽湖而入江，是则淮之迁乃受河之迫也。黄河经沙漠伏流而东下，水质含沙之量多于江汉，愈东则流愈缓，缓则易于沉淀，岁月既久，河道遂成仰盂，东西高而中洼下，流愈不畅，不畅则淤积愈甚，是以河之频频改道，势使之然，非得已也。至于近年，河与淮合，夺运河而入江，则半由人事，又当别论矣。

　　治河之策，一曰因其势而利导之，夏禹是也。二曰筑堤堰以防其泛滥，自汉以来所用之技术是也。三曰于下游入海处，束之使狭，用以助长奔流之速率，美国之治密士瑟必河是也。河流去源愈远，其势愈缓，沉淀愈多，已如上述，唯束之可以长其势。譬如河之入海处广一里，若束之成为一千丈之河面，则水流之速率增加三之一。细沙可以不沉淀矣。若束之为五百丈，则速率增加三之二，较粗之砂亦可以不沉淀矣。中国治河，堤防筑于腹地，河南境内，无处而非堤防。美国治河，堤防筑于河口，于入海处夹岸筑坚固之堰，随时加增其长度，今已伸入墨西哥湾数千丈，此则异于中国消极之防范者矣。

九河故道，今已无痕迹可寻，唯名则犹在。一曰徒骇，二曰太史，三曰马颊，四曰覆釜，五曰胡苏，六曰简，七曰絜，八曰钩盘，九曰鬲津。区域大抵在德州与济南之间。孟子曰"禹疏九河"，可见九河乃成于人为，则海岸自来已高于腹地，不尽关于沙土之沉淀淤积矣。此则受泰山之影响也。

洪水乃当年地壳未干之积水，停留于中原四塞之大盆地，潴而不泄。苟非以人力浚发而利导之，则是一大湖而已。孟子所谓"然后民得平土而居之"一语，"然后"二字，最能刻画我先民工作之艰巨。长江以南，在中国上古史之范围外，无可稽考，但以地理之形势观之，则知其当日必无洪水之患。

一〇六

"子路问曰：'管仲不死，未仁乎？'子曰：'如其仁，如其仁。'子贡问曰：'管仲非仁者欤？'子曰：'微管仲，吾其披发左衽矣。'"读此两段问答，得见孔子之于管仲，可谓推许备至。程子乃大不谓然。其言曰：

> 小白，兄也；子纠，弟也。管仲私于所事，辅之以争国，非义也。小白杀之虽过，而子纠之死实当。管仲始与之同谋，遂与之同死可也。知辅之争为不义，将自免以图后功亦可也。故圣人不责其死而称其功。若使白弟而纠兄，管仲所辅者正，白夺其国而杀之，则管仲之与白，不可同世之雠也。若计其功而与其事白，圣人之言，无乃害义之甚，启万世反覆不忠之乱乎？如唐之王珪、魏徵，不死建成之难，而从世民，可谓害于义矣。后虽有功，何足赎哉？

此宋儒之迂腐也。虽对于孔子之言，亦拿出一副讲学大师面目，作懔然不可犯状。"从一而终"，"饿死事小，失节事大"，就是这一群先生创造出来，后世执此以非难儒术，孔子不任受也。

尹起莘之《通鉴纲目发明》有论魏徵不死难一段，亦举管仲与魏徵相比拟，反覆辩论，读书之佳境也。尹字耕道，亦宋代学者。其略曰：

> 建成、世民、王珪、魏徵，皆唐高祖之臣子耳。高祖使之佐建成，若建成失德，则王、魏当受不能辅导之责。若藩王交斗，则固有高祖在焉。若僚属必欲各死于其所事者，是大乱之道也。大抵东宫与诸王府之官属，皆出于朝廷之所擢用。府僚之事藩王，与人臣事君不同。任是职者固当以君父为主，不得以所事者为主。若夫小白、子纠，均为公子，亦既出奔于外。襄公既殁，齐国无主，故小白、子纠立于对等地位，各君其君，各臣其臣，非若唐高祖高拱在上制命于一人之比也。是则王、魏非唯不能雠世民，亦不当雠世民。

此论自是痛快，足以推翻程子之迂论而有余。

"藩王交斗，则固有高祖在焉。若僚属必欲各死于其所事者，是大乱之道也。"此语最为深切。程子之责备王珪、魏徵，不啻扇动僮仆执挺以加入阋墙械斗，视家长如无有，把平日正色而道之齐家治国大学问忘得一干二净。吁，异矣！"襄公既殁，齐国无主，故小白、子纠立于对等地位"，此乃深明事理之言。程子以管仲、魏徵相提并论，未免昧于事理。

尹氏更有进一步之论断曰：

> 唐武德之世，王珪为太子中允，魏徵为太子洗马，是果谁之命耶？若出于太子之命，则太子其君也。若出于高祖之命而辅太子，则高祖其君也。万一高祖或迁王、魏为秦王府僚属，则将逆高祖之命而必欲尽节于太子乎，抑亦顺高祖之命以其所以奉太子者奉秦王乎？又不幸而太子得罪于高祖而高祖诛之，亦将必死于所事而雠高祖乎？

此言乃根据受命以明君臣之义，可谓深切著明。范祖禹对于此事亦有一段评论，《通鉴纲目》引之，其言曰：

> 建成为太子，且兄也。世民为藩王，又弟也。王珪、魏徵受命为东宫之臣，则建成其君也。岂有人杀其君而可北面为之臣乎？以弟杀兄，以藩王杀太子而夺其位，太宗亦非可事之君矣。食君之禄而不死其难，朝以为雠，暮以为君，于其不可事而事之，皆有罪焉。臣之事君，如妇之从夫也，其义不可以不明。

此一段议论，亦是坚持从一而终之主旨，所以特别提出"臣之事君，如妇之从夫"为结论。但对于各关系人之地位，似难免有错认之诮。须知王珪、魏徵，只是老太爷分拨在大少爷屋里之丫头，并非一独立家庭之元配。乃责之以从一而终，不亦迂乎？至于秦王与太子阋墙，又别为一问题，此事宜以政治眼光观察，勿只以家族伦理绳之，家与国不得蒙混也。

齐家为治国之本，不过正心诚意以至于治平之过程，不得视家国为一体而公私不分也。唐高祖语秦王曰："化家为国由汝，破家亡身亦由汝。"家国不分，恶乎可。以平民摇身一变而为帝王者有之矣，化家为国，实为理论所不许。李渊粗人，未足与语于道，吾无责焉。大儒则不应如是。

桃应问曰："舜为天子，皋陶为士，瞽瞍杀人，则如之何？"孟子曰："执之而已矣。"家国之分，应以斯言为最彻底。舜若欲全父子之道，只有抛弃帝者之地位，退而作家庭之一分子，窃负而逃，庶几可以自全，欲两全则无术矣。此一章书，何尝不是经义，亦儒者之所习闻也，奈何忘之？大抵宋儒学说，多不免一"迂"字，责人无已时。饿死事小，失节事大，不知误尽几许苍生。余岂敢议论大贤之理学哉？亦曰就事论事而已。

一〇七

帝王自称为天之子，至尊无上，惯能以爵禄予人。及其季也，乃亦有人予之以爵位，此所谓天道好还者非耶？试将古来腼颜受封号之帝王，表列如左。呜呼，循环往复，天道靡常，人亦有言，股鉴不远。

一、王莽封孺子婴为定安公；

二、曹丕封汉献帝为山阳公；

三、司马炎封魏元帝为陈留王；

四、刘聪封晋愍帝为怀安侯；

五、刘裕封东晋恭帝为零陵王；

六、萧道成奉宋顺帝为汝阴王；

七、萧衍奉齐和帝为巴陵王；

八、陈霸先奉梁敬帝为江阴王；

九、隋炀帝追赠陈后主为长城公；

十、李渊奉隋恭帝为酅国公；

十一、后梁朱全忠奉唐昭宣帝为济阳王；

十二、宋太祖奉后周恭帝为郑王；

十三、金主封宋徽宗为天水郡王，钦宗为天水郡公；

十四、元世祖封南宋恭帝为瀛国公。

其间唯后梁末帝友贞为皇甫麟所弑，后唐潞王从珂抱传国宝登玄武楼自焚，后晋出帝重贵为契丹携以北迁，后汉隐帝承祐为乱兵所杀，仅得免于受封。

此外尚有偏安之帝者如晋武帝封吴主孙皓为归命侯，又封蜀后主刘禅为安乐公。宋太祖封蜀主孟昶为秦国公，又封南唐后主李煜为违命侯。诸如此类，难以枚举，姑从略。

拜命开府，固世俗所视为莫大荣典，得之则有异于齐民者也。人谁不欲富贵哉，天爵、人爵之分，只是措大造谣，巧立名目用以解嘲而已。庸讵知天道好还，封人者人亦封之。偏教苦乐异殊，在他人则视为贵显，在彼则唯觉其踽踽堪怜。除全无心肝之陈叔宝自怜无爵位而不愿随班入朝外，大抵自拜命受封之时，即开始偷度其以眼泪洗面之岁月矣。同是受封，同是爵位，而苦乐不均，乃如是哉。若而人者，余将名之曰"降级帝王"。

此等帝王，在未降级之先，或即所谓傀儡政权者是已。然而同是傀儡，但质料则颇有不同，约略可区为三种。有以昏庸懦弱，积渐而变为傀儡者，如汉献帝等是已。其始也蔽于群小，纪纲日紊，大权旁落，盗贼蜂起。权奸以清君侧为名，恣睢跋扈。倒持太阿，以柄授人，一也。有因寡母孤儿，在势不得不为傀儡者，如周恭帝等是已。世宗既殁，臣下宣遗诏，命第四子梁王宗训即皇帝位，生七年矣。主幼国疑，重臣是赖，势所必然，二也。有特设以作傀儡者，如汉之子婴，隋之恭帝等是已。居摄元年三月，王莽立宣帝玄孙婴为皇太子，年甫二龄，安汉公莽摄行皇帝事。又义宁元年，李渊备法驾迎立代王侑，炀帝孙也，年甫十三。六月，代王即皇帝位于天兴殿，遥尊炀帝为上皇，敕渊为尚书令大丞相，都督内外诸军事，进封唐王，以武德殿为丞相府，改教称令。若是者，利立幼主以自专，挟之可以令诸侯，所谓特设傀儡者，即为此而设矣。三也。制造傀儡之技虽各有不同，唯质料略不出斯三者。

于禅让之先，更有一种诰命，为傀儡皇帝所必宜有事者。初平十七年春正月，魏公操还邺，天子命公赞拜不名，入朝不趋，剑履上殿，加九锡。又义宁二年正月，诏唐王渊剑履上殿，入朝不趋，赞拜不名，加前后羽葆鼓吹。此等诰命，千篇一律。举此可以例其余。政治舞台，原是滑稽，若禅让诏书，则为滑稽之尤。文繁不录。大抵可用"违心之论"四字括之。

于傀儡皇帝之外，尚有滑稽皇帝数事，读之可以解人颐，附录于后。

东晋安帝时，泰山贼王始，聚众数万，自称太平皇帝，署置公卿。南燕桂林王镇讨禽之。临刑，或问其父及兄弟安在。始曰："太上皇蒙尘于外，征东将军及征西将军已为乱兵所害，不在人间。"其妻怒之曰："君正坐此口孽，奈何尚尔！"始曰："皇后不知，自古岂有不亡之国哉？朕则崩矣，终不改号。"此与收藏赝品而自以为真者相类。是曰"有以自乐"。

刘宋孝武时，江州刺史臧质、豫州刺史鲁爽谋拥南郡王义宣构难。晋宋之制，藩方权宜授官者谓之"板授"。鲁爽使户曹"板"义宣等，文曰："丞相刘，今补天子，名义宣。车骑臧，今补丞相，名质。平西朱，今补车骑，名脩之。皆板到奉行。"天子何人，乃亦受人板授补缺耶？可谓奇闻。

明末永明王由榔南奔，过安隆，知府范应旭不礼焉。其办供应之簿记曰："皇帝一员，后妃几口，支粮若干。"皇帝乃至尊无上，天下一人，而可以员计耶？伤哉！此皆历史上滑稽突梯之事实，可以调剂圣明神武之肃穆庄严。

一〇八

杨玄感起兵黎阳，李密说之曰："关中四塞，天府之国，若帅众鼓行而西，经城勿攻，蕴取长安，收其豪杰，抚其士民，据险而守之，天子虽还，失其根本，可徐图也。"玄感曰："不然。今百官家口，并在东都，若先取之，足以动其心。且经城不拔，何以示威？"遂引兵向洛阳。

李密据洛口，柴孝和说之曰："秦地山川之固，秦汉所凭以成王业者也。明公宜自简精锐，西袭长安，既克京邑，业固兵强，然后东向以平河洛，传檄而天下定矣。"密曰："此诚上策，但我所部皆山东人，见洛阳未下，谁肯从我西入哉！"

李渊守晋阳，刘文静语世民曰："今主上南巡江淮，李密围逼东都，群盗殆以万数。太原百姓皆避盗入城，收之可得十万，尊公所将之兵，复且数万，一言出口，谁敢不从，以此乘虚入关，号令天下，不过半年，帝业成矣。"世民笑曰："君言正合吾意。"

隋唐之间，群雄并起，称王称帝者满坑满谷。李密、柴孝和、刘文静三人之言，如出一轨。足见形势所在，豪杰之士类多识之，在能用与不能用之固而已。所最奇者厥为李密，当其为杨玄感策画时，可谓真知灼见，慨竖子之不足与谋；及其自为谋也，乃亦舍关中而趋洛阳，步玄感之覆辙，岂不怪哉！

吾因是而猛忆一八股文。其出比中有一语曰"余生有也晚之嗟"，对比之对句曰"当局有者迷之叹"。若李密者，真可谓"有者迷之叹"矣。

吾因是而对于"知行合一"之学说深有感焉。"知"是主观的，是直觉性，直觉乃绝对的自由，不受任何限制。至于"行"则须受种种客观的制限矣。第一须问，我所欲行之途径，是否于他人有利害冲突处，是否妨碍他人之自由？如其有之，则须受限制。斯时也，若能不顾一切，唯率所知以进行，斯得矣。玄感不足道，若李密者，只为"所部皆山东人，恐未肯相从而西"之客观所误，遂弃其所"知"以至于灭亡。

然而排除万难向所知以迈进时，艰巨良不可任。大业十二年秋，李渊以其少子元吉留守太原，自率甲士三万发晋阳而趋长安。途间会军中粮乏，或传突厥与刘武周乘虚袭晋阳，裴寂等谓太原乃义师家属所在，宜还救根本，请班师。世民以为不可，渊不听，促令引发。世民将复入谏，会日暮，渊已寝，格不得入。乃号哭于外，声闻帐中。渊召问之，因极言不宜班师之由，渊悟，使追左军之已发者。由此观之，李渊之所以不蹈玄感、李密之覆辙者，其机微矣。若是乎，李密之知而不笃，未得谓之知。

吾因是而兹惑焉，主观与客观之孰为真谛，正未易言也。若以做学问而论，则须屏除主观，唯客观是求，此之谓科学的学者态度。至于英雄事业，则不然矣。学者工作乃追求，而英雄事业则为创造。追求真理者悉凭客观之事实以为断，主观每足以乱真，允宜屏绝。创造者乃无中生有，只用主观定一理想计画，凭本身能力而使之实现，是曰成功之英雄，客观每能偾事也。如杨玄感所云"百官家口，并在东都"，李密所云"我之所部，尽山东人"，裴寂所云"太原乃义师家属所在，宜还救根本"，凡此均属客观之事实，真确不虚。若李世民反对班师之言曰"本兴大义，奋不顾身，以救苍生。当先入咸阳，号令天下。今遇小敌，遽已班师，恐从义之徒，一朝解体。还守太原一城之地为贼耳，何以自全"一片主观话，试问何谓大义，何以入咸阳即可以号令天下，何以知放士卒还乡便即心灰？主观而已，此之谓武断。然而古今多少惊人事业，均从武断得来，正未易言矣。（参观《杂论》第二条。）

一〇九

隋炀帝揽镜自照曰"好头颅谁当斫之"，屈突通每自摩其颈曰"会当为国家受一刀"，皆自许其头颅之不凡也。炀帝临命之言曰："天子死自有法。"帝者之头颅诚不凡。若屈突通则不及尧君素远矣。彼并未为国家受一刀，国家反因彼而受一致命之刀伤。

李渊克霍邑，赏有功，军吏疑奴应募者不得与良人同。渊曰："矢石之间，不辨贵贱；论功行赏，有何等差？宜并从本勋授。"

案阶级制度，何国蔑有？若举唐高祖此事与古代希腊、罗马较，则我国之文化过人远矣。骁果从炀帝在江都者多逃亡，帝患之，以问裴矩。对曰："人情非有匹偶，难以久处，请听军士于此纳室。"帝从之。九月，悉召江都境内寡妇处女集宫下，恣将士所取，或先与奸者听自首，即以配之。玩弄弱者，实人类之劣根性。然在他人只为自私的玩弄而已。若炀帝则慷他人之慨，此应是最早之集团结婚。

一一〇

语曰："事死如事生，事亡如事存，孝之至也。"儿帷不撤，手泽常存，在为人子者，虽明知无补，然用以永罔极之孝思，未尝不可。若自以此书诸遗嘱，则徒供后人作笑料而已。

《邺都故事》载魏武帝遗命诸子曰："吾死之后，葬于邺之西冈，无藏金珠。余香可分诸夫人，妾与伎皆着铜雀台。台上施六尺床，下穗帐。朝晡上酒脯粻糒之属。每月朝、十五辄向帐前作伎。汝等时登台望吾西陵墓田。"按铜雀台筑于建安十五年，乃邺都之最高处，中有屋一百二十间，顶置一振翼奋尾势欲飞动之铜雀，因以命名。

自古咏铜雀伎之诗不少，大抵于辞句中则哀诸妾，而言外之意则讥笑魏武。择录数首如下。

铜雀伎　谢朓

穗帷飘井干，樽酒若平生。郁郁西陵树，讵闻歌吹声。芳襟染泪迹，婵娟空复情。玉座犹寂寞，况乃妾身轻。

铜雀伎　江淹

武皇去金阁，英威长寂寞。雄剑顿无光，杂佩亦销铄。秋至明月圆，风伤白露落。清夜何湛湛，孤烛映兰幕。抚影怆无从，唯怀忧不薄。瑶色行应罢，红芳几为乐。徒登歌舞台，终成蝼蚁郭。

铜雀伎　何逊

秋风木叶落，萧瑟管弦清。望陵歌对酒，向帐舞空城。寂寂檐宇旷，飘飘帷幔轻。曲终相顾起，日暮松柏声。

占有欲，乃人类之恶根性。然而占有以终其身，其亦可矣，乃死后犹不肯放手，不亦痴乎？伎妾之锢铜雀，《兰亭》之入昭陵，同是此种劣根性。魏武帝与唐太宗，文事武功炳耀千古，为甲等之帝者。而占有欲之不达观，亦复同调。《兰亭》墨本之入昭陵，亦遗命也。岂事功为一事，而占有欲又别为一事乎？或则功业之大小与占有欲之强弱为正比例之布算，未可知也。欲究此理，应先将"功业"二字定一界说。

孟子曰："有能为君辟土地，充府库。今之所谓良臣，古之所谓民贼也。"良臣之与民贼，民贼之与英杰，英杰之与圣哲，本同物而异名，且勿具论。要之"辟土地，充府库"，乃占有欲之成绩，意义至为明了，毫无疑问。"辟"与"充"之两动词，乃无中生有之谓，非占有如何是曰"功业"。试略述魏武帝、唐太宗两人之事功，然后核算其占有欲之总成绩。

灵帝中平元年，以沛国曹操为骑都尉。五年八月，初置西园八校射，以操为典军校尉，俱统制于上军校尉小黄门蹇硕之下。六年十二月，董卓既废立，以操为骁骑校尉，操变易姓名，间行东归，至陈留，散家财，募得五千人。献帝初平元年，卓烧洛阳宫室，劫迁帝入长安。操引兵而西，将据成皋。行至荥阳，与卓军遇，操败走，还酸枣，乃与夏侯惇等诣扬州，募兵得千余人，还屯河内。是则初平间，操犹是赤手空拳也。乃不数年而破黄巾，败袁绍，北摧乌桓蹋顿，统一大河南北，其占有欲可谓不大乎？

太原公子，不以其父兄晋阳留守之基业为满足，而必欲化家为国，占有欲之强大可知。大业十二年，建义旗于晋阳。武德元年，败薛仁果于泾水。同年诛李密。三年，败刘武周、宋金刚于雀鼠谷。四年五月，败窦建德于虎牢。七月，俘王世充于洛阳，杀朱粲于洛水上。五年十二月，败刘黑闼于馆陶。六年正月，戮黑闼于洺州。徐圆朗、梁师都亦平。前后七年间，力征经营而富有四海。占有欲之魔力充分表现。此二人者，死后犹复计较占有，足见个性之特殊，亦正如猛虎虽死而威势犹在耳。若是乎，占有欲之强弱与事功之大小，真成正此例矣。

迨事定功成之后，摇身一变而为圣神文武聪睿明哲之太祖、太宗。而董卓、袁术、李密、窦建德、王世充之流，则永荷一盗贼之名而不能摆脱。此非盗贼、英杰、圣哲本同物异名之明证欤？占有欲本人类通性，只有大小之别，亦成败之所攸分也。器小易盈，田舍翁之度量而已。

一一一

汉成帝绥和二年，除《任子令》。应劭曰："任子令者，吏二千石以上，视事满三年，得任同产若子一人为郎，不以德选。"案汉制二千石，乃郡守及诸侯相。二千石以上，等于知府以上。

汉之任子与近代之荫生，略相似而实不同。荫生有三种：曰恩荫，曰恤荫，曰特荫。唯恩荫得于及身荫其子若孙，余则唯身后袭荫而已。且荫生只在国子监肄业，无官职也。

任子则不然，不计勋业，亦非恤典。凡二千石以上，视事满三年者，其兄弟或子之一人即得授职为郎官。本人之贤不肖，非所计也。故曰不以德选。此等滥进之官爵，除之宜矣。

荫生唯祖若父荫其子孙。任子则同产弟兄亦得受职。宗法社会，汉世未若近代之严密，于斯可见。

绥和乃成帝年号。帝崩于二年三月，除《任子令》则在是年五月。虽曰绥和二年，实哀帝之政令矣。

然而"任子"之一名词，犹有别解。建安七年，曹操下书责孙权任子。盖欲借此以观孙权之因应，觇其趋向也。周瑜曰："将军承父兄余业，兼六郡之众，境内富饶，人不思乱，有何逼迫，而欲送质？质一入，不得不与曹氏相首尾，与相首尾，则命召不得不往，如此，便见制于人也。不如勿遣，徐观其变。"由此观之，则入质之嗣子亦曰任子。与前说得任子弟为郎之任子，名相若而义不同。

《广韵》："任音壬，如林切，阳平声，诚笃也。"《诗·邶风》："仲氏任只。"郑笺："以恩相信曰任。"是则授有劳绩者之子弟为郎官，名曰任子，应本此义。又《周礼·地官》："孝、友、睦、姻、任、恤，是为六行。"注曰："任，信于友也。"是则遣子入质，名曰任子，应本此义。

一一二

汉孝平王皇后，安汉公莽之女也。自莽窃国，常称疾不朝会。时年未二十，莽敬惮伤哀，欲嫁之，乃更号曰"黄皇室主"，欲绝之于汉，若言未嫁在室者也。令孙建世子盛饰将医往问疾，后大怒，鞭笞其旁侍御，因发病不肯起，莽遂不复强也。妇人内夫家外父母家，若王皇后者，可谓知礼矣。王莽而竟有此女，大奇。

汉孝元王皇后，莽之姑母也，享国最久，历元、成、哀、平、孺子五朝，前后六十余载，至始建国而犹健在。初始元年，莽欲得传国玺，太后不与，乃使王舜求之。太后怒骂曰："而属父子宗族，蒙汉家力，富贵累世，既无以报。受人孤寄，乘便利时，夺取其国，不复顾恩义。人如此者，狗猪不食其余，天下岂有而兄弟耶！且若自以金匮符命为新皇帝，变更正朔、服制，亦当自更作玺，传之万世，何用此亡国不祥玺为！而欲求之。我汉家老寡妇，旦暮且死，欲与此玺俱葬，终不可得。"太后因涕泣而言，旁侧以下皆垂涕，舜亦悲不能止。良久，乃仰谓太后曰："臣等已无可言者，莽必欲得传国玺，太后事能终不与耶？"太后闻舜语切，且恐莽之胁己，乃出汉传国玺投之地曰："我老且死，知而兄弟今族灭也！"

王莽之潜移汉祚，王氏太皇太后实有以姑纵之。其姑纵也实出于妇人之仁，非有所私于母族也。观于怀玺涕泣之一段伤心话，其谨守内夫家外父母家之大义，亦与孝平皇后相若也。此为姑侄，故可以大放厥辞；彼为父女，故只能鞭挞侍御以寄幽愤。

中国历史上之传国玺，实含有几许神秘性。崔浩曰秦玺为和氏璧，李斯篆刻。韦曜《吴书》云玺方四寸，上勾交五龙，文曰"受命于天，既寿永昌"。子婴降汉，玺为汉有。《汉书·元后传》云王莽使王舜逼太后取玺，王太后怒，投之于地，一角微损。《吴志》云孙坚入洛，扫除汉陵庙，军于甄官井得玺，后归魏，旋入晋。晋怀帝永嘉五年六月，帝蒙尘平阳，玺入前赵刘聪。东晋成帝咸和四年，石勒灭前赵，得玺。穆帝永和八年，石勒为慕容俊灭，濮阳太守戴施入邺，得玺，使何融送晋。厥后东晋传宋，宋传南齐，南齐传梁。天正二年，侯景破梁，至广陵，北齐将辛术定广陵，得玺，送北齐。周建德六年正月，平北齐，玺入周。周传隋，隋传唐。迨五季之乱，此含有神秘性之传国玺，则已真赝莫辨矣。

只因玺文有"受命于天"一语，遂惹起争夺相寻，咸认此为有天下之信物，不亦痴乎？正所谓痴人前说不得梦话矣。善乎，孝元皇后之言曰"宁不能更作一玺以传之万世，何用此亡国不祥之物为也"。诚哉其不祥也。

莽既篡位，更孝元皇后之尊号为"新室文母"，更孝平皇后之尊号为"黄皇室主"，欲绝之于汉也。始建国五年，孝元皇后崩，年八十四，终身不改汉正朔。更始元年，汉兵起，武关与潼关并陷，兵从宣平门入，长安大乱，火及掖庭，孝平皇后曰："余更何面目以见汉家？"乃自投火中死。此王氏祖姑与侄孙女二人为不负汉家矣。

一一三

建武二年，檀乡贼寇魏郡清河，魏郡大吏李熊之弟陆谋反城迎贼。或以告魏郡太守颍川铫期，期召问熊，熊叩头服罪，愿与老母俱就死。期曰："为吏伥不若为贼乐者，可归与老母往就陆也！"使吏送出城。熊行，求得陆，将诣邺城西门。陆不胜愧感，自杀以谢期。期嗟叹，以礼葬之，而还熊故职。

铫期之宽弘、李熊之忠实、李陆之磊落，人多称之。但此事宜分作两层看法，一曰理论，一曰事实。以理论言之，则铫期语李熊之言为深得"乐则行之，忧则违之"之本旨。不曰为功名，不曰为富贵，而曰乐，是何等见地。盖人生各有所乐，以纡青拖紫为拘束，而以赤条条来去无牵挂为自由，是曰乐其所乐。吏也贼也，只是主观上之一名词耳。贼民之吏与有道之贼，何国蔑有，岂得以主观之名词而别其善恶哉！以"替天行道"为标识，作杀人放火之事业，杀其所欲杀，殆乐事也。乐则行之，圣人其许之矣。此理论也。至于事实，则"为吏侻不若为贼乐者，可归与老母往就陆也"一语，表面上是使行其心之所安，实则使俯首以听受良心之裁判而已。"女安则为之"，其效用有远胜于武力制裁者矣。良心之第一命令，原具无上威力。期之此语，在一方面唤起其良心，使执行裁判，一方面使静候良心之命令。此熊之所以行行求陆，而陆之所以感愧自杀也。唤起良知，原是教育家诱导之美意，而亦权术家操纵之良法也，铫期其知之矣。

一一四

建武七年春三月癸亥晦，日有食之。诏百僚各上封事。太中大夫郑兴上疏曰："……顷年日食多在晦，先时而合，皆月行疾也。日君象而月臣象，君亢急而臣下促迫，故月行疾……"此种议论，若以科学眼光读之，自是可笑。但在未有宪法之先，无术可以制止君主之横行，只好借天象以恫吓之，斯亦古圣哲之苦心也。此乃政治问题，且勿具论。若专就历法言之，只要多置一小尽，则日月便不先时而合矣。所不解者，乃当时之律历家明知日月合朔所以不在朔而在晦者，乃在月躔之畸零积秒成时，未能除尽故耳。有此现象，则现行历之未能十分正确，已见明证，亟以更改为是。据郑兴所云"顷年日食多在晦"一语，可知建武七年以前，既已迭见，且勿赘。试将建武七年以后，元和二年以前，在洛阳所能见之日食在晦而不在朔者，录其岁月如次：

  建武十六年三月辛丑晦　　　日食　　公元四〇
  建武十七年二月乙未晦　　　日食　　公元四一
  建武二十二年五月乙未晦　　日食　　公元四六
  建武二十五年三月戊申晦　　日食　　公元四九
  建武三十一年五月癸酉晦　　日食　　公元五五
  中元元年十一月甲子晦　　　日食　　公元五六
  永平三年八月壬申晦　　　　日食　　公元六〇
  永平八年十月壬寅晦　　　　日食　　公元六五
  永平十三年十一月壬辰晦　　日食　　公元七〇
  永平十六年五月戊午晦　　　日食　　公元七三
  永平十八年十一月甲辰晦　　日食　　公元七五

其间唯建武二十九年（公元五三）二月丁巳朔日食，建初五年（公元八〇）二月庚辰朔日食。合朔在朔，唯此二年。

  章帝元和二年春正月，上以《太初历》施行日久，晦、朔、弦、望常不中时，命治历。同年二月甲寅，乃颁行《四分历》。案《四分历》乃张衡所制。

  《太初历》颁行于汉武帝太初元年（公元前一〇四），至东汉章帝元和二年（公元后八五），其间已一百八十九年矣。王莽虽尝施行刘歆所制之《三统历》，莽败旋废，光武仍袭用《太初》，所谓复汉正朔者是已。自兹以往，历法凡六七十变。盖仪器未精，难以正确，不及百年，其差渐大，以至于不可掩。若《太初历》之继续行使一百九十年，实为仅见。其间以宋朝之更革，最为频繁。自宋太祖之《应天历》至度宗之《成天历》，三百年间凡十八易。若并帝昺之《本天历》而概算之，则为十九易矣。此实科学渐进、仪器渐备之明证，小有差误，即不足以餍民望矣。迨至元二十年（一二八三），颁行郭守敬之《授时历》，推算乃渐入精微。经过七百年之长时期，至今尚能适用，斯亦郭守敬之所以为伟大也。

一一五

《记》曰："君子之爱人也以德。"据德以用吾爱，宜若无罪。然而天下事亦有不尽然者矣。吾揽古而至《荀彧传》，因有感焉。

《魏志》曰：彧初事袁绍，初平二年，去绍从太祖，太祖悦曰："此吾子房也。"以为司马。又曰：太祖虽征伐在外，军国事皆与彧筹焉。八年，太祖录彧前后功，表封彧为万岁亭侯。十七年，董昭等谓太祖宜进爵国公，九锡备物，以彰殊勋。密以咨彧。彧以为"太祖本兴义兵以匡朝宁国，秉忠精之诚，守退让之实，君子爱人以德，不宜如此"。太祖由是心不能平。会征孙权，表请彧劳军于谯，因辄留彧以侍中光禄大夫持节参丞相军事。太祖军向濡须，彧以疾留寿春，饮药而卒。明年，太祖遂为魏公矣。

荀彧之死，陈寿《三国志》曰"以忧薨"。范晔《汉书》曰"操馈之食，发视乃空器也，于是饮药而卒"。司马《通鉴》从范《书》。然而勿论其以忧卒或饮药而卒，要之彧以反对魏武进爵之故，继乃自悔为书生之见，不合时宜，忧惭交并，坐是而不得永其天年，乃事实也。若是乎，爱人以德者之未必无咎也。欲明斯旨，宜先定"德"字之观察点。

兴义师以匡朝宁国，秉忠精之诚，守退让之实。此为观察点者一。君侧之恶，诛不胜诛，朝无可匡。群盗如毛，屠王关茸，国无宁日。此为观察点者又一。前者实荀彧观察之坐标，后者乃魏武观察之坐标。荀彧专就魏武个人立论，而魏武则专就时势着想。"德"字之意义未能一概论，有如是者。

建安十五年冬，丞相操谕其僚属曰："孤始举孝廉，自以本非岩穴知名之士，恐为世人之所凡愚，欲好作政教以立名誉。故在济南，除残去秽，平心选举，以是为强豪所忿，恐致家祸，故以病还乡里。时年纪尚少，乃于谯东五十里筑精舍，欲秋夏读书，冬春射猎，为二十年规，待天下清，乃出仕耳。然不能得如意，征为典军校尉。意遂更欲为国家讨贼立功，使题墓道言'汉故征西将军曹侯之墓'，此其志也。而遭值董卓之难，兴举义兵。后领兖州，破降黄巾三十万众，又讨击袁术，使穷沮而死。摧破袁绍，枭其二子。复定刘表，遂平天下。身为宰相，人臣之贵已极，意望已过矣。设使国家无有孤，不知当几人称帝，几人称王。或者人见孤强盛，又性不信天命，恐妄相忖度，言有不逊之志，每用耿耿。故为诸君陈道此言，皆肝鬲之要也。然欲孤便尔委捐所典兵众，以还执事，归就武平侯国，实不可也。何者？诚恐己离兵，为人所祸。既为子孙计，又己败则国家倾危，是以不得慕虚名而处实祸也。然兼封四县，食户三万，何德堪之。江湖未静，不可让位。至于邑土，可得而辞。今上还阳夏、柘、苦三县户二万，但食武平万户，且以分损谤议，少减孤之责也。"

魏武虽属权奇之士，但此一段话，殆可信为由衷之言。彼初所持之道德观念，未尝不与荀彧同。无奈孱王实在当不起家，若归还大政，祸乱将不知纪极。且力征十数载，仇敌太多，既乏一强有力之政府以整饬纪纲，则我不负人，人将负我，故欲罢而不能自已也。荀彧乃以书生之见策其出处，其有悔也亦宜。

善乎《三国志》行文之不可及也。温公论荀彧之死，凡四百言，尚不及陈《志》"明年，太祖遂为魏公矣"一语之深切著明也。真可谓"不着一字而尽得风流"者矣。

一一六

今国际公法，以白旗为降幡，但吾三国时则已行之矣。建安九年，袁尚攻袁谭于平原，留其将审配守邺。操使曹洪攻邺，凿堑围城，周回四十里。尚将兵万余人还救邺，先使主簿巨鹿李孚入城。孚请配出城中老弱以省谷，既而知外围益急，乃简别数千人，皆使持白幡，乘夜从三门出降。度其所以采用白幡之故，殆取其颜色明显，易入远视者之目耳。古今人之思路未尝不相若。

许攸初事袁绍，以计不行，遂奔操。操闻攸至，跣足出迎，抚掌笑曰："子卿远来，吾事济矣。"既入坐，谓操曰："袁氏军盛，何以待之？今有粮几许？操曰："尚可支一岁。"攸曰："无是，更言之。"又曰："可支半岁。"攸曰："足下不欲破袁氏耶？何言之不实也。"操曰："向言戏之耳，其实可一月，为之奈何？"攸乃为操画策，焚绍辎重，绍败走，冀州城邑尽降于操。后数年，许攸恃功骄慢，尝于众坐呼操小字曰："阿瞒，卿非我，不得冀州也。"操笑曰："汝言是也。"然内不乐，后卒以他故杀之。许攸固自有取死之道，但创业之主，每多杀戮功臣，若许攸之骄慢，亦应为致死原因中之一种。盖每当天下大乱，群雄角逐，在名分未定之先，同是豪强，礼节每多脱略。一旦南面称孤，不得不做作一副尊严面目以威临臣下。斯时也，朝上功臣多属昔日草泽之伙伴。虽则曰礼仪只是虚文，不外相互间之装腔，但人类之所以自命为异于禽兽，全赖此一副假面具。无奈从前脱略已惯，忽而装腔作势，每多不自然，不如杀之便。此许攸所以终不免于刑戮也。

丹阳大都督妫览，杀太守孙翊，入居军府中，欲逼取翊妻徐氏。徐氏绐之曰："乞须晦日，设祭除服，然后听命。"览许之。徐氏潜使所亲，语翊亲近旧将孙高、傅婴，与共图览。高、婴涕泣许诺，密呼翊时侍养者二十余人，与盟誓合谋。及晦设祭，徐氏哭泣尽哀毕，乃除服，薰香沐浴，言笑欢悦，大小凄怆，怪其寡恩。览密觇，无复置疑。徐氏呼高、婴置户内，使人召览入。徐氏出户拜览，适得一拜，徐大呼二君可起，高、婴俱出，共杀览。徐氏乃还缞绖，奉览首以祭翊墓，举军震骇。孙权闻乱，从椒丘还至丹阳，悉族诛览余党。此一段历史故实，可以作剧本。

一一七

《左传·哀九年》，宋取郑师于雍邱，使有能者无死。赫连勃勃伐魏，将屠城，令曰有一艺者免死。艺术人才之见重也如此。

古者重农工而轻商贾，薄之不与齐民伍，秦汉之世竟视之与逃亡之罪囚等。于斯可见，所谓有能者免死、有一艺者免死，应是专指工艺言之，而士、商不与焉。国之重工，由来远矣。舜即位，咨四岳以发号施令，于平水土、教稼穑、兴教育、定刑法之外，第五个命令即曰"畴若予工"。此实国史上第一次中央政府所颁布之政令也。至于来百工则财用足。百工居肆以成其事。圣人既竭目力焉，教之以规矩准绳，以为方员平直。此类论调，触目皆是。所以中国之手工艺术，至今犹见重于世。岂曰无因？

一一八

王曾前后辅政十年，其所进退士夫，莫有知者。范仲淹尝以问曾。曾曰："夫执政者，恩欲归己，怨使谁归？"仲淹大为叹服。欧阳修亦常诵斯言。

皇祐中，仁宗为王曾神道碑篆额，文曰"旌贤之碑"。大臣墓碑得赐篆额，自王曾始。终仁宗之世，宰相得膺兹荣典者犹有数人。旌李迪墓曰"遗直之碑"，旌吕夷简墓曰"怀忠之碑"，旌范仲淹墓曰"褒贤之碑"，旌刘沆之墓则以"思贤"二字。凡此皆明主怀想贤良，而出自本心之所为也。厥后则有慕虚荣而邀宠者矣。观于仁宗嘉祐五年十一月之诏书可以知之。诏曰"自今臣僚之家，毋得陈乞御篆神道碑额"云。其后神宗为韩琦篆碑额，文曰"两朝顾命定策元勋"，则更非泛泛者可比矣。后世碑额，有自刻"御赐"两字者，亦有刻蟠龙花纹以作象征者，则皆北宋荣典遗蜕之痕迹也。

北宋初期之良相，除韩、范、富、文、杜、寇、王、李诸公外，尚多有可述者。仁宗即位，章献刘太后临朝，参知政事鲁宗道多所献替。太后问唐武后何如主。对曰："唐之罪人也，几危社稷。"太后默然。时有上言请立刘氏七庙者，太后以问辅臣，众不敢对。宗道独曰"不可"。退谓同列曰："若立刘氏七庙，如嗣君何？"帝与太后将同幸慈孝寺，有拟以太后辇前帝行者。宗道曰："妇人有三从。"太后乃命辇后乘舆行。时目为鱼头参政，因其姓之鲁字，且言骨鲠也。又明道二年，章献谒太庙，欲被天子衮冕，臣下依违不决。参知政事薛奎曰"不可"。又曰："太后必欲被衮冕以见祖宗，不知作男子拜耶，女子拜耶？"乃罢。及章献崩，仁宗见群臣，泣曰："太后疾不能言，而犹数引其衣，若有所属，何也？"奎遽曰："其在衮冕也，然服之何以见先帝乎？"仁宗大悟，卒以后服殓。由此观之，则光宅、垂拱之祸，所以不再见于天圣、明道间，其几微矣。

宰相官制，至唐宋而渐紊。唐因隋制，以尚书令、中书令、侍中为真宰相，曰三省长官。中叶以后，以其品位崇高，不复独授，常以他官兼摄，或称参预朝政，或曰参议朝政，是即宋"参知政事"之名所由来矣。自仆射李靖以疾间日至中书门下平章事，是即"同平章事"之名所由来矣。自李勣以詹事同中书门下三品，是即"仪同三品"之名所由来矣。故凡所谓参知政事、同平章事、仪同三品，实即宰相也。迨神宗元丰间，详定新制，革平章之名为尚书左右仆射，各兼门下中书侍郎，行侍中、中书令事，以通三省之政。徽宗政和中，复改左右仆射为太少宰。南渡后，复称左右丞相以终宋之世。

一一九

六朝骈文，以藻丽相尚，至宋而一变。宋之制诰，概为骈语，然多采取经史成句，集为对偶，枝干苍劲，自成一家，即所谓"宋四六"是已。择录翰林学士苏轼所草之制诰，用见其方。

元祐三年四月辛巳，除吕公著以司空同平章军国事。制曰："既得天下之大老，彼将安归；以至国人皆曰贤，夫然后用。"又曰："非尧舜不谈，昔闻其语；以社稷为悦，今见其心。三年有成，百揆时叙。维乃烈考，相于昭陵。"又曰："於戏！大事虽咨于房乔，非如晦莫能果断；重德无逾于郭令，而裴度亦寄安危。罔俾斯人，专美唐世。"

同日，除吕大防左仆射。制曰："天维显思，将启太平之运；民亦劳止，愿闻休息之期。眷予元臣，咸有一德；咨尔百辟，明听朕言。"又曰："果艺以达，有孔门三子之风；直大而方，得坤爻六二之动。"

同日，除范纯仁右仆射。制曰："芍吕臣奉己而不在民，则晋文无复忧色；汲长孺直谏而守死节，则淮南为之寝谋。"又曰："强谏不忘，嘉臧孙之有后；戎公是似，命召虎以来宣。"

两宋制词，脱尽纤巧，坡公更老气横秋，下笔无碍。其才足以济之，其气足以帅之也。此种格调，余风及于元明之传奇。凡是剧中主角登场，例有一段骈偶念白，多属宋四六一派。如《琵琶记》之"庆寿"，蔡伯喈上场白曰："抱经济之奇才，当文明之盛世。幼而学，壮而行，虽望青云之万里；入则孝，出则弟，怎离白发之双亲。"此其概也。至于明杂剧之运用古人成句，则更入化工。如汪道昆之《高唐梦》，小生扮楚王，生扮宋玉，末扮章华大夫，净、丑二人扮内史，小旦二人扮昭仪。至陪侍楚王入卧室时，净丑曰"天色已暮，请大王就寝"，生曰"曜灵匿景"，末曰"继以兰膏"，小旦曰"大夫速退，毋使君劳"。随手拈来,据为己有,了无痕迹。

一二〇

建武二十八年,以博士桓荣为太子少傅,赐辎车乘马。荣大会诸生,陈其车马印绶,曰:"此稽古之力也。"(丑)

汉武帝招延士大夫,常如不足。然性严峻,臣下有小过犯或欺罔,辄按诛之,无所宽假。汲黯谏曰:"陛下求贤甚劳,未尽其用辄已杀之,以有限之士恣无已之诛,臣恐天下贤才将尽。"帝曰:"才犹器也,有才而不适于用,与无才同,不杀何待?"(辣)

董卓欲废灵帝而立陈留王,袁绍曰:"公废嫡立庶,恐将不利。"卓按剑叱之曰:"竖子敢尔,我欲为之,谁敢不从?"绍引佩刀横揖曰:"天下健者,岂唯董公!"(壮)

汉武帝欲册立王子弗陵,唯恐子稚母少致乱萌,乃借端谴责钩弋夫人。夫人脱簪珥叩头。帝曰:"引持去,送掖庭狱。"夫人回顾,帝曰:"趋行,汝不得活。"(狠)

湖阳公主苍头白昼杀人,洛阳令董宣格杀之,公主诉于帝,宣不屈。公主曰:"文叔为布衣时,藏亡匿死,吏不敢至门,今为天子,威不能行一令乎!"帝笑曰:"天子不与布衣同。"(妙)

显德四年,蜀主昶致书于周世宗,请通好,自称大蜀皇帝。世宗恶其抗礼,不之答。蜀主怒曰:"朕为天子郊祀天地时,尔犹作贼。"(爽)

晋愍帝建兴三年,陶侃与杜弢对阵,弢使王贡出挑战。侃遥谓贡曰:"卿本佳人,何为作贼?"(俊)

荀济少居江东,博学能文,与萧衍为布衣交,知衍有大志,然负气不服。尝语人曰:"会当于盾鼻上磨墨檄之。"(豪)

薛逢厄于宦途，尝策羸赴朝，值新进士缀行而出，见逢行旅萧条，前导诃之曰："回避新郡君。"逢语之曰："阿婆三五少年时，也曾东涂西抹来。"（趣）

来俊臣、索元礼、周兴等助武后杀唐宗室，刑戮大臣，惨酷无人理。计兴与元礼所杀各数千人，俊臣所破千余家。天授二年，丘神勣以罪诛，或告周兴与神勣同谋，武后命来俊臣鞫之。俊臣谓兴曰："囚多不承，当以何法？"兴曰："易耳。取大瓮，以炭四周炙之，令囚入内。何事不承？"俊臣如法措置，起谓兴曰："有密谕鞫君，请君入瓮。"（该）

一二一

第一次世界大战，起一九一四年十月一日，迄一九一八年十一月十一日，凡四年零一个月。死八百五十四万三千人，伤三千七百四十九万人。死与伤之比，为一对四点四，即死一百人则受伤者为四百四十人。

第二次世界大战，中日间起一九三七年七月七日芦沟桥事变，迄一九四五年九月九日南京受降，凡八年零两个月。欧洲间起一九三九年九月一日德国进兵波兰，迄一九四五年五月八日 Potsdam 受降，凡五年零九个月。美、日间起一九四一年十二月八日珍珠港袭击，迄一九四五年九月三日东京纳降，凡三年零十个月。计战死二千二百零五万三千人，受伤三千零四十万人。死与伤之比为一对一点四，即死一百人而伤者仅一百四十人。

第二次死亡总数较第一次多出一千三百五十一万人。此则因战地较广而时间亦较长，无足为异。所最堪注目者乃第二次受伤人数较于第一次反减少七百万零九万人。此则因武器之不同，战略因而改革，攻守之间，情势异殊，故死与伤之比率，随而变异也。

第一次之战略名曰壕沟战。当冲锋机会尚未成熟时，只闻炮声，不见一人。迨冲锋而混战，则重炮即为之不鸣，所借以克敌致果者唯刺刀、枪弹及手榴弹是赖。受伤者只是身上穿一两个窟窿，苟非伤在致命处，躯体既属完整，未尝不可以修理。此其所以受伤多而死亡较少也。

第二次之战略名曰立体战。凌空俯瞰，使敌人无可逃隐，"要塞"二字，已成过去名词。既属无险可守，只凭趋避。飞机每次投弹，动辄万数千吨。受伤则等于肢解，尸体无存者十常五六，虽有华、扁，亦无所施。身之不存，命将焉托？此其所以死亡之数字突增，而受伤之数字反形减少也。

一九四五年十一月二十六日写记

杂论

一

元微之《悼亡诗》曰"诚知此恨人人有",白香山哭子诗曰"天下何人不哭儿",真可谓极天下之武断。把死老婆、死儿子等事,认作人类之共同业务。大概这两位先生因为伤心过度,强作达语以自解,竟忘却其修辞之不合论理矣。

大中祥符元年,宋真宗举行东封大典,禅泰山。途次访得隐士杨璞,载以俱归。上问璞曰:"卿行时,可有人作诗相送否?"对曰:"有臣妻一小诗曰:'更休落魄耽杯酒,莫再猖狂爱作诗。今日捉将官里去,这回断送老头皮。'"上大笑,知璞之无意仕进也,因厚赐之而送归田里。辛稼轩五十三岁时,起用福州按抚使,作《山花子》一首,其上半阕曰:"记得瓢泉快活时。长年耽酒更吟诗。蓦地捉将来断送,老头皮。"即用此事。时绍熙三年,上距杨璞一百八十四年,可见璞妻诗之传诵一时也。

晋元帝生子,大赐群臣汤饼宴。殷羡前致谢辞曰:"庆陛下嗣统之有人,愧微臣无功而受赐。"上笑曰:"是何言,此事岂可令卿有功耶?"可谓语妙天下,真堪绝倒。熙宁七年,苏东坡过吴兴,时李公择适生子三日,会客求歌辞。东坡作《减字木兰花》一阕曰:"惟熊佳梦。释氏老君亲抱送。壮气横秋,未满三朝已食牛。 犀钱玉果,利市平分沾四坐。多谢无功。此事如何着得侬。"举座哄然大笑,有翻酒喷饭者。时东坡三十九岁。

东坡《琼州山行舆中遇雨》之长古,气象万千,而尤以"千山动鳞甲,万壑酣笙钟"一联意境独绝。但此联乃脱胎于杜工部之"万壑树声满,千崖秋气高",然而坡公可谓能青出于蓝矣。摹拟古人,必要如此乃为最上乘。

二

"武断"二字，最为科学家所不许。武断者何？非科学是矣。科学者何？不武断是矣。此实两绝对之反比名词也。

世界上各种学问，无论哲理方面或物质方面，实无一不须用科学方法以穷究其本源。"武断"既为科学之蟊贼，然则人类社会之字典，永远革除此两字可乎？曰：是不能。"武断"二字，实开辟科学世界之要素，增进人类文化之先锋也。此说似新奇可喜或骇人听闻乎？请言科学家与探险家之别。

科学家之态度，谓一切学问，须先从搜集证据入手。证据既集，然后以纯客观的态度，用归纳法以求其断案。若证据不足，即须搁置。不得参与丝毫主观于其间，不得武断，不得行使自信力。此之谓有科学头脑之学者态度。

探险家之态度则反是。乃专对于无证据之事物，用坚强的自信力以武断之。历史上之英雄事业，不乏其例。试举哥仑布以作代表。

大西洋彼岸之有大陆，果何所据而云然？理想而已。理想非科学也。在科学家态度，于航行之先则何如？必须知彼岸与欧洲距离之确实里数。我所乘之船，排水量何如，推进之能力何如，几日可达？船之容积及贮藏量是否与速率相应，燃料、食料、饮料所能供给之航程，是否已超过航路之距离？又印度洋西泻之热潮受非洲大陆之障碍，绕好望角直冲南美东岸而北上，再受墨西哥湾一蓄，遂横渡大西洋，斜射西班牙海岸而入北冰洋，溶解层冰之一部分，迫令寒潮掠北美洲之东岸而下。冷热潮交流处，常生海雾。海雾之来，若何应付？冷潮之经行路常带冰山，冰山之来，若何应付？大西洋之贸易风，在何季节？风之来，若何应付？船之排水量与载重量之调和，若何计算？所载之物，过重之病何在，过轻之病又何在？海水所含之矿物质较多于河流，是以水之比重，洋海较大，而浮物力亦较大。船在内河载货时，宜达船身之某度，出海则船身上浮，乃可适合标准度。凡此种种，哥仑布未必尽知。不知而贸贸然排众议以独断独行，是曰武断，是曰冒险。险者何？即科学家领土外之世界是已。试思当日同舟之水手，欲缚哥仑布而投诸海，转帆以归西班牙海岸时，而哥仑布犹毅然不为所屈。其主观之强，与自信力之大，实属可惊。总而言之，举凡科学家所认为蟊贼、认为恶德者，彼实无一不备矣。然而结果乃乍令此世界放大数倍，俾各种科学因需要与助长而作长足之进步。谁实为之，则哥仑布自信力之"武断"致之而已。以此论之，则"武断"又非科学之贼而为科学之母矣。

三

凡评判是非或追求真理者，若因果倒置，则结论必入于迷途，固也。然而因果固最易于倒置者也。譬诸一人，见鬼辄跑，问何为而跑？曰因为怕所以跑，此之谓倒果为因，实则因为跑所以怕。是以论事必先明因果，乃得真相。但执因果相乘、因果相生之说，则问题又不能如是之简单矣。譬如问：人何以必须求食？曰为饿之故。是则饿乃食之因，而食乃饿之果矣。若问：人何故而有饿？曰：因为吸入空气中之酸素而食料消化故。是则饿又为果，而呼吸为因矣。若问：何故而有呼吸？曰：此乃机体活动之本能。是则呼吸又变为果，而机体活动乃其因矣。以此追求，直须寻至原始所种之因子，乃为真因。自此因子既种之后，所生之果即是因，因亦即是果。循至今日，究竟孰为因而孰为果，已成不了之问题矣。又如战争之因，可以上追数级而至人口膨胀。人口膨胀之因，又可以上追数级而至于有男女两性。但造物何故必用复式而造两性。若采用单纯式而只造一性，岂不省事？则又必有其因。其因何在，虽未可知，但知其必有。盖人类之有两性，乃是事实，事实即是果，天下必无无因之果，是以知之。以此论之，无有穷期。释迦劝人勿造因，自是绝世聪明人语。然而晚矣。自原始之因子既种之后，虽欲勿造而不可得矣。

四

中国文字之语助辞，如"焉""哉""乎""也"等字，若善于运用，最能作表情之助。欧洲文字之于此类，只有两种符号。发问则画一只耳朵（?）以准备接受回答，感叹则画一滴眼泪（!）以表示伤心，如斯而已。中国之语助辞，其韵味实远在欧文之上。更有双叠及三叠者，尤能描出情态之神。闲尝翻阅《论语》，计其中双叠及三叠之语助辞共有四十余处。双叠如："久矣哉，由之行诈也"，"语之而不惰者，其回也欤"，"君子而不仁者有矣乎，未有小人而仁者也"，"赐也贤乎哉？夫我则不暇"。三叠如"鄙夫可以事君也欤哉"，"子夏曰：日知其所亡，月无忘其所能，可谓好学也已矣"，"子游为武城宰，子曰：女得人焉尔乎"之类是也。三叠语助辞，用得最神完气足者，莫如《左传·襄二十五年》，齐崔杼弑其君光，晏子立于崔氏之门外。其人曰："死乎？"晏子曰："独吾君也乎哉？吾死也"。曰："行乎？"曰："吾罪也乎哉？吾亡也"。两用"也乎哉"三字，把一种肃穆而崛强之态度，表现得十足。但是话虽如此，倘若有人问我，三叠语助辞之运用，其规则若何，表情之神态若何？则吾真无辞以对。因为"也哉乎"不可，"哉乎也"亦不可，"也乎耶"更不可。问何为而不可？则吾进一步之答复，亦只能曰"实在不可"而已。然而吾虽不能答复，但吾可以举出一极好之例以资比较。《论语》"子路、曾皙、冉有、公西华侍坐"

一章：

> "点，尔何如？"鼓瑟希，铿尔，舍瑟而作。对曰："异乎三子者之撰。"子曰："何伤乎？亦各言其志也。"……三子者出，曾皙后，曾皙曰："夫三子者之言何如？"子曰："亦各言其志也已矣。"

同在一章之中，两句"亦各言其志也"，但下句多"已矣"两字而成三叠。试比较而细玩之，自可见单用一"也"字，乃肯定之词，"也已矣"三字叠用，则肯定后而带有评判之意。

语助辞用得最多而文章最美者，莫如《论语》"叔孙武叔毁仲尼"一节。

> 子贡曰："无以为也。仲尼不可毁也。他人之贤者，丘陵也，犹可逾也。仲尼，日月也，无得而逾焉。人虽欲自绝，其何伤于日月乎？多见其不知量也。"

凡八句，而用八个语助辞，可称最多。然而文章真美，极抑扬顿挫之致。子贡真善于辞令者。

无语助辞之美文，莫美于项羽斩宋义之先，对军士演说之一段话。凡二十句，一百十三字，每句秃头秃尾，无一语助辞。宋义者，即项羽初起时，诸侯联军之统帅也。录其文如下。但每读一次，煞是费力。非用丹田的中气不能读。且必要按照我的断句法，无圈处切勿停顿。否则恐有闭气成噎之患。文曰：

> 将戮力而攻秦，久留不行。今岁饥民贫，士卒食芋菽，军无见粮，乃饮酒高会；不引兵渡河，因赵食，与赵并力击秦，乃曰"乘其敝"。夫以秦之强，攻新造之赵，其势必举赵，赵举

而秦强，何敝之乘？且国军新破，王坐不安席，扫境内而专属于将军。国之安危，在此一举。今不恤士卒而徇其私，非社稷之臣。

真可谓怒发冲冠者矣。活画一个拔山扛鼎之莽男儿。文章技术之神奇，有如是者。可见得一个人当动气的时候，便不管"之乎者也"了。

非用丹田中气不能读之美文，尚有《左传·襄十年》"晋人围偪阳"一段。当时老将荀罃不主战。谓偪阳"城小而固，胜之不武，不胜为笑"。但荀罃的儿子与一群少年军官，则主战甚力。随后果然师出不利。且时届雨水季节，若流潦一至，则晋军之归路即断，于是荀偃、士匄请老头子下令班师。荀罃气极，拿起一把茶几扔在他们俩所站的当中，谓限你们七天之内破城，否则以军法从事，越四日而偪阳破。其文曰："汝成二事而后告余。余恐乱命，以不汝违。汝既勤君而兴诸侯，牵率老夫以至于此。既无武守，而又欲易余罪。曰：'是实班师，不然克矣。'余赢老也，可重任乎？七日不克，必尔乎取之！"愤懑与项羽等。但一是莽男儿气概，一是老将军态度，毫不含糊。文章技术至此，庶为最上品。

五

地与月运行之轨道皆有畸零，故事实上无从造得一种十分精确之历法。自有史以来，古今中外，历法之改造不下百数十次。即以中国而论，自汉初以迄明末，曾改造六十余次。但无论若何改造，亦不过"彼善于此"而已，绝对的善实为不可能之事。阳历以一太阳为标准，舍月亮于不顾，尚易对付。中国旧日之历法，并太阳与月亮而兼顾之，而太阳与月亮又各闹撒扭，不肯随人意。然而我先民仍能左右逢迎，造出一种盛水不漏之历法，其惨淡经营之苦心，较于西方之历学家艰难多矣。

中国旧历法之所长，在于潮汐有信，沿海居民，最称便利。其次则朔望二弦，均有定准，无须强记。其短处则在于节气无准，致农民只能以节令作计算，岁月几等于无用。譬如夏至日乃昼长之极点，冬至日乃昼短之极点。此两日一定，其余之节令即可类推。但问明年夏至在于旧历之某月某日，冬至在于旧历之某月某日？除却翻阅历书之外，一般人恐难答复。若以阳历计，则我可以毫不迟疑的应之曰：夏至在六月二十二日，冬至在十二月二十二日，有差亦不出一二日。此则阳历之所长矣。

又中国旧俗，颇重视立春，所谓岁之首时之始者是也。昔日帝王每逢此日，尚举行一种典礼。试以此节作统计，视其名实果何如。计自乙卯至本年癸酉，即民国四年至二十二年，此十九年间：

无立春者凡七年，四、七、十、十二、十五、十八、二十一等年是也。

一岁而有两立春者凡七年，六、八、十一、十四、十七、十九、二十二等年是也。

只有一立春而在腊月者凡二年，九、二十两年是也。

只有一立春而在正月者凡三年，民国五年旧历正月初三立春，民国十三年旧历正月初一立春，民国十六年旧历正月初四立春也。

由此观之，则所谓岁之首时之始者，于十九年间只得三年，略能名符其实，等于百分之十五。即一百年中，只有十五年名实略相符。吾之所以用十九年作统计者，因为十九年间经过七次闰月之后，一切又周而复始，是为"一章"。譬如民国二十三年，新旧历之对照。又与民国四年相等矣。

今年之旧历，正月初十立春，十二月二十一又立春，明年则无立春，问后年立春在某日，尚须待查。阳历则不然。譬如问明年之旧历立春当在阳历之某月某日？则我可以毫不迟疑的应之曰：在二月四日。

又问，后年旧历之立春当在阳历之某年某日？则我亦可以毫不迟疑的应之曰：在二月四日。阳历之所长，即在于是。

又一年之中分为二十四节气，平均每月应有两节气。但旧历则殊无定据。即如民国十八年五月十六日夏至。芒种在四月二十九，小暑在六月初一，故五月只有夏至一节。破坏每月平均两节气之规则。又民国二十一年三月十五日谷雨，清明在二月三十，立夏在四月初一，故三月只有谷雨一节。又破坏每月平均两节气之规则。若阳历则绝对的无此等怪现象，每月例有两节气，上半年则在于月之五日与二十日前后，下半年则在于月之七日与二十二日前后，万世不易，此又阳历之所长矣。其所以上半年与下半年略有参差者，则亦科学上之参差，非人力之所能相强。因为地绕日之轨道微有偏跛，夏至前后地距日最远，远则其行缓。故春分至秋分，需时一百八十六日强。冬至前后地距日最近，近则其行速。故秋分至春分，需时仅一百七十八日强，相差七日有奇。若必欲以人力整齐之，反有悖乎科学矣。此阳历之所以上半年少三日，下半年多三日，且立春常在二月四日，而立冬则在十一月八日而不在四日，其故即在此。

（附注：吾爱用太阳历，但对于太阴历犹是依依不舍。盖读历代之律历志，实心折先民之缔造艰难也。郭守敬、徐光启之天才且勿论，即如汉之洛下闳，晋之虞喜，南北朝之何承天、祖冲之，隋之刘孝孙，唐之李淳风、僧一行、徐昂，五代之王朴，其天算学之所造诣，不亦令人可敬耶？自汉之《太初历》、《三统历》，即已发明"章岁至、朔同日"一语。后此之律历家，咸奉此语为造历之金科玉律。若为之作注疏，则曰每十九年为一章，是岁之冬至日应在十一月初一是也。太阴历以月亮为主体，千变万化，但每隔十九年即复与现行之太阳历相吻合。譬如各个人之生日在阴历之某月某日即阳历之某月某日。至二十岁生日时，阴历阳历又相合矣。奉行阴历者，若活至一百岁，可得五次准确之生日，即二十岁、三十九岁、五十八岁、七十七岁、九十六岁是矣。）

六

相命之说，若以之言休咎，自是迷信可笑。然而此种学说，可以迷数千年之人而起其信心，此中亦必有道理。余信相法而不信算命。所持之理由至简单。譬诸一小孩与一小狗并坐，余一望而可以辨别孰为人而孰为狗。若将小狗之生辰八字写与推算者，吾不信有人敢判之曰狗也。

相术发达甚早，人所共知者则有《孟子》"存乎人者，莫良于眸子"一章，二千有余年矣。周秦诸子之言及相术者甚多。《左传》《国语》尤所数见，如"蜂目而豺声，忍人也"，"长项而鸟喙，可以共患难不可以共安乐"之类，不胜枚举。大抵相人之术，不外从生理学及心理学之两方面所积得之经验而成。见羔羊而知为驯良，见虎豹则知为凶暴，此乃骨相学之所由起，生理学之范围也。羞愤则容赤，恐惧则容白，此乃气色学之所由起，心理学之范围也。但有时事尚未来，本人且未及知，无心理之可言，而乃表现于气色，则又何说？此即所谓"潜意识"之作用。人类原有此种本能。即其他之动物亦多有之。此种意识，潜伏于身体内，不时发动。但潜伏于何处，至今犹未能得其真象。譬如父母兄弟姊妹有大故，远道之同气者每有所感觉。此则似乎血统之相通，由生理而及于心理。但有时本身之大危难，事前即有坐卧不宁之异状，则又似乎此种意识乃潜伏于灵明，由心理而及于生理。究竟此种意识潜伏于何处，他年必有能证之者。

中国医术，曰"望""闻""问""切"，此中具有至理。望其神色，闻其声息，问其感觉，切其血脉。望乃首要，闻、问次之，切不过作望、闻、问之补助而已。病人是否有死相，多经验之冷眼旁观者，每一望而知之，此亦相术之一种矣。是故吾信相术。吾用之以助趋避，非用之以卜休咎。昵咒虎而狎蛟龙，吾弗为也。何则？因吾以骨相学察之，知此物之不能狎昵故也。

七

人生之意义，若从报施方面言之，可以说我们负着三种应该偿还之债务。

（一）曰对于大社会之债务。所谓大社会即人类社会。一部世界史千头万绪，但以一语概括之，即人类活动之记载是已。活动之目的亦千头万绪，但以一语概括之，即曰为生存而活动是已。图生存之工作亦千头万绪，但以一语概括之，即曰自原始以至于今日，抵抗自然界威力之袭击，未尝间断是已。雨雪风霜、雷电水旱、寒暑晦暝无时无日而不压迫于吾人之头上，若一事抵抗不了，则生命随之。吾人今日有房屋可以蔽风雨，衣服可以御寒，说来似甚简单。但此种成绩，吾先民不知历尽几许艰难辛苦得来，吾人乃得而享用之。一面享受先民之所施予，一面亦当思略有所增益，有所贡献，以贻后人，历史乃可得而赓续也。古人著书，其动机何尝在版权，毋亦偿还大社会之债务而已。

（二）曰对于国家之债务。原始社会之活动，可以说十分之八九为抵抗自然威力之袭击以图存，其后生息渐蕃，社会之情事亦渐复杂，于抵抗自然威力袭击外，又须抵抗强有力者——敌人——之袭击，而国家遂以形成。譬如一人入余家，䌹臂而夺余食，剥余衣，占据余之家屋，若余力不足以胜之，只好退避以任其所欲。孔武有力之人足以制吾死命者奚止千万，似此等事，实无时无日而不可以发生。无奈此种举动为国家所不许，故强有力者亦莫敢侮余，余之所以得安其居而乐其业者，国家之力也。既享受利益，当思所以维护之。此债宜偿。

（三）曰对于家庭之债务。动物之愈高等者其肢体之本能愈薄弱。豕之生也，坠地即能行走。牛则数小时。猫则十数日，人则岁余。甫生而弃诸野，吾敢断其不足以自存。且社会愈复杂，求知之程度亦将愈高。少小之呵护，长而就学，其劳力与费用出自何方？家庭之给养也。吾人今日得以批评家庭组织之良否，此种知识，何自而来？家庭之所赐予也。苟无提携将护者，此皮囊早果野兽之腹，不入学且为文盲，遑论评判制度。故提携将护之德，使我不能忘情，此债须偿。

凡此三事，有名之曰"义务"者，但"义务"二字太轻松。因为义务云者，可以做可以不做。梅兰芳唱义务戏，不唱亦何妨？至于债务，则非还不可。综计社会、国家、家庭，之所以惠我者太大，享受而不图报，自觉不安，因名之曰"债务"。

八

童谣乃社会心理之结晶表现。以今义释之，殆即所谓"舆论"矣。如"取我衣冠而褚之，取我田畴而伍之，孰杀子产，吾其与之"。又曰"我有子弟，子产诲之；我有田畴，子产殖之。子产而死，谁其嗣之"。又如"千里草，何青青"之类，皆所谓童谣也。大抵三百篇之《风》与《南》，其不得作人之主名者，类多童谣。所谓"十五国风"云者，即十五国民众之局部心理表现而已。即如近代各府州县之里巷歌谣，关于女儿之苦、媳妇之难、翁姑之顽、苛政之猛，各种心理莫不充分表现。盖以人之心灵受一种猛烈激刺之后，或大哭一场，或大笑一阵。追痛定思痛或得意忘形之时，每发为韵语以咏叹之，以自舒其胸臆。就生理及心理之两方面言之，大哭一场固辛苦，但大笑一阵亦何尝不辛苦？长言永叹，为己非为人也。迨歌曲既成，他人有受同等之激刺者，自觉此歌实先得我心，遂假借以舒其胸臆。展转相借，而"谣"之地位乃成。故余尊之曰社会心理之结晶表现，非虚言也。是以古之圣君贤相，凡关心民瘼者亦知重视里巷歌谣，盖认识其为社会心理之结晶表现故也。

九

动物之生存竞争，唯恃力与智。力属于生理，而智则属于心理。就弱肉强食方面言之，力为尚，似乎生存之要素，端赖躯体雄伟。但世界上之小动物犹在滋长蕃衍中，而太古时代庞然大物之飞龙飞鼍，则早已绝种矣。以此论之，智为尚，似乎生存之要素，端赖趋避灵巧。但吾以为优胜之根本条件，尚有超乎力与智之外者。

人类之所以能宰制万物，首在生理上之有弹力性，故最适于生存，能生存而智慧乃可得而施也。凡群居动物必不能独处，索居动物必不能集群，唯人类则群居、独处两无不可。凡肉食动物必不能刍食，刍食动物必不能肉食，唯人类则荤食、素食二者咸宜。是以虽野花满山，而失群之蜜蜂，不崇朝而即毙；然高人隐士弃城市而遁迹荒山，非唯不即毙，或更可以延年。不得狐兔之虎豹，虽日游于芳草连天之郊原，行将饿死；反之，无水草之牛羊，虽日与鸡犬同群，无济饥荒。唯人则肉糜也可，菜根也可，清水豆腐亦无不可。无论饮食与居处，俱能伸缩自如，此之谓生理上之弹力性。

吾因是而发生两种感想：其一，所谓"社会制度顺乎人情"一语，似不甚圆满。何谓人情？人类生理及心理之弹力性既如上述，则社会若易一新组织，定一新制度，行之既久，又安知习惯之不能改乎常度也？然则谓中国社会之组织以家族为本位，与苏俄制度绝对不能相容之说，未可恃矣。其二，可见人生事业，生理上之关系最大，而心理次之，亦即心理上之变化可随生理而转移是也。历史上之英雄事业，其动机实甚平凡，出人不远。但何以他人见及而不为，而彼独为之，卒成竖子之名，其故安在？于斯可见，凡成大业者首在精力弥满，精力弥满则精神强固，精神强固则遇事不畏难，不苟安，不反顾，不能有暇。是故英雄事业之动机，在精神懈惰者虽或有同一之见地，然不能即知即行，稍纵即逝矣。

自信力之强弱，每与身体之强弱为缘。勇气者何？即自信力之实施而已。故凡神经衰弱者无不怯。虽则曰儿童不识虎故不畏虎，讵知识愈多，则徘徊审顾之程度亦将愈深。斯言也，就"知"的方面言之，不无几分理由，若就"行"的方面言之，则仍系乎年龄之少壮与老弱。因为一般人之平均统计，不见得知识定与年俱增，而勇气则定与年递减。可见人生仍以生理为主要，因生理能支配心理故也。

一〇

清高宗作太平天子六十年，闲暇无事，因常得肆情于山水间，且到处留题。其作品有"夕阳芳草见游猪"之句，真可谓妙想天开。夕阳芳草下而可以着一"猪"字，此帝王之所以为帝王也。然而亦不必大惊小怪。须知帝王自是生于深宫之中，岂同田家子。彼与老猪相见之机会原甚少，乍见此物之态度雍容，举趾闲雅，自觉新奇可喜，可以入诗，亦固其所。

民国十四五年间，一日叙于友人家，偶举此事作谈助。金曰妙，不可不略为煊染以广其传。于是展纸作画，姚茫父画夕阳芳草，王梦

白画猪,各尽其妙,佳作也。画既成,茫父更题试帖诗一首于其端,妙绪横生。诗曰:

赋得夕阳芳草见游猪　　得"游"字五言六韵

不觉悠然见,群猪正尔游。夕阳随地没,芳章接天柔。陇外牛羊下,望中山水秋。尾摇红暗淡,蹄认绿夷犹。有幸陪龙仗,无端助凤楼。不因书写误,句向御题求。

此一首可称试帖诗之正格。"游"字谓之官韵。官韵必须押在第一联或第二联。前四句谓之破题,须把题目字全数嵌入。如首句嵌"见"字,次句嵌"猪"字、"游"字,三句嵌"夕阳"二字,四句嵌"芳草"二字是也。若能把"夕"字与"阳"字分开,"芳"字与"草"字分开,勿联嵌,则更佳。故此诗若在科场里,中则必中,但不能得元矣。又第三联谓之领起,故第五句以"牛羊"衬"猪"字,第六句以"山水"衬"草"字。且日之夕矣牛羊下来,又可以照应"夕阳"。第四联谓之拍题,写猪之正面,而第七句以"红"字贴"夕阳",第八句以"绿"字贴"芳草",此一定之格局也。斗技巧于文字之外,束缚性灵,科举之可恶即在此。然而此乃文章技术之一种,韵文之一格,故无论如何,在中国文学史上亦占一位置。

诗之起句"悠然见"三字,亦须附带说明。当日席上有述某公之近事者曰"某公自解甲而至于挂冠以还,迩来过其林下岁月,颇好为诗,尤以拟陶之作为特多,盖心仪靖节之为人,且每以陶渊明自况"云。闻者曰:"陶与某之品格及其生平,相去太远,未免拟于不伦。"其人曰:"不然。两人之品虽不同,而形则有极相似之一点,某斜眼,陶亦斜眼也。"问某之斜是矣,陶何以知其然?曰:"有诗为证。陶之《饮酒》诗曰:'采菊东篱下,悠然见南山。'诸君思之,面东而得见南方景物,非斜眼其能若是乎?且可断其必向右斜也。"此姚作"悠然见"三字之所由来也。

一一

花草之名，每因俗人乱呼而渐迷其本真。如榆叶梅之为"唐棣"，扒山虎之为"薜荔"，黄刺梅之为"蔷薇"等，不胜枚举。物之名乃唯人所命，原非生而有之，古人呼之曰唐棣，后人亦何尝不可以呼之为榆叶梅？斯固然也。但吾人读《诗经》而知有唐棣，读《楚辞》而知有薜荔，不知何年何代而此物失踪。实则何尝失踪，即在目前，岂不令人迷惑耶？每见小学校之庭院，其木牌所以标示儿童者，亦曰扒山虎也，榆叶梅也。花匠不足道，负师保之责者又何必迷惑儿童？岂得谓今之儿童永不会读《诗经》《楚辞》，将不患其发生疑问也？

中国人最好更易固有之名，而以地名为尤甚。致令后之读史者多费几许精神，非细事也。即如南京，凡十有一名，曰南京、金陵、秣陵、建业、建邺、建康、江宁、润州、升州、白下、应天是也。此不过据记忆之所及，或尚不止此。然而罗马、耶路撒冷等，吾未闻有二名也。此则中外人最相异之点矣。但此等无意识之举动，不能尽归罪于文人。试思自民国政府成立以来，尤其是党国政府成立以来，地名之更易，实较于任何时代为尤甚。此皆出自崭新人物之手，不得谓文士之矜奇矣。最堪捧腹者莫如辛亥革命后，易广州之永清门为"永汉门"。此辈伧父，绝不思索"永清"二字之作何意义及此门之始自何年，徒知汉人已革满清政府之命，则凡是"清"字或"满"字悉应以"汉"字易之而已。今广州之城墙已毁，无此门矣，但原有之永清门大街，则犹曰"永汉马路"也。"永汉"二字，最足以暴露当事者之不学无术，真可谓伧态可掬者矣。不特此也。假令清华学校设在广州，当早已易名为"汉华学校"。民国三四年间，曾亲聆一志士正其色而道之，深以此名之不易为大奇，事实俱在，殊非理想之谈。充其量可以

"汉风徐来，水波不兴"及"春水汉四泽，夏云多奇峰"也。

一二

中国人喜多名，最为无理。有父母之所命，是曰小名。既冠而易之，谓之字。有朋友之所称呼，谓之号。死后易名谓之谥。谥之意义原甚好，盖以其人之道德学问及其生平，咸认为对于社会或国家有相当之劳绩，或可作人群之模范，至此已告一结束，且更无晚节逾闲，为盛德累之虞，于是以群众心理之公断，用一字或两字优美之名词以称之，用表景仰而志不忘，此所谓盖棺论定，用意至公道，而精神且极庄严。如陶潜既殁，学者咸称之曰"靖节先生"，此其例也。宋元明诸大儒，既殁而由后学拟谥者甚多。考死后易名之事，其法甚古。如《论语》之"孔文子"，又《孟子》所谓"名之曰幽厉"之类，可见此等事实出自群众之公断，而非一二人之私意也。下逮唐宋以至于今日，法虽犹存，而精神则已变迁矣。如何而后可以谥曰"文"，如何而后可以谥曰"忠"，完全以呆定之"资格"论，并非以客观之"人格"论，且更反其道而行之。如"靖节先生"等类，原出自众人客观之尊称，或褒或贬，各自有其精神之所在。如"名之曰幽厉，虽孝子慈孙，百世不能改也"，何等严重，至今读之，犹凛凛有生气焉。循至后世，则但凭帝者一人之主观以为衡，"谥"之意义，至此遂变为赏赐之具矣。然此犹得曰凡定谥必经阁议公决，然后进呈取旨，非帝者一己之意。但一方面须因依出身之资格，一方面又须迎合帝者之心理，已无复客观景仰之精神。至于以"盖棺论定"而变为"生前上尊号"，则更属无聊可鄙。汉魏之世，帝者谥号尚不过二字。至唐高宗改谥太宗为"文武圣"皇帝，始用三字。天宝末，又加至七字。迨元宗、肃宗之殁，皆以九字易名，去古逾远矣。北宋真宗大中祥符元年，追赠列祖之谥为十四字。五年，又增加二字为十六字。至于神宗之尊号，则生前累加至二十字，曰"体元显道法古立宪帝德王功英文烈武钦仁圣孝"神宗皇帝，并神宗两字则为二十二字，举天下优美之名词而集于一身，实亘古所未闻。"背时文人多别号"，犹是新陈代谢，非同时而并存。至于上尊号，实臣仆之献殷勤以为谄谀之具，于帝者无责焉。《春秋》之义讥二名，以二字成一名犹且讥之，以其妨碍记忆及书写之费时也。是以汉魏之人名皆一字，无二名者，服膺《春秋》之义也。

一三

南宋张世南之《游宦纪闻》，谓"欲知一岁中每月朔日是何甲子，但取九年前次月望日即是"。用此法细按之，实毫厘不爽。若以之逆推，如民国九年庚申，旧历正月朔乃戊申，则民国元年壬子，旧历二月望必为戊申。又如一九二九年己巳，旧历正月朔乃丙戌，则一九二一年辛酉，旧历二月望必为丙戌。又如旧历之本年本月，即甲戌年十二月朔乃辛巳，逆推至第九年十二月之次月，即丁卯年正月望亦必为辛巳是也。彼之所以八年既满而朔望甲子恰相对于次月者，其理如下。

月绕地一周非三十日，乃二十九日十二小时强，是以平均两月之中必须有一月小尽而十五乃得月圆。地绕太阳一周乃三百六十五日六小时弱（欠十一分十四秒乃满六小时），今先不计所差而但以六小时算，则一年十二个月即令每月各为三十日亦只得三百六十日，尚欠五日零六小时，今以将就月圆故，年中有六个月小尽，则一年少却十一日零六小时矣。第一、二、三年共欠三十三日零十八小时，置闰一月，尚欠三日零十八小时。第四、五年又积欠二十二日零十二小时，加上旧欠之三日零十八小时，共得二十六日零六小时，置闰一月，又预支三日零十八小时。第六、七、八年又积欠三十三日零十八小时，置闰一月，尚余三日零十八小时，以之补偿第五年置闰之预支，其数恰尽。此所以相对在八年既满也。至于本月朔而与八年前之次月望相对，则因甲子以六十而一周之故。

八年三闰，以日计似是无余，而所差实尚大，必至十九年七闰之后，所差乃减至较微，此所以十九年为一章，"章岁至、朔同日"一语，遂为我国历算家之金科玉律。《前汉书·律历志》曰："朔旦冬至，是谓章月。"《后汉书·律历志》曰："至、朔同日，谓之章月，积分成闰，闰七而尽，其岁十九，名之曰章。"宋度宗咸淳六年庚午，十一月三十日冬至，至后为闰十一月。当时臧元震以为大误，其说曰"理宗淳祐壬子数至咸淳庚午凡十九年，是为章岁，其十一月是为章月，以十九年七闰推之，则闰月当在冬至前，不应在冬至后。以至、朔同日论之，则冬至当在十一月初一，不应在十一月三十。今以冬至在前十一月三十，则是章岁至、朔不同日矣。若以闰月在冬至后，则是十九年之内只有六闰矣"云云，其说可谓深切著明。于是乃命陈鼎等修改现行之《会天历》（理宗宝祐元年所颁行者）。咸淳七年乃颁行《成天历》。臧元震之说帖又称"一章之内加七闰月，除小尽积日六千九百四十或六千九百三十九"云云。若以现行阳历计算，十九乘三百六十五为六千九百三十五，每四年闰一日，二十年共闰五日，合为六千九百四十日，置闰例在二月，若计算在第五闰之先，则为六千九百三十九日，与古法恰相合，始知以十九岁为一单位，实旧历之原则也。

现行阳历，每四年置闰一日，亦作六小时计算，实则每年预支十一分十四秒，故每四百年间，须少闰三日。但仍有差，须至四万三千二百年，其数乃尽。此乃按十一分十四秒之说计算也。然而此说近代似微有异同。要而论之，无论某种历法，亦无时而不有差，只争数目之大小而已。

一四

　　颜色之与生理学，关系甚大。以下等动物证之，如牛见红色则暴怒，故西班牙之斗牛者，以红旗一扬，牛即怒眦欲裂而犇触之，但猴狲见红色则动性欲。同是一颜色，而生理上所受之冲动则异其感应矣。唯人亦然。各人之好尚不同，而爱憎之心即缘是而起。譬诸男女间，妻爱青色裳衣，而夫则以绿为美。客厅之墙壁宜用某种颜色，饭厅宜用某色，寝室宜用某色。床帐窗帘，桌布椅披，宜用某种颜色为之配。若夫妇间之观感不同，则一人感觉愉悦，一人以为刺目不安。入此室处，随时均受激刺。不察者以此等事为无足重轻，岂知爱情即可以由此而崩溃，非细事也。唯声亦然。李自成得陈圆圆，令歌以侑觞，圆圆为歌《惊梦》，甫按拍而发"袅晴丝"三字，自成即皱眉曰："卿貌甚佳，何声音之靡靡难耐也。"令辍歌而易一人歌秦腔，乃色焉以喜。以是知人之好尚，虽万有不齐，举其大别，则在乎脑筋之粗细。即以声色言之，闻见而感觉愉快者何也？必此声与此色能冲动其脑筋故也。感觉之谓何？即神经受刺激而已。是以马来之棕人、西印度之红人、非洲之黑人，其妇女之装饰率皆大红大绿，盖以其脑筋较粗，非锐利之颜色冲之不动，雅淡妆饰彼将熟视而无所睹矣。声音亦复如是。蛮族之乐歌，类皆繁响嗷嘈，非如此不足以动其听觉。此李自成所以闻"袅晴丝"而蹙额也。

一五

　　中国北方之建筑，以房屋环绕花园；欧美建筑，则以花园环绕房屋。以房屋环绕花园，遂生出回廊曲槛之美；以花园环绕房屋，遂生出四面玲珑之美。此东西人类美术思想之两绝对也。凡事物之成两极而对峙者必能并存，如阴阳、昼夜、寒暑、正反之类皆两绝对也，不可偏废，必能并存。是故中国建筑术与欧西建筑术，无论在美术史上或建筑史上，各能占一位置。何以故，盖以斯二者之地位，形成两极而对峙故。

至于上海洋场之三楼三底、广东乡村之三间两廊，在美术上既不成格式，在规模上又不成体制，故无论在美术史或建筑史皆不能占位置。盖以其界乎两极对峙之间，两不相属，而又不能调和故也。

然则所谓"中庸之道"，其殆将不能存在矣乎？曰恶是何言？中庸之道，大道也，天下之正义也。赤膊之与重裘形成两绝对，而中庸之道则袷衣也。赤日当空之与长夜漫漫形成两绝对，而中庸之道则初阳与夕照也。即以建筑而论，若有人能于东西二者之间，独出心裁，创一新格式，能兼收二者之所长，又能调合而和谐之，庶几可称为东西两建筑术之中庸。若上海洋场、广东乡村之屋宇构造殊未足以登大雅之堂，无地位之可言，去中庸之道，更辽乎远矣。平心而论，以贵族阶级之府第或别墅言之，则中国之重楼幽邃、复道缦回之结构，可以毫不客气的自居世界第一位，世界之人亦必无间言。唯中国之乡村与外国乡村较，殊觉汗颜耳。

一六

自欧战以后，世界之经济组织根本动摇，其影响竟以最大速率传遍于人类社会。于是家庭观念亦随之而摇动，产儿限制论遂为应时而起之一大问题，然而不幸此问题之为消极的也。凡事之先知先觉者必属于知识阶级，若遇积极事件，则智者导于前，群众随其后，此乃进化之正轨，亦世界之所以向荣。

唯产儿限制论之起，吾知感觉此说之必要而率先实行者，必为思想敏锐之人。若下层社会，则依旧率其本能，孳孳而动，随天机之生灭而已。循此以往，不及数百年，而优种或将有陵夷之患。据吾之日记，一九二七年美国优生学会之调查，谓上流家庭之生产率，与十年前比较为四点五与二点九之比云。当日之所谓十年前者即欧战以前，今距其调查后又八年矣，优种之退步又不知作何比例，是则可忧也。

近来世界各国多提倡废止死刑。据一九二八年之调查，已废除死刑之国家，欧洲则有荷兰、那威、瑞典、葡萄牙、罗马尼亚、吕菲亚、立陶宛，南美洲则有阿根廷、古巴、哥仑比亚、亨都拉、乌拉圭。此外尚有丹麦、芬兰、比利时三国，多年未执行死刑，实等于废止。一八七四年瑞士之宪法，首先明定废止死刑，是为世界之最先国。其宪法之本条有一但书，谓各区仍有执行死刑之自由云。然实际上，全国十五区中之五区，自宪法颁布后，从未处死一人。其余十区，于过去四十年间，只刑七人而已。又美国四十八省中，有八省已除死刑。意大利原于一八八九年废止，但近年屡次谋杀首相墨索里尼，故自一九二七年始恢复死刑，但只限于谋杀国王及首相者，其余不在此例。

齐之以刑，原是不得已之所为，若民德日进，则小惩而大戒可矣。人生实难，岂必杀之而后快？然此乃死刑之应否废止问题。能否废止，又别为一问题矣。今日之中国，只配谈能不能，尚不配谈应不应。待他日国人动极思静，回头读四书五经，把"道之以政，齐之以刑，民免而无耻；道之以德，齐之以礼，有耻且格"一章，熟读以至于心领神会时，庶几可以谈应不应矣。中国之《论语》出版，在瑞士颁布宪法之前二千四百年，惜乎非舶来学说，国人不之信也。

一七

西哲谓习惯为第二天性，中国普通用语曰习惯成自然，其意义正同。宋儒所谓变化气质，其意盖谓改良习惯。但"气质"两字，以字义绎之，则近于天性矣，意义实不甚明了。

改良习惯真不容易，因自觉其不良而思改造时，则已成为第二天性矣。非具大智慧者恐不易言，可畏也。故慎之于始，实为寡过之不二法门。

人类为世界最高等之动物。乃人类之自道，未可厚信。若以超人类之慧眼观之，斯语未审果能成立否？凶狠如虎狼，贱如狗。有谁曾闻某处虎狼互斗，噬杀百数十头，陈尸于野？又有谁曾闻某处之狗互斗，啮毙十余只，血溅通衢？唯人类则何如矣。他勿具论，即以一九一四年之欧洲大战言之，执干戈以赴疆场者计六千五百万人，战死者八百五十四万三千五百一十五人，负伤者三千七百四十九万又三百八十六人，间接而死者则无可稽考矣。世界最高等之动物，固如是耶？实嗜杀之动物而已。

晚唐五代之乱垂百年，杀人如草芥，不但杀人者不动心，即被杀者亦不动心。人民咸以干戈为经常，承平为例外矣。宋太祖有见于拥兵者之不祥，极力裁抑军阀。至仁宗初叶，西夏赵元昊叛变，消息传来，文武百官发言盈廷，仓皇失措之情状，活现于青史。斯时上溯五代，仅六十年间事耳，而士气之弱，人心之柔，竟已若此。然则谓嗜杀乃人类之天性，又不能无疑，愈可证人类弹力性之大。盖以人类本群居动物，亦感情动物，好群居而富于情感，结果最易于盲从，证于历史上之群众运动可知。每一运动之起，主义虽极偏跛，但潮流可趋，虽有智者亦不能自外。所谓以理智克制情感云者，乃个人之修养问题，非所以喻于群众耳。人类之天性乃如此，是以"人治"问题，根本上实较"法治"为优。得一圣君贤相而天下大治，彼历史之告我者，固不乏其先例也。奈圣君贤相之不易得何？"草上之风必偃"一语，真能把人群社会形容尽致。

一八

中国风俗之祀神，与其谓之迷信，毋宁谓之娱乐。如清明则春服既成，且值嫩绿浮天，乱红遍野，踏青郊外，谁曰不宜？端午节天气炎热，竞渡为适。七夕乃气候新凉，残暑未尽，聚家人妇子，剥瓜果于中庭，轻罗小扇，笑语雍容，复有自然界之耿耿星河，金风玉露，致足乐也。中秋节则正是已凉天气未寒时，举杯邀月，对酒高歌，亦人生之乐事。重九则秋高气爽，与二三知己，携果饵以作山游，非唯风雅宜人，抑亦深合乎养生之道。岁时伏腊，则五谷既登，只鸡斗酒，以自犒其终岁辛勤，正所谓岁晚务闲，相与宴饮为乐。凡此诸事，与印度、希腊、罗马之祭节比较，正可见彼迷信而我豁达耳。

清明、七夕、中秋、重阳各节偏重于家庭娱乐，唯端午竞渡则带社会性。又各节背景多含半神话之故事，唯中秋则纯属欣赏自然。虽则有广寒宫殿之说，然此乃月之神话，非中秋节之神话也。各节之娱乐方法不同，无一而非具优美性。此种良风俗，如之何其废之，亦曰不学无术而已。变其政不易其俗，先哲所训。英国人最能得此中三昧，可谓礼失而求诸野。若知所求，犹将胜于不求者。

又中国祀神之俗，与其谓之迷信，毋宁谓之崇拜英雄。如关公庙、岳王庙等遍于国中。其人则中国先民，其事则垂诸青史，并非三头六臂飞行绝迹之怪物也。但相沿之习俗则曰"神道正直"，人如正直则殁后可以为神，其论断法乃如此，视"人""神"为一体，无有二端。然则其膜拜之客体为何物，亦曰"正直"而已，"英雄"而已。希腊、罗马、埃及、印度之古代史，其神道主观，何尝有此？更有道家之神仙，其对象亦犹是人类。总之自印度思想未入中国之先，人民之所信仰、所崇敬、所膜拜之客体之对象，固未尝出乎人道之范围。即如社稷神

（土地神）之类，其客体虽或为顽石等物，但膜拜者主观之对象仍是正直之神，此神之前身即正直之人，其思想与理论固是一贯。要之总不出崇拜英雄、敬礼贤者之心理而已。

一九

凡物之可以充食料者，定质曰"食"，流质曰"饮"，夫人而知之矣，如饮酒、饮茶、饮水、饮汤之类是也。唯于药则不曰"饮"而曰"食"，"饮药"则为服毒自杀之意，此例外也。又中国文字之运用动词，最为神妙。即以"饮"字言之，服毒谓之饮药，刲刃于腹谓之饮刃，中枪谓之饮弹，中箭谓之饮羽，谓箭贯其胸而及于箭末之羽毛也，太厉害矣。刃、弹、箭等皆实物，硬硼硼，如何能饮？然而"饮"矣。

又如自杀一事，其所运用之动词，真有妙到秋毫颠者，如伏剑、仰药、蹈海、投缳等是也。试细细玩味其所用之动词，便知其妙。持剑自杀，唯恐手软无力，乃以剑拟胸，身体向前一仆，剑自贯胸，是谓"伏"剑。调鸩于盏，持向唇边，闭目而把脖子一仰，是谓"仰"药。唯平地乃可蹈，蹈于水面，如何能立，是谓"蹈"海。以绳或带做成一圈套，纳头于其中，是谓"投"缳。凡此诸动词，真能把自杀者最后一秒钟之神态刻画出来，是不容易。

中国文学上以形容词移作动词用，最为普通，如"红了樱桃，绿了芭蕉"之类是也。说者谓中国字太少，不敷所用之故，殆未必然。如晋公主语王戎曰"我不卿卿，谁更卿卿"，"卿"字原是名词，但此处之叠字，下一"卿"字借作代名词，上一"卿"字借作动词，岂亦不得已之所为乎？中国字纵贫乏，亦何至于并此等动词而无之。

名词借作动词用，亦甚普通，如灭人之国曰"屋其社"之类是也。唯"母仪天下"之"母"字含义最丰，其意若曰"示为母之仪表于天下",此一"母"字兼有动词及形容词之两种作用,或可以训作"以母德仪天下",以"仪"字作动词亦可,但此训恐不免有强解之嫌。似此等类,究竟是文字之幼稚抑文章之极轨,吾不敢言。无论左右袒,吾均可以提出一篇有力之诉讼词也。

二〇

年来学术界对于术语统一、译名统一之工作已渐提起注意,此亦差强人意之一事。古人用字,岂但对于名词须有一定之标准?即动词亦复如是。

归元恭先生曰:"地理志所用之动词,均有定则。凡所穿行之地皆曰'历',经其界曰'过',更一省曰'入','入'必书县或卫或驿,详道路也。从间道而至曰'达',省会曰'至',达终点曰'抵'。"凡所云云,真能对此诸动词下一科学的定义。举凡诸史之地理志、各省、府、县志及顾祖禹之《读史方舆纪要》,莫不遵守此例。可见古人为学,其科学的精神之严格,诚不可诬。至若清初考据学者,其科学规律之谨肃,更无论矣。

杀人之动词如杀、戮、诛、歼、屠、宰之类不胜枚举。《春秋·僖十九年》:夏六月己酉,"鼓用"鄫子于社。擂起大鼓来,"用"了他。《又昭十一年》:"冬十有一月丁酉,楚师灭蔡,执蔡世子友以归,用之。"以"用"字代"戮"字,最是新奇可喜,为群书所无。

二一

贡举之制,始自汉朝,就孝廉、贤良方正有道等科目观之,自是以人格为重。但欲知其人之品格，一面须听诸舆论，一面须凭考察，贤不肖乃可得而别也。故曰"国人皆曰贤然后察之，见贤焉然后用之"，此之谓矣。若只凭文章以为衡，是不啻据本人之自白以定去取。盗贼奸宄，亦何尝不可以作忠孝节义之谈。是故凭文取士，已属笑话。至于誊录关防，则更等于暗中摸索矣。欲为国家举贤才，而以暗中摸索出之，宁非滑稽？关防之制，始于北宋。真宗景德四年，考试进士，始设关防所以杜请托也。又大中祥符八年，始置誊录院，所以杜偏私也。史称"所取士只较一日之艺"，虽杜绝请托，然置甲等者或非人望。当日已如此，后世更可知。所以科举制度终至不能存在，势使然也。

科举制度，其取士之标准为何如，别为一问题，此乃属于手段方面。至于此制度之精神，诚未可厚非。自由竞争，科举之所长也。使全国之智识阶级散而不聚，乡村与都市得以保持发达之平衡，尤为科举制度之特长。俾士麦之治德，其最大精神即在于此。当今才智之士，皆集中于都市以讨生活，是以"出路"二字，几成人生之最大问题。试问科举时代，曾有"出路问题"之一语句否？诚未之或闻。方法或手段尽可随时更改，唯此制度之精神则真可师耳。拔擢之与分配，宜兼筹并顾，庶可称为政治家。

二二

世界之动物，人称最灵。然灵巧实烦恼之媒，与他种动物较，谁苦谁乐，正未可知。除牛马之被人驱使，鸡豕之被人宰割，此乃人类之罪恶，别为一问题。试以燕雀而论，彼等之衣、食、住均无足虑。毛羽为衣，得自天赋。食则俯拾即是。住则夫妇共同工作以筑新巢，巢成，则将其雏哺养之职，以群雏之羽毛丰满为限度。此外则优悠自适，乐彼天和，举凡人类之一切苦恼，彼无一焉。人类诚为最灵之动物，但是否为最乐之动物，未可知矣。唯问人生之意义为斗巧耶，抑为安适耶？则此问题可以下判断矣。

惠施谓庄周曰："子非鱼，安知鱼之乐？"盖谓其主观之难为据也。庄周答之曰："子非我，安知我不知鱼之乐？"亦谓其主观之难为据也。主观诚不足据，但客观亦何尝可据？是以埃因斯坦之相对论，首重"坐标"。坐标者，客观之标准也。无坐标则浑茫无迹，是谓无物，更何观之可言？唯坐标随时均可移易，位置变动辄观察全非。善恶、是非、苦乐、成败，字面上虽形成两绝对，然实只是"相对的"，应先以"人生意义"为论断。但人生意义根本于"人生观"，人生观则每随环境、学问、年龄为转移。由此言之，"客观"虽为科学之根本大法，唯坐标之立，端赖主观。是则苦乐善恶，果何所凭依？"相对"而已。

然而坐标亦非绝无定律者，以"国民"为群众之坐标，"国家"为国民之坐标，"领土"为国家之坐标，似是无可移易矣。当敌兵压境之时，国民之意义如何，斯时之人生意义自可因环境而定之。但是环境虽划一，奈学问之不划一何？或则以"党"为国家之坐标，党费由国库支出；或则以"民族"为国民之坐标，证文化于史乘。各是其所是而非其所非，此"相对论"之所以颠扑而不能破也。

二三

东坡《洗儿诗》曰"但愿我儿愚且鲁，无灾无难到公卿"，是疾世语；曾文正曰"唯憏懂可以祓除不祥"，是阅世语。人但如吕端之大事不糊涂斯可矣，小事何必太聪明。察察者只不过具有"聪明性"，能把聪明藏而不露乃真"聪明人"。语曰"高明之家，鬼瞰其室"，鬼亦岂无所事，何必不惮烦而瞰人之室？斯可知矣。

《中庸》"君子素其位而行"一章，不察者以为是"随遇而安"之意，谓富贵、贫贱、夷狄、患难，无所不可，此大误也。苟如是，则孔子之人生意义漫无着落，完全随外界以流转，岂得谓"不愿乎其外"？于斯可见"位"也者，并非富贵贫贱之位。富贵、贫贱、夷狄、患难等即所谓"外"也，非"位"也。此一"位"字，实孔子自得之立脚点。欲明斯义，莫若比诸地球之轴。一年之中，地球虽飞行五万万八千四百万英里，旋转三百六十五次，但地轴则无时无地而不正对北极星，无所偏斜。昼夜四时之递嬗，顷刻变迁，正如人间宠辱之过而不留，此即所谓"外"也。地轴之方向不变，乃其"位"也。必如此解释，然后"素其位而行，不愿乎其外"两句，庶不冲突。故曰"无入而不自得"。

二四

《红楼梦》之价值与地位，世有定评，无取词费。但读者多有怪大观园之唱和诗词未免太幼稚，叹为美中不足者。吾窃以为此正是作者呕心处。将谓作者不长于此道耶？试读第五回之《红楼梦曲》如"想眼中能有多少泪珠儿，怎经得秋流到冬，春流到夏""望家乡路远山高，故向爹娘梦里相寻告""只惜这青灯古殿人将老，辜负了红粉朱颜春已阑"，是何等笔墨！本低而强攀欲高，固属不可能；但本高而抑之使低，尤为不容易。作者为欲适合小儿女口吻之故，不惜强自贬抑，作了百数十首幼稚之诗，然又不甘委屈，复作《红楼梦曲》十二折以自见。此中甘苦，固未可为外人道矣。

《金瓶梅》亦一部有名之巨帙，少日读之，未尽两卷而大失所望，觉其笔墨远逊于《肉蒲团》。继乃改变方针，认作一种社会小说读之，始信盛名之下必无虚也。盖此书的是描写下流妇女之作品，乃《红楼》

之倒影。试观书中之人物，一启口则下等妇人之言论也，一举足则下等妇人之行动也。虽妆束模仿上流，其下等如故也；自奉拟于贵族，其下等如故也。若作者之目的如在于写淫，又何必取此粗贱之材料哉！益之以缠绵悱恻，不更可以动人耶？三十年前，吾尝有一篇不署名之短文论此事，载于横滨之《新小说》杂志，偶忆及之，附记于此。

房帷衣饰，饮食起居，一切皆贵族式，而仍不掩其下流。此种才能，与高文学而故为幼稚，其艰难正复相等。

二五

当有声电影尚未发明之先，影片上之字幕，成为一种特殊文学。欧美诸国之业影业者，恒以重金聘此才。盖以其须用极简短之字句以说明复杂之剧情或描写幕中人深刻之情感，诚不易也。

中国章回体小说之回目及传奇体小说之下场诗，其作用亦大致与字幕相类。回目例用两偶句，多为三五或四四之八言联语。少于八字或多于八字者亦所常有，但八言较多。其佳者非仅文字优美，对仗工巧，且能以区区十数字提挈全回之纲领。万数千言所铺叙之事故，用两语撮其精华，是不容易。吾谓回目之最佳者莫过于《金瓶梅》。

传奇每出之下场诗，其作用则非在提挈事实，而在披露剧中人之情绪。于扮演既竟而将下场时，更留剧情之回味与观众，法至善也。换言之，乃用剧中人之情绪，于悠然而逝之时，重新把观众之情感荡漾几下而已。下场诗以七言四句为最多，或用五言。如《合纵记》则五六七言不等，或两句或四句，且非每出必有。《踏雪》一出下场只用两句，《游说》一出则用六言四句。又元人剧本之下场诗，间有用衬字者。明人则最喜集唐。至若《长生殿》更全部集唐，且有天衣无缝之妙。

传奇每出之标目，由两字至六字不等。王实甫《西厢》则用六字，如"张君瑞闹道场""崔莺莺夜听琴"等是也。《琵琶记》则用四字，如"琴诉荷池""代尝汤鸡"等是也。更有《荷花荡》之用三字，《醉乡记》之用五字，则不多见矣。自明以后几尽用二字，吾以为二字标目最佳。

二六

此一短篇与普通之文学史不同。文学史之组织法，通常多以朝代为纲，人物为纬。兹篇则以文体为纲，作品为纬。

所谓文体云者，其大别则为散文与韵文，兹篇则缩小范围，专就韵文方面立论。因为散文无大变化，近代之散文与古代之散文，在文体组织上无甚差别。若谓今不如古，亦只是文章技术问题，非文体之不同也。唯韵文则不然，汉赋之与骈文，古乐府之与近体诗，词之与曲等等，结构绝然不同。盖以中国之文字，乃一字一音，最宜于韵文，故我国之韵文，变化特多，为世界任何民族之所不能及。

又兹篇所谓韵文之"文"字，乃广义的，包括乐府、诗、词、曲等在内。

文学与纯文学略有差别。文章原是一种工具，其作用大略可分为记载事故、发表意志、传达思想、抒发情感等。但纯文学则有时专为作文而作文，其所作之文并不打算与他人读，乃至不希望有人读。然则此类文章更有何用处，不既等于废物矣乎？是不然，因为文章工具之说，乃知识作用，但人类于求知之外尚有所谓精神。为作文而作文之文章，即精神作用也。由此言之，则此类文章，其重要性殊不减于工具之文，或更过之。但此类文章，多属于韵文方面。

凡物之变也，必有其原因，无因则不会起变化。又必有其途径，不循途径则变不成功。盖此等转变非一蹴而可几，不同变戏法。变戏法乃假的，而此则甚真也。

譬诸下等动物之变为人，语其原因，则因为感觉走路之外尚有其他工作，乃渐改为以两条腿专任走路，以两条腿专任走路以外之工作。语其途径，则不知几经变迁乃变为猴，猴乃变为人是也。唯文体亦然。

语其变化之原因，约有二端：一曰欲胜古人，一曰避免困难。语其途径亦约有二端：一则从文章结构方面，一则从修辞方面是也。出发点虽各异，而结果乃会于一途，亦初意所不及料也。试申论之。

试以文体为纲，表其种类及转变之次序如左：

《诗》三百篇乃中原文学之祖，一切变化皆由此出。

在文的方面则有骚、赋、七、骈文、律赋等，在诗的方面则有古乐府、五七言诗、新乐府、词、曲等。

请言骚。骚即《离骚》，乃《楚辞》之一篇。但何以不曰"楚辞"而曰"骚"，因《楚辞》乃书名。又何以不曰"离骚"而曰"骚"，因《离骚》乃篇名。而"骚"则为一种文体之名故也。《离骚》一篇不过二千余字，竟成为一种独立文体之名词，因此可见《离骚》之伟大，同时亦可见屈原之伟大。

《离骚》实《楚辞》之主体，此外如《九章》《九歌》等篇不过附庸而已。解剖《楚辞》，其成分约有三种：

（一）受三百篇之影响。三百篇之主旨曰温柔敦厚，曰怨而不怒。《楚辞》适符斯旨。（二）荆楚民族之特性——即一种半神秘性是也。读《九歌》可见，三百篇并无此等神话。（三）屈原个人之特性。屈子之为人，以一身而具备两种矛盾性，即面目冰冷而情感则热至沸点是也，故结果乃至自杀。试举其作品之数语，便可见其自杀之途径：

制芰荷以为衣兮，集芙蓉以为裳。不吾知其亦已兮，苟余

情其信芳。(《离骚》)

哀吾生之无乐兮,幽独处乎山中。吾不能变心而从俗兮,固将愁苦而终穷。(《涉江》)

退静默而莫余知兮,进号呼又莫吾闻。(《惜诵》)

曼余目以流观兮,冀一反之何时?(《哀郢》)

以上所举,在《离骚》一段之语意曰"只要我问心无愧,你不原谅我也不要紧",还是自己安慰自己的话。《涉江》之所谓"吾生无乐""愁苦终穷",则已入于悲观了。《惜诵》之语意则是"欲退不能,欲进不得",自觉无路可走了。《哀郢》之语意则是"举目四望,觉得天地虽大,竟无一处可以容其身"。人生至此,舍自杀更有何法?然而至死还是"怨而不怒",此"骚"之所以由"诗"变也。

荆楚民族得三百篇而成"骚",中原民族复接受"骚"而成"赋"。宋玉之《高唐》《神女》乃赋之祖,其体为问答,实始自屈原之《卜居》《渔父》。宋乃屈之弟子,秉其师承,分所应尔。此战国之赋也。西汉司马相如之《子虚》《上林》,其规模实出自《高唐》《神女》。但《高唐》《神女》,犹是一篇之中设为问答,《子虚》《上林》虽亦各自为问答,而《上林》则又答《子虚》。此则相如有意斗奇,自炫其气力之雄厚,所谓欲胜古人者是矣。至于扬雄之《甘泉》《羽猎》,则不用问答体而用游历体,别开生面,此即所谓避免之说矣。扬雄在相如之后约一世纪。

自《甘泉》《羽猎》开出游历体之法门后,而"七"之体遂以兴。"七"之结构,乃分篇合作,合八篇而为一篇,其名曰"七"。如枚乘之《七发》、曹植之《七启》、张衡之《七辩》等是也。移步换形,随处新人耳目,避免赋之长冗而易倦。后世律赋之分段限韵法,其组织实与此相缘。此就结构上言之,汉赋之所以必变为骈律也。

东汉班固之《两都赋》取格于相如之《上林》及扬雄之《羽猎》,而瑰玮过之,实开东汉之风。其中所写昭阳殿及建章宫两段,庄严华丽，是为汉赋正格，此即所谓转变在修辞方面者矣。张衡之《两京赋》亦然。至于晋朝左思之《三都赋》、潘岳之《西征赋》等，则刻意富丽其词藻，琢磨其字句，实下开骈文之风。要而论之，西汉之赋，朴茂可爱，东汉则专尚华丽，晋则着意雕琢，六朝以后则流于靡曼。赋体之变迁，大略如此。其所以由朴茂而至于靡曼之顺序，亦为事理所当然。又试改变目标以观察，亦复如是。如描写女性美，乃文学之一种。试观宋玉之《神女赋》，其写体态处如"奋长袖以正衽兮，立踯躅而不安"一段，仪态万方。曹子建之《洛神赋》，文章千锤百炼，如"翩若惊鸿"一段乃远观，只写其神光离合；"秾纤得衷"一段乃近觑，由眉目而身段而衣饰，用细工刻画；"体迅飞凫"一段，忽转而为若近若远，专写姿态，但绝不带病态。即下至于晋，如潘岳之《寡妇赋》，乃为任子咸之妻而作，任妻即潘之小姨也。子咸之殁才弱冠，则其妻之尚在髫龄可知。通篇作少妇口吻，其中最凄凉处如"静阖门以穷居兮，块茕独而靡依。易锦茵以苦席兮，代罗帱以素帷"一段，亦只是宛转哀怆，情文备至而已，仍不带病态。至于六朝以后人之写女性，则尽属"林姑娘式"（凡写女性而带病态之文字，吾名之曰"林姑娘式"）。则其转变之顺序亦由朴茂而靡曼矣。又如南北朝鲍照之《芜城赋》、颜延年之《赭白马赋》，则更修辞精妙，用细工锻炼，且多用偶句，为汉赋之所未有，则直接开骈文与律赋之途矣。盖自知雍容华贵之难出古人右，遂转而用雕琢工夫以制胜，殆亦不得已之所为乎？此就修辞上言之，汉赋之所以必变为骈律也。

如上所云，就文体结构方面出发，几经变迁而至于分段组织。就修辞方面出发，几经变迁而至于以偶句行文。二者相合，而骈文与律赋之格局以成。所以谓出发点虽不同，而中途会合者，此也。

唯诗亦循斯轨。语其转变之原因亦有二：一曰西北民族乐歌之加入，一曰才智之士欲觅出路是也。语其途径亦有二：一从新、旧乐府方面，一从古、近体诗方面会合而成是也。试分别言之。

古乐府原是中原诗歌与鲜卑民族之歌谣化合而成，中原民族性则温柔婉约,而西北民族性则粗犷率直。观于三百篇之《小戎》《驷驖》等篇可知。如《诗·鄘风·氓》之篇曰"匪我愆期,子无良媒。将子无怒,秋以为期",南北朝之《地驱乐歌》曰"月明光,光星堕。欲来不来早语我",二者表示同一之情绪。试一比较,则所谓"婉约"与"率直"之分别可见。随后南北朝之乐府集中于唐。观于唐代之立部伎八调,如《破阵乐》等杂以龟兹乐,其声震厉。坐部伎六调,如《长寿乐》《小破阵乐》等亦用龟兹乐。又立部之《庆善》、坐部之《龙池》,则用西凉乐,厥声闲雅。由此观之,则南北朝及隋唐间乐府之成分可以见矣。

唯诗亦然。汉魏间如《古诗十九首》及曹子建诸人之作品,均极厚重朴茂之致。试录曹子建赠其弟白马王彪一首而加以说明,便知其概:

> 心悲动我神,弃置勿复陈。丈夫志四海,万里犹比邻。恩爱苟不亏,在远分日亲。何必同衾帱,然后展殷勤?忧思成疾疢,无乃儿女仁。仓卒骨肉情,能不怀苦辛?

曹子建作此诗之时,因为他有两个弟弟,一个死别,一个生离。诗凡六首,此为第五首,是赠与那生离的弟弟。我们看他的表情技术何如。头几句说,远别也不要紧,要见面亦非不可能。中间几句说,就算不容易见面罢,但精神相通也是一样。含着两泡眼泪,咬着牙根,极力的自己安慰自己。"忧思"二句,还带着自己责骂自己说:"不要那么傻,愁出个病来更不好。"最后两句,到底忍不住,眼泪夺眶而出,把上文强作达观的话一概取消,仿佛说,"弟弟,不要哭,不要哭",但他自己却先哭起来了。这种技术,能把情感写得加几倍的浓挚。这是曹子建的文艺天才。

到初唐的时候,觉得含蓄蕴藉之作,已被汉魏作家做尽,无论如何,亦不能跳出他的范围。于是刘希夷、李峤、张若虚等乃变含蓄蕴藉而为长言永叹。《公子行》《汾阴行》《春江花月夜》等长古便是他们的代表作品。有南北朝之慷慨悲歌,遂有盛唐李杜等之纵横驰骤。有汉魏之含蓄蕴藉,遂有初唐之长言永叹,痕迹固自宛然。盛唐以后,又以古体难出初唐范围,乃又从婉约方面入手,是为近体之律诗与绝句。以四句或八句为一首,于窄范围内藏纳多量意思。此种体裁,创自初唐之宋之问、沈佺期等,至盛唐而极盛。下逮晚唐,则又以婉约难迈前人,乃渐趋于"象征派"。诗人之旨,原是借一事物以起兴,结果仍归到本题,以表示作者之情感。所谓象征派者,乃多转一湾,将所感之对象藏而不露,更用他种事物以作象征。如写离人思妇,则绝不提其心中所思之人,而专写明月、秋风、砧杵、蟋蟀、鸿雁等物,使与情感相融和,务使所感之对象于若隐若见似有似无之间,流露出来,方是高手。结果乃至意义晦塞,只见词藻,莫明其妙。如晚唐之温庭筠、李商隐、杜牧之、李长吉诸人之作品是也。末流所屈,遂有北宋杨亿、钱惟演等之西昆体。诗至于此,实有不能不变之势矣。

中唐白居易、元稹等新乐府出,杂用长短句。而贞观间之十部乐,又上承汉代清商曲之遗音,旁及西凉龟兹乐与吴歌、楚调。经五代之蕴酿,至宋而词乃勃兴。盖以新旧乐府虽杂用长短句,但无一定之格律,浪漫而已。至于词乃由乐府之浪漫而变为谨严,句之长短,字之四声,若在同一调名之下均有一定之格律。金元之曲,则复由词体之谨严而变为解放。以"拍"为主,句之长短,字之多少,可随意伸缩,有弹力性,此则韵文变化之过程矣(参观拙著《词学》之《总论》)。

要而论之,循以上所举之四种原因而变动之机以起。又遵所举之四种途径而变化以成。出发点虽不相同,而千回百折,结果乃会于一途。春秋战国之际,以荆楚文化加入而放一异彩。南北朝之际,以鲜卑民歌加入而又放一异彩。虽曰转变之动机实缘聪明才智之士独辟新途,而环境之变迁亦有以致之也。

二七

日前在枯纸堆中，拾得旧历书之百岁表一篇，起道光四年甲申至民十二癸亥，其中标明某年闰某月，因而费了一日工夫，求得旧历置闰之原则，颇自喜。实则关于此种科学，观象台必有专书，但学问之道，由于苦思而得者愈觉可喜。譬诸果子，市场上何物不能致？但不若手植者之较为有味耳。又太阴历已成废历，自兹以往，在历法上将成僵石，今乃废寝忘食以思之，未免可笑。然而天下事物，应用则有新旧之分，学问曾无古今之择。我求学问耳，非欲以此问世也。

查此一百年之中，闰月凡三十七次，天干则每十一次而复始，地支则每二十二次而复始，如环无端。因思凡百事物之可以循环者，必有其一定之规律。几经试验，乃将天干逢闰之年如甲、丁、庚、壬等十一字横列三行成一表，及直读之，居然成为甲、乙、丙之顺序，不禁大喜。复将地支逢闰之年如寅、巳、申、戌等二十二字，亦如天干表之法，列成二表，直读之则成为倒装之子、丑、寅顺序，喜可知矣。

甲	丁	庚	壬
乙	戊	庚	癸
丙	己	辛	

寅	巳	申	戌
丑	辰	午	酉
子	卯	巳	

申	亥	寅	辰
未	戌	子	卯
午	酉	亥	

此表之妙用，即任取天干表与地支表中部位相同之各一字相缀合，即为逢闰之年，顺序则自左而右。如今年丙子逢闰，即天干表第三列之第一字与地支第一表同部位之字相缀合，下次逢闰，应为己卯矣。地支第一表用尽，继用第二表，如辛巳之后一闰则为甲申是矣，余仿

此。盖天干表用尽又应从甲起也,至如甲子、甲午等则永不逢闰,盖以甲乃位于第一表之左上角,而子与午则不在第二表或第三表之左上角故也。

于此一百年之中,发见两例外。(一)道光二十年庚子应闰而不闰,而闰乃在翌年辛丑;(二)民国九年庚申应闰而不闰,而闰乃在先一年己未。然而例外之例,亦既得之矣。

太阴历以小尽展转推移故,每四年间,必有三次将节气挤在中旬之中,则此月只有一节气。置闰必于单节气月,是为定则。查民九庚申无单节月,而前后两年皆有之。庚申之后一闰在壬戌,前一闰在丁巳,若退后而置闰于辛酉,则辛酉、壬戌两闰相接矣。唯提前而置于己未,则丁巳与己未之间,中隔戊午一年,不相接也。道光庚子则反是。庚子之前一闰为戊戌,后一闰为癸卯,若提前置于己亥,则戊戌、己亥两闰相接矣。唯退后而置于辛丑,则辛丑之与癸卯中隔壬寅,不相接也。此即若逢闰而无单节月时,应前置或应后退之公例矣。凭吾之理想判断乃如此,他日访得专书相对照,自信定当不谬。

二八

余之曼殊室,乃光绪丙申之冬达县吴小村先生用隶体书额以名我书斋者。后有小跋,略言"曼殊"乃梵音,其义即"妙吉祥"之意云。于今四十年矣。先生博学多能,隶法超逸,于佛学尤有心得。丁酉知钱塘县,戊戌迁衢州府,庚子民变,为暴徒所戕,举家殉难,可为深惜。其子铁樵,丁酉岁以热病不汗,客死于汉口,亦一时俊杰也。曼殊室之额,于戊戌八月仓皇挈眷南下时,留于沪宅,未及携带,每一念之,犹恋恋而不可忘。物虽小,但其人殊可念耳。

小村先生殉难后,黄公度先生挽以长古一首,记其中有二语曰:

"当头临刃时,定知不惊怛。"盖亦写其佛学造诣之深。诗甚长,今留记忆者唯此两语而已。

二九

生物学家推算动物年寿之方法,谓无论何种动物,其最后四齿生长之年龄,以五乘之,即是此种动物之寿命。证诸马牛羊犬猫豕乃至虎豹狮象,莫不皆然,不中亦不远矣。唯人则多以二十五至三十岁之间而最后之四齿生,即以二十五而论,以五乘之,亦当活至一百二十五岁,而实际上乃平均不及此数之半,其故安在?大约不足此数者多因自戕。各种动物之交尾期,皆有天机为之限,唯人类则不然,漫无限制,焉得不速老。然而饮食男女只是生理上之戕贼,其害尚浅。思虑激刺,精神上之戕贼,其害乃大。即以惊恐而论,史载魏明帝筑凌霄观,高二十五丈,工师误先钉榜,帝知韦诞善书法,乃以笼盛诞,辘轳长纲引上,使就题额。题毕而下,委顿不堪,不数日而鬓发皓然,因诏示儿孙勿复学书。又载伍员亡命,偷度数关,险既脱而发骤白。可证恐惧之影响于生理其重大也如此。况七情之刺激,无时或无,学问之追求,每劳思虑,凡此均可以破坏推算之原则而使之勿验。虽则曰七情为一切动物所公有,但神经敏锐者独能伤生,于禽兽无害焉。

试更以儿童言之。举凡现代之都市儿童(以中上家庭而论),五十岁以上之人见之莫不惊为早慧,乡间野老见之咸赞叹为神童。盖现代科学之设施,实足以启发儿童之智慧也。然而早慧则早熟,早熟则早衰,乃一定之符。吾见现代青年之发,亦每惊其早白,若稍留意,人人皆可以体验出来。吾恐更历千数百年之人类,十岁即学问成熟,服务于社会者尽属十四五岁之人,但四十即为上寿矣。虽则曰医学亦可追随凡百科学并驾而齐驱，焉知千数百年后之医术不足以增人寿也？窃以为医学无论发达至若何程度，亦只能治生理上之病，必不能制止精神上之激刺。知识愈多，神经愈敏，则感受刺激亦将愈大，是亦必至之符。太古之人多上寿，乡村之人多上寿，最大原因即在于生活简单，盖生活简单则人事不纷繁，不纷繁则精神受刺激之机会少，饥则食而倦则眠，若更能屏绝思虑，必可以符百二十五岁之推论。若以空气清新为乡民多寿之主因，则大浅矣。富人别墅，空气何尝恶浊哉！

三〇

中国之对联，亦自成为一种特殊文学，唯中国有之，非一字一音之文字莫能构也。挽联之作法，在联语中又自成一格，佳者约有三要素：一曰真，二曰自然，三曰能见性情。丙辰蔡松坡将军之殁，归榇之日，设祭于沪上蜀商公所，挽联不下千章，犹记孟莼生一联曰："被发左衽，当时微管定何如，岂期民到于今，翻道一匡虚受赐；栋折榱崩，举国与侨将共压，毕竟天之所废，谁云多难可兴邦。"可称佳作。

甲子罗瘿公之丧，余挽以联曰："客岁八月卧病，今岁八月化去，一年间病骨支离，天胡此醉；壬子与君订交，甲子与君永诀，十二载交期竟尽，魂兮归来。"颇承伯兄许可。最妙是上联之"病"字与下联之"交"字，乃无意重出而适相对，可称巧误。又丁卯南海先生归道山，余亦尝作一联曰："束发受教，于今三十五年，自愧忝列门墙，未闻大道；抱策匡时，维新百有二日，岂料辙环天下，犹痛仓黄。"又同学汤铭三，乃觉顿之侄，以遭家不造，纵酒自杀。余挽之曰："侧身天地，岂有他求，尊前常对松醪，早知今日；撒手长空，亦复自得，泉下倘逢季父,莫问当年。"对仗颇工。又已巳挽伯兄之联曰:"遗稿积案头,业多未完,谁为继者;音容在心目,身如可赎,吾将往焉。"颇能见真性情。又同乡吴柳隅,于其母太夫人属纩后十九日,亦相继以殁,生平著述颇多,人亦真诚,甚为可惜。母子二人同时开吊,为联以挽之曰:"丸荻记殷勤,凄绝礼堂写孝思;名山完素愿,不须绵上见旌田。"尚颇浑成。

三一

陶靖节之《挽歌》及《自祭文》,颜延之、苏东坡等咸信为靖节最后之作品。试细绎其文理,是诚切实真挚,必非如寻常名士平居游戏故作达语以自遣者可比。《挽歌》中有"严霜九月中,送我出远郊"语,《自祭文》之首句曰"岁维丁卯,律中无射","无射"即九月也。靖节卒于元嘉四年丁卯秋九月,有传记可证,是则此三诗一文,其必为生机绝望时之所作,毫无疑义矣。唯是否成于属纩之际则未敢武断。计此种作品,非伏枕自书即口授与侍疾之人,诗中所写之景象,似非身当其境者不能道。而尤以"欲语口无音,欲视眼无光"两语的是弥留时之神气。但既入此境界,则自书与口授皆不能矣。可见《挽歌》三首之所云云,仍是最后数日间之理想,非真最后之最后也,观于第三首直写送殡人之感想可知矣。延之与东坡之说究属不能无疑。

辛稼轩平生最心仪靖节之为人,集中常道之,不下十数见。靖节卒于南北朝之元嘉四年丁卯九月,稼轩卒于南宋之开禧三年丁卯九月,为靖节卒后之第十三丁卯,相去七百八十年。同是丁卯,同是九月,可称巧合。

三二

年来科学在交通方面及声光方面之进步一日千里。此乃收机械互助之功,若草创那能臻此?犹记轮船发明之后五十年,仅乃得免锅炉炸裂之患,其艰难可知矣。假令社会智力专从此方面发展,不较胜于改造杀人器具耶?然而科学之进步,其原动力实由生存竞争而来,是则相杀即进步矣。自从动物孳生于此世界,互相残杀者已五六百万年,乃欲以极短期间完成止戈戢武之事,未免太易。或则吾人理想之大同世界实反乎天道,永无实现之期,亦未可知。过去已争夺相杀数百万年,焉知往后亦不争夺相杀数百万年?至谓人类为世界最高等之动物,发达至此,已属登峰造极,无以复加,支配往后之世界,即属于此种动物,更历万万年,亦无能取而代之者。斯言也,理论似欠圆满。既以"事物无止境"为真理,而又信人类乃止境之动物,不亦太矛盾也耶?

"进步"之意义,若图其形则成直线或波折线,不得作圆形,盖以循环非进步故也。然而天道实循环,太阳系之所以能维系,实循斯轨。若欲救济"人类止境"之辞穷,只有服膺"循环说"。谓将来必有一日,太阳系发生大变故,世界动物,尽行消灭。然后再从爬虫动物、脊椎动物重演一套,如此则可以解辞穷之困厄矣。"昆明劫灰"即此理想,勿谓中国人之不聪明也。

三三

灯下读书,精神容易集中。盖以人之耳与目虽为收入知识之器官,然亦每因此而役于外,外界之声与色,无时不引诱吾人之灵明,耳濡目染,旦旦而薰之,鲜有不为形役者矣,此佛说之所以认五官为五贼也。唯在夜深,则万籁俱寂,一切有声,尽皆沉息,则耳之作用断绝,所以役吾心者去其半矣。天地昏黑,如入睡眠,一切有形,俱皆隐灭,所余唯青灯一盏,照临于书案上之纸与笔,于是精神悉集中于灯光所照之方尺地。天地间之声与色既无以诱吾耳目,而众人皆睡,则人事亦无以为劳,此正断绝收纳而整理固有之良机矣。余之读书工作常在夜阑,用一黑背之灯罩撮灯光于桌上成一圆形,不独窗外环境无所睹,即四壁图书亦拒绝入目。如不然者,则座右一幅四王山水即可以吸引余之思路。石谷之艺术何如,其先辈若何,门弟子之派别若何?其模仿工夫如何深入,创造精神如何广大?西洋艺术与中国较,何所短长?印度艺术之东来,起何变化?寝假而邓完伯之隶书四屏又来袭矣。唯使灯光集中于一点可以无此患,一小时之工作可抵白昼三时(此乃余个人之习惯,不可为训)。心放犹可收,至于人事纷烦,则此身已落形骸中,岂能独免,古人"入山读书"一语,盖有由矣。至于学问成熟而有所著述,迨脱稿时,精力亦尽,只好"藏诸名山,传之其人",未必谓身居阛阓之中,有所撰作,乃专差送入名山以藏之耳。

三四

人类之生于此世界,日与自然界之景物相接触,觉其变动不居,随处皆可怀疑,其中接触最易、现象最显、变迁最大者,厥为天象。人类对于此种可怖之现象,最初只有恐惧,随后聪明之民族,渐觉其变动有恒,恐怖之心因而渐减,继则因其恒轨而体察之,此历学之所由起也。中国之历数学发达最早,如史所称之《黄帝历》《颛顼历》等且勿具论,即如《尚书·尧典》所载之《羲和历》曰"期三百六旬又六日，以闰月定四时成岁"，又曰"日中星鸟，日永星火，宵中星虚，日短星昴"，则已毫不含糊的并岁余之积闰、中星之推测，均明白记载，其必非初期工作可知。但即此已是四千年以上之典籍，则此民族之智力不为弱矣。至于微细之差，则因古代工具尚粗之故，自未能十分正确，但原理原则，已是真知灼见，谁亦不能否认也。由雏形而渐臻精密，凡百科学，罔不如是。试列举历代历法之名称，可见我先民对于此学实已经过数千年继续不断之工作也。

名　　称	作　　者	颁行年代	公　元
黄帝历			
颛顼历			
羲和历			
夏　历			
殷　历			
周　历			
鲁　历			
颛帝历		秦	
太初历	洛下闳	汉武帝太初元年	公元前一〇四
三统历	刘　歆	汉成帝	
四分历	张　衡	东汉章帝元和二年	公元后八五
乾象历	刘　洪	东汉灵帝熹平三年	一七四
景初历	杨　伟	魏明帝景初元年	二三七
三纪历	姜　岌	东晋穆帝永和十年（未行）	三五四
元嘉历	何承天	宋文帝元嘉二十二年	四四五
玄始历	赵　䳔	北魏文成帝兴安元年	四五二
大明历（始悟岁差）	祖冲之祖述晋虞喜学说	梁武帝天监九年	五一〇
正光历	李业兴	北魏明帝正光三年	五二二

续表

名　称	作者	颁行年代	公元
兴和历	李业兴	东魏静帝兴和二年	五四〇
天保历	宋景业	北齐文宣帝天保元年	五五〇
天和历	甄　鸾	北周武帝天和元年	五六七
大象历	冯　显	北周静帝大象元年	五七九
开皇历	张　宾	隋文帝开皇四年	五八四
大业历	张胄玄	隋炀帝大业四年	六〇八
戊寅历	傅仁均	唐高祖武德二年	六一九
麟德历	李淳风	唐高宗麟德元年	六六四
大衍历	僧一行	唐元宗开元十六年	七二八
至德历		唐肃宗至德二年	七五七
五纪历	郭献之	唐代宗广德二年	七六四
正元历	徐承嗣	唐德宗贞元元年	七八五
观象历		唐宪宗元和	
宣明历 （始悟日食有气、刻、时三差）	徐　昂	唐穆宗长庆二年	八二二
崇玄历	边　冈	唐昭宗景福二年	八九三
调元历	马重绩	后晋高祖天福	
钦天历	王　朴	后周世宗显德三年	九五七
应天历	王处讷	宋太祖乾德元年	九六三
乾元历	吴昭素	宋太宗太平兴国七年	九八二
仪天历	史　序	宋真宗咸平四年	一〇〇一
崇天历	宋行古	宋仁宗天圣二年	一〇二四
明天历	周　琮	宋英宗治平二年	一〇六五
奉元历	卫　朴	宋神宗熙宁八年	一〇七五

续表

名　称	作　者	颁行年代	公　元
观天历	皇居卿	宋哲宗元祐五年	一〇九〇
占天历	姚舜辅	宋徽宗崇宁二年	一一〇三
纪元历	姚舜辅	宋徽宗大观元年	一一〇七
大明历（元初因用）	杨级	金太宗天会五年	一一二七
统元历	陈德一	南宋高宗绍兴六年	一一三六
乾道历	刘孝荣	南宋孝宗乾道四年	一一六八
淳熙历	刘孝荣	南宋孝宗淳熙五年	一一七八
重修大明历	赵知微	金世宗大定二十年	一一八〇
会元历	刘孝荣	南宋光宗绍熙三年	一一九二
统天历	杨忠辅	南宋宁宗庆元五年	一一九九
开禧历	鲍澣之	南宋宁宗开禧三年	一二〇七
淳祐历	李德卿	南宋理宗淳祐十年	一二五〇
会天历	谭玉	南宋理宗宝祐元年	一二五三
万年历	西域扎马鲁丁	元世祖至元四年	一二六七
成天历	陈鼎	南宋度宗咸淳六年	一二七〇
本天历	陆秀夫命邓光荐造	南宋帝昺	
授时历	郭守敬	元世祖至元二十年	一二八三
大统历（根本仍是授时历，特改太阴行度耳）	刘基	明太祖洪武十七年	一三八四
		英宗正统十四年修改一次	一四四九
		神宗万历九年修改一次	一五八一
		思宗崇祯三年徐光启修改一次	一六三一
皇极历	刘焯	隋炀帝大业间造而未用	
乙未历	耶律履	金世宗大定二十年造而未用	
庚午元历	耶律楚材	南宋宁宗嘉定间造而未用	

统计自有史以来历法凡六十一变,其造而未用之三历不在此数。魏晋迄隋,据各家记载,有谓十三变者,有谓十五变者,唯兹篇所考,仅得十一,并《皇极》而计之,亦只十二,惜乎谓十三、十五者未尝列举其名也。孙承泽谓自汉之《三统历》以迄北宋之《纪元历》,千一百八十二年间,历法凡七十变。苟如是,则并《三统历》以前及《纪元历》以后之所有而综计之,则九十四变矣。自明代以降,客卿如利玛窦、庞迪我、熊三拔、龙华民、邓玉函、汤若望等次第东来,与徐光启共同研究,推测乃渐臻精妙,虽曰集众人之智,而工具亦有以助之也。然而根本大法仍不出《授时历》之范围。若郭守敬者,真可谓豪杰之士也矣。

三五

《春秋公羊传》:"襄公二十有一年九月庚戌朔,日有食之。冬十月庚辰朔,日有食之。十有一月庚子孔子生。"《穀梁传》经文与《公羊》同,唯庚子之上无"十有一月"四字。《穀梁》是也,《公羊》误。

案日食必在合朔,是年有两次日食,一在九月,一在十月。九月朔既为庚戌,若大尽则十月朔必为庚辰,可证该纪日之甲子传刻无误。盖以"庚戌""庚辰"四字,偶错一字容或有之,必不能四个字同时并错耳。诚如是,则十月初一为庚辰,十一必为庚寅,二十一必为庚子。假令十月亦大尽,则十一月初一为庚戌,十一为庚申,二十一为庚午。可证是年之十一月必无庚子日,故曰《公羊》误也。

复次,《公羊传》于"十有一月庚子孔子生"条下,何休注曰:"时岁在己卯。庚子孔子生。《传》文上有'十月庚辰',此亦十月也。一本作'十一月庚子',又本无此句。"案何氏注"此亦十月也"一语,甚是。据经文"庚辰朔"云云,则孔子实生于周历十月二十一日庚子,谓十一月者非也。《穀梁传》则曰:"冬十月庚辰朔,日有食之……庚子,孔子生。"盖同在一月之内，则可以不必重记月矣。故曰《穀梁》是也。《公羊传》"十有一月"四字，实为衍文。

然而何氏注"时岁在己卯"一语则大误。己卯当是"己酉"之讹。查鲁襄公二十一年，即周灵王二十年，岁在己酉，乃公元前五五二。若言"己卯"，则上下各差三十年。计周简王四年，岁在己卯，乃公元前五八二。又周景王二十三年，岁在己卯，乃公元前五二二。而灵王二十年己酉，乃五五二。恰当二者之间。椠刻错地支一字，致上下各差三十年，赖以甲子纪，故尚易于校正。

复次，孔子生年，一说谓襄公二十一年，一说谓襄公二十二年。查襄二十一年岁在己酉，若二十二年则岁在庚戌。《公羊》何氏注曰己卯，计"己卯"与"己酉"，只差一字。若执二十二年之说，则"庚戌"必不至于误作"己卯"也。此亦可为孔子生于襄二十一年之有力证据。

余所据之《公》《穀》两传，乃涵芬楼影印常熟瞿氏所藏宋刊本。《公羊》乃传《春秋》者最善之传，何氏解诂乃注《公羊》者最善之注，宋刊乃书籍最善之本，而颠倒错乱尚且如此，赖有甲子，庶几有迹可寻。甲子之为用大矣哉。

三六

北京城市之规画，悉出自郭守敬之手。原欲引浑河之水穿城而过，惜未果行。今城内所得涓涓之水，乃来自玉泉山，其细已甚，北京之美中不足，只少一河流而已。地面之水，行将尽入伏流，乃地球衰老之象征，为千万年后所不能避免之事实。北京居沙漠之下方，河床松疏，不能盛水，是以伏流遍地，而地面之水日以枯。读明人笔记，谓积水潭帆樯如织，可见当日之船舶能自通州之运河以达积水潭，则上游来源之大可知矣。又宫墙东之御河，亦称玉河，当日垂杨夹岸，风景天然，今日之胡同，有名骑河楼者，可想见盛时之景物。盖当日傍宫墙而居者，尽贵人之邸第也。今则积水潭已成积水洼，只有浮萍，并无樯橹，御河则成臭沟矣。谷陵池竭，地球之老态先表现于北方也。事仅三四百年，而变迁已若此。朝露之叹，岂唯人类？恐天地亦不能无憾耳。

云雨蒸发，原是地面之水相循环，来去迁移，总量似无所增减，而抑之不然。太阳之蒸发力，入地有一定之限度。虽则大树之根能深入太阳力所不能达之处，吸取水分由枝叶发放于空气中。然深度亦有限。过此以下，则有不能吸收者矣。故每日渗入地心之水为太阳所不能蒸发，树根所不能吸收者，为量定当不少。所以读古代史与近代比较，水之领域日见其少。而唐代文人所描写名山大川之瀑泉如庐山等处，其气势亦远过于今时，实可作地面上水量减少之凭证矣。人老则血枯，地老则水枯，抑何其相似也。

三七

西直门外之农事试验场，原是前清御苑之一，名曰乐善园，归内务府之奉宸院管辖。孝钦幸颐和园即以此为中站驻跸之所，畅观楼西式铜床上之黄缎幛幔，年前犹及见之。光绪三十二年四月，由商部奏准改作农事试验场，三十四年四月告成。其西部原为某贝子之别墅，名曰极园，今之来远楼、畅观楼、鬯春堂等处即其故址。后归文姓，以事入于官，并入乐善园。旋又于东南部买入民田百余亩，于西南部兼并广善、安慧两寺。今全面积共计一千零六十二亩，所产花果颇有佳者。

午门楼上历史博物馆所陈列之铜人，上有小孔数百，用以表示针灸之部位，乃宋仁宗时医官王维一所创制，明英宗时重铸。向陈于内府，鼎革后移入该馆，王维一所著之《腧穴图经》即该铜人之说明书矣。闻此书已于数年前译成德文。此种医术，据平生之耳闻目睹，中则神效惊人，误则断送性命，若有能用科学方法忖发其奥妙，实可在医学上辟一新领土。

北京城墙筑于元至元四年，明洪武元年重修一次，永乐十八年重修一次，然犹是外皮为砖墙，内皮则为土墙也。正统十年，始用砖加筑内墙皮，使表里如一。终有清一代无大变迁，唯于光绪二十二年丙申，京津铁路成，设站于永定门外。二十七年辛丑，移车站于内城之正阳门外，铁道穿外城之永定门东及内城之崇文门瓮城而过，面目稍变矣。民国四年，袁世凯毁正阳门外之瓮城，十九年复毁宣武门之瓮城，于是内城前三门之本来面目乃大变。

今之新华门原是宝月楼，香妃之妆阁也。楼前长安街之南为回回营，建筑之模样颇与中土异。其结构乃仿准噶尔之堡垒式，殆清高宗所以慰香妃之乡思也，昔年犹及见之。民国元年，袁世凯辟中海为总统府，以宝月楼为府之正门，门前之长安街展宽，而回回营遂以毁。

三八

"情绪"与"情感"之两术语，最易混糅，而意义实迥然不同，试略举其相异之点：

（一）"情绪"乃发于内，而"情感"乃受于外；

（二）"情绪"乃自动的，而"情感"乃被动的；

（三）"情绪"属于主观，而"情感"属于客观；

（四）"情绪"乃蕴蓄，而"情感"乃冲动；

（五）"情绪"乃静默的，而"情感"乃兴奋的；

（六）"情绪"因乎身世，而"情感"因乎环境。

此其大略也。盖以身世之感，纯属主观，或无端而起，于不知不觉中将其所蕴藏于胸臆者向外发舒，是为情绪。但天下必无无因之果，情绪之因，或发源甚远，未必即在目前。所谓"哀乐无端"，不但旁观者见其无端,即本人亦自觉其无端。然而"端"岂能无?殆因微细而复杂,且非一朝一夕之故,未易寻觅耳。此则情绪之状态矣。

情感则不然。情感多因当时所处之环境有异状,精神上为外界一客观的事实所冲动而起变化。其变态之或为歆动,或为憎恶,或为爱慕,或为恐怖,或为敌忾同仇。本人完全立于被动的地位,一视当时此地之所感受于外者为转移。此则情感之状态矣。

情感之与情绪,举凡一切动物莫不有之,不独人类为然。唯情感多表现于动作上故显而易见。情绪则不然,当其寂然不动,或正是其最浓时,故不易察觉。唯流露于文人之笔端者最为明显,试举杜甫之作品两首以为方:

倦 夜

竹凉侵卧内,野月满庭隅。重露成涓滴,稀星乍有无。暗飞萤自照,水宿鸟相呼。万事干戈里,空悲清夜徂。

此情绪之表现也。最后两句,更尽情流露矣。

垂老别

老妻卧路啼,岁暮衣裳单。孰知是死别,且复伤其寒。此去必不归,还闻劝加餐。

此则情感之表现也。一种热烈之同情心尽量披露矣。

三九

犹忆少年时,尝故作"但求适口,不言养生"之豪语,盖以年少胃强，将不虞有滞而不化之患也。后与医者语及此，竟蒙许为得养生之要道。谓适口即是养生，食物之消化与否，只凭胃酸，"垂涎"二字，即见适口之物而思食之谓。未入口而胃酸已奔迸来迎，则吞咽之后，宁复有停滞不化之理？复次，若此物如与本人之肠胃不宜，必将见而蹙额，则虽山珍海馐，无论滋养料若何丰富，食之必将为患。盖以肠胃既不欢迎，强纳之彼必怠于工作，而消化因以不良。唯适口之物则必无消化不良之患，故曰适口即是养生。

又一次，与一中国医学者闲话，吾谓西医只言"血"而不言"气"，凡关于气之病，彼将束手，盖以彼之学生皆指点人身全体图训练出来。诚然，一幅人身全体图，不知解剖几许尸体然后画成，可谓穷形尽相，独惜气乃属于无形相，莫能绘画。试思一活人与一尸体，对于全体图中之各种机件，当两无所缺，何以此为活人而彼为尸体？是故当知，尸体之缺于活人者，气而已。是以参、耆等物，西医嗤为草根木末，而中医则视为神奇，职是故耳。于是此中国医学者乃大欢喜。

吸养气而易新血，呼残血而为炭气，西医宁不知之？然彼只言治血而不言治气，何也？此则科学之初步偏重于务实而否击凌虚故也。此亦现代科学尚未能入灵魂哲学之门，其蔽亦原于此。迨他年由实而返于虚之时，则多少不可思议之问题皆可思议矣。

四〇

偶检怀中日记之旧本，中有一篇详记《十三经》不重之字数，不知出自谁氏手，作者固费一番工夫也。录存于此。

计《四书》不重出者凡二千三百二十八字，《五经》之未见于《四书》者二千四百二十六字，《周礼》之未见于《四书》《五经》者三百十字，于《仪礼》复得七十七字，于《左传》复得三百九十四字，于

《公羊传》复得五十五字，于《穀梁传》复得二十四字，于《孝经》复得二字，于《尔雅》复得九百二十八字，统计《十三经》不重出者都凡六千五百四十四字。

自明代以后，字典所收之字，数逾四万，而《十三经》所用只得六千五百有余。据该篇所胪列，则读通《四书》可以不识"品"字、"旁""含""沙"等字，读通《四书》《五经》可以不识"昨""想""案""湖""卖"等字，读通《四书》《五经》《三礼》可以不识"溪""印""铜""部""制"等字，读通《四书》《五经》《三礼》《三传》可以不识"谟""升""郡""哺""脚"等字，读通《十三经》可以不识"纸""真""看""但""查"等字。彼篇之附录尚有见于《四书注》而为《十三经》所无者百八十八字，均甚普通。闲尝戏取其字缀成韵语，中有"潮涌鸭低昂"及"佯颦态韵芳"等句，若以之入诗，韵味尚不十分恶劣。然而虽极渊博之经师亦不能作此语，何则？盖以《十三经》无此等字故也。可发一笑。

四一

成功端赖奋斗，虽有不假奋斗之过程而结果亦与成功家得同一之收获者，然在此则曰成功，在彼只能言侥幸，试以"功"字为主体，"成"字为历程，则此意义自能明显。盖必经过艰难辛苦得来庶可谓之"功"，必经过纡回曲折或几邻于失败卒获得最后之胜利庶可谓之"成"。侥幸者恶足与语此？由此观之，则成功必赖奋斗，可无疑义。

然而奋斗之先决问题曰能力，无此能力则无奋斗之可言，即勉强奋斗亦终无结果。成功虽赖奋斗，但不得谓奋斗之必获成功，视能力何如耳。吾闻诸习水上救生者之言曰，凡不识水性之人之溺于水也，必有二次或三次涌现于水面，三次以后则永不复起矣。当其与死神拮抗时，能于十数尺或数十尺之水底往上直冲，不可谓之不奋斗，奈无游泳之能力，奋斗亦终无补耳。由此言之，则奋斗之必须能力，亦无疑义。

欲成功必须奋斗，但奋斗未必即成功，已无甚问题。奋斗须有能力，但有能力是否必奋斗，则大有问题。生逢丧乱之世，饿死者不外两停人：一曰最无能力者，一曰最有能力者。如斯而已，其于中停无与焉。欲明此矛盾之举例，当于"邦有道，贫且贱焉，耻也""邦无道，富且贵焉，耻也"二语求之。先参透此理，再从历史上觅证据，必能令你满足。如不以为浼，请放目横览，更可令你点头无语也。

然而人生之意义甚广，舍富且贵而外，岂无他途？视各人之见地何如耳。安贫乐道而自有千秋，亦何尝非人生意义之一种。但此只能谓之束身自好，谓之闭关自守，与奋斗恰背道而驰。是则余所谓"奋斗须有能力，但有能力未必定奋斗"之理论仍甚完满也。

四二

"主观"之与"成见"，貌相似而实不同，性质更大相悬绝。"主观甚强"及"太有成见"两语，不但闻之者乍觉无甚差别，即言之者亦每易相蒙。然而两者之间，殆不可同日而语。譬诸幼年时期之儿童，主观最强，但绝无成见。少年时期则彼递减而此递增，壮年而客观乃启，老年则成见渐深。此不易之顺序矣。盖主观乃源出于本能，而成见实经验之残滓。一在先天之先，一在后天之后，出发点既不相同，岂容相混？

主观与客观方法虽异，但同是立论之大前提，而成见则为不假思索之断案。主观乃追求之初步，而成见则为封锁之铁门。主观之弊，充其量不过观察错误，但错误即求知之教训。而成见乃拒绝收受，永自塞其求知之途。结果异殊,不容并论。

成见之与年俱增,事实如此,在所不免,但增加率之大小,亦存乎其人,未能一概论。若作进一步之研究,则是接受与容纳之问题矣。接受乃容纳之前提,但不能谓接受之即为容纳。譬如欧美之男女交际,当同光之世,中国之老先生们无论如何亦不能接受。又如十八世纪之民权论及十九世纪之代议政治,在光绪中叶,朝野上下凡在五十岁以上之知识阶级,未尝不作尝试之接受,但不久依然在其脑海中排除出来,不能容纳。凡此诸事,则皆余之所及见者矣。此无他,所谓先入为主,成见为之梗耳。

四三

"命运"二字,迹近迷信,或可为"奋斗"二字之梗,余固主张"人定胜天论"者,尤不相容。但"际会""气运""气数"等名词,与西方术语之所谓"机会"略相仿。有途径可寻,其途径或可用科学方法求得之,则与命运、迷信说自有差别。社会乃有机体,国家亦为有机体,与个人无以异,则上文所列举之数名词,自应适用。诚如是,则地运亦运也,国运亦运也。请先言地运。

长安、洛阳在中国历史上曾经过长时期称作黄金世界,但今日只有荒凉满目,曾不如东南诸省之乡村,其故安在?此种"地运说"自可以科学方法求得之。即古代之首都以防守为主要,近代之首都以交通便利为主要,则气运自然向江河下游及海岸线推移,莫能制止。事理昭彰,岂同迷信?

唯国亦然。近代为科学世界,中国以物质上之各种科学不发达故,致二百年来,着着落在他人后,是国运之不亨也。然而所以致此之由,亦可以科学方法求得之。试略举三事以明"气运""气数"之说:

（一）汉代学者生当印刷术尚未发明之世，又经秦火之后，是以他们的当务之急首在整理国故。计考据家之技术，曰搜集证据，曰适用归纳法，曰积极断证，曰消极断证，曰反证，诸如此类，其技术悉为严格的科学方法，宜乎物质科学可因此种头脑及此种训练而勃兴矣。然而并时有所谓黄老之学为之梗，致方向中变，宁非气数？

（二）宋代学者朱晦翁，其为学方法甚与科学精神相接近，试读其解释"格物"二字便知其概。其言曰："必使学者即凡天下之物，莫不因其已知之理而益穷之，以求至乎其极。"试以科学方法诠绎其所言，则曰：譬如以石投水则沉，羽毛投水则浮，此即所谓已知之理。但石何以沉，盖以其质量重于水故，此即所谓而益穷之。唯石亦有轻重之别，适所投之石其比量重于水几倍，即所谓以求至乎其极。试思此种精神，非已接近严格的现代科学耶？宜乎其可以兴矣。无奈当时又有所谓心性之学为之梗，撷拾《中庸》"是故君子戒慎乎其所不睹，恐惧乎其所不闻"二语，而大打其笔墨官司。或曰"戒慎恐惧是本体，不睹不闻是工夫"，或曰"不睹不闻是本体，戒慎恐惧是工夫"，诸如此类，争辩到不得开交，而方向又变。

（三）清代康熙帝以天赋之科学头脑，对于天算及数理等学尤感兴趣。而当时学术上之汉学家，亦善用严正之科学方法以研究学问。时适在哥仑布把世界放大以后，欧洲诸国尽在攫夺殖民地之狂热中。朝廷虽知用客卿，独惜"来而不往"，故只得见他人之船坚炮利，而于近代国家之组织、政治之趋势，无所知识。凡此三事，宁非气数？虽则曰学问乃多方面的，自应分途而进，亦何至于彼此相妨？然而中华民族性，乃天生成有思想统一癖，非此不欢，其奈之何哉！

又如文字一事，举凡世界上任何种之文字，莫不起源于象形，观于罗马字母追源于希伯来文字先期，亦皆作鸟兽、人物之形，而埃及与中国更无论矣。其后彼演声而我演形，途径一分，致万劫而不能复返，更运会之最不幸者矣。岂不伤哉！

四四

十一年壬戌，译成倭拉士（G. Wallas）所著之《大社会》（*Great Society*），以其内容专从心理学立论，因名之曰《社会心理之分析》，名著也。今译本已被商务印书馆收入于《万有文库》中。

当译述时遇有所感触，辄随笔加以案语，凡数十条。中有一段曰："儿童教育，宜任其自然发达，勿过于强制，天才乃可得而见也。若于受教之始，即驱之入人造范围中，苟非天亶聪明，则所谓成就者亦千篇一律而已。语曰'良弓之子必学为箕；良冶之子必学为裘'，斯二语可以代表人为教育之成绩。大约不识教育意义之家庭教育，不出两途：其一则如螺蠃之负螟蛉，教其似我，结果等于续长自己之生命，不得谓之多一新国民；其二则完全放纵，于儿童本能之发达并未加以指示而导之于正，二者皆非。干涉太甚固不可，放任亦不当。只应静观儿童之动作，因其性而利导之，务使尽发其天才而无所拘束。今之所谓国民教育者，乃使全国之人一自束发受师即同入于一定之圈套，以言整齐则诚整齐矣，其奈天机之窒梏何？"此十四年前之感想也。

今之世界各国，正在准备二次大屠宰之工作，愈不能不讲求机械式之整齐画一矣。国内大学地位等于工厂，由政府发给模型，指令每年须照式制造若干枚，不得有误。不管你天才若何绝特，假令模型为六角，则身入其中者，经大力一压，椭圆亦须成六角。此即现代式之教育方针矣，此中不知埋没多少天才。机械式之人生意义，可悲亦复可怜。

四五

十九年庚午，沿广九铁路出现大帮女强盗，为数约百数十人，剽悍过于男子。盗贼原非天产品，总有十分之八九乃人工制造。但各省之出产尽属男性，间有一二在特殊环境之下以女性而作群众之领袖者容或有之，从未闻有巾帼闺秀、村姑、小家碧玉等类之人物集合一纯粹之女性强盗团横行于地方者。噫，异矣！

女子之心理乃极端的，其慈祥也迥非男子之所能及，其凶狠也亦迥非男子之所能及，此种测验久已为心理学者所同认。诚如是，则女强盗之剽悍过于男子，亦无足怪。

强盗乃恶政府之制造品，固然，但余终疑广东之女强盗团乃天产品。盖此等粥粥群雌，可以决其百分之九九乃独身少女。若既生既育之后，则无论生计之若何压迫，终必不能移其"母爱性"，使之抛撇儿女于家中，持械出门以赌性命于须臾。此亦心理测验所同认之结果矣。心理虽有变态，唯在个人之单独行为则有之，谓整个群众而尽同此种变态，似为事理之所必无。苟如是，则独身少女既不当家庭经济之冲，而广东之女子生计，苟非残疾，不患无工之可佣。"卿本佳人，何为作贼？"此余所以终疑此辈之为天产品也。

四六

模仿与创造，苦学与天才，似是四个对待术语，然实只是相互的。模仿乃创造的初期工作，天才为创造之要素，而苦干以至于熟极生巧亦为创造之媒。然而模仿之结果，有能入而不能出者，试从写字方面临碑、临帖等事取证据，随在可得。又如孟子所谓"梓匠轮舆，能与人规矩，不能使人巧"，则熟极能否便生巧，亦有问题。由此言之，则创造之必赖天才，最为可信。

据心理学家言，所谓天才云者，乃一种不健全之发达，与生理上之头大而腿短，躯伟而头小者同一异状。要之只是智慧之发达不得平均，有所偏重、有所偏枯是已。牛顿之为其所豢之二猫设计，是其例矣。以此论之，则所谓"诗人多潦倒"之说，若必谓穷愁潦倒，而作品乃臻上乘，其或为倒果为因，未可知耳。或则是有文学天才之辈，其聪明偏重于此方，而对于规画家人生产事太过不济，以致穷愁潦倒，未必定因穷愁潦倒然后成就其艺术天才也。

然而谓文艺天才家因穷愁潦倒之后而作品乃愈佳于先时，则吾相对的承认。盖因事不如意则情绪每不安常轨而起异动，情绪愈复杂则意境愈不可方物。所谓新意境者何？即不在常轨上之意境而已。若有轨辙可循，则为人所共遵，更何新之与有？

复次，如明代成化朝之三杨，以富贵寿考之人主持风雅，遂有所谓"台阁体"之作品出现。此辈皆肠肥脑满，生活与思想均无甚变化，绝少波澜。无波澜之文章，宁有佳者？是亦一反证矣。

至于谓天才乃不健全之发达，恐论断亦不能如是之简单。吾以为此中亦必有因果关系，大约先天尚不如后天关系之为甚耳。譬如生性对于某种科学特别感兴趣，此得自先天者也。随后以兴趣关系之故而精神愈集中于此方，集中复集中，循至于对于其他部分不大留意，乃至于无暇留意，结果遂成偏废，遂呈病态，未必此病态竟是与生俱来。因果先后之间，测验者不可不留意耳。

由此言之则兴趣得自先天，而天才实成于后天。盖从窄方面作深入的研究，所获自优异于常人，是曰天才。勿以"天才"二字误作"先天"读也。

四七

劳山游记

　　劳山与泰山同脉，居东海之滨，昆仑北支之最终点也。起阿尔金山，东走而为祁连山，北折为贺兰山，复东而为阴山，又东北走为兴安岭，渡松花江，南折而为长白山，至旅须渡渤海，起千山群岛，入芝罘半岛，突起为劳山。海拔三千八百尺，至泰山而尽，是曰阴山脉，长八千余里，乃昆仑东走之最长支矣。中国名山不少，但临海之山，此为最雄，是不可以不游。

　　到青岛已七阅月矣，屡欲出游而未果。辛未三月二十九日，曾一度往游劳山之西部，经北九水，至大劳观而止。往返仅一日，且以肩舆行，殊不足以穷此山之胜，亦未足以尽余之兴。五月三日，乃与诸同事偷得四日闲，作深入劳山之约。晨七时，驱车向东北发，八时至柳树台。下车后即卸长衣，曳短筇，继续向东北进，至北九水。风景不殊，相别已一月有奇矣。前度之游，得词一阕，录入以志此地之景物：

鹧鸪天　北九水道中

　　春在平芜水石间。断崖新涨绿波痕。峰回路转溪山改，雪盛苗肥野老欢。　　人静寂，鸟绵蛮。茅檐东畔有牛栏。山中自是多天趣，荠菜蒲葵次第看。

至是折而南行，沿溪直上。岩石之奇，不可方物。江南山水，多以秀丽胜，似此雄奇者，浙东容或有之，实不多遘矣。野花遍山，迎人欲笑，其侧出岩隙者，尤见清丽。细草如茵，外人庭院所养之草地，未见有如是佳种也。所经皆险仄崎岖，但沿涧底之乱石跃行而进，并无溪径可循。十时五十分抵玉鳞口，两峻崖束瀑泉而出，其声似雷。崖下清水一泓，未知深浅。崖边一松，倒影入潭，鳞甲宛然，波纹摇曳，乍疑潜龙之蠕动也。得词一阕：

八声甘州　玉鳞口瀑泉

是银河倒泻下天来，珠玉散缤纷。听泠泠激石，淙淙穿穴，溅沫飞尘。潇洒千年风雨，岩窦自生云。潭水沉松影，鳞甲惊人。　夹道悬崖天窄，度小溪清浅，时见青蘋。喜深山昼永，啼鸟倍相亲。问何时春风来此，看石苔痕迹有新陈。徘徊久，为登临意，缓步芳茵。

十一时二十分下山，十二时半回至北九水之太和观。出所携之糇粮，饱飧一顿。庙不大，廊间粉墙上，有易实甫甲寅题壁一首，写作均不坏，中有"诸涧好花如静女，数峰奇石似飞仙"之句。前度之来，得词一阕，今录存于此：

临江山　太和观

昨夜梦魂归月殿，醒来环堵依然。飞鸿惊避十三弦。墨痕来细认，笼护倩云烟。　藤葛萦回穿石隙，披萝山鬼当前。买春唯有绿苔钱。柳梅忙点染，松柏不知年。

午后二时，自太和观出发，仍向东北行。三时十五分跻登一高岭之巅，豁然见海，盖已绕劳山西北部而出东部矣。途中见有张网捕黄鹂者，其法甚妙。四时五十分下至平地，经一乡村，名曰王哥庄。遂沿海岸东进，渐转东南。经行一日逼仄之山径，骤落平原，乃健步如飞。六时十分到太平宫。庙在半山，东望大海，风景颇佳。院内紫牡丹二本，花正繁。殿宇不甚大，建于北宋，金明昌六年重修。此地以观日出著名。院后山顶有大岩石一堆，名曰狮子峰，为观日最胜处。惜夜为蚤所扰，黎明乃入睡，不获睹矣。

四日，朝膳后，七时十五分离太平宫下山，向南进发，渐行登一峻岭，沿途松石极佳。此山之松，鳞甲既老辄自脱落，枝干便作赭色，故名赤松，余生长岭南，久居冀北，皆未之见也。九时三十分抵白云洞，海拔四百米达，长松万本，风景佳绝。客室悬南海先生一直幅。诗曰："峭缘群峰怪石横，白云洞口闻笙声。两株白果万松树，卧看苍茫云海清。"又有陆凤石于此处望见海市之实记八幅。院内牡丹、紫荆正盛开。所谓"白云洞"者，乃在一大岩石之底，并非水成岩洞或石膏岩洞之类。然而此一拳石之伟大，亦可惊矣，生平所未见也，得词一首：

满江红　白云洞

天外飞来，看坠地苍崖崩裂。谁信道嶙峋风骨，几经凉热。料是补天无用处，独留空谷欺霜雪。倩何人详细问山灵，应悲切。　松如盖，山如阙。花如锦，人如月。叹飞磨千古，乍圆还缺。赤鸟不来山鬼啸，黄鹂高坐花梢说。问人生何事苦相寻，鹃啼血。

十时三十分下山，不循故道，向山前直下，峻险陡绝。途中望田横岛，该岛曾发生一大规模之自杀案，不可无一词：

水调歌头　望田横岛

横览海天阔，世态等浮云。悠悠上下今古，后果接前因。昔日堂皇贵客，留得低昂荒冢，强弱属谁人。万事有前定，何必自纷纭。　塞天地，唯浩气，是长存。从容拔剑相视，奇悍竟无伦。谁识齐烟一点，中有精魂五百，未肯入侯门。此意君知否，难作汉功臣。

十二时十五分到华严寺，此劳山唯一之僧院矣，殿宇宏敞，为一山之冠。登山石径极整洁，颇似韬光，但夹道非竹而为松耳。寺前竹林亦颇茂，唯非西湖之参天修篁。院内牡丹不少，而以龙爪槐为最特色，生平所见之龙爪槐，此为最大矣。此处入山已深，仅一角见海。寺建于明崇祯十六年，有一藏经阁，经典四大橱。僧云全藏不缺，未知确否。得词一首：

清平乐　华岩寺

山开半面。愈觉天涯远。人影棹桡都不见，唯有烟波一片。　　翠岩苍壁玲珑。深山宛在舟中。云阵奔腾似海，松涛仿佛飘蓬。

方丈以鱼相饷，味极甘美。午后一时四十五分下山，向南进发，经行皆新修大道，东北海军部之工程也。四时二十分，道出青山，入一人家少歇，约留一小时。五时五十分到太清宫，乃劳山最近海之一道观。名胜也，松竹泉石皆幽绝。闻南海先生来游，多住此观云。庙貌甚古，建于北宋。院内一耐冬、一紫薇最老，数百年物也。入夜八时大雨。

五日，雨不断，终日不能出门户。所居之屋，又狭小卑湿，不得远眺，辜负好山矣。盖整齐之室，已悉被海军人员借用故也。自朝至暮，淋漓不止，然因此获睹一奇景。盖坐于室内，对千仞翠嶂观雨，上不睹天空，则得见雨点悉成长丝，风送而过，疏密成阵，并非满空中之雨，疏密悉相等也。"雨丝风片"一语，今日乃得实地体验，幸福不浅。

六日，此雨已继续一昼两夜，未有放晴意，因守斗室，了无所事。今朝实不能耐，乃于六时十五分冒雨至后山，读南海先生之癸亥摩崖。有五言长古三首，起句曰："天上碧芙蓉，谁掷东海滨。"勒于一大岩石上，刻工尚佳。饭后，同人咸谓再不能蛰居此室矣，遂于八时十五分，冒雨出门，将至青山时，雨大至，帽檐滴水，衣裾尽湿，然仍拖泥带水，鼓勇前进不馁也。既而雨稍止，则见苍翠欲滴，万壑争流，道旁峭壁，皆呈碧绿色。苟非雨后，那能获此佳境，三十六小时之幽闭，得此庶足以相偿。斯时鞋袜既已泥泞，无可顾虑，乃大踏步践涧水而行，穿林度陌，泉声杂出左右，几不信此身之犹在尘寰矣。十时四十五分行抵明霞洞，海拔六百五十米达，金大安二年建。三面奇峰环抱，前临大海，雨后湿云时过，风景佳绝。院内牡丹、丁香、紫荆、紫木笔齐放。有大黄杨两株，乃三百余年之物云。久幽山脚暗室之同人，骤登二千余尺之高峰，眼界顿异，各各欢喜欲狂，遂解衣脱履，付从者以火烘之，赤足绕院走。院后赤松数百本，前面石栏干外，悬崖壁立，溪涧左右夹流，如奏笙簧，东坡之"千山动鳞甲，万壑酣笙钟"，于此处见之矣。景物之美，堪与白云洞相伯仲，得词一首：

摸鱼儿　　明霞洞

倚长松高寒笼翠，悬崖千仞嶒崚。青山列队来相媚，侍立只依前后。堪消受。蓦忽地龙蛇起陆群峰走。思量尽有。是吹下天风，推移云海，俯视见林薮。　　烟岚外，万壑争流似吼。雨痕犹萦新柳，松涛奏出钧天乐，管甚白云苍狗。君知否，算只是青山与我周旋久。无言搔首。把姹紫嫣红，落花飞絮，付与灌园叟。

午飧，道人以辣椒相饷，食量陡增，留连不忍去。无奈客室只有一榻，实不能容。午后一时二十分出院门，下山越一深谷，二时抵上清宫，则见殿宇陋劣，所谓古牡丹，亦无异于寻常，一望而行，无可留恋。此院地址居太清宫与明霞洞之间，建于北宋，元延祐十年重修。斯时既无住处，只得上归途，询诸舆夫，则云越天门峰而至登窑，约三十余里，为最捷之径云。于是毅然鼓勇行，山径崎岖万状，雨后尤不易行，计越峻险之岭五，渡奔流之溪涧六，皆跃乱石而过，然而悬崖绝壁，急湍飞泉，随处系人留恋，不自觉其苦也。四时半，攀达天门峰。

两峭壁东西对峙,气象雄奇,近峰巅处。遍山杜鹃花开正繁,尽属细叶佳种,花朵甚大,色粉红而略带紫,美丽无匹。想此花亦初不料竟有人来赏其芳姿耳。得词一首:

天门谣　天门峰

　　疑是神仙窟。遍岩谷杜鹃花发。飞鸟绝。有双峰如阙。
看雨湿轻云黏石隙。乍见翠环旋复失。难仿佛。但脉脉,遥岑对碧。

徘徊片刻,即匆匆循涧下,左右苍壁奇绝,应接不暇,途中略进小食。六时十五分,下至平地,即海岸矣。溪流入海处,河面宽阔,乃以三篮舆迭渡七人而过,水深没膝。于是沿海岸踏沙而行,时遇小流,辄倩人背负。盖时已入夜,更不愿衣履之沾濡矣。既而昏黑,星斗无光,伸手不能见其掌。舆夫告以前面有一宽数十丈之洪河,但水不深,仍可徒涉,乃再用篮舆迭渡之法。河之中央,有一沙洲,分两次渡,三人先过,周、孙、张三君及余,鹄立于沙洲上。面积横直约数丈,出水不盈尺,左右巨流滚滚,假令山洪暴发,则吾侪四人其为鱼矣。济河,天愈昏黑,遥见灯光一点,知距登窑不远矣。先是于踯躅海岸时,已遣二人急足前进,至登窑通长途电话于青岛,饬车来迎。所见之一点灯光,盖打电话之人返来相接也,幸赖有此,否则更狼狈矣。既达登窑,度一长石桥而过,即是市街。然无可驻足处,不得已,乃闯入一豆腐店。店主王姓,人甚和霭,不以为嫌,反殷勤相待。斯时人已疲劳,不饥而渴,入门倒卧土炕,同声呼茶,壶水未熟,先以所携之酒,润兹枯喉。已而茶至,如得甘露,一盏既下,则又议论风生矣。抵登窑已八时半,默念汽车九时许当可来。既而警察局传青岛有电话至,谓局用两车,以事不克来,嘱在登窑越宿,明朝五时来接云。后告以此地无可寄宿处,车乃允发。幸而诸人谈兴甚豪,殊不寂寞。有携劳山晶石来售者,余以六角购得一片,以志此游。劳山产晶石,墨者尤佳。余之所获，乃茶晶耳，雨后洗出，时有露见者。途间曾见妇孺数群入山觅取也。十一时而车乃至，抵寓则十二时一刻矣。此行甚乐，又得游一名山，由西而北而东而南，一周此山矣。且阴晴云雨之山容亦既览遍，实难得之机会也。

太清宫阻雨，未得探奇选胜，不无微憾，然而该地之幽境，令人不可忘，松竹石泉，无一不佳，全山寺观，以此院为最近海，与白云、明霞两洞较，各有优长。劳山特色既在临海，则太清宫乃濒海名山之濒海处，允为胜绝，此行虽未得畅览，然亦不可无一词：

金缕曲　太清宫

古寺林间矗。独凭高凝眸睇远，海天相续。曲径纡回沿涧出，上接云烟岩麓。念当日水翻平陆。万里阴山东入海，笑江河萦抱昆仑足。看展此，画图幅。　　苍松如盖擎空谷。望层崖幽篁滴翠，小窗浮绿。收纳群峰来眼底，万壑千岩可读。生不羡朱轮华毂。绝代佳人罗袂薄，倚天寒瘦，削腰如束。略胜似，便便腹。

四八

科学乃实事求是之学问，促社会之进化，其功最伟。无论何种学问，若用科学方法以追求或整理之，所得效果，定较圆满，此就为学方法言之也。至于工具方面，譬如缩短时间与空间，及补助官肢能力之所不逮等，则更显而易见者矣。总而言之，科学之发达，每与各种学问之进步成正比，此殆可以覆按而得之例证。唯有两事，结果乃与科学成反比。换言之，即科学愈发达而彼将愈形退步，其退缩之程度，亦可以科学方法求得之。

一曰人类之本能。科学愈进步而人类之本能乃愈消失。请言眼。人类视觉，除得天独薄之短视而外，年龄至四十五六时，即须求助于凸光镜，此殆无可逃避之阶段矣。但于玻璃未发明之先，又当若何？即以中国而论，五百年前之先民，恐未必知有眼镜也（据赵瓯北所考证，则眼镜制法乃明正德间传自西洋）。然则古人之在五十以上者尚工作否？男耕犹可，女织将何以堪？孔子读《易》而韦编三绝时，已逾六十。观于商周所遗留之竹简及龟甲文，大小只与三号铅字略相仿，今之七十老翁，恐绝对不能诵读。可证自玻璃既发明而制成凹凸镜后，目力之本能乃愈消失矣。复次，黑夜远瞩之能力城市中人不逮乡民远甚，此则灿烂电光之为害矣。试询诸六十以上之老者，当彼等翩翩年少时，孰不是于一灯如豆之下，作蝇头小楷哉？今之人其尚能之乎？诚恐三十六烛之灯泡犹以为未足也。更有肢体之本能，因物质文明之娇养而丧失者已不知几许。此一事也。

二曰艺术。科学愈发达而艺术实有因而退步之可能。试以电影言之。在无声电影时代，观众无异猜哑谜。那时之演员，举凡一切意志及情感之表示，悉以动作出之。是以为艺员者，关于眉目传情工作须加以十分注意。应思如何而后可以令观众知余心事。日日向此方努力，而艺术亦可以日进无已。迨有声电影既发明之后，非复哑谜。艺员恃有声音为之助，表情技术不必集中于动作。意志或情感之形于颜色者，不必十分努力，可用声音以传达于群众，而眉目传神工作，遂因而松懈，殆必然之势矣。复次，女红之精巧者称曰针神，此亦艺术之一种而有赖于天才者也。迨刺绣机发明之后，化艺术而为技术，只要手足互动而得其中，即人皆可为，无复个性。纵出品或胜于手工，而女红之艺术则退化矣。此又一事也。

计艺术之最足以表现个性者无过于作画与写字，万千人为之而万千不同。诚以斯二者，机械不能施其巧，亦非科学之所能入其堂奥，唯天才是赖，此则超乎科学之外者矣。由此言之，则科学万能之说，殊令人不能无疑。

四九

　　以艺术作观察点，最足以觇一民族之特殊性尚。即以图画而论，西洋重实证，尽耗其精力于客观的模写，欲使唯妙唯肖，不爽毫厘，结果遂缺乏个性而丧失自我。中国则反是，重理想而尊主观，以气韵为六法之首要，不拘拘于形似，结果可发扬个性而自我尊崇。且所谓毫厘不爽云者，乃事实所不许，即令以一人之笔，于同一时期同一背景之下而作两画，谓为不爽毫厘，恐怕未必，且可断其为不可。此无他，动作乃根于心灵，而心灵则刹那刹那迁流不居而已。是以中国画家，首重品格，且必于明窗净几、身心俱泰之时，然后着笔，以己之心为天地之心，以己之精神为对象之精神，融会贯通，即物即我。故能落纸而气韵盎然，不囿于物。盖以自然界之景物既如此其繁复，欲穷形尽相，诚不可能，与其形似而乏生气，曷若自我作主，竟以我之心情权写万物形态之为愈也。孟子曰："万物皆备于我矣。"此种包罗万象、来去无碍之独立精神，近代西洋所谓意象派之美术家，已渐能领会，然亦既迟却二千年矣。天上仙女既属理想之对象，与其添肉翅，曷若驾云？其为主观虚构永难证实则一也。彼初只见能飞者必辅以翼，遂不得不加以肉翅，此即世俗所谓"死心眼"。天上之云既可以横绝太空，来去无迹，若稍活动其思想而利用之，斯得矣，更何执执焉？不见现代已有能凭驭他物不假肉翅亦可飞翔者耶？何所见之不广也？写实既不得实，而思想又为物所囿，不敢作灵活变化，抑何可怜。不敢即是不能，西方民族之审美观念，实缺乏个性之主观创造，不能摆脱物质束缚，无可讳言。身体之不能摆脱，犹可原也，若并精神而亦为所缚，则太酷矣。此西洋美术所以匠气深而神韵少之原因也。

　　十九世纪之末叶，而西洋美术界乃有所谓反实现运动，名曰后期印象派，其领袖人物曰赛沙印（Cézanne）。赛氏之言曰："万物因我之存在而存在。我是自我，同时又是万物之本元。万物之精神寄托于我躬，我不存在，则物之主宰亦不存在矣。"此真可称为大胆的对于客观画派之革命论，其精神与孟子所谓"万物皆备于我"之说正相同。此则受东洋美术"崇尚气韵，不务形式"之影响后所发生之革命运动矣。

五〇

后悔是不智之事。就科学的理论言之，纵曰失机，但事实已成，追悔何及？只应认作教训，不应谓为不幸。经过一度，则思想与经验均将获益不浅，悔之奚为？若就定命论言之，则尤不应有悔。盖失望实缘于希望，无所希则无所失，既失之后，始证明当初之希望殆因知识不足之故，是过分的，是不正确的，是不可能的，或且是命不应得之妄念。若是则原无所失，更何悔之与有？心安理得，何怨何尤？是以后悔观念，只是自寻苦恼而已。

五一

艺术之疆域有二：一曰唯物的，一曰唯心的。换言之，即一属于物质方面，一属于精神方面是已。然而同是艺术，其间亦有优秀与平凡之别，大约出自天才者为最上乘，而熟极生巧者乃其次也。若举酬资以为衡，最足以定艺术之高下，同时亦可以觇社会心理之趋向。

何谓酬资？即劳力所得之报酬是已。劳作之对象，勿论其为个人，为群众，要之出我之精神或体力，以餍足对方之需要，而获得其金资。

权利义务之间，不过如此。至于酬报之厚薄，则视需要之缓急与餍足之程度为何如。需要属于事实方面，计日呈功，可以用科学方法精确核算。餍足属于情感方面，酬佣等级，一以群众心理为基础，似不能用科学程式计算出来，然而亦有道焉。必如何而后可以餍人之欲，足人之求，反应全在感情上。只要我所出之劳力能刺激对方情感而使之起反应，目的不外乎此。劳作者刺激力愈大，则受感应者餍足之程度亦将愈高，是即计算之方法，亦即酬劳之标准。

世界上工资价额之最高者，无过于优伶、电影员、音乐家之一流人物，其最著者一小时可获得数千金之报酬，为任何职业所不能及。若以此作酬佣之测验，则"娱乐"似是人生之最大目的矣。然而戏剧与音乐，令人怡悦者固为众所好。而令人愁惨或悲愤者亦一样受人欢迎。以此论之，则只有"好恶"，无所谓娱乐。可乐者固好之，然因此而感受极度不欢者乃亦好之。若是者，只得谓之好"刺激"，无爱恶之可言。此直与烟、酒、茶、咖啡、性欲相等。但一为生理上之刺激，一为心理上之刺激，其以剧烈刺激为至乐则一也。但刺激以其所好而好之，诚是矣，而可恶之刺激乃亦好之，则又何说？喜剧之与悲剧，其所受群众之欢迎，无以异也。以此论之，则所谓娱乐也，好恶也，刺激也，只是视觉与听觉所受之果，而其因乃在于"同情"。无论圆满也罢，缺憾也罢，悲惨也罢，欢娱也罢，只要能博取一般人之同情，斯为上选。所谓乐也者，乐同情于剧中人；好也者，好同情于剧中人。一以能唤起群众之同情心而论价值，如斯而已。此固关乎艺术人员之技能，然亦社会心理之最真表现矣。

五二

《说文》对于"國"字之解释曰："或，邦也。从一、从口、从戈。"文曰："一"为地，"囗"为人，执戈以卫。近代学者释国家之意义有三要素；曰土地，曰人民，曰主权。有土地而无人民，有人民而无土地，或有土地人民、而无主权，皆不成为国家。《说文》"國"字从"或"，外加以"囗"之轮廓，则土地、人民、主权、疆界之意义咸备，字义之精深，此为最矣。昔日之市侩贩卒，偶写"國"为"国"，图省笔耳，小民无知，曾何足责？辛亥以后，乃有改"國"为"囻"者，此则为有意义之更改，殊非偶然。有人民而无土地、无主权，岂独不能成为现代式之国家，且不能为形成之国家，证以近事，殆成语谶。先民造字之意义如此其奥衍，如此其完备，后世子孙乃弃之如遗。此殆与家藏鼎彝、珍本，而不肖子孙贱价以斥卖者同一伤心，斯亦不学无术之一端矣。

五三

法治与礼治，原是维持社会秩序之两种方法。法治乃以制裁权委诸政府，礼治则以制裁权委诸社会。在秩序未坏之先，亦未尝不可以收维持之效，若不幸而挺生一英杰，则非可以常理论矣。礼治乃以互尊为根本观念，人谁不乐受他人之尊重？是故英杰之对于礼节，虽厌恶其拘束之部分，然互尊之部分尚可保留，故崩坏尚不至于根本摧翻。法治乃以强制执行为唯一方法，殊非英杰之所能耐，至不乐任受时，大可以我行我法，不遂则诉诸武力。铁弹即我之如意珠，孰敢不听？是故"诉诸法律"一语，只是弱者之哀鸣。吾将下一转语曰，唯秩序可以维持法律与礼仪，非法律、礼仪之所以能维持秩序。将以吾言为不信耶？"民不畏死，奈何以死惧之"，此法治之穷也；"救死而恐不赡，奚暇治礼义哉"，此礼治之穷也。吾岂好为偏激之论以骇听闻哉，事实固如是耳。

五四

《中庸》："故天之生物，必因其材而笃焉，故栽者培之，倾者覆之。"寥寥数语，已将一部《天演论》之精义包举无遗。《论语》："不患寡而患不均，不患贫而患不安。"区区两言，已提挈一部《原富》及多少社会学名著之神髓。"生之者众，食之者寡，为之者疾，用之者舒。"此数语已能包举理财要旨，如网之有网矣。吾固恶乎曲解我先民之学说以附会欧西之新学说者，恶其无聊也。但兹之所举，吾以为虽悬诸国门，亦断不至于蒙曲解附会之诮焉。大哉，吾之先民！

五五 （文章技术）

自唯物论为世所尚，相以物质文明竞巧斗奇，而"技术人才"之一名词遂应运而生。盖以科学总不能离乎工具，从一方面言之，工具愈精巧而科学乃愈昌明。更从他方面言之，则以科学发达之故，而机械之构造乃日新而月异，二者相辅而行。时至今日，已不能区别其孰为因果矣。耒耜，工具也，而播种机亦工具也。帆樯，工具也，而推进机亦工具也。工具愈复杂，而运用工具之技术遂成专科，斯亦事理之所必然者矣。文章亦工具之一种，其作用大略可分为：（一）记载事故；（二）摹描景物；（三）陈述意志；（四）传达思想；（五）抒发情感等。此五者虽殊未足以尽文章之效能，亦曰举其大概而已。文章既是一种工具，则运用此种工具之技术，自应不容轻忽，请言文章技术。

再者此稿为篇幅所限，故每类只能略举一二作例证，以示文章技术之价值。至于神而明之，存乎其人，则亦无取词费矣。

（一）以记载事故而论，举其大者，历史是已。自古有"史才"之称，而"良史""芜史"亦各自成为评价之名词。是则作史之技术久为世所尚，于斯可见。才不才，则亦关乎文章运用之技术而已。试将《史》《汉》《三国志》及《南》《北史》，而与《宋史》或《辽》《金》《元》《明史》相比较，则良不良之别不难立见。更有一最好之例证，试将《新五代史》与《旧五代史》相比较，二者基于同一之背景，叙同一之事故，而优劣悬殊，岂有他哉？文章技术之不同而已。史家运用技术之方法约有三种：一曰编年，二曰断代，三曰纪事本末。斯三者各自有其所长，然亦非无所憾。历史本如江河之水，有绝对相续性，正如太白诗所谓"前水复后水，古今相续流"，欲以刀画河水而断之，是为不可能。以此论之，则历史似以编年为便。但历史乃人类活动之总成绩，年代愈多则资料亦愈复杂，若欲使读者集中精神以观察某一时期之演变，则断代为便。然而一事之发生，各自有其来踪去迹，必非突然而起，戛然而止也。断代史之最大缺点在不能使读者总览事故演变之前因后果。原欲为读者节时间，结果则翻检追求，所费之时间或将倍蓰，于是纪事本末体乃崛起而救其弊。纪事本末之技术，以事为纲，以年为纬，能使读者对于某一事故之演变，因果分明，无劳翻检，斯为最便。然而彼所勾取而认为价值可纪之大事，是否即大？所遗弃而不收录之小事，是否即小？容或有一二琐碎之事而于社会文化有莫大关系，未可知也。如某人买一婢，某家逸一奴，似乎琐屑不足道，但奴婢制度之演变，实文化史之重要资料也。且事因之中，有近因，有远因，有直接之因，有间接之因，苟非精核详审，每多遗漏。事定之后，有当然之结果，有意外之收获，或发现于当时，或滋萌于来世，苟非具玲珑贰透之精神、明察秋毫之眼光，每多忽略。可见勾稽事实以纪本末，悉凭作者之主观以为衡，未免有几分危险。由此言之，则编年、断代、纪事之三种方法，各有短长，未能一概论。作品之价值，则视作者之文章技术为何如耳。

（二）摹描景物之工作，其最显而易见者厥为游记。《汉书·西域传》与柳子厚之《钴鉧潭游记》，层次分明，记载详博，更辅之以写生妙笔，移步换形，于今中小学校已采为教课，可勿具论。若夫潘岳之《西征赋》，实游记体文字之别开生面者，是不可以不叙。晋惠帝二年，岳为长安令，自写其西行之旅程而作此赋。其叙事也随处兴感，与寻常游记体之作品不同。过巩洛而感周室之兴亡，过新安而感项羽之坑秦降卒，过渑池而感蔺相如，过崤函而怀秦穆公，过陕州而感虞、虢，入潼关以后更百感交集，气势磅礴。兹篇实兼游记与史评，此则潘岳之文艺天才矣。《西征赋》实摹仿班氏父女之《北征》《东征》，而辞藻之秾丽过之。言念及此，不期而起一连带感想，觉得我中华民族之文艺天才，殊足自豪也。溯自荆楚民族受三百篇之薰陶而成骚，中原民族复接受楚骚而成赋，格律均互相因袭，斯固然矣。然而楚骚之行文，纯属象征派，表面是美人香草，而寄托遥深，真意竟在文字之外，非仅字里行间矣。汉赋乃法其体而反其道。他勿具论，即以班固之《两都》、张衡之《两京》言之，则均属写实之大文，尽洗楚骚超现实之色彩，得不谓豪杰之士也夫！《两都》所言山川形势之雄奇、宫室建筑之富丽，与乎《两京》所写之未央、长乐、桂宫、建章、甘泉等宫殿，其中夹叙城郭人民，更旁及上林苑之田猎、水嬉、舟游、乐技等事，步步踏实，有如画图，而文体则犹是象征派之楚辞也，斯亦奇矣。《两都》《二京》乃以一都市为对象，面积较广，景物较多，尚易着笔。而王延寿之《鲁灵光殿赋》，则更故意缩小范围，专写一座宫殿，堂奥楹桷，分段描写，极尽崇杰低昂、幽深窈窕之姿。自非有特殊技术，岂能出此？何晏之《景福殿赋》则亦效法《灵光》者也。此外，专写一种天然景物者，有木华之《海赋》、郭璞之《江赋》，专写一种人工之微细物品者，有马融之《长笛赋》、嵇康之《琴赋》等，莫不刻画入微，曲尽其妙。要而论之，汉赋之修辞结构，均脱胎于楚骚，无可讳言，而乃独能一反其虚无缥缈之半神秘性，专务写实，此则我民族文艺天才之卓绝及创造能力之伟大，乃得有此技术，猗欤懋哉！

摹描工作，于描写景物而外，更有描写人物之个性，亦文章技术之重而大者。此类文艺之主要作品，传记是已。人心之不同，有如其面。心之不同，即个性之各别也。此种技术，以能于叙述各个人之言论行事时，而使本人之特殊性质自活现于纸上，斯为上品。此种技术于取材之详略、铺叙之轻重、安排之后先，均有关系，试举《廉颇蔺相如传》以为方。合传体裁，乃司马迁所创造，斯亦技术之一种。《史记》以廉颇蔺相如二人合传，就表面观之，两人皆赵之名臣，势位豪华，事功赫奕，分量略相等，以之合传，谁曰不宜？假令以凡笔记载，当必平均铺叙，以无失两人之事功为主旨，盖势位与功业既略相等，自不容有所偏重有所偏轻也。乃读《史记》本传，写蔺相如完璧归赵及渑池之会两事，占全篇幅十之九，而于廉颇七八次之赫赫战功仅用寥寥数语淡写轻描。于水到渠成之后，乃忽以重笔叙蔺相如告其舍人数语，曰："夫以秦王之威，而相如廷叱之，辱其群臣。相如虽驽，独畏廉将军哉？顾以先国家之急而后私雠也。""廉颇闻之，肉袒负荆。"得此数语，而两人之个性，遂活跃于纸上。此真传记之神品而描写个性之绝技者矣。本来事业与个性完全两件事，若以铺叙事功为作传记之唯一要务，实未解个性之价值及作传之精神而已。又《史记》之《窦婴田蚡传》，通篇叙景、武间之外戚专横，炙手可热。最后一句，"上曰：'使武安侯而在者，族矣。'"得此一语，不独寓贬抑权奸之深意，而明主之气概，亦同时活现，真有万牛回首丘山重之势，是曰技术。

《水浒》《红楼》两书之所以脍炙人口，其价值即在于善写个性。《水浒》写百数十个性别相同而年龄、事业、背景环境悉相仿之莽男儿，而个性各异。《红楼》写百数十个性别相同而年龄、事业、背景环境悉相仿之小儿女，而个性各异。此其所以为难能也。写个性须布局与摹描二者兼施。布局乃腹稿，关键在下笔之先；摹描乃细工刻画，关键在行文之时。有时虽背景相同，事实相同，而修辞之巧拙于个性之神采表现，关系甚大。试举一事以明之。《水浒传》鲁智深救林冲一节，中有两语曰"只见一条铁禅杖飞出来，跳出一个胖大和尚"，笔墨飞动，有如生龙活虎，的是花和尚神采。若易以凡笔，或将曰"只见一个胖大和尚走出来，手持一枝铁禅杖"，则如死蛇矣。然而事实与背景，固未尝有丝毫之或失也，果何所据而竟云彼善于此也，是在会心人矣。

（三）意志之陈述，与作者之立场有密切关系，而于对象之素质亦不容或忽。即以李斯《谏秦逐客书》而论，其蓦头第一句即曰"臣闻吏议逐客，窃以为过矣"，开门见山，一针见血，剪尽枝叶，不事繁文。盖以对方乃一个好大喜功之雄主，且精力弥满，绝对好动而不思静，有事固忙，无事亦大忙。与此等人说话，只应直截了当，不宜用三眼一板或旁敲侧击态度以使之生厌，斯翁其知之矣。至于武侯《出师表》则有异于是。此篇作者之与对方，分属君臣，实同晚辈，是以说至吃紧处即把先帝抬出来，使之警惕以动其天性，冀可打入对方之心坎，庶不至如风吹马耳。试读"先帝在时，每与臣论此事，未尝不太息痛恨于桓、灵也"数语，带血带泪，掬诚以进，此数句实篇中之主眼，亦文章最美之一段。更有丘希范《与陈伯之书》，所用之技术抑又不同。因对方并非国尔忘家、公尔忘私之英雄，亦非不顾一切以求达其最大目的之豪杰，故只能以莺飞草长、爱妾高台之下等嗜欲动之。此之谓因人而施，亦愈可见文章技术之不容不讲矣。

陈述意志，对方非只限于一人，更有对于天下后世而陈述者，或则自陈而自述，不为任何人而作，只自写其自由意志者。贾生《过秦论》通篇铺叙秦国历代君主文德武功之隆，与乎六国朝野人才之盛。政治家、军事家、外交家，应有尽有，无所不备。全篇读将尽，几疑其文不对题。最后一句乃曰："仁义不施，而攻守之势异也。"读至此，乃知全篇不对题之文章，正所以暴露秦之过失，而不容其狡展也。《谏逐客》乃开门见山，《过秦论》则画龙点睛矣。更有李密《陈情表》，乃为个人私事，故通篇琐琐叙家常，至"是臣尽节于陛下之日长，而报刘之日短也"，乃以重笔出之，若是而谓对方尚不批准者，未之有矣。文章有神，当其运用技术进入化工时，真能摄取人类之灵魂也。

（四）思想之传达，厥有两途：一曰语言，一曰文字。带刺激性之语言传达，效力有时极大，但范围则不能甚广。文字之传达，时间及空间均可以至于无穷，此其所以为重也。吾人开卷即与古人亲，千载之下，有如促膝，此非文字之灵耶？大抵用文字作工具以传达思想而欲于空间及时间两方面均收获效果者，工作之技术约有三端：一曰繁，二曰简，三曰美，请言其略。

古人著述，有说理务求其详，叙事务求其尽，引证务求其博，描写务求其真，不厌其繁，且因繁以见其丰富，内容由一卷二卷以至百数十卷。或以一帙之著作为终身事业，既成之后，即可与人类而并存，此一端也。更有以简制胜者，愈简而收效愈大，其简之程度可以至于片言单调。如"杀人者死，伤人及盗抵罪""不出代议士，不纳租税""食面包，须做工"等，当日只是由一人之思想发放出来，而乃震动一时，回荡不已，直至数百年后数万里外之吾侪，犹得而称道之，此又一端。大约以留传为目的者不厌其繁博，而以宣传为目的者则愈简而愈佳。盖对于少数之知识分子或极少数之专门学者说话，与对于群众说话，技术自应不同。于斯二者而外，复有一种文章，其行文也逍遥自在，繁简不拘，兴之所至，随手拈来。其价值不在内容之丰富与不丰富，亦不在刺激性之大与不大，作用不在知识方面而在精神，是曰"唯美"文学。《离骚》只二千余字，而地位则列在古今书籍之甲等，无敢有起而议之者。"云想衣裳"只二十八字，但可与李白而俱传，与文字而并寿。要而论之，自《诗》三百篇以至于元曲，中间一切诗词歌赋，均属文学家一时之感想，发为文章，其有技术精巧足以维系人类精神者，则传达可以至于无穷。此类文章，此种技术，真可谓带得几分神秘性矣。

（五）以文章作工具，若从知识方面言之，则说理及叙事为重；若就精神方面言之，则表情为重。盖人类乃感情动物，于求知之外，尚有所谓精神作用故也。渔唱樵歌，发达远在文字之先，而牧童蚕女，出口皆可成妙文，或间有一二语为绩学之士所不能道。盖精神之为用，异乎寻常，若偶然捉得一刹那之实感，由灵明而发为声音，播于文字，遂成千古绝艺，初不必定以博学多能然后可致也。

情感表现之神秘若此，是以有文艺天才之文学家，每于捉得一刹那实感之时，辄运用其文章技术之才思以写之。其方式则或以亢进，或以蕴藉，或以比兴，或以铺叙，而一以真性情出之。此种作品由作者本人之情性与读者之情性相感照，遂以传诵，是曰佳作。试观古今来之美文，实无一而非性情之作，斯可知矣。

杜工部《送郑虔贬台州》诗曰："万里伤心严谴日，百年垂死中兴时……便与先生应永诀，九重泉路尽交期。"于干戈满目颠沛流离之际，而与挚友分携，且明知死别，以如此环境，如此情绪，感怀身世，乃得有此等至性至情之作。又东坡《御史狱中遗子由》诗曰："百年未满先偿债，十口无归更累人。是处青山可埋骨，他年夜雨独伤神。"当日东坡下御史狱，颇受虐待，而天威尚不可测，自分必死，而子由亦以东坡为必死，此诗竟等于遗嘱矣。更有吴梅村之《贺新郎》："故人慷慨多奇节。恨当年，沉吟不断，草间偷活。"此三者均属带血带泪文章。杜、苏两公，本是性情中人，乃多血男子，平时目睹悠悠行路之痛苦，且感同身受，况对于亲友及弟兄哉？梅村此首乃绝笔词，正所谓人之将死，其言也善。是以落笔即血泪交迸，莫能自已，且能令百世后之读者与之同感。此无他，亦曰凡具有真性情之作品，每易得他人之同情而已。文章神奇，有如是者。

表情技术，有专取含蓄蕴藉者，怨苦在心，但仍极力节制，而以中声和平出之，《诗》三百篇大都如此。其后历代诗人，莫不秉承三百篇之遗训，运用怨而不怒之技术，纯熟自然，而尤以词人为最。此种技术，可称我中华民族之特长，或竟可称为民族性矣。即以《诗·鄘风·载驰》一章而论，人生在世，不幸而至于家破国亡，可谓极矣。于琐尾流离之际，欲归宁父母而不可得，可谓虐矣。试观其发泄胸中怨苦，取何方式，曰："陟彼阿丘，言采其虻。女子善怀，亦各有行。许人尤之，众稚且狂。"温柔敦厚一至于此，只能名之曰美术的怒骂。

又女子而为丈夫所捐弃，且目睹此薄幸郎君移爱他人，可谓不幸之甚者矣。乃读《谷风》之诗，一则曰"黾勉同心，不宜有怒"，曰"谁谓荼苦，其甘如荠"，再则曰"我躬不阅，遑恤我后"，曰"既生既育，比予于毒"，虽蒙极大怨苦，仍自能克制情感，只用含蓄蕴藉之方式以泄其悲愤。此种技术，苟非根本于特殊纯厚之民族性，恐不容易运用。若以意志自由、权利保障之说绳之，则许穆夫人为志行薄弱，而《谷风》少妇为怯懦无能矣。《谷风》之"就其深矣，方之舟之。就其浅矣，泳之游之。何有何亡，黾勉求之。凡民有丧，匍匐救之"，虽只寥寥数语，而高尚之人格及浓厚之同情心，已尽量表现。余谓《诗经》三百篇，不仅为后世一切文学之所从出，且为我中华民族性之最真表现也。

词及近体诗，大都以婉约为正宗，盖一则上承三百篇之遗风，而格律之拘束亦有以致之也。汉魏乐府，无篇幅之制限，长言永叹，了无拘管。唯近体诗则以二十字至五十六字为限，若不采含蓄蕴藉之技术，取弦外之音，纳深意于短幅，则作品将薄而寡味矣。唯词亦然，且以其格律愈谨严，故婉约之技术亦愈巧。苏、辛以前，几无以词作工具而表示亢进之情感者。苏、辛以后，词风虽略有转变，然犹是以高亢为别派，婉约为正宗。或则此种工具特宜于婉约，未可知耳。词之表情技术，于拙著《词学》固尝分析言之，可供参照，更不便以复杂之举例夺此短篇之幅。兹唯录宋徽宗《燕山亭》数语，用作婉约之代表："凭寄离恨重重，这双燕，何曾会人言语。天遥地远，万水千山，知他故宫何处？"题曰"北行见杏花"，当是被虏北迁时作矣，如闻哽咽之声。

婉约之抒情品多属比兴体，每因一物以起兴，而于状物之中抒发其情感。此方法最为普通，《诗》之《国风》十有七八多属此类，而后世宗之。如《青青河畔草》，意旨何尝在草；《迢迢牵牛星》，精神殊不在星。比兴而已。

比兴体之作品，其长处在于随意寄兴，愈增妩媚。此法非只我国有之，世界各国，莫不皆然。盖以因物见志，实思想出发之捷径故也。

《古诗十九首》运用此种技术最为纯熟，读之可以养成温厚之情感，启发优美之趣味，比兴体之价值，全在于此。

五六

"生活"二字，从一方面着想，自然是"衣食住"问题。然而同是衣食住，但文绣膏粱、崇楼杰阁与蓬门瓮牖、荆布菜根，则大有分别。此非苦乐之分别，苦乐固不在乎是也。高堂华屋之中，不少以眼泪洗面之人；而篝灯课读之余，每多和乐欢娱之事。可见"生活"二字，一方面是物质上之衣食住，一方面则在精神上之"人生观"。

若仅以衣食住释"生活"，则人生自朝至暮，自少至老，只是机械式，无"意义"之可言。但人生必不能无意义，无意义之生活是曰虚生，人亦何必虚生一世也？

至于人生观则殊无定式，每随环境而变迁。素抱乐天主义之人，若一旦遭遇颠沛之激刺，或可以一变而为厌世观。然此特"操持不定"之人为然，非所以论富贵不淫、贫贱不移、威武不屈之大丈夫。操持不定，即修养功夫未足之明证矣。盖所谓人生意义云者，亦即人生之立脚点，立脚点固非可以轻易移易者也。孔子之"学而不厌，诲人不倦""发愤忘食乐以忘忧，不知老之将至""素其位而行""知其不可而为之"，是即孔子之人生立脚点，亦即孔子之人生观。可见衣食住只是"生活之条件"，而非"生活之意义"。意义者何？即应思"吾何为而有生，既生矣，将何以了此一生"是矣。就新伦理学言之，此即所谓对于"自我"之伦理。更进而论之，则凡对于家族，对于国家，对于人类社会，莫不有其无可逃避、不容狡卸之伦理在。一言以蔽之，即"报施"是已。

试再以衣食住作论断。吾人今日关于衣食住之所享用，较于太古时代之人类为何如？良心诏我曰"较为安适"。此种安适之享用，果何人所施予？非先民积累而得之所谓"文化"也耶？文化乃人类社会之公产，不容享受而不图报。且更须思所以补充其累积，使继长增高，以贻后人。苟人人只知享受而不思补充，则文化将永无发扬光大之期，即乾坤亦几乎息矣。此即所谓自我对于社会之伦理。明乎此，庶几可进行有意义之生活。

五七

年来生理学者及医学者分头研究起死回生之术，或用注射方法，或用接续生命线方法，各有相当成效。一九三四年，有一苏俄学者试以人造心脏易动物尸体之心脏，能使尸体复活，尝试验一已死之狗，该狗至今犹活云。

道家研究长生不老术，长生不老与起死回生，异曲同工，而方法、手段、途径，则成两绝对。一则认躯体有不坏之可能性，谓机件之坏由于饮食，"老"即机件渐坏之证。此说与医学者所谓人自少壮以至于衰老，皆由于食料中所含之土性盐质堵塞微丝血管所致，同一结论。故欲求不死，当以辟谷不食、运气为方法。一则认不食为不可能，机件之渐坏为不可免，但既坏之后，未尝不可以修理，以新机件易旧机件斯可矣。后说属于新学说，发生在前说后二千余年，但是治标之道，反不若前说之探本溯源也。至于可能性之成分，孰多孰少，则尚在不可知之数耳。

五八

"爱国心"与"民族意识"不同，执乡人与之言爱国，彼将瞠目而不知所云。必先为之解释"国家"两字曰如何如何谓之国家,如何如何谓之国家主义,然后再为之说明国家之可爱及不能不爱之理由。若是者,非曾受相当教育恐不易了解。至于民族意识则不然。此意识实经过数千年先天之所遗传,后天之所培养,几等于良知良能,在心灵内成为一种潜伏意识。虽愚夫愚妇,莫不有之,不必有待于临时教育之灌输,每至适当期间自然发动。是故以武力灭人家国尚易,唯欲于短期间内摧灭他人之民族则甚难。苟文化不相敌,恐更有被同化患耳。

五九

章岁至、朔同日,古之训也。然而至、朔同日未必都是章岁,因每十九年之中,至与朔庸或有一二次相逢,但以学理而论,则章岁例应至、朔同日而已。查过去百年间,章岁而至、朔相差一日者凡数见,如道光二十三年(一八四三)至后于朔一日,同治元年(一八六二)至后于朔一日,光绪七年(一八八一)至后于朔一日,光绪二十六年(一九〇〇)至朔同日,民国八年(一九一九)至后于朔一日,民国二十七年(一九三八)至朔同日。计此一百年中,前后六次章岁,至、朔即不同日而相差亦只在上下一日间,无二日者。此一日之差,其原因当在时辰上。如亥时交节则曰初一,子时交节则曰初二,名虽一日,实际上或只数小时或半小时之差而已。

复有一公例,章岁必逢闰年。每十九年之中凡七闰,非章而闰者有之,但章岁必闰是矣。如道光二十三年闰七月,同治元年闰八月,光绪七年闰七月,光绪二十六年闰八月,民国八年闰六月,民国二十七年闰七月。

六〇

韩昌黎诗曰："六博在一掷，枭卢叱回旋。"宋玉《招魂》曰："成枭而牟，呼五白些。"言博者辄曰呼雉喝卢，可见枭也卢也雉也牟也皆博之专门名词。程大昌《演繁露》曰："骰子古名博齿，初唯斫木为之，一具凡五子，故亦名五木。其法每子分两面，一面涂黑，画犊；一面涂白，画雉。若一掷而五子皆黑，其名曰卢，在樗蒲为最高采；四黑一白，其名曰雉，比卢降一等；三黑二白曰犍，是为恶齿。故曰六博得枭者胜，又曰倍胜为牟。枭与卢皆贵采也，雉则次之，犍又其次矣。"

"博""弈"齐名，"博"之种类似甚复杂，而"弈"之今义则为下棋。《孟子》一书，"弈"之名凡两见，曰"博弈好饮酒"，曰"今夫弈之为数，小数也，不专心致志，则不得也"。大抵弈乃斗智而博则斗采，是以古人薄樗蒲为"牧猪奴戏"，鄙之也。至于弈之工具是否即近代之棋，其种类有几，未及细考。但周秦诸子之言弈者不少，可见春秋战国时已有之。且如《孟子》所云"不专心致志，则不得也"，可证其术乃斗智而非博采矣。

六一

杜诗《彭衙行》共二十三韵，而真、文、元、寒、删、先六韵兼用，计删韵八，文韵二，真韵一，寒韵五，先韵三，元韵四。又《石壕吏》一首，第四句有作"老妇出门迎"者，有作"老妇出门看"者。

若作"迎",则擘头四句乃元、真、庚三韵并用;若作"看",则元、真、寒三韵并用。于斯可见,音韵乃随时转变,古今不同。而近代之试帖诗更用斗巧以见长,分析愈窄,若文、元互协,好煞也要落第。古人并不如是也。

杜甫以疏救房琯而得罪,流离失所;李白以被永王璘迫致而得罪,系浔阳狱。生逢丧乱之世,虽诗人亦不能自存。若杜甫犹曰以冷漕而在辇毂下,得咎之机会较多。若李白固高卧庐山者也,而亦不免。伤哉!

诸葛亮躬耕陇亩,徐庶言于先主曰:"孔明,卧龙也,将军宜枉驾过之。"先主诣亮,起之于南阳。嵇康少有奇气,钟会言于文王曰:"叔夜,卧龙也,不可起。公无忧天下,顾以康为虑可矣。"后康卒以吕安事伏诛。同是卧龙,然亦有幸有不幸。

六二

吾尝爬剔苏、辛词,分地而比较之,觉得环境之与情绪,影响至大。葛常之论杜诗曰:"《北征》诗云:'经年至茅屋,妻子衣百结。恸哭松声回,悲泉共幽咽。'是时方脱身于万死一生,以得见妻儿为幸。至《秦州》则云'晒药能无妇,应门亦有儿',已非《北征》时矣。及成都卜居后,《江村》诗云'老妻画纸为棋局,稚子敲针作钓钩',《进艇》诗云'昼引老妻乘小艇,晴看稚子浴清江',其优游愉悦之情,见于嬉戏之际,则又异于客秦州时矣。"吾尝谓环境之与情绪,互相影响。同是一太阳,朝暾则令人发皇,夕照易令人沉闷,此环境之影响于情绪者也。同是一明月,心境怡悦者见其可爱,若离人思妇则见其凄凉矣,此情绪之影响于环境者也。试以杜诗证之,愈可见此说之不谬。松涛与泉声,无异大自然之音乐,在心境怡悦者听之,正不知若何愉快,而杜工部北征时,只觉其撩动凄凉,徒乱人意。且妻儿犹是妻儿,而鄜州、秦州、成都三地,主观与客观双方,观感均各异其趣,岂有他哉?情绪之不同而已。

六三

乐府《江南曲》:"鱼戏莲叶东,鱼戏莲叶西,鱼戏莲叶南,鱼戏莲叶北。"少陵《杜鹃》诗:"西川有杜鹃,东川无杜鹃,涪万无杜鹃,云安有杜鹃。"格律模拟《江南曲》,以朴拙见其真。朴拙原是文章技术之一种,然亦存乎其人,未可漫然学步耳。

少陵之"怅望千秋一洒泪,萧条异代不同时",识字者十九能诵,可称名句。高绝之文章原可以不受文法拘束,费解处或正其佳妙处。盖意之所至,不妨拗文义以就我。举虚实而活用之,正不必如学语小儿,斤斤于矩范耳,是在能手。即如"异代不同时"一语,实何异于"久矣乎千百年来非一日矣"之一段笑话哉,何以在彼则成诟病,在此则曰名句?然而亦不必漫然学步者矣。秦少游之"杜鹃声里斜阳暮",东坡极赏此词,但颇嫌"斜阳"与"暮"未免重叠,况"异代"与"不同时"乎?

李后主之"风压轻云贴水飞,乍晴池馆燕争泥"[1],写静中景物,可称深入腠理。杜少陵之"仰蜂粘落絮,行蚁上枯梨",庶几近之。

五言句之动词,用在第三字者最为普通。如"野船明细火,宿鹭起圆沙""蝉声集古寺,鸟影度寒塘"等是也。用在第五字如"细雨鱼儿出,微风燕子斜",用在第一字如"镂月成歌扇,裁云作舞衣",则

---

[1] 按:"风压轻云"二句出自中主李璟之《浣溪沙》;一说为苏轼词。

亦不少。唯用在第二字如"碧知湖外草,红见海东云",用在第四字如"地平江动蜀,天阔树浮秦"等句法,难得佳构,因一句之中以"碧""红""蜀""秦"等一字为主,余则俱宾。此与"水流心不竞,云在意俱迟""山虚风落石,楼静月侵门"等大不相同,因"水流""云在""落石""侵门"尚自成句读也。

六四

　　日光七色之层次曰紫、蓝、青、绿、黄、橙、赤,此就肉眼所能见者言之也。紫外光乃动植物维持生命之要素,久为世人所认识,即海洋最深处,日光虽不能照达,但其中生物亦不能离紫外光而生存。盖紫外光乃真所谓无微不至、靡远弗届者矣。年来更发觉有所谓赤内光者,举凡音波之传达,电波之传达,光波之传达,均赖其力,且更有种种作用云。人类视觉范围,实至有限,自望远镜及显微镜发明以后,眼之信用已大不如前,然犹得谓虽借凹凸镜之补助,但视觉仍在乎目也。至于紫外光与赤内光发觉后,目之力其技穷矣。

　　复次如地、水、火、风,即印度哲学所称为"四大",谓一切色相皆从此出,然也。但除却坚、湿、热、动外,便理会不出地、水、火、风来。譬如曰某物软,某物硬,不过主观之评判,若离却主观的状态外,更何有软与硬之存在?于斯可见,视觉还须赖触觉之援助,而触觉之所评判,端赖主观,则耳目之能力尚可信任耶?

　　至于主观,则更难凭矣。岂独各个体刚柔、燥湿、动静等之无定据,即如集合体如家庭、师旅、森林等,皆主观所命之名矣。但除树木之外,岂有森林?兵卒而外,更无师旅。不有亲子,那得家庭?断不能认房屋之为家庭也。可见一切有,若求至乎其极,仍返于空,此又未可非难耳目已也。

氧、碳、氢、氮、钙、磷、钾、硫、钠、氯、镁、铁、碘、氟、硅，乃人体之构成原质。人不能缺乏此十五原质之一而生存。但指此十五原质为人，则又无异于认房屋之为家庭矣。

六五

先兄尝谓作近体诗不宜多用叠字，盖以五言或七言之绝与律，其容积乃自二十字至五十六字而止，故作法只应含蓄蕴藉，取弦外之音，能于窄范围内容纳多量之意境庶为上品。若叠一字即少一字之容积，殊非所宜。此说自是至理，然亦视作者之技术何如耳。若能将一联之精神全灌注于此叠字上，使其余之三字或五字反专为烘托此两叠字而设，则叠亦无妨。如杜诗之"江天漠漠鸟双去，风雨时时龙一吟"及遗山之"寒波澹澹起，白鸟悠悠下"之类是也。

癸酉七夕，尝倚声作《夜飞鹊》词一首，中有句曰："流萤时被众星乱，掠檐低堕还飞。"时正在郊外消夏，小儿女陈瓜果于中庭，流萤乱点，盖写实也。后读杜诗有《见萤火》一首，中有句曰："忽惊屋里琴书冷，复乱檐前星宿稀。"杜诗虽尝数读，但此首却并不在记忆中。可见意境若纯任自然，亦未尝不可与古人合。

六六

帝者之称谓，除皇帝、陛下、天子、至尊等而外，亦称天家，又称官家。蔡邕《独断》曰："天子以天下为家，故称天家。"宋太祖尝谓杜镐曰："今人皆呼朕为官家，其义未喻。"镐曰："臣闻三王官天下，五帝家天下，考诸古谊，深合于此。"案"官"字有"公"之意。如官田，《周礼》曰："官田者，公家所有之田也。"《孟子》之言井田曰："其中为公田。"公田者，国有之田也。是则"官"亦即"国"之意。凡官价、官盐等"官"字皆含有"公"之意，对于"私"而言。刘向《说苑》曰："天下官则让贤，天下家则世继。"此"官"字训"公"之最明了者。"官"又可以训"主"，《管子·宙合篇》曰："方明者察于事，故不官于物而旁通于道。"房注："官，主也。"谓不主于一物而旁通乎大道也，是则官家又可作主子之意，君民即主从之分也。

人虽以胡天胡帝尊崇君主，而君主则谦让未遑。其自称曰朕，曰孤，曰寡人，曰不穀。朕即我也。《书经·尧典》："朕在位七十载，汝能庸命，巽朕位。"此见于载籍之最古者。其次则《孟子》之"干戈朕，琴朕，弤朕。"又次则为《离骚》之"朕皇考曰伯庸"。可见当初之"朕"字原是平民与君主通用，自秦以后乃变为帝者所专有。《尔雅·解诂》曰："穀，善也"。"不穀"谓不能如五穀之善养人也。至于"孤""寡"等字，则更近于咒诅，而君主不厌也。虽然，"寡"之与"独"，"人"之与"夫"，字义正相同。如曰"独夫"，则帝者不乐受矣。

六七

吴梅村《清凉山赞佛诗》第二首之"孔雀蒲桃锦，亲自红女织。殊方初云献，知破万家室"，全脱胎于杜子美《奉先咏怀》之"彤庭所分帛，本自寒女出。鞭挞其夫家，聚敛贡城阙"，但意境相差未可以道里计。梅村可谓点金成铁者矣，如"亲自红女织"之"亲"字、"红"

字,"殊方初云献"之"云"字,"知破万家室"之"室"字等,直是凑合平仄而已,殊欠妥贴,且嫌费解,此之谓强押韵。又如第一首起八句甚佳,下即渐软弱。"立在文石阶"一句,用以强对"护置琉璃屏",殊乏意味。"舍我归蓬莱"句,幼稚类小儿女口吻。"言过乐游苑,进及长杨街"等句,堆典而已,且只有长杨宫,而未闻有所谓长杨街,又是强押韵。第三首至佳,尤以"灵境乃杳绝,扪葛劳跻攀。路尽逢一峰,杰阁围朱阑。中坐一天人,吐气如旃檀。寄语汉皇帝,何苦留人间。烟岚倏灭没,流水空潺湲。回首长安城,缟素惨不欢"一段为最。第四首最坏,"宠夺长门陈,恩盛倾城李"等句,直是恶道。实则入宫、玉殒、脱屣、朝山诸事,前三首已叙述无遗,意既尽矣,第四首本可以无作。勉强凑上,而气力又不足以御之,遂成狗尾。若余勇可贾而必欲作第四首,则只应以重笔写爱情之伟大。

六八

古乐府《孔雀东南飞》别小姑一段:"却与小姑别,泪落连珠子。新妇初来时,小姑始扶床。今日被驱遣,小姑如我长。勤心养公姥,好自相扶将。初七及下九,嬉戏莫相忘。"伯兄评之曰:"兰芝的眼泪不向丈夫落,却向小姑落。和小姑说话不说现时的凄惨,只叙过去的情爱。没有怨恨话,只有宽慰和劝勉的话。只这一段,便能把兰芝极高尚的人格、极浓厚的爱情全盘涌现出来。"

说者谓《太白集》真伪参半不为无因。如集中之《去妇词》曰:"忆昔初嫁君,小姑才倚床。今日妾辞君,小姑如妾长。回头语小姑,莫嫁如兄夫。"生吞活剥,且意境粗率而浅薄,淡而无味。最后两句,更有类泼妇口吻,真可称点金成铁,太白那得有此?

太白佳处，有非杜老所能及者，如"黄河走东溟，白日落西海。逝川与流光，飘忽不相待"，及"前水复后水，古今相续流。新人非旧人，年年桥上游"，此等意境，求诸杜集，实不易得。纵或类似，亦总不能如是之清空灵妙。愈可见环境之与意境，如影之与形，分毫不容假借。子美身世，中年以后，长值乱离，故工于写实，且眼光常顾及于社会之下层阶级，其写民间疾苦，笔锋入木三分，有非身受者之所能道。太白虽与同时，然身心闲暇，恣情山水，故感想凌虚，下笔飘逸，此其所以异也。

六九

天文家窥测火星，初则见其地轴欹斜、四季递嬗等悉与地球相仿佛，遂谓其中亦必有人类。继则疑其空气稀薄，雨量太少，温度甚低，诚恐生物不能生存。此种学说未免太过幼稚可笑。试问所谓厚薄、多少、高低等之比较字义，果以何者为标准，非地球也耶？吾地球之各种自然现象，果以何等理由而取得作宇宙标准之资格？细思难免发笑。吾人所知者，地球上之一切动植物，莫不具有其适应环境之本能，伸缩自豫，其所以能生存之方法在此。若以为达尔文之学说未可推翻，则此理放诸宇宙而准，所谓稀薄、太少、甚低等等根本不能成立。火星上之动物，亦必以地球上之空气为太浓厚，气压太重，雨水太多，气候太热，绝不适于生存，可断言也。即以地球而论，南美洲亚玛逊河流域与北非洲萨哈拉大沙漠干湿相悬绝，南北极与赤道下之寒热相悬绝，然各自有其动植物一例蕃滋，但不能互易而已。故谓火星上之动植物与地球上之动植物不能易地而处则可，若贸贸然以地球上之气候为标准，以吾人之身体为权衡，而谓火星上之动植物久已不复能存在，则未免太武断矣。试思冰虫与沸泉中之青苔、水藻、鱼介，岂吾人之身体所能作权衡哉？据《达尔文游记》，则火山口、沸泉、盐湖，无处而不有生物。即大工厂所流出之蒸汽水，热度在沸点之上，而管口竟苔藓碧绿，斯可知矣。

七〇

黄河之源，出自青海。盖昆仑山及喜马拉雅山之泉脉，入伏流而至朵甘思，突涌而出，高下奔进，数可百余。登高下瞰，灿若列星，汇为沮洳，方可七八十里。吐蕃语曰"火敦脑儿"。"火敦"译言星宿，"脑儿"译言海。是以中国典籍曰"河源出自星宿海"，此之谓也。

上世未明伏流之理，溯河而上，至沙漠而绝。平地涌现，诧为无根。又以星宿之名，发生幻想。于是有浮槎犯河鼓之神话，而太白诗更直书曰"黄河之水天上来"，子美曰"赤岸水与银河通"。神话原是诗人之粮，以星宿海之名词而生幻想，更以诗人武断之技能奋笔以证实之，而黄河遂与天河通。天孙矶石，灵鹊填桥，浮槎经年，人间天上，不知幻出多少优美之诗料，几不分孰为天上而孰为地下矣。以伏流之故而及于天河，真可谓碧落黄泉，天开妙想。此非长于凌虚之东方哲学头脑，恐不能有此。因读《元史·地理志》"河源"一节，濡笔及之。

七一

民族性与民族意识不同。民族性者，只是一民族之特性，其风尚与特殊技能均各自有其不同之点，优劣非所计也。如漠北之民长于畜牧，滨海之民习于渔樵，各因其地理与气候之不同，由生活而影响于性格，久而久之，习与性成，此之谓性。无论何人，只要能满足其性之所好，不易其俗，即可相安。至于民族意识则不同。民族性乃基于环境，民族意识则根于历史。民族性乃原于习俗，民族意识则本于信仰。所谓信仰者非宗教信仰之谓，乃对于其先民活动总成绩之所遗留（即历史）而发生一种自觉心，深信若继绳统绪，更发扬而光大之，必可获得其理想上之幸福。换言之，即所谓文化是已。是故民族意识之根蒂，实基本于文化之有无；民族意识之强弱，实基本于文化之高下。是故有文化之民族，其人民自有一种信仰。其先民之潜意识藏伏于灵明，与有生俱来，牢不可破。近代学者有谓民族之团结力乃根于语言、文字、宗教三要素，犹是形而下之观察而已。

七二

东晋顾恺之《画法要诀》："一曰神气，二曰骨法，三曰用笔，四曰传神，五曰置陈，六曰模写。"南齐谢赫作画"六法"，"一曰气韵生动，二曰骨法用笔，三曰应物象形，四曰随类赋彩，五曰经营位置，六曰传移模写。"谢并顾之二、三两项而为一，而增加着色一项。至于以神韵为第一义，则顾、谢无异焉。综核六法要旨，二至六不过烘托神韵之过程工作，主要全在第一项。鸟兽草木、山林原隰、泉石烟云，其动的姿态或静的姿态，于环境及时序殊有因缘，如"乳燕飞华屋""落日塞尘起""庭草无人随意绿""残荷枯苇战西风"。若以此为题而作画四幅，则旖旎、悲壮、生意、肃杀自应不同。但万物又岂能作态向人，所谓旖旎、悲壮、生意、肃杀亦只是以我之精神为精神而已。忽而倚阑闲眺，怜伊乳燕，忽而斜阳立马，目断苍茫，实则此身何尝离画室。志在高山，志在流水，意而已。苟精神之集中，则意动而心手自随。能解此意，庶几可以语神韵。

七三

"矛盾"二字，于习用语殊非嘉名。如语言矛盾，则自消损其立论之价值；动作矛盾，则自减少其行为之成绩；思想矛盾，或自破坏其成功之机会，乃当然之结果。然而一切动物莫不具有其生来之矛盾性，愈高等则矛盾性愈大，而以人类为最。窃思矛盾性之所由起，不外因图生存而奋斗，努力以谋出路，不惜纡回曲折以求达其最大目的之所致。尝闻诸作鼠戏者之言曰："用一迷楼式之笼，中作复杂之间隔，使路途繁多而屈曲，纳数种小鼠于其中，在出口之背向处放微光射入。初则群鼠争趋有光之假出口，极力钻营，疲则静伏，息而复作，至死方休。其有肯背道而驰不惜千回百折者，出路斯得，此乃聪明之小鼠，可教也。"由此言之，则吾所谓矛盾性乃起于图生存而奋斗之大前提，可成立矣。不特此也，即宇宙亦何尝不矛盾？春生而秋杀之，真可谓矛盾之甚者矣。

七四

吾人生存于宇宙间，日浮游于大气之中，不克须臾离。而地球又属太阳系之一分子，故所谓大气云者，实无时而不受太阳热力所支配，更不克须臾离。鱼不能离水而生活，但咸水鱼与淡水鱼之生理构造显然不同。以此论之，假令大气起变化，则人体之生理上必不能脱离关系也明矣。生理上既受支配，影响必及于精神，此又必然之势矣。十九世纪末，一英国学者倡言世界上之经济恐慌每与太阳黑点有密切关系。其言曰："在人类生活资料中，食料品实居其泰半，而农产岁收之丰歉实为经济盛衰之本源。但年之丰稔与否恒与太阳热度之强弱成正比例，盖以植物之必不能离太阳光而滋长故也。"论断乃从植物方面间接以及于人类，言之成理。迨欧洲大战后，有苏俄学者曰齐伯斯基，更从直接方面研究，谓太阳之电与热，实予人类身体及神经系以绝大刺激，结果能令血脉兴奋而起暴动。彼之持论乃就二千四百年间八十个国家之历史作统计，证明战祸之发生有百分之六十起于太阳电热最高时，百分之三十五起于热度上腾或下降之变动时，其于温度最低期中而发生战事者只百分之五而已。即以近世史而论，一六四八之英国革命、一七八九之法国革命、一八七一普法战后之巴黎暴动、一九〇五之第一次俄国革命、一九一七之第二次俄国革命，皆在太阳热电波达于最高点之年度云，此更持之有故而不容置议者矣。不幸而一九三七也适值太阳放电最多时，伤哉！天人相与之际，若由此方面作研究之出发点，似较胜于阴阳五行之学说多多矣。

七五

月之轨道有畸零，绕地一周需时二十九日十二小时四十四分三秒，故旧历必须以小尽作伸缩而逢望乃得常圆。计一章之中（即十九年）每年六个月小尽者凡十一年，五个月小尽者凡八年。又章岁必闰，其后则第三、六、九、十一、十四、十七、十九等年亦必逢闰，七闰之中例有四个闰月乃小尽，此定律也。故欲计算每章之日数，其式如下（六个月小尽故每年实得三百五十四日）：

$$(354 \times 19 + 8) + (30 \times 7 - 4) = 6940$$

至于阳历则更简便矣。常年例得三百六十五日，每章加闰五日，例置于第二月中，计日之式当如下：

$$(365 \times 19 + 5) = 6940$$

是故宋咸淳中臧元震所谓"一章之内加七闰，除小尽积日六千九百四十"之说，阴阳历无以异也。

光之速率每一秒钟行十八万六千英里，可环绕地球七周。太阳之光五百秒可达到地球，等于八分钟又二十秒。月之光只需一秒半弱（一点二九秒）可达地面。北极星与地球之距离约四十四光年，即北极星所发射之光经过四十四年乃得达地面是也。牵牛星与地之距离为十五光年，织女星则为三十二光年，牵牛与织女之距离则为二十四光年。如神话所云，牵牛若欲会织女一次，即令以一秒钟行十八万六千英里之速率，亦须二十四年乃能达到。参宿左下角之赤光星，距地球四百六十光年。宇宙之大，真不可思议。

地为球形，故以自身之立脚点为坐标，距离愈远则陂度亦愈大。试就洋面而论，距一英里则下斜八寸，二英里则下斜二尺八寸，五英里则下斜十六尺，十英里则下斜六十四尺，虽大船亦不得而见之矣。但地面以外之对象则不在此例，盖有蒙气折光作用故也，即术语之所谓蒙气差。

七六 （变态生活）

一国中之大市镇，若入境而见其肩摩毂击，酒绿灯红，未必竟是家给人足、庶民康乐之表证，或则是一种病态，而为殷富蕃实之反面，未可知也。盖每当社会不安，人民生活不循正轨之时，大市镇例是一种异样之繁荣，而以娱乐场所为尤甚。且繁荣之程度每与不安之程度成正比例。揆厥所原，约有四端：一则因社会之秩序既乱，人人不知命在何时，由是而"且以喜乐，且以永日"之心理自然弥漫。一则因币制凌乱，动产与不动产之估计变动靡常，由是而人民之储蓄性随而低减。一则因社会既失其常轨，易使人生幸进之心，于是好投机而不安本分之人乘时活跃，此辈原是浪漫性成，倘来之物，随手挥霍，不甚爱惜，市面游资，因而大增。一则因治安既坏，群盗如毛，致乡村之石民，不得安居，被驱迫而集中于城市以图苟安，由是而城市之人口骤增，供以应求，顿成辐辏。凡此四者，实乱世之所必至，而变态之所当然者矣。溯自初期史迹以迄于今日，每逢丧乱，此种象征必循例表现，莫之能外。试观王莽更始之世，五铢既坏之时，社会变态最为明显。即世界之任何国家，任何民族，罔不皆然。读法国革命史，当恐怖时代之巴黎，环断头台之茶楼酒肆，歌舞特盛，斯可知矣。复次，此种变态生活，每次发生以至于终止，为时且不甚短。盖当祸患蕴而未发之先，忧生念乱之心理，不期而浮动于智识分子之脑海中，此辈既属社会之先觉，自然为群众之先导，所谓上行下效，风吹草偃，理所当然。厌世之人生观既发动，最足为储蓄心之克星，因果相生，而病态遂以形成。迨夫大乱既平，昔日繁华之都市必顿呈衰落之象。斯亦因果律之定则，覆而按之，痕迹可寻。此殆因狂热之后，精神萎痹，一也。痛定思痛，每多愁寂，二也。久离乡井之羁人，亟思归去，而留滞者亦思拾遗补阙，紧缩生活，三也。斯时也，都市之人且锐减，市面游资匮竭，商业之捷足者已满载而去，后时者则以求供失宜，本亏业歇，衰落之象于兹立呈。是以此等事实，每发现一次，结果必百业衰蔽，民生凋残，"国家元气"说斯时最能充分表现。此殆与久病新愈之人元气亏损、身体衰弱同一象征。吁，吾为此惧！

二十八年五月二日写记

七七

西郊澄怀园与今之燕京大学相邻比,过虹桥而见有高柳绕墙位于路北者是矣。钱泳《履园丛话》曰:"澄怀园在圆明园之东南隅,每年夏月,车驾幸圆明,澄怀则为尚书房暨南书房诸臣侍直之所。芳塘若镜,红藕如船,杰阁参差,绿槐夹道,真仙境也。"全盛时之景物,于斯可见。岁壬申,即民国二十一年,余租得澄怀园后之官地数十亩,植蔬果稻麦,且以自给,且以消夏,出入穿澄怀园而过者凡五年。计自庚申浩劫,该园亦随圆明而荒废,宫室台榭,奇树珍丛,荡然无迹。唯土山池沼,起伏低昂,尚存旧观。道旁界石,犹见"澄怀园"之刻字焉。二十五年丙子,该园乃入于东北军人之手,庀工动土,移山塞池,夷为平地,用作军人之乱葬坟。仙山楼阁之名园,七十六年后遂变为至秽极贱之鬼窟。沧桑递嬗,乃宇宙循环之惯例,原无足异。但不幸而至于斯,亦可伤矣。

七八

小说乃心理构造,最足以表现作者之人生观。每一时期之小说,若聚而观之,且可以觇当代之群众心理,同时亦可以觇当代社会之为变为常、为治为乱。非元季必不能产生《水浒》,非康乾之世必不能产生《红楼》。试持此意以为衡,覆按群籍,鲜有不中者矣。人生观原无定则,自非圣哲,大都随环境而迁移。"学而不厌,诲人不倦""不知老之将至",唯孔子能之。其在常人,若忧生念乱,则顿呈厌世;安富尊荣，则追求仙佛。覆按既往，亦鲜有不中者矣。盖既曰人生观，自应随各个人之观察以为别。而观察云者，对象即是环境，而环境乃移步换形，最为变动不居。此余所以谓人生观之无定则也。然而才智之士，观察力比较敏锐，其感触往往先得人心之所同。每于愤时疾俗之余，虽则无权无勇，力不足以诛锄奸宄，唯以一枝秃笔，纵横驰骤，任意杀戮，为所欲为，作过门之大嚼，《水浒》是也。观于忠义堂上之旗章曰"替天行道"，则作者之心情可知矣。其或时代休明，干戈不动，而朱门、白骨之间，已伏乱萌。忧时之士，则用藏锋之笔，寓褒贬于祸福，取法《春秋》《红楼》是也。此余所以谓集合一时之小说而可以观世变者此也。即以最近四十年而论，光、宣之间，侦探小说风行一时。洪宪以还，言情小说为世所尚。迩来数载，则武侠小说披靡全国。其机安在？若覆而按之，明眼人当有会心矣。

七九

古人用字，凡音之相似者即可通用，是以荀子之姓，"孙""荀"不定，此一例也。又"無""亡""无""微"，随意互写，此又一例也。犹记清代掌故有一解颐故事，谓乾隆中叶，胡希吕为江苏督学，防诸生有冒替情弊，因特严于年貌与注册之稽查，点名进场时，凡填"微须"而有小胡子者辄被摈斥。试常熟，一生被摈不服，与之争。文宗厉色曰："汝是学子，竟不解朱注'微'训'无'耶？'微管仲，吾其披发左衽矣'，之谓何？'微斯人吾谁与归'，之谓何？"该生亦厉声答曰："如大宗师所言，则孔子'微服而过宋'，脱得赤膊精光，满街乱跑，成何体统？"文宗默然。从此遂无复被摈者。此可为泥古不化者戒。

凡泥古者动辄曰吾师孔子、孔子固如是云云，此谰言也。实则时中之孔子，最能变动不羁，《易经》称流动哲学，然孔子固尝韦编三绝穷老而不释手者也。《春秋》张三世、通三统之大义，因时代之转移，因社会背景之变迁，而一切赏罚、褒贬、礼乐、政刑，随而各异，固无论矣。即门弟子问仁、问政、问孝、问礼，则亦因人而施，所答每多不同，亦无论矣。即以《颜渊问为邦》一章而论，则曰"行夏之时，乘殷之辂，服周之冕，乐则韶舞"。老先生主张用夏朝的月份牌，坐殷朝的车，戴周朝的帽子，还要听唐虞之世的戏。何等活泼，何等不羁，师古者亟宜宗之。

八〇

人生观原无定式，不但各个人之观察点各异，且每因年龄、学问、环境之变迁，而本人观察亦随之而先后不同。本来抱乐观主义之人，若时值乱离，或一变而为厌世观，未可知也。然而人生观虽若是之无定，但欲测验其最大多数之所趋向，亦非不可能之事。

人生观乃个人之情绪，或心广体胖，或忧伤憔悴，似只是个人之苦乐，无预他人。而抑知不然，各个人之观念，其影响实可及于全民族也。

欲知一民族文化之高下，测验之方法不一，但总须观察多方面，用归纳法以求结论，庶可得其真象。试悬同情心以为鹄，亦方法之一种也。凡是人类乃至于各种动物，莫不具有同情心，但厚薄之间，即文野之所攸分。文化愈高，则同情心将愈浓厚。举凡一切政治、法律之根本观念，均可以谓之缘引于同情。但同情之条件，一以道德标准为依据，合乎此则同之，否则非之。但何者为道德，其标准资格果何因而取得？则一言以蔽之曰：以人心之所同然而取得。故无论任何宗教、任何社会，其道德标准定是人心之所同然。以此测验，则所谓最大多数之所趋向，亦曰道德而已。是故抱乐天主义者，只因其所持之观念合乎人心之所同然，因而乐之。抱厌世观念者，只因大多数人心之所同然有怫乎其个人之所怀抱，是用厌之。如斯而已。

　　道德既为人生观之根本观念，但道德之标准果何如，是亦一问题。孔子以"齐家"为治国之根本原则，释迦以"出家"为成佛之根本原则。墨翟以国为单位，身与家只用作爱国之牺牲品。杨朱以身为单位，以自私自利为治国平天下之本源。试读"人人不损一毛，人人不利天下，天下治矣"一语，则杨子之政治思想可知。若以杨子为只知有我而不顾一切，则大惑矣。彼殆深知人类乃自私动物，家与国亦即此种自私天性所构造而成，乃因势而利导之，即以自私为治平之根本原则。彼之提倡自私，只是一种手段，而治平则其目的也。此四君者，皆人生哲学之大师，而所定之道德出发点乃若是其不齐，然则道德标准究何所依据，能无惑欤？吾于群籍中求得一语可以解决此问题，即"己所不欲，勿施于人"是已。是即孔子之所谓"仁"。人心之所同然即在乎此，则道德标准自应在乎此，而最大多数之人生观所趋向亦即在乎此矣。己所欲而施诸人则好之，反是则恶之。以此而生刺激，以此而博同情，如斯而已。

八一

　　自达尔文种源论出世以来，世界学者乃至于一般人之对于进化学说有由怀疑而转入深信者，有由深信而复归于怀疑者。前者之变迁，或可以说是识见随学问而进步，但后者亦决非退步，殆因始也觉其必然，继则因学问之深入乃反似觉有可疑之点，此亦学问推进之常轨也。要而论之，人类与其他之各种动物，是否有血统关系，且勿具论，但人类之在母胎中，必须经过三种形态之变化乃得为人，则已成为不容置议之铁证。第一期之精虫生活，乃纯粹水族游泳之蝌蚪形，第二期则变为水陆两栖之蛙形，第三期乃成陆栖动物之人形。此则事实俱在，无可疑议者矣。人类之远祖，是否由水族而进为两栖，乃再进而为人，虽未可深考，但以胎儿必须经过此三种阶段而论，则亦事出有因矣。

八二

张尔岐《蒿庵闲话》云："历法以十九年为一章，第一章之初，年月日时俱会于甲子朔旦冬至，是为历元。以后章首冬至必在朔旦，而非甲子日时。四章七十六年为一蔀，朔旦冬至在夜半子，与第一章同，而日月则非甲子。二十蔀为一纪，凡一千五百二十年，冬至朔旦乃甲子日甲子时，而非甲子岁首。三纪共四千五百六十年，至朔同日，而年月日时俱会于甲子如初矣。"案此即令真可能，亦只是经过七十六个六十年而得巧合，于地球公转畸零分秒之积聚消长无与焉。梅定九《历学疑问》曰：

造历者必各自有其起算之端，是为律元。然律元之法有二：其一远溯上古，为七曜齐元之元，自汉《太初历》至金重修《大明历》所用之积年是也。其一为截算之元，如元之《授时历》不用积年日法，直以至元十八年辛巳为元，而今西法亦以崇祯戊辰为元是也。二者不同，然以是为起算之端则一也。夫所谓七曜齐元者，谓上古之世，尝有一次岁、月、日、时皆会于甲子，而又日月如合璧，五星如联珠，故取以为造历之根数。诚如是，虽万世遵用可矣。今考二十一史中所载诸家历元，无一同者，是其积年之远近，皆非有所受之于前，直以巧算取之而已。然谓其一无所据而出自胸臆，则又非也。当其立法之初，亦皆有所验于近事，然后本其时之所实测，以旁证于书传之所传，约其合者既有数端，遂援之以立术。于是溯而上之，至于数千万年之远，庶几各律可以齐同。此积年之法所由立也。然既欲其上合律元，又欲其不违近测，畸零分秒之数必不能齐，势不能不稍为整顿以求巧合。其始也据近测以求积年，其既也且将因积年而改近测矣，又安得以为定法乎？《授时历》知其然，故一以实测为凭，而不用积年虚率上考下求，毅然以至元十八年辛巳岁前天正冬至为律元，其见卓矣。

案梅氏乃历算大家，生于清初，既集二千年中国历算学之大成，又及见西来法之技术。此一段议论，直把数千年中国历算学者之呕血苦心及其不得已之衷曲尽情披露，从知郭守敬之卓识为不可及也。

至于梅氏谓"今西法亦以崇祯戊辰为元"一语，似是传抄有误。案一五八二年教皇格勒哥里十三改正历法，减去十五日以符实际，是为现行阳历之始。崇祯戊辰乃崇祯元年，即一六二八年，查是年之于现行阳历绝无关系。一五八二乃万历十年壬午，非崇祯戊辰也。

焦里堂《孟子正义》"千岁之日至"条下曰"荧惑之周天凡历二年，岁星则十二年，土星则二十九年"云。小时读经史，见荧惑、太白等星，记载最频，初不知其为何等星宿。太白又名金星，则既知之矣。读此乃灼见荧惑之为火星，岁星之为木星。盖有二年及十二年之躔度为凭，可无疑义。

宇宙间之物体，就吾人所已知者言之，以巴图格斯（Betelguese）为最大，逾太阳三十万倍，是即参宿左下角之星，其色赤，距程为四百六十光年。计太阳之光达地球，只需八分钟，北极星亦只四十四光年，其远可知。以光度之强弱而言，北极是二等星。巴图格斯远在北极十倍之外，而为一等星，其大可想。以距程四十四光年之北极，且能操纵地球，虽太阳亦无如之何。假令巴图格斯略移近几许，则太阳亦将降为舆台矣。

八三

"鸟不知名声自呼。"诗人每以禽言起调作比兴体乐府,韵味殊佳。如"不如归去""脱却布袴""提葫芦""行不得也哥哥""泥滑滑""姑恶""蕲州鬼""麦饭熟""蚕丝一百箔""阿婆饼焦"等是也。但鸟亦何尝自呼其名,皆由人因其声而命之名。且命名之义,多附会民间故事。诗人遂借此以起兴,或用以写世间不平事而寄托同情,与词调本意一类相似。分明由人锡以嘉名而必谓为自呼,意义更深入一层。诗人之心,实在空灵。

"花不知名分外娇。"花不解语,必不能向人自道其姓名,于是乎诬涅之技已穷,故只能作赞叹之辞曰"分外娇"。词人之心,实在空灵。

八四

少妇施剑翘于公共场所,刺杀曾经统制五省之孙传芳,原判处有期徒刑七年,复于二十五年十月十四日,国民政府明令特赦,盖谓其为父报仇,孝思不匮云。

儒家道术统治中国社会垂二千年,举凡风俗政令莫不受其支配,入人甚深而威力甚大。即以施案而论,在欧美国家,可决其必无。情与法原可成为对待名词,以情而变更法律,欧美亦非或必无。如杀人者死,法也,但有时经医生检验,认其人有神经错乱病,因而免死,则亦不乏此先例。然而此种变更法律方式仍为科学的,此之所谓"情"乃科学的"情理"之"情"而已。若夫以孝道为论断之根据,除却儒家哲学，恐世界任何民族必无此种思想。孝也者，实中国民族团结之基础，乃东方道德之本源，然在欧美，则认为无足重轻，字典上且无此名词。诚以西方哲学只注重人与神之关系，或人与物之关系，即所谓宇宙论、本体论等是也。儒家哲学则不然，其组织乃专注重于人与人之关系，故最重报施，一切学问皆以此为出发点。而人与人关系之最亲切而最显著者厥为亲子，此孝之所以为道德之首要也。判断是非，固非可以一概论，徒凭主观固不可，但客观究何所凭依，是亦问题。即以施案而论，中国人之客观以"孝"字为坐标，则施剑翘之免死自可认为天经地义。若根本无"孝"之一字，坐标既易，则莫名其妙矣。

八五

辛稼轩在少年时期即南迁，其文章志节均成就于南迁后，是以人但知上饶、铅山之稼轩宅，至于历城故居，鲜有闻者。顷见一段关于济南掌故之记载，谓稼轩故里在历城东北二十里之四风闸地方。任宏远《鹊华山人诗集》有《四风闸访辛稼轩故宅》一首，诗曰："南宋词人宅，当年讵隐沦。可知持节地，不异拜鹃人。古木飞黄叶，秋风动白蘋。谁将遗恨远，一水碧邻邻。"诗只是平平。

历城才女李易安故宅则在柳絮泉，其地当趵突泉之西，临金线泉。廖炳奎《柳絮泉诗》曰："龙潭西去趵泉东，锦绣才人住此中。过眼烟云《金石录》，年年恼恨是春风。"又曰："不将牙慧拾前人，谱出新词字字新。一盏寒泉分柳絮，瓣香合供藕花神。"其地有藕花神庙云。诗亦平平。

稼轩与易安虽生长济南，但乡居之岁月殊尠。稼轩七八岁时即随其大父宦游开封。年弱冠，足迹遍大河南北。二十三岁奉表南归，至老未尝返里门。易安年十八归诸城赵明诚，即离乡井。四风闸与柳絮泉，亦只是两君之间里而已。

八六

地轴欹斜二十三度半，是以夏至日则北纬二十三度半正对太阳，冬至日则南纬二十三度半正对太阳，春分秋分则日行赤道上。是故欲知两至之日影斜度，宜先知所在地之纬度。譬诸北京在北纬四十度，其算式当如左：

冬至日正午北京之日影斜度　　$90-(40+23.5)=26.5$

夏至日正午北京之日影斜度　　$90-(40-23.5)=73.5$

九十乃子午线一周之四分一，四十乃北京之纬度，二十三度半即所谓南北回归线是也。于斯可见，在冬至日北京立杆之影，成二十六度半之斜角，在夏至日北京立杆之影，成七十三度半之斜角。如广州适位于北纬二十三度半，是以夏至日立杆无影，可用上文之算式以明之：

$$90-(23.5-23.5)=90$$

二十三度半减二十三度半，等于零。九十减零等于九十，九十度乃直角，此立杆之所以无影也。

八七

杜诗之"太常楼船声嗷嘈"，七字之中，六平一去，六平之中有五字乃阳平。汉武帝之"泛楼船兮济汾河"，七字之中五平二去，而五平皆属阳平，故声调沉雄。此古体也。更有少陵之近体七律《昼梦》一首曰"不独夜短昼分眠",乃六仄声。《简吴郎》一首曰"古堂本买藉疏豁",亦六仄声。"中原君臣豺虎边",则六平声,此则未许他人学。

王静安先生最赏识杜工部之"细雨鱼儿出,微风燕子斜"。大约杜老固亦自赏,因复述一次曰"远鸥浮水静,轻燕受风斜"。

"薄云岩际宿,孤月浪中翻"实本于何逊之"薄云岩际出,初月波中上",然杜老可谓能青出于蓝,"翻"字妙。

杜诗之"渚蒲随地有,村径逐门成","随"字犹在意想中,"逐"字则在意想外。

晏元献举"枯桑知天风"为古人之五平句。实则此类甚多,如古诗之"青青园中葵"、"迢迢牵牛星"、杜诗之"钟残仍殷床"等皆是也。杜诗之五仄句亦不少,如"一饭迹便扫""拨弃不拟道""地冷骨未朽""四极我得制""白日照执袂""局促老一世""塞上得国宝""白日亦寂寞""发轫在远壑""竟夜伏石阁"等皆是也。

八八

明、清朝制,前殿曰殿,后殿曰宫,如文华、武英、太和、中和、保和等皆曰殿,乾清门以内则为乾清宫、坤宁宫等是也。唐制前殿亦称衙,后殿亦称阁,又称内殿、外殿,如含元殿之北为宣政殿,再北为紫宸殿。《唐六典》曰,紫宸即内朝正殿,朔望上御紫宸时则臣庶之朝觐者曰入阁。至于清朝之阁则异是,如体仁阁、弘义阁等,只是内廷臣庶之衙署,在外殿之两旁。

唐之大内有三:太极宫曰西内,大明宫曰东内,兴庆宫曰南内。玄宗还京之初居南内,后以张良娣、李辅国之媒孽,劫迁西内。

八九

先兄尝论河流之迁徙曰"推原河徙之故,其一由天灾之骤发,其二由工事之失修,其三由列国之曲防",斯三者乃专就天时、人事而论。吾以为地理上亦似有极大关系。山东海岸之地势似较高于腹地,观于河面之宽窄足以证之。即以铁路两干线之黄河铁桥而论,平汉路之铁桥长三千零十米达,约九千余尺;而津浦路之铁桥则为一二五五米达,不满四千尺,尚不及平汉铁桥之半,实大背乎常理。凡属河道,下游之河面必较广于上游,而入海处则尤广,势使然也,唯黄河则反是,可为海岸高于腹地之证。若是则下游之水势必渐缓而沉淀必多,因而易于淤塞,亦势使然也。地势既不顺则随时迁徙,乃自然之结果。若此推测不谬,则水含多量之沙,致易冗塞,将成河患之第二原因矣。包头之河面,泱泱大风,愈东则愈窄。津浦桥底,除两岸之沙滩外,中间只是一小沟而已。纵或津浦路觅得一最窄之地筑桥,未可据为定律,然与中部相差一千七百五十米达,计五千二百余尺,且当下游入海不远处,谓海岸较高,恐非偶然,或不为武断也。

九〇

中国画学,在世界上自有其特殊地位,乃世界美术学者之所认同,无事谦辞。尝闻诸美国哥仑比亚大学教授赫斯博士之言曰:

> 中国画乃一笔落纸,优劣斯定,不容更改,最足以表现个

性。且中国古代之名画家，其作品大都非为营业，乃于身心闲暇、窗明几净时，用以陶写性情，故能清气洋溢满纸，对之令人神往。至于西洋之油画则何如？当属稿之初，心中或自忖曰：下一月之房钱在此幅矣。迨头层工作既成之后，左立而睨之曰：如此一修改，可多卖一镑；右立而睨之曰：如此一填补，可多卖二镑。动机如此，故满纸都是混浊气，更何美之可言。

赫斯博士乃一有名之东方学者，德国产而久居于美，所言如此。虽或不无阿好，然实有独到处。要之中国画之在世界固自有其地位，可断言也。唯雕刻术则视古之希腊、罗马，今之意大利，殊觉不如，且相去远甚。但塑像术则又为吾国所独擅，略可与西洋雕刻相拮抗，且发达甚早。唐开元中，有杨惠之者，与吴道子同师张僧繇学画，杨不逮吴，乃愤而自焚其笔，转而习塑，遂以成名。作品称鬼斧神工，较诸希腊罗马之石刻，曾无愧色。时当第八世纪初期，正东罗马帝国全盛时，距今一千二百有余岁矣。迨元代初叶，而有刘銮者，亦以塑术名于时。

九一

丁丑春夏之交，驻西苑之兵，日日入圆明园挖取砖石以修营房。圆明园经过此次之破坏，算是根本结束。余与此园关系匪浅，今且为主人之一，是不可以不记其历次破坏之涯略。

咸丰十年庚申（一八六〇），文宗狩热河，英法联军入圆明园，窃其重器，至退出时，纵火焚烧宫室以自掩其作贼之痕迹。但该园之面积既广且大，每座均有湖沼隔离，焚毁亦至有限。所损失者玉石珠宝而已。此为第一次破坏。光绪二十六年庚子（一九〇〇），德宗与孝钦西后狩西安，八国联军入据京师，该园又为外兵驻守。玉石珍宝既空，劫掠遂及于家具，而守园阿监复串同地痞趁火打劫。监守自盗，愈不得不纵火以图灭迹。此为第二次破坏。宣统三年辛亥（一九一一），满清政府颠覆，时王怀庆为步军统领，该园在其管辖之下。此时园中珍宝既无，家具亦尽，乃拆卸宫室而窃取贵重之材木，精美之白石，及砖瓦等而变卖之。复于福缘门外自建一别墅，名曰达园。去年乃易主，转卖与东北军人。其中之材料花木，皆圆明故物也。此为第三次破坏。经此次之后，地面建筑物已破坏无余，唯于坏殿颓垣间，经清华学生于瓦砾丛中剔出地址，尚能绘出一幅颇为详细之图。盖殿基犹在，尚有遗迹可寻也。二十年来，民国政府原有禁令，虽一瓦一石，不许携出园外。迨二十四年，清华学校校长梅贻琦氏误听该校二三习农科学生之言，欲领取该园作农场，南京政府亦未咨询主管机关北平市政府即行批准，致前后法令相抵触而不可行，遂以搁浅。三载以来，竟成一无人管理之局面。至二十五年丙子（一九三六），宋哲元取得华北政权，调其所部之第二十九军移驻西苑。西苑原有晚清禁卫军之营房，规模宏伟，以年久失修，不无破坏。自二十九军移驻之后，实行兵工之制，补旧添新，大兴土木，纵兵入园，挖取殿基之大砖以作材料。一年以来，地皮翻转，至今未已，而土人复在墙基之下起拔木桩。此为第四次破坏。综计此七十五年间：

第一次破坏乃咸丰十年庚申（一八六〇）英法联军窃取珍宝。

第二次破坏乃光绪二十六年庚子（一九〇〇）八国联军窃取家具。

第三次破坏乃宣统三年辛亥（一九一一）步军统领窃取木石。

第四次破坏乃民国二十六年丙子（一九三六）第二十九军翻倒地皮。

至是而此名闻宇内之圆明园，只留得冈陵起伏流水潆洄而已。余所领甸之范围内，几经苦心，仅乃保全一高台之址，原是一文昌阁之遗址云。除园之东北角有意大利石刻之故址外，人工建筑物之得以保全者唯此台基。斯亦算一段因缘，余亦无负斯园矣。

九二

顷见一种新著,曰《中国十进分类法》,盖图书编目法之专著也。中有一则如左:

910　中国史　7　边记　外记
　　　　　　　　一、朝之外记,则入该朝
　　　　　　　　例　《明夷待访录》

闻此君乃图书馆学专科生,留美毕业。彼所举之例乃以"明"为明朝,"夷"为夷狄,意义盖甚明显。一定是梨洲老先生缅怀故国,虽未始不欲巡访四夷,但以种种关系而不果行,只好留为有待了。或则黄梨翁悯明室之既亡,逝将去汝,而作欲居九夷之思也。

无独有偶,《日俄条约》亦称《朴斯茅资条约》,乃一九〇五年日俄战争停顿时,美国出而斡旋,执牛耳,开和平会议于美国东部之朴斯茅资(Portsmouth)城,因以得名。闻有一教历史之大学教员,竟不知朴斯茅资为地名而强解之曰,"朴斯""茅资"乃日俄议和之两全权代表也。吾因是而联想一杂剧,中有丑角之上场诗曰:"远望尧舜孤单一个人,又见诸葛孔明两位老先生。一朝争得天和下,你坐朝来我坐廷。"朴翁与茅翁,孰为俄人而孰为日人,未审当日堂上诸生,亦曾有举手而动问者否也。

九三（丙子冬月为诸侄祭吴君鲁强文）

穷通寿夭,岂亦天乎!百年能几?千载须臾。犹忆昔年同客美洲之日，君尝几度来造吾庐。殷勤渥洽，谈笑欢娱。今吾不远千里而来拜君之宅，抑何其苦乐之差殊。抑瞻遗容，宛如昔日，君胡不语，还识吾无？呜呼痛哉！嗟余弱妹，嫔于高门。方期永保，金石固存。悲凄其之夜雨，凋松柏于岁寒。对病榻之匝月，终长别而无言。抚幼女以增念，愈枨触而辛酸。嗟魂魄之窅冥，睹遗翰而澜汍。天胡此醉，福善靡常。万方多难，人之云亡。纵横老泪，凄绝高堂。魂兮归来，鉴兹一觞。

九四

又是双十节矣。创业已垂三十年，犹是羹沸蜩螗，飘摇风雨。孑遗野老，迄未得遂其熙朝偃息之私。试回溯国史，于世所称为黄金时代之四朝，视其开国三十年间之气象果何如矣？其在汉，则当文帝在位之第七年，定南越，却匈奴。其在东汉，则为建武三十年，通西域，平交趾。其在唐，则为贞观二十一年，灭高昌，威震突厥，置燕然都护。其在清，则为康熙十二年，平准噶尔，收台湾，暹罗来朝。凡此皆在天下既定，偃武修文，政治已入常轨，国内大治，乃宣扬国威于四裔者也。于今则何如矣？即当日之弱冠少年，尝随父母流离颠沛于鼎革兵燹中者，今亦既华发盈颠，百年过半矣。问太平百姓之风味果何如，未之知也，真所谓"到死不闻罗绮香"者矣。不亦太可哀也耶？口占一曲以自遣。

减字木兰花　辛巳十月十日感怀

儿时曾记，小别解怜珍重意。随分低昂。茅店灯昏水驿长。

天心未卜，漫说蜗牛行戴屋。欲待何如。喜怒还同朝暮狙。

九五

中国建筑物，每见有故将长方形之厅事而两面开窗者辄刻意摹仿舟式，名曰画舫，曰船厅。而"屋小于舟"一语，亦为结构小巧之形容词。是屋也而偏以舟名。至若颐和园之石舫，则更具体的以屋为舟矣。然而琼华园（即北海公园）所残留之御用船则以舟为屋。其船顶构造，貌为两翼四檐，兽脊鳞瓦，固具体而微之宫殿式也。使不动如动，动如不动，颠倒物态，斯亦审美之一观念。

东坡为汝阴守，尝作择胜亭，以帷幕为之，读其铭可以髣髴其构造。铭曰："乃作斯亭，檐楹栾梁。凿枘交设，合散靡常。赤油仰承，青幄四张。我所欲往，十夫可将。与水升降，除地布床。……岂独临水，无适不臧。春朝花郊，秋夕月场。无胫而趋，无翼而翔。敝又改作，其费易偿。"此更具体的故将不动者而役之使动矣。然而搬运此亭，已烦十人。此外茶灶行厨、杯盘酒榼之供应略称是，亦几等于张盖游山矣。

九六

陶靖节"虽无纪历志，四时自成岁"，只此二语已把天壤间一个违世独立之桃花源刻画出来。晋简文帝"觉鸟兽禽鱼，自来亲人"，寥寥几字，已能将一座幽深旷远之华林园描写尽致。又如"风吹草低见牛羊"，何尝有一字言及地理，但大平原之气象如在目前。"眼前罗列尽儿孙"，何尝有一字道及山川，但泰山之雄伟即在眼底。读"吴楚东南坼，乾坤日夜浮"，如见洞庭之浩淼。读"巫峡雨云卷朝暮，汉阳烟树带青红"，如见长江之气势。读"东穷碧海群山立，西带黄河落日明"，便觉长城之伟大。是曰精警。

时流作诗，莫不有题。其间有不署题意者则缀以"无题"二字，方诸玉溪。案玉溪之《无题》诗多属侧艳之作。每见"无题"二字，题意却已自明。唯填词家则多谓调名已寓题意，竟以"无题"为当行，是惑也。揆诸古人度曲伊始，调名诚寓题意，无事重叠。但时至后世，调名既成符号，已无寓意之可言。东坡之《大江东去》乃怀赤壁，《明月几时有》是咏中秋。试问"念奴娇"三字与赤壁何涉？"水调歌头"更无关于中秋。既属心有所感而形诸笔墨，纵略标出吟咏之本旨，庸何伤，更何执執焉？白石、遗山之词题动逾百字，蔡松年且有长及数百字者，未必因此而损其价值也。

九七

荆公诗最善于运用虚字，且着意运用虚字。如"一水护田将绿绕""独寻芳草得归迟""鬓乱钗横特地寒"。"将""得""特"地等字，均非轻易下笔所能到。

宋孝武诗曰："白日倾晚照，弦月升初光。炫炫叶露满，萧萧庭风扬。"或一句只得一平声，或一句只得一仄声，或一句尽是平声。若以近体声律绳之，无一而可。然而真美。此古乐府之所以为雄厚。

玄宗幸蜀，途次登骆谷，遥望秦川，叩辞陵庙，悔不听张九龄之言而任用李林甫。因自制一曲而自以长笛吹之，但有声无词。刘长卿、窦宏余二人乃谱其声，名曰"谪仙怨"。

刘长卿词曰：

晴川落日初低。惆怅孤舟解携。鸟去平芜远近，人随流水东西。　　白云千里万里。明月前溪后溪。独恨长沙谪去,江潭春草萋萋。

窦宏余词曰:

胡尘犯阙冲关。金铬提携玉颜。云雨此时消散,君王何日归还。　　伤心朝恨暮恨,回首千山万山。怅望天边初月,蛾眉独自弯弯。

刘词只写旅途风物,后两句有怀张曲江。窦词则略叙兵乱意,随后亦只写携妃子跋涉风尘,绵绵长恨。对于"遥望秦川,叩辞陵庙"之主要精神,竟皆无一语道及,不能不谓词臣之失。

观于"里""溪"与"恨""山"等字之复,"萋"字与"弯"字之叠,二首如一,殊非偶然。循声作谱,按谱填词,无相当之音律修养者恐不能胜任。

何逊之"夜雨滴空阶,晓灯暗离室",人多以为"滴"字与"暗"字乃作者着意研炼处,殊不知其精神全集中于一"离"字。中宵话别,平旦出门,行者送者皆已去,室内唯余孤灯摇壁,实景况之最凄凉者矣。"离室"二字,未经人道。

九八

太白《侠客行》曰:"事了拂衣去,深藏身与名。"颇能画出神龙夭矫之态。余最爱吾乡张南山先生之《侠客行》。词曰:

贵人烜赫门如山,门前鹰犬日日不得闲(一解)。高堂华屋，大酒肥肉，粉白黛绿，哀丝豪竹，贵人不足（二解）。贵人不足，鹰犬仆仆，天阴鬼哭（三解）。鬼哭声啾啾，枯树啼鹎鵊，客从何方来，下马直上酒家楼（四解）。寒风如刀月如水，酒家楼头剑光起，明朝传道贵人死（五解）。

此真可谓神龙夭矫者矣。先生名维屏，嘉道间人。

以八股文取士，至清季而流弊百出，为世诟病，以致不能自存。然亦视衡文者去取之方针为何如耳，非谓此种文体之不能说理，不能叙事，不能言情也。犹记万木草堂学侣曹著伟，尝以"天地之大也人犹有所憾"为题，作八股文一篇，极言生老病死乃人生不能避免之苦痛，虽以儒家之血统衍变、佛之灵魂轮回、道家之蜕化冲举与夫医术之祛苦涤烦、解剖术之去残补缺，皆不能使众生之无憾。且天地亦自有憾，彼且将自顾不暇，而世界亦终有末日之来临，怨之尤之，无济于事。说理详尽，文笔雄奇。其中后两对尚留记忆中，亟录之以志当年意气，亦青梅竹马之痕迹也。文曰：

谓天倾西北，地缺东南，天地本难自固，而不止此也。陨夜而不见恒星，乃大力者负之而走；滔天而横流洪水，即四游有触物而伤。天地既不能用力，则人之不能荷力可知矣。然而人之荷力亦至也。"执宗庙飨之、子孙保之"之说，则形骸所衍，似可独立乎千秋。然犹以为痛心者，医传黄帝，而疟祟实系于轩辕；寿祷上台，而司命每帘于中雷。当病死留连之际，往往吁父母而抢幽灵而预为补救者。则或剖脂剥髓，去尘垢于倾缺而外，而别有完形。然灰性劫而谷性生，谷性劫而人性生，虽万劫不能穷众生之相。而试问昆仑既造以还，谁能以精气神相殖也？所以郊牛角茧，示无首之牢歆；籥祭乐悬，向春王而赴愬。

谓天开于子，地辟于丑，天地本自有权，而不知非也。乾元为万物之祖，知大造必受命于严慈。太一为五德之尊，则彼苍实承宣于君上。天地既不能立功，则人之不能归功可知矣。然而人之归功亦深也。执"精气为物，游魂为变"之言，则性命所移，或可再生于来世。然犹以为苦业者，虫臂鼠肝，而××或×其躯壳；血挏鼍角，而土伯或肆其刑威。当化生靡定之时，往往叹残余而劳知识而故为解脱者，则或充坎扩离，存牝牡于开辟而遥，而别神媾养。然金运绝而木运起，木运绝而水运起，虽九官不能防五德之衰。而试问沧海倒流而后，谁能以戒、定、慧相持也？所以阴雨虺雷，代苍生而痛哭；谷陵池竭，告家室之艰难。

吁！同人以号为始，则忧患已决于生时。可知泣血涟洏，即膏胺已受天囚之惨。未济以火为归，恐乾坤必毁于灰烬。可知亢龙有悔，即上帝难为乞命之身。

所用之资料多出自纬书、佛经、道藏及邹衍学说、庄列学说等。"虫臂鼠肝"以下，忘却数字，其意若曰：死后如能转生，似可无憾。然而灵魂轮回，亦是一件危险事，若不幸而入于畜生昆虫道中，岂不更加苦恼？思想纵横，不可方物。苟八股文尽如此作法，亦何尝不可以抡拔绩学之士？此光绪十九年事也。斯时著伟才二十二岁，翌年而以急病死。

九九

中国医术固自有其独到处，未可厚非，盖以继承数千年之经验，未尝间断，经验即学问矣。唯对于人体之构造，每多影响之谈，不实不尽，此亦无可为讳者。非曰学问之空疏，实缘习俗特殊，致学者每为所苦。习俗维何？即"尸体神圣"之观念是已。譬诸街头行乞者，其或有因强乞而纠缠不已时，你尽可报之以恶声，使之难堪，不以为虐。反之，你若对于一路倒尸体而加以侮辱，则行路之人，将不汝直矣。然而此种习俗，绝非缘于迷信，实缘恻隐心所发生之一种敬礼。与孔子见齐衰者与瞽者"虽少必作"同一观念。是以古代之医学者，欲得一尸体而解剖之，作学问之研究，其事万难。吾于历史上获一特殊记载，亟应表而出之：

>居摄二年，东郡太守翟义，乃成帝永始二年丞相翟方进之子也。知王莽必移汉祚，举兵谋诛莽，事败。初始元年，磔杀翟义，发方进及其先祖冢，夷三族。
>
>天凤三年，捕得翟义余党王孙庆，莽使太医、尚方与巧屠共刳剥之。量度五脏，以竹筳导其脉，知所终始，云可以治病。

天凤三年即公元十六年。在一千九百余岁之先，以学问为目的而解剖一尸体，应是国史中之最先者。

明朝有一医学者，对于旧说之人体构造论有所怀疑，但无从证实。于是每闻国家执行凌迟刑罚时，虽远道亦必往观。但所得只是血管与筋络之组织部分，脏腑仍不得而见也。一次中州大疫，棺椁已尽，后死者只藁葬而已，野兽争食，尸骸狼藉。该学者得此千载一时之机会，不辞劳瘁，即往实地考察。困学若此，较于西洋学者艰难多矣。此一段事故乃闻诸先兄。载于何书，学者为谁，当时未援笔记录，今已不复记忆。愿博学君子有以教之。

一〇〇

韩非子曰，东海有任矞、华士昆弟二人，其立身行己之标榜曰：

"不臣天子,不友诸侯,耕而食之,掘而饮之,无求于人。"齐人称曰贤。太公曰:"若而人者,非赏罚之所能劝也。"遂杀之。荀子曰:孔子诛少正卯,盖以其"言伪而辩","行僻而坚","心逆而险","学非而博","顺非而泽"也。吾以为此亦二子之寓言而已,非事实也。夫不臣天子只隐居则不仕耳,不友诸侯谓不肯奔走权门耳,耕食凿饮则安分守己而已,洁身自好,宜若无罪。国人皆曰贤,诛之无乃过欤?言辩、行坚、心达、学博,则其人之才能可知,鲁人称之曰闻人,良有以也。自以为真则异己者谓之伪,自以为正则异己者谓之僻,自以为平则异己者谓之险,自以为是则异己者谓之非。若欲持此种纯主观之对待形容辞以入人罪,其机实危。一旦宾主易位,则堂上客与阶下囚亦互相对调矣。孰谓太公、孔子而肯作此褊狭事哉?其必为寓言无疑。

一〇一

《诗经·秦风·黄鸟》篇:"彼苍者天,歼我良人。"良,善也。良人即是善人。但《孟子·离娄》章"良人者,所仰望而终身者也",乃妻妾之谓其夫。后世因之,于是良人遂成为女子对于丈夫之专称。

佳,良也,善也,美也。李延年之"北方有佳人,绝世而独立"、曹子建之"南国有佳人,容华若桃李"、杜少陵之"绝代有佳人,幽居在空谷","佳人"二字,应无人不知为女子之专称,然而亦有例外。

陆闶为尚书令,闶美姿容,光武见而叹曰:"江南固多佳人。"陶侃与王贡对阵,侃遥谓贡曰:"卿本佳人,何为作贼。"苏蕙作《回文璇玑图》,曰"非我佳人,莫之能解",盖指其夫窦滔言之也。是则男子亦可以称为佳人矣。

《诗经·唐风·绸缪》篇:"今夕何夕,见此良人……今夕何夕,见此粲者。"陈奂传疏曰："良人犹美人也。"是则女子亦可以称为良人矣。

一〇二

"弹棋"二字，世人有以为即围棋者，误也。《艺经》曰："弹棋，两人对局，黑白子各六枚，先列棋相当，更次以弹。局以石为之，四隙而中高。"观于"黑白各六枚"一语，则非今之围棋可知。《西京杂记》曰汉成帝好蹴鞠，言事者以为过劳，非至尊所宜。帝命择相似而不劳者为之代，乃作弹棋以进，帝大悦。刘贡父诗曰"汉皇初厌蹴鞠劳，侍臣始作弹棋戏"，即咏此事。若是则弹棋有类乎蹴鞠，其必非今之围棋可知。又魏文帝善弹棋，能用手巾相角。又云当时一书生能低头以所冠葛巾撇棋。游戏方法能以巾拂，其必非今之围棋愈可知。"黑白太分明""中心最不平"，似此等类之语气，文人借棋局以写厌世观，古今不少。所写者为弹棋抑围棋，不得而知，要亦影响之谈而已。最可笑者莫如日本人木制之围棋局，故作无理由之中心微凸，以符"四隙而中高"之义，真可谓强作解事者矣。

以游戏品作观察点，最足以觇一民族文化之高下。盖博大精深之学问固然是文化之骨干，但只限于聪明才智之士，非尽人而知之也。唯游戏品则为通俗的，妇孺皆知，通行乡曲。此之谓水平标准，为全民族之最真表现。犹记十五年前，一纽约大学教授发表论文一篇，盛称中国之象棋，谓含义奥衍，为欧美各游戏品之所不逮，而为劣等民族所必不能有。想此君或尚未识中国之围棋耳。

棋之起源甚古，即《孟子》一书，"弈"字已数见。其法不外以纵横界线为局，而千万变化。象棋之局较简，而子则有七种不同之功能。围棋之局较繁，而子之功能无别。邯郸淳曰围棋局纵横各十七线。柳子厚曰围棋局纵横十八线，今则十九线。可见代有变化，而旨则大略相同。

游戏品之决胜负，不外斗智与博采二种。如弈棋则属于斗智，掷骰则属于博采。唯斗牌则半由天工，半在人事。入手时，佳否在采，而胜负仍决于智，此则世界万国之所同有，但无如中国之复杂者。

酒令亦文艺之一种，为中国所独有。种类繁富，而以骰子作工具者居其泰半。计骰之构造乃一立方体之六面，各以点为符号，由一至六。两面拼合即成二十一式不同之平面，其名曰牌。由是而变化无穷。其最复杂者则以牌三张相拼合而成为五子、合巧等数十种之名色，而一一锡以嘉名。如一枝花、折脚雁、落红满地、梅稍月上等是也。以骰六枚，一掷而得牌三张，成一名色，即以之发端而为令，雅俗共赏，变化由人。

酒乃人类之嗜好品，无论何种民族，大抵各能自制。但饮之方法，宜以中国为最别致。他人只是狂饮，唯中国之饮每带一种优美性。观于酒令之有无及酒令之种类可以为证，非强辞也。若谓此为费时失事乃闲人阶级之腐气耶，此说未免太高，不敢苟同。恐狂饮之费时，狂饮之失事，视此或将倍屣。白昼通衢之醉汉，中国不及外国百之一，非无因也。此无他，饮之方法不同耳。

酒令起于晚唐。胡三省曰："会饮而行酒令以佐欢，唐末之俗也。"五代时有所谓手势令者，其术语如下：腕曰三洛，掌曰虎膺，指节曰松根，大指曰蹲鸱，食指曰钩戟，中指曰玉柱，无名指曰潜虬，小指曰奇兵，五指总谓之五峰。《类说》曰："亚其虎膺，曲其松根，以蹲鸱间虎膺之下，以钩戟差玉柱之旁，潜虬阔玉柱三分，奇兵阔潜虬一寸，死其三洛，生其五峰，是曰招手令。"试释其文，则是屈大指以压掌心，食指与中指相并，无名指距离中指三分，小指距无名一寸，腕不动而五指则变化随时。至于若何变化，其说未详。计以手法行酒令，其端甚多，如猜枚、豁拳等犹是古法之遗意也。

至于酒筹，则更变化无尽矣。花名、人名、《西厢》曲文、《水浒》回目，人皆可制，人皆可行。或简或繁，不拘一格，概所以抑狂饮而尊酒德也。

一○三

"循环"二字,最为科学家所不喜,盖以其非进步也,进步不能有循环。"矛盾"二字,更为科学家所不容,盖以其非正理也,正理不能有矛盾。然而天下事有时不循环必须矛盾,欲不矛盾仍须循环。请申论之。

科学家曰:江河之水,有时入湖泽而回旋,沿湖边逆行而作循环状,但结果终流入下游而去也。日月东升而西下,明日又复如是,似是循环,但今日已非昨日矣。由螺旋梯登九级浮图,第一层之窗户向东,至第九层而窗户仍向东,似是循环,然而去地平则已渐远矣。战争乃进步之原动力,但有时因避空袭而入防空穴,因疏散人口而迁居于森林。若就短期间之现象言之,似是由一百层之高楼大厦,倒退四千年,回复穴居野处之生活,然而战事终了,又将再从第一百零一层起,而继长增高矣。故所谓循环也者,或为螺旋式之进步,非平面循环也,或为一时之现状,非周而复始也。斯言也,余亦云然。

然而江河上游之水,何自而来?假令洋海之水不蒸发而为雨雪,恐不及一年,而高原之泉源竭矣。今日诚非昨日,但经过三百六十五日五小时四十八分四十六秒之后,地球在太阳系之位置,有以异乎?可见雨水乃立体式之周而复始,地轨乃平面式之周而复始,仍是循环。不循环则陵谷枯竭,而大地亦将往而不返矣。更有电力乃科学家所自诩为非常创获,且将利用之以征服自然者矣。试问电流不循环,则电之效力将若何?元素不循环变化,则地球之命运又将若何?

进化论之不圆满已如是,而宗教学说之矛盾更有甚焉。佛之大乘法言不生不灭,常住极乐世界,不入轮回。但是极乐世界也,净土也,皆不免有对象。极乐世界即器世间之对象,净土即凡尘之对象。有对象即是有物,显然与"虚无"矛盾,与"寂灭"矛盾,与"空"字更矛盾。

一〇四

心理学者与生理学者之言曰,老年人之思路多向后,少年人之思路多向前。向后故怀旧,怀旧则邻于保守。向前故追求,追求则邻于进取。斯固然矣。但何因而发生此种差别,则亦有故。自生理方面言之,大抵是血气既衰与血气方刚之关系,亦即有余与不足之关系。有余则不得不觅发泄之途径,非曰强求,殆有所不得已也,物理学可以证明此意。是以古来之英雄豪杰,每好无事而生事,用以发泄其过剩之精力,非得已也。此其一。更就事理方面言之,则老年人脑海中储藏数十年之历史,其间不乏可歌可泣之事,不能忘于怀。若少年人则入世尚浅,萦怀之事无多。此其二。更就心理方面言之则更事既多,成功与失败之两种教训,皆已备尝,遇事辄徘徊审顾,虑而后动。思虑之结果,遗弃而不动者或居多数。或则在审顾期间,时机已失,虽欲动则已无及矣。若血气方刚之少年,正所谓初生之犊不畏虎,遇事辄横冲直撞,无所顾忌。或则经老年人深思熟虑之结果,认为阻力重重,不敢轻举之事,只以彼之一冲,难关即已度过而入坦途,未可知也。此其三。

然而人生观有共同与特异之两方面。前之所言乃老少主观之异点,但对于前途怀希望,则老少曾无异殊。"希望"实人生观之共用心境矣。

一〇五

六书规则,不但每一个字之形成悉循斯轨,即有时两个字连合而成一特别名词，其组合之意义亦依此法。试将诗词上所常见之别名录列几个以为方：

银床	井栏也	搏黍	黄鹂也
软饱	饮酒也	春锄	鹭鸶也
羞明	目力不足也	照夜	清萤也
入务	戒止之意，如酒人务止酒也	青奴	竹夫人也
藁砧	跌也，再转而为丈夫之夫	团焦	草舍也
夜严	昏鼓也	白间	窗也

似此等类，不胜枚举。迹其成立之义，大率可用指事、象形、谐声、会意、转注、假借之六法求之。是则六法非只适用于造字，且适用于命名矣。非只适用于单字之成立，且适用于复字之辞句矣。此等特别名词，与茶杯、酒杯、蜡泪、眼泪等复名迥然不同。在此乃将上一字之名词借作形容词而成立，而彼则依六法之意义以成立者也。

一〇六

发箧得两扇面，虫蛀鼠啮，已不复能保存。一为团扇，上有赵尧生熙写与任兄五言律一首，诗曰：

开辟夜不尽，苍苍华藏秋。中天一明月，万古此高楼。呼吸通星宿，华夷判地球。雪山五万里，空外望神州。

诗之后复滕以一跋，曰："壬子仲夏，渡海访任公先生，孝怀属以诗为赘，因录峨嵋绝顶小诗，并画如后，稍见微诚。"画乃古松一株。尧生先生乃四川荣县之名诗人，壬子即民国元年，当是避乱东渡也。

其一为折扇，有番禺韩树园文举赠余五言律一首，诗曰：

> 相见我白首，君已半华颠。出入三千界，减增十二年。悦心唯有酒，识趣可无弦。勿尔遽云别，离群各自贤。

树园乃万木草堂同学，长于余十二岁，沉默寡言，无书不读，著述甚富，迄未印行。长值乱离，穷愁潦倒，诗殊苍劲。此一首乃民国十六年，北来京国，临别赠余者。

一〇七

依赖性是不美之名词，然亦视年龄以为别，未可一概论。譬诸小儿女，每有急难辄狂呼阿母，完全是依赖性，但未成年之儿童，原赖父母之将护以生存，依赖宜也。

有危难辄呼观音菩萨或祈祷上帝，其窘状与呼阿母同。但有时可以因此而发生一种副作用，其力乃甚大。所谓副作用者何？即借此以集中精神是已。

精神之为物，必须有一目标供其附托乃容易集中，否则冥冥之行，非非之想，将漫无着落矣。事急而欲凭帝力以为助，即此一刹那顷，精神即已收聚，集中精神以作最后之奋斗，其力量之大诚不可思议。遭逢急难，最忌是精神缓散，一散则无可救药矣。明乎此则神道之设教，未可厚非。祈祷乃形式，依赖是愿望，而收效则全在乎副作用。

是故以不美之依赖性，结果亦可以发生一种神秘之副作用以助其努力于最后之奋斗而胜艰巨，则是非善恶，真不能只凭直接方面之观察作论断，更须注意其副作用。

一〇八

人之情绪，最易感受天然景物之影响，余固屡言之矣。岂独天然，即人工建筑亦罔不如是。印度之佛殿、欧美之教堂，不惜费巨万之资，务使轮奂庄严，入其境者，自然起一种崇敬之心，莫敢或喧。此固大有作用，必不能以虚縻奢侈诮之也。即如北京之宫殿，试自太和门遥望太和殿，中间隔九级崇阶，其庄严肃穆之气象，实可以摄人神智。试思当黎明昧爽之时，冠带入朝者，自太和门远瞩庭燎之光、御炉之烟，几疑天上，非复人境，孰敢不敬？又新疆青海既平之后，縶其酋长，奏凯言旋，清高宗受降于午门楼上。试思午门之规模，雄壮严肃，两翼伸张，剑戟森列，降王到此，那得不屈膝？大国规模，固自有其分量，非此不足以镇压，岂得以劳民伤财责之？萧何作未央宫，高帝恶其壮丽。何曰："天子以四海为家，不庄不丽，无以重威。"诚哉是言！真树立开国规模之大宰相矣。建筑如是，仪式亦有然。中国婚礼，最为繁缛，能使新夫妇目睹此庄严之礼节，知今日结合，非同儿戏，关系殊非浅鲜，慎勿忽诸。

一〇九（岁首问题）

地绕太阳之轨道，延长九万万四千万公里，成一大圆圈。周而复还，无有终始。语曰"如环无端"，环固无端者也，欲以何处为起点，悉随人意，无是非之可言。是以历法之岁首，中外古今，鲜有同者，盖以标准之难定也。欲以气候为规则耶？草木萌动，曰岁之始，自是合理。然此乃节序之定则，殊未足以解决岁首问题。盖草木之萌蘖也以渐，并非限于某一日而同时发动也。即以我国之疆域而论，南北先后，相差百数十日不等，赤道南北，更背道而驰。在我则春草方生，而他人则木叶尽脱矣，何所适从？历法乃世界性，固不得独凭主观，而以自己为本位也。善乎，现行阳历之以近日点为岁首也。

地球绕日轨道为椭圆圈，且已微现抛物线形，太阳并非位于圈之中心也。一年之中，一月一日地距太阳最近，七月二日则距太阳最远（闰年则七月一日）。最远与最近之差，凡四百八十万公里之多。距日近则行速，远则其行缓。是以春分至秋分，所经行乃远日点之半圈，需时一百八十六日强。秋分至春分，所经行乃近日点之半圈，需时只一百七十九日弱。相差凡七日有奇。虽则此七日之差，于太阳引力有关系，回环之顺逆有关系，而抛物线之离心力亦有关系。此则别为一问题，今之所欲讨论者岁首而已。

古今中外各历法所定之岁首，无论其以气候为准，或以中星为准，如周建子，殷建丑，夏建寅之类，要之均属主观的，我欲如何便如何耳。幸而世界文化皆发源于北半球，假令南半球亦有一个古代文明国，而亦为世界文化权威者之一，吾知四季之顺序，将必成争论矣。唯现行阳历之岁首，则抛弃一切主观而径取一种客观之特异点为标准，是以值得称许。虽则近日点与远日点随人采用，要之其为客观标准则一也。欲于无端之环而执其端，应以此法为最合理。

有讥阳历于一年十二个月中，每月之日数，或多或少，未免太不规则者，诚然。但此不规则乃科学的不规则，非人力之所能相强。假令二月不二十八日，八月不三十一日，则近日点将不在上半年之第一日，而远日点将不在下半年之第一日矣。又夏至且不在六月之二十二，而冬至亦不在十二月之二十二矣。虽则"二十二"无甚意义，但每年最长之一日及最短之一日恰在六月与十二月之同日，甚便于记忆耳。

此则不规则中之规则矣。

试将春秋两分、夏冬两至作绕日轨道之四对点,平分此环为四段,其每段所需之经行时日如下:

春分——夏至　九十二日十九小时四十三分
夏至——秋分　九十三日十四小时四十三分
秋分——冬至　八十九日十八小时四十七分
冬至——春分　八十九日零三十五分

合计三百六十五日五小时四十八分。可见自春分至秋分实需一百八十六日十小时二十六分,而自秋分至春分只需一百七十八日十九小时二十二分,相差八日弱。

一一〇

《汉皋诗话》云:"字有颠倒可用者,如'罗绮''图画''毛羽''黑白'等是也。但'麒麟''凤凰''草木''山川'则不能矣。"此言诚是。唯"黑白"二字未免太空泛,两形容词而可颠倒者实多,如"远近""深浅""秾纤""长短""古今""西东"等皆可。至于两字均属名词如彼所举之"图画"等,则"斗牛""朋友""衣裳""云烟""牛马""语言""命运"等皆可用。更有"黄昏""归依""痴肥""醉心"等字若颠倒之,有时可得一种特殊韵味。更有"罗网""生产"等颠倒即成动词,"红女""人情""子弟""薄帷"等颠倒则意义全改。似此等类,较于《汉皋诗话》所举更有趣味。

诗钟亦文艺之一种,格律孔多,然总不外咏物与嵌字。古今佳作,集之可成巨帙。朋辈嬉游,时亦效之。记故人作品之可传者各一联,用志怀感。

项羽与煤炭分咏，曾刚甫一联曰："一代英雄骓马逝，万家烟火骆驼来。"在光绪中叶，铁路未开，此联尤觉隽永。嵌字以碎流格最难。法取四字，平仄各二，每句用二字，分嵌不得相对，如出句二字嵌于一、三、五、七，对句二字则必须嵌在二、四、六。要之每句嵌二字，无相连者，无相并者是已。一次，以词调"小重山令"为题，潘若海一联曰："芳草重寻江令宅，孤山来吊小青坟。"此二语无疑是从吴梅村《楚两生歌》"草满独寻江令宅，花开闲吊杜秋坟"出来，但把"小重山令"四字嵌得如此浑成，是不容易。

——二

世界上一切学问，率皆由经验得来。集经验而记载之，是曰历史。集合各种历史之累积而类别之，是曰文化。然而记载云者必先有文字而后可，是则文字之创造，实文化产生之根本条件。试读世界史，见所谓世界文化发源地如中国、印度、埃及、巴比伦，岂非各自有其独立之文字哉？衍形衍声，虽发展之途径异殊，而效用则一也。是故能制作文字而有悠久历史之民族，终久为孕育世界文化之一员。历史俱在，虽欲抹煞而不可得也。苟欲灭人家国，并民族而摧毁之，窃其文化以为己有，是为不可能，恐世界亦无此笨贼。试观上列世界文化诸母国，虽或民族化分，而彼固有之文化反因此而传布愈广，其子孙更发扬而光大之，散犹不散也，埃及、巴比伦是也。或则民族偶臻一时之否运，国家陵夷，而文化则依然存在，颠扑而不可破，印度是也。何则？历史俱在，摧毁固不能，窃取尤属笑话也。

一一二

夸大狂、誉儿癖、领袖欲、优越感，此等术语，就心理学之分类言之，乃编入变态心理之范围内。变态云者，言此人之神经系已发生异状之谓也。异状云者，不正常之谓也。质而言之，是曰神经病。他勿俱论，余所欲提出研究者乃领袖欲之一种。

领袖欲与领袖不同，领袖乃人类社会所必需，不可一日无。自有史以来，勿论其为族长制度、酋长制度、君主制度、共和制度，皆不得不以一人领其群。人类之天性乃如此，莫之能改也。虽其取得领袖之方法各有不同，或以辈分，或以智勇，或以传统，或以推戴。然总须有一人高高在上而镇压之，乃得舒服，是曰天性。

领袖欲则不然，其人之资格或智勇，百不如人。只因为欲望所驱遣，神智失常，必欲取得领袖之地位以为快，岂不殆哉？凡事之顺理成章者，虽更易亦不至于骚动，若倒行逆施，鲜有不扰攘者矣。盖以神经系统已发生异状之人，若不加以禁制而任其跳掷于通衢，结果何堪设想？是故一民族或人类社会中，若产生有领袖欲之妄人，实国家之不幸，抑亦世界之不幸也。

一一三

孤忠苦节，只是为一己之人格问题，无恩怨之可言。虽或以受恩深重，背之不祥，或以情意正浓，不宜有贰，固亦有之，此则似是为报恩而然也。又如宋末、明季之遗民，或绝吭断脰，或遁迹荒陬，甘与世违,不求闻达,此则似是含怨于种族之间,悲愤难已也。然而所谓酬恩报怨云者,或则抚孤恤嫠,或则刃仇雪耻,利害必及于对方,而心事乃了,即所谓恩怨分明者是已,此之谓恩怨。若如前之所云,不背不贰,或死或隐,何尝有分毫之利害到达对方?孤忠苦节,不过图自己作一完人,为一己之人格效忠持节而已。夷齐果与商汤何恩而与周何仇,渊明果何厚于司马氏而薄于刘宋?若云深仇大恨,只应不共戴天。然而首阳犹是周室之土地,柴桑栗里犹是刘宋之疆域也。若以恩怨论,直可以谓之无意义,此非人格论之明证乎?故以恩怨言忠节,持论每多窒碍。若云义侠斯可矣,非恩怨之谓也。要而论之,以利害到达对方为究竟者谓之义侠,以完成自己之人格为究竟者谓之孤忠苦节,无恩怨之可言。

然则只自图作一完人者竟是自了汉,于世无与乎?曰:恶,是何言?孔子曰:"知耻近乎勇。"彼之遁世无闷,是知耻也。孟子曰:"浩然之气可以充塞乎天地。"彼之违世独立,是发挥浩然之正气也。一民族有斯人,则民族可以不灭;世界有斯人,则文化可以日臻于光荣。人之所以愈于禽兽者何哉?以理智胜于情感,精神胜于物欲也。彼宁不知富贵利达之愈于澹泊寒微哉?苟求精神之克安而于身体享用难免相妨时,则君子知所以自处矣。不屈不挠,不歆不移,是曰浩然之正气,正气长则邪气消。彼其利害之所及,实达于全人类,岂只个人而已哉!

闻者犹有疑于吾言乎。黄梨洲先生《明夷待访录》之自序曰:"吾老矣,如箕子之见访,或庶几焉。岂因'夷之初旦,明而未融',遂秘其言也?"噫嘻,此岂自了汉之言乎?

一一四

陶靖节作《归去来辞》之动机,只是不愿"心为形役",乃亟自求精神解放，不再作形骸之奴隶。欧阳永叔《秋声赋》所谓"百忧感其心，万事劳其形"，乃叹惜于"形为心役"，致体力疲敝，老境侵寻，更不愿作心思之奴隶。两公持论，乃两极端，而各有极强之理由。心与形，若以新学说术语译之，则曰心理与生理。

余以为"心为形役"是无可逃避，最少亦可以说在未来之一二千年间恐亦不能避免。如饥寒交迫，只是形体之苦痛，但思虑遂不得不供其驱使以图补救。性欲本生理上之须要，而惶惶求偶者竟至于神思不宁。既曰求，且曰惶惶以求，其为役之情况可想。

至于"形为心役"则异是，非唯可以避免，且多半由于自召。如野心家之仆仆风尘，只是为虚荣心所驱使，果有何不得已之足云。彭宠之以渔阳叛，不过以太守为小而必欲作天下一人，结果苦战多时而身首异处。求金砂于绝域，不过偶作富豪之梦，以致客死荒陬，魂归未得。谁实使之，以劳尔形？此非委身甘作虚荣心之奴隶乎？吁，可伤也。

至如孟子之"劳其筋骨，饿其体肤"则不然，目的固在使之动心忍性也。佛之苦行，目的固在使之避免逸乐，毋使灵魂脆弱也。此种劳形法与形为心役者大不相同。欲明斯旨，宜先了解"役"字之意义。役也者，乃驱使之意，自耽逸乐而驱使他人以代劳是也。此与孟子之借劳形以磨炼心性，岂可同年而语？佛之苦行亦然。要而论之，一则以逸乐为目的，冀图一劳永逸；一则以椎炼为目的，毋使怀安以败名。质而言之，凡为虚荣心而奴使其形骸者是曰形为心役，二者不容相混。

至若心为形役，则更落下乘矣。以欲满足形骸之下等嗜欲故而役使其心。心之主宰，倒持以授诸形骸，则与下等动物何以异？此靖节先生之所以痛心疾首而赋归欤也。

人欲横流，昔贤所悲，自古如斯矣。况近代争以物质文明相尚，日尽力以引诱人类之堕落，几何其不沦于下等动物哉？虽曰非所得已，但心君亦须维持几分主宰，毋使倒持，若是其庶几乎。

一一五

李易安"萧条庭院"之《念奴娇》中有句曰:"清露晨流,新桐初引,多少游春意。"世传名作。此乃六朝人语。刘宋临川王所撰之《世说新语》曰,晋安帝时,王恭与王忱少相善,后虽暌离,然每至兴会,未尝不相思。恭尝行散至京口,于时清露晨流,新桐初引,恭目之曰:"王大故自濯濯。"(见《世说新语》卷中之下)易安居士偶袭而用之耳。

辞句重见,似以《孟子》一书为最多,试略举数语以见证。

> 禹、稷、颜子,易地则皆然。(《离娄下》)
> 曾子、子思,易地则皆然。(《离娄下》)
> 沈犹行曰:"是非尔所知也。"(《离娄下》)
> 公明高曰:"是非尔所知也。"(《万章上》)
> 孟子曰:"否,不然,好事者为之也。"(《万章上》,或谓《孔子章》)
> 孟子曰:"否,不然,好事者为之也。"(《万章上》,或曰《百里奚章》)

似此或尚多。又如:

> 五亩之宅……可以无饥矣。(《梁惠王上》)
> 五亩之宅……足以无饥矣。(《尽心上》)

此一大段,不重者只数字而已。

诗词句之偶尔从同者亦所常有。如"百年双白鬓",少陵有此句,后山亦有此句，此非警句也。若警句则固在各人之记忆中，谁肯冒剽窃之名哉？盖以写实之作，若事实相同，下笔每易相若耳。此则新意境之所由重也。

一一六

书法乃个性之最真表见，千万人落笔而千万不同。说者谓以书法观人，可以断其性情、寿夭、贵贱、邪正，良有以也。三十年前，吾尝见一怀相人术者，于初见面时，凝神以摄取来者之第一印象后，即以纸笔使来人横书一画，然后开口评论。且云远道者写一个"一"字寄去，亦可将其人性格之刚柔及事业之通蹇断出一半云。若认书法可以表现个性，则此说虽属神秘，实含至理。然而蔡京、严嵩皆以善书名，岂邪正为一事，而美丑又别为一事耶？观于名画家未必尽是圣贤，则信乎艺术之别为一事矣。盖书法亦艺术之一种也。

卢君毅安语余曰：墨迹可以窥人祸福，知人情性。吾国古代相人书，亦尝论及，但不多耳。东籍关于此种著述已有三数部，今尚视为秘本，未刊行于世。持此以衡量人之命运，无不奇中，与字体之优劣无关，虽钢笔、铅笔亦不能掩其隐云。

书法可以表现个性，已如上述，然而亦有时代性。古籀、篆、隶，字体本不同于异代，且勿具论。即以真楷、行草既行之后言之，六朝、唐、宋、明、清人之字，识者可以一望而别之。吾尝见一人，以乾嘉、道咸、同光人之字示之，不中者鲜。若以论理学言之，既有个性之别，则不应复有时代性。盖同一时代之人，其性格未必相同也。如曰相同，则是将个性之说打破矣。此殆佛说之所谓自业与共业欤？

一人之行为足以养成其个人之特殊性格，是曰自业，而国民性则共业也。英国之国民性与法国之国民性，显然不同，于建筑、制造、饮食、行动，无处而不可以辨别。即世界各国，莫不皆然。俄国式之建筑、德国式之建筑、法国式之建筑，好观电影之儿童，皆能于画片上识别之，而中国与日本更无论矣。凡一国之国民性，殆与气候、环境有关系，而教育及摹仿，其效更著。若挺生一不世出之人物，其事业足为天下式，则可以移风易俗。此种杂薰染，代代相续，而国民性以成，既成而共食其果，是曰共业。

唯书法亦然。或承篆、隶之余风，或借草书之既出，或因科举之诱导，皆足以影响时代之书法。盖才智之士趋之而群众效之，实势所必至而亦理所当然，此殆书法之所以有时代性欤！

于今钢笔、铅笔既流行于学校，书法必将划一时新代，殆可断然。以直觉论之，必将多挺直而少波折，多刚劲而少姿态。然而执笔之方法既变动，则他日之为龙为蛇，未可知矣。

一一七

"衣食足而后礼义兴"，"衣食"与"礼义"对举，乍见岂能无惑？衣食乃一己之所私，而礼义乃人群之交互。衣食乃实用，而礼义只是虚文。衣食果以何因缘而关乎礼义之兴废？欲明斯旨，宜先对于"礼义"两字加以解释。

"礼"字有互尊之意，所谓"敬人者，人恒敬之"也。"义"字有互助之意，所谓"爱人者，人恒爱之"也。约而言之，则礼义只是生发于同情，故曰交互。同情心之有无，非只限于人类，即世界上一切动物，凡有血气，对于同类莫不有之，或则厚薄之间，微有差异而已。然而厚薄曾不以物类别，唯以时势别。欲明斯义，当先究同情心之所由起。

同情心实缘刺激性而起，对方所发出之刺激力愈大，则愈易引起他人之同情。然而刺激之感应，以次而递减，次数愈多，则感应亦将愈弱，循至于麻木而不灵。此虽曰精神作用乎，然即饮食以为方，亦未尝不可以明斯旨。如饮咖啡与食辣椒是已。长用之与乍尝，其所受之感应，固自有别也。是故刺激太频，可以将浓厚之同情变为澹薄，此时势影响于同情者一也。

同情心之积极的表现端在行为，消极的嗟叹无济也。然而济与不济，须视各人之力量为何如，嗟叹亦同情之表示矣。是故行为与嗟叹之分别，在厚薄而不在有无也。余兹篇之论同情，乃以各个人为单位。至于清除道旁之饿莩，俾勿妨碍行人，此乃政府之责任，而非所论于同情也。《诗·小弁》曰"行有死人，尚或墐之"，是就个人之行动而言，意义甚为明显。至若遭逢大饥馑，或兵燹及时疫流行时，尸骸遍地，则后死者除对彼嗟叹而外，更无力以墐之矣。此则同情之厚薄系乎时势者二也。

社会上疲癃残疾颠连无告之人，政府设专院以收容之。在平时则医生及其助员，小心将护，唯恐不周。若一旦突遭大自然威力之袭击，如大地震、大洪水、大火灾等，看护者已无暇顾及，或无力以再延其生命时，则可以一一击毙之，俾勿宛转呼号，增其痛苦。以至不仁之手段行不忍人之心，更非所以论于形迹上之同情矣。此则时势影响于同情者三也。

处于大都市之中，每日生产及死亡律自较大于陬隅，行有死人，见亦非鲜。在平时偶发现道旁尸体，则必儿童走避，行路垂怜，亟盼警察之来，为之掩护。此则同情心流露于自然者矣。数月以来，杂粮价值逾百倍于平时。据三十二年三月份之统计，北京城里每日毙于饥饿者已达五百人。道旁尸体，行人若熟视而无所睹矣。此非刺激频繁则同情麻木之明效欤？已躬且不知命在何时，后先遑恤。"救死而恐不瞻，奚暇治礼义哉？"此非衣食关于礼义之隆替乎，伤哉！

一一八

实践之与幻想，乃成两绝对。就今之科学世界言之，幻想自是虚费精神而不切于事实，允宜屏绝。然而天下事大率利害参半，有百利而无一害之事固难多觏，但百害而杂以一利者亦未或必无。即以幻想而论，其徒费心思与时间，结果于人于己两无所得，固也。然而纯文学十九由幻想构造而成。意境之谓何？幻想而已。有无意境，即文艺高下之所攸分，而亦评价之主要标准矣。屈原固世所称为中国第一位纯文学家者也，但《离骚》之美人香草，及出入苍冥，何一而非幻想？《九歌》之"若有人兮山之阿"，若有而已，非真有也。《九章》之"吾与重华游兮瑶之圃，登昆仑兮食玉英"，战国去虞舜几何年，那得同游？宋玉《高唐赋》开章第一句曰"惟高唐之大体兮，殊无物之可仪"[1]，无物可仪，其为虚构也明矣。又《神女赋》通篇说得天花乱坠，一似精神肉体，俱受温馨，至结句则曰"暗然而暝，忽不知处"，更幻而入于玄矣。曹子建《洛神赋》通篇描写服饰、神韵、眉目、体态，远观近亲，刻画入微，一似实测实验，丝毫不容假借，而结句亦曰"于是精移神骇，忽焉思散"，醒木一拍，告读者以勿痴。屈原、宋玉、曹植，固世所公认为大文学家，且为纯文学家者矣，略勘定其作品乃如此。

纯文艺之分门别类，曰赋，曰比，曰兴。综合诸家释此三字之定义，大约写实之作谓之赋，因物以喻己志谓之比，借事以舒所怀谓之兴。即僧皎然所云"取象曰比，取义曰兴"，其言克允。可见赋体属于叙事，而比兴属于幻想。幻想居文艺总分类三之二，尤其是中国人，其头脑乃孕育于东洋哲学，幻想乃其特长。是以古今来之文艺名作，叙事少而比兴多，非无因也。即以诗词作品所最崇尚之"意境"二字而论，境则境矣，更何意之云？可见意境殆与实景殊。如东坡之"千山动鳞甲，万壑酣笙钟"，论者许为意境超绝，但山那得有鳞甲，更如何能动？彼只是描写雷雨之声势，因山脉之绵亘以喻蛟龙，更因雷雨之骇人而作非非想，遂成佳构。此非纯文学之逸品乃建筑在幻想上之明效欤？

---

[1] 按："殊无物之可仪"，《高唐赋》原文作"殊无物类之可仪比"，梁氏此处有改动。

一一九

　　吾人对于万事万物之观察,有直觉评判及综核评判两途。观人者亦复如是,谓言其道。
　　直觉性特强之人,每觉得第一个印象最可靠,若多方观察,翻覆体验,反为第二三观察所误,渐引入于迷途。盖直觉实含有几许神秘性,于初见面之一刹那顷,由灵明之照射,可使对方无遁形。若存心观察,则对方之做作,每能乱真,此亦不为无理。如王守澄之于郑注,第一个印象甚正确,后卒为其便佞所乱而入于迷途。唐玄宗之于杨玉环,既已遣去,终被其一绺秀发之柔情所乱,覆水与祸水齐收。此种事例,历史上殊不乏。
　　综核评判则异是。必须先知那人之家庭,继察其本人之个性,从责任与游戏双方分别观察。盖每当赛球、斗牌、下棋、闹酒等游戏之举,实个性流露最真时。勿论其平时心计若何之工,至游戏争竞渐入于剧烈或得意忘形之际,则平日深沉之气度,总要丧失过半,本性或完全暴露。所谓求忠臣于孝子之门,是即用观人于微之综核法。此种事例,历史上亦未见其乏。
　　直觉乃演绎,而综核则为归纳。归纳法自较稳当,但事机之来,每有稍纵即逝,无长时间以容你从容观察者,则演绎之直觉,诚不可无。然而归纳综核之技术可用学问培养,而直觉则唯赖天才。直觉性特别发达之人,其第一印象,可得真相百分之八十以上。虽则百分而失其二十,贻误亦诚非浅鲜。但天下事只是相对的,那有绝对圆满之理。拔十得八,则亦可以无憾矣。
　　复次,直觉所得之第一印象,勿论其正确与否,结果亦常与之符。即以配耦而论,对方未必性恶,改配或成嘉耦。只以第一印象不佳,先入为主，此后则无论如何，亦终无有是处。若云错误，则前所举王守澄之例乃误于第二印象，而此则误于第一印象矣。至于误与不误，第三者实无从置喙，正所谓寒暖各自知，孰能武断他人之感觉？且物理每多不可思议，猴见红而喜，牛见红而怒，莫知其所以然。植物之同植而蕃，同植而萎，亦莫能索解。即以瓶插而论，丁香不宜与异卉同瓶，是其例矣。是故物情各有公例，有特殊，虽则特殊亦必自有其例外之例，但在例外之例尚未求得之先，勿得强特殊以循公例。此乃直觉之支流余裔，因随笔及之。

一二〇

语曰"过犹不及"，此言措置须恰如其分也。譬诸赴一距离十里之目的地，二人分头乘舟前往，其一行八里即登岸，其一行十二里乃登岸，结果两人均须步行二里。此乃最显浅之譬喻。又如毁一人或誉一人，毁誉须恰如其分，毋过甚亦毋隐匿。自从子贡有"纣之不善，不如是之甚也"一语，使人对于纣王之淫刑极欲，便生怀疑。反之，若誉过其分，则真相亦须打折扣。凡读碑文寿序者孰敢尽信？又如对外有一既定之国策，则国民教育宜施以一种强心剂，俾勿怯敌。此亦题中应有之义，或是一种不得已之所为。此种措施，必须择对方一二弱点，尽量丑诋，告国民以敌之不足畏。若处心积虑，则此种政策须自家庭教育及小学教育做起。但此策危险性最大，较于碑文寿序为尤甚，必要十分小心。勿谓与小孩子说话，只以能引起兴趣为主，言过其实，在所不恤。苟如是，则结果必养成国民轻敌之心，轻敌非佳事也。若一旦与敌相接，渐觉父母师长之话靠不住，对于先时所受之教育发生怀疑，此则尤非佳事也。

三十二年六月十四日

一二一

所谓"诚其意者,毋自欺也",此是立身行己问题。至于兵不厌诈,又当别论。盖于性命呼吸之间,若犹是周身齐庄中正,满嘴之乎者也,则成呆子矣。然而欺人犹可,自欺终不可为训。但有时吾侪对于自欺者,只宜加以怜悯,责备或非其罪。正所谓"如得其情,则哀矜而勿喜",改作则"哀矜而勿怒",于"恕"道庶几无乖。试以少数人对于群众之报道喻之。

若国民教育达于相当高度,则无所用其欺,欺亦不得售。只有实报实销,听国民之自决,策之上者也。若国民教育,多数犹在水准以下,对于国家大事,不甚关怀,则亦无所用其欺。唯有责成小数智识分子努力做去,为群众造福,对于国民只告以少安毋躁,静候佳音,其亦可矣。最苦是半桶水,高既不成,低又不就,告之既无自决之才能,慰之又不肯安静,则只有用欺骗之法。譬诸家庭间有急难,已成年之儿女,当然可以使之闻之,俾得有自决之机;幼童则安慰之,勿使慌张;至于五六岁以下之稚子,则只有权采蒙蔽手段,使之依旧戏嬉,庶不至于乱人心曲。唯国亦然。

三十二年六月十五日

一二二

学问之道无尽,有时无用之用,其用乃宏。即如因帝者讳而阙笔之字,最为无理,每开卷触目,只是惹厌,无有是处。然而鉴别版本者，据此竟可成铁证。如某字阙末笔，则可决其为南宋本，谓为北宋者伪也。诸如此类，何异犀烛？又如摹刻旧籍，苟欲依托元明版本以欺人，而不注意于"玄""胤""弘""宁"等字，则不免有狐尾之诮。可见天地间竟无无用之物，亦无无益之事，苟能善于运用，借作学问之工具，其效力或将有出人意表者。譬如以干支纪年日，不尝为新人物所吐弃已夫，而"十月之交，朔日辛卯"等，泰西学者且借此以解决悬案，斯可知矣。

一二三

《春秋穀梁传》："襄公二十有一年九月……庚戌朔，日有食之。冬十月庚辰朔，日有食之。……庚子，孔子生。"经文乃如此。十月初一既为庚辰日，则十一必为庚寅，二十一必为庚子，孔子既生于十月庚子，当即是十月之二十一日，此乃铁板注脚，无可移易之定律。以周正推夏正，换算亦只在月份上，于日无与焉。建子、建寅，相差两月，则周历之十月二十一，即夏历之八月二十一也明矣。从前法令，定孔子生日在八月之二十七日，不知何所据而云然。但无论如何，庚辰既是本月之初一日，而谓庚子乃同月之二十七日，于理不通，试屈指计算，鲜有不失笑者矣。且日食必逢合朔，九月既合朔于庚戌，若大尽则十月初一必为庚辰，此是铁案，不容置议。是岁日食两次，在庚戌与庚辰之两合朔，愈可证简策所记载之干支纪日无有错文。庚辰既为是月之初一，则庚子乃同月之二十一，亦是铁案，无可置议。孔子生日，朝廷既着为功令，上自天子以至于各府州县最高级之地方长官行香致祭，何等隆重，而推算者乃粗疏若此，斯亦可笑也已。

余于数年前，尝拟以现行阳历推算孔子生日，当时亦未察二十七日之谬误而盲从之，此殆因过信朝廷功令，以为如此大典，必经过多数专门学者之审定,无所用其疑,然亦不得不谓读书之空疏矣。但此亦只是据经文以推算,结论乃如此,若"庚子孔子生"一语别有问题,则非所知矣。吾固尊《公》《穀》两传者。

一二四

凡属对待名词,总是主观的相对的居多,而客观的绝对的乃甚少。如善恶、凉热、妍媸、贫富等是也。善恶与妍媸,纯属主观性,且为相对的,其理易明。即凉热与贫富,对待之构成,乃根于事实,然亦只是似是而非之客观,更无绝对之可言。何为凉热,甲乙二人之感觉,恐不一致,且时间与空间之异同,亦可以破坏其论据。至于"贫富"一名词,成立乃根于容积之大小,似是纯客观。然而果以何者为标准?相对而已。

古今来讨论"贫富"之学说多矣,计持论稳健、根于绝对的客观性、无可犹夷者,吾唯见《论语》"均无贫"三字最为完满。其上文以"不患寡而患不均"一语作领起,大前提已自不弱,下文以"均无贫"三字结束,遂成颠扑不破之断案。此所谓擒贼擒王,先把"贫富"两字之立脚点根本推翻,使无存在之余地而以纯客观之"均"字为壁垒,所以能立于不败之地。

"贫富"二字,乃以比较为立场,原不易破。但均之则无可比较矣。无富那得有贫,故曰均无贫。

以此类推,非入同温层则无凉热之可言。持杨朱学说,以"人人不损一毛,人人不利天下"为论据,则无善恶之可言。唯"妍媸"问题最难,因为此二字乃绝对的主观评判,各人自作裁判官,且不必搜求证据,调查事实。任意判决,被告绝无上诉之权利。此则与"均无贫"三字判词成两绝对,而颠扑不破乃相等。

一二五

多名乃中华民族特有之习俗，自古已然。名之外有字，字之外有号。名则以一字或二字为常，号则二字至四五字不等，唯字则多用二字，自唐以后，几无有出二字之例者。

古人多好以一字为字，如屈平字原，项籍字羽，陈胜字涉，袁盎字丝，郑当时字庄，彭越字仲，楚元王交字游，张释之字季，吴广、枚乘、范雎皆字叔，房玄龄字乔，凡此之类，不胜枚举。

更有以三字为字者，如张天锡字公纯嘏（见张资《凉州记》），高欢字贺六浑（见《北史》），近代傅山字公之它，此类亦不乏其例。

此外复有国谥及私谥，或时人以其所生地或以其所居职称之，以示尊崇，此则文之过甚者矣。

多名自是一种不良习惯，破坏符号作用，使后之读书者记忆维艰，疲精神于无用之地，所失甚大。此《春秋》之所以讥二名也。

"文"与"质"乃对待名词，所谓"文"也者，并不见得是"质"之进化。以哲理言之，则有所谓"归真反朴"。朴者，质也。以事理言之，文化愈高，则须记忆之事物亦愈多，宜尽量汰除不急之繁文，留精神于有用之地，化虚文以为质实，以简易繁，庶几可以追随学问之潮流，不至落伍。盖以人之精力，各有其一最高限度，勉强不来，而世界之事物则日增而无已。应付之法，只有去其不急而急其所急。譬如陶潜，见"陶潜"二字，已可追忆其人之时代、里居、事业、学问、人格之轮廓，毋使陶渊明、陶靖节、陶元亮、陶彭泽、五柳先生等疲我精神。又如韩愈，只此二字已足，勿使韩退之、韩文公、韩昌黎、韩吏部等乱我心曲。

《语》曰："质胜文则野，文胜质则史。"史也者，乃祝史之谓。《郊特牲》曰："失其义，陈其数，祝史之事也。"野固不可，但毋使文胜。若韩昌黎、韩吏部等，无乃太文。

一二六

"直斥其名"，乃鄙屑不足道之意。不曰呼而曰斥，乃加强发语之气势，鄙之甚者也。夫名也者，乃各个体之符号，无之则不足以资记载，且历史亦将不可读矣。余实不解名果有何可讳之道？泰华，名也，不见得名之曰"泰华"而损其尊，于人何独不然？

讳帝者之名，近代则用缺写末笔之法，如"玄"作"玄"，或以同音之字易之而作"元"。至于古代，则更有强改他人固有之名以避其讳者。如常山本名"恒山"，张晏曰以避文帝讳而改曰"常"，"恒""常"义通。蒯通本名"彻"，因避武帝讳而改曰"通"，"通""彻"义通。严光本姓"庄"，因避明帝讳而改曰"严"，"庄""严"义通。此则较于缺笔之例为无道矣。又《元和郡县志》曰，浙江之富春、湖南之宜春、安徽之寿春，皆秦汉郡县，晋孝武太元中以避郑太后讳而改称富阳、宜阳、寿阳，此又一例也。似此等类，不胜枚举。某说部谓五代时有读老子《道德经》之"道可道，非常道"而讳冯道之名者，曰"不敢说，可不敢说，非常不敢说"，或非虚言。盖习俗既以此为尊重，为敬礼，其极必至于是。

《战国策》谓，有一人游学数年，归乃直呼其母之名。母不怪，其子曰，母虽贤，莫贤于尧舜。尧舜，名也。母虽大，莫大于天地。天地，亦名也。此吾之所以名吾母也。此虽属以重笔作加倍写法之寓言，而厌恶虚文之心理，则若揭矣。

尚虚文似是人类天性，而女子尤甚。由羽毛贝壳之饰、金银珠玉之佩，至细腰纤足而极。今则逐渐解放矣。然而"解放"二字，恐未易言。或则是改变式样之过程，非解放也。又女子以深藏其名为可贵，愈贵则其名愈隐。村姑及小家碧玉，名字犹可得闻，若闺秀则秘而不宣矣。五十年前，此种心理尚普遍于国中。此殆与讳之心理微有异同，彼则尊敬而此则尊重也。总而言之，亦曰尚虚文而已。然而因为崇尚虚文之故而变更符号，此种心理实带几分神秘性。

一二七

东坡《常州除夕》诗："但把穷愁博长健，不辞最后饮屠酥。"查初白引《容随斋笔》曰："今人元日饮屠酥，自小者起，固有来处。东汉李膺、杜密以党人同系狱，元日饮酒，曰：'正旦从小起。'"又《时镜新书》董勋曰："俗以小者得岁，故先酒贺之；老者失时，故后饮。"顾况诗曰"手把屠酥让少年"是也。计东坡作此诗时，乃熙宁六年之除夕，才三十八岁。但读"不辞最后饮屠酥"之句，则似已甚老成矣。

屠酥先饮少年人，以党锢之说为在理。盖一年之计，乃自一以至三百六十五，故曰正旦从小起。至于《时镜》之说谓"小者得岁，故贺之；老者失时，故后之"，此乃情感之言，不中于事理。计人自呱呱坠地，辄刻刻向坟墓进行，老少曾无差别。老者向墓地挪近一步，少者亦同时向墓地挪近一步，更无孰得孰失之可言。其同为失却一岁，老少无以异也。《时镜》之说，殆以为小者向有为之年进一步，而老者则不免有去者日以多之感而已。

甲申开岁第五日

一二八

《楚辞·九歌》，名曰"九"，其实乃十一，即《东皇太一》《云中君》《湘君》《湘夫人》《大司命》《少司命》《东君》《河伯》《山鬼》《国殇》《礼魂》是也。或曰：九，虚数也，如九天、九幽之类，言无尽也。或曰：合《湘君》《湘夫人》为一篇，《大司命》《少司命》为一篇也。或曰：《山鬼》《国殇》《礼魂》合为一篇也。余以为自《东皇太一》至《河伯》，此八篇皆用神之名以名篇，其为祀神曲，绝无疑问。《山鬼》一篇乃祀杂灵曜，非神之名，当无对于庄重之神而以"鬼"呼之者，其为杂灵之总括无疑。合前八篇，厥数为九，是曰"九歌"。《国殇》一篇，通首皆叙战争之英烈，应是附祀阵亡将士。《礼魂》一篇只五句，则礼毕之余韵而已，原不足以独立为一篇。《九歌》既以侑神，则自《东皇太一》至《山鬼》是已。至若附祀所敬仰之人，则如吾乡北帝庙之附祀林则徐是其例矣。此类之事，各地或当不少，非仅吾乡。中国祀神，实含有崇拜英雄之成分，殊非纯粹的迷信。如关帝庙、张王庙、岳王庙、项王庙及张巡、许远庙等，不胜枚举。则荆楚民俗之以阵亡将士从祀，其又奚疑？

一二九

东坡《赠孙莘老寄墨》诗曰："吾穷本坐诗，久服朋友戒。五年江湖上，闭口洗残债。新来复稍稍，快痒如爬疥。"又《次韵答刘景文》诗曰："故应好语如爬痒，有味难名只自知。"真可谓语妙天下。金圣叹与王斫山之夜谈快语，只是窃取坡公之意而已。

清高宗御制诗曰"夕阳芳草见游猪"，传为笑柄，咸谓若只发表前六字，当无有能猜得第七字者，因"猪"字之与"夕阳芳草"，未免雅俗不伦也。但东坡有句曰"绿荷深处有游龟"，句法之组织、体物之微妙、思想之神秘，与清高宗之佳句究有何分别，何以竟无指而摘之者？此非有幸有不幸欤？

东坡颇好以"龟"字入诗，试略举其大著如下："缩颈夜眠如冻龟"（《江上值雪》），"若为化作龟千岁，巢向田田乱叶中"（《菡萏亭》），"人言君畏事，欲作龟头缩"（《陈季常见过》），"病骨磊嵬如枯龟"（《维摩像》），"布衫漆黑手如龟"（《赠潘谷》），"床下龟寒且耐支"（《次韵钱舍人病起》），"寿与龟鹤永"（《送程建用》），"得如虎挟乙，失若龟藏六"（《寄傲轩》）。"龟藏六"见内典，谓头尾及四足皆可收藏也。

东坡不能饮，屡见自道。"酒"字之于东坡，只是用作诗料而已。"醉"字尤为文士所乐道，然十常八九借"醉"字以写情绪，发牢骚。间有写醉态如"斗大眼花看不定，撑下床来行走"之类，已不多见。至于自写醉时之实感，当无有逾东坡"酒作逢逢入脑声"一语之神妙者矣。其声维何，旁人不可得而闻。且言"酒入愁肠""酒入欢肠"者有之矣，未有言"入脑"者。一杯入口，头脑遂作逢逢声，活画一不胜酒力之人。此诗作于钱塘太守时，题为《病后醉中》。诗曰："病为兀兀安身物，酒作逢逢入脑声。堪笑钱塘十万户，官家付与老书生。"

一三〇

某说部记载清初康熙甲戌、乙亥间，山东地方官吏强迫人民捐粟，美其名曰"乐输"。一日，有行经郊外乡村者，见被絷者累累如豕羊，怪问果何因而同罪者若是其众且多也。众中答曰："官府系余等进城，比追乐输耳。""比追乐输"四字，可谓奇文，盖乡民不解"乐输"二字之意义，以为是一种税则之名称故也。

毕竟科学进步。一切学问莫不凌越往古，超迈前人。即以修辞而论，只一"献"字已足，何必"乐输"。盖"献"也者，有往前之意，则"输"字之含义不失。有心悦诚服之意，则"乐"字之精神亦全。

何等简洁。至于粟之为物,虽可包含黍、稷、稻、麦、菽之所谓"五谷",或则稻、粱、菰、麦、黍、稷之所谓"六谷",然总不外食粮问题。语曰"硬如铁,软似绵",己之所欲,由至硬以至于至软,亦皆可致,是在能手。且"乐输"云者,必甲方之意志既动,而乙方乃顺承意旨之谓也。至于"献",则完全出于自动,无须示意。如某人献一扁额或一经幡于神座之前,神亦何尝指名胥索哉?故曰心悦诚服。若是乎,古之自以为巧者,犹恐后人笑尔拙也。

三十三年三月七日写

(殆因当日有献铜献棉之事,三十五年十二月一日补注。)

一三一

沈德潜《说诗晬语》二卷,语多独到处。其中评杜一条曰"杜诗别于诸家,在包络一切,其时露败缺处正是无所不有处。评释家必代为辞说,或周遮征引以斡旋之。甚有以时文法解说杜诗,斷斷于提伏串插间者。浣花翁有知,定应齿冷"云,真可谓眼光如炬。

凡属伟大人物,每多砂石,粗枝大叶,不检细行。其成功在于气魄宏大,横冲直撞,无施不可。试考其日常生活,每多笑话。甚而至于寒暖不知,饥饱失时,缺乏常识,出人意表,如牛顿恶热而不解远烘炉之类,所在多有。夷考伟人生平,勿论其为文学家、政治家或艺术家,愈伟大则笑话愈多,乃知察察者实天之所以供伟人之助手也。《晬语》谓"败缺处正是无所不有处",非目有全牛者不能作此言。若为之曲解以斡旋,纵未为浣花翁所笑,已先为沈归愚所笑矣。世有所谓卖力不讨好者,其斯评释家之谓乎?然而微瑕而不害其美,唯嫱、施为能,非所以论于东邻也。

一三二

"一经品题，声价十倍"。此等事容或有之。盖群居动物，其意志之动向，每随向导者为转移，是以有领导一特殊阶级之资格者，其言论每易为群众所注目。在修名未立之先，借以为重，亦固其所。乃不谓已成名之海棠，犹复有人为之借重品题，此可谓未能免俗者矣。

海棠标格在群卉中宜列甲等，应无疑议。乃偶因杜甫无海棠诗，于是惋惜者、不平者、疑议者、臆断者纷至沓来。郑谷曰："浣花溪上空惆怅，子美无心为发扬。"王荆公曰："少陵为尔牵诗兴，可是无心赋海棠。"东坡曰："恰似西川杜工部，海棠虽好不留诗。"周必大曰："只缘未识江都胜，如杜诗中缺海棠。"此等论调，若搜索犹可得多人。

杜集无海棠诗，是已。是无是佚，殊乏确据。《王禹称诗话》曰："杜子美避地蜀中，未尝有一诗说著海棠，盖以其生母名海棠故也。"所言如是，惜未举出充分之证据以释群疑。然曰其生母云，当有所本，盖王元之亦博雅君子也。

然而亦未可尽信。维扬芍药甲天下，种佳而类繁，声誉殊不在西川海棠之下。王观《芍药谱·后论》曰，张祜、杜牧、卢仝、崔涯、章孝标、李嵘、王播诸人，皆一时名士，称为诗人，或久官于斯，或漫游几度，而略无一语及芍药，斯亦奇矣云。由此言之，则少陵偶不及海棠，政不必大惊小怪耳。况生逢丧乱之世，人事迁移，著述之散佚者亦多矣，更何必刻舟求剑也？

难者曰：或则芍药乃晚出之花，张祜诸人未之见也。曰：是不然。《通志》云"牡丹初无名，依芍药得名"，故又名木芍药。此为先有芍药后有牡丹之明证。谢康乐言永嘉水际多牡丹，北齐杜子华尝画牡丹，则牡丹之出，最晚亦当在南北朝，而芍药先之，岂有唐代诗人犹有未见芍药者？且白居易、张九龄、韩愈、孟郊等乃中唐人，均有芍药诗。张祜、卢仝与之同时，而杜牧尤晚，岂有未见芍药之理？若是乎，少陵偶未赋海棠，以张祜诸人不赋芍药例之，真不必大惊小怪矣。

一三三

知足之"足"字，乃比较名词。但"比较"云者，必自有其标准度数，或以容量，或以界限，达此度数谓之"足"，否则谓之"不足"。

"不足"与"不知足"有别。既曰度量，当必有一最低限度，同时亦有一最高限度。所需要未及最低限度，谓之"不足"。所追求已溢出最高限度，谓之"不知足"。"衣食足而后礼义兴"之"足"字，指最低限度言之也。"知足不辱"之"足"字，指最高限度言之也。终岁勤动，不足以养其父母，是不足也。聚敛而附益之，不知足也。不足谓之贫乏，不知足谓之贪得。

水之成分乃轻二养，多一分即等于无用，此乃最高限度说。金钱可以易取物品，此金钱之可贵也。但一人之物质享受总有一最高限度，过此限度，金钱即等于废物。譬诸我消耗金钱之能力已达日不暇给之程度，更无计役使金钱以增益我之欲望时，则金钱效能立即消失，回复其矿石本性。窖藏之与矿山，有何分别？

或曰：子之所言，寒士之言也。役使金钱，宁有限量？正如韩信将兵，多多益善。役使数千百万之金钱，其豪情胜概，视役万数千者为快意矣。且经济原理，不外供求相应，每饭必熊蹯、鱼翅，则猎户与渔人之生计有着矣。供给渔猎之工具，则植麻与冶铁者之生计有着矣。广营宫室园囿，则土木工人不患无业矣。妻妾曳绮罗，则蚕女、桑农皆蒙其惠矣。金钱不厌其多，在运用者之技何如耳，岂必窖藏？

应之曰：子言诚是，但恐驱斥金钱之精神，终有疲倦时，疲倦即最高限度矣，所余驱斥未尽者仍须窖藏。且架上玩好与匣中珠翠，已是窖藏。子之所言，浪费也。浪费为经济社会所不许，尚敢侈言经济原理耶？地力与人力均有一最高限度，岂容浪费？语曰：一男不耕，民或为之饥；一女不织，民或为之寒。若观其背面，则一人浪费，他人必有因而困乏者矣。万事万物均属相对的，消长盈虚，执偏可以例其全。"朱门酒肉臭，路有冻死骨"，非佳事也。

一三四

此疆彼界，争端之所由起也。荀子欲以"度量分界"息乱萌，立论至为完善，其精神则全在"度量"二字。家之界，有血统关系，有族制关系，组织乃合于自然科学，不容否认。唯国之界限则殊非自然，只凭人工在地上画圈，故随时可以发生变化。是以家之界因科学关系，早呈稳定状态。唯此"非科学"之国界，则纷乱扰攘数千年，至今未已，或可以说于今为烈。盖以国之为界全在人为，有力者可以尽量扩充，至于无限制。"生命线"三字，可以生出无穷妙解。

欲救斯弊，诚非易易。唯于无办法之中想办法，则第一步或从变更单位入手。不以巧立名目之"国"为单位，而以民族为单位，则地图之圈，可以减少。试以今日中华民族之成分而论，据陶宗仪《辍耕录》所载，则为汉族八种、色目三十一种、蒙古七十二种集合而成。此一百十一种即当日之百十一国矣。虽则钱大昕曾讥其重复，但惜乏其他书籍足以是正。此宋元以后之成分也。远古且勿论，即魏晋间所谓五胡之匈奴、羯、鲜卑、氐、羌及五代时之契丹、女真，固亦尝烜赫一时，曾使中原政治起大波澜者矣。于今则何如矣？痕迹且无，遑论疆界。故第二步可以借同化力再减少地面之圈。不以武力划疆界，唯借化分之力顺其自然，从逐渐减少单位入手，则较于武力所画之圈，于科学为差近矣。百数十种既可以化成一中华民族,若假以岁月,又安见其不能融冶世界人类而成一族也?

一三五

"爱",乃道德上之优美名词。如墨子之言"兼爱",基督之言"博爱",孔子之所谓"仁者爱人""仁民而爱物",不胜枚举。大率儒家哲学之所谓"仁",即是一"爱"字。

以不忍人之心,行不忍人之政。不忍即是仁。可见爱之反面是残忍,亦曰不仁。

有正必有反,有阴必有阳,有一极必有二极,是曰对待。对待者,物理学及几何学之名词也。

爱与不爱,对待也。若以爱为善,则不爱即为恶,善恶亦对待也。但有时对待不必如物理学之求于反面,亦不必如几何学之求于两端。即事物本身同时而具备两种作用,谓曰"片面",仍不能表其真意,此则最有兴趣者矣。"爱"字即其一也。

爱是美德,然同时亦为万恶之源。世界上之凶杀案,为爱情者几及半,图财只是少数。为爱情而自杀者过半,因生计压迫只是少数(近年之华北不在此例)。杀人之与自杀,用道德观念判断,其罪一也。此则就人与人之方面言之也。

至于人与物之方面,其机尤险。罗致玩好而蕴藏之,不厌其多,爱极之表示也。然而巧取豪夺之罪恶由此而生矣。巧取之谓窃,豪夺之谓盗。小窃之与强盗,是曰罪人。求则得之,罪恶既已如此。假令求而不得,可畏更有甚焉。古今来为一玩好之物丧其身而覆其家者何代蔑有,而以吾中国为尤甚。此则关于予夺间之直接磨擦,积极之罪恶也。更有一种消极的罪恶,尤属可鄙。譬诸一人,既掷相当之金钱与岁月而博得"收藏家"之头衔时，则其犯罪之机会亦开始矣。受他人之贿赂而曲解鉴定者有之，得评价之付托权而从中取利者有之。人欲横流，于斯为甚。

夷考所谓消极的罪恶者，其作用有二：一则可以在该古董店攫取一件心爱之物而用飞账法将价值转嫁于他人。一则借介绍买卖而市惠于该古董商，易取酬报，不外如是。

佛法十二因缘观之爱、取、有互相连锁。夺取之与占有皆由爱而起。试作三段论法以证之：

巧取豪夺，明诈暗骗，不得不止，是曰占有，乃罪恶。占有欲缘于爱，所以爱即是罪恶。

一三六

矛盾乃万物之通病，而人类尤显。譬如"过则改之"，当其知过而改之过程中，在旁人视之，即现矛盾相。又如"好刺激而喜麻醉，以苦为乐"，在嗜好不同者视之，亦现矛盾相。凡此皆可以推理而得，无足怪焉。奇莫奇于特赦令，莫名其妙，只能名之曰无理由之矛盾。

在司法未独立之先，赏罚只凭一人之喜怒。怒而縶之，不具理由。追偶逢特别庆典之冲动而天颜有喜时，辄复赦之。帝者之喜怒有何定据？无足怪也。若司法既独立之后，犹复频见特赦令，则于理为不通矣。刑罚既根据法律而后执行，赦之是无异自承前日法令之谬误。若是，则亟宜修改法律，方是正理。试问总统就职，国都迁移，何与于囚犯，岂非以法律为儿戏耶？善乎，北魏献文帝之言曰"赦令足以长奸"，故自延兴以后，不复有赦，是真明主。又至元二十一年春正月乙卯，群臣上尊号，时议欲大赦。参知政事张雄飞曰："古人言，无赦之国，其刑必平，故赦者不平之政也。"帝嘉纳之，遂止。是故以特赦为庆典者，岂但不如北魏之献文，乃至不如蒙古大帝。

吾因是而连想及科举时代之老太爷。原是乡曲碌碌无所长之老者，若一旦儿子中了秀才，则这位老太爷之学识便立即长进。明日即可以为他人排难解纷止争息讼，言而足为乡党法。试问你儿子之学问进步，于你何干？乃亦高坐堂皇，论列是非，是何理由？

吾因是而连想及我国之教育制度。凡持得未经教育部立案之证书而欲升学或转学时，须经过入学试验，宜也。乃同是国立学校，转学亦须试验。甚至同一学校，由初级而递升高级，亦须试验，诚不可解。岂高级教员对于初级教员之学问有所未信耶？诚如是，何以不易人，此则校长之失矣。无端而对于同俦之学问表示不信任，无乃太不客气耶？如曰此非高级教员之所愿，亦非校长之意旨，实政府之法令也。试问准予立案，是何意义？既许之而同时又表示不信任，是何理由？

吾因是而连想及田赋之征实。币制，政府施政之大法也，勿论其本质之为帛、贝、金、银、铜、镍、纸及大小轻重，一旦经政府以明令颁布其法值，便立即发生一种与造物主同等之权威。田赋而强行征米，是政府率先自不信任其所颁之法币矣，是何理由？

儿童心理，矛盾性最大，盖为求知欲所驱使，而识力未足以判断，不惜纡回曲折以进行，故每觉其矛盾。此之谓幼稚。

一三七

"歌哭"二字，乃情感之切直表现。有辞有韵之谓歌，唯哭则多属有声而无辞。吾粤乡曲女子出阁时，其告别父母弟兄姊妹也，嘤嘤啜泣，而口中则念念有辞，悉成韵语。然此犹在情理之中。至于父母之丧，乃亦以韵语哭之。此陋俗也，不可为训。

欢乐之歌，感慨之歌，必以韵语出之，庶可以回肠荡气。盖以精神既受冲动，则不禁足之蹈之手之舞之也。唯哭则不然，其冲动之疾，不可思议。一触即发，是短波的，实令人无暇置辞，此哭之所以有声无辞也。然而古之文士，除父母之丧例应语无伦次外，哭友有诗，哭子有诗，悼亡有诗。此则有声有辞而三眼一板之哭声矣。更有刘令娴之哭其夫曰："生死虽殊，情亲犹一。敢遵先好，手调姜橘。素俎空干，奠觞徒溢。昔奉齐眉，异于今日"，此又情文备至之哭声矣。女子虽为丈夫服丧三年，与父母等，但可以不必语无伦次，盖分属平等故也。更有华周杞梁之妻，善哭其夫而变国俗。一哭可以声闻全国，使习俗为之转移，其必为有声有辞可知矣。哭以善称，应是艺术的哭。

一三八

人当心绪不佳时，则天地异色。如杜子美《蜀中》诗曰："卷帘唯白水，隐几亦青山。"诗题只得一个字曰"闷"。如句中所云在他人视之，所居得山川图画之形胜，揽自然景物之优美，宁非赏心乐事耶？而乃曰闷。此亦情绪之影响于环境者矣。

"笔补造化天无功"，此李贺诗也。"神纵欲福难为功"，此杜甫诗也。一为积极而一为消极，其漠视自然势力则一也。

"文章憎命达"，此亦杜诗也，即穷而愈工之意。但穷而愈工，自己仍立于主体地位。"文章憎命达"，则以文章立于主体地位，多转一个湾，意义更深一层。此亦犹粤语谓不知自量者曰"不信镜"。在他人则亦曰"你也不照照镜子"而已，而粤语之意若曰，他已照过，但说镜子靠不住。亦多转一湾而意亦愈深。

写野营之悲壮严肃，应以子美之"落日照大旗，马鸣风萧萧。平沙列万幕，部伍各见招。中天悬明月，令严夜寂寥"为最胜。若东坡之"令严钟鼓三更月，野宿貔貅万灶烟"非不佳，但总觉费力。"万灶烟"何如"落日照大旗",同是写黄昏萧瑟,然气象便不如矣。且"万灶烟"三字,写城郊亦可用,而"落日照大旗"则活现野营之黄昏。只言中天悬明月,则深夜自见,不必三更也。此所以为不可及。

天下方言,奚啻千万种,识之者或以为悦耳,不识者谓为格磔。唯啼笑则自赤子以至于成人,横绝宇内,莫不相同,闻之而识为是笑也,是啼也,不能有误。是则啼笑乃天籁,乃人类之元音,意志之最真表现矣。然而有所谓强为欢笑及羊志之一副急泪,则啼笑亦未必尽真矣。语言既不足信,啼笑亦不能无疑,然则唯有"尽在不言中"是真的。

一三九

战争,威武事也,从字义观察,一似凡属身躯雄伟而好勇斗狠之动物,战争之事必繁数而剧烈。但事实则殊不尔。虎豹狮子,最称威猛雄健,号为百兽之王,然未闻有集团斗殴事。若是乎,战争虽属威猛之动作,而战争之发生,殊不在生理上之威猛与不威猛。欲寻此直觉观察所以失败之原因,宜略识战争之动机。

干糇可以起衅,战斗之动机实不胜枚举。语其大者,则有:

一、人口膨胀,须辟地以殖之;

二、生产过剩,须觅尾闾以宣泄之;

三、原料不足,须掠夺以补充之,即所谓世界资源再造论;

四、少数人为领袖欲所驱使,好大喜功,既自领其土,更欲领他人之土,以广土众民为无上光荣,乐此不倦。

夫人之欲善,谁不如我?若循此四者以进行,则与他人利害冲突之机会,定应不少。冲突则战争开始,盖图存之第一步,固不计强弱也。然而斯四者,唯群居动物乃能有之。于是战争遂为群居动物之特产品,威武雄壮之虎豹,竟不闻有聚众恶斗尸骸遍野之事。

凡此乃专就生理方面言之也,更有群众心理,测验结果亦异乎寻常,有非直觉之所能索解者。法国名学者李般之言曰"虽平日意志坚强、卓立而不可动之人,一旦卷入群众运动之漩涡中,则平时之智慧,立即消失。进退动作悉操纵于领导者之手,如瞽如痴,意志且蔑有,遑论坚强"云,是诚可异。然而群众运动,亦唯群居动物乃能有之,此虎豹狮子之所以未尝聚众滋事也。

人类既为群居动物之一种,则战争实属不能避免之事。古之圣哲,有采积极态度而标榜非攻寝兵者,有消极而作事前之防范、事后之补救者。治本治标,各行其是。凡百皆以治本为彻底,治标为因循。唯此事则不能治本,治本则违天。除非将人类之天性,根本改造,毋使群居,庶几有济。

一四〇

"霜皮溜雨四十围,黛色参天二千尺",此少陵《古柏行》也。因此而惹起种种议论。有谓此柏未免太瘦长者,有对于"围"字下种种定义者,无乃辞费。又如昌黎之"太华峰头玉井莲,花开十丈藕如船",若为之作笺注,则妙语应更多。又如斗大金印,言印之大也;斗大皇城,言城之小也。若以科学头脑评定之,无一而可。文人所用之形容词,那能认真?若认真则纠缠不清矣。

"忆年十五心尚孩,健如黄犊走复来。庭前八月梨枣熟,一日上树能千回",此亦少陵诗也。或曰:"千回"未免太多,疑是"十"字之误。为此说者,亦痴也。此诗前四句全在写昔日之健,用衬今日之衰,故下文即曰"即今倏忽已五十,坐卧只多少行立"。文人之形容词,岂能与之认真?

岂但形容词不能认真,即如太白之"黄河之水天上来"少陵之

"赤岸水与银河通",彼宁不知天河之为神话?但如此写法,则江河之气势便即加大,盖亦文章技术也。

《孝经》曰:"身体发肤,受于父母,不敢毁伤,孝之至也。""孝"字乃儿女对于父母之专门名词。《孟子》曰:"杨子取为我,拔一毛而利天下,弗为也。"又曰:"杨氏为我,是无父也。"[1]与《孝经》之说相映成趣,最有意思。究竟此一根毫毛是拔好还是不拔好。拔之则是毁伤父母之遗体,是曰不孝;不拔便是无父,亦曰不孝。

余非敢侮圣人之言,奈孟子此一段话未免太过武断,诚有令人不能已于言者。试问"为我"之与"无父","兼爱"之与"无君",有何连属关系?真如风马牛。而孟子竟把他扭作一团,更下一极勇敢之判断曰"是禽兽也"。以恶声加人,似非贤者之所宜。

善乎,庄生之言曰:"今墨子独生不歌,死无服,桐棺三寸而无椁,以为法式。以此教人,恐不爱人;以此自行,固不爱己。"又曰:"其生也勤,其死也薄,其道太觳;使人忧,使人悲,其行难为也。恐其不可以为圣人之道,反天下之心,天下不堪。墨子虽独能任,奈天下何?"又曰:"虽然,墨子真天下之好也,将求之不得也,虽枯槁不舍也,才士也夫!"

庄生此段大议论,心平气和,针针见血,绝不悖于论理。以视孟子之强辞武断,高明多矣。以此而拒杨墨,庶不愧为圣人之徒。

一四一

日本人最迷信"八"字,谓八字倒置,正如行军之两翼,作虾须

---

[1] 按:"杨氏为我,是无父也",《孟子》原文为"杨氏为我,是无君也;墨子兼爱,是无父也"。梁氏于此有改动。

式以前进也。军国民之理想，无往而不含有军事韵味，可哂也。迩来则更由理想而变为事实矣。二十年九月十八日而有沈阳之役，二十六年七月八日而有香月之入城司令，三十年十二月八日而有珍珠港之役，三十一年二月八日陷新加坡，同年三月八日陷仰光。自兹以往，"八"字更带得几许神秘性。每月八日，禁屠宰，遏密八音。在东京时间之正午，此间之警笛一响，虽行人亦须驻足，静默一分钟。十字通衢之警察岗位，咸披以黄伞，有文在上。

考说文"八"字之释文曰："八，别也，象分别相背之形。"试更于同部中略举数字以作参证："小，物之微者也，从八。"象分解而小之之意，"丨"在其中，象界识。"采，辨别也，象兽指爪分别也。"从二八而以十界之。"半，物中分也，从八从牛。"示大物而可分之意。由此观之，"八"字乃分别、分裂而相背之意。倒视虽成虾须式之前进形，唯正视则成左右两股会攻核心。义既不祥，形亦匪妙。

新加坡既陷，易名"昭南"，年来每于报头见此两字，中心未尝不为之怦然，诚以昭王南征乃不复之兆，殊非佳谶。

"八"与"昭南"之不妥，有如是者。甚矣，甲国杂用乙国文字之不相宜也。不能创造，宁付阙如，犹胜窃取。粗人掉文，充其量不过留一笑柄而已，无关大体。民国二十五年在北京交通大学，有某甲携得其小孙来，某乙谀之曰：令文孙真好，人也聪明，相貌又好，将来"不堪设想"。甲瞠目不知所对。乙之意盖谓"未可限量"也，不审何故而误作"不堪设想"。然此不过留一小笑话而已。甲乙之交情如旧，或更相亲，殆喜其天真而无伪也。既好杂用乙国之文字以为快，则乙国之《说文》与历史宜加注意。不迷信则亦已矣，既以迷信而崇尚"八"字，则语谶岂容忽诸。

三十三年八月八日写记

一四二

"嫌疑犯",谓形迹上有犯罪之嫌疑也。形迹乃见诸行为,凭事实以为根据,是否确凿。执根据以资考察,若慎重从事,亦未尝不可以罪人斯得。至于"思想罪犯"之构成,则不必如是之烦碎。其法只是屏除一切客观之事实,纯任主观以为准绳。他人之一颦一笑,无不可以加之罪。即终日穆然不动以学形塑,亦未尝不可加以"负气"之罪名。若是者,则真可称为盛水不漏矣。偶语者弃市,乃秦皇处分嫌疑犯之手段也。拒杨、墨,是孟子处分思想犯之手段也。秦皇之刑人于市,千古指为虐政,而孟子之拒杨、墨,则曰圣人之徒。斯亦有幸有不幸欤?夫以秦皇之威,然犹拘泥形迹,不肯离事实以放手做去,虽暴而不彻底,是以不济。杀人者谓之贼,杀千万人则曰英雄。项羽之必欲学万人敌,夫岂徒然哉?是故根据客观之形迹以入人罪者,犹是谨小慎微,若大刀阔斧之英雄,不如是也。数理之以两负号等于加,英雄殆深知其意矣。(三十三年曾有逮捕思想罪犯之事,三十五年十二月一日补注。)

一四三

李清照《九日醉花阴》词,世传名作,而尤以"莫道不消魂,帘卷西风,人比黄花瘦"三句,曾压倒赵明诚。人比黄花瘦,与秋高马肥,相映成趣。

"天下无不是之父母",教孝之格言也。《水浒传》宋江闻太公已死，蹜踊而号。旁有一人劝之曰"天下无不死之父母"，宜以后事为重。"是""死"双声，轻描即成妙品。

"何哉，尔所谓达者？""何哉，君所为轻身以先于匹夫者？""何哉，君所谓逾者？""却之却之为不恭，何哉？""而不待其招而往，何哉？""孔子以为德之贼，何哉？"六个"何哉"，前三个用倒装法，与"者"字相呼应，较为神完气足。

革命，易命也。革职，免职也。但何以不曰"易"，不曰"免"，而曰"革"？且羽、毛、齿、革，制造弓箭之原料也，匏、土、革、木，制造乐器之原料也，可见"革"之为固有名词。何以移作动词用而意义乃杳不相属？《说文》："革，兽皮。"段注曰："治去其毛曰革。"又曰："革，更也。""革"乃象形字，篆书则宛如兽皮之平铺，四足头尾毕具。又"皮"字条下："皮，剥取兽革者也。"注曰："有毛为皮，去毛为革。"然后知此字之所以用作动词，实由"治去其毛"一语得来。故曰："革，更也。"《说文》之所以称为小学，有以夫。因"治去其毛"一语，连想及摩顶放踵，不几成制革厂矣乎？

《说文》："有，不宜有也。"段注曰："本是不当有而有之称。"引《春秋》书"日有食之"，谓日乃常圆而无亏，本不当食。其食也，是不宜有也。又桓三年，"有年"。贾逵曰："桓恶而有年丰，异之也。"异之者，意谓不应有而有也。然后知"舜、禹之有天下也"，"有"字之意义于斯乃得。舜之天下理应属于丹朱，禹之天下理应属于商均。舜禹以禅让得之，不应有而有，故曰"有天下"。古人用字之不苟也如此。故凡属以极为"颇"、以强行为"遂行"、以完成为"完遂"、以贵妇人为"御妇人"、以慎勿颠倒为"天地无用"者，最好请其从速废止汉字。

柳耆卿"寒蝉凄切"之《雨霖铃》，其上半阕结韵曰"暮霭沉沉楚天阔"；又"冻云黯淡"之《夜半乐》，其下半阕结韵曰"断鸿声远长天暮"。一以天为阔，一以天为长。实则凡属茫无际涯者只能谓之阔，不得谓之长。"断鸿"句之"长"字乃从上文之"远"字得来，如"雁过长空"，亦是此类。若云"雁过阔空"，则不妥矣。盖雁程含有"远"字之意，故曰"长"。一物之形容词，每有因他物而变其容貌者，此类是也。

古者乡举里选，乡与里，乃平民之所居。如"放归田里"，可以为证。然而柳耆卿之"帝里风光好""杳杳神京路"，同是指京都而言。庄严郑重，则曰神京皇都；亲切有味，则曰帝乡帝里。"乡""里"固不必专隶于平民。此乃本国人运用本国之文化，无施不可，借用则不逮矣。

"君子于其所不知，盖阙如也。"阙如者，乃暂时阁置之意，待搜集证据，然后用归纳法以求断案，非谓屏弃而不复措意也。故曰："不知为不知，是知也。"自己知道尚有不及知之事，故曰"是知也"，谓知其所不知也。此语若以算式演之，则是两负号等于加。不知为不知，两个不知，是两负号；是知也，是加号。若强不知以为知，是自以为此问题已经解决，无事萦怀。若是，则真成永远不知矣。

"纣之不善，不如是之甚也。"子贡诚不好作极端语，应是持平之论，则纣之抱屈可知矣。行文者有时欲加强发语之气势，不惜以重笔出之，所谓加倍写法是也。然而去事实则愈远矣，如"象日以杀舜为事"，细玩此语，殊觉有趣。杀人乃非常之举，终身而不动此念者是为经常。即偶尔冲动而起杀机，亦不过刹那顷之事，气平则境迁矣。除却苦心孤诣以图报不共戴天之仇外，岂有终身以杀人为事之理，况兄弟乎？充其量亦不过曰屡欲置舜于死地，其亦可矣。乃曰"日以杀舜为事"，一似除却杀舜之外，更无所事，宁非大奇？

"经验"二字，语意似是就身之所经以为验，此直觉之误也。经验不必尽从身体力行得来。如"不知足而为屦，我知其不为蒉也"，是以深信他人之经验为自己之经验。

一四四

习用语每有沿古人之误，以讹传讹，一往而不复返者。如"卧榻之侧，岂容他人鼾睡耶？"此宋太祖进攻南唐之口实也，今小学生作文，亦常引用之。实则此语文义欠通。"卧榻"二字，不能连缀成文。

《说文》："卧，休也。从人从臣，取其伏象也。"段注："卧，伏也。"卧与寝异。寝于床，《论语》"寝不尸"是也。卧于几，《孟子》"隐几而卧"是也。卧于几，其状伏，故曰伏也。案：几，所以凭而息也。《左传》："投之以几，出于其间。"以竹木为之曰"几"，以软物为之曰"隐囊"。"隐囊"之"隐"字，即从"隐几而卧"得来。

《说文》："榻，床也。"《玉篇》："床狭而长谓之榻。"《汉书》："陈蕃为徐穉特设一榻，穉去则悬之。"可见榻也者，略如现代轻便之独睡床。故曰狭而长，便于悬也。

案：《诗经》之"或偃息在床"，及《论语》之"必有寝衣长一身有半"，均可与段氏之说相发明。《说文》："偃，仆也。"段注："偃，僵也。伏而覆曰仆，仰而倒曰偃。"《吴越春秋》："迎风则偃，背风则仆。"易衣而寝，其为偃息也明矣。故偃息必宜在床或在榻，但非所以用之于卧。总而言之，榻非所以卧，而卧必不在榻也。

"卧"字从人臣，明俯伏丹墀之义，乃会意字，故曰伏也。岂有人臣而偃息于天子之前者哉？故曰"卧榻"二字，不能连缀成文。检点小吏，不甚读书，迨作天子，则更无暇读书矣。

一四五

年来日本人总不肯承认重庆政府为我国之中央政府，不曰"蒋政权"，即曰"渝政权"。盗憎主人，亦固其所。最妙是此次华盛顿四国会议，彼乃大书特书曰"英美苏渝"四国会议。既曰国矣，世间那得有渝国？吾因是而制得一佳谜。谜面曰"华盛顿四国会议"，打《左传》一句，颠倒裳衣格。谜底曰"有渝此盟"，盖谓此盟有渝也。

"有渝此盟，神明殛之"，乃僖二十八年践土之会誓辞。文章天成，附记于此。

《说文》："亚，丑也。象两人相对而局背之形。"桂馥注曰："亚字古文通作恶。经典文字，恶字皆作亚。"又曰："亚字象曲脊丑恶之形。"

字义既如此，则"亚细亚"之名词，释其义应作"丑恶，小小的丑恶"。若大东亚，便是"大大的丑恶"。案"小小的""大大的"，乃日本人之中国语。彼之"大东亚省"，成立于三十一年十一月一日，那时打中国已打了五年零四个月，弄得焦头烂额，咽不下去。乃变更口号而曰"大东亚战争"，此之谓大大的丑恶。

三十三年八月廿五日写记

一四六

不以现在生活为满足，此世界之所以进步，而亦世界之所以不安也。满足与不满足，亦即消极与积极之所攸分。人生观之或悲苦或欢乐，其分野乃在于前途之有无希望。有希望则自觉天地万物，取无禁而用不竭，无一而非为人生而特设。人生之意义是主体的、享受的。万物之存在只是备供主体之享用而已。反之，若前途之希望断绝，则唯觉上天生我之无谓。一身之外，皆非我有。万物于我无益，而我亦无益于万物。我之一身虱乎天地之间，只是畸零，人生是无意义的。

名垂宇宙，与天地而长存；著作等身，与文字而并寿。此乃形而上之人生观，且勿具论。试专就主体的、享受的之一方面，以讨论其积极或消极二者之趋向。

"希望"云者，积极之原动力也，无希望则无积极。然而希望无止境，享受则有最高度之限制。力与物既不平衡，而变化又起。譬如富有四海之帝王，宇内既统一，更开边以臣服四夷，至此已无复用武之地矣。子女玉帛，选精择尤以媚兹一人，则耳目声色之欲，更不能作进一步之增加矣。然而希望之原物力依旧推进无已，不会停止。此则帝王之苦闷矣。不得已只有向仙佛一途迈进，以求长生不老，用以消纳原动之推进。求仙学佛原是消极的人生观，而帝王则用以作更进一步之积极活动，斯乃最奇。抱消极之人生观，遁世而逃禅者有之矣，唯帝王之逃禅入道，其动机乃在于积极。盖亦不以现在之生活为满足，而作更进一步之追求者也。是故积极、消极，只应以手段验之，不得以所向之目的为论断耳。

一四七

说部中之《品花宝鉴》，若以纯文学眼光，专就诗词歌曲、书札酒令方面观之，其佳妙实远在《红楼梦》《花月痕》之上，而以酒令为尤佳，可以称在一切说部之上。此则背景不同之故，而非谓著者之能不能也。《品花宝鉴》之背景，乃毕秋帆、袁子才、蒋心馀、张船山、江慎修等，皆乾隆朝知名之士，与《红楼梦》之描写小儿女口吻，笔墨自应不同。唯不得作者主名，其自序一篇，只署"石函"之别号而已。但中有"尝作《梅花梦》传奇"一语，查《梅花梦》乃以冯小青为背景，其自序署曰"劫海逸叟"，亦无主名，唯曰"尝拟就正于黄韵珊而未果"。查韵珊名燮清，海盐人，道咸间之名曲家，著有《倚晴楼七种》行于世。据《梅花梦》之题辞及后跋，得知作者姓张名道字少南，钱塘人，殁于同治元年壬戌。因此而得知《品花宝鉴》作者之为张道也。《梅花梦》共凡三十四出，填词只是平平，无甚精采。

《儿女英雄传》亦清代之长篇小说，作者自署为"燕北闲人"。有雍正阏逢摄提格观鉴我斋一序，盖即雍正十二年甲寅也。又有乾隆五十九年甲寅东海吾了翁一序,及光绪四年戊寅马从善一序,得知作者名文康,旗满人。是书之特色,在于从一人身上而写出两种个性,前后若两人。此一点允为他人所未有,余外只是平平。但在第三十二回中,忽有诋毁《品花宝鉴》之语,无乃太奇。以康乾间人所著书而评论道咸间人作品,其为后人羼入无疑。但该改窜者亦未免太不留心矣。况复以读语录之头脑读小说,尤属可笑。偶因考订《品花宝鉴》作者而类及之。

一四八

偶披阅黄哲维之《花随人圣盦摭忆》,见有记经莲珊遁迹澳门事,详其始而未悉其卒,为补叙如次。盖此事实余之所亲见也。先是光绪二十五年己亥,清廷册立大阿哥,用作废立之预备。时经莲珊任上海电报局总办,单衔电总理衙门王大臣,谓此举有违祖制,请收回成命。以此获罪,亡命澳门。计当日维新志士之入内地活动及往南洋诸岛办报馆、筹饷械者,咸移家港澳间,以备纵有蹉跌,庶不至祸贻父母、罪及妻孥也。于时有粤人刘学询者,以赌起家,寝成巨富,累捐至候补道,自告奋勇,欲逮捕志士以邀功。澳门原是彼赌围姓时之大本营,以是因缘,曾作澳门绅士。澳门之葡萄牙总督,其故交也。时刘家居广州,重赂葡督,诬莲珊亏空电报局公款而潜逃,用以撇去政治犯之名,计亦狡矣。交涉引渡,既有成议。盖葡人之政治道德自不如英美。计此案在澳门法庭对质时,余尝为莲翁作证人。繇是港澳志士大起冲动。时有一侠士杜标者,广东南海人,本绿林豪客,而亦有道之盗也。愤刘之所为,必欲除之,然未识刘面。乃机会之来,诚有出人意表者,澳督忽为一葡兵所戕。先是澳政厅有职出缺,一兵目宜递补,其第二资格者则澳督之子也。澳督乃于事前摭一小事罪兵目,监禁一星期,罪满释放，而该缺则已补督子矣。兵目出狱后，即入酒肆狂饮，旋用其所荷之长枪实弹而至总督办公室，一击毙之。出殡之日，刘学询自广州来，为之执绋。杜标得杂于道左群众中，侦识刘貌。事毕，刘乘省澳每日定期航轮返广州，杜亦购一三等票与之同舟。既抵岸，刘自有肩舆来迎。当其俯身升舆，转面就坐之际，杜遥以手枪击之，应声而倒。杜之技术，能以手枪击飞鸟，鲜不中者，此亦余所亲见。当日刘之所以不即死，殆因子弹击中其所服半臂衣袋中之象牙鼻烟碟，弹横撇斜穿其乳房之皮肉，以此获免。然自此一击之后，刘即匿迹消声，再不敢以志士头颅作进身之具矣。盖千金之子，不能不有垂堂之戒也。杜标短小精悍，时年约二十七八，入民国其人尚在，今则莫知其所至矣。

一四九

戊戌后，先兄旅居日本。庚子之冬，章太炎往视之。一日，两人同在横滨新民丛报馆之斗室中，章曰："余渡海时，于舟中偶得一联，未能成对。曰：'今古三更生，中垒北江南海。'"盖戊戌八月，康南海先生以九死一生，幸而免，故亦自号为更生也。"中""北""南"乃方位，"垒""江""海"皆地理，三者平列，而首句则已将"三"字用上，自是绝对。当日同人，亦只有赞叹而已，无敢着想者。

事隔二十年，于民国九年秋，余往宣武门外香炉营头条唯一报馆访一人，有符九铭在坐，偶举章之联语以资谭助。不十五分钟而九铭曰："得之矣。曰：'世间一长物，孔兄墨哥佛郎。'""孔""墨""佛"乃宗教，"兄""哥""郎"则人伦，三位一体，而以"一身之外无长物"之成语运用之，可称巧思。

自清中叶以迄民初，华中、华南尽流通墨西哥银元，至熊希龄内阁颁布币制条例后,墨银乃绝迹。是故三十上下岁之人读此联已减少兴趣矣,因墨西哥银元为目所未睹故也。文章固有时代性,此类是已。

对联文艺,唯中国为能有之。欧西文字,虽亦字有虚实,音有高低,但阴阳四声之间,不能如中国之严格规定。且非一字一音,尤乖所宜。是以对联、律诗、律赋、骈文等类之文艺,根本不能产生。模仿乃动物天性,尤为人类之所长。然而万事万物可以模仿,唯欲以欧西文字作骈语,可决其为不可能。长林、丰草,终久是两件事,根不同也。

一五〇

"庸人多厚福"一语,似是精明强干者偶遭蹉跌之牢骚话,其实不然。庸人固自有其多福之道,请伸论之,先释庸。

何谓庸,即庸碌是已,碌碌无所长,无咎亦无誉,换言之即曰平凡。无咎则无风波,无誉则不招忌,平安是福,何必不凡?身心皆平均发达,是曰健全。健而全,那得非福?

庸之对面曰天才,天才云者,即谓此人之才智特别发达于某一部分是已。譬诸全体概为百分比,此一部分占百分之八十,自是过人七倍。然而其他各部,共只得百分之二十,显然偏枯,是曰不健全。不健全便是有病,此病即是神经病。然则所谓天才家,亦即神经病者而已。牛顿为所豢之爱猫筹算,其智乃不逮木匠。远火炉可以避热,常识曾不如执役之佣。

此种神经病者,非只限于科学家,政治、文学,随在皆有。若此辈肯用其所长,将必有惊人成绩。无如好用其所短乃人类通病。因为彼之所长即是彼聪明会萃之点。彼若出其兼人之偏重力以作一擅长之事,自觉轻而易举,以为人亦如我,不足为奇。必择一较难之事,庶几足以尽吾才。而岂知彼所认为较难者即是偏枯处,是即人类之所以好用其所短之原因矣。

用其所短，易致失败，反不若埋头苦干之庸人可计日呈功也，故曰"庸人多厚福"。

红颜多薄命，其理亦然。红颜即美之谓，旧中国社会，以带病态之女子为至美。"轻盈""婀娜""纤丽""荏弱"，乃美之形容词，皆病态也。带病态必非健康，不健康每多短命，此其一。宋督之杀孔父，只为其妻之美而艳，此其二。蛾眉伐性，此其三。庄姜美而无子，此其四。短命，作小寡妇，无子，皆曰薄命，此世俗之见也。强健而有宜男相，则不合美人条件矣，那得不薄？

五官端正，实美之基本条件，眉目尤占最重要之部位。然而人生不如意事，十常八九。女子善怀，明眸善睐之人，感受激刺每较呆滞者敏而且多。忧能伤人，那得不薄？红颜之与薄命，因果乘除，约略如此。

一五一

《离骚》乃即物以寓讽谏，《九歌》乃因改作祀神曲以寄意，唯《九章》乃屈原个性之最真表现。《九章》之中，尤以《橘颂》一篇，实屈子之自状。如曰"深固难徙，廓其无求"，曰"苏世独立，横而不流"，曰"独立不迁，岂不可喜"，凡此皆借颂橘以自写其宁折不屈之特性。

《惜诵》曰："言与行其可迹兮，情与貌其不变。"又曰："欲儃佪以干傺兮，恐重患而离尤。"《涉江》曰："吾不能变心而从俗兮，固将愁苦而终穷。"《怀沙》曰："欲变节以从俗兮，愧易初而屈志。"又曰："知前辙之不遂兮，未改此度。"《悲回风》曰："怜思心之不可惩兮，证此言之不聊。宁逝死而流亡兮，不忍为此常愁。"诸如此类，莫不充分表现其倔强之个性。至于《怀沙》所云，虽明知前辙之既覆，亦不肯有所更改，固执真无以复加。以如此个性，自杀亦固其所。

屈子继述三百篇之比兴体，辞多象征。唯《抽思》之"善不由外来兮，名不可以虚作。孰无施而有报兮，孰不实而有获"，则为说理之文，几于语录。

一五二

光绪十一年，梁鼎芬以法越事件，弹劾北洋大臣李鸿章，因而去官。当日南海先生尝有《蝶恋花》一阕慰问之。词曰：

记得珠帘初卷处。人倚阑干，被酒刚微醉。翠叶飘零秋自语。晓风吹堕横塘路。　　词客看花心意苦。坠粉零香，果是谁相误。三十六陂飞细雨，明朝颜色难如故。

梁和韵答之，其下半阕曰："多谢词人心太苦，侬自摧残，岂被西风误？昨夜月明今夜雨，人生那得长如故。"十七年辛卯，南海先生讲学于广州之万本草堂，梁赠以近体七言律诗三首，其第一首曰：

牛女星辰夜放光。樵山云气郁青苍。九流混混谁真派，万木森森一草堂。但有群伦尊北海，更无三顾起南阳。芰衣兰佩夫君意，憔悴行吟太自伤。

其时南海先生亦以中法之《北京条约》丧权失地，乃伏阙上书，有所论列。所志不行，归而讲学，故二三两联云云。西樵，乃先生故里。

一五三

干支古名，并非一字一音，如甲曰阏逢，乙曰旃蒙，子曰困敦，丑曰赤奋若之类，由今观之，无疑已成古董，但好奇之文士，犹或用之，不识每为所窘。如汪容甫《吊马守真文》发端曰："岁在单阏，客居江宁城南"，盖谓卯年在南京也。又如《通鉴》每卷之首，例以干支古名纪时间，如曰"汉纪五十八，起屠维赤奋若，尽昭阳大荒落，凡五年"，盖谓起己丑迄癸巳也，不识恶乎可？但此二十二个殒石式之古代名词，一时颇难记其顺序。

有干支古名歌，颇便于记忆，录之。

《天干歌》曰：

阏逢之下是旃蒙，柔兆连强围著雍。屠维上章重光次，玄黓昭阳干乃终。

《地支歌》曰：

摄提格单阏，执徐大荒落。敦牂兼协洽，涒滩与作噩。阉茂大渊献，困敦赤奋若。

此歌即熟读之后，迨应用时仍有窒碍。如欲知今年丙戌之古名为何若，仍须费一番翻译工夫以对照其顺序，颇不方便。曷若加入干支今名而减少虚字，则今古连带而不假思索，较为便捷。《天干歌》改作长短句，甲乙丙丁戊，押东钟韵。己庚辛壬癸，押江阳韵。《地支歌》则改五言为七言。试将所拟录于左。

《天干歌》曰：

　　甲闷逢。乙旃蒙。丙曰柔兆丁强圉，戊著雍。己屠维，庚上章。辛重光。壬玄黓兮癸昭阳。

《地支歌》曰：

　　寅摄提格卯单阏，辰执徐巳大荒落。午敦牂兮未协洽，申涒滩兮酉作噩。戌阉茂亥大渊献，子困敦丑赤奋若。

如此则随手拈来，即可应用，不假思索。如问今年丙戌之古名，即可应之曰柔兆阉茂。

六十四卦名，共计七十九字，亦颇难记其顺序。余尝仿曲律格调，平仄互协，截为歌，录之。

　　乾坤屯蒙，需讼师比。小畜履泰否。同人大有谦豫随。蛊临观，噬嗑贲，剥复无妄大畜颐。大过坎离。咸恒遁，大壮晋明夷。家人睽蹇解，损益夬姤萃。升困井革，鼎震艮渐归妹。丰旅。巽兑。涣节中孚，小过既济未济。

韵语最能助记忆，尝执小学生数人作试验，只三十分钟工夫，皆能将六十四卦名背诵如流矣。

古亦有六十四卦歌，加虚字编成七言韵语，略如《干支歌》。唯余之所编，则未尝加一虚字。

一五四

戴安道不乐当世，隐居剡山，而其兄安丘则为功名之士。谢太傅谓安丘曰："卿兄弟志业，何其太殊？"安丘曰："下官不堪其忧，家弟不改其乐。"此一事也。又陈仲弓之子元方尝候袁公。袁公问曰："贤家君在太丘，远近称之，何所履行？"此又一事也。凡此二事，称谓有异于时流，可见不必定要"家兄""舍弟""尊翁"乃为当行。

林道人诣谢公，谢朗时始总角，新病初起，体未堪劳，与林公讲论，遂至相苦。母王夫人在壁后听之，一再遣信令还，而太傅留之。王夫人因自出云："新妇少遭家难，一生所寄，唯在此儿。"因流涕抱儿以归。谢公曰："家嫂辞情慷慨，致可传述，恨不使朝士见。"又王平子少时，见王夷甫妻郭氏贪得无厌，令婢路上儋粪。平子谏之，并言不可。郭大怒，谓平子曰："昔夫人临终，以小郎属新妇，不以新妇属小郎！"急捉衣裾，将予杖。平子力争得脱，逾窗而走。是则"新妇"之称，不必定限于初来，虽半老佳人，一例可用。自称"新妇"，较于"奴家"或"贱妾"，大方多矣。

一五五

查初白《东坡诗注》云："凡诗四句，以第一句对第三句，以第二句对第四句，谓之扇对。"东坡《和许朝奉》诗："邂逅陪车马，寻芳谢朓洲。凄凉望乡国，得句仲宣楼。"即是此格。赵彦村谓此格始于《白氏金针》。胡仔云"杜少陵《哭郑少监》诗：'得罪台州去，时危弃硕儒。移官蓬阁后，谷贵殁潜夫。'则前此已有之，不始于白氏矣"云。

余以为赵说固非，胡说亦非。此格由来甚早，远在唐之前。曹子建《鰕䱇篇》："鰕䱇游潢潦，不知江海流。燕雀戏藩柴，安识鸿鹄游。"即是此格。又陶渊明《归园田居》："野外罕人事，穷巷寡轮鞅。白日掩荆扉，虚室绝尘想。"亦即此格。颜延年《赠王太常》诗："舒文广国华，敷言远朝列。德辉灼邦懋，芳风被乡鼖。"谢康乐《夜宿石门》诗："朝搴苑中兰，畏彼霜下歇。暝还云际宿，弄此石上月。"皆是此格。谢诗尤巧，既以"朝搴"对"暝还"，"畏彼"对"弄此"，而"苑中兰"复与"石上月"对，"霜下歇"复与"云际宿"对。则扇对而兼蝶翅对矣。

一五六

作像赞须用一种特殊技术，要超逸又要着实，要简洁又要包罗，诚不易也。李龙眠尝为东坡写照，留存于金山寺。东坡归自儋耳，重过金山，自题其画像曰："心似已灰之木，身如不系之舟。问汝平生功业，黄州、惠州、儋州。"斯时东坡真可谓阅尽沧桑，自不免有牢骚气，然甚切实。且当其逾岭北还，由彭蠡出江，行过金陵时，乃五月一日，距属纩只两月有奇，壮志销沉殆尽矣。

陈同甫《题辛稼轩画像》曰："呼而来，麾而去，无所逃天地之间。"稼轩作官四十五年，三仕三已，未尝一度求去，亦未尝一度召不起。同甫此赞，是诚写真妙笔。

罗瘿公语余一像赞，其名则忘之矣，姑以张三代之。赞曰："张三之面，宽才四指，胡须不仁，蚕食其旁而不已。于是张三之面，所余无几。"滑稽可喜。

一五七

爵、禄、废、置、生、杀、予、夺，是曰"八柄"，王者之所以驭臣下也。《周礼·天官》篇曰："太宰以八柄诏王驭群臣：一曰爵，以驭其贵。二曰禄，以驭其富。三曰予，以驭其幸。四曰置，以驭其行。五曰生，以驭其福。六曰夺，以驭其贫。七曰废，以驭其罪。八曰诛，以驭其过。"计为恩者五，为威者三，此之谓恩威并济。然而七与八两项有所未惬。

《说文》："罪，犯法也。从网从非。"有为非而触法网之意。《易·解卦》："雷雨作解，君子以赦过宥罪"。疏曰："罪，谓故犯。"此其一。《说文》："过，失也。"误犯也。《周礼》："一宥曰不识，二宥曰过失。"郑注："宥，过失，若今律过失杀人不论死。"此其二。以此论之，则无心之失曰过，有心之恶曰罪。故曰：罪，故犯也。此就被告方面言之也。至于执行方面，则成问题矣。废，弃置也。所谓废弃终身，废为庶人，只是断绝其政治生命而已，其人固无恙也。至于诛，则是极刑矣。以极刑处误犯而轻罚故犯，是所未解。

一五八

北京大庙古柏林中之灰鹤白鹭，优游自在，不解畏人。秋去春来，年年不误。盖所谓候鸟也。丙戌长夏，忽有自南来之悍卒，纵猎园中。遂使雏坠巢倾，群起高翔。哀鸣竟日，始相率而去。从此寂寂空林，数百年之城市逸趣不复得矣。倚白石自制之《凄凉犯》以寄意（代荷花说几句话）。此调所用之去声最严而最多，梦窗亦不敢有异，自应依照，亦曰形似而已。

凄凉犯 又名《瑞鹤仙影》

态慵意远，长林外荷蕖乱点烟渚。晓珠露冷，风裳坠粉，翠云障暑。芳心最苦。自怀想年时旧侣。记临流、并肩照影，去去向何许。　　惆怅年华误。伴我晨昏，慰情唯汝。为伊泪落，尽凄凉那更延伫。铩翮飘零，万千恨凭谁寄语。镇无聊拔剑起舞，夜正午。

一五九 寿陆达权六十

大江流日夜，终古常如斯。昆仑孕冰雪，皑皑连须弥。万壑自争流，峡束成奔驰。下游汇众水，灵麓郁殊姿。岂独山川秀，人物亦瑰奇。君是此中杰，商管同襟期。负笈走万里，归来多设施。治术亦有道，明法诚纲维。

无界限华夷，天心何厚薄。嗟我神明胄，酷似犬羊缚。会当展所怀，一趾宁肯削。笑谈折樽俎，侃侃示不弱。朝市知姓名，千金重然诺。弃置怜鸡肋，遂我青山约。

青山自明媚，沧海安可量。悠悠万古事，辘辘回中肠。天地无弃材，诱掖在有方。小子杂狂简，谁可与津梁。栽培试十载，桃李已成行。抱瓮亦辛勤，所获能相偿。有时还自笑，携影出回廊。仰首望飞鸿，此意毋相忘。

秋色入霜林，秋气横八极。塔铃动饥雀，栖栖不得食。志士多苦辛，谁敢怨劳逸。功成尚一篑，去天咫有尺。相看未嫌老，加餐在努力。更尽此一卮，且勿感今昔。

一六〇

苦闷生涯，于兹六载。门庭多暇，时或学秋虫唧唧，用以自娱。

自春徂秋,凡得二十四首。亦姑存之,以助记忆。统名之曰"癸未竹枝词"。

一

镂月裁云费巧思,避人心事卜佳期。闲情凭写深深愿,遥向黄陵拜古祠。

二

湘帘未动却闻声,半面窥人最有情。左右逢源君莫笑,此生曾不负虚名。

三

短衣济楚小儿郎,爱好偏宜武士装。明月一庭花影动,却教前后捉迷藏。

四

桥边红药可怜生,潮送鸥还浪未平。天外行云山影动,归鸦犹带夕阳明。

五

黑风吹下水云间,垂翅鹍鹏去不还。灰劫昆池劳索解,天南留得月弯弯。

六

上蔡东门踯躅行,重环鬌首美如英。颦眉王段悲苍颉,肯与斯文诉不平。

七

憔悴行吟恨有余,天涯飘泊泣鳏鱼。乞怜岂是男儿志,缱绻心情淡欲无。

八

千载骚魂意未平,洞庭风起月生明。似闻角黍新来大,湘水湘波无限情。

九

太息垂垂颔下牌,黑章黄绶巧编排。乱离堪羡升平犬,应识圆颅未必佳。

一〇

朱门佳话满金台,艳迹流传暖玉杯。谁信东楼家里物,只今还得舶中来。

一一

泰否乾坤共六爻,是谁颠乱错相交。不仁已自怜刍狗,无用更成倒系匏。

一二

晴丝垂柳绿云鬟,谁遣鸦巢压翠钿。昔日柔条今断梗,背人悬泪晚风前。

一三

浪转江流石亦轻,荆门南望楚山横。咎将谁执浑如梦,闲倚高楼看月明。

一四

浮海居夷迄未曾,卦爻垂象却分明。谓他人父思绵葛,追远情怀亦可矜。

一五

漆城老死不闻歌,行路艰难可若何。掩卷两眸清炯炯,虚堂闲坐看秋河。

一六

物换星移亦凤因,当年遗恨楚江湄。苞茅不入知余罪,浮楫君其问水滨。

一七

必也正名可忽诸，春秋悬义孰能诬。馨香乍觉盈怀袖，肯道今吾是故吾。

一八

烈泽宁劳运斧斤，吁嗟世事何纷纭。却教礼鼠拱而立，四境鸡狗时相闻。

一九

啼饥灵鹊怯高翔，未得桥成意自伤。凭寄银云诉离恨，瓣香遥拜小牛郎。

二〇

醉来时复响空弦，青粉墙高欲上天。徙倚追凉就槐影，不堪回首话当年。

二一

惊疑滋味足欢娱，一夜东风燕引雏。玉果犀钱沾四座，论功曾到使君无。

二二

濛濛丝雨暗前村，来去江潮亦有痕。畦畛纵横芳草绿，自成蹊径入衡门。

二三

巨鳌蓄怒几多时,展转思量总不宜。见猎玉皇亦心喜,照临犹觑弄潮儿。

二四

霜林愁对可怜红,南雁依微度碧空。已拚年年行役苦,肯随娇鸟入樊笼。

【释文举例】 第一首乃南京储备银行钞票之暗花纹。第六首乃"獶""獚"二字。牵黄犬出上蔡东门,是李斯故事。卢重环,其人美且鬈,是《诗经·齐风》。郑笺:"卢,田犬也。"王念孙、段玉裁诸人对此二字,咸瞠目而不能识,气死苍颉。第十九首乃洋七夕,即芦沟事变之日。第廿一首乃缅甸国八月一日成立政府,同日照会轴心国及中立国,同日日本政府宣告承认,同日缅甸国对英美宣战。合昋杯、扶头酒、汤饼筵同时并举,妙不可言。此事岂可令卿有功耶?